rowohlt

Matthias Altenburg

JAN SEGHERS' GEISTERBAHN

Tagebuch mit Toten

Rowohlt

1. Auflage März 2012

Satz aus der Times PostScript (InDesign)
bei KCS GmbH, Buchholz bei Hamburg
Druck und Bindung CPI – Clausen & Bosse, Leck
Printed in Germany
ISBN 978 3 498 00084 4

ZWEITAUSENDFÜNF

**Die Sonne schien,
da sie keine andere Wahl hatte,
auf nichts Neues.**

Samuel Beckett

Jemand wacht auf, jemand überhört den Wecker, jemand verschläft, jemand stellt sich auf die Waage, jemand hat keinen Appetit, jemand muss ja die Brötchen backen, jemand dreht sich noch mal auf die andere Seite, jemand rasiert sich, jemand ist schon lange wach, jemand hatte Nachtschicht, jemand isst sein Müsli, jemand ist Politiker, jemand sagt: «Auf jetzt!», jemand macht sich auf den Weg, jemand hat Halskratzen, jemand betrachtet sich in der Schaufensterscheibe, jemand entdeckt eine neue Falte, jemand würde am liebsten schon jetzt aus der Haut fahren, jemand sprengt sich in die Luft, jemand wird der neue Papst, jemand hat sich geirrt, jemand will es nie wieder tun, jemand will endlich seine Ruhe haben, jemand schlägt seinen Hund, jemand will schon jetzt diesen Text nicht mehr lesen, jemand mag Schattenmorellen, jemand hat Krebs, jemand wundert sich über gar nichts mehr, jemand denkt nur an sich, jemand sagt: «Du denkst nur an dich», jemand hat sich halt verändert, jemand wühlt in den Papierkörben, jemand denkt an Adolf Hitler, jemand will heute Mittag nicht schon wieder Nudeln essen, jemand findet es ganz und gar nicht witzig, jemand hört ihm nie zu, jemand sitzt auf einer Bank, jemand hat es längst aufgegeben, jemand hat es nicht so gemeint, jemand liest ein Buch, jemand muss mal wieder Klarschiff machen, jemand hat die Gießkanne vergessen, jemandem geht es eigentlich ganz gut, jemand stirbt, jemand macht sich rasch noch ein bisschen frisch, jemand will zum siebten Mal die Tour de France gewinnen, jemand hört immer dasselbe Lied, jemand weiß auch nicht so genau, jemand kramt in seinem Portemonnaie, jemand muss leider absagen, jemand ist aber auch so was von urlaubsreif, jemand hat noch immer kein Handy, jemand liest die Bildzeitung, jemand kann den Hals wohl wirklich nicht voll kriegen, jemand geht bei Rot über die Straße, jemand lächelt, jemand nimmt verbotene Substanzen, jemand könnte jetzt gut einen Kaffee vertragen, jemand lehnt McDonald's ab, jemand kann es kaum noch erwarten, jemand soll sich mal bitte nicht so aufspielen, jemand war auch schon mal am Walchensee, jemand weint nicht darüber, jemand sucht seit Stunden seine Tochter, jemand kann sich nicht um alles kümmern, jemand ist erwischt worden, jemand fand es früher angenehmer, jemand dreht noch rasch eine Runde durch den Park, jemand will nichts mehr davon hören, jemand kann darüber nur noch lachen, jemand hat es sich selbst zuzuschreiben, jemand steht vor dem Kühlregal, jemand schaltet das Radio aus, jemandem ist nicht zu helfen, jemand ist die Ruhe selbst, jemand bleibt heute Abend lieber zu Hause, jemand muss sich auch mal was gönnen, jemand errötet beim Anblick ihrer Schuhe, jemand versucht, es wirklich zu verstehen, jemand kann doch auch nichts dafür, jemand ist immer der Letzte, jemand will nicht mehr so weiterleben, jemand bleibt im Auto sitzen, jemand ruft nach seiner Mutter, jemand spielt dauernd Chopin, jemand ist ein durch und durch verdorbener Charakter, jemand muss die Leiche identifizieren, jemand lässt sich nichts mehr erzählen, jemand ist auf hundertachtzig, jemand lügt, jemand weiß Bescheid, jemand sagt: «Weil du mir nie zuhörst», jemand bittet jemanden, jemand macht einfach so weiter, jemand mag nicht mit dem Dicken tanzen, jemand streitet alles ab, jemand macht es nicht mehr lange, jemand lässt seine Cola stehen, jemand isst nur die Rindswürste von Gref-Völsings, jemand will doch nur, dass man ihn liebt, jemand fragt sich, wie lange das noch so weitergehen soll, jemand kann sich nur noch wundern, jemand trinkt noch ein letztes Glas, jemand kann sich das Wort Pogrom nicht merken, jemand könnte heulen, wenn er daran denkt, jemand schläft mit jemandem, jemand denkt dabei an jemand anderen, jemand schaut aus dem Fenster, jemand versucht die Sterne zu zählen, jemand lacht darüber, jemand hat vergessen, seine Katze zu füttern, jemand muss irgendwann auch mal an sich denken, jemand ist schon eingeschlafen, jemand dreht sich weg, jemand liegt noch lange wach, jemand will nicht klagen, jemand steht wieder auf und raucht noch eine Zigarette, jemand kann nicht mehr, jemand hat die Nase endgültig voll, jemand macht jetzt Schluss, jemand fängt noch mal von vorn an. Viele Menschen schauen Fernsehen.

Es ist vieruhrsechsundvierzig, keine vier Grad Celsius. Hinter mir der Gasofen müht sich redlich. Und wie immer in der Weihnachtszeit geistern die Toten durchs Haus. Ihre Zahl nimmt zu.

Sonntags auf der Wasserkuppe bei etwas unter null. Fremde, graue, weiße, schwarze Welt. Kalt, verschneit, neblig, heiligstill. Dann dieses Paar mit seinen wulstigen Steppjacken und den riesigen bunten Plastikstiefeln. Bei sich haben sie einen nervösen Pudel im Strickleibchen, der immer wieder über die dicke Schneedecke läuft, schließlich einbricht und darin versinkt. Alles ein bisschen nazi hier oben.

ZWEITAUSENDSECHS

Offen gesagt, es ist alles gelogen.

Hermann Peter Piwitt

Mittwoch, 4. Januar 2006 – Anruf eines freundlichen Sozialdemokraten. Ob ich gemeinsam mit Michael Herl an einer Podiumsdiskussion zum Thema «Heimat im Frankfurter Nordend» teilnehmen möchte. Ich sage zu, komme aber, kaum habe ich aufgelegt, ins Grübeln. Muss es denn gleich wieder «Heimat» sein? Hätte nicht fürs Erste auch «Zuhause» genügt? Als würden wir nicht dafür schon von vielen beneidet.

Heute vor 46 Jahren ist der Facel Vega des Verlegers Michel Gallimard auf der Straße zwischen Sens und Paris gegen eine Platane geprallt. Albert Camus, der sich ebenfalls in dem Fahrzeug befand, war sofort tot. Camus' Aktentasche mit dem Manuskript von «Le premier homme» fand man wenig später im matschigen Boden in der Nähe der Unfallstelle.

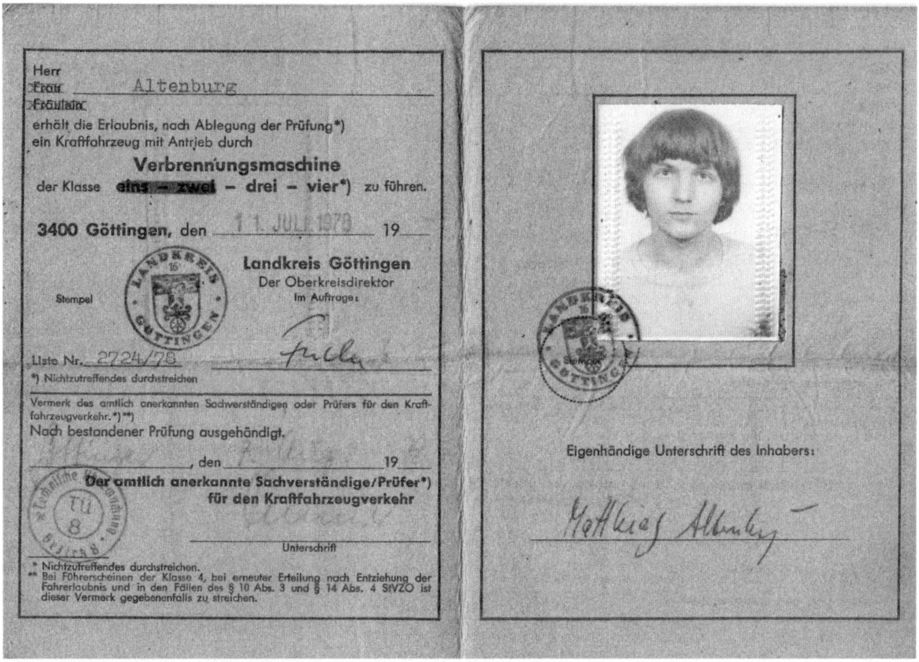

Herr
~~Frau~~ Altenburg
~~Fräulein~~
erhält die Erlaubnis, nach Ablegung der Prüfung*)
ein Kraftfahrzeug mit Antrieb durch
Verbrennungsmaschine
der Klasse [redacted] – drei – vier*) zu führen.

3400 Göttingen, den 11. JULI 1978 19

Stempel

Landkreis Göttingen
Der Oberkreisdirektor
Im Auftrage:

Liste Nr. 2724/78

*) Nichtzutreffendes durchstreichen

Vermerk des amtlich anerkannten Sachverständigen oder Prüfers für den Kraftfahrzeugverkehr.*)**)
Nach bestandener Prüfung ausgehändigt.

, den 19

Der amtlich anerkannte Sachverständige/Prüfer*)
für den Kraftfahrzeugverkehr

Unterschrift

* Nichtzutreffendes durchstreichen.
** Bei Führerscheinen der Klasse 4, bei erneuter Erteilung nach Entziehung der Fahrerlaubnis und in den Fällen des § 10 Abs. 3 und § 14 Abs. 4 StVZO ist dieser Vermerk gegebenenfalls zu streichen.

Eigenhändige Unterschrift des Inhabers:

Dienstag, 10. Januar 2006 – Versinke immer tiefer in den Bilderwelten. Wie immer nach einer langen Schreibphase reagiere ich mit Überdruss auf alle Worte. Und werde umso gieriger auf Farben, Formen, Bilder. Wenn ich einen Wunsch frei hätte, würde ich jetzt ein halbes Jahr lang durch die europäischen Museen streunen und nur noch schauen. Und immer mehr sind es die ersten drei Jahrzehnte des zwanzigsten Jahrhunderts, die mich interessieren. Dabei dachte ich schon vor zwanzig Jahren, dass ich das alles längst hinter mir hätte. Jetzt kommt es mir vor, als sei man nie wirklich über das hinausgekommen, was damals entstanden ist.

Gestorben sind Dashiell Hammett und Georg Forster.

Donnerstag, 12. Januar 2006 – Im Dunkeln taste ich nach dem winzigen Wecker, drücke auf den Knopf für das Lichtchen: 3.47 Uhr. Was mache ich jetzt mit dem neuen Auster? Nee. Ich schaff's nicht. Schaff's ja noch nicht mal, ihn zu lesen.

Öffne die Nachrichtenseite des Hessischen Rundfunks. Großes Foto von Armin Meiwes, dessen Revisionsprozess heute vor dem Landgericht beginnt. Auch hier nennt man ihn den «Kannibalen von Rotenburg». Auf einem der Bilder sieht man sein schönes Fachwerkhaus in Wüstefeld. Wann war ich da? Im September 2003.

Nehme mir drei Bände der Ernst-Fischer-Ausgabe mit an die Badewanne. Und stoße prompt auf dies: «Der Avantgardismus von heute ist das letzte Aufgebot dessen, was einst der Vortrupp war. Dadaismus war Herausforderung der Bürgerwelt. Pop-Art, sein gesittetes Enkelkind, wirbt um gelangweilte Konsumenten. Sie bietet die Hülse ohne Sprengstoff feil. Dada war der Aufschrei: So geht's nicht mehr! Pop-Art ist das Grinsen: Es geht auch so!»

Ich meine, eh man noch anfinge, sich mit seinen Freunden über Roy Lichtenstein zu streiten ...

Und nun, am Schreibtisch sitzend, das noch hinterher: «In der Tat haben die Künste viele, wechselnde, einander nicht selten widersprechende Funktionen. Nur eines müssen sie stets: den Menschen unterhalten. Eines dürfen sie nie: ihn langweilen.»

1976 ist Agatha Christie gestorben und ein Jahr später Henri-Georges Clouzot, der den «Lohn der Angst» verfilmt hat. Gleich mal schauen, wo eigentlich die schöne alte Ostausgabe des Buches ist.

Freitag, 13. Januar 2006 – Vieruhrsechsunddreißig. Heute Abend Auftritt mit «Ein kleiner Abend Glück» in Lauterbach. Bin schon ganz zappelig vor Freude. Die Arbeit mit Atilla an dem Programm gehört zu den schönsten Erfahrungen. Neben dem Rausch, den ich mit Rolf erlebte, als wir «Tage und Nächte» schrieben.

Was ist das eigentlich, wenn wir schreiben, malen, singen, Gitarre spielen, auf der Bühne stehen, proben, filmen, tanzen? Arbeit, Kunst? Schon die Frage hat was Schiefes: Was sind Sie von Beruf, wenn man fragen darf? Oder auf den Partys: Und du, was machstn du so? Ich mach so Buchstaben aneinander reihen, ich mach so Farbe aufs Papier bringen. Rumwerken halt, den ganzen Tag. Jedes Mal krieg ich einen steifen

Nacken, wenn mich jemand nach meinem Beruf fragt. Schriftsteller, Dichter, Autor. Klingt alles falsch. Ich mach halt so.

Ich mache: Einen Mond für Ida Kerkovius.

Und? An was arbeiten Sie gerade?

Tot ist Joyce.

Samstag, 14. Januar 2006 – Nachtrag: Gestern auf der Fahrt nach Seckbach im Autoradio von Jakob Klein die 5. Cellosonate G-Dur op. 4 mit Goltz, Perl und Santana. Und die Information, dass Donizetti manche seiner Sinfonien in anderthalb Stunden komponiert habe.

Wir proben ein letztes Mal. Dann durch die Wetterau und den Vogelsberg nach Lauterbach. Reichlich frische Holzkreuze am Straßenrand. Wir spinnen rum, dass wir vielleicht doch eine Gruppe gründen: die «Partisanen der Schönheit». Die Zentralstation ist ein winziger ehemaliger Bahnhof, mitten in der verschneiten Pampa. Und wir mit Sommerreifen. Keiner da? Also alles wieder zum Auto schleppen. Und in eine öde riesige Dorfkneipe, wo man die Fremden beäugt. Dann aber Lesung, dann «Ein kleiner Abend Glück», dann noch signieren. – Als Sie letztes Jahr hier waren, haben Sie mir so was Nettes reingeschrieben, erinnern Sie sich noch? – Ja, also mhm, ehrlich gesagt ... Rückfahrt über die Autobahn. Wir sind beide am Ende; Ati wird krank. Um halb zwei zu Hause. Ein großes Paket im Flur. Es ist der «Hammermann».

Heute dann immer um das Bild herumgeschlichen.

Als ich Paula die Geschichte von dem Künstler erzähle, der sich das Glied eines Fingers abgeschnitten hat, um wenigstens auf diese Weise Aufsehen zu erregen, sagt sie: «Lieber bin ich so bekannt wie eine Wurst, aber dafür gesund.»

Abends im Schauspiel, Frankfurter Positionen. Das Ensemble Modern mit zwei Uraufführungen. Francesco Antonioni, «Codice Ovvio», erinnert an eine Britten-Oper. Jean-Paul Dessys «O Clock» macht Spaß: große Klangspannung, nur die Naturgeräusche sind billig. Begeisterung beim Publikum. Aber Ingo, dessen Kameraleute den Abend aufgenommen haben, erzählt, er habe einen Mann von den Donaueschinger Musiktagen getroffen und gefragt, wie es ihm gefallen habe: Diese Musik sei «kriminell», habe der Mann gesagt. Wohl, weil sie ihm zu konventionell war. Hinterher Premierenfeier. Findet im Foyer statt, weil nebenan die Automatik eines der riesigen Fenster kaputt ist – es öffnet und schließt sich ständig, und eisige Luft zieht durchs Haus. Um Mitternacht, als plötzlich Happy-Birthday-Gesänge aus zwei Richtungen kommen, drehe ich ab. Taxi. Bett.

Heute vor einem Jahr wurde Rudolph Mooshammer ermordet. Bei einem Erdbeben in Kingston auf Jamaika starben vor 99 Jahren 1600 Menschen.

Montag, 16. Januar 2006 – Von Jörg kommt die Einladung, an einem geheimen, elitären Netzforum teilzunehmen. Bin skeptisch. Sollte man sich nicht dem Volk aussetzen, um hinterher zu wissen, warum einen fröstelt? Und: Störgeräusche waren mir eigentlich immer willkommen. Fürchte, das Ganze wird zu gespreizt, zu undurchlässig. Und damit weniger spaßig.

Kleiner Glücksstern: Das Interview mit Robert Rauschenberg in der «Zeit» von voriger Woche. Wie heiter, wie beweglich dieser alte Mann ist, wie begierig auf die Wirklichkeit. Und scheinbar unbestechlich. Er hat schon recht: Beuys ist das depressive Gegenteil von ihm.

Erster Todestag von Charlie Bell. Als Fünfzehnjähriger fing er in einer australischen Filiale von McDonald's zu arbeiten an und stieg auf bis zum Chef der Schnellrestaurant-Kette. Er starb mit vierundvierzig Jahren. Woran? Am amerikanischen Traum? Oder hat er was Falsches gegessen?

Dienstag, 17. Januar 2006 – Manchmal hätte ich Lust, hier irgendwas hinzuschreiben, das alle – ich meine: restlos alle – dermaßen aufbringt, dass das Gästebuch vollgepostet wird mit Beschimpfungen. Nur, damit mal was zuckt. Damit mal was in Gang kommt. Nur, damit sie mal rauskommen aus ihren Mal-gucken-was-er-heute-so-geschrieben-hat-Löchern.

Andererseits sind gezielte Provokationen bloß fade. Es gibt einen großen Knall. Dann verzieht sich der Rauch, man sieht in die Gesichter, und alle grinsen sich an.

Aber hoffentlich hat das hier bald mal ein Ende. Dieses Gewarte, Gehocke, Gedruckse. Diese Kälte und der Schnee.

Was hat mir denn gefallen an dem Gespräch mit Rauschenberg? Vielleicht, dass er sich selbst dauernd in Frage stellt. Man denkt: Ah, jetzt verliert er sich, jetzt macht er auf Gute-Laune-Künstler. Aber eine Sekunde später sagt er schon: «Andererseits» – und hat sich selbst wieder ein Bein gestellt. Und schon ist man ein Stück weiter.

Vielleicht sind das ja die Formen, die noch ein bisschen Beweglichkeit zulassen oder erst erzeugen: Tagebuch, Interview, Gespräch, Internetforen. Wie es mich dagegen inzwischen langweilt, einen «Artikel» zu lesen. Oder gar zu schreiben.

Heute ist mal niemand tot. Oder alle. Oder ich hab bloß schlechte Laune.

Mittwoch, 18. Januar 2006 – Fünf Uhr, dreikommavier Grad Celsius. Eine Stunde Trainer. Dabei Boccherinis Cellosonaten. Und im Kopf die Liste für das Partisanen-Forum. Listen machen eigentlich immer Spaß. Nichts davor, nichts dahinter, nur ein Name oder ein Titel, aber gleich ist ein Raum da. Deswegen sind Vergleiche eben auch immer hilfreich. Der da malt in der Art von Edvard Munch; die da hat ein Timbre wie die Knef; sein Stil ähnelt dem von Heiner Müller, aha, ja, dann ist schon mal mehr da als nichts, hat man gleich eine Vorstellung. Kann man ja korrigieren, wenn sie falsch ist.

Jean-Patrick Nazon und Thor Hushovd haben Geburtstag. Gestorben sind Rudyard Kipling und Max Reimann.

Donnerstag, 19. Januar 2006 – Gestern Abend Jahresempfang des Kulturforums der Sozialdemokratie in der Ausstellungshalle Schulstraße 1a. Herr Emmerling begrüßt. Ich ducke mich. Herr Wentz spricht. Und spreizt sich. Man lächelt. Es gibt Brot und Käse und Wein. Ein kleiner Hund mit braun-weißem Fell ist da, an den halten sich meine Augen. Er wimmert, er mag es auch nicht. Halb zehn. Schnell wieder weg über den Eisernen Steg. Schön ist die Stadt, so dunkel – schön nass, schön tot. Viele Lichter.

Heute Morgen entdecke ich «Kunstnet». Vielleicht ist hier – unter den Unbefugten, den Amateuren – einer dabei, den wir im Partisanen-Forum gern hätten. Schaue mir im Schnelldurchlauf 1609 Bilder an. Das meiste Augenschrott, Kopfschrott. Aber ja, doch, ein paar sind dabei, die was zu sagen, was zu zeigen haben.

Hadere in den letzten Tagen wieder mit Goetz' «Abfall für alle». Und frage mich, was das Buch manchmal so trostlos macht. Vielleicht ist es die Abwesenheit jeder Natur und jeder Vergangenheit. Immer nur Stadt, immer nur jetzt, jetzt, jetzt. Und wenn die Gegenwartsmaschine kein Futter kriegt, läuft sie leer. Andererseits: Wer sagt denn, dass Kunst trösten muss? Dann ist es eben trostlos.

Gestorben sind Hoffmann von Fallersleben. Und Wolfgang Staudte, den der «Spiegel» 1951 einen «verwirrten Pazifisten» nannte.

Samstag, 21. Januar 2006 – Gestern Abend auf Einladung von Lothar Ruske in einer Privatwohnung in der Bockenheimer Landstraße: Literarischer Salon. Zwölf Euro. Es ist schon voll. Es fehlen noch Stühle. Ich erkenne Eldad, Kathrin Fischer, später Jochen Nix, der im November auch mit durch Kassel gezogen ist. Vor einer Veranstaltung isst Thomas Wörtche grundsätzlich nichts. Deshalb bekommt er jetzt eine Mahlzeit zubereitet, die er vor unser aller Augen verspeist. Ich habe auch Hunger. Die Brezeln sind alle. Gibt aber noch Rotwein. In kleiner Runde unterhalten wir uns über Armin Meiwes und das schwere Schicksal, ein Kannibale zu sein. Auch Jochen Nix ist hungrig. Er braucht jetzt dringend einen großen Brocken Fleisch. Thomas Wörtche muss morgen schon wieder einen Vortrag halten. Er muss früh aufstehen. Er muss nach Iserlohn.

Ich merke, wie sich mein Blick verändert hat, seit ich wieder ein wenig zeichne und male. An der Ampel, an der Supermarktkasse, in der U-Bahn starre ich den Leuten in die Gesichter, schaue auf die Verteilung von Licht und Schatten, beobachte, wie sich die Mundwinkel und die Augenform ändern, wenn jemand lächelt, folge den Linien der Wangenknochen, versuche mir zu merken, wie sich das aufgesteckte Haar vor dem Schaufenster abzeichnet.

Am Nachmittag zwei Stunden im Regen mit dem Rennrad durch die Wetterau.

Todestag von Matthias Claudius, Lenin, Franz Jung.

Montag, 23. Januar 2006 – Zweiuhrsiebenunddreißig. Mit Herzklopfen aufgewacht. Von der angekündigten Kälte sind gerade mal minus fünfkommavier hier angekommen. Noch vor dem Morgengrauen zwei, drei Stunden in Simenons Tagebüchern und den «Intimen Memoiren» geblättert. Aber das ist alles gar nicht auszuhalten, dieser Wortschwall, diese Traurigkeit.

Geburtstag hat Édouard Manet. Gestorben: Doré, Munch, Bonnard, Beuys, Dalí.

Dienstag, 24. Januar 2006 – Vieruhreinunddreißig, minus sechskommavier. Was soll das eigentlich sein, das «subversive Potential» des Kriminalromans? Es ist allenthalben so selbstverständlich davon die Rede, als sei es dem Genre eingeboren. Und jedes Mal werde ich nervös, wenn ich die flinke Formulierung höre. Aber wann ist ein Krimi denn subversiv? Reicht es schon, wenn der Täter am Ende entkommt? Oder wenn «die Grenzen zwischen Gut und Böse verwischt» werden, womöglich: «auf verstörende Weise»? Oder muss darüber hinaus gefuchtelt werden mit den formalen Neuerungen des vorigen Jahrtausends: mit Perspektivwechseln, Zeitsprüngen und so weiter? Oder ist das «subversive Potential» sowieso nur eine wohlfeile Floskel? Auch «noir» und «hard-boiled» sind zwei dermaßen zur Pose verkommene Schreibhaltungen, dass sie mehr dem augenzwinkernden Einverständnis mit dem Markt dienen als dazu, noch irgendetwas Interessantes in Gang zu setzen. Es ist halt immer wieder diese unselige Hemingway-Tradition: ein verkrampft-lakonisches Großmaul, das sich kurz darauf im Katzenjammer als zynischer Loser gefällt. Das aber immer um Zuwendung bettelt, um Applaus für die eigene Denkfaulheit. Und sich im besten Fall irgendwann eine Kugel durch den Kopf gehen lässt.

Aber sogar mit seinem Selbstmord am 2. Juli 1961 hat Hemingway dem genialen Céline, der einen Tag zuvor in Meudon gestorben war, noch die Show gestohlen, heißt: die Aufmerksamkeit möglicher Leser entzogen.

Schöner Titel für einen Text über Ostkunst: «Pathos und Blässe».

Geburtstag hat der Krimi-Autor E. T. A. Hoffmann. Auf dem elektrischen Stuhl hingerichtet wurde heute vor siebzehn Jahren dann doch noch: der Womanizer Ted Bundy.

Mittwoch, 25. Januar 2006 – Minus dreikommaneun. Acht Stunden geschlafen. Na also, geht doch.

Endlich, es ist gefunden, das Zitat des Pianisten Brad Mehldau – stand in der «taz»: «Wir leben ja nicht gerade in einer revolutionären Phase, wir konsumieren, schaffen aber keine Identität. Das meine ich sehr selbstkritisch.»

Aber gibt ja auch ermunternde Meldungen, zum Beispiel diese: «Der deutschen Eiche geht es so schlecht wie nie.» Und was macht der deutsche Schäferhund?

Gerade auf der Straße ein alter Mann, dessen Unterlippe so weit herabhing, dass der Ausdruck Schlappmaul eine ganz wörtliche Bedeutung bekam.

Kurz hintereinander die Anrufe von Jürgen, von Philipp und von Michael – und schon steigt die Raumtemperatur ein wenig. Dass man nicht allein vor die kalten Hunde …

Jürgen erzählt, er habe im «Spiegel» etwas über den Pianisten Lang Lang gelesen. Wir lästern: Ja, über wen auch sonst, wenn die schon mal was über Musik bringen … Christiane: «Der Spiegel würde über einen unbekannten Pianisten nur dann etwas schreiben, wenn dieser keine Hände hätte.»

Tom Koenigs, der schon lange nicht mehr hier im Tengelmann war, hat Geburtstag. Todestag von Lucas Cranach d.J. und von Al Capone.

Donnerstag, 26. Januar 2006 – Fünfuhrachtundzwanzig, minus nullkommaacht. Und wieder ist alles weiß.

Traum. Laufe durch das nächtliche Berlin. Kirchen, Schlösser, alte Rathäuser, alles prunkvoll erleuchtet. Auf einer Böschung zwischen Bürgersteig und Straße drei, vier uniformierte russische Soldaten mit Fellmützen. Sie rennen hin und her. Dazwischen auf dem Boden nervöses Gehusche. Näher kommend erkennt man: Sie jagen Kaninchen auf die Fahrbahn, treten mit ihren Stiefeln nach ihnen oder fangen die Tiere und schleudern sie in Richtung Straße. Immer wieder bleiben Passanten stehen und beschimpfen die Russen. Die aber kümmern sich nicht darum; sie handeln ja im Auftrag. Einer der Männer wirft sich zu Boden, schnappt sich ein zappelndes Bündel, steht auf und ruft nun irritiert nach seinen Kameraden. Was er auf dem Arm hält, ist ein kleiner weißer Hund. Der Mann berät sich kurz mit den anderen, dann setzt er mit mitleidvoller Geste das verschüchterte Hundchen am Wegrand ab. Dort hockt es nun und leuchtet in der Dunkelheit.

Zweiter Traum: Stehe vor einer moosgrünen Wand. Eine bis dahin unsichtbare Tapetentür öffnet sich, und heraus tritt eine bleiche, nackte Frau ... Sonst nichts.

Tot sind Lucky Luciano und Bruno Gröning, dessen markiges Porträt vor zwanzig, dreißig Jahren immer wieder auf den Traktaten seiner Anhänger abgebildet war.

Freitag, 27. Januar 2006 – Minus vierkommasechs. Das Beispiel Haneke zeigt, wie sehr die öffentliche Aura eines Künstlers auf die Wahrnehmung seines Werks zurückwirkt. Und dauernd wiederholen sie es, wie schwierig dieser Regisseur sei, wie sperrig, verstörend seine Filme. Und wenn man ihn dann sieht, dieses von den Zumutungen versehrte Gesicht, das sich hinter dem weißen Künstlerbart zu schützen versucht ... Noch jedes Mal bin ich zurückgeschreckt, wenn es wieder einen neuen Film von ihm im Kino gab. Und das, obwohl «Fraulein» doch eine ganze Zeit lang zu meinen Lieblingsfilmen zählte. Jetzt aber: «Caché»!

Heute vor 61 Jahren hat die Rote Armee Auschwitz-Birkenau befreit.

Endlich, Mozart hat Geburtstag, dann kann ja jetzt mal wieder Ruhe einkehren. Und so viele Tote: Schadow, Verdi, Isaak Babel, Erich Kleiber, Erich Heckel, Louis de Funès, Friedrich Gulda.

Samstag, 28. Januar 2006 – Siebenuhrzweiundzwanzig, minus sechskommaeins. Noch vor dem Frühstück in den Supermarkt. Und noch eh die Augen richtig offen sind und sozusagen auf nüchternen Magen: auf dem Kassenband, verschweißt in durchsichtige Plastikfolie, ein blutiges Schweineviertel.

Gestern im Hué erzählte Axel, er habe gelesen, dass es einen neuen Film nach Motiven von «Landschaft mit Wölfen» gebe, der in Kürze in die Kinos komme. Aber das kann doch nicht sein ... Da hätte mir doch irgendwer etwas gesagt ... Schaue ins Netz. Nee, da ist nichts. Und was nicht im Netz ist, das gibt es auch nicht.

Am Nachmittag Ozons «Sous le sable»: eine stille, traurige Wucht.

Danach, später: ein wenig Rostropovich. Dann Soybelman. Aber immer weiter im Kopf das Gesicht und die unbeirrbare Liebe von Charlotte Rampling.

Piwitt hat Geburtstag.

Sonntag, 29. Januar 2006 – Dreiuhrfünfundzwanzig, minus zweikommazwei. 4 users online. Und in der Wohnung gegenüber brennt immer noch Licht.

Kann man mehr verlangen als dies hier: Leni Riefenstahl, nackt – noch dazu gemalt von einem, der im Konzentrationslager saß? Zum Startpreis von 5000 Euro.

Gestorben ist Janet Frame.

Montag, 30. Januar 2006 – Sechsuhrdreiundzwanzig, minus zweikommazwei. 296 users online. Was heißt jetzt das? Eine Killervirenattacke? Das unscheinbare Dorfbild will noch immer niemand haben. Null Gebote, gut so.

Wenn mir jemand sagt, dass er die Sachen von Keith Haring, von Mel Ramos oder von Roy Lichtenstein mag, reagiere ich wahrscheinlich mit einem kleinen schiefen Lächeln. Dabei regt mich das dermaßen auf, dass mir regelrecht schlecht wird vor Wut, dass ich wirklich denke: Diese Welt muss ja den Bach runtergehen, wenn die Geschmacksbildung nicht weiter entwickelt ist. Tagelang vibriere ich, tagelang geht mir das nicht aus dem Kopf. Umgekehrt genauso: Wenn ich das schlichte Dorfbild kriege, wird es wieder so ein Glücksrausch sein, den ich mit niemandem teile. Die Freunde werden davorstehen und mich nun ihrerseits schief anlächeln. Und ich könnte schreien: Ja, seht ihr denn nicht, wie groß das ist in seiner Kleinheit, in seiner Unscheinbarkeit? Okay, man könnte mit einem Achselzucken reagieren: Du findest das gut, ich finde was anderes gut, jeder hat halt seinen eigenen Geschmack. Aber genau das ist es nicht. Geschmack ist existenziell. Eigentlich kann man aufhören zu reden, wenn man nicht dasselbe gut findet. Dann war halt alles ein Irrtum. Aber für neunundneunzig Prozent der Leute ist Kunst nichts anderes als Dekoration. Oder Ausdruck. Mit den Bildern, die sich jemand an die Wand hängt, soll irgendwas illustriert werden, in den meisten Fällen: ein Lebensgefühl, eine Haltung, eine Meinung.

Na ja, aber wenn ich dran denke, welchen Mist ich schon gut fand …

So, jetzt weiß ich auch, warum ich nie gescheite Winterkleidung besitze. Weil ich nämlich zu geizig bin, weil ich immer denke, dieser überflüssigen Jahreszeit werfe ich aber auch nicht einen einzigen Cent in den Rachen. Diese Jahreszeit muss man einfach überstehen.

Tot sind Heinrich von Zügel und Charles Chaplin, aber der andere. Wie langweilig.

Dienstag, 31. Januar 2006 – Sechsuhrvierzehn, nullkommaneun. Mehrmals in der Nacht durch das Klingeln des Telefons aufgewacht.

Im Schauspiel Bonn ein Theaterstück über die Schleyer-Entführung. Schauspieler sprechen Politikertexte, tödlich öde. Dafür gibt es doch das Fernsehen, dass die ihr Material bringen, dass sie mit den Beteiligten sprechen und ihre Bilder zeigen. Klaus Bölling, der jetzt von damals erzählt, ist unendlich interessanter als ein Schauspieler, der den alten Text des ehemaligen Regierungssprechers aufsagt.

Jens Bisky muss auf die Partisanen-Liste.

Anruf der HR-Redakteurin. Ich darf mir für die Sendung vier Musikstücke aussuchen. Und ich freue mich darüber wie ein ... wie sagt man denn? ... wie ein ...? Schneekönig, oder? Egal, fange sofort an zu suchen, zu wühlen. Und weiß, dass ich meine Liste noch zehnmal ändern und es jedes Mal genießen werde.

Wieder im Hué. Allen gehts gut. Jetzt wird's Frühling, sagt Michael.

Geburtstag von Matthias Beltz. Gestorben sind Hildegard Knef und Heiner Carow («Die Legende von Paul und Paula»).

Mittwoch, 1. Februar 2006 – Fünfuhrvierundvierzig, minus dreikommaeins. Von wegen Frühling. Gestern erzählte Piwitt am Telefon, dass man Reich-Ranicki am Samstag von einer Veranstaltung weg in ein Hamburger Krankenhaus gebracht habe. Gerade lese ich, dass er wieder entlassen wurde.

In «FR-Plus» ein Text von Ricarda Junge über Krieg, Atom usw. Aber was ist denn das für ein Ton? So eine brave Mokanz, wie man sie eigentlich nur noch aus dem Kirchenfunk kennt. Nennt man das Ironie? Eigentlich kann ich mir überhaupt keinen Gegenstand vorstellen, bei dem eine solche Schreibhaltung angemessen wäre. Sie führt zu gar nichts, zu keiner Einsicht, zu keinem Gedanken, nicht mal zu einer Pointe. Und dann die Bildunterschrift: «Ricarda Junge möchte manchmal am liebsten Bomben werfen.» O Gott, ja.

Robert Musil: «Tagebücher? Ein Zeichen der Zeit. So viele Tagebücher werden veröffentlicht. Es ist die bequemste, zuchtloseste Form. Gut. Vielleicht wird man überhaupt nur noch Tagebücher schreiben, da man alles andere unerträglich findet. Übrigens wozu verallgemeinern. Es ist die Analyse selbst; – nicht mehr und nicht weniger. Es ist nicht Kunst.» Und wo hat er's geschrieben? In seinen Tagebüchern.

Wie sie in ihren Feuilletons, Klappentexten und Werbebroschüren immer damit kokettieren, dass etwas «politisch unkorrekt» sei. Dieses Buch, jener Film, jener Künstler: «garantiert politisch unkorrekt». Als hieße das nicht immer und zuerst: gegen Schwule, gegen Schwarze, gegen Juden, gegen Türken, gegen Frauen.

Abends beim Hessischen Rundfunk. Hauptpforte. Ja, da holt Sie gleich jemand ab, Sie können noch einen Moment in der Halle Platz nehmen. – Ja, danke. – Kommt aber niemand, stehen so lebensgroße Karnevalspuppen rum: Mitgemacht, mitgelacht – Frankfurt feiert Fassenacht. So ähnlich. Dann kommt ein Kleiner, Netter, Dunkler mit flinken Augen. Ich bin der Producer, warum gibt man sich einen Künstlernamen? Fragt er. Gut, ich erzähle meine Geschichte ... Dann Studio. Damen, Wasserkocher, Teebeutel, Händeschütteln. Die Moderatorin kommt gleich. Dann weiß keiner weiter. Soll ich schon rein oder mich hinten an den Tisch setzen? Keiner sagt was, alle pusseln so rum. Ein bisschen verdrückt. Dann aber Susanne Schwarzenberger. Zwei Stunden mit Wetter, mit Verkehr. Und mit Musik, die einfach nur läuft. Fragen, Antworten, höflich. Ein Fernfahrer ruft aus seinem LKW an und will wissen, wie ich Mankell finde. Jörg und Alex schicken Mails ins Studio. Bin verdattert – woher wissen die? –, reagiere uncool, freue mich. Nach Hause. Neblig. Es schneit.

Buster Keaton ist tot. Gustav Knuth. Die beiden Dadaisten Raoul Hausmann und Hans Richter. Der Kriegsverbrecher Max Simon. Und Hildegard Knef. Aber ihrer hatten wir doch gestern schon gedacht.

Donnerstag, 2. Februar 2006 – Siebenuhrsieben, minus dreikommasechs.

Am Nebentisch ein Paar. Schweigen. Irgendwas ist vorgefallen. Dann er: «Man kann nicht alles haben, das weißt du ganz genau.» – Sie, nach einer Weile: «Doch, kann man!» – Steht auf, geht und kommt nicht wieder.

Eine Stunde auf der Rolle mit Purcells «King Arthur». Als «How blest are Shepherds» kommt, muss ich unterbrechen. Wie stumpfsinnig meine Bewegung, wie tänzerisch, hochfahrend diese Arie. Gibt es eine schönere Musik? Die Hirten besingen ihr Glück: «And when we die, 'tis in each others Arms».

In der «Zeit» ein Gespräch mit Peter Handke. Stürze mich darauf wie ein Süchtiger und beginne noch im Treppenhaus zu lesen. Ohne nachzuschauen, merkt man doch sofort, allein an der behutsamen Neugier der Fragen, dass Greiner sie gestellt hat. Handkes Zorn und seine verhaltene Emphase sind ein Schatz, der für viele Zumutungen entschädigt. Seine Unterscheidung von vertikaler und horizontaler Literatur leuchtet ein. Und dass er Stevenson und Balzac, die doch so gründlich anderer Natur sind als er selbst, seinen Respekt zollt, zeugt von Sanftheit. So lange es einen wie ihn gibt, der so verrückt bei Sinnen ist, und wenigstens eine Zeitung, die ihn noch zu Wort kommen lässt, ist man nicht gänzlich ungeschützt. Will ich mir einreden.

Sandy Casar hat Geburtstag. Max Schmeling ist vor einem Jahr gestorben.

Freitag, 3. Februar 2006 – Dreiuhrzehn, minus vierkommanull. Wie immer: Aufgewacht, erster Blick auf den Wecker, Licht an, aufstehen, ins Arbeitszimmer, Ofen an, Rechner an, Bildschirm an, in die Küche, Espressomaschine einschalten, Milch in die Mikrowelle, Zähneputzen, halber Liter Orangensaft, mahlen, schäumen, brühen, ins Arbeitszimmer, Verbindung ins Netz, alles wie immer, aber dann: «Die gewünschte Seite kann nicht aufgerufen werden. Möglicherweise sind technische Schwierigkeiten aufgetreten. Überprüfen Sie Ihre ... blabla» ... Dann halt auf die Rolle. Eine Stunde. Wanne.

Oh, wieder auf Sendung. Am 3. Februar 1998 wurde Karla Faye Tucker Brown in Texas durch eine Giftspritze hingerichtet. Der damalige Gouverneur von Texas, George W. Bush, hatte das Todesurteil unterschrieben und einen Aufschub der Exekution abgelehnt. Es wird berichtet, er habe die Delinquentin nachgeäfft, indem er mit winselnder Stimme deren Bitte um Gnade wiederholte: «Bitte töten Sie mich nicht!»

Samstag, 4. Februar 2006 – Neunuhrzweiundvierzig, nullkommasieben. Gestern vergessen: den Todestag Heinrich Heines. Ausgerechnet. Dabei war ich an keinem Grab öfter.

Gestern Abend mit Jürgen, Ati und Janina nach Hochstadt, wo Eva im Alten Rathaus die Ausstellung mit ihren Bildern und den schönen *objets trouvés* eröffnet – Rost, Knochen, Gräten, Schrauben und lustige Titel. Der Bürgermeister spricht, witzelt, Rainer liest ein paar Arp-Gedichte, Brezeln, Apfelwein. Und wie immer auf solchen Veranstaltungen diese Mischung aus Sprachlosigkeit, Entzücken und verhohlenem Misstrauen angesichts der Bilder.

Große Runde im benachbarten Restaurant, schlechte Muscheln und ein Dorfgewisper über die Wirtin, den Wirt und die vietnamesischen Küchenmädchen. Und über einen sagenhaft reichen Künstler, der in der Nachbarschaft wohne und dessen Haus gefüllt sei mit unendlich wertvollen Kunstschätzen aus allen Zeiten und Ländern. Zu Hause gebe ich seinen Namen dann in die Suchmaschine ein: 394 Treffer. Gerate auf eine Seite, wo seine Sachen abgebildet und wortreich erklärt sind. Und bekomme in der dunklen, leeren, kalten Wohnung einen Lachanfall. Mein Gott, welch gigantischer Bluff!

Male in der Nacht noch anderthalb Stunden, fummle so rum, ja, jetzt noch ein roter Hintergrund, alles ohne Überzeugung und völlig misslungen. Ein blöder Picasso-Abklatsch. Also vor den Schirm und weiter mit der ersten Folge «Cracker» – schlafe nach zehn Minuten ein.

Und heute geht es wieder so los. Nach drei Stunden entnervt aufgegeben. Was für eine Schmiererei aber auch. Dann eben wieder «Cracker». Auch wenn das brachiale Großmaul Coltrane und seine schweinchenschlauen Monologe auf die Dauer nerven – wie großartig das inszeniert ist, welch tolle Gesichter, Stadt- und Straßenbilder man zu sehen bekommt.

«Wirklichkeit und Verlangen» – schöner Titel. Von Hundsdörfer kommt: «Die Abschaffung der Dummheit».

Wie wenige Adjektive einem doch zur Verfügung stehen, wenn man nur kurz sagen will, dass einem etwas gefällt: «schön», «gut», «toll», «wunderbar», «gelungen». Aber «gelungen» klingt schon fast gesucht.

Von Jürgen kommend, sehe ich in der dunklen Eichwaldstraße einen weißen, kleinen Wagen stehen, Fiat Cinquecento oder so. Hinterm Steuer ein dicker Mann, auf dem Beifahrersitz eine dicke Frau. Beide haben einen Pizzakarton auf dem Schoß, beide kauen. Gleichzeitig gestikulieren sie und schreien sich so laut an, dass man es trotz der geschlossenen Scheiben bis auf die Straße hört. Guten Appetit. Mit vollem Mund spricht man nicht.

Tot sind Patricia Highsmith und der Räuber und Schriftsteller Henry Jaeger, der hier in Bornheim geboren wurde.

Sonntag, 5. Februar 2006 – Achtuhrvier, minus dreikommavier. Tolles Fahrradwetter. Könnte man glatt die Badesachen einpacken und an den Baggersee … Nee, wirklich, kann man sich doch nur noch warmzittern bei diesen Temperaturen. – Jetzt hör doch mal auf mit diesem Scheißthema! Ich versteh nicht, wie man daran auch nur einen Gedanken verschwenden kann. Das Wetter ist das Wetter, weiter geht's! – Ach ja, und an was, bitte, soll ich stattdessen denken? Liebe, Zeitgeist, Weltrevolution? Bei diesen Temperaturen. Hier, hast du gesehen, im Kühlschrank ist es wärmer als in der Küche. – Dann beschwer dich halt beim deutschen Wetterdienst, Blödmann! – Ja, du wirst lachen …

Gestorben ist Leopold Joseph Graf Daun, der Erfinder des Federbetts.

Montag, 6. Februar 2006 – Vieruhrachtundzwanzig, nullkommaneun Grad. Plus!

Wie entwickelt sich eigentlich Geschmack? Vielleicht durch Fleiß. Durch Unbefangenheit. Vor allem aber durch Renitenz. Und durch die Scham angesichts verflossener Vorlieben.

Anruf vom «Tagesspiegel», ob ich dieses Jahr meinen Fahrradartikel zur Tour de France schreibe, den ich letztes Jahr kurzfristig wieder abgesagt hatte. Gut, okay.

Zeichne aus dem Netz das Gesicht eines alten Mannes ab. Dann schaue ich nach, um wen es sich überhaupt handelt: Günter Nobel, Jahrgang 1919, entstammt einer ungarischen Rabbinerfamilie, Studium der Volkswirtschaft, Schlosserlehre, 1936 Verhaftung wegen Hochverrats, drei Jahre Zuchthaus, Emigration nach Shanghai, dort für die US-Armee als Schweißer tätig, später höhere Funktionen in der SED, Ausschluss aus dem Zentralkomitee, als man von seiner Arbeit für die Amerikaner erfährt. Lebt in Berlin.

Tot aber sind Gustav Klimt und Falco.

Dienstag, 7. Februar 2006 – Vieruhrachtundvierzig, dreikommasechs Grad. Diese Hitze aber auch. Das Dorfbild gehört mir.

Live auf Sendung. Der Moderator lächelt mich über den Studiotisch hinweg an: Ist es nicht das höchste Ziel jedes Autors, dass sein Roman verfilmt wird? – Ich schlucke trocken, bin so verdutzt, dass ich das Schlimmste mache, was man im Radio machen kann: Ich schweige. – Aber die meinen das ernst, die können schon nicht mehr anders.

Endlich, nach fünf Jahren, in «Abfall für alle» die Stelle wiedergefunden, wo Goetz über den «wirklich bösen» Lottmann schreibt. Steht unter dem 1.8.98.

Wusste gar nicht, dass Roehler die «Elementarteilchen» verfilmt. Und denke sofort: Oje, das kann nicht gutgehen, da wird dann im Kino bestimmt wieder zu viel und über die völlig falschen Sachen gelacht.

Beim Einkaufen auf der Straße ein paar Schüler in der Mittagspause. Einer hebt den Kopf und blinzelt in den trüben Himmel: «Na, Sonne, alte Haut, haste dich wieder versteckt.» Ich lache; er sieht mich an und lacht nun ebenfalls.

Gerade in 3sat «Kulturzeit»: «Los Angeles, die Stadt der Stars und Sternchen ...» Wenn ich es noch einmal höre, noch einmal diese abgenudelte Idiotenformulierung – ich schwör's, ich schreibe «doof» an eure Hauswand.

Gestorben ist am 7. Februar 1979 der Arzt Josef Mengele im brasilianischen Bertioga. Er erlitt beim Baden einen Schlaganfall und ertrank. Die deutschen Behörden, die ihn wegen seiner zahllosen Morde in Auschwitz suchten, erfuhren erst sechs Jahre später von diesem Unfall. Bis über den Tod hinaus hielt ihm seine Umgebung die

Treue. Seine Opfer, vor allem Zwillinge, die er zu Versuchszwecken tötete, nannte er «meine Meerschweinchen».

Heute vor einem Jahr wurde Hatun Sürücü ermordet.

Mittwoch, 8. Februar 2006 – Fünfuhrneununddreißig, fünf Grad. Stürmisch. Eine Stunde Rolle. Ohne Musik. Ohne Worte. Es regnet.

Gestorben ist am 8. Februar 1935 Max Liebermann, von dem berichtet wird, er habe bei Machtantritt der Nazis gesagt: «Ich kann gar nicht so viel fressen wie ich kotzen möchte.» Beerdigt wurde er auf dem Jüdischen Friedhof am Prenzlauer Berg. Gerade gestern Abend las ich in dem dicken Heartfield-Band noch einige linke Dummheiten über Liebermann, der vielleicht neben Christian Schad der wichtigste deutsche Maler des letzten Jahrhunderts war.

Todestag hat ebenfalls die Künstlerin und Ordensschwester Tisa von der Schulenburg. Sie starb 2001 im Alter von 97 Jahren. Max Liebermann hatte ihr Talent entdeckt, als sie sechzehn war. Was für ein Leben zwischen preußischen Generälen, den Künstlern der Boheme, hochrangigen Nazis, jüdischen Unternehmern, konservativen Widerstandskämpfern, katholischen Nonnen, arbeitslosen Bergleuten …

Donnerstag, 9. Februar 2006 – Fünfuhrfünfzig, zweikommafünf. Sie haben 16 neue Mails in Ihrem Postfach. – Tut mir leid, hab keine Zeit, muss die Vierteljahressteuer machen.

Okay, schnell noch den Kunstmarkt durchgucken … neunzig Minuten später: Hoffentlich kommen bald die islamistischen Bilderstürmer und machen meinem Wahnsinn ein Ende. Dass man mal wieder zum Arbeiten kommt.

Gerade jubelt da draußen schon der erste Frühlingsvogel, und ich renne ganz aufgeregt ans Fenster und glotze raus in die Dunkelheit, ob ich ihn irgendwo erspähe.

Heute im «Zeit»-Feuilleton: «Brigitte Bardot: Mein Mythos, was ist das?» Heute in «Zeit»-Leben: «Martina Gedeck: Launisch – was ist das?» Ist es die Zeit der ratlosen Frauen? Oder muss man fragen: «Endredaktion – wie geht das?»

Kunst: Talent, Wachheit, Neugier, Nervosität vorausgesetzt, besteht der große Rest aus Fleiß. Und Geschmack. Was heißt: der Vermeidung von Fehlern.

Oje, Eröffnungsgala der Berlinale. Der deutsche Film, heißt es, habe zu politischen Themen, zum Realismus zurückgefunden. Als hoffnungsvoller Beitrag gilt Oskar Roehlers «Elementarteilchen». Aber als sie Ausschnitte daraus zeigen, sieht man nichts als Karikaturen, Lachnummern – wie befürchtet. Und dann ruft Klaus

Wowereit live vor laufenden Kameras in den Saal: «Oskar, wo bist du?» Ja, Oskar, wo bist du?

Den ganzen Abend an dem kleinen Porträt eines alten Mannes mit Kappe und Zigarette herumgefummelt. Nur Bleistift und Buntstift. Morgen vielleicht noch ein wenig schwarze Feder drüber.

Todestag von Jules Michelet und Adolph Menzel.

Freitag, 10. Februar 2006 – Sechsuhrvierundzwanzig, dreikommadrei. Noch ein Wort zur Berlinale-Eröffnung: Warum muss eigentlich alles, was man sich in Berlin unter Glamour vorstellt, auf die zwanziger, dreißiger Jahre rekurrieren? Wie es mich schüttelte beim Anblick von diesem Max Raabe und seinem «Palastorchester». Was bei den Comedian Harmonists lässig, charmant war, ist hier nur noch Krampf, verschwitzt, Attitüde, Überhebung. Und wer braucht überhaupt: Glamour? Nicht, dass es solche Veranstaltungen gibt, ist grauenhaft, aber dass die Filmkünstler meinen, sich mit derlei geliehenem Pomp dekorieren zu müssen. Sie hätten ja wenigstens Grönemeyer nehmen können, Funny van Dannen oder Element of Crime. Ach, was reg ich mich auf ...

Und warum spielen sie eigentlich nicht gleich Mozarts Sinfonie Nr. 33 mit dem Stuttgarter Radiosinfonieorchester unter Sir Roger Norrington, die hier gerade im Hintergrund läuft und die von einer so tänzerischen Leichtigkeit ist, dass man alle Berlinalen und Islamisten, Schlechtwetterproduzenten und Gästebuchspammer vergessen möchte, um allein mit sich ein klitzekleines Menuett durch die heimischen Salons zu tanzen. Ich bedanke mich für Ihre Aufmerksamkeit.

Vor einem Jahr starb Arthur Miller.

Samstag, 11. Februar 2006 – Dreiuhrsiebenundfünfzig, nullkommaneun. Gestern Abend aus dem Augenwinkel: Claude Lelouchs «Die Fahndung» von 1962. Unglaublich schöne Schwarzweißbilder. Winterliche Autofahrten. Dauernd Überraschungen. Viele Randwahrnehmungen. Halbdokumentarisches. Sehr reich.

Zwölfuhrneunzehn: Das Dorfbild ist gekommen. Knud Jespersen, 1930. Ein paar Häuser von hinten, verschneite Gärten, kahle Bäume, Mauern, Zäune. Da hängt auch Wäsche an den Leinen – ein Stückchen Rot in diesem winterlichen Grau und Schwarz und Weiß. Und schon das halbe Glück.

Tot: Honoré Daumier und Sergej Eisenstein.

Sonntag, 12. Februar 2006 – Fünfuhrdreizehn, einkommadrei Grad.

Gestern noch in vier frühe Lelouch-Filme geschaut, aber keinen ausgehalten.

Aufs Rennrad? Nee, zu kalt. Also eine Stunde durch den Park. Der Weg vom oberen bis zum unteren Ende ist aufgerissen und umzäunt. Aber ein großer Teil der Zäune ist umgeworfen worden. Und von der Wand des Cafés hat man den kleinen Schaukasten abgerissen, zertrümmert und fünfzig Meter weiter an den Wegrand geworfen.

Heute wird gemalt: Deutschland in Öl.

Geburtstag hat der Pole Leszek Pekalski, der zwischen 1884 und 1929 wahrscheinlich achtzig Menschen tötete. Oft schlug er so lange mit einem stumpfen Gegenstand auf sein Opfer ein, bis dessen Leichnam nicht mehr zu identifizieren war.

Todestag des Komponisten Michael Altenburg – nie gehört. Aber auch von: Albrecht Altdorfer, Ludwig Börne und Thomas Bernhard.

Montag, 13. Februar 2006 – Vieruhrachtundzwanzig, nullkommanull. Wolf Biermann nimmt Heines bevorstehenden Todestag zum Anlass, um den Lesern des «Spiegels» zu sagen, dass sie jeden Gedanken an eine politische Alternative aufgeben sollen. Damit ihm jemand zuhört, tut er das, wie immer, im Ton des vorauseilenden Ungehorsams. Ein seit Jahrzehnten zu Kreuze Kriechender, der noch mal seinen Auftritt als Rumpelstilzchen sucht. Sein größtes Unglück ist wahrscheinlich der Untergang der DDR. Seitdem wendet sich sein gesamter Eifer gegen etwas Nichtexistentes.

Geborne wurden am 13. Februar zwei Georgs (der Maler Schrimpf und der Schriftsteller Simenon) und zwei Sigis (der Maler Polke und der DDR-Kosmonaut Jähn, dieser in einem Ort mit dem schönen Namen Morgenröthe-Rautenkranz). Obwohl ich mir weder Gedichte noch Witze merken kann, geht mir das Witzgedicht über den Stolz der DDR-Leute auf den «ersten Deutschen im All» seit fast dreißig Jahren nicht mehr aus dem Kopf: «Kein Brett für die Laube, fürn Trabant keine Schraube, fürn Arsch kein Papier, aber 'n Kosmonauten haben wir.»

Tot ist Otto Niebergall, Verbindungsmann zwischen KPD und Résistance im besetzten Frankreich.

Dienstag, 14. Februar 2006 – Sechsuhrelf, einskommasechs. Manfred Großkinsky hat seinen Vortrag über Eugen Bracht geschickt. Bin ganz gierig auf den Text. Bracht hat gekämpft für den Naturalismus und gegen die Romantik, dann für den Impressionismus und gegen die Akademiker. Danach hört sein Verständnis auf, aber er hat es selbst am schönsten formuliert – in einem Brief im Jahr 1915 an seine Tochter Toni: «Ich mache die sonderbare Beobachtung an mir selbst, die ich fast nicht verstehe; wenn ich, wie vor 14 Tagen im Sächsischen Kunstverein, moderne Ausgeburten sehe und zu erfassen suche, und mir immer von Neuem sage ‹Scheußlich – falsch! – absichtlich falsch, absichtlich primitiv – Negerkultur –, dabei kann der Betreffende Etwas – er will blos nicht. Pfui!›, komme ich aber zu einem Nachbarn, der in meiner Art und dem bisherigen Zeitgeist malt – sehe ich mit Entsetzen, dass das doch noch viel entsetzlicher ist – dabei auch leichenhaft und vorbei! Und in Gedanken wandelt sich der grade vorher gehabte Eindruck in etwas Anderes um, scheußlich vielleicht – aber wenigstens nicht tot – nicht versimpelt, philiströs –, sondern freilich scheußlich, aber lebend – versprechend oder wenigstens zukunftsmöglich – gegen das Biedere, das endgültig vorbei und aussichtslos ist, verständlich zwar, aber widerwärtig dumm!»

P. will wissen, was ich da lese. «Magst du den, der das geschrieben hat? Mag der dich auch?» Dann, wie dieser Bracht gemalt hat. Ich zeige ihr das illustrierte Faltblatt zur Ausstellung. «O Mann, der hat ja gemalt wie ein Weltmeister.»

Auf die Straße Richtung Norden. Leider auf vier Rädern.

Geburtstag haben Guiseppe Guerini und Cadel Evans. Gestorben sind Jules Vallès, Marco Pantani und das Schaf Dolly.

Mittwoch, 15. Februar 2006 – Dreizehnuhreinundzwanzig, siebenkommanull. Regen.

Gestern in Spangenberg. Ein deutsches Wintermärchen aus Fachwerk, Schnee und

Burg und Gassen. Zwei Lesungen, freundlich, konzentriert, interessiert – besser geht es nicht. Und eine Frau aus dem Publikum will wissen, ob ich mir beim Schreiben womöglich die Frage stelle, was meine Mutter dazu sagen würde. Genau so ist es, ja! Man denkt ja wirklich nicht an irgendwelche anonymen Leser, man überlegt sich, was die paar Leute, die man schätzt, deren Urteil einem wichtig ist, davon halten. Sie sind die einzige, aber unerlässliche Kontrollinstanz. Selbst wenn man sie nicht fragen kann. Selbst wenn sie schon tot sind.

Heute dann Rückfahrt durch das verschneite hessische Bergland – keine Landschaftsform mag ich lieber, und jetzt ist sie für immer mit den Bildern Eugen Brachts verbunden.

Treffe nach langer Zeit zufällig den linken Millionär D. Er tänzelt, strahlt, wirft sich in die Brust. Wie immer gehe es ihm prächtig. Wie schamlos das wirkt. Pass auf, denke ich, in zwanzig Jahren wird dir das vergangen sein. Aber wahrscheinlich stimmt das gar nicht. Selbst wenn er dann im Rollstuhl sitzt, wird er noch gockeln. Das Ganze dann womöglich mit einer Spur Bitterkeit unterlegt. Was es auch nicht besser macht.

Geburtstag haben Elke Heidenreich und Oscar Freire. Tot ist Lessing.

Freitag, 17. Februar 2006 – Dreizehnuhrsiebenundfünfzig, neunkommadrei Grad. Gestern im ICE. In Köln Aufenthalt, gerade genug Zeit für einen kurzen Blick auf den Dom. Weiter nach Krefeld. Eigentlich weiß ich gar nicht, wo ich bin. Was ist das, Krefeld? Maxi-Döner, Ostwall-Schenke, Mangel-Service. Ein Polizistenpärchen auf Rädern schnappt sich ein Alkoholikerpärchen. Leer, tot, Regen. Mercure Hotel Krefelder Hof. Alles voller Gardejecken mit ihren Instrumenten. Es müssen Hunderte sein. Ich bange um meinen Schlaf. Südflügel, dritter Stock, die Monet-Etage – und das mir! Taxi. Der Fahrer weiß auch nicht, wo wir sind. Hochstraße, Thalia-Buchhandlung. Wir haben ein schönes Headset für Sie. – Nee, geht auch so. – Lesung. Danach kurz in eine Absturzkneipe. Verraucht. Fünf verdrückte Gestalten an der Theke. Der Neue wird beäugt. Kölsch gibt es nicht. Williamsbirne? – Gibt es nicht. – Zwetschgenbrand? Aquavit? – Nee, aber vielleicht wollen Sie einen kleinen Feigling? – Eine kleine, arme Alte mokiert sich hinterhältig über den unentschlossenen, fremden Gast. Und wird postwendend von der verqualmten Bedienung, bei der sie sich doch hatte anbiedern wollen, angebellt: «Du hältst dein Maul, sonst zahlste und gehst. Hier kann jeder bestellen, was er will. Also halt dein Maul.» Kurzer Blick zu mir, ein triefäugiges Lächeln. Auf sie kann ich bauen. Solange ich zahle. Hotel. Fernsehen. Minibar. Baldrian. Schlafen. Frühstück. Weg!

In Dresden hat die Polizei ein dreizehnjähriges Mädchen, fünf Wochen nachdem es auf dem Weg zur Schule verschwunden war, aus der Wohnung eines vorbestraften Sexualstraftäters befreit. Ein Passant hatte in der Nähe eines Müllcontainers einen schriftlichen Hilferuf gefunden, einen Zettel, den das Mädchen offensichtlich aus dem Haus hatte schmuggeln können.

Aufmacher des «Kölner Stadtanzeigers»: «Unser Heinrich Heine». Aber der ist ja auch tot. Wie unsere Schwäne auf Rügen.

Samstag, 18. Februar 2006 – Vieruhrzweiundvierzig, fünfkommaneun. Gestern Abend wieder die neu entdeckten Gulda-Aufnahmen der Klaviersonaten von Mozart gehört. Ist es für sein Klavierspiel egal, wo jemand herkommt? Könnte Lang Lang sie also genauso spielen wie Gulda? Kann eigentlich nicht sein. Es gibt ja keine Gleich-Gültigkeit. Es kommt ja darauf an, was einer gesehen hat, wenn er als Kind aus dem Fenster geschaut hat, welche Lieder ihm seine Eltern vorgesungen haben, hat er Kuhglocken gehört oder Motorengeräusche, hat es nach Heu gerochen oder nach Ruß?

Todestag haben Luther und Michelangelo. Geburtstag hat Heini Müller (FC Nürnberg). Um das auch mal zu sagen.

Sonntag, 19. Februar 2006 – Zehnuhrsiebenundvierzig, achtkommanull Grad. So viel Aufmerksamkeit hatte das Frankfurter Theater seit der Aufführung von Fassbinders «Der Müll, die Stadt und der Tod» nicht mehr. Aber gleich tun alle so, als handele es sich bei der kleinen Außenstelle des Schauspielhauses im Gallusviertel um eine Art deutsches Abu Ghraib. Ein Schauspieler nimmt einem Kritiker seinen Notizblock aus der Hand und legt ihm stattdessen einen toten Schwan auf den Schoß. Der Kritiker verlässt den Saal und wird bei seinem Abgang beschimpft. Schlechtes Theater, mehr nicht. Aber gleich wird die Empörungs-Entschuldigungs-Maschine in Gang gesetzt. Der Kritiker ruft seinen Herausgeber an. Der Herausgeber ruft die Oberbürgermeisterin an, die das alles nichts angeht. Die Oberbürgermeisterin, die das alles nichts angeht, schreibt der Intendantin einen Brief. Die Intendantin knöpft sich den Schauspieler vor. Der Schauspieler wird «einvernehmlich» auf Verlangen der Oberbürgermeisterin, die das alles nichts angeht, entlassen. Wie reflexhaft das alles geschieht, wie die Sprache sofort jedes Maß verliert: Skandal, unentschuldbar, tiefstes Entsetzen, brutal, Bestürzung, in aller Form, abgrundtief, unverzüglich. Plötzlich ist er wieder da, dieser Befehls-und-Gehorsams-Ton, dieses «Wollen wir doch mal sehen, wer hier die Macht hat». Nie habe er sich so «beschmutzt, erniedrigt, beleidigt» gefühlt, schreibt der Kritiker. Der Schaden, den die Oberbürgermeisterin durch ihr Eingreifen der Kunstfreiheit in der Stadt zugefügt hat, dürfte indes um einiges größer sein. «Dass eine unverzügliche, unzweideutige und umfassende Entschuldigung durch Sie bei Herrn Stadelmaier und der FAZ zu erfolgen hat, dürfte sich von selbst verstehen.» Hüstelhüstel, haben Sie etwas gesagt, Frau Roth?

Zwei Stunden mit dem Rennrad durch die Wetterau. Endlich. Mühsam.

Todestag von Büchner, Hamsun, Gide.

Montag, 20. Februar 2006 – Neunuhrvierundzwanzig, fünfkommaneun. Hätte vor hundert Jahren, als die Häuser hier rundum erbaut wurden, jemand aus diesem Fenster geschaut, er hätte fast dasselbe gesehen wie ich heute. Vielleicht, dass der Baum nicht so groß und keine Antennen auf den Dächern gewesen wären. Allerdings hat sich wohl der Blick gründlich verändert.

Plötzlich nervt mich der Ton, den ich gestern bei dieser Theater-Geschichte angeschlagen habe. So kleinmütig-journalistisch.

Tot sind Brigitte Reimann, Kurt Batt und Hunter S. Thompson.

Mittwoch, 22. Februar 2006 – Vieruhrsechsundzwanzig, dreikommaein Grad. «Große Gefühle verschenken – Supersüße Bärchenanimationen» – Und diesen Schrott liest man dauernd so mit. Was für Behelligungen! Die bestimmt nicht folgenlos bleiben.

Todestag: Von Antonio Machado, an dessen Grab in Collioure wir schon einige Male waren. Von Stefan Zweig (Selbstmord). Von Christoph Probst, Hans Scholl und Sophie Scholl (alle drei von den Nazis ermordet). Von Oskar Kokoschka und Andy Warhol. Und von Sandor Marai, der am 15. Januar 1989 die letzten Worte in sein Tagebuch schrieb: «Ich erwarte die Abberufung, ich dränge nicht, aber ich zögere auch nicht. Es ist soweit.» Fünf Wochen später hat er sich in San Diego erschossen.

Freitag, 24. Februar 2006 – Vieruhrzweiunddreißig, zweikommanull. Namenstag.

Seltsame, zittrige Träume. Dunkel, irgendwas stürzt, Gesichter, Gelächter. Huschen. Krächzen. Röcheln. Erschrockenes Umdrehen. Ein Griff ans Herz. Ein Gesicht schiebt sich hinter einer Mauer hervor. Grinsen aus der Nacht. Etwas verschwindet hinter einer Ecke. Ein Flackern. Es erlischt. Dahinten ist Rettung. Ich sehe nichts. Wer ist da? Weiter, weiter. Warte auf mich! Nein. Zu spät. Alles ganz ungenau, aber sehr beunruhigend.

Entdecke gerade eine Mail, in der mir Philipp mitteilt, dass Benno Besson gestorben ist. Aber allein Philipps Namen zu lesen, macht mich ein wenig fröhlicher.

Sechsuhrdreizehn: Wühle mich seit anderthalb Stunden durch den Kunstmarkt. Es gibt Bilder, die schon bei ihrer Entstehung so aussehen, als sei es ihr größter Wunsch, eines Tages als Druck oder «Originalkopie» an der Wand eines Hotelzimmers zu hängen.

Tot ist Georg Christoph Lichtenberg, an dessen Grab ich in Göttingen fast täglich vorbeikam.

Dienstag, 28. Februar 2006 – Neunuhrdreiundzwanzig, einskommasechs. Leichter Schnee.

Nachtrag: Samstag, um sechsuhrfünfzehn an der Straßenbahnhaltestelle. Kalt. Eine Amsel singt ihre Sachen. Die Ampeln wechseln folgenlos ihre Farben. Niemand gibt Gas, niemand hält an; die Straßen sind leer. Die Stadt ist genauso dunkel wie um Mitternacht. Trotzdem eine vollkommen andere Stimmung. Wie kommt das? Woran merkt man, dass ein Tag beginnt und nicht endet, wenn doch alles genauso aussieht? Um sieben Uhr in den ICE. Um elf in Amsterdam. Febo de Lekkerste, frittierte Erdnussbutter aus dem Automatenbuffet. Pieter Cornelisz Hooftstraat: Hotel Museum. Dann Kinkerstraat, Markt. Museum het Schip, Amsterdamer Architekten Schule. Nordermarkt, Grachten, Richtung Osten, durch das Viertel, wo die Prostituierten in den Fenstern sitzen, was hier besonders demütigend wirkt, weil sie nicht nur von den Freiern, sondern auch von den Touristinnen begafft werden: «Na, hoffentlich erkälten die sich nicht ...» Wie idiotisch diese Reggae-Kiffer-Coffee-Shop-Kultur ist, die hier zu einem florierenden Zweig des Fremdenverkehrs geworden ist – mit allen dazugehörigen Merchandising-Produkten. Die Oude Kerk, wo Jakob Klein begraben ist, hat geschlossen. Sonntag ins Van-Gogh-Museum: Caravaggio und Rembrandt und die ständige Ausstellung. Dann Rijksmuseum. Nachmittags nach Zandvoort, Spaziergang am Strand und auf dem Rückweg noch eine halbe Stunde in das schöne Bahnhofslokal von Haarlem. Indisches Abendessen und an den nächtlichen Grachten vorbei ins Hotel. Montag die große neue Wohnsiedlung auf der Insel im Nordosten, Dapperstraat-Markt und in das Art-déco-Café an der van Baerlestraat, anschließend kurz in das zugige Hochhausviertel mit dem World Trade Center. Nachmittags auf den langen Markt in der Cuypstraat. Dort eine ehemalige Markthalle, die zu einem riesigen Lokal umgebaut wurde: «Bazar». Als wir wieder auf die Straße kommen, packen die Marktleute ihre Stände ein, und auf den Dächern der umliegenden Häuser sitzen überall Graureiher, die darauf warten, sich an den Resten der Fischhändler gütlich tun zu können. Auf dem Bahnhof noch mal Automatenbuffet: Geflügelpressfleisch in frittierten Cornflakes. In den ICE. In Düsseldorf und Köln steigt ein wenig schütterer Frohsinn zu und beklagt sich über uns, die wir «Poofköppe» seien. Um kurz nach elf wieder zu Hause.

Heute vor zwanzig Jahren wurde Olof Palme ermordet.

Donnerstag, 2. März 2006 – Vieruhrachtundzwanzig, nullkommaein Grad. In «Kulturzeit» ein Interview mit dem Pianisten Lang Lang: ein glattes Pausbäckchen, an dem jeder Einwand abrutscht. Aber er hat es schon gelernt: viel lachen, viel quatschen, nichts sagen. Gert Scobel, statt seinem Gegenüber klarzumachen, was er von ihm hält, formuliert um die Ecke: «Es gibt Kritiker, die Ihnen vorwerfen ...» Lang Lang strahlt: Jede Aufmerksamkeit, sagt er, egal, ob Lob oder Kritik, nütze ihm. Da die Redaktion von «Kulturzeit» das weiß, hätte sie den Pianisten ignorieren müssen. Aber nein, man will «das Phänomen», das «in der Öffentlichkeit so kontrovers ...» und «die Kritiker polarisiert» ... blabla.

Berthe Morisot ist tot.

Freitag, 3. März 2006 – Sechsuhrdreiundzwanzig, minus nullkommasieben. Es schneit und schneit. Kopfschmerzen, Halskratzen. Aus Österreich ist ein dickes Paket mit CDs gekommen: Der Akkordeonist Klaus Paier mit wechselnden Musikern. Beim Frühstück mit Stefan K. so ein bisschen politisches Geplappere. Klar, sind wir für den Föderalismus. Andererseits wäre es doch auch ganz gut, wenn ab und zu mal jemand ein Machtwort spräche. Zum Beispiel in der Bildungspolitik oder bei der Rechtschreibreform. Also brauchen wir einen König! Ja, gut, ein König. Und Sozialismus wollen wir auch. Mhm, okay, her damit! Also: die erste föderale sozialistische Monarchie auf deutschem Boden. Sodass man «Genosse König» sagen könnte. Und wer wird König? Am besten doch gleich der wiedergeborene Rio Reiser.

Am 3. März 1931 starb in Düsseldorf Otto Reutter, einer der bekanntesten Schauspieler, Komiker und Sänger des frühen zwanzigsten Jahrhunderts. Seinem Lied «In fünfzig Jahren ist alles vorbei» hat Degenhardt eine kleine Verneigung gewidmet.

Samstag, 4. März 2006 – Siebenuhrvier, minus zweikommazwei. Gestern Abend beim Zappen auf einen Filmbericht über Xavier Naidoo gestoßen. Diese weichgespülten Rappergesten. André Heller und Peter Ustinov nennt er seine Vorbilder. Aber er ist nur ein eitler Zeremonienmeister seines sinnhungrigen Publikums. Doch, es sind wirklich seine bis ins Letzte kalkulierten Gesten, die mich schaudern lassen.

Dann aber auf dem ZDF-Dokukanal ein Film von Gabrielle Pfeiffer: «Im Angesicht des Todes», eine Dokumentation über die verschwundenen Gesichter der Stalinopfer. Nicht nur die Menschen selbst verschwanden in den Lagern und wurden exekutiert. Es sollte auch nichts mehr an sie erinnern. Alle Fotos wurden vernichtet, und wer das Foto eines verhafteten Angehörigen besaß, war selbst mit dem Tod bedroht. Ja, ja, man weiß das. Aber die Bilder, die Gabrielle Pfeiffer dafür findet, die Musik, die Gesichter, die Landschaften, das alles ist so elektrisierend, dass ich sofort ganz zappelig werde. Übrig blieben von den «Angeklagten» oft nur die Fotos, die die Geheimpolizei von ihnen machte: Todtraurige, verräterische Fotos, die das Verhältnis von Ankläger und Angeklagtem umkehren. Frage einer jungen Frau, deren sämtliche Familiendokumente während der «Säuberungen» vernichtet wurden: «Wie kann man glücklich sein, ohne zu wissen, woher man kommt?»

Was soll man eigentlich davon halten, dass auf den Brötchentüten des Bäckers jetzt für die «Vagina-Monologe» geworben wird?

Am 4. März 1948 hielt der tote Artaud einen Schuh in der Hand.

Sonntag, 5. März 2006 – Sechsuhrneunundfünfzig, minus einkommaein Grad. Gestern Abend die schöne DVD mit den Proben zu Brittens «Nocturnes» für Tenor und kleines Orchester. Im Interview erzählt Britten, dass er seine Werke im Kopf durchkomponiere. Dass er sich keine Notizen machen müsse, weil er gute Einfälle sowieso nicht vergesse.

Beim Blättern in alten Unterlagen stoße ich unverhofft auf einen Namen, der mir bekannt vorkommt. Ja, richtig, der Mann war Kulturredakteur einer linken Wochenzeitung, auf die ich als Jugendlicher abonniert gewesen bin; später hat er das «Öko-test»-Magazin mitgegründet und -geleitet, und damals muss es gewesen sein, dass ich, aus vergessenen Gründen, in seiner Frankfurter Wohnung hockte. Nun gebe ich seinen Namen in die Suchmaschine ein und gerate auf eine Homepage, wo der Mann seine Dienste anbietet: «Am liebsten recherchiere und schreibe ich über Themen aus der Gourmet-Szene, über stilvollen Genuss und wertige Produkte.» – Vom Genossen zum Genießer, man kennt das. Und die «wertigen Produkte» lesen sich so: «Hammerhart – Keller- oder Wohnungswände, die für einen Dübel aufgebohrt werden müssen, bescheren Männern Albträume. Wirksam hilft dagegen nur ein realer Traum – ein roter Bohrhammer von Hilti.»

Heute vor dreiundfünfzig Jahren starben am selben Tag Josef Stalin und Sergej Prokofjev.

Montag, 6. März 2006 – Fünfuhrachtunddreißig, nullkommasieben. Tut mir ja leid, wenn ich hier ein Minderheitenprogramm sende, aber es lässt sich nicht ändern: Gestern auf Arte der Film über den Pariser Cello-Wettbewerb, der alle vier Jahre unter der Leitung von Rostropovitch stattfindet. Gewonnen hat ihn die junge Marie-Elisabeth Hecker, Tochter einer Zwickauer Pfarrersfamilie mit acht Kindern. Im Wettbewerb spielt sie gemeinsam mit ihrem Bruder Prokofjevs Sonate für Cello und Klavier, die 1950 von Rostropovitch und Richter uraufgeführt wurde. Und als Siegerbeitrag Schostakowitschs Cellokonzert op. 107. Ich gebe den Namen der Preisträgerin in die Google-Suche ein: Gerade mal 175 Treffer. Das wird sich gründlich ändern.

Todestag von August Merges, Führer der Novemberrevolution, Präsident der Sozialistischen Republik Braunschweig, Widerstandskämpfer gegen die Nazis. Starb 1945 an den Folgen der fortgesetzten Misshandlungen durch die Gestapo. Bei einem der Verhöre fügte man ihm einen Beckenbruch zu. Die Behandlung seiner eiternden Wunden wurde verboten. Als einer seiner eifrigsten Verfolger tat sich Dietrich Klagges hervor, braunschweigischer Ministerpräsident von 1933 bis 1945. Klagges lebte nach dem Krieg als Verfasser rechtsradikaler Schriften bis 1971 in Bad Harzburg. Ein Jahr vor seinem Tod sprach ihm das Bundesverwaltungsgericht eine Nachzahlung seiner Ministerpräsidenten-Pension in Höhe von DM 100 000,– zu.

Dienstag, 7. März 2006 – Vieruhrundfünf, ein Grad. Wenn irgendwo ein Verriss erscheint, erfährt man das seltsamerweise sofort. Binnen Stunden erhält man einen Anruf: «Schon gesehen? Bei Amazon hast du eine echt beschissene Bewertung kassiert.» – Nee … ich kann ja später mal schauen. – «Ach komm, du sitzt doch gerade am Rechner. Mach doch die Seite rasch mal auf» – … – «Hast du's?» – Ja, mhm, nicht gerade nett. – «Ahnst du, wer dir da einen reingewürgt hat? Willst du wissen, wer hinter dem Nickname steckt?» – Ach so, ja, ich ahne es … Aber ich will es nicht wissen. – Habt ihr gehört: ICH WILL DAS ALLES NICHT WISSEN!

In «Kulturzeit» ein irritierender Bericht über den Dirigenten und Musiker Clive Wearing. Durch einen Virus hat er sein Gedächtnis verloren. Sein Erinnerungsvermögen reicht gerade mal zehn Sekunden. Er erkennt seine Frau und seine Musik, sonst nichts. Er lebt, wie es heißt, «im ewigen Jetzt». Eine grauenhafte Vorstellung: das komplette Erlöschen der Vergangenheit.

Tot ist Alice B. Toklas, die Köchin und Geliebte von Gertrude Stein. Beide sind gemeinsam auf dem Père Lachaise begraben. Außerdem: Konrad Wolf, Filmregisseur. Martin Kippenberger, Künstler.

Mittwoch, 8. März 2006 – Neunuhrzweiunddreißig, einskommafünf. Gestern Abend: «Heimat Nordend» – Eine Veranstaltung der SPD in der Lutherkirche. Lächeln, Händeschütteln. Ein bisschen aus der «Braut im Schnee» gelesen. Fühle mich unwohl mit dem Thema. Dem netten Michi Herl scheint es ähnlich zu gehen. Irgendwann sagt er den schönen Satz: «Heimat ist da, wo man beerdigt sein möchte.» Für ihn sei das der Frankfurter Hauptfriedhof, weil dort schon Matthias Beltz und Anne Bärenz liegen. Als hinten jemand winkt und ich endlich erkenne, dass es Jörg ist, fange ich an, mich zu entspannen. Und wenn Pfarrer Haberstock in der Nähe ist, wird sowieso jede Runde angenehmer. Sonst: Bestellte Statements, kein Interesse an irgendeiner Form von Debatte, an Widerspruch, an Erkenntnis. Seltsam unpolitisch das Ganze. Als was werden wir hier gebraucht? Als Stehgeiger?

Es ist das Trauma der Linken, das aus dem 19. Jahrhundert herrührt, als man ihre

Vertreter als «vaterlandslose Gesellen» bezeichnete. Seitdem reißen die eilfertigen Bekenntnisse zu Heimat und Nation nicht mehr ab. Die Tränen, die Hans Eichel vergoss, als Merz im Bundestag behauptete – was leider eine Lüge war –, dass es mit Ausnahme Willy Brandts keinen führenden Sozialdemokraten gegeben habe, der die Wiedervereinigung gewollt habe.

Später kommt eine alte Dame auf mich zu und erzählt, dass kurz nach dem Krieg am Kleinen Friedberger Platz tatsächlich ein Zahnarzt ermordet worden sei – «wie in Ihrem Buch».

Todestag von Erich von dem Bach-Zelewski, ein dem kaschubischen Landadel

entstammender Militär und SS-Obergruppenführer. Er hat allein am 31. Oktober 1941 in Riga 35000 Juden ermorden lassen. 1942 erlitt er einen Nervenzusammenbruch infolge der «Vorstellungen im Zusammenhang mit den von ihm selbst geleiteten Judenerschießungen» – wie ein SS-Arzt ihm attestierte. Zwei Jahre später erhielt er für die Zerschlagung des Aufstands im Warschauer Ghetto das Ehrenkreuz. 1962 wurde er zu lebenslanger Haft verurteilt, aber nicht wegen seiner Schuld als Völkermörder, sondern weil er an der Ermordung dreier Kommunisten im Jahr 1933 beteiligt war. «Als einziger NS-Massenmörder, der öffentlich bekannte, was er getan hatte, wurde er niemals wegen seiner Beteiligungen an der Ermordung unzähliger Juden belangt», schreibt das «Lexikon der Wehrmacht».

Donnerstag, 9. März 2006 – Fünfuhrfünfzehn, vierkommaeins, immerhin. Gestern kam ein Päckchen, als Absender nur ein Wort: «Fiete». Ah, schön, denke ich, hat er mal wieder eine selbstgebrannte CD mit seinen liebsten Reggae-Stücken geschickt. Aber innen klebt dann auf der Plastikhülle so ein gelber Zettel, auf dem steht: «DVD». Sonst nichts, keine Karte, kein Anschreiben, nichts. Schiebe das Ding ins Notebook und plötzlich läuft da ein uralter Film, auf dem alle Freunde von damals zu sehen sind: Kühnhackl, Fiete, Larry, Groß, Elli, Schaak. Fahren mit ihren Mofas durch Baunatal – so wie wir es in «Easy Rider» gelernt haben. Das muss mehr als dreißig Jahre her sein. Sieht alles ein bisschen aus wie in Fassbinders «Acht Stunden sind kein Tag». Superschön.

Danach mit Jürgen ins Burga. Es ist innerhalb von ein paar Wochen das zweite Mal, dass wir allein dort hocken. Zerbröselt die Mittwochsrunde? Weiß nicht, kann sein, scheint so. Hat ja auch länger gehalten als mancher Staat. Aber man könnte mir ja auch mal was sagen. Habe das Gefühl, man hat sich geeinigt, aber ich weiß von nichts.

Ob man ein Tagebuch schreibt, insgeheim, für sich, oder ob man das hier macht, öffentlich, jeden Tag, ist halt doch ein Riesenunterschied. Man stellt sich dauernd unter Beobachtung. Noch dazu, ohne zu wissen, ob jemand wirklich hinguckt. Manchmal regt mich das richtig auf, der Gedanke, dass hier täglich ein paar hundert Leute zum Gaffen vorbeikommen, immer wissen, was ich mache, was ich denke, was ich fühle, ohne zu reagieren. Sie sagen nichts, sie drehen wieder ab und denken sich ihren Teil. Ach was, egal. Ich rede wie ein Exhibitionist, der sich darüber beschwert, dass es Voyeure gibt.

Was? Juliette Binoche ist tot? Nee, sie hat nur Geburtstag, zweiundvierzigsten. Tot aber ist Leopold von Sacher-Masoch, an dessen letztem Wohnhaus in Lindheim wir schon oft mit den Rädern vorbeigekommen sind. Und immer mal wieder gefragt haben, wo sein Grab ist, aber niemand wusste es. Gestern eine Mail an den Belleville-Verleger Michael Farin, und kurz darauf Antwort: «In Kürze: 1895 gestorben, im Krematorium in Heidelberg verbrannt, Urne bis zum Tod seiner Frau im Haus in Lindheim, danach nebst Nachlass bei Nachbarn untergestellt, 1923 dann bei Hausbrand zum zweiten Mal verbrannt.»

Freitag, 10. März 2006 – Fünfuhrsechzehn, sechskommavier Grad plus. Wenn das so weitergeht mit den Temperaturen, muss ich wieder jeden Morgen aufs Rad steigen. Bald gibt es keine Ausrede mehr. Doch, eine gibt es noch: Ist noch zu dunkel um diese Uhrzeit.

Gestern Abend zum zehnten Mal über dem neuen Roman von John Irving eingeschlafen. Ich kann mich nicht erinnern, je ein so langweiliges Buch gelesen zu haben. Tausendeinhundertvierzig Seiten, die einfach kein Ende nehmen wollen. Und ich muss sie lesen.

Tauben sind schöne Vögel. Fliegen so rum, haben ein hübsch gezeichnetes Gefieder, das niedlich schimmert mit Blau und Grün und Rot und allerlei Farben drin. Wenn Picasso Tauben malt, sind sie sogar regelrecht überirdisch schön. Oder wenn Menschen für den Frieden demonstrieren. Aber Tauben sind auch ziemlich blöde Vögel. Stehen überall im Weg rum, kacken alles voll, fressen Gift, wenn man es schön verpackt. Nie antworten die Tauben, wenn man sie was fragt. Sie sagen nicht, wie es ihnen geschmeckt hat, ob sie Angst vorm Sterben haben oder ob sie an Gott glauben. Nichts, keine Antwort. Nicht mal über die Vogelgrippe wollen sie mit mir reden. Ich glaube, Tauben sind: Schön. Blöd. Und darin unterscheiden sie sich kaum von manchen Menschen.

Todestag von: Michail Bulgakow, dessen «Meister und Margarita» wir während des Studiums bei Lew Kopelew lesen mussten. Otto Modersohn, Maler. Robert Siodmak, Filmregisseur («Menschen am Sonntag»). Kurt Querner, Maler. Ivo Robić, Sänger («Mit siebzehn fängt das Leben erst an»).

Sonntag, 12. März 2006 – Dreiuhrneunundfünfzig, wieder minus dreikommafünf. Nachtrag: Am Freitagabend um 18.30 Uhr zum Hauptbahnhof. Schimmel kommt mit dem Regionalexpress aus Kassel, er zetert, weil die Sitze zu eng sind, der Zug Verspätung hatte, seine digital gesteuerte Heizung zu Hause ausgefallen war … Gemeinsam zockeln wir ins Gewerkschaftshaus, wo die große Feier zu Peter Gingolds neunzigstem Geburtstag stattfindet. Freue mich, ein paar der Alten wieder zu sehen: Kurt hinter seinem Büchertisch, Erich Schaffner, Wolfgang Repp, im Saal irgendwo Vincencia. Der dreiundneunzigjährige Bruder von Peter Gingold spricht ein paar rührende Grußworte und entschuldigt sich für seinen französischen Akzent. Drei der sechs Geschwister sind inzwischen tot, zwei davon deportiert und in Auschwitz ermordet. Sahra Wagenknecht lässt sich mit dürren Worten entschuldigen; Heinz Stehr hält eine plumpe Rede. «Ein Auslaufmodell», sagt Schimmel. Aber dann spricht Gingold selbst, dieser kleine Riese, schüttelt seine Fäuste, freut sich, lacht und ist so unverstellt stolz und gerührt über diese Feier.

Samstagmorgen nach Fulda-Neuenberg, wo wir die ottonischen Fresken in der Krypta der Andreaskirche gezeigt bekommen von Pfarrer Abel, einem kleinen flinken Mann, dessen religiöser Ernst seinem Kunstsinn nicht nachzustehen scheint. Zum Abschluss führt er uns in eine Kapelle, die erst jüngst von einem Ikonenmaler ausgestaltet wurde. Der Künstler ist anwesend und sieht aus wie die Vorstellung, die man sich macht, wenn man die Augen schließt und jemand das Wort «Ikonenmaler» sagt.

Dann nach Poppenhausen. Blanche erzählt von dem elsässischen Dörfchen Lettenbach, in der Nähe von Abreschviller, wo ihre Eisenbahnerfamilie herstamme, nicht weit vom ehemaligen KZ Struthof, in das sie, kurz nachdem sie sich kennengelernt hatten, ihren Mann geschleppt habe, was dieser ihr bis heute nicht verziehen ... Und von einem kleinen provencalischen Ort namens Tourtour, wo ein Schloss der Familie von Simone Veil stehe, das nach Erbstreitigkeiten leergestanden habe, jetzt von dem flotten Hausmeister und seiner Sippe bewohnt werde, einem ehemaligen Schäfer, der die einzige Tochter des örtlichen Schlachters geheiratet habe, nun den Trüffel der Schlossbesitzer ernte und deren Wild jage, darüber reich geworden sei, ein Haus gebaut ... wo er derweil seine Mätresse untergebracht ... mit der er jeden Morgen vor den Augen der Welt auf der Place frühstücke, weshalb seine Frau das Dorf nicht mehr betrete. Und umgebracht habe sich in dem kleinen Ort Bernard Buffet – weltberühmter Maler des grauenhaften traurigen Clowns –, indem er, der unter der Parkinson'schen Krankheit litt, sich eine Plastiktüte über den Kopf ... Geschichten, ach, Geschichten, dass man am Ende noch ins Erzählen ...

Am Spätnachmittag im Schneetreiben zurück. Aber die Autobahn ist frei, und während die Rhön wieder im Schnee versinkt, scheint in Frankfurt keine Flocke gefallen zu sein. Zu Hause eine halbe Stunde in «Die Kinder des Monsieur Mathieu» geschaut, dann auf 3sat «Dido und Äneas» in der Inszenierung von Sasha Waltz. Schlechtes Orchester, schlechte Sänger, aber schön getanzt, ansehnliche Kostüme und ein ebensolches Bühnenbild.

Heute vor einem Jahr ist Lisa Fittko in Chicago gestorben.

Montag, 13. März 2006 – Sechsuhrdreizehn, minus fünfkommaein Grad, in elf Tagen ist Weihnachten.

Heute im Angebot des großen Auktionshauses unter der Rubrik «Antiquitäten und Kunst»: ein «nackter Akt» und eine «seltene Rarität». Wer da nicht zugreift …

Im neuen «Spiegel» ein Artikel über Autorentagebücher. Aber kein Wort, kein Schimmer, dass sich die Form des Tagebuchs im Laufe der letzten zweihundert Jahre gründlich verändert hat. Kein Wort auch über das vielleicht wichtigste Journal der letzten Jahre, über Piwitts «Steinzeit». Und nicht mal erwähnt wird die interessanteste, schnellste, beweglichste, einflussreichste, inzwischen am meisten verbreitete und offenste Form des Tagebuchs: das Weblog. Angekündigt wird der Text im Inhaltsverzeichnis mit der prickelnden Formulierung: «Die Lust deutscher Schriftsteller am Tagebuch». Lust, ja, Himmel, Llllust.

Anruf Klaus Modick, ob ich Llllust habe, im November an einem Literaturgespräch in Oldenburg teilzunehmen. Gemeinsam mit Bernd Schroeder. Klar, gerne, freut mich.

Tot sind: die Frankfurter Sozialdemokratin und Frauenrechtlerin Johanna Tesch (gestorben an den Folgen ihrer Haft im KZ Ravensbrück). Louison Bobet, der als erster Radrennfahrer die Tour de France dreimal hintereinander gewonnen hat. Bernhard Grzimek, Steinlausdompteur. John Holmes, die Riesenschlange.

Dienstag, 14. März 2006 – Sechsuhrvierzehn, minus fünfkommanull. Schon die zweite Nacht gut geschlafen. Dank Baldrian-Hopfen von St. Benedikt.

«Hier zieht es ja wie Hechtsuppe!» – Ja, tut es, aber wo diese Redewendung wohl herkommt?

In «Kulturzeit» ein Interview mit Oskar Negt zu den Streiks im öffentlichen Dienst, zu den Verhältnissen im Land und zur Rolle der Gewerkschaften. Aber was für Fragen bekommt dieser kluge, bedächtige Mann gestellt: «Warum gelingt es den Gewerkschaften nicht, die Zustimmung der Bevölkerung zu erlangen?» – «Müssen die Gewerkschaften nicht helfen, ein gesundes Nationalbewusstsein zu entwickeln?» Ein was? Damit man das Elend nicht so spürt? Damit man den billigen Polen die Schuld geben kann? «Muss die Gewerkschaft sich nicht komplett erneuern?» Als seien in den letzten zwanzig Jahren die Wörter «Erneuerung», «Flexibilisierung» und «Reform» nicht immer nur Synonyme gewesen für: zu Kreuze kriechen. Oskar Negt bemüht sich, geduldig zu bleiben, erklärt das kleine Einmaleins, zeigt Zusammenhänge auf, gibt Nachhilfeunterricht in Gesellschaftsanalyse. Und am Ende ist man sogar froh, dass er wenigstens hier noch mal zu Wort kommt. Und fragt sich zugleich, welche

Antworten er zu geben in der Lage wäre, wenn ihm mal ein paar intelligente Fragen gestellt würden.

Todestag von Karl Marx. Und von Will Vesper, Schriftsteller, fanatischer Nazi, Bücherverbrenner und Vater von Bernward Vesper, der einige Jahre mit Gudrun Ensslin zusammenlebte, die ihn für Andreas Baader verließ, der dann ... Deutsche Geschichten eben...

Donnerstag, 16. März 2006 – Dreiuhrdreiundfünfzig, einkommasechs Grad. Schon zwei Besucher online. Auch schlecht geschlafen?

Traum. Eine Katze hat sich in meinem Handgelenk verbissen. Ich packe sie am Nacken, drücke ihr das Maul auf. Endlich gibt sie mich frei. Ich wache auf. Dämmere wieder ein. Aber da hat doch eine Diele geknackt? Lauschen. Nein, nichts. Da schleicht doch jemand durch die Wohnung? Nein, schlaf weiter. Aber an Schlaf ist nicht mehr zu denken.

Bin mit dem Irving-Roman durch und muss nun endlich den Text dazu schreiben. Hatte selten so sehr das Gefühl, meine Zeit zu verschwenden.

Todestag von Joseph Christian Freiherr von Zedlitz und Nimmersatt, der auf dem Sterbebett gesagt haben soll: «Es sind schon so viele gestorben, ich werde das auch noch überleben.» Tot ist ebenfalls der Schriftsteller Börries Freiherr von Münchhausen, der sich vehement bemühte, die jüdische Abstammung seines Konkurrenten Gottfried Benn nachzuweisen. Als sich die alliierten Truppen Münchhausens Gut im ostthüringischen Windischleuba näherten, nahm er sich am 16. März 1945 das Leben.

Freitag, 17. März 2006 – Sechsuhrfünfzehn, nullkommaein Grad. «Ich würde gerne zu einer Randgruppe gehören», sagt die Kollegin B. «Lesbisch oder schwarz oder eingewanderte Türkin. Dann würde ich wenigstens zu diesen Randgruppenkongressen eingeladen, die dauernd überall stattfinden. Am besten vielleicht eine lesbische, türkische Negerin.»

Kann es eigentlich sein, dass Robbie Williams verrückt ist? Ich weiß nichts über ihn, außer dass es ihn gibt und wie er aussieht. Aber jedes Mal, wenn er mir von einem Plakat, von einem Zeitschriftenfoto oder – schlimmer – vom Bildschirm entgegenschaut, muss ich mich abwenden, so sehr schaudert mich vor diesem Gesicht, vor diesem flackernden Blick. Als hätte ich Angst vor ihm.

Todestag von Luchino Visconti und René Clément.

Samstag, 18. März 2006 – Sechsuhrelf, minus nullkommavier. Lese fünfzig Seiten in Simon Becketts «Die Chemie des Todes». Aber nein, meine Sache ist das nicht. Ich mag im Kriminalroman keine Ich-Erzähler. Ich glaube nicht, dass es «unnatürliche Sommer» gibt. Ich nehme den Häusern nicht ab, dass sie «trist aneinanderkauern», und den Fenstern nicht, dass sich in ihnen «blankes Misstrauen spiegelt». Und spätestens bei «Schmetterlingen im Bauch» steige ich aus und suche nach dem Insektenspray.

Tot ist Emma Cotta, die Erfinderin der gleichnamigen Panna. Und Tamara de Lempicka, die nicht wenig zu den Geschmacklosigkeiten des zwanzigsten Jahrhunderts beigetragen hat.

Sonntag, 19. März 2006 – Fünfuhrachtzehn, nullkommanull Grad. Gestern zwei Stunden durch die Wetterau. Mühsam. Schön. Der letzte Widerstand des Winters: zwecklos. Tot: ein Fuchs (zweigeteilt), ein Fasan (geköpft), eine Katze (aufgeplatzt). Die Schützen schießen wieder, die Gärtner werkeln, die Autofahrer hupen, die Sonne schaut mal kurz vorbei. Der Hundeübungsplatz ist noch leer. Kommunalwahlkampf; ein Plakat fordert «ordentliche, saubere Schulen!» Nazis? Von wegen. Das Plakat stammt von der Linkspartei.

Abends dann in das Theatermagazin von 3sat reingeschaut: «Foyer», mit der albernen Minh-Khai Phan-Thi. Habe die ganze Zeit das Gefühl, Kinderkanal zu schauen. Dann «8 Frauen» von Ozon. Hübsche Kostüme, hübsche Chansons, schlafe trotzdem ein. Okay, ins Bett.

Fünfuhrvierundvierzig: In drei Stunden wird es ernst. Erste große Ausfahrt der «Lokomotive Rotes Ritzel» in diesem Jahr.

Todestag von Marcel Callo, Drucker aus Rennes, Mitglied der katholischen Arbeiterjugend, Zwangsarbeiter, KZ-Häftling, gestorben in Mauthausen.

Montag, 20. März 2006 – Fünfuhrdrei, zweikommazwei Grad. Gestern Morgen, 8.45 Uhr, Treff in Seckbach, dann weiter nach Niederdorfelden zur ersten Radtouristikfahrt des Jahres. Fast das gesamte Sportradkollektiv der «Lokomotive Rotes Ritzel» ist da. Aufgekratzte Stimmung, Gruppenfoto. Dann los. Temperatur kein Problem. Große Schleife durch die Wetterau und die Ränder des Vogelbergs: Florstadt–Bad Salzhausen–Selters–Rommelhausen–Bruchköbel ... An den Kontrollstellen stürzen wir uns wie Süchtige auf die Kekse, Bananen, Gummibärchen. Nach achtzig Kilometern kommt mein Einbruch. Bin vollkommen leer und kann nur noch um Nachsicht betteln. Im gemäßigten Tempo weiter. Am Ende sind auf dem Tacho 130 Kilometer und auf der Stirn ein erster Sonnenbrand.

Abends, liegend, noch ein wenig Rostropowitsch und David Peace. «Wenn ich nicht die Sieben Weltmeere beherrschen kann, gehe ich auch nicht mehr in die Badewanne.»

Tot sind all jene, die im sogenannten dritten Golfkrieg starben, der heute vor drei Jahren begann.

Dienstag, 21. März 2006 – Vieruhrsechsunddreißig, dreikommafünf. Die Geschichte von M., die erzählt, sie habe auf einer Party stundenlang neben einem ungeheuer langweiligen Herrn Schmidt gesessen. Am Ende des Abends habe sie dann erfahren, dass es sich um einen Fernsehmoderator handle: Harald Schmidt. Ein Name, der ihr, da sie keinen Fernseher besitze, allerdings auch nichts gesagt habe.

In der «Cinemathek» der «Süddeutschen Zeitung» diese Woche: Lars von Triers «Breaking the Waves». Auch so ein grandioser Film, den ich kein zweites Mal aushalten würde.

Todestag von Jeffrey Wise, amerikanischer Indianer und Nazi, der vor einem Jahr im Reservat Red Lake neun Menschen und dann sich selbst erschoss.

Mittwoch, 22. März 2006 – Sechsuhrvier, zweikommasechs. Auf Einladung Sylvia von Metzlers gestern Abend mit Annette und Stefan ins Haus Metzler nach Bonames, wo Minka Pradelski liest. Viel schwarzes Tuch, viel guter Wein.

In der Sprache eines Menschen manifestiert sich sein Bewusstsein. Bei Anne Chaplet, alias Cora Stephan, liest sich das so: «Was ist das für eine Welt, in der es ‹soziale Spannungen› auslöst, wenn Arbeitnehmer unter 26 Jahren nicht schon mit dem ersten Job ins Sicherheitskorsett der Festanstellung von der Wiege bis zur Bahre fallen?» Leider ist es nicht allen Schreibenden in die Wiege gelegt, heil durch den eigenen Metaphernsalat zu gelangen. Ohne Korsett und Sicherheitsgurt landet mancher dann kopfüber auf der Bahre der «Welt». Wie würde Kommissar Wallander sagen? «Jetzt wissen wir auch das …»

Weiters aus der Serie Knalldoof des Tages: «Wo bist Du? Gefühlsechte Animationen. Zauberhafte Liebeslogos warten hier.»

Was? Goethe ist tot?

Donnerstag, 23. März 2006 – Vieruhreinunddreißig, nullkommaneun Grad. Wer die vier Leute sind, die um diese Uhrzeit Geisterbahn lesen, wüsste man schon gern. Die Fenster sind geöffnet, trotzdem ist es ungewöhnlich still. Dann höre ich das leise Weinen eines Kindes, kein Baby, sondern ein vielleicht vier-, fünfjähriges Kind. Ganz und gar kläglich, wimmernd. Es hört sich an, als komme es aus dem Nebenzimmer. Sofort beginnt mein Herz zu rasen. Ich gehe durch die Wohnung, schaue in jeden Raum, idiotisch, natürlich ist hier kein weinendes Kind. Dann hört das Weinen auf. Aber mein Herzrasen bleibt.

Todestag von August von Kotzebue, Stendhal, Raoul Dufy, Peter Lorre, Walter Auerbach und Giuletta Masina. Tot ist auch Walter Stahlecker, SS-Brigadeführer und Befehlshaber der «Einsatzgruppe A», deren Aufgabe es war, die «Säuberung der befreiten Gebiete von marxistischen Volksverrätern und anderen Staatsfeinden» im Baltikum zu gewährleisten. Stahlecker galt als einer der «effektivsten» Massenmörder.

Sonntag, 26. März 2006 – Neue Zeit: Sechsuhrneun. Neue Temperatur: zwölfkommaein Grad. Alter Regen.

Am Donnerstag in den ICE nach Berlin. Vom «Magazin der Bahn – mobil» glotzt mir entgegen: «Xavier Naidoo – Pop mit Seele.» Quatsch mit Soße. Auf den Ohren wieder die Sonaten von Jakob Klein.

Aus dem Fenster: Wie unglaublich schön dieses Land ist, von hinten gesehen, trotz seiner Versehrtheit. Immer wieder Rehe, Schwäne, Feldhasen, ein Reiher. Das, was wir Bäume nennen, ist so vielgestaltig, so vielfarbig, dass ich mich manchmal wundere, dass wir jedes einzelne Exemplar, egal, wie sehr es sich von seinem Nachbarn unterscheidet, doch immer als «Baum» erkennen.

In Spandau ins Hotel Ibis. Schrecklicher Kasten. Dann durch die Einkaufsstraße zur Kirche St. Marien am Behnitz. Schon durch die Glastür sehe ich Herrn Kissner, der die alte Backsteinkirche gemeinsam mit seiner Frau gekauft und restauriert hat. Okay, noch ein wenig Zeit, ins Zollhaus. Ein Lagerbier, bitte. «Bloß keene Semantik», sagt der gewitzte Berliner am Nebentisch, um sich die Spitzfindigkeiten seines Begleiters vom Leib zu halten. Mir gegenüber an der Theke ein Mann im weißen Hemd mit spitzen Stiefeln. Er beäugt mich, dann geht er. Wieder zur Kirche. Der Mann im weißen Hemd steht jetzt oben auf der Empore. Es ist der Organist, er komme, heißt es, zu jeder Veranstaltung (außer wenn ein fremder Organist hier ein Konzert gebe), bleibe aber immer oben bei seiner Orgel sitzen. Ein Österreicher halt, als sei damit alles gesagt. Lesung. Hinterher wieder Zollhaus. Herr Kissner schwärmt von den guten Frankfurter Gref-Völsings-Rindswürsten. Muss daran denken, ihm ein paar zu schicken. Schwer ins Bett.

Am Freitag Frühstück in diesem öden Ibis-Saal, am Nebentisch zwei Geschäftsleute mit drängenden, insistierenden Stimmen, Terror, absolut rücksichtslos. Über der Straße ein riesiges Schild: www.der-billigbestatter.de. Fahre nach Charlottenburg, Savignyplatz, laufe in die Weimarer Straße, um meine Tasche bei «Miss Marple» abzustellen. Nette Begrüßung. Dann bis Friedrichstraße, dort zu Fuß weiter. Schon wieder so ein Schild, diesmal an einem Laden: www.komplexannahme.de. Dann: Was denn jetzt, alles abgesperrt, riesige Barrikaden, alles voller Polizisten? Kommt man hier nicht durch, oder was? Ach so, ja, die amerikanische Botschaft. Ist mir ja schon mal passiert hier, war aber abends. Zum Brandenburger Tor. Sonne. Nee, ich gucke nicht hoch, mir reicht schon der Doofi-Trubel hier unten mit all den Faxenmachern, einer lebenden Statue als NVA-Soldat verkleidet, dem Drehorgelspieler mit «La Paloma Blanca», den amerikanischen Touristen.

Ins Liebermann-Haus, um die Paul-Cassirer-Ausstellung anzuschauen. Wirklich beglückend. Gleich rechts ein paar Porträts, die alle Tilla Durieux zeigen. Am schönsten das von Corinth: Tilla Durieux als spanische Tänzerin. Die Schauspielerin war mit Cassirer verheiratet. Als sie sich 1926 von ihm trennen wollte, hat er sich im Vorzimmer des Scheidungsanwaltes erschossen. Sie hat bis 1971 gelebt und liegt jetzt ganz in der Nähe ihres Exmanns auf dem Friedhof Heerstraße. Werd ich aber wohl nicht mehr schaffen, die beiden dort zu besuchen. Immer wieder renne ich zu einem Porträt, das Max Slevogt 1913 von seiner Tochter gemalt hat: «Nina als Indianer». Notizen: Hans Ostwald, Vagabonden. Corinth-Porträts von Meier-Graefe und Peter Hille. Willi Geiger: Porträt Ernst Bloch, 1924.

Dann zu Fuß zum Potsdamer Platz, eine windige Hölle, die von vielen begafft wird, wo sich aber niemand aufhalten mag. Zur Neuen Nationalgalerie. Davor eine zweihundert Meter lange Schlange. Laufe dran vorbei. Ich will gar nicht in diese Melancholie-Ausstellung, sage ich zu dem Uniformierten, will eigentlich nur die ständige Ausstellung sehen. «Dann müssense wohl nach Tokio fliejen.» Also in die Gemäldegalerie im Kulturforum. Riesig. Aber ich begreife die Ordnung hier nicht. Das Mittelalter interessiert mich gerade gar nicht. Aber wie immer habe ich Angst, das eine Bild zu verpassen, das alles ganz neu zeigen würde. Also muss ich durch, verlaufe mich aber immer wieder. Das ist mir jetzt alles zu viel. Nach zwei Stunden wieder raus. Eigentlich habe ich nichts gesehen.

Wieder in die Stadt, durch den Osten, bis zur Bernauer Straße usw. Aber die CD mit den alten Liedern von «Jahrgang 49» finde ich trotzdem nicht. Zionskirche, wo Bonhoeffer gepredigt hat. Zurück in den Westen, Bahnhof Zoo. Schlendere über den

Ku'damm, öde. Wieder Richtung Savignyplatz, viele leere, verrammelte Geschäfte, Ladeninhaber, die sich die Nasen an den Scheiben platt drücken und auf Kundschaft lauern. In den «Zwiebelfisch», das ist doch mal was Altes, Reelles. Kommt mir gerade recht, nicht eine von diesen blöden leeren Café-Bar-Lounges, die hier alle paar Meter so tun, als wären sie was.

In die Weimarer Straße. Am Eingang Bernd, Cornelia kommt raus, ein wenig nervös, aber guter Dinge, alles so nett, dass ich mich gleich entspanne. Die kleine Buchhandlung randvoll. Eine Kundin hat ein Brot gebacken, das so gut schmeckt, dass ich es am liebsten abonnieren würde. Später in ein chilenisches Restaurant mit den Bildern von Victor Jara, Pablo Neruda und Salvador Allende an der Wand. Und ein paar Tische weiter ein Typ, der aussieht wie der junge Fidel Castro. Spät ins Bett. Schwer müde.

Samstagmorgen: Heimfahrt. Nebenan im Abteil sechs Motorradrocker in Kluft. Laut, betrunken, jedes Mal, wenn eine Frau an ihrem Abteil vorbeikommt, geht ein Gegröle los. Und danach blechernes Gelächter.

Todestag von Max Ophüls, Raymond Chandler, B. Traven, Roland Barthes.

Montag, 27. März 2006 – Vieruhrdreißig, dreizehn Grad. Gestern noch eine schöne, nasse Runde durch die Wetterau. Langsam kommt die Kraft zurück. Noch vier Wochen bis zum Henninger-Turm. Jetzt muss es aber auch wirklich ein Blitztraining werden. Und am besten eine Blitzdiät.

Wie du rumläufst, willst du dir nicht mal eine neue Jacke leisten? – Ja, ich weiß. Andererseits bin ich nicht so unglücklich, dass ich mir unbedingt was kaufen müsste.

Angeboten wird zum Preis von 18000 Euro ein «Spachtelbild» des Malers Arwed Balcke, über den es heißt: «Unter der Herrschaft des Spachtels zwingt Balcke die Gewalten des Farberlebens und peitscht in stets virtuoser Technik alle Varianten farblicher, psychologischer Darstellung.» Das nennt man wohl eine beherzte Sprache.

Todestag von Charles Willeford, Ian Dury, Billy Wilder. Und von Matthias Beltz, dessen Grab ich nachher besuchen werde.

Dienstag, 28. März 2006 – Siebenuhrzweiunddreißig, zehnkommasechs. Eine Mail von «Barbarella-Entertainement»: «John Malkovich ist Gustav Klimt.» – Könnte ein Tag mit größerem Schrecken beginnen?

Die Abstraktion in der Malerei war eine folgerichtige, notwendige Entwicklung. In den vorhergehenden Jahrzehnten lief alles darauf hinaus, Farbe und Form vom Gegenstand, von der Illusion des Gegenstandes zu trennen. Also musste auch dieser Versuch unternommen werden. Die Polemik der Gegenständlichen gegen die Abstrakten war somit unsinnig. Sie gingen davon aus, dass es sich bei der neuen Malweise um eine Mode, einen Spleen, eine freiwillige Entscheidung handelte. Aber die Abstraktion war eine historische Notwendigkeit. Ebenso sehr war sie auch eine Sackgasse. Aber was heißt das schon.

Gestern neunzig Minuten Rolle, heute 43 Kilometer aus dem dunklen Frankfurt in die Wetterau, ins Licht. Ziemlich windig. Drei Fasanenweibchen auf einer Wiese, eine zermalmte Katze auf der Fahrbahn, ein Bussard im Graben, bäuchlings. Auf der Abfahrt von den Hühnerbergen nach Niederdorfelden heftiger Wind von links, Flattern, Schwanken. Ein Motorengeräusch von hinten, ein Schatten, ein LKW. Schiebt sich an mir vorbei, ich gerate kurz in den Sog seines Windschattens, und sofort steigt die Geschwindigkeit um zwei, drei, um vier Stundenkilometer. Dass man Lastwagen mögen kann ...

Vor neun Jahren starb Baronin Maria Augusta von Trapp, deren Lebensgeschichte, verfilmt unter dem Titel «Die Trapp-Familie», zu den Mythen der späten fünfziger und der sechziger Jahre gehörte. Vor tausendeinhunderteinundfünfzig Jahren wurde Paris von den Wikingern gebrandschatzt.

Donnerstag, 30. März 2006 – Neunuhrneunundfünfzig, achtkommaneun Grad. Dauerregen. Am Mittwoch mit dem ICE nach München zum Krimifestival. Heike steht am Gleis, ich freue mich riesig. Wir fahren nach Schwabing, schlendern die Schellingstraße entlang auf der Suche nach einer Mahlzeit, nee, nicht diese Schnösel-Osteria, wo ich vor Jahren mit Maxim war, auch nicht ein paar Meter weiter in die «Bierschwemme», angeblich Hitlers Lieblingskneipe. In einer Seitenstraße finden wir einen Koreaner, eine Mischung aus Imbiss und Restaurant, einfach, gut, vor allem schlank und scharf.

Dann zum Salvatorplatz ins Literaturhaus. Die Frau an der Kasse fragt, wo wir hinwollen: zur Krimilesung oder zu Ransmayr? Ich habe das Gefühl, mir fällt ein Stein auf den Kopf. Die haben wirklich parallel eine Ransmayr-Lesung hier angesetzt. Einen Ricard, bitte. Zur Vorbesprechung. Tobias Gohlis kommt mir auf dem Gang entgegen, guckt ein wenig mürrisch. Ich frage, was los sei. Auf einmal lacht er, nee, nichts, und ist ganz aufgeräumt. Zu viert – mit Oliver Bottini und Jan Costin Wagner – besprechen wir den Ablauf noch etwas angespannt. Wir kennen uns nicht, wissen nicht, was wir voneinander halten sollen. Wird schon werden. Dann die Lesungen, dann reden. Habe dauernd das Gefühl, dass wir die Leute langweilen. Oder? Also den Kaspar machen. Was, schon nach halb zehn? Signieren, runter ins Restaurant. Einen Ricard, bitte, nee lieber einen doppelten. Eine Frau setzt sich neben mich, aufgekratzt, stellt sich vor, Angela Eßer, sie ist die Organisatorin des Festivals und außerdem Sprecherin des «Syndikats», dieser Krimiautorenorganisation. Aha. Dann versucht sie sofort ziemlich offensiv, mich für das «Syndikat» zu werben, was ich erst mal gar nicht glauben will. Sie haben den ganzen Herbst versucht, mich als Mitglied zu gewinnen, ich war reserviert, aber freundlich. Als ich schließlich gesagt habe, dass solche Autoren-Stammtische einfach nicht so mein Ding sind, erschien eine Woche später auf der Startseite der «Syndikat»-Homepage diese Riesenpolemik gegen mich. Und jetzt soll ich beitreten? Na ja, es würde halt gelegentlich mal über die Stränge geschlagen. Ja. Mhm. Ich bin ein wenig hilflos, weiß nicht, was ich sagen soll. Dann noch mal hoch zu Heike und Bernd, wo sie an einem großen Tisch mit ihren Freunden sitzen. Schon klasse, sie haben wirklich zehn Leute mit zu der Veranstaltung gebracht. Noch ein wenig plaudern, dann fahren wir nach Perlach, und ich schaue gleich ins Netz, um zu sehen was aus der Auktion geworden ist. Ach wie toll, Christiane hat das Bild ersteigert: Max Hüntens «Lesende Frau». Taumelnd vor Freude ins Bett.

Am Donnerstag in die Neue Pinakothek. Wir gehen durch alle Räume, aber eigentlich hätten uns Manets «Frühstück im Atelier» und Liebermanns riesige «Ziegenbäuerin» genügt. Ganz voll davon. Zu Fuß zum Bahnhof. Gehe zum Gleis, schaue

mich immer wieder um, aber Heike guckt nicht mehr. Auf dem Gleis gegenüber steht: Ransmayr. In den ICE, nach Hause.

Todestag der Schauspielerin Helga Anders, in die ich als Fünfzehnjähriger, nachdem ich «Tod in Scheveningen» gesehen hatte, ganz verliebt war. Sie starb als unglückliche Wirtin einer Münchner Kneipe.

Sonntag, 2. April 2006 – Fünfuhrsechsundfünfzig, achtkommadrei. Am Freitag um achtzehn Uhr in den ICE. Überfüllt. Auf den Gängen stapeln sich Taschen und Koffer. Dazwischen hocken, liegen, sitzen, stehen, stinken die Leute. Eine Stunde später Ausstieg in Karlsruhe. Rechts das Hotel, vor dem im letzten Jahr die Teambusse der Tour-de-France-Mannschaften standen. Zu Fuß Richtung Innenstadt. Plötzlich das Gekreisch Tausender Kinder. Dann ein Plakat: Ein Privatsender lässt eine Popgruppe auftreten. Das Geschrei der Fans hört sich einstudiert, nachgemacht an: Wir spielen Hysterie. Weiter, Ettlinger Tor, Marktplatz, Hotel Kaiserhof. Nee, für einen Herrn Altenburg ist hier kein Zimmer reserviert. Versuchen wir's mal mit Seghers. Gut. Kurz aufs Zimmer. Und, was hängt an der Wand? Ein kleiner Monet. Aber weil alles immer noch schlimmer kommen kann, an der anderen: ein großer Dalí. Bin kurz versucht, ein neues Zimmer zu verlangen. Gehe in den «Raum Baden», blättere noch ein wenig in der FAZ, stoße auf das «Selbstbildnis im grünen Hemd» von Christian Schad, eine schauderhafte, winzige Reproduktion, aber was hat das hier zu suchen? Ah, Wolfgang Joop ruft die «Neue Sachlichkeit» in der Mode aus. Mein Gott, ja, der Mann gilt als Intellektueller unter den Modemachern.

Um 20.20 Uhr zur Lesung in dieses riesige Einkaufszentrum. Tot ins Bett. Um acht Uhr der Weckruf, duschen, Frühstück. Aus dem Fenster schaue ich auf die Fensterfront eines Polizeireviers, vielleicht ist es das Präsidium. Eine Uniformierte sitzt auf einem Bürostuhl, vor ihr steht – ihr den Rücken zukehrend – ein Kollege. Sie greift mit beiden Händen in den Gürtel seiner Hose; er läuft los und zieht sie quer durch die Büros. Zurück zum Bahnhof. Plötzlich sehe ich überall Brunnen. In dieser Stadt sprudelt, fließt und plätschert es wirklich überall.

Wieder in Frankfurt. Im Bahnhof werden Fahrräder versteigert. Auf der Berger Straße einkaufen, dann umziehen und aufs Rad. Mit dem Weißen durch die Wetterau. Regen, Wind, Sonne. Auf der steilen Straße zur Ronneburg begegnet mir ein langhaariger Typ, barfuß, in einer langen Mönchskutte. Oben sehe ich dann, dass hier irgendwelche Ritterspiele stattfinden, Zelte, Burgfräulein, fechtende Ritter in schweren Rüstungen, Irrsinn. Nach drei Stunden wieder zu Hause. (Stand des Jahres: 450 Kilometer auf dem Schwarzen, 325 auf der Rolle, 80 auf dem Weißen – 855 Kilometer gesamt, und das am 2. April, schwach, schwach, schwach.)

Rufe Atilla an, ob wir morgen fahren. Er ist gerade erst aus der Türkei zurückgekommen. Sein Opa liege im Sterben, aus allen Poren komme Blut, sagt er.

Heute vor achtundfünfzig Jahren wurde der Schriftsteller, Lehrer und Aufklärer Sabahattin Ali an der türkischen Grenze ermordet.

Montag, 3. April 2006 – Vieruhrdreizehn, siebenkommavier Grad. Gestern am Vormittag in der Lutherkirche, wo ich den alten Türken wieder sehe, mit dem ich vor Jahren durchs Viertel geschlendert bin, als er seine Verwandtschaft besuchte. Damals erzählte er mir, dass er mit seinem kleinen Boot in Griechenland Urlaub gemacht habe und in einer Bucht vor Anker gegangen sei, als ein Mann auf ihn zugekommen sei und gefragt habe, ob er Schach spiele. Man habe ihn in die Nachbarbucht geführt und auf eine große Yacht gebracht. Dort habe ihn, den fremden Türken, bereits König Juan Carlos von Spanien erwartet, der dringend einen Mitspieler für seine Schachpartie gesucht habe. Während er mir das erzählte, klappte immer wieder das Gebiss des alten Mannes herunter. Damals hatte er noch schwarzes Haar. Jetzt ist er weiß, sitzt im Rollstuhl und schaut zu, wie eine seiner Enkelinnen getauft wird.

Mit Atilla über Bonames, Kalbach, Oberursel auf den Feldberg. Mühsam. Oben hat sich ein Mountainbiker in dem Glaskasten der Bushaltestelle verschanzt, um sich umzuziehen. Für ein paar Minuten verkriechen wir uns ebenfalls dorthin, dann machen wir uns auf die Abfahrt – eine windige, nasse, kalte Hölle.

Erschossen wurde vor hundertvierundzwanzig Jahren Jesse James von einem Mitglied seiner ehemaligen Bande. Hingerichtet wurde vor siebzig Jahren Bruno Richard Hauptmann wegen der Entführung und Ermordung des Sohnes von Charles Lindbergh. Gestorben sind Kurt Weill und Graham Greene.

Freitag, 7. April 2006 – Vieruhrzweiundvierzig, fünfkommaein Grad. Was für ein sonniger, kalter, blauer Tag das gestern war! Dann aber ein langes Telefonat mit Rolf-Bernhard über Unerfreuliches. Schließlich am Mittag die Nachricht, dass Walter Boehlich gestorben ist, dessen Namen mein blödes Word-Korrekturprogramm nicht kennt und deshalb als Fehler kennzeichnet (bei Goethe zuckt es nicht). Vor Jahren hatte ich Boehlich gefragt, ob wir nicht mal einen Band mit seinen Essays und Kritiken zusammenstellen wollen. Er biss auf seine Pfeife und sagte: «Nein.» – «Also wollen Sie sterben und vergessen werden?» – Die Antwort: «Ja!» Und ein Lächeln.

Tot ist Nina von «Nina & Mike» (einer der Hits des Duos war die deutsche Version von «When I'm Dead And Gone»).

Samstag, 8. April 2006 – Vieruhrsiebenundzwanzig, siebenkommadrei. Gestern: Früh die Hausstrecke auf dem Schwarzen, 42 Kilometer. Mühsam, wieder sehr kalt. Aber auf den Feldern sprießt das erste Grün, ein paar Kühe sind schon wieder auf den Weiden, und auf den toten Bäumen sitzen weiter schwarze Vögel.

Wolf Biermann verlässt Kiepenheuer & Witsch, weil es in einem dort erschienenen Buch hieß, es sei still um ihn geworden.

Am Mittag klingelt es, J. steht auf der Treppe, ein wenig unentschlossen, druckst, dann sagt er, dass er sich zu einer Tasse Kaffee einladen wolle. Und wir reden eine hübsche Stunde lang über Kunst, Mickey Mouse, Batman, Flaubert, «Cracker», «Monk». Plötzlich sagt er, so von unten rauf lächelnd, den Satz: «Man sollte das Fernsehen viel mehr loben.»

Abends die zweite Folge von «Cracker». Aber nach siebzig Minuten mache ich schlapp. Das Ganze hat manchmal so einen blöden *Bonnie & Clyde*-Touch, der ganz unangemessen und unglaubwürdig wirkt.

Und den ganzen Tag Gedanken an Boehlich. Martin Lüdkes respektvoller, aufrichtiger Nachruf in der «Frankfurter Rundschau» klingt, als habe auch er mal eine Bisswunde davongetragen. Aber wer hätte das nicht, der in Boehlichs Umgebung stand. Hatte er eigentlich irgendwann mal einen Hund? Plötzlich will ich ihn mir gar nicht mehr anders vorstellen als mit einem kleinen Schnauzer.

Todestag von: Melitta Gräfin Schenk von Stauffenberg, Pablo Picasso.

Montag, 10. April 2006 – Vieruhrzehn, achtkommavier. Am Samstag den ganzen Tag an der Steuer gesessen, abends zu Stephan und Annette. Adrian K. kommt vorbei. Über Hauptschulen, Integration, Krankenversicherung für Hausmeister, Verelendung, Bürokratie, Hausbau in den USA, Zweit- und Drittjobs … oje. Und natürlich über Boehlich. Annette will auf jeden Fall zur Beerdigung fahren.

Gestern um 7.45 Uhr kommt Atilla, Räder in den Wagen, nach Eppertshausen. Im Auto spielt er mir die CD vor mit den vier Auswahlstücken von «Ein kleiner Abend Glück», zweite Gitarre, zweite Stimme – eine sagenhaft gute Aufnahmequalität … 110 Kilometer durch Rodgau und Odenwald. Wieder auf dem schwarzen, also ohne Tacho. Wir sind in einer Gruppe mit sieben Fahrern unterwegs. Lockere Tour, gutes Wetter. Aber dann startet plötzlich am Straßenrand ein Schäferhund, hetzt neben uns her, immer weiter, wir beschleunigen, haben Angst, aber der Hund ist immer noch hinter uns, durchquert die nächste Ortschaft, lässt auch nicht von uns ab, als wir ein

paar langsamere Fahrer überholen, und gibt erst nach ungefähr sieben Kilometern auf, als wir an einer Abfahrt nochmal die Geschwindigkeit erhöhen können. Später, am Ziel, ist das riesige Kuchenbüffet, das dort am Morgen aufgebaut war, bereits geplündert. Aber Bratwurst und Bier mag ich jetzt nicht.

Am 10. April 1919 wurde Emiliano Zapato in einen Hinterhalt gelockt und erschossen: «Es mejor morir de pie que vivir de rodillas!» («Lieber aufrecht sterben als auf den Knien leben!»)

Dienstag, 11. April 2006 – Fünfuhrdreiundfünfzig, dreikommadrei. Im Billigsupermarkt eine Frau, die man nur als Dame bezeichnen kann. Groß gewachsen, Anfang sechzig, teurer Mantel, Feinstrumpfhosen, Pumps. Vor allem aber eine Dauerwelle wie kunstvoll gemeißelt. Irgendwas ist mit ihr, mir ihrer Haltung, ihrem Gesichtsausdruck. Sie wirkt versteift, sie hält den Kopf so weit erhoben, dass sie den Blicken der anderen Kunden keinesfalls begegnen kann, mit einer knappen Drehung weicht sie der Berührung eines alten Mannes aus. Ihre Nasenflügel beben ein wenig, als habe sie Witterung aufgenommen, wolle aber keinesfalls riechen, was da um sie herum in der Luft liegt. Endlich verstehe ich. Sie schämt sich dafür, hier mit uns einkaufen zu müssen. Alles an ihr sagt: Ich habe Besseres verdient. Alles an ihr nennt uns: Volk.

Helmut Kohl ist neuer Vorsitzender der SPD. Dritte Folge «Cracker» – und wieder eingeschlafen.

Tot sind Michael Curtiz, Jacques Prévert, Primo Levi, Francis Durbridge.

Donnerstag, 13. April 2006 – Sechsuhreins, fünfkommadrei Grad. Letzter Eintrag vor der Autobahn. Gestern, als ich im Treppenhaus stehe, ein Riesendonnerschlag. Das Gewitter ist ganz in der Nähe. Schließe die Wohnung auf, wo P. schon weinend in ihrem Zimmer steht und gerade telefonieren will. Dann schauen wir gemeinsam in den Himmel, aus dem es schwer herunterfällt: kein Schnee, kein Regen, kein Hagel, irgendwas dazwischen. Ein ganz eigener Stoff, nie zuvor gesehen. Schon nach wenigen Minuten sammelt sich das Halbgefrorene auf dem Dach gegenüber und rutscht in die Regenrinne.

Tot sind Emil Nolde, Veit Harlan, Felix Graf von Luckner. Und Giorgio Bassani, von dessen «Die Gärten der Finzi Contini» mir kaum mehr in Erinnerung geblieben ist als der Eindruck einer ausgeprägten Herzensklugheit.

Mittwoch, 19. April 2006 – Vieruhrsechsundfünfzig, zehnkommein Grad. Gründonnerstag: Ankunft in Ziallerns. Karfreitag: Tour mit dem Strada über Wittmund, Esens, Dornum, Norden und zurück. Hundertfünfundzwanzig Kilometer, davon sechzig gegen den Wind. Schnuppertage in Esens, überall diese Fummelläden. Mist, Bananen vergessen und alle Geschäfte geschlossen. Dann aber ein Lichtschimmer aus einem Tchibo-Shop bei Edeka-Neukauf in Dornum. Das Geklapper der Klickpedale auf den Fließen. Alle drehen sich um, glotzen mich an mit reglosen Gesichtern. Zwei Brötchen, kleine Flasche Orangensaft, zwei Euro.

Kurze, windgeschützte Pause in einem der aufwändig gebauten Haltestellenhäuschen aus Holz, die hier überall an den Straßenrändern stehen. Der Himmel: altmeisterlich. Alle sind wieder da: Fasan, Feldhase, Wildentenpärchen und Wiesel. Auf der Straße Froschmatsch, aus dem sich zwei Ärmchen dem Betrachter entgegenstrecken. Ein Rabe landet, schaukelt auf die Beute zu, schnappt sich das Aas und startet schwerfällig.

Später: Hundert Meter vor mir liegt ein Fahrrad auf dem Weg. Ein Mann steht unterhalb der Böschung im Graben. Was macht der? Angeln, hier, in dieser Schlammpfütze? Nein, er hat so einen Greifer am Stiel, mit dem er sich die Pfandflaschen aus dem Schlick zieht. Als er mich hört, wendet er sich um, schaut mich an mit einem Gesicht, das für einen Moment zerrissen ist vor Schreck und Scham.

Todestag von Hermine Braunsteiner-Ryan, geboren 1919, Metzgerstochter aus Wien, frommes Katholikenkind, Aufseherin in Ravensbrück und Majdanek, genannt «die Stute». 1949 verhaftet, 1950 entlassen, taucht unter in Queens, wird 1964 von Simon Wiesenthal entdeckt, später an die Bundesrepublik ausgeliefert und im Majdanek-Prozess wegen Mord, Beihilfe zum Mord und gemeinschaftlichem Mord zu zweimal lebenslänglicher Haft verurteilt, 1996 durch Johannes Rau begnadigt.

Samstag, 22. April 2006 – Fünfuhrzweiunddreißig, vierzehnkommadrei. Gestern Lauf zum Lohrberg, mühsam. Heute schreien die Achillessehnen.

«Offenbar ist die zeitgenössische Kunst dort angekommen, wo die Avantgarde sie immer haben wollte: mitten im Leben. Und das heißt auch: mitten auf dem Markt», schreibt Hanno Rauterberg in der «Zeit». Was für ein Leben, das offenbar nur noch denkbar ist als: Geschäftsleben. Als würde die Hausse der zeitgenössischen Kunst nicht weit mehr über diese selbst sagen als über jene historisch gewordene Avantgarde, in deren Asche man jetzt pisst, damit wenigstens noch ein bisschen Rauch aufsteigt. Jörg Immendorf wird von der Bildzeitung «geehrt» und «darf» die «Bild»-Bibel illustrieren. Das hätte Matthias Beltz sich schöner nicht ausdenken können.

Hübsch in diesem Zusammenhang auch, wenn es über Samuel Keller, den Leiter der Basler Kunstmesse, heißt, er telefoniere unentwegt mit Sammlern, Galeristen und Sponsoren «und braucht deshalb sein Auge gar nicht, um zu wissen, wohin es mit der Kunst geht. Er hört, welcher Künstler groß wird, welche Galerie im Kommen ist.» Der Rumor als einziges Kriterium.

Aus den Mitteilungen der Frankfurter Polizei: Obdachloser «angelt» sich Schnaps aus den Kellern des ehemaligen Polizeipräsidiums. Vergewaltigung nach Zechtour. Sechzehnjähriger überfällt Rentnerin. Mann entblößt sich in der U-Bahn.

Tot sind Eduardo Lalo und die große Jeanne Mammen.

Montag, 24. April 2006 – Sechsuhrachtunddreißig, neunkommaeins. Gestern auf dem ZDF-Theaterkanal das «Concierto de Aranjuez» von Joaquín Rodrigo mit dem Gitarristen Pepe Romero und der Academy of St. Martin in the Fields unter Marriner. Danach ein Filmporträt des neunzigjährigen Komponisten. Wie angenehm es ist, diesen alten blinden Mann anzuschauen, der, wie es heißt, einmal sehr witzig und unterhaltsam gewesen sei, jetzt aber am liebsten lächelt und schweigt. Und daneben seine quirlige kleine Frau, die für ihn sieht und redet und ihm immer wieder ihre Hand reicht. Glücklich wirken die beiden, deren schlimmstes Erlebnis die Totgeburt eines ihrer Kinder in den dreißiger Jahren gewesen sei. In den Tagen danach habe er das berühmte Adagio des Aranjuez-Konzertes komponiert. Immer wieder versuchen die Tochter und die Enkelinnen, ihn zum Dirigieren, zum Singen, zum Geschichtenerzählen zu bringen. Es ist, als wolle man einen alten, müden Zirkuspudel noch einmal in die Manege locken.

Um den Preis welcher Höllengesichte diese Musik entstanden ist. Immer wieder seien Rodrigo Dämonen erschienen, und einmal habe er die siebenjährige Tochter von Freunden bei der Hand genommen und sie gebeten mit ihm durchs Haus zu laufen, um die Hexen zu vertreiben, die er dort gesehen hat.

Auf dem Markt Spargel gekauft – zum Preis eines Kalbsfilets. Dann kurz zu Saturn, tatsächlich, sie haben die Rodrigo-Aufnahme mit Romero und Marriner, sogar eine Dreifach-CD. Der Tag ist gerettet.

Trou-Trou ist tot.

Dienstag, 25. April 2006 – Fünfuhrzweiundzwanzig, dreizehnkommasieben. Ich kann es schon jetzt kaum noch abwarten, bis die Fußballweltmeisterschaft endlich ... wieder zu Ende ist. Die Kontamination der Öffentlichkeit mit diesem Thema ist allumfassend und wohl nur mit der Strahlenbelastung nach dem Unfall in Tschernobyl zu vergleichen. Um den Behelligungen zu entgehen, müsste man die Zeitung im Kasten lassen, Fernsehen und Radio nicht mehr anstellen, das Telefon nicht mehr abnehmen, jedes Gespräch mit Fremden und Freunden vermeiden, sich zu Hause einsperren und, um die Fahne auf dem Balkon gegenüber nicht sehen zu müssen, auch noch den Rollladen runterlassen. Tut man das nicht, wird man unweigerlich mit den Seelenzuständen und Konflikten unserer Balldoofis konfrontiert: Deisler wieder depressiv. Scholl hochmotiviert. Basten sauer auf Makaay. Bierhoff schimpft auf Maier ... Auf dem Prospekt des toom-Baumarktes eine Frau in der Hollywoodschaukel (€ 69,95); sie tritt gegen einen Ball und ruft: «Super! Als Libero spiel ich groß auf.» Bei Tengelmann rollt ein Ball über sämtliche Werbeseiten, denn hier gilt generell: «Eins zu Null für die Frische.» Bei Walmart hat man sich mehr Mühe gemacht: Hier gibt es «Kathi, die Fußballtooorte» (€ 2,79), acht «delikate Saftwürstchen mit Riesen-Deutschland-Flagge» (€ 4,44), Ballack als Cola-Dose (€ 0,39), Axe-Deodorant mit Lukas-Podolski-Trikot (€ 9,95), «Schinkenwurst fein mit Gratis WM-Terminplaner» (€ 3,79), «Snäkx Mini-Fußball-Würstchen» (€ 1,47), den «Lattenkracher-Krautsalat» (€ 1,99), die «Schweinebauchspieß-Welle La Ola» (das Kilo zu € 6,79) und – allen Spielern dringend zu empfehlen – «Scotch-Whisky Golden Goal» (€ 19,98). Natürlich nur «solange der Vorrat reicht». Also: «Schnell zugreifen!» Oder gleich: «Kaufen wie die Weltmeister!»

Tot ist der Neonazi Michael Kühnen, er starb 1991 an, wie es heißt, «starker Medikamentenzufuhr». Sein Leichnam wurde eingeäschert und auf dem Kasseler Westfriedhof beigesetzt. Später zeigte eine Freundin im Fernsehen eine Urne, in der sich angeblich seine Asche befand.

Mittwoch, 26. April 2006 – Fünfzehnuhrfünfunddreißig, achtzehnkommaacht. Gestern am Vormittag kurzes Berg-Kraft-Training mit dem Strada in Bergen-Enkheim. Mist, Handschuhe vergessen. Schlimmer noch: Wasser vergessen. Okay, ist das Rad wenigstens ein Kilo leichter. Zwei Mal die Röhrborngasse hoch. Klappt mit Mühen. Danach noch drei Mal den Neuen Weg. Zwischendurch kurz auf der Friedhofstoilette zum Wasserzapfen. Zurück über Seckbach. Gut zwanzig Kilometer in gut einer Stunde. Jörg Erb ruft an, um einen Termin für «Ein kleiner Abend Glück» zu machen. Und fragt, da in der Geisterbahn nichts darüber stand, ob ich etwa noch gar nicht wisse, dass E. A. Rauter gestorben ist. Bin vollkommen verdattert. Schaue ins Netz. Seit sechs Wochen schon ist er tot. Wegen einer unbedeutenden Sturzverletzung ins Krankenhaus eingeliefert, Komplikationen ... Es ist Jahre her, dass er das letzte

Mal anrief. Um zu sagen, wie gut ihm die Formulierung gefallen habe: «Wer keine Zeit hat, muss sie sich nehmen.» Noch so ein toter Lehrer ... Sein letztes Buch habe ich noch immer nicht gelesen: «Leben buchstabieren». Auf der Hamburger Trauerfeier für Boehlich am Montag sei keine Musik gespielt worden, weil er Musik gehasst habe. Nur ganz am Ende ein kleiner italienischer Schlager, den allerdings habe er seit vielen Jahren geliebt.

Todestag haben: Daniel Defoe, John Heartfield, Hubert Selby und Maria Schell, die in den letzten Jahren fast nur noch im Bett lag und sich die Videoaufzeichnungen ihrer alten Filme angeschaut hat.

Montag, 1. Mai 2006 – Fünfuhrfünfzehn, siebenkommaneun. Am Freitag windige Tour in die Wetterau bis zur Ronneburg. Nirgends kommt mir Deutschland deutscher vor. Diese Festung auf dem Hügel, die kaputten Fachwerkdörfchen rundum, die Namen der Ortschaften, das Restaurant heißt: «Deutscher Hof», ein Hinweisschild zur «Falknerei» und eins zum «Judenfriedhof». Wenig Menschen, schnelle, aufgedrehte Autos, hölzerne Kreuze an den Rändern, manchmal nabelfreie Mädchen, schielen, drehen sich weg, kichern. Und der Frühling macht seine Sachen.

Tot sind Antonín Dvořák, Joseph Goebbels, Aram Katschaturian.

Dienstag, 2. Mai 2006 – Dreizehnuhrneunundfünfzig, siebzehnkommasieben Grad. Gestern das Henningerturmrennen. Treff der Lokomotive Rotes Ritzel um acht Uhr an der Deutschen Bibliothek. Kalt. Und schon ärgere ich mich, dass ich nur die kurzen Hosen angezogen habe. Na ja, Hauptsache die Beine sind frisch rasiert. Durch die noch leere Stadt sechzehn Kilometer zum Main-Taunus-Zentrum. Vor dem Kinopolis Aufstellung zum Foto. Alle sind fickerig vor Aufregung. Über dem Taunus dunkle

Wolken. Aufstellung in den Startblöcken, zwischen Metallgittern eingepfercht. Dreitausenddreihundert Teilnehmer. Ach du Mist, das wird eine Hatz. Warten, frieren, Palaver, ein bisschen Anmache und Materialvergleich. Blöde Technomusik und ein nerviger Sprecher durch den Tour-Lautsprecher. Schon kurz nach dem Start sind nur noch Atilla und ich zusammen, reihen uns in ein Band etwa gleich starker Fahrer ein, forcieren immer mal wieder und merken nach zwanzig Kilometern, dass wir aufpassen müssen, uns nicht zu übernehmen. Kraft einteilen! Die «Hölle von Epstein» kommt näher, eine steile, kurze Rampe, bei der schon einige absteigen und schieben. Bloß rasch eine Lücke finden, um nicht aus den Pedalen zu müssen. Wir kommen gut hoch. Steile Abfahrt, und schon hören wir das Martinshorn des ersten Notarztwagens. An den Rändern bereits Pannen. Wieder geht es bergauf, ein junger Schnösel auf teurem Gerät blafft einen älteren Mann an, der vor ihm fährt: «Na, Alter, dreifach wär wohl doch besser.» Kurz darauf überhole ich den Schnösel: «Na, Junge, dreifach wär wohl doch besser!» Vor dem Ruppertshainer Berg haben wir einen Schnitt von 31 Stundenkilometern. Wenn jetzt nichts passiert, kann uns nichts mehr passieren. Hoch jetzt, oben winkt und ruft uns Joebucks Freundin zu, wie klasse das ist, die letzten kleinen Steigungen überstehen, dann hängen wir uns an eine Gruppe und bleiben dran bis zum Henningerturm, wieder bergab und stadtauswärts, flach und bolzen, einfach weiter, durchhalten, durchkommen, dranbleiben. Ausgepumpt die letzten Meter, wir reichen uns grinsend die Hände. Das war's. Ein irrwitziges Glücksgefühl. Alex hat als Erster das Ziel erreicht, jetzt steht er da, schweigsam, sein Gesicht weiß und salzig wie eine Saline. Er habe sich im Fahren vom Rad aus erbrochen, einfach so, in den Straßengraben und weiter. Dann auf der gemächlichen Rückfahrt in den Frankfurter Norden merke ich erst, wie sehr mein Hintern schmerzt, alles wund, und ich schwöre mir, nun doch die teuren Assos-Hosen zu kaufen. Später im «Rad» in Seckbach große Ritzelrunde, wie schön, wie glücklich und immer noch aufgekratzt alle sind. Alex, unser stummer Stolz, hat einen Schnitt von fast 37 km/h geschafft, Atilla und ich sind immerhin auf 33,5 gekommen und damit sogar noch fast einen Kilometer besser als im vorigen Jahr.

Wer heute tot ist, ist mir mal egal.

Donnerstag, 4. Mai 2006 – Fünfuhrsechsundvierzig, fünfzehnkommaein Grad. Mit M. unterwegs wegen der Verfilmungspläne. Ja, freilich, größtes Interesse an der «Braut im Schnee», aber erst einmal müsse man jetzt abwarten, was Färberböck aus «Ein allzuschönes Mädchen» mache. Aber wie mich das alles anmacht und erschöpft, diese Mischung aus Eigeninteressen, Nebenabsichten, Faulheit, Eitelkeiten, Feigheit,

Scheeläugigkeit, beamtenhafter Zähigkeit. Wie lange alles dauert, keiner weiß etwas, niemand entscheidet etwas, ständige Vertröstungen, Entscheidungen werden revidiert, die Revision wird zurückgenommen … Immer gibt es noch Vorbehalte, die Quote, die Werbepartner, das Senderprofil, die Redakteurin, deren Chef … Aber alle duzen sich, lachen sich ins Gesicht, sind toll drauf … Geplapper und Schweigen, Schweigen. Bin wie erschlagen, den ganzen Tag schlechte Laune. Zum hundertsten Mal schwöre ich mir, jeden Kontakt mit diesem Wahnsinn zu unterlassen.

Im Tengelmann packt mich eine hohe Stimme im Nacken. Klar, es ist der kleine Typ mit Vollglatze, den im Viertel alle Löckchen nennen. Er habe mich gesehen, im Fernsehen, «unser radelnder Krimigoethe», sagt er. Jeder, der schreibt, ist Goethe; jeder, der malt, Picasso. Und Schauspieler werden, wie man seit Peter Kuper weiß, in dieser Stadt grundsätzlich «Hamlet» genannt. Nebenbei parliert Löckchen mit den Verkäuferinnen, immer wieder höre ich sein keckerndes Lachen. Vor der Tiefkühltheke treffe ich ihn wieder. Er sei bekennender Psychopath, nicht verrückt, aber krank, erblich belastet von Vaterseite her, zwei seiner Schwestern im Euthanasieprogramm der Nazis umgebracht, der Vater Musiker, Akademiker, kluger Kopf, aber leider etwas neben der Spur, wie er selbst nun eben auch, das habe er schriftlich. «Der Mensch zwischen Harmonie und Chaos», kluges Buch, solle ich mal lesen, von einem gewissen Walter Birkmayer, DOKTOR Walter Birkmayer, ein Wiener, wie die meisten Großen seines Fachs, sagt er, Freud, Adler, Jung, er kenne sie alle, Juden zumeist … Beim Bezahlen sehen wir uns ein drittes Mal. Er steht zwei Kassen weiter und blinzelt mich unter dem Schirm seiner Baseballkappe an, dann reißt er eine Zeitschrift hoch, es ist der «Spiegel», auf dem Titelblatt ein Bild von Freud. Und wieder schickt er sein schrilles Keckern in den Tag, plaudert sogleich mit der Kassiererin, hilft der Dame hinter sich beim Einpacken ihrer Ware. Ob sie ihm denn dafür ihre «Herzchen» überlassen solle, die Rabattmarken, die es hier gibt? Aber gerne, sagt er, jedoch nur, wenn er im Gegenzug ihr sein Herz schenken dürfe … Vielen Dank, erwidert die Dame. Ich fürchte, das ist mir zu groß …

Tot sind Carl von Ossietzky, George Enescu, Josip Tito.

Donnerstag, 11. Mai 2006 – elfuhrzwanzig, achtzehnkommasieben Grad. Abends mit M. in der «Nr. 16», einst Stammlokal der Frankfurter Grünen-Prominenz. Der Wein wird gebracht, die Gläser randvoll, und sofort hat das weiße Tischtuch rote Flecken. «Isse so Tradition bei unse inne Sardinien.» Na dann. Was für ein Klotz dieser Wirt, mit seinem rasierten Kugelschädel und der ewig brummigen Visage. Dann kommt er noch mal zurück und erklärt die Flecken: der große ist Sardinien, die kleineren irgendwelche umliegenden Inseln, der allerkleinste ist Italien. Wie oft er den wohl schon zum Besten gegeben hat?

So geht Glück: Gestern Morgen in der Kronberger Stadthalle öffentliche Proben bei den Kammermusiktagen. Fünfzehn, zwanzig Leute schauen und hören zu, wie Gidon Kremer und der Klarinettist Eduard Brunner mit sechs jungen Musikern Schuberts Oktett einstudieren. Die Junioren sind allesamt Preisträger wichtiger internationaler Wettbewerbe, spielen ihre Instrumente zumeist schon zehn, fünfzehn Jahre, trotzdem gibt es hier keine Allüren, keine Eitelkeiten – nur konzentrierte Arbeit und Spielfreude. Und zwischendurch immer wieder schnelle Blicke hin und her, ein kurzes Lächeln, wenn wieder eine Passage gelungen ist. Nach einem längeren Dialog zwischen Cello und Klarinette fragt Kremer den Bläser, was er für Änderungswünsche an die Cellistin Marie-Elisabeth Hecker habe. Brunners Antwort: «Was soll ich denn dazu sagen? Es ist einfach wunderbar gespielt.»

Nach zwei Stunden: Pause, dann weiter mit Schostakowitschs Trio für Piano Nr. 2. Wieder mit Hecker und der Geigerin Alissa Margulis. Pianist ist der 83-jährige Menahem Pressler. Pressler wurde 1923 in Magdeburg geboren, ist 1938 mit seiner Familie nach Palästina geflohen und gründete in den fünfziger Jahren in den USA das Beaux-Arts-Trio. Ein kleiner runder Mann, energisch, vital, sehr bestimmt: «Sie sollen nicht singen mit Ihrer Geige, Sie sollen beten ... Hier stirbt jemand, und Sie versuchen, es mir gemütlich zu machen ... Schreien Sie! ... Ich höre etwas, aber ich spüre nichts. Sie spielen nur mit den Händen. Ich will Ihre Gedärme spüren und keine schönen Töne hören ... Was ist? Tun Ihnen die Finger weh vom Zupfen? Dann nehmen Sie eine Wurzelbürste und schrubben so lange über die Fingerspitzen, bis die eine Hornhaut haben ... Was heißt hier, das können Sie nicht spielen? Schostakowitsch hat es aber gewünscht, also sollten wir es wenigstens versuchen ... Ich will pawumm, pawumm hören, nicht dawimm, dawimm!» Am Ende steht er auf und bedankt sich bei den beiden Musikerinnen: «Seien Sie beruhigt: Was wir hier machen, wird wunderschön werden.» Und Hecker spielt nach dem berückend-melancholischen Schubert'schen Wirtshausgeschrammel auch dieses todschwere Stück mit einer solchen Inbrunst und zugleich mit so überlegener Beherrschung des Instruments, dass man fast ein wenig Angst um sie bekommen könnte.

Am 11. Mai 1920 wurde Giacomo Colosimo, genannt «Big Jim», in New York erschossen. Er war Chef der Unterwelt von Chicago und Vorgänger von Al Capone, der zu den Auftraggebern dieses Mordes gehörte.

Freitag, 12. Mai 2006 – Sechsuhrfünfundvierzig, vierzehnkommaeins. Im Hintergrund Boccherinis Cellosonaten.

Traum. Ein Rabe kreuzt von links nach rechts im Tiefflug die Straße. Versuche noch auszuweichen, aber das Tier, ungeübt im Straßenverkehr wie es ist, fliegt mir direkt in die Speichen des Vorderrads, verfängt sich darin, wird herumgeschleudert, bis ich endlich zum Stehen komme. Da liegt der Vogel auf dem Boden, schlägt mit den kaputten Flügeln und schreit und schreit. Bis ich auf seinen Hals trete, damit er tot ist und ruhig.

Tote des Tages: Der Komponist Bedřich Smetana, der Maler und Holzschneider HAP Grieshaber, die Historikerin Renate Riemeck, Pflegemutter von Ulrike Meinhof.

Mittwoch, 17. Mai 2006 – Fünfuhrsiebenundfünfzig, vierzehnkommavier.

Traum. Gemeinsam mit Maxim, den ich seit Jahren nicht gesehen habe, stehe ich vor einem kleinen Wasserbecken. Er erzählt, dass er froh ist, wenn er mal nicht ins Fernsehen müsse, weil sonst seine Kunden immer mehr von ihm forderten. Ich frage, wer seine Kunden sind, die Redaktionen? Er nickt. Wir werfen ausgekaute Kaugummis ins Bassin. Eine Wasserschildkröte taucht auf, kümmert sich nicht darum. Fünfzig Meter entfernt stehen zwei uniformierte Wachleute vor einem eisernen Gittertor. Ein nackter Schwarzer kommt, er befiehlt den Security-Leuten, ihm ihre Rücken zuzukehren. Dann verprügelt er sie mit seinem mitgebrachten Teppichklopfer, wobei sein langer Penis hin- und herschaukelt.

Gestern die Hausrunde. Schon beim Start ein gutes Gefühl, wache Beine, Kraft, alles da. Hält die gesamten fünfzig Kilometer.

Um zehn zu Stefan wegen der Vertragssachen. Einkaufen. Mail von Claus Spahn: Mein Angebot, ein Porträt über Marie-Elisabeth Hecker zu schreiben, war in den redaktionellen Wirren untergegangen. Aber ja, er möchte das haben, braucht bloß einen Anlass, es zu drucken – also eine CD-Veröffentlichung, eine Konzertreise oder Ähnliches. Was mach ich nun? Rasch schauen, was noch möglich ist während der Kronberger Kammermusik-Tage.

Und gerade habe ich an dieser Stelle zum ersten Mal einen Eintrag zensiert, weil seine Veröffentlichung zu viele Scherereien nach sich ziehen würde.

Ach du Gütiger, was für eine Entdeckung in Degenhardts Gästebuch: «Name: Franz Josef Degenhardt / Datum: Montag, 15. Mai, 2006 um 13:40:04 / Kommentar: Eine Tournee gibt es in diesem Jahr nicht mehr, dafür aber eine neue CD ‹Dämmerung› (KOCH Universal) und vor allem – oft hier verlangt – meine sämtlichen Lieder mit Noten und Akkorden ‹Die Lieder› (Eulenspiegel Verlag) – beide in diesem Herbst.

Euer Degenhardt»? Dann werde ich also bewegungslos warten, bis die Blätter braun werden. Und wenn beides in meinem Besitz ist, Album und Buch, kann auch dieses Jahrhundert getrost zu Ende gehen. Denn darauf hatte ich schon nicht mehr zu hoffen gewagt.

Am 17. Mai 1944 starb im KZ Ravensbrück die Schriftstellerin Milena Jesenská.

Mittwoch, 24. Mai 2006 – Zweiuhrsechsundvierzig, neunkommavier. Gleich beim Einschalten des Rechners Neues aus der Tchibo-Welt: «Lässige Club-Outfits und Warhol Lithografie zum Superpreis.» – Warhol, na bitte, endlich bei Tchibo angekommen.

In die U-Bahn ... und plötzlich sehe ich mich umzingelt von lauter unglaublich dicken, nein, fetten Frauen. Was ist denn das? Kann denn das sein? Die sind zwanzig, dreißig Jahre alt, haben Tätowierungen, Glitzerperlchen in den Lippen und den Nasenflügeln, einen Hamster am Kragen und wiegen jede bestimmt neunzig bis hundert Kilo. Und diese Münder sehen aus, als würden sie unentwegt das Wort «süüüüß» sagen. In den ICE, der erst in einer Viertelstunde fährt, aber schon am Gleis steht. Am Eingang meines Wagens lümmelt ein junges Pärchen, betatscht sich, knutscht, macht keine Anstalten, mir den Weg freizugeben, beschwert sich aber auch nicht, als ich mich vorbeidränge. Beide sind Anfang zwanzig, er Südländer, sie Deutsche. Mein Platz gleich am Eingang, die Glasschiebetür schließt nicht, also bin ich gezwungen, den beiden zuzuhören – wobei nur er es ist, der auf sie einredet: «Schatz, isch verspresch dir, du kriegst dein Geld. Isch verkauf die ganzen Pornos, dann bin isch flüssisch. Und die eine Tuss läuft auch gut. Nee, isch schlaf heut nisch bei die Tuss, aber isch muss die locker halten, aber isch verspresch dir, isch schlaf heut nisch bei die. Schatz, du kennst misch doch ...» Rasch den Kopfhörer auf, den neuen Spieler ausprobieren, wieder das Schostakowitsch-Trio und die erste Sinfonie. Und schon mal die ersten fünfzig Seiten in dem Pfungstadt-Krimi lesen. In Düsseldorf umsteigen, dann im Regional-Zockler nach Gütersloh. Dort, am Bahnhof, gehe ich auf ein Paar zu, das einheimisch wirkt, sage «Entschuldigung», um die beiden auf mich aufmerksam zu machen. Der Mann sieht mich kurz aus dem Augenwinkel an, dann dreht er mir demonstrativ den Rücken zu und schirmt seine Begleiterin vor mir ab, als könne von mir Gefahr ausgehen – und sei es nur die, dass ich um etwas bitte. Ich sage trotzdem meinen Satz: «Können Sie mir sagen, wo das Parkhotel ist?» Jetzt wendet man sich mir zu, gibt Auskunft. Das Haus scheint eine gute Adresse zu sein. «Gleich da drüben um die Ecke ...» Und nun doch ein verstohlen-neugieriger Blick dem Fremden hinterher, der es sich leisten kann.

Lesung in der Stadtbibliothek, vorher zwei Lokaljournalisten, Frau Eckey begrüßt,

Lesung, Gespräch, dann gemeinsam mit den Buchhändlerinnen essen, wirklich nett. Es heißt, hier gehöre immer noch alles der Familie Mohn, ja, das Hotel auch, obwohl doch Bertelsmann längst in Berlin residiere: Unter den Linden 1. Dienstag: Wieder in der Bahn. Der Servicewagen rumpelt durch die Gänge. Die junge Frau, die ihn schiebt: «Haben Sie noch einen Wunsch? Kaffee, Sex oder Kaltgetränke?» – Ah, nein, sie hat Snacks gesagt.

Tot sind Jakob Michael Reinhold Lenz und Annette von Droste-Hülshoff.

Mittwoch, 31. Mai 2006 – Vieruhrachtunddreißig, achtkommavier. Die ganze Woche schon wird in einigen Regionen Bodenfrost gemeldet. Gestern und vorgestern hat es stellenweise geschneit. Und immer wieder Regen.

Als wir am Montag geprobt hatten und ich Atillas Haus verließ, kamen aus der Wohnung im Erdgeschoss laute Liebesgeräusche, Lustgestöhn, der Orgasmus einer Frau. Ich hielt den Atem an, lauschte und merkte, dass die Töne aus einem Fernseher kamen. Jemand schaute sich einen Porno an und hatte den Ton so laut gedreht, dass er im ganzen Treppenflur zu hören war. Gestern erzählte Atilla, dass die Eheleute, die in dieser Wohnung leben, weit über achtzig Jahre alt sind. Und offensichtlich schwerhörig.

Das regelmäßige Schreiben eines Tagebuchs hat auch etwas Stumpfsinniges. Warum, wenn es einem gut geht und die Tage ausgefüllt sind, wird man auch noch zum Buchhalter des eigenen Lebens? Und diese Zuwendung, die ein Journal braucht ... schlimmer als ein Haustier.

Am 31. Mai 1669 macht Samuel Pepys wegen seines immer schwächer werdenden Augenlichts die letzte Eintragung in sein Tagebuch: «Im Vorbeigehen auf einen Sprung zu Mrs. Michell, wo ich seit Jahr und Tag nicht mehr war. Ich wusste, dass ihr Mann auswärts war und je did baiser elle. Dann ein weiteres Treffen mit dem Herzog von York, in Whitehall, von wo mich meine Frau abholte. Im ‹Weltende› eingekehrt, sehr lustig. Spät nach Hause. Und so endet alles ...»

Tot sind Tintoretto, Haydn, Friedrich Gerstäcker, Gorch Fock und Raissa Orlowa-Kopolewa, die ich vor vielen Jahren einmal, als sie gemeinsam mit ihrem Mann (bei dem ich damals studierte) in Göttingen eine Straße überquerte und beide nicht auf die rote Fußgängerampel achteten, fast mit Gernots rotem Lada überfahren hätte. Todestag hat auch Hannah Höch.

Freitag, 2. Juni 2006 – Vieruhrzweiundzwanzig, zehnkommadrei. Im Juni. Im Pullover.

Seit zwei Jahren empfangen wir das ZDF ohne Ton und haben bislang nichts vermisst. Jetzt aber, da die Weltmeisterschaft bevorsteht, will ich das Problem beheben. Ja, sagt man mir, das habe etwas mit den sogenannten Tonunterträgern zu tun. Aha. Beim Versuch, diese zu finden und einzustellen, werden auch noch ARD und 3sat zu stummen Sendern. – Was heißt jetzt das? Dass ich nie mehr die sonore Stimme von Ernst Grandits hören darf?

Gestern in der «Süddeutschen Zeitung» Handkes Stellungnahme zu den Vorwürfen gegen ihn. Er erklärt, sachlich, ohne Eifer, gesteht zum wiederholten Mal den Fehler ein, gesagt zu haben, die Serben seien «noch größere Opfer als die Juden». Aber der schnaubende Reflex, den inzwischen allein die Nennung von Handkes Namen auslöst, hat wohl weniger mit seinen politischen Positionen zu tun als vielmehr mit ihm selbst: seinem Gesicht, der Art, wie er sich in der Welt bewegt, seiner Weigerung, sich als Dichter und Leser einzufügen in die medialen Geläufigkeiten, stattdessen auf einem anderen Blick und anderen Worten zu beharren.

Am 2. Juni 1967 wird der Student Benno Ohnesorg von dem Polizisten Karl-Heinz Kurras durch einen Schuss in den Hinterkopf getötet. Kurras, zunächst freigesprochen, wird in einem zweiten Prozess zu zweieinhalb Jahren Gefängnis verurteilt, das er aber bereits nach einer viermonatigen Haft wieder verlassen darf. 1975 tritt er erneut in den Polizeidienst ein und bezieht ab 1987 Pension.

Samstag, 3. Juni 2006 – elfkommazwei. Blauer Himmel.

P., wenn sie das Haus verlässt und wir sie zum Ausgang begleiten, besteht darauf, dass die Tür erst geschlossen wird, wenn sie außer Sichtweite ist. Anders wäre es ihr unangenehm. Wie gut ich das kenne, dieses Gefühl im Rücken, wenn hinter einem vorzeitig der Laden dichtgemacht wird. Eigentlich sollte das in jeder Sammlung von Benimmregeln stehen: Tür erst schließen, wenn Gast um die Ecke.

Kafka ist tot.

Mittwoch, 7. Juni 2006 – Fünfuhrsiebzehn, zehnkommazwei Grad. Es wird Sommer, man spürt es, man riecht es.

Am Sonntag im Bamberger Dom Pfingstmesse mit fünf Bischöfen. Was für ein fauler Zauber mit diesen Kostümen, dem Weihrauch, dem Bischofsthron, diesem Gewedel, Geraune, Geheule. Und was für eine Hasspredigt: «Das Feuer dieses Tages taucht nicht nur Seinen Namen in helles Licht, es verbrennt auch alles, was Sünde ist, was Unrecht ist, was nicht Kirche ist.» Damit die Leute ordentlich spenden, wird mehrmals betont, in welche Armut die Bewohner Osteuropas nach 1989 gestürzt sind. Gleichzeitig wird immer wieder Johannes Paul II. für sein Lebenswerk gelobt, den siegreichen Kampf gegen den Kommunismus. Der Kommunismus habe die Gesellschaft in den Mittelpunkt gestellt, die Kirche stelle den Menschen in den Mittelpunkt. Von wegen. Hier wird wieder Demut abverlangt, Keuschheit, Selbstverleugnung. Hätte nicht gedacht, dass es das in dieser Ausprägung noch gibt. Und keiner da, der aufsteht und schreit.

Am Montag dann um kurz vor acht mit dem Schwarzen los. Kalt. Verheddere mich sofort im Hafen- und Gewerbegebiet. Weit und breit niemand zu sehen, den ich nach dem Weg fragen könnte. Aber dann, auf der Treppe eines Geschäftshauses: Ein Berber macht sich gerade tagfein. Er ist freundlich, kennt sich aus, zupft aus fadenscheinigen Taschen eine zerfledderte Karte hervor, kann sie kaum entfalten mit seinen steifen, grindigen Riesenhänden. Er entschuldigt sich, er habe eine Allergie, beschreibt den Weg präzise: Zwischen Kläranlage, Kompostierung und Schrottplätzen hindurch, auf dem Schotterweg ins Ruderal, über die Brücke … Rechts und links flitzen die Kaninchen weg, Enten flattern böse auf, eine Pfingstprozession stolpert müde an der Hauptstraße entlang, aber als ich gerade an dem Zug vorbeifahre, falle ich vor Schreck fast vom Rad, weil genau in diesem Moment die Kapelle anfängt zu spielen. Unterwegs immer wieder Leute, die an irgendwelchen Aufbauten im Freien werkeln, Blaskapellen, Flohmärkte. Dann aus dem Maintal heraus ins Hinterland, menschenleer. Nur ab und zu in den Dörfern einzelne Männer um die fünfzig, die auf der Straße stehen, herausgefallen offensichtlich aus allem, dem Beruf, den Familien, auch aus dem, was um sie herum als geistige Normalität angesehen wird. Sie rauchen, stehen in Jogginganzügen, starren oder reden mit sich selbst. Und gehen nur widerwillig zur Seite, wenn doch einmal ein Auto kommt. Von Bischofsheim dann hoch auf die Schwedenschanze, hinunter nach Mosbach, Gersfeld und wieder rauf und runter nach Poppenhausen. Knapp 150 Kilometer.

Todestag von Hölderlin, E.M. Forster, Ida Kerkovius, Henry Miller.

Donnerstag, 8. Juni 2006 – Fünfuhrfünfunddreißig, zwölfkommazwei.

Einen Tag vor Anpfiff des ersten Spiels der Weltmeisterschaft. Petra Gerster runzelt die Stirn: «Wie geht es denn dem Kapitän der deutschen Mannschaft?» – Oh, oh, er hat das heutige Training nicht durchgestanden. Das ganze Land spricht über Ballacks Wade. Und auf der Pressekonferenz erklärt ein junger Spieler, was er unter dem Motto «Die Welt zu Gast bei Freunden» versteht: «Wir müssen Costa Rica weghauen!» Ab Freitag, 18 Uhr, wird zurückgeschossen. Überall in den Nachrichten nochmals die Warnung an die ausländischen Gäste der WM, in den östlichen Teilen des Landes vorsichtig zu sein und möglichst öffentliche Verkehrsmittel zu meiden.

Ob denn, fragt Paula, wenn siamesische Zwillinge zum Beispiel ins Schwimmbad wollen, sie eine oder zwei Eintrittskarten lösen müssen.

Cochise ist tot.

Dienstag, 13. Juni 2006 – Vieruhrachtundfünfzig, achtzehnkommasieben. Am Freitag, am Frankfurter Hauptbahnhof ankommend, war ich verwundert, wie gut mir die neue, bunte Fußballatmosphäre in der Stadt gefiel, von der noch einen Tag zuvor nichts zu spüren gewesen war. Es war, als wollten die vielen lachenden Gesichter der Fremden das Motto der Weltmeisterschaft bestätigen. Seitdem habe ich keines der Spiele verpasst.

Allerdings vergesse ich jedes Mal schon kurz nach dem Abpfiff wieder, wer da wie gegen wen gespielt hat. Ich langweile mich unendlich. Jede Erregung, die ich bei anderen bemerke, kommt mir künstlich, ja, lächerlich vor. Ich nehme sie nur noch als die Simulation einer Erregung wahr. Und auch die Spieler, so sieht es aus, erregen sich nur für die Kameras und für die Trainerbank. Auch sie scheinen sich in Wahrheit unendlich zu langweilen. So lange wurde der Countdown auf das Ereignis hin zelebriert, bis, als man endlich bei null angekommen war, tatsächlich nichts mehr da war: Alle Emotionen waren bereits im Vorfeld, in der vermeintlichen Vorfreude aufgebraucht worden.

Heute vor einhundertzwanzig Jahren ertrank der Bayernkönig Ludwig II. im seichten Wasser des Starnberger Sees.

Mittwoch, 14. Juni 2006 – sechsuhrneunundvierzig, zwanzigkommavier. Wetterau-Runde. Abends das Spiel Brasilien gegen Kroatien. Ronaldo beim Stehen zugeschaut.

Wenn jemand ein Buch schreibt, das den Titel trägt: «Die Psychologie sexueller Leidenschaft» und dieses Buch uns helfen soll unsere «Leidenschaftspotentiale auf Dauer wach zu halten», sollte er möglichst nicht den Nachnamen Schnarch tragen. Tut er aber, der David Schnarch.

Heute vor einundachtzig Jahren wurde in Mannheim die Ausstellung «Neue Sachlichkeit» eröffnet, die der gesamten Kunstrichtung ihren Namen gab. Heute vor sechsundsechzig Jahren wurde das KZ Auschwitz Birkenau eröffnet. Heute vor sechsundsechzig Jahren ist die Deutsche Wehrmacht in Paris einmarschiert. Heute vor vierundsechzig Jahren begann Anne Frank ihr Tagebuch zu schreiben. Heute vor elf Jahren starb Rory Gallagher, der Sänger mit der traurigsten Stimme der Rockgeschichte.

Freitag, 16. Juni 2006 – zwölfuhrvierundvierzig, dreiundzwanzigkommazwei Grad. Wahrscheinlich glaubt alle Welt, man habe einen Vogel, wenn man heute sagt, dass man sich manchmal vorstellt, ein Vogel zu sein. Dabei, so denke ich mir, sollten doch in anderen Zeiten – gestern, als es noch keine Illustrierten, Fernseher und Internet gab, als jede Musik noch selbst gemacht werden musste – solche Phantasien ganz alltäglich gewesen sein. Einfach kurz mit den Flügeln schlagen, abheben und drüberweg über das blühende bunte Elend da unten. Und zum Sterben setzt man sich auf einen Baum und wartet, dass man runterfällt.

«Dauernd sterben, sterben, sterben, du nervst mit deinem Sterben, sei verdammt noch mal nicht immer so negativ. Auch dass du dir beim Fußball immer wünschst, die Deutschen mögen verlieren ...» – Ist ja schon gut. Ich versuch ja schon zu lächeln.

Tot sind Rogier van der Weyden und Nicholas Ray.

Samstag, 17. Juni 2006 – Siebenuhrneunundfünfzig, sechzehnkommadrei. Gestern in der Wetterau: Überall flattern aus den Fenstern, von den Balkonen schwarzrotgoldene Fahnen; Standarten recken sich von den Autos, als seien die allesamt Staatskarossen. Hinter den Scheiben dieselben verdrückten Gesichter wie immer. Glaubt denn irgendwer ernsthaft, im Taumel der Nationalfarben würde der Antisemitismus in diesem Land abnehmen, die Türkenhasser weniger, die Kinder seltener geschlagen, die Negerkiller sanfter? Allein der aus allen Löchern der Journaille kriechende Wunsch, es möge ihn doch jetzt unbedingt geben: den unschuldigen, den arglosen, womöglich sogar fremdenfreundlichen Patriotismus, allein dieser Wunsch macht mich schon nervös. Ich kann meine Frau lieben, meine Tochter, meine Eltern, meine Freunde, mein Viertel, vielleicht sogar meine Landschaft. Aber einen Staat? Die Fahne?

In unserem lustigen Forum für die Giessener Allgemeine nennt mich Otto A. Böhmer den «Schlechte-Laune-Onkel».

Versöhnen tut dann aber doch der Blick über die Erdbeerfelder, wo zwischendrin der Klatschmohn flammt und die Disteln ihre fetten, violetten Köpfe neigen. Dann bei der Rast kommt ein Feldhase angehoppelt und bleibt keine fünf Meter entfernt im Gras sitzen, kümmert sich nicht um den ruhenden Radler, sondern mümmelt da minutenlang rum. Hat überhaupt keine Angst. Vielleicht ist er blind? Oder taub? Oder tollwütig. Oder er glaubt, dass doch noch alles gut wird. Dass ich ein Mensch bin, der ihm kein Leid zufügt. Dass die Liebe ewig währt. Und dass Jan Ullrich dieses Jahr die Tour gewinnt.

Heute vor zehn Jahren starb Reinhard Lettau, dessen Buch «Täglicher Faschismus» uns während der Schulzeit lange munitioniert hat.

Montag, 19. Juni 2006 – Siebenuhrsechsundvierzig, zweiundzwanzigkommanull. Am Samstag durch die Wetterau. Auf der Straße ein Kleintransporter mit der Aufschrift: «Schädlingsbekämpfung und Taubenschutzsysteme». Vom Dach flattert die größte denkbare Deutschlandfahne, die ich dieser Tage an einem Auto gesehen habe.

Am Nachmittag mit den Rädern zum Main, wo auf den Großleinwänden das Spiel Iran gegen Portugal läuft. Wirklich eine angenehme Stimmung, zumal Schwarzrotgold nur ausnahmsweise zu sehen ist. Und dann, wieder zu Hause, das viereckige Glück im Fernsehen. Zwei Mannschaften spielen gegeneinander, die man beide mögen muss, Tschechien gegen Ghana, und es gewinnt die, der man es am wenigsten zugetraut hat.

Sonntag ins E-Werk, der Laden ist voll, das Mikro pfeift, Heiner Boehncke schimpft, dass es auf dieser Welt keine Tontechniker gibt, die eine Lautsprecheranlage einstellen können. Die Justizministerin lächelt, gibt mir die Hand und sagt, wer sie ist. Dann setzt sie sich gegenüber. Eine Jazzband spielt. Darf man jetzt eigentlich schon essen oder nicht? Rundum immer wieder so ein verschämtes Nippen. Lokalpolitiker sprechen. Autorinnen lesen. Mario Derra stellt seine Arbeiten vor, Holzstiche und Lithografien, auf denen Spargelstecherinnen in ihren Bikinis zu sehen sind. Und er erzählt, dass es auf den Straßen der Umgebung manchmal Unfälle gebe, weil die Autofahrer den hübschen Rumäninnen auf den Spargelfeldern zuschauen, statt auf den Verkehr zu achten. Frau Zypries stellt das Buch vor, eine kleine, überraschend gute Rede. Alles munter, alles gut. Aber wahnsinnig warm. Dann verziehe ich mich hinter den Holzverschlag, ziehe mich aus und um, reiche allen noch die Hand und freue mich, wieder aufs Rad steigen zu dürfen.

Erik Ode ist tot.

Dienstag, 20. Juni 2006 – Fünfuhrsiebenundfünfzig, neunzehnkommaneun. Gestern Abend auf dem winzigen Balkon gegenüber: zwei Frauen, die sich angeregt unterhalten, dabei Sekt trinken, ab und zu ein gurrendes Lachen. Plötzlich kommt Wind auf. Der Himmel wechselt die Farbe: von Strahlendblau zu einem dunklen Stahlblau, aber immer noch leuchtend. Der Wind wird stärker, und ein kleiner kräftiger Regenguss fällt. Vom Balkon her juchzt es laut, und als ich das nächste Mal schaue, stehen da nur noch die beiden Klappstühle, ein Tischchen und die Sektgläser. In der immer noch offenen Balkontür weht ein weißer Vorhang.

Tot: Jules de Goncourt, Clara Zetkin, Hans Sachs (aus der Ratesendung «Was bin ich?») und der fast schon vergessene Erwin Chargaff.

Mittwoch, 21. Juni 2006 – Fünfuhrdreiundvierzig, zweiundzwanzig Grad. Sommeranfang. Gestern um kurz nach sieben auf der Straße, die Luft ist feucht, neblig. Also sollte das Verbrechen auf dem Main am späten Abend des 19. Juni geschehen. Und entdeckt wird es dann am frühen Dienstagmorgen, 20. Juni.

Das schönste an der Begegnung zwischen England und Schweden war der Satz des Kommentators: «Diese Bälle kann man butterweich aus dem Abendhimmel pflücken.»

Todestag hat der expressionistische Schriftsteller Hermann Essig, Großvater von Rolf-Bernhard. Und vor fünf Jahren ist John Lee Hooker gestorben.

Donnerstag, 22. Juni 2006 – Sechsuhrsiebenundvierzig, zwanzigkommafünf. Gestern Riesenrunde im Burga. Kaufe dort die FR bei einem Schwätzer, der mir auf meinen 5-Euro-Schein nur fünfzig Cent zurückgeben will. «Ha, ha, das war jetz awwä kaa Betruchsversuch.» Oder doch. Und merke erst zu Hause, dass es ja wieder die Abendausgabe ohne Lokalteil ist. Also kann ich sie eigentlich gleich wegwerfen.

Die junge sächsische PDS-Abgeordnete Julia Bonk hatte eine Idee. Sie wollte jedem, der ihr drei Deutschlandfahnen bringt, ein T-Shirt mit antifaschistischer Parole schenken. Das brachte ihren Genossen, den Vorsitzenden der Linksfraktion / PDS im Landtag, Prof. Dr. Peter Porsch, dermaßen auf, dass er eine Pressemitteilung gegen Bonk veröffentlichen ließ, in der es heißt: «Man kann auch nicht glaubwürdig gegen Fremdenfeindlichkeit auftreten und zugleich die Symbole der eigenen Kultur hassen. Dieser umgekehrte Nationalismus erreicht das Gegenteil von dem, was er als Ziel vorgibt.» Was für eine Partei …

Tot sind Darius Milhaud, Joseph Losey und Rocky Graziano. Und der leidenschaftliche Duellant François de Montmorency.

Samstag, 24. Juni 2006 – Siebenuhrachtundvierzig, sechzehnkommadrei Grad. Blättere gerade die Pressemeldungen der Frankfurter Polizei durch und finde folgende Nachricht vom 16. Juni: «Heute gegen 13.15 Uhr sprang ein 17-jähriger Schüler aus Ravensburg vom Hochhaus Maintower in der Neuen Mainzer Straße. Der Mann war sofort tot. Ermittlungen ergaben, dass er die Besucherebene etwa gegen 12.00 Uhr erreicht hatte und dann von dort auf die etwa sechs Meter darunter gelegene Plattform gesprungen ist. Vermutlich schon verletzt schleppte er sich nun bis zum Rand der zweiten Plattform und sprang etwa 200 Meter in die Tiefe. Er kam vor dem Haupteingang des Hochhauses in der Neuen Mainzer Straße zum Liegen. Die Straße musste für etwa eine Stunde gesperrt werden. Drei Zeugen erlitten einen Schock und mussten von einem Notfallseelsorger betreut werden. Über das Motiv des Freitodes liegen hier bis zur Stunde keine Erkenntnisse vor.»

In welches Blatt man auch schaut – Frankfurter Rundschau, FAZ, Süddeutsche, Zeit, Spiegel, Bild –, alle machen das Gequatsche vom entspannten, bunten Patriotismus mit. Ein Journalist der Klon des anderen. Keiner will zurückstehen, jeder noch schnell ein Bekenntnis zum neuen Bündnis «Vaterland und Weltoffenheit» ablegen. Kostet aber auch gar nix. Vor wem wird eigentlich dieser Kotau absolviert?, frage ich mich. Was treibt sie an, noch mal das Gleiche zu sagen, was schon zehn Redakteure vor ihnen gesagt haben?

Vor vierundachtzig Jahren wurde Walther Rathenau ermordet, was in Teilen der deutschen Bevölkerung mit dem Satz quittiert wurde: «Schlagt tot den Walther Rathenau, die gottverdammte Judensau.»

Sonntag, 25. Juni 2006 – Sechsuhrsiebenunddreißig, zwanzigkommaein Grad. Himmel: blau. Gestern gegen 16 Uhr an den Main, um das Spiel der deutschen gegen die schwedische Mannschaft zu sehen. Schwülheiß. Zehntausende Fans sind schon da. Ein Fahnenmeer in Schwarzrotgold. Von der angeblichen neuen deutschen Leichtigkeit ist nichts mehr übrig. Eine nationale Erhebung: charmefrei und schamlos. Auf der Ignatz-Bubis-Brücke zum Hitlergruß gereckte Arme. Es wird gesoffen, gegrölt, gestunken. Und aus zehntausend Mäulern gebellt: Doitschland. Berlin, Berlin, wir fahren nach Berlin. Der Taumel scheint alle erfasst zu haben. Irgendwer hat am Ende verloren. Irgendwer gewonnen. Ich nicht.

Tot sind Georg Philipp Telemann, General Custer und Michel Foucault.

Montag, 26. Juni 2006 – Elfuhrsechzehn, zweiundzwanzigkommanull. Frisch, bedeckt. Anders als gestern, als den ganzen Tag eine stechende, feuchte Hitze herrschte. Mit Atilla ein wenig durch den Taunus und die Wetterau gefahren. Dann zum Volkslauf an der Harheimer Sportanlage, wo Christiane und Arning die Zehn-Kilometer-Runde absolviert haben. Später nach Niedereschbach, der Schweiß tropft vom Lenker. Dann New Atterberry. Dann nach Dietzenbach zu Silke und Jürgen, wo alle angenehm ermattet in die Stühle sinken, essen, trinken, schwitzen. Schließlich kommt Wind auf, der Himmel verdunkelt sich, die Bäume schütteln sich, die Gardinen wehen, die Deutschlandfahnen schlagen. Wir raffen alles zusammen. Ins Auto. Und auf der 661 zacken die Blitze über den Himmel, es kracht, sieht wunderbar aus, die Skyline, und es beginnt für Stunden zu regnen. Wie neu, die Welt.

Und in diesem Jahr wieder keine Sekunde des Bachmann-Wettbewerbes gesehen. Wahrscheinlich reicht es für ein Leben, wenn man einmal dort dabei war.

Todestag von Francisco Pizarro, spanischer Konquistador, Schlächter der Inkas, «das Hauptschwein», wie Pablo Neruda ihn in seinem «Großen Gesang» nannte. Tot sind auch Ford Madox Ford, der wunderbare Max Pechstein und Alfred Döblin. Und heute vor neun Jahren erschien der erste «Harry Potter»-Roman mit einer Startauflage von 500 Exemplaren.

Donnerstag, 29. Juni 2006 – Dreizehnuhracht, vierundzwanzigkommavier. Gestern während der morgendlichen Runde, die Luft war nass und schwer, lag das gesamte Maintal in dichtem Nebel. Ein Grauen wie für Marthaler gemacht. Und ein Mensch geht um die Ecke ... Abends dann, nach hektischem Tageshinundher, ins Burga. Jürgen sitzt schon da, allein. Dann kommt Stefan, dann Atilla. Schließlich noch Jörg mit Kleincarlos. Lauschig. Der Text von P.M. aus der FR wird herumgereicht. Ich lese ihn und bin erstaunt. Es geht um deutsche Tugenden, und die Rede ist von der Nationalelf als einer «immer heißer laufenden Truppe», die «bedingungslos in der Orientierung nach vorne» spiele und getragen werde «von einer wunderbaren Zuneigung zu sich selbst». Diese «Truppe» werde «zu neuen Ufern gepeitscht» vom «blond-lächelnden, eigensinnig-verbissenen Siegeswillen» ihres Trainers. Die bescheidenen Tugenden der alten Bundesrepublik seien perdu: «Wer will noch Abwehr sein? ... Nun, wo wir Sturm sind, fällt das alles endgültig weg.» – «Dergleichen», sagt jemand am Nachbartisch, «hätte man bis vor ein paar Wochen höchstens in der ‹Jungen Freiheit› lesen können.»

Vor sechzehn Jahren erhängte sich Johann Unterweger, genannt Jack, in der Haftanstalt von Graz mit seiner Jogginghose, nachdem er zu lebenslanger Haft verurteilt worden war. Er hatte in den Jahren zuvor mindestens neun Prostituierte mit deren eigener Unterwäsche erdrosselt.

Freitag, 30. Juni 2006 – Fünfzehnuhrzweiunddreißig, einunddreißigkommaneun Grad. Heute am Morgen schöne Tour. Gerade wieder am Schreibtisch, als ein Anruf vom «Tagesspiegel» kommt. Der letzte Satz meines Rennrad-Textes, der am Wochenende erscheint, müsse geändert werden, da Jan Ullrich gerade suspendiert worden sei. Quatsch, oder? Das ist doch eine Ente! Von wegen. Aus der Tiefe rufe ich, Herr, zu Dir. Ullrich, Basso, Sevilla, Mancebo, Beloki – alle raus. Mein Gott, was für ein dunkles Loch, welch schwarze Leere.

Nachher werde ich auf den Empfang des «Journal Frankfurt» gehen, werde mir dort das Spiel ansehen und nach drei Minuten merken, dass ich ganz reflexhaft mal wieder zu den «anderen» halte. Meine Aufmerksamkeit wird nachlassen, und ich werde nur an die traurigen Tour-Wochen denken, die vor uns liegen. Dann werde ich mich, so oder so, dem Abend entgegentrinken.

Anruf der «Frankfurter Rundschau», Herr Göpfert. Robert Gernhardt sei am Vormittag gestorben. Ob ich mich dazu äußern wolle? Dann Anruf «titel thesen temperamente». Ob ich im Laufe nächster Woche ein kurzes Statement zum neuen Patriotismus abgeben möchte? – Was ist denn heute nur los?

Todestag von Lillian Hellman, Schriftstellerin, Kämpferin der spanischen Interbrigaden, Aktivistin gegen McCarthy.

Sonntag, 2. Juli 2006 – Sechsuhrvierzehn, neunzehnkommasieben Grad. Gestern schöne, frühe Runde mit dem Riesen, mit Jörg und Atilla. Knapp hundert Kilometer. Die Autofahrer hupen aggressiver denn je. Seit Ullrichs Sündenfall werden Rennradfahrer von der Straße gewischt. Dann nach Seckbach, Probe für «Ein kleiner Abend Glück». Und abends zu Naomi und Matthias. Immerhin, Frankreich bleibt im Turnier.

Gestern in «L'Équipe»: Die spanische Polizei hat im Zuge ihrer Dopingermittlungen eine Liste sichergestellt, in der vier Mal der Codename «Jan» mit Wachstumshormonen und maniulierten Blutkonserven in Verbindung gebracht wird. Ullrich leugnet. Basso leugnet. Pevenage leugnet. Das gleiche, schäbige, traurige Spiel wie immer. Erik Zabel reagiert sichtlich irritiert, als ein ahnungsloser Reporter ihn fragt, ob er jetzt, nach den Dopingvorwürfen, Jan Ullrich anrufen werde. Offenbar weiß der Journalist nicht, dass es seinerzeit Ullrichs Busenfreund Andreas Klöden war, der Zabel aus dem T-Mobile-Team gemobbt hatte, weil man alles auf den Kapitän setzen wollte. Trotzdem antwortet Zabel gewitzt: «Ehrlich gesagt, glaube ich nicht, dass der Jan im Moment sein Handy eingeschaltet hat.»

Heute vor fünfundvierzig Jahren hat Ernest Hemingway sich erschossen. Und heute vor zehn Jahren nahm sich seine Enkelin Margaux mit einer Überdosis Beruhigungsmittel das Leben.

Freitag, 7. Juli 2006 – Fünfuhrsieben, einundzwanzigkommavier. Bedeckt. Gegen Abend: Seit fast einer Stunde kreist ein Hubschrauber über dem Viertel. Hundert, vielleicht hundertfünfzig Studenten blockieren die Kreuzung Adickesallee / Eschersheimer Landstraße – direkt vor dem Polizeipräsidium. Sie tragen gelbe T-Shirts mit der unsinnigen Parole: «Für Solidarität und freie Bildung.» Vielleicht ist gemeint: «Solidarität für freie Bildung.» Großes Aufgebot vermummter Ordnungskräfte mit Schilden und Helmen überall in den Straßen. Um die Kreuzung verteilen sich Polizisten mit diesen blauen Lätzchen, auf denen das Wort «Polizei-Communicator» steht. Manche tragen Baseballkappen. Wird alles immer amerikanischer. Aus dem Lautsprecherwagen der Polizei: «Meine Damen und Herren, Sie dürfen sich gerne noch ein paar Minuten auf der Straße aufhalten, dann geben Sie die Kreuzung bitte wieder frei. Wie gesagt, Sie dürfen sich gerne noch ein paar Minuten hier aufhalten.» Der Sprecher sitzt aber gar nicht im Wagen, sondern steht zehn Meter entfernt auf dem Bürgersteig und spricht in ein schnurloses Mikrofon – bulliger Bodybuildertyp. Ein Demonstrant trägt ein T-Shirt, auf dem, direkt über dem Herzen, eine große Zielscheibe abgebildet ist. Darüber die Worte: «Schieß doch, Bulle!» Wird er nicht machen, der Bulle. Im Moment nicht. Das alles ist noch sehr zahm. Aber man ahnt schon, was hier los sein wird, wenn sich die Gegensätze weiter verschärfen. Dann ist Schluss mit der neuen patriotischen Entspanntheit, mit der «tschörmen Gemutlischkeit». Dann wird wieder «Bild» den Ton im Land bestimmen. Aus einem Funkgerät die Durchsage: «Alle Communicatoren, die seit zehn Uhr im Einsatz sind, bitte in den Mehrzweckraum zwei kommen.» Grollen über den Köpfen, Donner, Gewitter. Erst leichter Regen, dann sehr heftig.

Heute sind tot: Tilman Riemenschneider, Johanna Spyri, Arthur Conan Doyle, Gottfried Benn, Dorothy Parker, Max Horkheimer.

Montag, 10. Juli 2006 – Fünfuhrfünfundzwanzig, einundzwanzigkommasechs. Im Park – und plötzlich ein kräftiger, warmer Regenguss. Aber man genießt es. Nur nach und nach stehen die Leute auf, legen ihre Decken und Handtücher zusammen und versammeln sich unter den Bäumen. Es ist, als würden sich die Zweige und Blätter wohlig unter dem Prasseln der Tropfen schütteln. Wenig später noch einmal ein fernes Donnergrollen, die Wolkendecke reißt auf, es wird wieder hell, lachende Gesichter, alles vorbei. Aber nun sind die Wiesen nass, der Asphalt dampft, und man zieht nach Hause.

Was für eine Schmach, was für ein Abgang … Vor einer Woche Jan Ullrich, jetzt der große Zidane. Man wollte ihn feiernd verabschieden, jetzt wurde er vom Platz gejagt. Das letzte Bild dieser Weltmeisterschaft: Wie er gesenkten Hauptes in die Kabine schleicht. Danach war alles egal. Hätten die Franzosen gewonnen, es hätte mich nicht mehr gefreut. So haben sie verloren – durch ihn und zu Recht. Immerhin, vielleicht trägt das dazu bei, dass die Party endlich mal ein Ende nimmt.

Die Toten: Daguerre, Erich Mühsam (ermordet im Zimmer des Lagerkommandanten des KZ Oranienburg. Offizielle Erklärung: «Der Jude Erich Mühsam hat sich in der Schutzhaft erhängt.»), Franz Blei, Celia Cruz, Inge Meysel. Und gerade kommt die Nachricht: Rudi Carrell ist tot.

Dienstag, 11. Juli 2006 – Fünfuhrachtunddreißig, einundzwanzigkommanull. Was ist denn nun los? Ich werd doch nicht etwa gute Laune haben … Ah, ich ahne den Grund. Es liegt wohl daran, dass der nationale Lächelzwang langsam nachlässt.

Am 11. Juli 1975 starb Kurt Pinthus, der sich das Pseudonym Paulus Potter gegeben hatte. Vor zwei Jahren hat sich Lothar Baier in Montreal das Leben genommen. Von ihm stammt der schönste Verriss, der über «Landschaft mit Wölfen» erschienen ist.

Mittwoch, 12. Juli 2006 – Sechsuhrachtunddreißig, zweiundzwanzigkommavier. Der Himmel bedeckt und regenschwer, kommt mir vor, als hätte es die ganze Nacht geregnet.

Auf Weltmeisterschaft und Museumsuferfest folgen nun «Kulturzone '06» und «Ironman Europe» – es ist, als dürfe die Stadt sich keinesfalls Ruhe gönnen, als müsste sie, käme sie auch nur einen Tag zur Besinnung, sogleich an sich irre werden. Also weiter, weiter, weiter.

Todestag des französischen Offiziers Alfred Dreyfus, den man 1894 mittels gefälschter Beweise des Landesverrats bezichtigt, verurteilt und anschließend auf die Teufelsinsel verbannt hatte. Der Prozess wurde in Frankreich von einer Welle des Antisemitismus und Nationalismus begleitet. Émile Zola veröffentlichte sein berühmtes «J'accuse!». Im Jahr 1906 wurde Dreyfus rehabilitiert. Als zwei Jahre später die Asche des inzwischen verstorbenen Zola ins Pantheon überführt wurde, versuchte ein Rechtsradikaler den anwesenden Dreyfus zu erschießen. Seine Enkelin Madeleine Levy wurde von den Deutschen in Auschwitz ermordet.

Montag, 17. Juli 2006 – Sechsuhrdrei, achtzehnkommazwei. Weiden heißt der kleine Ort an der Loreley, wo Jörg für uns einen Auftritt im Restaurant Hannott's organisiert hat. Eine ehemalige Scheune aus Natursteinen, jetzt umgebaut – und einer der schönsten Orte, die man sich vorstellen kann. Wir sitzen im Garten, plaudern, scherzen, als man plötzlich einen kleinen Knall hört. Ein Vogel ist gegen ein Fenster im ersten Stock geflogen, dann heruntergefallen und liegt nun auf einem der Tische, zuckt noch ein wenig, aber ist wohl schon tot. Ein Eichelhäherweibchen.

Sonntag: Die Schulter tut immer noch weh, das Halskratzen ist auch noch da. Kleine schwächelnde Runde am nördlichen Stadtrand entlang, dann an den Main und immer am Ufer auf und ab, auf der Suche nach der Stelle, wo das Boot mit den Leichen gefunden werden soll.

Lance Armstrong hat die Franzosen «Weltmeister im Arschlochdoping» genannt. Wahrhaftig, man möchte Zinedine Zidane noch einmal von der Kette lassen.

Tot: Lovis Corinth, Billie Holliday, Jörg Fauser.

Dienstag, 18. Juli 2006 – Fünfuhrfünfzig, zwanzigkommaein Grad. Mit Berufung auf eine Studie des Deutschen Instituts für Wirtschaftsforschung meldet die «Süddeutsche Zeitung», dass die sozialen Gegensätze in Deutschland niemals so groß gewesen seien wie heute. Während die Schere zwischen den Beziehern hoher und niedriger Einkommen immer weiter auseinandergehe, sei zugleich die Armutsrate auf ein Rekordniveau von 17,3 Prozent geklettert. «Bild» fragt: «Wollen wir uns alle duzen?»

Heute vor einem Jahr starb die australische Radrennfahrerin Amy Gillett beim Training für die Thüringen-Rundfahrt, als eine 18-jährige Autofahrerin in der Nähe von Zadelsdorf frontal in die Trainingsgruppe fuhr.

Mittwoch, 19. Juli 2006 – Zehnuhrsechzehn, fünfundzwanzigkommazwei. F., ein entfernter Bekannter, wird allgemein geschätzt, weil er ein anregender Gesprächspartner ist, der gleichermaßen durch seinen Charme und seine Schlagfertigkeit besticht, und weil er einen unvergleichlich angenehmen Humor hat. M. nun, die F. in letzter Zeit etwas näher kennengelernt hat, kommt zu einem anderen Urteil. In Wahrheit verstelle sich F. in der Öffentlichkeit, tatsächlich sei er ein zutiefst depressiver Mensch.

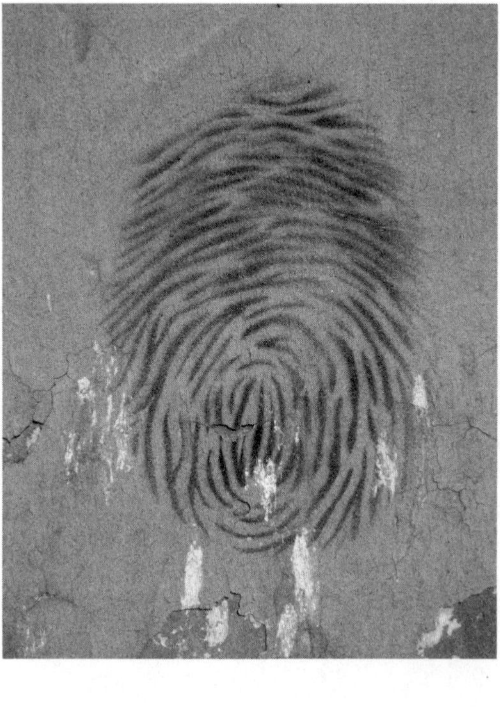

Verstellt er sich? Oder wahrt er nur die Contenance und vermeidet es, seine Umgebung zu behelligen mit seinen womöglich begründeten Stimmungen?

Charlotte Corday, die Mörderin Marats, wird durch die Guillotine hingerichtet. Paolo Borsellino, sizilianischer Richter und sogenannter Mafia-Jäger, wird durch eine Autobombe getötet.

Donnerstag, 20. Juli 2006 – Zehnuhrneununddreißig, siebenundzwanzigkommaacht. Was ich heute alles nicht wissen will: Dass Ahmadinedschad einen Brief an Angela Merkel geschrieben hat. Dass der Smart-Roadster wiederbelebt wird. Dass ein Python eine Heizdecke gefressen hat. Ob alles klar ist mit Van Nistelrooy. Dass Pamela Anderson wieder heiraten will. Ob es bald ein Potenzmittel aus der Tube gibt. Was die Exfrau von Ottfried Fischer in ihrem Enthüllungsbuch schreibt. Was Rudi Carrell sonst noch alles getrieben hat. Dass Tila Tequila eine begehrte Frau ist. Was Wolfgang Petersen in seinem neuen Film der Welt mitzuteilen hat. Wie der Dax steht. Auf welche Weise Franz Josef Wagner sein Hirn so weich bekommen hat ...

Im Tode vereint: Pancho Villa, Ludwig Beck, Werner von Haeften, Paul Valery, Friedrich Flick, Bruce Lee und James Doohan, der Scotty aus «Raumschiff Enterprise».

Dienstag, 25. Juli 2006 – Dreizehnuhrvierzehn, dreißigkommaein Grad. Rasiert, geduscht, Laugenbrötchen gegessen, in die Stadt gefahren, Haus gekauft, zurück gefahren, gelesen, dass Jan Ullrich kein Mörder ist und die Tour de France 2007 gewinnen will, dass Stuckrad-Barre jetzt in Frankfurt wohnt, dass Rudi Carrell im engsten Familienkreis beigesetzt wurde, paar Mails geschrieben, paar Telefonate geführt ... und wieder schon so müd.

Tot sind Otto Dix und John Schlesinger

Montag, 21. August 2006 – Sechsuhrdreiundzwanzig, sechzehnkommanull. «Sie haben 121 neue Mails.» Und einen riesigen Berg von Behelligungspost. Die Beantwortung wird Tage brauchen. Und Wochen von Arbeit nach sich ziehen. Das Telefon klingelt sofort und zerrt mich in den Strudel. So geht es nicht mehr. Irgendwas muss sich ändern. Gründlich. Grundsätzlich. Wahrscheinlich wird die Geisterbahn das erste Opfer.

Tot ist außer Chamisso, Trotzki und Bubi Scholz auch der Südtiroler Dichter Norbert

C. Kaser, dessen Grab auf dem Friedhof von Bruneck ich vor ich-weiß-nicht-wie-vielen Jahren besuchte.

Dienstag, 22. August 2006 – Achtuhrsieben, sechzehnkommazwei. Ein Hauch von Herbst. Und um mich rum Tod.

Kann ja sein, dass sie das nun ist: die große, die längst überfällige, die very big Abräume. Grass weg! Walser? Weg! Handke? Weg damit! Was also bleibt? Nee, nee, bestimmt nicht die jungen Plappermäulchen. Aber was für eine Freude: Piwitts kleiner Roman war schon in der Post: «Jahre unter euch». Und Degenhardts neues Album mit dem Titel «Dämmerung» soll ebenfalls bereits auf dem Markt sein. Wie lange musste man auf beides warten! Was für eine Auslese! Gegen jede Zeile dieser beiden vermickern die «Debatten» um die abgeräumten Großschriftsteller zum inhaltsleeren Smalltalk.

Im Feuilleton der SZ ein interessanter Artikel von Alex Rühle über Bombay. Und dort am Schluss die ganz und gar unsinnige Formulierung: «klammheimlicher kultureller Penisneid», obwohl es einfach «heimlicher Neid» hätte heißen können.

Tote: Nikolaus Lenau, Ignazio Silone, Jindřich Polák (der Regisseur von «Pan Tau»).

Mittwoch, 23. August 2006 – Achtuhrdreiundfünfzig, fünzehnkommafünf. Sonnig. Gestern am Morgen Muskelkater vom Lauf am Vortag. Also eine Stunde Rolle. Dabei die Lesung von Mary Poppins. Dort der schöne Satz: «Don't you know that everybody's got a Fairyland of their own.» Aber seine eigene Hölle hat auch jeder. Die Nachrichten werden nicht besser.

Um zwanzig Uhr zu J. Ein schöner, trauter, trauriger Abend.

Und tot ist der Schauspieler Rodolfo Alfonso Raffaello Piero Filiberto Guglielmi di Valentina d'Antoguolla, genannt Rudolph Valentino.

Donnerstag, 24. August 2006 – Vieruhrzweiundzwanzig, siebzehnkommafünf Grad. Irgendwo im Netz diesen Satz von Maxim Gorki gefunden: «Nach manchem Gespräch mit einem Menschen hat man das Verlangen, einen Hund zu streicheln, einem Affen zuzunicken und vor einem Elefanten den Hut zu ziehen.»

In einem Garten in der Nähe von Wien ist gestern gegen Mittag eine junge Frau aufgetaucht, die sich der Polizei als Natascha Kampusch vorgestellt hat. Die jetzt

18-Jährige war im März 1998 auf ihrem Schulweg verschleppt worden und seitdem verschwunden geblieben. Gefahndet wird nach einem 44-jährigen Nachrichtentechniker, der Natascha Kampusch offensichtlich entführt und in seinem Haus acht Jahre lang gefangen gehalten hatte.

Magnus Gäfgen, der Mörder Jakob von Metzlers, wollte aus dem Gefängnis heraus eine Stiftung für misshandelte Kinder gründen. Das Ansinnen wurde von der Aufsichtsbehörde mit der Begründung abgelehnt, die geplante «Magnus-Gäfgen-Stiftung» verstoße gegen das Anstandsgefühl und die guten Sitten.

Mit der Bartholomäusnacht begann in Paris in der Nacht vom 23. auf den 24. August 1572 das Massaker an den Hugenotten, in dessen Verlauf in verschiedenen französischen Städten zwischen 5000 und 100 000 Menschen umgebracht wurden.

Freitag, 25. August 2006 – Sechsuhrelf, fünfzehnkommafünf. Frisch. Der Entführer, der Natascha Kampusch über acht Jahre im Verlies einer umgebauten Garage festgehalten hatte, hat sich am Nordbahnhof in Wien-Leopoldstadt das Leben genommen, indem er sich vor einen Schnellzug geworfen hat. Im Haus des arbeitslosen Nachrichtentechnikers wurde der Reisepass des Mädchens gefunden, das zum Zeitpunkt ihrer Entführung zehn Jahre alt war. Der Pass befand sich damals im Schulranzen, da Natascha mit ihrem Vater gelegentlich nach Ungarn fuhr. Der Täter war bereits wenige Wochen nach der Entführung ins Visier der Ermittler geraten, als nach einem weißen Kastenwagen gefahndet wurde, den eine Zeugin am Tatort gesehen haben wollte. Weil der Halter angab, lediglich Bauschutt zu transportieren, sah man keine Handhabe für weitergehende Untersuchungen. Das Fahrzeug befand sich bis zuletzt in seinem Besitz.

Tote: Friedrich Nietzsche, Leo Perutz, Truman Capote, Reinhard Libuda, Georg Thomalla und Peter Glotz.

Montag, 28. August 2006 – Elfuhrdreißig, sechzehnkommaacht. Bedeckt. Nach acht Jahren Gefangenschaft gefragt, was sie sich wünsche, verlangte Natascha Kampusch: ein Handy.

Heute nun hat in Wien der Psychiater Prof. Max Friedrich einen Brief der achtzehnjährigen Frau verlesen, in dem es über ihren Entführer heißt: «Er war nicht mein Gebieter, obwohl er das wollte. Ich war gleich stark. Er hat mich symbolisch gesprochen auf Händen getragen und mit Füßen getreten.» Sie habe, schreibt Natascha Kampusch, nicht das Gefühl, dass ihr etwas entgangen sei. Zumindest habe sie unter den gegebenen Umständen «nicht mit dem Rauchen begonnen» und «keine falschen Freunde kennengelernt».

Todestag von John Huston, Michael Ende und Peter Hacks.

Mittwoch, 30. August 2006 – Zehnuhrsiebenundfünfzig, fünfzehnkommafünf Grad. Günnewig Hotel Chemnitzer Hof, das «erste Haus am Platz». Statt «Futtern wie bei Muttern» heißt es hier: «Tafeln wie bei Hofe.» Man reicht mir das Gästebuch, wo ich mich irgendwo hinter Angela Merkel, Milva, Guido Westerwelle, Gregor Gysi, Peter Schreier, Oskar Lafontaine, Bernhard Brink und The Slade eintragen soll. In den Lounges ist alles wie vor siebzehn Jahren. Die tonangebenden Kriegsgewinnler sprechen fränkisch, kölsch, und schwäbisch. Die daneben hockenden Heloten – sie heißen nunmehr «Abschnittsleiter» und «Department Manager» – nicken zu häufig und lachen zu laut. Auf Ostdeutsch. Und draußen schlurft die übergewichtige Armut vorbei.

Es gibt Landstriche, vielleicht ganze Länder, in denen die Menschen gemeiner aussehen als andernorts. Die Gemeinsten, Hässlichsten in solchen Gegenden sind auffälligerweise jene, die dort als die Schönen gelten.

Bei Dietmar Ecker, dem PR-Berater des Entführungsopfers Natascha Kampusch, sind über siebzig Anfragen nach Interviews und Fotos eingegangen. Er werde diese Anfragen der internationalen Medien sammeln und dann mit seiner Kundin darüber sprechen, sagt Ecker.

Todestag hat Henri Barbusse.

Donnerstag, 31. August 2006 – Zwölfuhrneunzehn, sechzehnkommafünf Grad. Endlich wieder Sonne.

«Volver», der neue Film von Almodovar. Was für ein wunderbares Eingangsbild: Wie all die lachenden Frauen auf dem Friedhof während eines heftigen Sturms die Grabsteine schrubben. Die Geschichte mit dem Mord, dem Missbrauch an Mutter und Tochter – all das interessiert mich nicht. Nicht mal kapiert hab ich es, weil ich solchen Verwicklungen eh nicht folgen kann. Macht aber nichts, da man so viel zu gucken, zu lachen und zu fühlen hat. Grotesk, schrill, skurril ist das oft – und dennoch nimmt kaum ein anderer Regisseur seine Figuren, seine Bilder so ernst. Und lässt alle Geläufigkeiten außen vor.

Michael erzählt, dass Tanja als neue Sachbuchchefin bei DuMont anfängt. Und dass Helmut Krausser irgendwo seinen endgültigen Abschied vom Schreiben verkündet habe. Wühle eine halbe Stunde im Netz, finde aber nichts dergleichen. Finde stattdessen den Wortlaut einer Erklärung Natascha Kampuschs. Der Brief beginnt mit den Worten: «Sehr geehrte Journalisten, Reporter, sehr geehrte Weltöffentlichkeit!»

Todestag hat der vergessene große Kleinschriftsteller Theodor Lessing. Am 1. März 1933 war er mit seiner Familie aus Deutschland nach Marienbad geflohen. Dort spürten ihn nationalsozialistische Attentäter auf und schossen ihn am 30. August 1933 durch das Fenster seines Arbeitszimmers nieder. Lessing starb einen Tag später.

Freitag, 1. September 2006 – Dreizehnuhrsechsundzwanzig, zwanzigkommaneun. Sonnig. Gestern «Toto der Held». Nicht mein Ding. Nicht diese Schwarze-Serie-Ästhetik, nicht diese kalkulierte, seelenlose Dramaturgie, die abläuft wie ein Uhrwerk, und nicht der Regisseur mit seinen vielen fummeligen Karteikärtchen. Aber tolle Schauspieler.

Wenn der Markt seinen Mann nicht mehr nähren will, streckt sich der freie Geistesarbeiter nach den Brotkörben, heißt: nach der Macht. In der Hoffnung, dass durch Ergebenheitsadressen wieder ein wenig Geld in die Kasse kommt. Und sei es ein Honorar vom «Spiegel». Dort fand ich gestern in der aktuellen Ausgabe einen Beitrag des Liedermachers und Schriftstellers Thommie Bayer, den ich vor Jahren auf einer Party bei Axel H. kennenlernte. In seinem Text, einem offenen Brief an Angela Merkel, outet sich Bayer als Parteigänger der jetzigen Kanzlerin und berichtet, dass ihn dieses Bekenntnis bereits einen Teil seines Freundeskreises gekostet habe. Nun scheint ihn das so sehr zu schmerzen, dass er – statt in sich – in die Offensive geht und der Kanzlerin vorwirft, ihr sozialpolitisches Rollback nicht konsequent genug zu verfolgen: «Ich habe was riskiert, damit Sie gewählt werden, und jetzt sind Sie gewählt, und Sie riskieren nichts.» Gott, was für ein verkommenes Muckertum, was für eine verbogene Kreatur! «Judas ohne Silberlinge» hat Carl von Ossietzky solche Leute genannt.

Tot: Jacques Thibaud, Albert Speer, Fritz Cremer.

Montag, 4. September 2006 – Fünfuhrsiebenundfünfzig, neunzehnkommasieben. Ein Stück besonders perfiden Journalismus bietet uns das FAZ.net mit Harald Stauns offenem Brief, der mit den Worten beginnt: «Sehr geehrte Frau Kampusch.» Vielleicht war Natascha Kampusch nicht gut beraten, ausgerechnet diese Form zu wählen, sich die «sehr geehrte Weltöffentlichkeit» vom Hals zu halten, immerhin war es nachvollziehbar: Schließlich konnte sie sich nicht an jedes einzelne Exemplar der ihr nachstellenden Meute wenden. Harald Staun hat nur einen Grund, einen offenen Brief an das Entführungsopfer zu schreiben: seine eigene Niedertracht.

Nun Tim Krabbés «Das Rennen». Ich habe nie ein besseres Sportbuch gelesen.

Todestag haben Edvard Grieg, Albert Schweitzer, Georges Simenon und der überaus feine Richard Hey.

Dienstag, 5. September 2006 – Fünfuhrvierundvierzig, siebzehnkommaneun. In Venedig ist der neue Film von Alain Resnais vorgestellt worden: «Cœurs – Private Fears in Public Places». Und eigentlich möchte ich mich jetzt ins Bett legen und warten, bis er hier in die Kinos kommt.

Aus der Werkstatt. Strikt verboten sind eigentlich solche Formulierungen: «Sie hatte schöne Beine.» Zu unspezifisch, zu geläufig, nichtssagend. Aber was ist damit: «Der Alte warf einen kurzen Blick auf die schönen Beine der Frau, dann dachte er an den Tod»? Ist hier das «schön» erlaubt? Jedes andere Adjektiv wäre gesucht. Machte man den Kontrast nicht kleiner, wenn man das «schön» einfach wegließe? Oder wäre die Wirkung sogar größer? «Der Alte warf einen kurzen Blick auf die Beine der Frau, dann dachte er an den Tod.»

Schrilles Gelächter in der Nacht, als ich auf den Buchtitel aus dem Droemer Knaur

Verlag stoße: «Vollweib pur» von Christine Neubauer. «Mein Weg zur Wohlfühl-Figur». Gott, ja …

Sehe erst jetzt, dass Andrea M., die Hauptbelastungszeugin im Saarbrücker Prozess um den verschwundenen Jungen Pascal, bereits Ende August alle belastenden Aussagen widerrufen hat. Weder sei Pascal in der Tosa-Klause wiederholt missbraucht, noch sei er am 30. September 2001 ermordet worden. Nichts davon sei passiert. Aber wie kann man so etwas erfinden? Und dreieinhalb Jahre lang vor Gericht behaupten? Und: Heißt das, der Junge ist nur verschwunden? Seine Mutter war im Juni vorigen Jahres im Alter von sechsundvierzig Jahren gestorben. Nur zwei Wochen später kam sein Vater bei einer Schlägerei ums Leben.

Im Tode vereint: Pieter Bruegel d. Ä., Choderlos de Laclos, Gert Fröbe, Beppo Brehm, Georg Solti, Mutter Teresa.

Mittwoch, 6. September 2006 – Siebenuhrdreiundfünfzig, siebzehnkommasechs. Gutes Wetter, Halsschmerzen, kein Sport.

Mail von A., ob ich einen Beitrag für die FR zur Lage des Landes seit 1989 schreiben möchte. Uff, was soll ich sagen, ich falle mir doch dauernd selbst ins Wort. Paar Mails hin und her, dann einigen wir uns auf ein Gespräch. Ist beweglicher, konfliktreicher.

Als ein 47-jähriger Mann aus dem Frankfurter Ostend am Freitag nicht an seiner Arbeitsstelle erschien, baten Kollegen einen Nachbarn, nach dem Rechten zu sehen. Die Wohnungstür des Mannes stand offen. Der Nachbar fand die gefesselte Leiche seines Mitbewohners, die mit über siebzig Messerstichen versehen war. Noch am Freitagabend wurde ein 18-jähriger Mann festgenommen, am Montag ein vermutlich an der Tat beteiligter Sechzehnjähriger. Beide stammen aus Wiesbaden. Die mutmaßlichen Täter und das Opfer hatten sich über einen Homosexuellen-Chat im Netz kennengelernt.

Tot sind: Crazy Horse (Häuptling, in der Haft von einem Soldaten hinterrücks ermordet), Hanns Eisler (Komponist, dessen Gespräche mit Hans Bunge «Fragen Sie mehr über Brecht» unbedingt mal wieder aufgelegt werden sollten), Akira Kurosawa (Regisseur).

Donnerstag, 7. September 2006 – Zehnuhrzweiunddreißig, einundzwanzigkommadrei. Sonnig. Verschnupft.

Dass es in Israel aus guten Gründen keine einhellige Zustimmung für den Einsatz deutscher Truppen im Nahen Osten gibt, kann man auf der Seite des jüdischen Online-Dienstes «ha Galil» nachlesen. Dass im Land der Täter der Fraktionsvorsitzende der sogenannten Linkspartei einen solchen Einsatz vehement ablehnt mit der Begründung, dieser erhöhe die Gefahr terroristischer Anschläge in Deutschland, zeigt, wie verkommen Oskar Lafontaine und seine Partei sind. Und wenn derselbe Mann glaubt verbreiten zu müssen, «dass nicht nur das Attentat auf das World Trade Center und Selbstmordattentate Terrorismus» sind, «sondern auch die Kriegsführung im Nahen Osten» (sprich: der Einsatz der israelischen Armee gegen die Hisbollah), dann ahnt man, wie mit dem Existenzrecht Israels verfahren würde, wenn er und seinesgleichen hier das Sagen hätten.

Sollte man sich vielleicht mal abgewöhnen, das Wort «komplett». Es hat so einen knallenden, vorlauten Klang.

Ch. erzählt, dass es inzwischen auf der Erde mehr Übergewichtige als Untergewichtige gebe. Und das, obwohl eine Milliarde Menschen hungern.

Tot: Paul Zech, Wilhelm Pieck, Karen Blixen.

Freitag, 8. September 2006 – Neunuhrfünfundvierzig, sechzehnkommafünf. Bedeckt. Eigentlich seltsam, dass mich das Interview mit Natasch Kampusch, das vorgestern ausgestrahlt wurde, nicht wirklich interessiert hat. Und dass es mir peinlich war, gestern in den Nachrichten dann doch ein paar Ausschnitte daraus zu sehen. Es war mir peinlich, ich war enttäuscht und habe zugleich jede Geste, jedes Mienenspiel geradezu gierig registriert. In einem Darmstädter Krankenhaus hat ein 37-jähriger seine 27-jährige Kollegin, mit der er sich das Büro teilte, mit neun Hammerschlägen getötet und die Leiche dann im Garten des elterlichen Hauses vergraben.

Tote des Tages: Richard Strauss, Jean Seberg, Leni Riefenstahl.

Samstag, 9. September 2006 – Vieruhrneununddreißig, vierzehnkommanull Grad. Dunkel. Der Entführer Natascha Kampuschs ist auf einem nicht näher bezeichneten Friedhof «im Süden von Wien» unter falschem Namen beigesetzt worden. Der Grabstein wird ebenfalls nicht seinen richtigen Namen tragen. Natascha Kampusch hatte zuvor das gerichtsmedizinische Institut besucht, wo der Leichnam ihres Entführers lag. Dort hatte man sie mit dem Sarg allein gelassen, damit sie Gelegenheit habe, sich zu verabschieden. An der Beisetzung nahm sie nicht teil.

Gestern Almodovars «Live Flesh». In einem Interview sagt der Regisseur, er glaube nicht an das Schicksal, aber in diesem Film nehme es unabwendbar seinen

Lauf. Das Drehbuch – nach einem Roman von Ruth Rendell – ist perfekt, ab einem bestimmten Punkt zu amerikanisch perfekt. Da wird dann – als Elena mit Victor schläft – die Psychologie zugunsten der Dramaturgie aufgegeben.

Tot sind Toulouse-Lautrec, Mao, Jacques Lacan, Yilmaz Güney.

Sonntag, 10. September 2006 – Siebenuhreins, dreizehnkommaacht.

Traum. Ich habe Durst. Wir haben es eilig. Wir stehen an einer Haltestelle und warten auf die Straßenbahn. Hinter uns die große verglaste Bahnhofshalle mit Geschäften und Verkaufsständen. Was ist denn jetzt, wann kommt die Bahn? Noch vier Minuten? Dann trink ich schnell noch ’n Spezi. Also gehe ich rein, bestelle mein Getränk, aber es dauert und dauert, bis mich endlich jemand bedient. Als draußen die Bahn bereits vorfährt, reicht man mir ein Glas, das nur zu einem Drittel mit dem Gemisch aus Cola und Limonade gefüllt ist. Ich trinke es aus und stürze los, um die Straßenbahn noch zu erreichen. Aber was ist los? Ich komme nicht voran, meine Füße rutschen auf den glatten, weißen Bodenfliesen immer wieder weg. Ich laufe auf der Stelle. Bevor ich weiß, wie es ausgeht, wache ich auf.

In Österreich macht man sich angesichts des Falls Natascha Kampusch bereits Gedanken über das Schulwesen. Da habe man auf der einen Seite eine eloquente, gebildete Frau, die acht Jahre eingesperrt und ohne Kontakt zur Schule gewesen sei. Und andererseits habe man reihenweise Schulabgänger, die nahezu kommunikationsunfähig und an denen die Unterrichtsinhalte so gut wie spurlos vorübergegangen seien.

Todestag haben der Architekt Ernst May, der Schauspieler Lorne Greene (Ben Cartwright aus «Bonanza»), der Musiker Peter Tosh (ermordet), die schwedische Außenministerin Anna Lindh (ermordet).

Dienstag, 12. September 2006 – Sechsuhrfünfunddreißig, siebzehnkommaneun.

Im «Spiegel» ein Artikel über die perfekte mediale Inszenierung Natascha Kampuschs und ihrer Geschichte. Das wäre natürlich ein Ding, wenn der ganze Fall K. ein reiner Fake wäre, eine gigantische, acht Jahre währende Luftnummer, um am Ende viel Geld zu verdienen – eingeweiht vier, fünf Leute. Aber der Täter, der sich unter den Zug geworfen hat, wie würde der in dieses Spiel passen? Vielleicht ein Selbstmordwilliger, angeheuert bei einer Sterbehilfeorganisation und bezahlt dafür, sich in die Inszenierung einbinden zu lassen. Ahh, was für eine herrliche Verschwörungstheorie.

Der Papst beklagt einen «Zynismus, der die Verspottung des Heiligen als Freiheitsrecht ansieht». Aber ob es uns oder der alten Nebelmaschine passt: Das vermeintlich Heilige verspotten zu dürfen *ist* ein Freiheitsrecht. Und Benedikt fordert seine Missionare auf, das Soziale wieder stärker an die Verkündigung zu binden, was ja nur heißen kann, dass es erst Brot geben soll, wenn zuvor das Glaubensbekenntnis abgelegt wurde.

Im frühmorgendlichen, leeren Park in der Ferne ein schmaler, junger Mann im schwarzen Anzug. Er hält ein weißes Heft in der Hand, geht – gemessenen Schrittes, wie man wohl sagen würde – auf und ab. Ein Pfarrer, denke ich, der sich auf seine Predigt vorbereitet. Als ich näher komme, sehe ich, dass es sich um einen Asiaten handelt und höre, dass dieser unter großen Mühen immer wieder versucht, das Wort «Schreib...tisch» auszusprechen.

Todestag von Christian Dietrich Grabbe, Anthony Perkins, Johnny Cash.

Donnerstag, 14. September 2006 – Sechsuhrfünfundvierzig, siebzehnkommasieben. Über einem Acker sechs groß gewachsene Gabelweihen. Das Laub färbt sich braun, die ersten Blätter fallen, Eicheln ploppen auf den Boden. Und überall diese riesigen Libellen oder was das ist. Wahrscheinlich die Braune Mosaikjungfer («Die räuberischen Larven leben in den verschiedensten Gewässern»).

In der Bildzeitung: «Sie sehen aus wie sündig-süße Engel. Und rocken wie die Ferkelchen.» Die Rede ist von vier jungen Frauen, die als Musikerinnen arbeiten.

In Sonchamp bei Versailles haben drei Internatsschülerinnen eine Mitschülerin mit brennenden Zigaretten gefoltert und mit einem Kleiderbügel vergewaltigt. Im Landkreis Celle haben fünf Jugendliche zwischen dreizehn und fünfzehn Jahren eine vierzehnjährige Mitschülerin missbraucht. In Frankfurt an der Oder haben zwei Jugendliche einen Obdachlosen ermordet.

Auf «Freenet» die Meldung, dass der ehemalige Betreiber eines Reiterhofes wegen sexuellen Missbrauchs in fast 500 Fällen zu sechseinhalb Jahren Haft verurteilt wurde. Und der Kommentar eines Lesers: «Reißt diesem perversen Dreckschwein die Eier ab, steckt sie ihm in sein Maul lasst sie ihn auffressen und schmeißt das Schwein hinterher in einer Papierfabrik in den Hacker. Dieses Steuergeld kann sich Deutschland sparen und muß es nicht vergeuden. Einen schönen Gruß, die Flsch.52»

Tot sind James Fenimore Cooper, Hugo Ball, Isadora Duncan, F.C. Weiskopf, Grace Kelly.

Freitag, 15. September 2006 – Neunuhrdreiundvierzig, neunzehnkommavier. Sonnig. Auf der Seite des BKA mit ungeklärten Morden findet man auch den Fall der neun Männer, die zwischen dem 9. September 2000 und dem 6. April 2006 erschossen wurden. Alle Opfer waren Geschäftsleute und kamen aus Südosteuropa. Acht der Männer waren türkischstämmig, einer kam aus Griechenland. Alle Morde wurden mit derselben Waffe ausgeführt. Alle Opfer wurden in ihren Geschäften während der Öffnungszeiten getötet. Das ist schon alles, was an Gemeinsamkeiten erkennbar ist. Die Männer scheinen sich untereinander nicht gekannt zu haben. Auch beruflich gab es offenbar keinerlei Verbindungen. Zwei arbeiteten in einem Imbiss, zwei als Obst- und Gemüsehändler, einer war Inhaber eines Blumenhandels, einer Schneider, einer hatte einen kleinen Schlüsseldienst, ein anderer besaß einen Kiosk, und einer betrieb ein Internetcafé. Drei Morde fanden in Nürnberg statt, zwei in München, einer in Hamburg, einer in Dortmund, einer in Rostock, der letzte in Kassel. Brauchbare Zeugenaussagen gibt es nicht. Ein Motiv für die Morde ist bis heute nicht erkennbar. Bundesweit wurden fünf Sonderkommissionen gebildet. Allein die Kasseler SoKo umfasst 35 Mitarbeiter. Verwertbare Spuren scheint es nicht zu geben. Ging man bislang davon aus, dass die Opfer möglicherweise in kriminelle Machenschaften verwickelt waren, zieht man nun auch in Betracht, dass es sich bei dem Mörder um einen Einzeltäter handeln könnte, der nicht dem kriminellen Milieu entstammt. Alles, was man hat, ist ein Täterprofil, das so allgemein wie nichtssagend ist.

Auch das kann noch zur Meldung werden: «Der Papst flog wieder heim.»

Wie angenehm das ist, wenn mal jemand anruft, der gar nichts will. Außer: mal anrufen und freundlich sein. Na ja, zu oft darf auch das nicht passieren.

Tote: Thomas Wolfe, Mala Zimetbaum, Wolfgang Abendroth, Sergio Ortega, Johnny Ramone.

Samstag, 16. September 2006 – Zehnuhrsiebzehn, zwanzigkommafünf. Sonnig. Denkbar nun auch diese Meldung: «Papst Benedikt löst mit Plädoyer gegen religiöse Gewalt dritten Weltkrieg aus.» Auch er ein Teil von jener Kraft …

Erste Panne in der medialen Inszenierung der Natascha Kampusch: Hatte man noch vor wenigen Tagen einen Bericht des «Sterns», wonach Kampusch im letzten Winter mit ihrem Entführer einen Skiausflug gemacht habe, heftig dementiert, gaben die Anwälte diesen Umstand jetzt zu. Man habe über diesen Ausflug geschwiegen aus Angst, die Wahrheit könne die «Entführung verharmlosen».

«Bild»: «Schock-Bericht der Weltbank – Deutschland sozialistischer als China!»

Tot sind Victor Jara, Marc Bolan und Maria Callas. Und genau ein Jahr ist es her –

wir hatten Aufnahme in Daun in der Eifel –, als Martin Lüdke in das italienische Lokal kam und sagte: Hast du schon gehört, der Waechter ist heute gestorben.

Montag, 18. September 2006 – Vieruhrfünfundfünfzig, neunzehnkommafünf Grad. Dunkel. Von Jürgen der Hinweis, dass im Pariser Hotel Lutetia noch immer einmal im Monat kostenlos eine Mahlzeit für die ehemaligen Deportierten ausgegeben wird.

Ausfahrt ab Goldstein mit Atilla, Flo und Peleton. Feucht, warm. Nach 100 Kilometern – Flo fast ausnahmslos im Wind – habe ich Mühe, nicht abreißen zu lassen. Kann die letzten zwanzig Kilometer nur noch um Gnade betteln. Und kurz vor dem Ziel wieder dieser fette, verbissene Drängler, den wir aber gottlob noch stehen lassen. Am Ende: 140 km in einem Schnitt von 31,5 km/h. Rest des Tages: soignieren!

Im «Spiegel» ein Interview mit Neo Rauch. Scheint ein ganz guter Typ zu sein. Auch wie er sich sofort dagegen wehrt, dass fast ausschließlich von ihrem Marktwert gesprochen wird, wenn von Kunst die Rede ist. «Mir ist ein gutes abstraktes Bild tausendmal lieber als ein schlechtes figuratives … Dennoch halte ich die figurative Malerei inzwischen für das Nonplusultra».

Todestag von Jimi Hendrix und Russ Meyer.

Dienstag, 19. September 2006 – Vieruhrneunzehn, siebzehnkommanull Grad. Vom Regen aufgewacht. Und von den Gespenstern.

Noch mal zum Thema Abstraktion: In der Münchner Neuen Pinakothek gibt es ein Bild von Max Liebermann aus dem Jahr 1912 mit dem Titel: «Holländische Landschaft.» Hier ist die Ablösung der Farbe vom Gegenstand bereits fast vollständig erreicht. Was ja heißt, dass gerade die bekennenden Realisten, wenn sie ihr Material ernst nehmen, auf die Konventionen der Abbildung keine Rücksicht nehmen dürfen.

Während der «Stern» seine Serie bringt «Der Aufstieg Amerikas», konstatiert zur gleichen Zeit der «Spiegel»: «Niedergang der USA – Das Kraftzentrum schwächelt». Was ist jetzt das? Verwirrung? Pluralismus? Oder einfach: Journalismus?

Todestag hat Jacobus Morenga, über den Uwe Timm einen wunderbaren Roman geschrieben hat, der wiederum von Egon Günther verfilmt wurde.

Donnerstag, 21. September 2006 – Sechsuhrneun, vierzehnkommasechs. Frisch, dunkel. – Sehr geehrte T-Online-Software, ich benötige nicht Ihr Programm «High-Speed für lahme Rechner», ich will nicht den Lotto-Jackpot knacken, ich möchte nicht

«Fragen beantworten und Preise abräumen», ich brauche keine «Familienplanungs-Tipps», ich brauche nicht Ihre Klingeltöne und nicht Ihre «Prepaid-Aufladung», vor allem aber möchte ich künftig verschont werden mit den dusseligen Anrufen Ihrer dusseligen Callcenter, die mir alle naselang neue Tarife aufschwatzen wollen, die dann doch nie umgesetzt werden, weil alles, was man denen sagt, im großen T-Online-Sumpf versinkt und ich nur Arbeit damit habe. Guten Tag!

Dieser Tage geistert eine Meldung durch die Medien, wonach Gelegenheitstrinker im Durchschnitt mehr verdienen als Abstinenzler. Vielleicht sollte man auch mal untersuchen, ob sich das Einkommen gelegenheitstrinkender Waschmaschinenbesitzer signifikant unterscheidet vom Einkommen jener Säufer, die es noch mit der Hand machen.

Todestag von Arthur Schopenhauer, an dessen Grab ich immer mal wieder vorbeikomme, von Otto Grotewohl und von Florence Griffith-Joyner.

Freitag, 22. September 2006 – Dreiuhrsechsunddreißig, achtzehnkommaein Grad. Die vor wenigen Tagen aus den USA ausgewiesene ehemalige KZ-Aufseherin Elfriede Lina Rinkel wurde 1922 in Leipzig als Elfriede Huth geboren. Nach dem Krieg soll sie einige Zeit in Deutschland gewohnt haben, dann in die USA ausgewandert sein, wo sie den Juden Fred William Rinkel geheiratet habe, der in der großen jüdischen Loge B'nai B'rith aktiv gewesen sei. Er ist im Januar dieses Jahres gestorben. Es heißt, Elfriede Lina Rinkel sei nach Deutschland zurückgekehrt.

In Stolpen-Heeselicht am Rande der Sächsischen Schweiz ist eine 33-jährige Frau im Haus ihrer Eltern verhungert und verdurstet. Als einem Verwandten beim Besuch in dem Haus Verwesungsgeruch aufgefallen war, hatte er die Polizei benachrichtigt. Die Leiche wurde unter einem Müllberg gefunden. In der Öffentlichkeit galt die Frau seit zehn Jahren als vermisst. Ein ehemaliger Mitschüler erzählt, immer wenn er den Vater gefragt habe, habe er zur Antwort bekommen, sie sei in Bayern arbeiten und komme selten heim. Der Vater ist Ortsvorsteher der Gemeinde.

Atilla hat ein neues Gitarrenstück geschrieben und schickt es per Mail. Sehr schön, sehr ruhig. Wär' wirklich etwas für unser Programm. Jetzt muss mir nur noch ein Text einfallen.

Lektüre: Immer noch häppchenweise Tim Krabbés «Das Rennen», Saul Friedländer «Wenn die Erinnerung kommt», Leif G.W. Persson «Die Profiteure». Und mit einem Auge schon mal in Pierre Assoulines «Lutetias Geheimnisse» geschaut.

Tot ist der Radprofi Abdel-Kader Zaaf. Auf seiner Etappe der Tour de France von 1950 überkam ihn ein so großer Durst, dass er zwei Flaschen Weißwein austrank, ein Nickerchen im Straßengraben hielt und anschließend in die falsche Richtung weiterfuhr.

Dienstag, 26. September 2006 – Zweiuhreinundfünfzig, achtzehnkommanull. Regen.

Was für ein Rhythmus sich da gerade wieder einschleicht. Gestern Abend um halb zehn völlig erschöpft eingeschlafen, schaue ich jetzt, um halb drei, wieder auf die Uhr und bin sofort hellwach.

Der Tod ist wieder nah. Aber das ist er wohl von nun an immer. Am Sonntagabend hat ein Spaziergänger am Rande eines Wäldchens in der Nähe von Annaberg (Erzgebirge) einen Müllbeutel mit Leichenteilen gefunden. Die hinzugezogene Polizei entdeckte drei weitere Säcke. Bislang ist in den Meldungen von «zwei Beinen» die Rede, die man entdeckt habe, man wisse jedoch noch nicht, ob sie von einem Mann oder von einer Frau stammten. Man gehe jedoch davon aus, dass sie «zu einer Person» gehörten.

Manfred Nowak, Sonderberichterstatter der UN für Folter, erklärte in Genf, dass «die Situation, was die Folter im Irak betrifft, völlig außer Kontrolle» sei. Nach Einschätzung vieler Beobachter werde derzeit dort schlimmer gefoltert als zu Zeiten Saddam Husseins. 1500 Gewaltopfer wurden allein im August in die Leichenschauhäuser von Bagdad gebracht – die meisten Menschen waren gefoltert und erschossen worden.

Am Sonntag auf der Ausstellungseröffnung im Museum Giersch (mit Werken von Marie-Louise von Motesiczky) nach fünfzehn Jahren den Bildhauer Clemens Strugalla wiedergetroffen. Und jetzt auf seiner Website.

Todestag: Lévi-Strauss, August Macke, Hermann Löns, Bessie Smith, Walter Benjamin, Béla Bartók, Anna Magnani, Alberto Moravia, Baden Powell de Aquino, Robert Palmer.

Mittwoch, 27. September 2006 – Fünfuhrneunzehn, siebzehnkommadrei Grad. Bekannt wird dieser Tage der Fall einer 27-jährigen Ungarin, die von ihrem Vater, einem Gefängniswärter, dreizehn Jahre lang in der gemeinsamen Wohnung eingesperrt und immer wieder vor den Augen der schwerkranken Mutter vergewaltigt wurde. Als der Vater starb, hat die Mutter, die inzwischen ebenfalls verstorben ist, endlich die Polizei benachrichtigen können. Die 27-Jährige ist nach Aussagen der Behörden schwersttraumatisiert. Sie habe graues Haar und eine vollkommen weiße Haut.

Das brasilianische Justizministerium meldet, dass im letzten Jahr in dem lateinamerikanischen Land 55 000 Menschen einem Tötungsdelikt zum Opfer fielen. Das sind mehr Todesopfer als in den letzten drei Jahren im Irak.

Stoße auf die Geschichte von Witold Pilecki, von dem es heißt, er sei der einzige bekannte Mensch, der sich freiwillig in die Gefangenschaft des Lagers Auschwitz begeben habe.

Tot sind Degas, Maillol und Karlheinz Köpcke.

Donnerstag, 28. September 2006 – Zehnuhrsiebzehn, fünfzehnkommaneun Grad. Sonnig, frisch. Das neue, alte Auto ist ein Mazda 626 Kombi. Damit über Land, zuerst nach Dietzenbach, dann nach Groß-Umstadt. Lesung bei Pro-Buch. Wie man den Tiefdruck spürt, der auf diesen kleinen Läden lastet.

Über den Feldern Abendnebel. Dann, zwischen den Bäumen, ein überraschender Blick auf die Silhouette der Hochhäuser. Der Himmel bereits dämmerig, nur unten, hinter der Skyline das späte Leuchten der Sonne. Eine Krähe am Straßenrand nascht von einem toten Igel. Ein Autofahrer hupt. Der Radfahrer flucht. Der Vogel erhebt sich. Schwerfällig.

Tot ist Rudolf Caracciola, Autorennfahrer, der wie später sein kindlicher Bewunderer Franz Josef Degenhardt «Karratsch» genannt wurde. Caracciola starb 1959 an einem Leberleiden in einer Kasseler Klinik, liegt aber begraben in Castagnola, wo er die Jahre seines Exils verbrachte.

Freitag, 29. September 2006 – Fünfuhrfünfzehn, fünfzehnkommafünf. Dunkel.

1. Bei einem Treffen von Natascha Kampusch mit ihrem Vater Ludwig Koch in der Wiener Innenstadt wurden die beiden von einem spanischen Kamerateam erkannt und angeblich bedrängt. Es kam zu einer Schlägerei. Einer der Journalisten und Ludwig Koch wurden angezeigt.

2. Die Tatortarbeit im Haus des Entführers Wolfgang Priklopil in der Heinestraße 60 in Strasshof ist beendet.

3. Natascha Kampusch soll möglicherweise in New York zur «Woman of the Year» gekürt werden.

Statt Kindermode lese ich Kindermorde. Das kommt davon.

Tote: Émile Zola, Wilhelm Leuschner (in Plötzensee ermordet), Helmut Qualtinger.

Samstag, 30. September 2006 – Sechsuhreins, fünfzehnkommafünf. Dunkel, kühl. «Bild»: «Schon wieder hübsches Mädchen verschwunden» – Wie sich in einer kurzen Schlagzeile, allein durch das Adjektiv, die ganze Obszönität dieses Blattes offenbart.

Gelungene Formulierung: «Sie sah Lewin an wie etwas, das die Katze ins Haus geschleppt hatte». Gefunden in Leif Perssons Kriminalroman «Die Profiteure».

Stoße im «Telegraph» auf einen Artikel über die jetzt aus den USA ausgewiesene ehemalige KZ-Aufseherin Elfriede Rinkel. Verwandten und Freunden habe sie erzählt, sie kehre nach Deutschland zurück, weil sie Schwierigkeiten mit ihrer Wohnung in San Francisco habe. Sie lebe jetzt bei ihrer Schwester in Viersen. Die deutschen Behörden hätten viel zu tun, würden sie niedrige Ränge wie Elfriede Rinkel juristisch verfolgen, wird der Leiter des israelischen Büros des Simon-Wiesenthal-Centers in der englischsprachigen Ausgabe des «Spiegels» zitiert: «Germany is full of people like her.» Und gerade noch einen längeren Text im «San Francisco Chronicle» vom 20. September entdeckt.

Aus den «Ereignismeldungen UdSSR der Sicherheitspolizei und des SD» über das Massaker von Babij Jar am 29. und 30. September 1941: «In Zusammenarbeit mit dem Gruppenstab und 2 Kommandos des Polizeiregiments Süd hat das Sonderkommando 4a am 29. und 30. September 33771 Juden exekutiert. (...) Die Aktion selbst ist reibungslos verlaufen. Irgendwelche Zwischenfälle haben sich nicht ergeben. Die gegen die Juden durchgeführte ‹Umsiedlungsmaßnahme› hat durchaus die Zustimmung der Bevölkerung gefunden.»

Tot sind Elizabeth Stride und Catharine Eddowes, zwei Frauen, die in derselben Septembernacht des Jahres 1888 in London ermordet wurden. Die Taten werden Jack the Ripper zugeschrieben. Außerdem: James Dean, Simone Signoret.

Sonntag, 1. Oktober 2006 – Achtuhrzweiunddreißig, sechzehnkommadrei. Hat lange geregnet, jetzt ist der Himmel grau.

Heute vor zehn Jahren, am 1. Oktober 1996, wird der jüdische Geschäftsmann Jakub Fiszmann beim Verlassen seines Frankfurter Büros entführt und in einen Keller gesperrt. Einen Tag später meldet er sich per Telefon und gibt die Forderung der Entführer bekannt: 3,5 Millionen Mark Lösegeld. Ohne dass die Familie ein weiteres Lebenszeichen erhält, erhöhen die Täter kurze Zeit später den Betrag auf vier Millionen. Das Geld wird auf einem stillgelegten Parkplatz an der A 3 bei Idstein deponiert und dort von den Erpressern, die anschließend unerkannt entkommen können, abgeholt. Erst am 12. Oktober erfährt die Öffentlichkeit von dem Fall. Vier Tage später werden der Malermeister Rainer Körppen aus Langen und sein Sohn Sven festgenommen. Unter dem Druck der Verhöre gibt Sven Körppen die Entführung zu. Sein Vater sei bereits am 3. Oktober gemeinsam mit Jakub Fiszmann in einem Waldstück bei Reckenroth im Rhein-Lahn-Kreis verschwunden und kurz darauf allein wiedergekommen. Am 19. Oktober findet man dort die Leiche des Entführten. Er ist mit einem Spaten erschlagen worden, sein Gesicht bis zur Unkenntlichkeit zerstört, das Rückgrat zweimal gebrochen. Während des nachfolgenden Prozesses wird die lange kriminelle Laufbahn Rainer Körppens bekannt. 1971 erschießt er einen Zuhälter; die Staatsanwaltschaft stellt das Verfahren ein, weil sie Körppens Notwehr-Version glaubt. Im Februar 1977 misshandelt er seine Ehefrau in der Badewanne, würgt sie bis zur Bewusstlosigkeit, dreht den Wasserhahn auf und lässt sie sterben. Er wird wegen Körperverletzung mit Todesfolge bestraft. 1991 entführt er Peter Fiszmann, einen Neffen Jakubs. Der Junge kommt frei, bevor das geforderte Lösegeld bezahlt wurde. Am 1. September 1993 entführt er Achim Heftrich, den Juniorchef eines Dietzenbacher Fleischgroßhandels, und sperrt ihn in eine Holzkiste. Körppen lotst einen Polizisten auf die Schiersteiner Rheinbrücke und lässt ihn das Lösegeld in Höhe von zwei Millionen Mark herunterwerfen. Körppen, in Taucherausrüstung, taucht aus dem Wasser auf, nimmt das Paket an sich und taucht wieder unter. Heftrich kommt frei.

Auf den Tag genau zwei Jahre nach der Entführung Jakub Fiszmanns werden die

Körppens verurteilt. Das Urteil gegen den Vater lautet: lebenslange Haft mit anschließender Sicherheitsverwahrung. Sven Körppen erhält zwölf Jahre Haft. Dieser Tage wurde bekannt, dass er das Gefängnis bereits im Mai wieder verlassen hat.

Am 1. Oktober 1992 erschoss der Bundeswehrgeneral a.D. Gert Bastian zunächst seine Freundin Petra Kelly und dann sich selbst.

Montag, 2. Oktober 2006 – Fünfuhrdreiundzwanzig, fünfzehnkommaneun. Dunkel, windig. Gestern gegen fünf Uhr morgens haben sich nach der Schließung eines Lokals in Frankfurt/Sachsenhausen zirka hundert Personen zunächst untereinander, dann mit der angerückten Polizei eine Schlägerei geliefert. Interessant daran ist weniger der Tatbestand als die Namen der Orte, an denen dies stattfand: im Paradiesgässchen und auf dem Affentorplatz.

Gestern ist im Alter von 74 Jahren der Filmregisseur Frank Beyer gestorben. Wenn jemand so bekannt war wie er, aber nicht wirklich berühmt zu nennen ist, bezeichnet man ihn in den Medien als: namhaft. Im «FAZ.net» allerdings will man es dabei nicht bewenden lassen und steigert auch noch das unsteigerbare Adjektiv: «Einer der namhaftesten». Dem Nachrichtenredakteur des «Mitteldeutschen Rundfunks» reicht auch das nicht aus, er fügt noch ein «h» ein: «Einer der nahmhaftesten ...». Und was war der Tote von Beruf? Vielleicht Resischöhr?

Tot sind Marcel Duchamp und Grethe Weiser.

Dienstag, 3. Oktober 2006 – Dreizehnuhrsiebenundfünfzig, fünfzehnkommazwei. Seit vierundzwanzig Stunden Regen.

Anruf Fernsehen: «Wir haben Ihren Artikel in der ‹Zeit› gelesen und hätten Sie gern in unserer Sendung, um mit Herrn Bueb zu diskutieren.» – Wann? Nee, da kann ich nicht! – «Mhm, sehr schade.» – Tja, vielen Dank, tschüs. – Eine Viertelstunde später: «Noch mal ich. Wir hätten Sie aber wirklich gerne. Wir holen Sie auch ab und bringen Sie wieder zurück.» – Glauben diese Fernsehleute eigentlich, dass man sämtliche Verabredungen sausenlässt, weil man sich nichts Schöneres vorstellen kann, als seinen Kopf vor die Kamera zu halten?

Anruf einer Fotografin und Puppenspielerin. Ob ich ein winziges Augenblickchen Zeit ... denn Geschichten könne sie mir erzählen, Drogen, Zuhälterei, Nutten, Freier, Stricher, kriminelle Polizisten, Geschichten, geradezu gemacht für einen Krimiautor mit poetischer Ader, die ich, wenn sie nicht völlig in die Irre gehe, doch durchaus mein Eigen nenne, Geschichten, wie gesagt, voller Tragik, Leidenschaften, Abgründe, jüdische Hausbesitzer, mehrere sehr reiche jüdische Hausbesitzer, Spekulanten, ohne jede Rücksicht, nicht, dass sie was gegen Juden … aber schließlich ihre Erfahrungen … die sie mir freilich nicht völlig gratis, da sie ja auch sehen müsse, wo sie bleibe, umsonst sei der Tod, beteiligt werden wolle sie schon, wenn ich etwas aus dem überreichen Stoff, den sie mir quasi auf silbernem Tablett … eine kleine Erfolgsbeteiligung sozusagen … vorab wenn möglich …

Gestorben: Franz von Assisi (Vogelflüsterer), Woody Guthrie (Wanderarbeiter), Franz Josef Strauß (Schurke), Heinz Rühmann (Tankwart).

Mittwoch, 4. Oktober 2006 – Fünfuhrzwölf, elfkommaneun Grad. Dunkel. Den ganzen Tag in den Dokumenten zu den beiden großen kanadischen Kriminalfällen der letzten Jahrzehnte gesteckt: dem Fall Bernardo/Homolka und dem Fall Pickton. Mit Google Earth gelingt es sogar, das riesige Gelände der ehemaligen Schweinefarm an der Dominion Avenue in Port Coquitlam ausfindig zu machen, das die Kriminaltechniker über mehr als zwei Jahre hinweg Zentimeter für Zentimeter umgegraben und nach DNA-Spuren der verschwundenen Frauen abgesucht haben. Tatsächlich sieht es auf dem Luftbild aus wie eine Wüste. Angeklagt ist Pickton inzwischen wegen Mordes in 26 Fällen. Vermutet wird aber, dass er mehr als doppelt so viele Frauen aus dem Eastend von Vancouver ermordet hat.

In dem Wust von Leserbriefen zum «Disziplin»-Artikel auch das Schreiben einer ehemaligen Salem-Kollegin von Bueb, die weder schimpft noch lobt. Stattdessen erklärt sie Buebs Haltung damit, dass er in seinem ganzen Berufsleben nur das luxuriöse «Landerziehungsheim» kennengelernt habe, wo die Zöglinge aus finanzstarken Elternhäusern in den Lehrern einen Elternersatz suchen, aber nie darauf angewiesen sind, ihre Zukunft durch einen guten Schulabschluss zu sichern, da sie durch das «Netz der Seilschaft» schon aufgefangen werden.

Mail von M.H., dass er sich beim Lesen der «Geisterbahn» manchmal vorkomme, als stöbere er in meiner Abwesenheit in meiner Schreibtischschublade und stoße auf etwas Persönliches, Intimes. Und ich frage mich künftig wahrscheinlich bei jedem Satz, ob die Grenze zur Peinlichkeit schon überschritten ist.

Todestag von Rembrandt. Und von Janis Joplin und Glenn Gould.

Donnerstag, 5. Oktober 2006 – Zehnuhrsechsundzwanzig, elfkommaacht Grad. Sonnig. Kalt. Schwerer Kopf.

Beim Friseur im Radio die Meldung, in Frankfurt seien ein Mann und eine Frau von Unbekannten brutal zusammengeschlagen worden, während eine ganze Gruppe von·Taxifahrern tatenlos zugesehen habe.

Da man nicht annehmen konnte, Wolfgang Priklopil habe die zehnjährige Natascha Kampusch entführt, um sie zu seiner Haushälterin auszubilden, hat eine (unausgesprochene) Frage wie keine andere das öffentliche Interesse seit ihrer Flucht vor sechs Wochen angeheizt: Welche sexuellen Implikationen hatte das Verhältnis des Entführers zu seinem Opfer? Der verhalten offensive Umgang Kampuschs mit den Medien war wohl vor allem der verständliche Versuch, die Antwort auf diese Frage zu vermeiden. Dass die Straße so viel Restdiskretion nicht aufbringen würde, zeigten die wilden Spekulationen in den Blogs und Chatrooms. Nun bietet der «Stern» neues Futter: Priklopil habe in der Wiener Sado-Maso-Szene verkehrt. Man habe einen ihm gehörenden Computer beschlagnahmt, auf dem große Datenmengen gelöscht worden seien: «Vermutlich hat Priklopil sein Opfer bei grausamen Spielchen gefilmt und fotografiert, um damit Geld zu machen.» Natascha Kampusch sei «immer wieder mit Handschellen gefesselt, geschlagen und gedemütigt worden. Auch andere Personen sollen daran beteiligt gewesen sein.» Die Wiener Polizei hat den Bericht des «Sterns» umgehend dementiert. Berichtet wird auch, dass es möglicherweise Kontakte der Mutter Natascha Kampuschs zu dem Entführer Wolfgang Priklopil gegeben habe.

Abends mit Jürgen auf der Rowohlt-Party in der Schirn. Michael Farin erzählt, er habe gerade ein 1200-seitiges Lexikon der Fußballfilme herausgebracht. Krausser, sichtlich angeknockt von den Verrissen seines Romans, meint, er solle nun vielleicht auch seinen hochoffiziellen Abschied von der Literatur verkünden. Es geistern die Gestalten des Betriebs vorbei: Kürten, Herles, Heidenreich, Schirrmacher. Christian Kracht torkelt, rempelt, grinst, stürzt schließlich. Was ist mit ihm? Bekokst? Betrunken? Schließlich schmeißt ihn einer der Türsteher (mit schwarzen Handschuhen … warum trägt der schwarze Handschuhe?) raus. Was für eine Szene.

Vor einhundertsechsundzwanzig Jahren starb Jacques Offenbach.

Freitag, 6. Oktober 2006 – Dreizehnuhrdrei, sechzehnkommaein Grad. Bedeckt. Von einem «Jahrhundertfall» spricht der Staatsanwalt im elsässischen Mulhouse. Dort war ein Mann vor zwei Wochen wegen Diebstahls verhaftet worden und hatte im Laufe der Vernehmungen gestanden, in den vergangenen Jahren dreißig Frauen im Dreiländereck ermordet zu haben. Kurz darauf widerrief er sein Geständnis und erhängte sich in seiner Zelle.

Was, wer ist da, bitte? Eine Frau S.? Welche Firma? Foolproofed? Kenne ich nicht – «Ja. MAX sucht den Topfighter – Haben Sie denn unsere Mail nicht bekommen? Es geht um eine neue Kampfsportart.» – «Nee, entschuldigen Sie, aber ich verstehe gar nichts. Um was geht's denn?» – «Na, da wird es das Beste sein, ich schicke Ihnen noch mal unsere Mail.» – «Ja, das denke ich auch.»

Eine Stunde später, die Mail ist da: «Hallo Matthias Altenburg, hoffentlich klappt dieser Versuch ... Nun ist es auch in Deutschland so weit: Das DSF sorgt mit dem Event ‹MAX sucht den Top Fighter› für ein Novum in der Kampfsportgeschichte. Bei der härtesten Kampfsportart der Welt steigen die Fighter in einen so genannten Cage und kämpfen dort unter Einsatz der Kampfsportarten Boxen, Taekwondo, Wing-Tsung, Karate, Thaiboxen, Kung-Fu und Jiu-Jitsu Deutschlands Top Fighter aus. ‹MAX sucht den Top Fighter› auf DSF zeigt den Weg der Kämpfer über das Casting ins straff organisierte Camp. Nur wer hier dem Drill standhält und die neue Kampfsportart erlernt, kann sich in den Kämpfen durchsetzen. Nachdem insgesamt acht Kämpfer bestanden haben, sehen sie sich mit einem Kontrastprogramm konfrontiert: Die Finalkämpfer sollen tiefer in die Philosophie von MAX eintauchen, mentale Stärke trainieren und lernen, sich wie Gentleman-Fighter zu verhalten. Doch am Ende können nur zwei Kämpfer ins Finale einziehen! Die 60-minütigen Sendungen (7.10. 20.00–21.00 Uhr, ab 14.10. je 21.15–22.15 Uhr) im DSF, moderiert von Mola Adebisi und Katharina Kuhlmann (Tuning TV), zeigen neben dem Trainingsleben im Camp die Geschicklichkeits- und Ausdauerspiele (Battles) und die Ausscheidungskämpfe. Showelemente und Promi-Talks runden ‹MAX sucht den Topfighter› ab. Weitere Informationen finden Sie im Anhang. Sollten Sie Interesse an einem Interview mit einem der Fighter haben, so setzen Sie sich bitte mit uns in Verbindung. Mit freundlichen Grüßen ...»

Heute sei mal nur gedacht des italienischen Komponisten Francesco Manfredini, dessen Weihnachtskonzert (op. 3, No. 3) jetzt gleich in den Spieler geschoben wird.

Samstag, 7. Oktober 2006 – Sechsuhrvierzehn, vierzehnkommavier. Dunkel. Jacques René Mesrine, Frankreichs späterer Staatsfeind Nummer 1, war sechsundzwanzig Jahre alt und bereits zum zweiten Mal verheiratet, als er 1962 verhaftet wurde. Er überfiel in den folgenden siebzehn Jahren unzählige Banken, nahm einen Richter als Geisel, entführte den Millionär Henri Lelièvre, soll die beiden Zuhälter seiner Geliebten ermordet haben und ist wohl ebenfalls verantwortlich für den Mord an zwei Forstbeamten. 1977 schrieb Mesrine im Hochsicherheitstrakt seine Autobiographie «Der Todestrieb». Wie schon mehrere Male zuvor, gelang ihm auch diesmal wieder die Flucht. Am 2. November 1979 wurde er mit seinem BMW an der Porte de Clignancourt von einem zivilen Lieferwagen gestoppt, darin Scharfschützen der Polizei, die ihn mit neunzehn Schüssen durch die Windschutzscheibe töteten. Der bei dieser Aktion anwesende Kommissar Broussard gab später an, Mesrine sei gewarnt worden und die Polizei habe in legitimer Notwehr gehandelt. Kommissar Pellegrini, ebenfalls vor Ort, erklärte hingegen, Warnungen habe es nicht gegeben, da die Schützen den Staatsauftrag hatten, Mesrine zur Strecke zu bringen und keinerlei Risiko einzugehen. Ein Ersuchen des Sohnes von Mesrine, die Todesumstände erneut zu prüfen, wurde gestern vom Pariser Kassationsgerichtshof abgelehnt.

Todestag: Edgar Allan Poe, Gustaf Gründgens, Wolfgang Kieling.

Sonntag, 8. Oktober 2006 – siebenuhrsieben, achtkommasieben. Am Himmel dick der bleiche Vollmond. Sehr kalt.

Im Radio ein Interview mit Paavo Jäärvi, 1962 geboren, neuer Chefdirigent des HR-Sinfonieorchesters. Interessant werde ein Dirigent erst in der zweiten Hälfte seines Berufslebens, sagt er. Vorher habe er zu lernen, zu probieren, zu reifen. Und: Als er Norringtons Beethoven-Aufnahmen gehört habe, habe er zunächst geglaubt, sein Plattenspieler sei defekt. Dann habe er nach und nach die Bedeutung der historischen Aufführungspraxis begriffen.

Tote: Henry Fielding, Friedrich Krupp, Willy Brandt.

Montag, 9. Oktober 2006 – Sechsuhrnullnull, neunkommasieben. Dunkel. Es gibt so einen selbstgerechten Atheismus, gepaart oft mit einer schlampigen Diesseitigkeit, dass man aufstehen möchte und rufen: Nicht alle, die in die Kirche gehen, sind Idioten!

Ein Auftragsmörder heißt im Englischen *contract killer* oder *hit man*. In den USA erschien 1983 im Paladin Verlag unter Pseudonym ein Handbuch für den Auftragsmörder, Rex Ferals «Hit Man. A Technical Manual for Independent Contractors». 1993 geschah in Maryland ein dreifacher Mord, der nahelegte, dass dieses Buch dem Täter bei der Durchführung des Verbrechens hilfreich gewesen war. Die Familien der Opfer verklagten den Verlag, bekamen schließlich mehrere Millionen Dollar Entschädigung und die Zusicherung, dass die restlichen 700 Exemplare des Buches vernichtet würden. Seitdem wird es auf dem Antiquariatsmarkt hoch gehandelt. Die billigste Ausgabe, die über einen der amerikanischen Amazon-Shops zu haben ist, kostet $ 66,88, die teuerste $ 1699,99. Trotzdem dauert es keine fünf Minuten, bis ich den vollständigen Text von «Hit Man» im Internet gefunden habe. Die Betreiber einer amerikanischen Nazi-Homepage haben ihn online gestellt.

In Deutschland scheint das Buch vollkommen unbekannt zu sein. Die deutschsprachige Suche bei Google erzielt gerade mal zehn Treffer – Antiquariatsangebote. Man fragt sich, was die Kollegen Krimiautoren eigentlich nachts so machen.

Tot sind Che Guevara, Oskar Schindler, Jacques Brel und Roy Black.

Dienstag, 10. Oktober 2006 – Elfuhrelf, vierzehnkommaneun. Sonnig, kalt. Es gibt Tage, es gibt so Tage ... Es gibt Tage, die sollte man einfach aus dem Kalender streichen.

Noch im Sommer haben wir gemeinsam den Weltmeisterschafts-Stammtisch für die «Giessener Allgemeine» bestritten, jetzt wird folgende Nachricht verbreitet: «Der als Entdecker und Manager von NBA-Star Dirk Nowitzki bekannt gewordene ehemalige Basketball-Olympiamannschaftskapitän Holger Geschwindner ist wegen Steuerhinterziehung zu einem Jahr Haft auf Bewährung verurteilt worden. Der 60-Jährige hatte am Montag in dem Prozess vor dem Landgericht Hof gestanden, Provisionen aus seiner Tätigkeit für Nowitzki nicht versteuert zu haben. Nach Angaben des Vorsitzenden Richters Sven Zech soll Geschwindner insgesamt 3,034 Millionen Euro Einkommen-, Umsatz- und Gewerbesteuer hinterzogen haben.» Wohlgemerkt: es handelt sich nur um die Provisionen. Und nur um die Provisionen aus einer Nebentätigkeit. Und ja auch nur um die Steuern, die darauf hätten gezahlt werden müssen. Summen sind das, Summen, dass einem am Ende schwindelig ... und übel ...

Tote: Christian Friedrich Daniel Schubart, Lea Grundig, Orson Welles, Yul Brunner, Eugene Istomin.

Mittwoch, 11. Oktober 2006 – Fünfuhrneunundvierzig, zwölfkommazwei. So kalt fühlt es sich gar nicht an. Dunkel.

Nach zwölf, dreizehn Jahren ein Anruf von L. Aber er gehört zu jenen, die so sehr dazugehören, dass der zeitliche Abstand im Gespräch nichts bewirkt, jedenfalls keine Peinlichkeit. Und immer noch ist er auf eine so angemessene Weise zugleich verzappelt und direkt, dass einem jeder ausformulierte Satz wie eine Eitelkeit vorkommt und wie eine Anmaßung gegenüber einer Wirklichkeit, die in solchen Fertigkeiten schon lange keine Entsprechung mehr findet. Wandern würde er gerne, sagt er, als ließe sich damit sein Leben zusammenfassen.

«Neue Vogelart in den kolumbianischen Anden entdeckt.» Aber was heißt hier «neu»? Wahrscheinlich lebte dieser kleine Buntfink schon über Jahrtausende unbehelligt im Nebelwald. Und «entdeckt»? Entdeckt von der Vernichtungskreatur Nummer 1, dem Menschen, also: ihm ausgeliefert. Denn wahrscheinlich bedeutet diese angebliche wissenschaftliche Sensation nur den Anfang vom Ende auch dieser Art. Ah, da haben wir es schon: «Die Forscher fingen zwei der neuen Finken ein, von denen einer in Gefangenschaft starb. Der andere wurde freigelassen, nachdem er ausgiebig fotografiert worden war. Auch DNA-Proben wurden genommen.» – Wäre der kleine Fink Jan Ullrich, hätte er sich das verbeten: «Ich bin doch kein Mörder.»

Immer wieder dieser Tage: Klemperer mit Brahms' Dritter. Degenhardts «Dämmerung». Dylans «Modern Times». Entnervt aufgegeben dagegen die Lektüre von Perrsons «Profiteuren». Und welch unglaublich obszöner Quatsch, dieses Auftragsmörder-Handbuch.

Tot sind Anton Bruckner, Jean-Henri Fabre und Chico Marx. Die kleine große Edith Piaf, an deren Grab ich gern einmal wieder stehen würde. Und Uwe Barschel.

Donnerstag, 12. Oktober 2006 – Dreizehnuhrfünfundfünfzig, siebzehnkommaneun. Schön. Sonnig.

Eine «Tendenz zur Gewalt» sei verantwortlich für die zahlreichen Schießereien an amerikanischen Schulen, meint Laura Bush, die Gattin des US-Präsidenten. Und dass viele Leute gern etwas essen, liegt wohl an der: «Tendenz zum Hunger».

Nicht die Stotterer machen mich nervös, sondern die Eloquenten. Und wenn ich sie durchschaut habe, werde ich müde, fliehe in die Erschöpfung. Und schlafe dann auch wirklich manchmal, noch am Tisch mit ihnen sitzend, ein.

In Civitella, einem kleinen Dorf in der Toskana, haben am 29. Juni 1944 Angehörige der SS ein Massaker veranstaltet: Sie töteten 207 Bewohner durch Genickschüsse. Einer der damals Beteiligten, der heute 84-jährige Max Josef Milde, wurde jetzt von einem Militärgericht in La Spezia in Abwesenheit zu lebenslanger Haft verurteilt. Aber wer ist dieser Mann? Wo kommt er her? Wo hält er sich auf? Und warum findet man keinerlei Informationen über ihn?

Jürgen Busche zitiert den englischen Kritiker Sidney Smith: «Man darf Bücher nicht lesen, bevor man sie rezensiert, man wird sonst zu voreingenommen.»

Tote: Edith Cavell, Krankenschwester, 1915 von den Deutschen als Spionin in Anwesenheit des Arztes Gottfried Benn erschossen; Alfred Kerr, Theaterkritiker («Die Vorstellung begann um acht Uhr, als ich zwei Stunden später auf die Uhr schaute, war es 8.30 Uhr»); Michael Horlacher, CSU-Politiker («Als Einzelne wirkt die Frau wie eine Blume im Parlament, aber in der Masse wie Unkraut»); Arnolt Bronnen (Freund von Brecht, dann Nazi, dann kommunistischer Bürgermeister von Bad Goisern); und der Schauspieler Bernhard Minetti.

Freitag, 13. Oktober 2006 – Elfuhrfünf, siebzehnkommazwei. Regnerisch. Gestern «Ein kleiner Abend Glück» in der Marienschule in Offenbach. Gutes, freundliches Publikum. Hinterher völlig gerädert.

Vor drei Wochen waren in einem Wäldchen im Erzgebirge vier Müllsäcke mit Leichenteilen entdeckt worden. Die Identität des Opfers ist geklärt: Es handelt sich um einen seit Ende Juli vermissten 69-jährigen Rentner aus Annaberg-Buchholz, der als «Flaschensammler» bekannt war. «Die Polizei geht von einem Gewaltverbrechen aus.» Ah ja.

In Parey / Sachsen-Anhalt zwangen drei Schüler einen 16-Jährigen ein Schild vor sich herzutragen mit der Aufschrift: «Ich bin im Ort das größte Schwein, ich lasse mich mit Juden ein.»

Edith Piaf hat für die Nazis getanzt und gesungen. Und sie hat, was man so hört, auf deren Schößen gesessen. Warum eigentlich bin ich mit ihr so nachsichtig? Vielleicht, weil sie mir so ganz und gar wie eine Filmfigur vorkommt, wie ein geprügeltes Straßenmädchen, das, bewusstlos immer nur auf die nächste Mahlzeit aus, jede Uniform anhimmelt, in der Hoffnung, es möge sich lohnen. Und wer könnte diese Rolle spielen außer ihr selbst? Gibt es eigentlich einen Film über sie?

Heute vor einem Jahr ist István Eörsi gestorben.

Montag, 16. Oktober 2006 – Fünfuhrvierundzwanzig, siebenkommasieben. Der schmale Mond liegt auf dem Rücken wie ein Hund, der gekrault werden will.

Tot sind Lucas Cranach d. Ä. und Marie Antoinette.

Dienstag, 17. Oktober 2006 – Dreizehnuhrzweiunddreißig, elfkommaneun. Sonnig. Klar gibt es einen Film über die Piaf, sogar von Claude Lelouch: «Edith et Marcel». Steht im eigenen DVD-Regal und wird heute Abend geschaut.

«Tja», sagt der Freund und Genosse von einst und grinst mich so ein wenig mitleidig-schief von unten an, «da ist ja wohl nun auch die Zeit drüber weggegangen.» Tja. Aber was, wenn die Welt, das alte Schwein, noch immer dieselbe ist wie damals, als wir das, was heute immer noch wahr ist, auch wahrhaben wollten.

Einer Studie der «Friedrich-Ebert-Stiftung» zufolge gehören 6,5 Millionen Bürger zur «neuen Unterschicht» in Deutschland. 46 Prozent der Menschen würden ihr Leben «als ständigen Kampf» empfinden. Der SPD-Vorsitzende Kurt Beck griff die Ergebnisse der Studie auf, zeigte sich besorgt und meinte: «Manche nennen es Unterschichten-Problem». CDU-Fraktionschef Kauder lehnt diese Formulierung strikt ab.

Wie nennt er es? Klassengesellschaft? Ach nein: «Ich spreche lieber von Menschen mit sozialen und Integrationsproblemen.» Auch viele Sozialdemokraten halten, wie es heißt, Becks Formulierung für unglücklich, da diese indirekt die rot-grüne Regierungspolitik diskreditiere. Sonst noch jemand irgendwelche Sorgen? Die Zahl rechter Straftaten hat, wie der «Tagesspiegel» meldet, in den vergangenen zwei Jahren um fünfzig Prozent zugenommen. Vielleicht brauchen wir ja wirklich eine Elite. Aber wie wäre es endlich mal mit einer nicht zynischen Elite, mit einer, die ihre Privilegien als Auftrag versteht?

Tote: Chopin, Wieland Wagner, Pu Yi, Ingeborg Bachmann, Jean Améry, Helmut Gollwitzer, Julius Hackethal.

Mittwoch, 18. Oktober 2006 – Zehnuhrzwölf, zehnkommazwei Grad. Bewölkt. Mich gestern für Stunden verloren: In der Geschichte jenes 18. Oktober 1977, als die «Landshut» in Mogadishu gestürmt wurde, als man die drei Stammheimer Häftlinge tot in ihren Zellen gefunden hat und Hanns-Martin Schleyer erschossen wurde.

Im Netz rumgesucht, aber die Frage nicht beantworten können, ob die Frankfurter Musikerin und Künstlerberaterin Suse Michel die Tochter von Andreas Baader ist – jedenfalls wurde 1965 ein Mädchen dieses Namens als seine Tochter geboren. Dann ein langes Interview mit Marcel Reich-Ranicki von Bettina Röhl, der Tochter Ulrike Meinhofs. Und hinterher auch noch das Gespräch, das sie mit Raddatz geführt hat, wo sich der idiotische Satz findet: «Man muss die Emphase eines Verbrechers haben, um ein großes Kunstwerk zu schreiben.» Aber so sind sie halt, die Bewunderer Dostojewskis.

«Edith et Marcel». Eine halbe Stunde braucht der Film, um in Gang zu kommen, aber als dann die Liebe zwischen dem Boxer und der Sängerin beginnt, ist er so hinreißend charmant, zeigt er uns die Helden in ihrer ganzen unschuldigen Hingabe füreinander, dass man während der restlichen der 156 Minuten hofft, diese wahre Geschichte möge nicht so enden, wie wir doch von Anfang an wissen, dass sie enden wird: mit dem Tod Cerdans, der bei einem Flugzeugabsturz über den Azoren ums Leben kommt. Er saß in derselben Maschine wie die Geigerin Ginette Neveu. Gespielt wird Marcel Cerdan von seinem ältesten, 1943 geborenen Sohn. Und gleich Lust, den Film noch einmal von vorn anzuschauen, weil man nicht genug bekommt von diesen Gesichtern und von dieser Kraft, die vielleicht jeder unbedingten Liebe innewohnt.

Tote: Hanns-Martin Schleyer, Gudrun Ensslin, Andreas Baader, Jan-Carl Raspe.

Donnerstag, 19. Oktober 2006 – Elfuhrneununddreißig, vierzehnkommafünf. Bedeckt, grau, trüb, öde, langweilig. Im Hintergrund «Blood on the Tracks». Nützt auch nichts.

Seltsam, am 12. Oktober stieß ich auf die Geschichte der Krankenschwester Edith Cavell, die 1915 von den Deutschen als Spionin hingerichtet wurde, und jetzt lese ich, dass Edith Piaf, die acht Wochen später zur Welt gekommen ist, nach dieser Frau benannt wurde. Und gerade entdeckt, dass der Sohn des Boxers Marcel Cerdan ein Buch geschrieben hat: «Piaf et moi».

Der österreichischen Zeitung «Kurier» zufolge beschreibt das Pflegepersonal von Ebene 7 (der Abteilung für Kinder- und Jugendpsychiatrie) des Wiener Allgemeinen Krankenhauses seine Patientin Natascha Kampusch als eine «ziemlich herrische Prinzessin ohne Bitte und Dankeschön».

«McCabe & Mrs. Miller» von Robert Altman. Langweilig. Geläufig. Einfallslos. Nur die wenigen Außenaufnahmen bieten kleine Erfrischungen – struppig, verschneit, verrottet. Und Warren Beatty ist der Klotz, der er immer ist. Kurz vor Schluss abgebrochen. Nicht diese zehn Minuten auch noch an einen schlechten Film verschenken, dessen Ende einem sowieso egal ist.

Selbst das, was man vom neuen Bode-Museum im Fernsehen zu sehen bekommt, ist so betörend schön, dass man fast ein wenig Angst hat, es in Wirklichkeit anzuschauen.

Ist «innewohnt» eigentlich ein schönes oder wenigstens ein akzeptables Wort? Oder ist es so oldfashioned, ungelenk, dass es auf die Liste gehört? Und warum habe ich dazu kein sicheres Urteil?

Vor vierundneunzig Jahren starb der schweizerische Unternehmer Julius Michael Johannes Maggi (sprich: Madschi). Wer das Rezept der nach ihm benannten Würze wirklich herausfinden will, muss in den Tresor der «Schweizerischen Kreditanstalt» einbrechen, wo es hinterlegt ist. Am 19. Oktober 1943 starb auf dem Berg der Vergessenen nach dreißig Jahren Psychiatrie Camille Claudel.

Freitag, 20. Oktober 2006 – Achtuhrvierzehn, dreizehnkommavier. Trübe. Kopfschmerz. Gestern am Nachmittag kommt J. Ernster Blick. Dass er mit mir reden müsse. – Ja, ist denn was passiert? – Nee, nee, er will nur die Termine abstimmen. Und schon kommen wir ins Reden, sind wieder bei den Comics und anderen Obsessionen. Und verplaudern uns für eine Stunde. – Ich sei ja wohl *obsessed* von den Nazis. – Bin ich? – Ja, ähnlich wie die Engländer, sagt er. Er habe als Kind immer geglaubt, die Nazis seien eine fremde Macht gewesen, die Deutschland mit ihren knallenden Stiefeln erobert und dann unser Volk gezwungen habe, auf ihrer Seite zu kämpfen. Und uns damit ins Verderben gestürzt.

Abends mit Atilla in die Kaiserstraße Nummer 23 zur Ausstellungseröffnung in der American Apparel Gallery. Isabelle Fein: Drawings. Wie, das ist doch gar keine Galerie, ist ja eine Boutique. Ja, nein, die Galerie ist unten. Enge Wendeltreppe in den Keller. Vorne gleich ein Tisch mit Bionade, Rothaus und Wein. In der Ecke zwei Körbe mit kleinen Brezeln. Weißer Raum und rundum so ein paar bemalte Zettelchen an den Wänden und hinten ein versonnenes Video. Alles wirkt so lässig hingehuscht. Understated. Überall Mädchen mit Stilettos und Stulpenstiefeln. Die machen auf Achtziger, sagt Atilla. Dünne Typen, die alle auf die gleiche gezierte Weise ihr Tannenzäpfle halten. Und die Zähne blecken. Kurzes Aufleuchten in den Augen, wie auf Bestellung, dann wieder blasiert-bescheiden die Lider senken. Die reden nicht nur einfach miteinander, die positionieren sich. Plötzlich müssen wir lachen, weil wir gleichzeitig auf drei Jungmännerhintern schauen, die praktisch nicht vorhanden sind, wo die Jeans sich hinten nicht wölbt, sondern in einer großen Falte vollkommen leer nach unten fällt. Aber auch ein Typ, der aussieht wie die Kreuzberger Hausbesetzer vor zwanzig Jahren – schüttere Irokesenbürste, Militärklamotten, könnte auch vom Alter stimmen – Avantgarde der ersten Stunde, sozusagen. Dann kommen die Zwillinge die Treppe herunter, wie immer in Schwarz, mit ihren Männern. Küsschen, Küsschen. Aber warum so blasse, verwehte Blicke? Die nette Fotografin mit ihrem riesigen Apparat. Muss ja alles reinpassen, muss ja alles festgehalten werden. An der Säule hängt eine Zeichnung mit zwei verwischten blassen Figuren: zwei Jungen in Uniform. – Guck mal, das ist Adolf, sagt Ati. – Nee, kann nicht sein, der eine trägt doch einen Davidstern. – Oh. – Ein Typ mit Kappe, vergleichsweise alt, steht vor demselben Bild, dann wendet er sich in den Raum und ruft: «It's a Master-Werk, it's really a Master-Werk.» Er sagt nicht «work» oder «piece», er sagt «Werk». Aber er hat recht, es ist wirklich nicht schlecht. Wir schlagen vor, dass wir hier doch auch mal auftreten könnten und ein paar Bilder ausstellen. Ja, vielleicht, aber da müsse man vorher erst mal sehen, was wir eigentlich so machen. Och nö, sagen wir, dann lieber nicht. Und tun so ein bisschen verschnöselt: Uns kauft man blind oder gar nicht! Wenn man uns schon nicht kennt …

Hinterher Kontrastprogramm. Erst wollen wir in die «Bierstube», die ich immer «Weserstübchen» genannt habe, obwohl sie in der Elbestraße Nummer 18 liegt. Aber jetzt ist alles dunkel und leer. Scheint abgewickelt. Muss denn jede Schönheit niedergewalzt werden? Also in die Moselstraße 21. Hier war ich das letzte Mal mit Florian – vor ein paar Jahren, um Weihnachten herum, nachdem wir zusammen mit der Bündischen Jugend auf dem Meißner waren, auf Burg Ludwigstein, wo kurz zuvor der Archivleiter eine Angestellte umgebracht und dann die Leiche in einem Steinbruch in der Nähe von Witzenhausen versteckt hatte. Also Mosel-Eck. Der Kellner, ein nervöser Rattenzahn mit Kettchen und Brusthaaren, unruhiger, flirrender Blick. Die dicke Bedienung im Netzpulli, ein Gesicht, so breit und gemütvoll, dass man darauf Platz nehmen möchte. Im Fernsehen läuft Fußball. Neben uns am Tisch sitzt allein ein sauber gekleideter Mann mit Aktentasche. Er redet und gestikuliert, stumm, hadert mit irgendwem, den wir nicht sehen. Ja, und ein paar Schläge hat man ihm wohl auch versetzt. Irgendwann steht er ruckartig auf, nimmt seine Tasche und ist in der nächsten Sekunde verschwunden. Ein bulliger, bärtiger Lächler im Rentier-Pulli setzt sich auf seinen Platz. Daneben ein kugeliger Kleiner, die Hosen bis über den Bauch nach oben gezogen – sie sehen aus wie die Autoschieber in den französischen 50er-Jahre-Filmen. Ein paar Eintracht-Anhänger in Fan-Montur. Einer ganz und gar tätowiert, mit Bomberjacke und Knobelbechern. Und dann kommt ein Mann rein, die Augen geschlossen oder immer so blinzelnd, setzt sich gleich vorn an die Theke, bestellt, trinkt, brabbelt ebenfalls ins Leere, zwinkert, ist vielleicht blind oder fast blind. Und trinkt und trinkt und trinkt. Und vor den flickernden Spielautomaten steht eine Kollegenrunde von Biedermeiern – auf Safari durch die Wildnis des Frankfurter Nachtlebens. Mal eine Nase Verruchtheit schnuppern. Komm, lass uns gehen.

Zu Hause noch mal ins Netz und diesen grauenhaften Text gefunden: «Der Fashion-Retailer American Apparel verfolgt nicht nur ein recht ungewöhnliches, visuelles Präsentationskonzept seiner Produkte, sondern setzt auch in Sachen Kunst auf Nonkonformistisches. In seiner American Apparel Gallery in Frankfurt präsentiert das trendige US-Unternehmen nun Arbeiten der Frankfurter Nachwuchskünstlerin Isabelle Fein. Zwischen dem 20. Oktober und dem 30. November werden hier in erster Linie Zeichnungen und Malereien der 33-Jährigen zu sehen sein, die sich bisher als wahres Multitalent der Kunst einen Namen gemacht hat. Neben dem von ihr herausgegebenen ‹Whistler Magazine› zeichnet sie sich auch für eine ganze Reihe an Kurzfilmen verantwortlich, ist Autorin, Regisseurin, Redakteurin, Malerin und Fotografin in einem. Wer also das charmanteste Rundum-Sorglos-Paket der deutschen Kunst erleben möchte, sollte sich die Ausstellung, die unter dem Motto ‹Invisible Geometries› steht, nicht entgehen lassen. Der Eintritt ist nämlich frei.»

Tot sind Klaus Störtebecker, Bruno Cassirer, Franz Tumler.

Samstag, 21. Oktober 2006 – Sechsuhrfünfundvierzig, fünfzehnkommavier, immerhin. Dunkel. Das Fenster weit offen.

P: «Was machst du denn da?» – Ich schreibe mein Internet-Tagebuch. – «Aber dann kann das doch jeder lesen.»

Wenn ich etwas mag, dann sind es Meldungen wie diese: «Frau verschickt aus Versehen ihre Katze im Paket.»

Der Mord von Annaberg-Buchholz ist geklärt. Ein 52 Jahre alter Mann hat seinen 69-jährigen Nachbarn erschlagen und dann die Leiche zerteilt. Der Beschuldigte fühlte sich durch den Lärm des alten Mannes belästigt. Die Polizei kam dem Täter auf die Spur, weil auf einem der Müllsäcke, in denen die Leichenteile verpackt waren, ein Fingerabdruck gefunden wurde.

Längst vergessene Kostbarkeiten, ach was: Schätze findet man manchmal im eigenen Regal. Gestern also Ginette Neveus Aufnahme von Beethovens Violinkonzert mit dem Sinfonieorchester des Südwestfunks Baden-Baden unter Hans Rosbaud, aufgenommen im September 1949, dreieinhalb Wochen vor ihrem Tod. Und wo ist Neveus Grab? Auf dem Père Lachaise, wo sonst. Aber wie kann das denn sein? Ist denn ihr Leichnam nach dem Flugzeugabsturz geborgen worden? … Ah ja, hier ist die Antwort: «It is said that Neveu's body was found still clutching her precious Stradivarius violin. She was thirty.»

Ein paar Mal gehört: Paavo Järvis gerade erschienene Aufnahme von Beethovens dritter Sinfonie mit der Deutschen Kammerphilharmonie Bremen. Aber nein, das ist mir zu wuchtig, trotz der straffen Spielweise. Das Allegro und das Scherzo nimmt Järvi sogar schneller als Norrington mit den Stuttgartern … Gott, was rede ich denn hier?

Heute tot: Bertha von Suttner. Klaus Schwarzkopf. John Lee Hooker. Leon Uris.

Montag, 23. Oktober 2006 – Vieruhrsechsunddreißig, fünfzehnkommaacht Grad. Es wird Frühling.

Am Samstag nach Bammental im Elsenztal. Evangelisches Gemeindehaus. Während ich so auf der Bühne rumwerkele – Sprechprobe, Lichtprobe, Sitzprobe –, sehe ich unten im Saal: Agnes, lachend, mit einer Freundin. Dann, als ich gerade noch ein paar Schritte gehen will, kommt Iris zur Tür herein. Draußen Ludwig und Rainer Justke. Und für einen Moment denke ich, wenn es so ist, ist es doch der schönste Beruf der Welt: Man zieht so ein bisschen durchs Land, trifft alte Freunde und bekommt Geld dafür. Lesung mit Musik, dann Buffet, dann mit Ludwig zum Griechen, Ouzo undsoweiter. Schwer ins Hotelbett. Und am Morgen: Nebel über dem Kraichgau und im Kopf. Schöne Gegend hier.

Immer wenn ich Herrn Ronald Pofalla sehe, habe ich den Eindruck, dass er es gar nicht ist, sondern Hape Kerkeling, der nicht viel mehr tun musste als eine Brille aufsetzen und sich ein wenig dümmer stellen, als er ist, um so auszusehen wie ein CDU-Generalsekretär.

Im Fernsehen der DGB-Vorsitzende Michael Sommer. Man müsse trotz alledem am Ziel der Vollbeschäftigung festhalten, sagt er. Alles Lüge. Als wisse er nicht genau, dass unter den herrschenden Verhältnissen jedes Unternehmen vor allem ein Interesse hat: Leute zu entlassen. Er weiß es, aber er will es nicht wissen, denn sonst müsste seine Organisation eine andere Politik machen.

Anruf aus den Tiefen des Alls: Yoshihiro. Ob er denn inzwischen wisse, wo er seine Doktorarbeit schreiben werde? – «Mhm, ja, noch nicht so ganz sicher.» – Ob er denn nun doch in Deutschland bleiben wolle? – «Mhm, ja, schwierig, vielleicht.» – Ob man sich nicht mal wieder treffen wolle? – «Ja, mhm, mal sehen, schwierig.» Es ist seit Jahren der gleiche Dialog. Nur die Abstände werden größer.

Tot sind heute: Georg von Siemens, Oskar Werner, Lino Ventura, Marianne Hoppe.

Dienstag, 24. Oktober 2006 – Zehnuhrfünfundfünfzig, sechzehnkommazwei. Sonnig. Stürmisch.

Der kleine Marvin, der kleine Kevin, die kleine Jessica, die kleine Levke, der kleine Pascal, die kleine Natascha, der kleine Dennis, die kleine Adelina, der kleine Jakob, die kleine Peggy, der kleine Christian, die kleine Julia, der kleine Joseph, die kleine Jennifer, der kleine Tobias, die kleine Angelina, die kleine Natalie, die kleine Ayla, die kleine Vanessa ... Das kleine Gritli.

Ein Korrespondent der russischen Zeitung «Kommersant» gibt Wladimir Putins Worte über den israelischen Präsidenten Katzav wieder: «Er hat sich als starker Mann erwiesen. Zehn Frauen hat er vergewaltigt. Das hätte ich nie von ihm erwartet. Er hat uns alle überrascht. Wir sind alle neidisch.» Das wundere sie gar nicht, sagt C., als ich ihr die Meldung vorlese, genau so habe sie die russischen Männer kennengelernt.

Nach Protesten von Umweltschützern haben sich Deutsche Bank und Hypovereinsbank aus der Finanzierung des bulgarischen Kernkraftwerks Belene zurückgezogen. Das «Reputationsrisiko» sei zu groß gewesen. Ein schönes Wort. Es besagt, dass man einerseits bereit ist, jede Schweinerei mitzumachen, wenn andererseits der zu erwartende Schaden nicht größer als der Nutzen ist, den man daraus zu ziehen hofft.

Tot: Dutch Schultz, Ernst Barlach, David Oistrach, Hermann Langbein. Und Rosa Parks, die einmal im Bus nicht aufstehen wollte, was große Folgen hatte.

Mittwoch, 25. Oktober 2006 – Zwölfuhrneunundfünfzig, vierzehnkommanull Grad. Sonnig. Laut «Bild» der wärmste Oktober aller Zeiten.

Traum. Allein mit mir im Zugabteil, auf dem Platz gegenübersitzend: eine dicke freundliche Frau in schwarzem Kostüm. Immer wieder berührt sie mit ihren Nylons wie zufällig mein Knie. Ich schaue ihr in die Augen. Plötzlich ist es, als ob ihr teigiges Gesicht von Geilheit entzweigerissen wird. Sie öffnet ihre grell geschminkten Lippen, streckt die Zunge heraus und bewegt sie rasch hin und her. Und ist im nächsten Augenblick erloschen.

Gestern mit Herl im «Horizont», Couscous, Merguez, Trester ... Nein, nicht mehr davon, er hat ja recht: Ein wenig muss man auch für sich behalten. Aber schön, als zum Schluss noch das neue Album von Khaled lief.

Mord in 2634 Fällen – Den Zollbeamten auf dem Münchner Flughafen ist ein außerordentlich umfangreiches Reisegepäck aufgefallen. Bei der Kontrolle stellte man fest, dass sich in den zahlreichen Kühltaschen und Plastiktüten 2634 tote Wiesenpieper befanden, streng geschützte Singvögel, die von Rumänien aus in ein italienisches Restaurant transportiert werden sollten.

Außerdem tot: Hans Knappertsbusch, Mary McCarthy. Und der Sportreporter Heinz Maegerlein, der 1959 den schönen Satz sagte: «Tausende standen an den Hängen und Pisten.»

Donnerstag, 26. Oktober 2006 – Achtuhrzweiundfünfzig, elfkommafünf. Sonnig. Vor vier Uhr aufgewacht durch das unentwegte Lärmen der Martinshörner. Wahrscheinlich hing der Einsatz mit der Geschichte in Königstein zusammen: Ein 35-Jähriger hat gestern am Abend seine 69-jährige Nachbarin in deren Wohnung aufgesucht und sie dort gewaltsam festgehalten. Um fünf Uhr heute Morgen wurde die Geiselnahme durch eine aus Frankfurt angerückte Spezialeinheit beendet. Der Mann wurde angeschossen, aber nicht lebensgefährlich verletzt.

Gremliza zitiert im neuen «Konkret» die Bestsellerliste des «Spiegels»:

1. Hape Kerkeling: Ich bin dann mal weg
2. Joachim Fest: Ich nicht

Der Tag: Deutscher Soldat in Afghanistan zeigt nackten Penis neben Totenschädel – Petra behauptet, sie heiße Maria Gonzales und sei von ihrem spanischen Vater in Barcelona gefangengehalten und missbraucht worden – Ein Fünftel aller Südafrikaner hat schon mal vergewaltigt – Wieder 5,5 Tonnen verdorbenes Fleisch beschlagnahmt – Unbekannter wollte zwei Mädchen entführen – Mann springt in Suizidabsicht vor S-Bahn – Geldstrafe für Kuranyi – Kurt Cobain verdient mehr als Elvis Presley –

Frau von 35 Kilogramm schwerem Tumor befreit – Riesenauswahl an XXX-Filmen, die alles zeigen – Ist Daisy jetzt bei Mosi im Himmel? – DiBa, DiBa du …

Tote: Walter Gieseking, Nikos Kazantzakis, Elisabeth Flickenschildt, Rex Gildo, Siegfried Unseld.

Freitag, 27. Oktober 2006 – Vieruhrsiebenundzwanzig, fünfzehnkommafünf Grad. «Warum wachst Du? Einer muß wachen, heißt es. Einer muß dasein.» Kafka.

Im Traum eine weite Ebene, Schneeflecken auf den schwarzen Äckern. Und in der Ferne vor dem hellen Himmel acht ebenfalls schwarze Bäume – die Stämme wie Arme, die Kronen wie Hände, die Äste wie gespreizte Finger. Oder sind es gar keine Bäume, sind es vier Riesen, die man dort eingegraben hat und die jetzt ihre toten Arme gen Himmel strecken? Blakende Hütten. Reiterspuren im Schnee, im Schlamm. Und neben mir, über den Graben hinweg, am Feldrand ein schwarzer, unförmiger Haufen, der plötzlich anfängt, sich zu bewegen. Schreiend renne ich davon.

Kaum wach, sitze ich schon wieder vor dem La Veilleuse. Es liegt an den parallelen Lektüren, dass ich in Gedanken ständig in Belleville bin. Boves «Meine Freunde», dann die Paris-Bücher, die mir Jürgen empfohlen hat, Millers «Stille Tage in Clichy», Hemingways «Ein Fest fürs Leben». Und vor allem die Erinnerungen Simone Berteauts, der Halbschwester von Edith Piaf: «Ich hab gelebt, Mylord.»

Seltsame Reihe von Toten: Machbuba (die minderjährige Sklavin des Fürsten von Pückler-Muskau), Walter von Molo, Willi Bredel, Rex Stout, James M. Cain («The Postman Always Rings Twice»), Rafael Alberti.

Montag, 30. Oktober 2006 – Dreiuhrdreiundfünfzig, elfkommasechs. Am Freitagmittag über die flammend bunte Achterbahn des herbstlichen Knüllgebirges nach Oberaula. Erste Spielstraße rechts, hat er geschrieben, dann siehst du schon die Holzhütte, wo ich wohne. Es ist ein riesiges Blockhaus. Und R., nach fast fünfundzwanzig Jahren, fast unverändert: ein paar Fältchen mehr, seit wir uns das letzte Mal gesehen haben, ein paar Haare weniger. Aber sonst … derselbe Habitus, dieselbe Mimik, die alte, verhaltene Ironie. Ein wenig milder womöglich, grundiert von einer Spur Bitterkeit. War lange in Bremen, hatte dort einen Radladen, für zwei Jahre in Kirgisien, wo er deutschstämmige Baptisten unterrichtet hat, «faschistoides Volk», dann gemeinsam mit Frau und Kindern dieses Haus gebaut, ach was, ein Hof fast, mit Weiden, Pferden, Hühnern, zwei riesigen Hunden, gutmütig beide, zum Glück, die nun, da wir auf der Bank im Garten sitzen … Aber auch das ist jetzt alles vorbei. Bloß, wie loswerden, das Anwesen, zu einem wenigstens halbwegs angemessenen Preis, hier, wo sowieso jedes dritte Haus leersteht?

Nach Baunatal, erst ins Leiselfeld, später ins Rathaus zu Manfred, der jetzt hier Bürgermeister ist. Dann noch zu Fuß eine dunkle Runde für die Nerven und um 19.30 Uhr in die Stadtbücherei. Achtzig, neunzig Leute sind gekommen, alles sehr herzlich, sehr heimatlich – Fiete, Andrea, Larry und die halbe Klasse aus der THS. Bekannte Gesichter, fehlende Namen, kurze Wortwechsel. Erinnerst du dich noch? Hilf mir! Ach, na klar. Später dann in eine Kneipe, «Klimperkasten», und A. erzählt von einem wirklich guten, unglaublich engagierten Lehrer, der immer wieder, über Jahrzehnte hinweg, sexuelle Beziehungen zu seinen minderjährigen Schülerinnen unterhalten habe, bis er nun endlich, kurz vor der Rente, in eine Schule für lernbehinderte Knaben versetzt worden sei.

Am Sonntagmorgen auf der fast leeren A 45 zurück. Durchs Sauerland, Richtung Südosten, dem Tag, der Sonne entgegen. Wie schön, dieses Land ... Tote: Maximilian Harden, Emmerich Kálmán, Georges Brassens («Bitte, am Strand von Sète bestattet zu werden»), Samuel Fuller.

Dienstag, 31. Oktober 2006 – Fünfuhrsiebenunddreißig, achtkommaacht. Dunkel. Pressekonferenz bei Hugendubel für «100 Frankfurter Köpfe». Auf dem Rückweg an den Jeansläden vorbeigezockelt, in die Fenster gelugt. Nee, gefällt mir alles nicht. Also doch waschen.

Die beiden Radprofis Erik Zabel und Jens Voigt wollen nach dem Ende ihrer Karriere gemeinsam einen Buchladen mit Raucherecke eröffnen. Sagt Zabel.

Stoße im Netz zufällig auf Kraussers Tagebuch «Deutschlandreise» mit Illustrationen von Neo Rauch. Und jetzt begreife ich endlich Rauchs Bilder und ihren Erfolg: Er ist ein Illustrator. Wie Dalí, wie Miró, wie Warhol.

Neulich, nach einer Lesung: «Von den Leuten, deren Todestage Sie in der Geisterbahn nennen, kenne ich fast nie einen.» Was soll man sagen? Es gibt Menschen, die, egal welche Saite man bei ihnen anzuschlagen versucht, immer nur den Kopf schütteln. Sie kennen nichts; sie wissen nichts. Und das ist dann vielleicht doch zu wenig. Jedenfalls, um mit ihnen im Gespräch zu bleiben.

Tot sind heute: Egon Schiele, Max Reinhardt, Édouard Dujardin (nicht der Erfinder des Weinbrands, sondern des «inneren Monologs»), Federico Fellini, River Phoenix, Marcel Carné.

Mittwoch, 1. November 2006 – Achtuhrsiebenunddreißig, achtkommazwei Grad. Im Oktober zum ersten Mal über 10 000 Passagiere in der Geisterbahn.

Lese, dass Peter Gingold – Frankfurter Jude, Kommunist, Widerstandskämpfer – am Samstag gestorben ist. Im März haben wir noch seinen neunzigsten Geburtstag gefeiert. Beigesetzt wird er neben seiner Frau Ettie in Paris. Und gerade schickt mir Schimmel die Einladung zur Trauerfeier. Dann sehe ich, dass erst kürzlich ein Film über Gingold gedreht wurde – von Ralf Küster, einem jungen Bremer Regisseur. Ich finde seine Mailadresse, schreibe ihm, und schon wenig später ist die Antwort da.

Abends mit dem Rad in die dunkle Stadt, vorn und hinten die Flickerlichter. Dann, auf halber Strecke: Mist, ich habe die Einladung vergessen. Also zurück. Um kurz nach sieben am Römer. Chr. wartet schon. Der Empfang hat bereits begonnen. Wir schleichen in den Kaisersaal. Petra Roth redet. Ich schaue mich um. Erkenne Frank Wolff, Arno Lustiger und Simone Plitzko, die Modedesignerin mit dem seltsamen BH, die am Montag schon bei der Pressekonferenz war. Ist das nicht, o Gott, ja, Peter Zingler.

Und wo ist Michi Herl? Da kommt er rein, das Haar frisch onduliert, und nennt mich lautlos: «Petze». Kameras, Küsschenküsschen, grüne Soße, Rindswurst. Aber erst mal die hundert Bücher signieren. Gibt's hier keinen Rotwein? Nee. Gehen wir noch in die «Sansibar» zum Barolo-Club? Ach was, komm, ich bin müde. Aber dann stellt uns Norbert Rojan noch eine junge Frau vor, unprätentiös, nett, offen – es ist Anna Satvary, die Juniorchefin von Gref-Völsings. Na also, hat sich der Abend gelohnt. Aber wirklich gern kennengelernt hätte ich Bettina von Bethmann und Nadine von Mauthner. Verpasst.

Drei Soldaten der Lettow-Vorbeck-Kaserne in Bad Segeberg haben ihre Beteiligung an den Totenschändungen in Afghanistan zugegeben. Verglichen allerdings mit dem, was der Namensgeber ihrer Kaserne getan hat, ist das Vergehen dieser drei Idioten nicht anders als lächerlich zu nennen.

Im Juli 2003 wurde in einem Wald bei Eisenach die Leiche eines unbekannten jungen Mannes entdeckt. Erst zwei Jahre später, als die Angehörigen ihn endlich als vermisst meldeten, konnte der Mann identifiziert werden. Es handelte sich um einen 29-Jährigen aus Grebenstein bei Kassel, der als «leicht geistig behindert» galt. Heute nun beginnt vor dem Landgericht Kassel der Prozess gegen ein Ehepaar aus demselben Ort, das den jungen Mann über ein halbes Jahr wie einen Sklaven gehalten haben soll. Das Opfer wurde misshandelt, ihm wurde immer weniger zu essen gegeben. Man vermutet, dass die Täter es auf die Sozialhilfe ihres «Gefangenen» abgesehen hatten. Anfang Juli 2003 sei dieser nochmals mit einem Hocker so stark geschlagen worden, dass er sich nicht mehr bewegen konnte. Die Eheleute beschlossen, den wehrlosen

Mann mithilfe eines befreundeten Paares in Thüringen auszusetzen. Auf der Fahrt dorthin, so wird vermutet, ist er bereits gestorben.

Tot am 1. November: Alfred Jarry, Ezra Pound und Hoimar von Ditfurth.

Donnerstag, 2. November 2006 – Siebenuhrachtzehn, zweikommazwei Grad. Der Himmel, ganz oben: rot getüpfelt.

Die Sprache, ganz unten: «Know How Sharing für sozialdemokratische Webmaster.» Das wird ihnen auch nichts nützen.

Dass ich die meisten Tagebücher im Netz nicht lesen mag, liegt nicht nur an deren Präsentation, am Design, der wirren Typographie, den vielen Verweisen, sondern auch an der Sprache, die flüssig nur zu lesen ist von Angehörigen derselben Szene. Eine Ausnahme sind Andrea Dieners «Reisenotizen aus der Realität». Häufiger vorbeischauen werde ich künftig sicher auch bei «Chuzpe – das härteste jüdische Blog zwischen Tel Aviv und New York». Und auf «Rebellmarkt» findet sich der folgende deutliche Satz: «Wer ficken will, muss nett sein. Wer Leser will, muss erzählen.»

Nachtrag zu Dienstag. Dort, beim Empfang im Römer, ein Anwalt, der unter seinem Jackett einen Schal um die Hüften gebunden hatte. Und die Ansicht vertrat, Jan Ullrich sei selbst schuld. Nicht, weil er gedopt habe, sondern weil er sich dabei habe erwischen lassen. Wenn man sich seine Hilfsmittel über einen Kassenarzt besorge, bei dem andere Kassenpatienten ein und aus gehen, müsse man sich nicht wundern, wenn man im Wartezimmer gesehen werde. Wer so viel Geld verdiene wie der deutsche Radprofi, der müsse sich schon exklusiv betreuen lassen.

Tote am 2. November: 1975 wird der Schriftsteller und Filmemacher Pier Paolo Pasolini am Strand von Ostia mehrmals von einem Auto überrollt. 1979 stirbt der Bankräuber Jacques René Mesrine an der Porte de Clignancourt im Kugelhagel der Polizei. 2004 wird der Filmemacher Theo van Gogh in der Amsterdamer Linnaeusstraat ermordet.

Freitag, 3. November 2006 – Neunuhrfünfzig, fünfkommadrei Grad. Sonnig. Auf die Frage, ob sie ihren Mann noch liebe, antwortet T. ungerührt: «Wir sind ein gutes Team.»

Ein Tagebuch ist ein Alletage-Buch, das heißt, man hat sich für jeden Tag zu schämen, an welchem man seinem Journal keine Zuwendung schenkt. Wenn ich ein Internet-Tagebuch entdecke, das mich interessiert, dann aber feststelle, dass es über Wochen keine neuen Einträge enthält, erlahmt meine Aufmerksamkeit – wie bei einer

Tageszeitung, die nicht täglich erscheint. Ich beginne, dem Autor zu misstrauen. Eine gewisse Notwendigkeit, ein gewisses nervöses Verhältnis zur Welt, zum Alltag gehören schon dazu.

Ein Manko vieler Blogs ist auch, dass deren Verfasser ihre Vorgänger nicht kennen. Sie wissen nichts von dem Jahrhunderte alten Genre und dessen formaler Vielfalt. Sie kennen nicht Samuel Pepys, nicht Kafka, nicht Cesare Pavese, nicht Knut Hamsun, nicht Sandor Marai, nicht Max Frisch, nicht Hermann Peter Piwitt – um nur die persönlichen Lieblinge zu nennen.

Wer Tagebuch schreibt, hat das Bedürfnis, seine Gedanken, Erlebnisse, Erfahrungen, Gefühle durch Sprache haltbar zu machen. Seltsam allerdings, dass ein dreihundert Jahre altes Tagebuch wie das von Pepys, das gar nicht für die Öffentlichkeit oder die Nachwelt bestimmt war, heute noch interessanter und unterhaltsamer zu lesen ist als die meisten Blogs, die doch nach Publikum geradezu gieren.

Auch ein Kommentar zum Thema Tagebuch: Wer die «Krambude seines Herzens andern zur Schau stellt» ist ein «Gaukler» (J.G. Herder in den «Briefen zur Beförderung der Humanität»). Und Jules Renard: «Nein, nein! Ich bin wie alle, und wenn es mir gelingt, mich im Spiegel genau festzuhalten, werde ich fast die ganze Menschheit sehen.» – Besorgen: Catherine Pozzis Tagebuch «Paul Valéry – Glück, Dämon, Verrückter». Ennio Flaiano «Nächtliches Tagebuch», Alfred Kantorowicz: «Deutsches Tagebuch».

Tot: Georg Trakl, Henri Matisse, Thomas Brasch, dessen «Vor den Vätern sterben die Söhne» ich mal wieder aus dem Regal ziehen werde.

Samstag, 4. November 2006 – Einundzwanziguhrvierundfünfzig, neunkommaein Grad. Vollmond. Erst eine Runde durch den Park, dann weiter auf den Lohrberg. Die Büsche und Bäume schon luftig, überall Durchblicke. Vor den Mündern weiße Luft. Zitterkalt. Die Hunde zerren an den Leinen, wollen zurück ins Warme. Ein Obdachloser auf Wanderschaft, freundlich. Radfahrer mit Schals vor den Gesichtern. Wippende Kaninchen flüchten ins Unterholz. Und oben dann der Blick weit über die sonnigdunstige Stadt. Eine Stunde, vier Minuten. Brötchen.

Tot sind: Adam Lux, Mendelssohn Bartholdy, Gustav Schwab, Fauré, Jacques Tati.

Sonntag, 5. November 2006 – Vierzehnuhrzweiundfünfzig, zehnkommaeins. Grau. In der Nacht von Donnerstag auf Freitag hörte eine Frau bedrohliche Geräusche und Hilferufe aus der Parterrewohnung ihrer Eltern in der Fuldaer Straße 34 in Bad Soden-Salmünster. Aus Angst verbarrikadierte sie sich mit ihrer Tochter in der Wohnung im ersten Stock und rief die Polizei an. Gegen 2.10 Uhr wurde der Notruf registriert. Die wenige Augenblicke später eintreffenden Beamten fanden den 74-jährigen Rentner Otto L. und seine 72-jährige Frau blutüberströmt im Eingangsbereich ihrer Wohnung liegen. Ein herbeigerufener Notarzt konnte nur noch den Tod der beiden alten Leute feststellen. Beide Leichen wiesen zahlreiche schwere Kopfverletzungen auf. Bei der sofort eingeleiteten Großfahndung durchsuchten die Polizisten auch ein Kleingartengelände in der Nähe des Bahnhofs von Salmünster. Dort nahmen sie in einer Laube zwei deutschstämmige junge Männer (21 und 27 Jahre alt) aus Kasachstan fest. Beide trugen blutverschmierte Kleidung. Bei sich hatten sie eine Eisenstange, die sie offenbar als Einbruchswerkzeug benutzt und mit der sie dann, als sie überrascht worden waren, das Ehepaar erschlagen hatten. Einer der beiden Täter habe in derselben Straße wie die beiden Opfer gewohnt. In einigen Meldungen heißt es sogar, er habe in einer Mietwohnung gelebt, die der Familie L. gehörte.

Tot: Angelika Kauffmann, Wladimir Horowitz, Yitzhak Rabin.

Mittwoch, 8. November 2006 – Fünfuhrachtundvierzig, vierkommafünf. Dunkel. Am Montag mit dem Zug nach Oldenburg. Unterwegs Rostropowitsch mit Schumanns Cellokonzert gehört und in Bernd Schroeders «Hau» gelesen. «Wir bitten die Verzögerung zu entschuldigen; es befinden sich Kinder auf der Strecke.» Taxi zum Hotel. Der Fahrer spricht nicht. Nicht guten Abend, nicht danke, nicht auf Wiedersehen. So ist Oldenburg. Hier müsste ein Zimmer auf den Namen Altenburg reserviert sein. – «Ha, darauf fall ich nicht noch mal rein.» – Wie bitte? – «Herr Schroeder hat auch schon nach Herrn Altenburg gefragt, aber hier ist für keinen Herrn Altenburg reserviert; wenn Sie das bitte ausfüllen würden, Herr Seghers.»

Mit Schroeder und Modick im Hotelrestaurant. Dann rüber in den Kunstverein: «Verbrechen, die sich lohnen – Der Kriminalroman zwischen Kunst und Kommerz.» Schroeder sagt, dass «Hau» ja gar kein Krimi sei. Ich wiederum bestehe darauf, dass Krimis keine Kunst sind. Na ja. Sind sowieso nur zwanzig Leute gekommen. Und dafür fahren zwei Autoren durch halb Deutschland und verlieren zwei Arbeitstage …

Am Dienstag im Taxi zum Bahnhof. Der Fahrer redet die ganze Zeit auf mich ein. Er ist Tamile. So ist Oldenburg.

Vor einhundertundneunzehn Jahren starb jung, aber in Frieden, der Zahnarzt, Spieler und Revolverheld John Henry «Doc» Holliday.

Donnerstag, 9. November 2006 – Elfuhrzweiundfünfzig, zwölfkommazwei. Bedeckt.

Mit der Absicht, sich durch einen Sprung in die Tiefe das Leben zu nehmen, ist am Montag gegen elf Uhr vormittags eine junge Frau auf eine Terrasse im sechzehnten Stock des Rathauses von Lörrach gestiegen. Während Polizei und Rettungskräfte versuchten, die Frau von ihrem Vorhaben abzubringen, wurde sie von einer Gruppe Jugendlicher durch laute Zurufe ermuntert: «Es wird langweilig.» Und: «Spring doch endlich.» Als daraufhin einige in der Nähe stehende Obdachlose, die Jugendlichen verbal attackierten – «Haltet die Schnauze!» –, kam es zu einer Massenschlägerei, die erst durch den Einsatz von 35 Polizeibeamten beendet werden konnte. Sechs von ihnen wurden bei dem Einsatz verletzt. Gegen 16 Uhr konnte ein Polizeipsychologe die Frau überzeugen, die Terrasse zu verlassen.

Peter Gauweiler (CSU) und die Selbstjustiz. Angesichts des Versagens der Gefängniswärter, die nicht verhindert hatten, dass der Angeklagte Mario M. gestern auf das Dach des Dresdner Gefängnisses klettern konnte, dürfe sich «niemand wundern, dass im Volk Gedanken an Selbsthilfe aufkommen.»

Von Klaus Modick eine erbitterte Mail über den gestrigen Eintrag zur Oldenburg-Reise.

Heute vor dreiundfünfzig Jahren wurde in Kassel die erste Fußgängerzone in einer deutschen Stadt eröffnet.

Tot: Robert Blum, Apollinaire, Dylan Thomas, Charles de Gaulle, Holger Meins, Yves Montand. Und gerade die Nachricht, dass Markus Wolf letzte Nacht gestorben ist.

Freitag, 10. November 2006 – Fünfuhrachtundfünfzig, sechskommaein Grad. Dunkel. Mail von Cyril, er sei auf dem Weg nach Frankfurt. Na prima, können wir uns treffen. Neue Mail: Nee, jetzt sei er schon wieder auf dem Weg nach München. Ja, aber wenn er von München wieder zurückfahre … Nein, dann müsse er rasch nach Moskau …

Was sind das bloß für seltsame Schaltungen im Hirn. Stehe in der Küche, schäle Kartoffeln, denke an den morgigen Einkauf, und plötzlich – flash! – sehe ich mich zurückversetzt an jenen Sommersonntagmorgen in Uzès, als vollkommen unerwartet Peter Kurzeck im weißen Hemd und mit geschultertem Jackett dort über den schönen Marktplatz schlendert. Und ich ihn nicht anspreche, weil mir sein Name entfallen ist.

Der Suhrkamp Verlag erfährt aus der Zeitung, dass er jetzt zwei neue Besitzer hat.

Die Schweizer Familie Reinhart, die seit Anfang der 50er Jahre beteiligt war, will nicht mehr. Stattdessen steigen nun ein: Claus Grossner und Hans Barlach, der als Medieninvestor bezeichnet wird. Und man fragt sich, ob das wirklich ein ordentlicher Lehrberuf ist.

Am 10. November 1944 wird der sechzehnjährige Barthel Schink – Edelweißpirat, Mitglied der Ehrenfelder Gruppe – von den Nazis in der Hüttenstraße in Köln-Ehrenfeld öffentlich am Galgen hingerichtet.

Montag, 13. November 2006 – Zehnuhracht, achtkommanull. Trübe. Gestern Regen. Schnelle Wolken. Blaue Flecken am Himmel. Schwere Greifer auf den braunen Äckern. Plötzlich Sonne und für einen Moment, jetzt, Mitte November, eine fast österliche Stimmung. Und unten glitzert in der Nässe silbern die Stadt.

Am Abend nach der Lesung im Kronenhof eine freundliche Dame: Ich sei ja wohl ein Zyniker, sagt sie, jedenfalls könne sie, mein Tagebuch lesend, zu keinem anderen Schluss kommen. Wie nur kann man diesen Irrtum ausräumen? Zynisch sind die Redakteure von «Bild», die auf ihrer Titelseite mit gespielter Empörung verkünden: «Axel Schulz – Schwester arbeitet im Puff», und uns eine Seite weiter Nacktfotos der neuen «Ausziehbildenden» zeigen. Zynisch bin nicht ich, der das aufschreibt.

Tote: Vittorio de Sica, Rudolf Schock, Karin Brandauer.

Mittwoch, 15. November 2006 – Siebenuhrfünfundzwanzig, elfkommasechs. Regnet's? Nee, glaub' nicht. Also mit dem Rad in die Stadt. Das Gerichtsviertel ist von Polizei umstellt. Keine Ahnung, was da los ist. Lauter Schulklassen vor dem Römer, wollen zur «Lese-Eule». Und die ewigen Japaner, die einem schon keiner mehr glaubt, die aber immer da sind und denen man ständig durchs Bild läuft. Der riesige Weihnachtsbaum wird gerade aufgestellt. Rein ins Haus. Ist Frau Bee schon da? Ja, da ist sie doch. Hoch in das winzige Studio. Sechs Minuten fürs Literaturtelefon aufnehmen. Ab 1. Dezember zu hören unter: 069-24246021.

Auf Arte: Wellness, Chic, Lola, Mode, Trends. «Sich selbst lieb zu haben, das ist ja das Allerwichtigste für eine Frau.» Uff, was aus diesem Kasten kommt, ist zu neunundneunzig Prozent Müll. Aber wie wichtigwichtig sie alle sind, die Senderleute, die Anstaltsnasen. Und was das alles kostet, wie viel Geld, Zeit, Kraft, Phantasie. Was man damit alles machen könnte …

Nachrichten: Gegen Armin Meiwes, den sogenannten Kannibalen von Rotenburg, wird vor dem Landgericht Frankfurt verhandelt. Deshalb also vorhin dort die Polizei.

Aber wovor haben die Angst? Dass Meiwes abhaut, dass er gelyncht wird, dass er zubeißt?

Heute denken wir mal nur an den Pferdezüchter und Schauspieler Jean Gabin, dessen Asche über dem Atlantik verstreut wurde. Und an Mohamed Choukri.

Donnerstag, 16. November 2006 – Achtuhrsechsundfünfzig, neunkommafünf. Schwerer Kopf. Und, Robert, wie geht's dir? Sehr sonnig. Die Forsythien blühen.

Idiotengeste: «Ich geb Ihnen mal mein Kärtchen.» Dann wird es lässig zwischen Zeige- und Ringfinger geklemmt und schwebt auf einen zu, so dass man gar nicht anders kann, als es ratlos entgegenzunehmen und verlegen zu bewundern. «Hübsches Design.» Mhm.

Es scheint Menschen zu geben, die nur aus einem Grund durch die Stadt spazieren: um freundlich zu sein. Sie lächeln unentwegt, sprechen alle paar Meter jemanden an, scheinen endlos Zeit zu haben, wollen sich vielleicht durch ihre Freundlichkeit selbst ein Lächeln ihres Gegenübers einfangen. Nett ist das, wirkt aber manchmal auch ein wenig bestusst, religiös, erlöst.

Biermann im Radio. Selbst wenn man ihn nicht sieht, meint man doch ihn zu sehen: wie er die Augen aufreißt, verschmitzt-verlogen die Lippen spitzt, wie er sich ziert und spreizt und dreht. Alles an diesem Mann ist selbstgerechte Emphase. «Ich kleiner Deutscher ...» Selbst seine behauptete Bescheidenheit: nichts als eitler Hochmut. Still davon! Aber dann dieser Schreck: Er erzählt, dass er seit acht, neun Jahren im Sommer in Banyuls Urlaub macht, dort also wohnt, wohin ich jeden Morgen mit dem Rad fahre.

† Clark Gable, Lucia Popp, Georges Marchais.

Freitag, 17. November 2006 – Zehnuhrzweiundfünfzig, vierzehnkommadrei. Bedeckt. Robert erzählt, dass er einmal nach Paris gefahren sei, um dort eine Freundin zu besuchen. Am Haus angekommen, habe er auf einem der Klingelschilder den Namen «Biermann» gelesen. Da er gewusst habe, dass der Sänger in Paris ein Haus besitze, habe er die Freundin gefragt, ob es sich bei ihrem Vermieter um den deutschen Musiker handele. Den kenne sie zwar nicht, aber in der Tat komme aus einer der Wohnungen gelegentlich der scheppernde Klang einer Gitarre und das Krächzen einer Singstimme. Und eben schaue ich in mein altes Pariser Telefonbuch von 1994, tatsächlich: Dort ist ein Wolf Biermann verzeichnet: 30, rue Samson im 13. Bezirk.

Was ich heute gelernt habe:

1. Dass ein Mensch, der sexuell erregt wird, wenn er sich an anderen reibt – zum Beispiel im Gedränge eines Kaufhauses oder einer U-Bahn –, als «Frotteur» bezeichnet wird.

2. Dass man Kniekehlensex als «albanisch», Achselhöhlensex als «italienisch» und Pobackensex als «mongolisch» bezeichnet.

3. Dass man unter «Amputophilen» Menschen versteht, die es mögen, wenn ihrem Sexualpartner einzelne Gliedmaßen fehlen.

4. Dass man als «Infantophilie» die sexuelle Fixierung auf Kleinkinder bis zum sechsten Lebensjahr bezeichnet.

5. Dass man es «Dogging» nennt, wenn Menschen dadurch erregt werden, auf Parkplätzen oder in Wäldern Sexualverkehr zu haben. Dass ein solches Vorhaben oft im Internet angekündigt wird, um möglichst viele Zuschauer anzulocken. Und dass das Dogging eine aus England kommende Bewegung ist, die weltweit immer mehr Verbreitung findet.

6. Dass es Liebhaber für alles gibt.

Tote des Tages: Rodin, Ringelnatz, Villa-Lobos, Bob Marley, Marianne Bachmeier.

Samstag, 18. November 2006 – Siebzehnuhreins, zwölfkommafünf Grad. Dunkel. Eine gute Nachricht: Der Gebäudereiniger, ehemalige Berufsboxer und Sohn eines sardischen Eisenbiegers Graciano Rocchigiani muss mal wieder ins Gefängnis.

Noch eine gute Nachricht: Ulrich Boom, Stadtpfarrer im unterfränkischen Miltenberg, hatte am 20. Juli dieses Jahres die Glocken seiner Kirche so lange läuten lassen, bis die Neonazis, die ganz in der Nähe aufmarschiert waren, ihre Kundgebung entnervt abbrachen. Die Nazis zeigten den Pfarrer daraufhin wegen «grober Störung einer genehmigten Versammlung» an. Jetzt teilte die Staatsanwaltschaft mit, dass sie das Verfahren eingestellt habe. Der Pfarrer, der in der Lokalpresse bereits als der «Don Camillo von Miltenberg» bezeichnet worden war, auf die Frage, ob er in einem ähnlichen Fall erneut so handeln würde: «Aufgrund meiner Lebensart vermute ich, dass ich wieder etwas Ähnliches machen würde.»

Heute vor neunzehn Jahren starb Jacques Anquetil, fünfmaliger Sieger der Tour de France. Im Jahr 2004 veröffentlichte seine Tochter Sophie ein Buch, in dem sie enthüllte, dass ihr Vater jahrelang in Bigamie mit seiner Frau Jeanine und seiner Stieftochter Annie gelebt hat. Sophie entstammt der Beziehung zu Annie.

Dienstag, 21. November 2006 – Siebenuhreinunddreißig, neunkommanull. Es dämmert, regnet. Nicht die geringste Lust, der schweigenden Welt dort draußen etwas mitzuteilen.

Nach Monaten mal wieder über die Zeil. Und reicht für Jahre. Mit all diesem Muff aus Billigshops, Glühwein, gieriggeilen Fressen, Ladenschwengeln, Schnäppchen, Chanel, Woolworth, fettleibiger Provinz, Lautsprechern, Svarowsky, virilen Jungtürken, Dolce & Gabbana, Wetterauer Dummdeutsch. Dann für anderthalb Stunden in die ganz andere Welt gerettet, in die Schirn, wo die Musikschule ihr Foyerkonzert gibt.

«Spiegel»: «Die Deutschen müssen das Töten lernen». Das heißt schon was, einen solchen Satz – und sei es in Anführungszeichen – aufs Titelblatt zu setzen. Einundsechzig Jahre danach.

Was für eine Liste von Toten: Henry Purcell. Angelo Soliman. Johann Bückler, genannt Schinderhannes. Heinrich von Kleist. Henriette Vogel.

Mittwoch, 22. November 2006 – Vieruhrdreißig, sechskommaneun. Dunkel. Regnet ja gar nicht.

«I am too lazy to shoot myself.» Lord Byron.

Final Cut: Am Abend die Nachricht, dass Robert Altman gestorben ist.

«Das einzigste, was ich intensiv in der Schule beigebracht bekommen habe, war, dass ich ein Verlierer bin», schreibt Sebastian B., der 18-jährige Amokläufer von Emsdetten in seinem Abschiedsbrief. Und schließt mit den Worten: «Ich bin weg.»

Dass ein Verbot der sogenannten Killer-Videospiele Gewalttaten in der Realität verhindern würde, mag man bezweifeln. Aber welchen Grund gibt es eigentlich, diese Spiele nicht zu verbieten?

In der Nähe einer Gruppe von Motels bei Atlantic City an der Ostküste der USA hat eine Spaziergängerin am Montag die Leiche einer Frau gefunden. Die hinzugerufene Polizei entdeckte drei weitere Leichen. Offenbar wurden die Frauen erschossen. Näheres ist noch nicht bekannt.

Tote: Hans Sebald Beham, Jack London, John F. Kennedy, Aldous Huxley, Mae West, Erich Fried.

Donnerstag, 23. November 2006 – Fünfuhreinunddreißig. Siebenkommanull Grad. Dunkel. Weil das Kartenmaterial der Staatsanwaltschaft von Atlantic County sehr ungenau ist, dauert es eine halbe Stunde, bis ich auf Google Earth die Stelle gefunden habe. Dann das Satellitenbild. Der Fundort der Leichen liegt an der Lake's Bay zwischen Atlantic City und Pleasantville, dort, wo Expressway und Black Horse Pike parallel zueinander verlaufen. Eine Gegend, in der vor fünfzig Jahren Familien Urlaub machten, wo sich jetzt aber vor allem Prostituierte und Dealer aufhalten. Dort waren am Montag in einem Abwassergraben hinter einem heruntergekommenen Motel vier Frauenleichen nahe der Bahnlinie gefunden worden. Jedes der Opfer war weiß und hatte blondes Haar; die Frauen waren alle barfuß, lagen auf dem Bauch und waren mit dem Gesicht nach Osten gerichtet. Der Zustand der Leichen weist darauf hin, dass sie zu unterschiedlichen Zeitpunkten, aber alle im Verlauf der letzten drei Wochen hier abgelegt wurden. Bislang wurde erst eines der Opfer identifiziert: Es handelt sich um die 35-jährige Kim Raffo, die während der Woche vor ihrem Tod in einer Pension in Atlantic City gemeldet war.

Am Vormittag Anfrage des Fernsehens, ob ich gemeinsam mit Renate Schmidt und Bernhard Bueb an der Sendung «Quergefragt» teilnehmen möchte. «Geradeausgeantwortet»: Nein. – Keine sieben Stunden später: Das «Nachtcafé» des SWR-Fernsehens bittet um Teilnahme an der Sendung «Erfolgsgeheimnis Disziplin». Auf jeden Fall dabei: Dr. Bernhard Bueb. – Himmel aber auch …

Tot sind: Hanns Johst, der Dramatiker Hitlers und «Barde der SS», von dem der Satz stammt: «Wenn ich Kultur höre, entsichere ich meinen Browning.» Wieland

Herzfelde, Kommunist, Publizist, Verleger. Klaus Kinski, Fuchtler. Und Louis Malle, der 1980 den schönen Film «Atlantic City, USA» drehte.

Freitag, 24. November 2006 – Elfuhrsechsunddreißig, zwölfkommaein Grad. Grau. Obwohl die Polizei sich bemüht hat, sämtliche Spuren, die der Amokläufer Sebastian Bosse im Netz hinterlassen hat, umgehend zu löschen, ist ihr das bislang nicht vollständig gelungen. Noch immer lassen sich die Einträge des Online-Tagebuchs von «resistantX» finden, die jetzt zum Gegenstand vieler Kommentare werden. Unter anderem von diesem: «Solltest du wiedergeboren werden und erneut einen Amoklauf durchziehen wollen, deinstalliere doch vorher bitte CounterStrike von deinem Rechner, ja? Das ewige Killerspiele-Gejammer geht mir wahnsinnig auf den Sack.»

Während sich Polizei und Staatsanwaltschaft noch zurückhaltend zeigen, spekulieren die außerbehördlichen Fachleute bereits über die Umstände der vier Frauenmorde von West Atlantic City. Danach gilt es als sicher, dass es sich bei dem Täter um einen Serienmörder handelt, dass er aufgrund seiner Ortskenntnis aus der näheren Umgebung stammt und dass er mit großer Wahrscheinlichkeit bald wieder zuschlagen wird. Inzwischen wurden alle vier Opfer obduziert, nur bei zweien konnte man die Todesursache feststellen: Eine der Frauen wurde erdrosselt, die andere ist unter ungeklärten Umständen erstickt. Noch immer kennt man nur den Namen Kim Raffos. Eines der Opfer hofft man anhand dreier Tattoos identifizieren zu können: eine Bulldogge auf dem Rücken, ein Playboy-Bunny auf der Schulter und das Wort «Yolly» um den Nabel herum. Das Luftbild der Staatsanwaltschaft zeigt die Fundorte der Leichen (vier weiße Punkte auf der Diagonalen). Über Kim Raffo wurde derweil bekannt, dass sie aus Brooklyn stammte, den Handwerker Hugh Auslander heiratete, mit ihm nach Florida zog und zwei Kinder hatte: eine Tochter (14) und einen Sohn (12). Sie trennte sich von ihrem Mann, ging nach Atlantic City, wurde drogensüchtig und ging auf den Strich. Der Besitzer von «Papa Joe's Restaurant», wo sie fast täglich aß, hat sie am letzten Sonntagmorgen gegen 2.30 Uhr in das Auto eines Freiers steigen sehen. Wie schon oft, hat er sich auch diesmal die Autonummer notiert. Er habe das Kennzeichen an die Ermittler weitergegeben.

Todestag von Diego Rivera, Lee Harvey Oswald und von László József Bíró, dem Erfinder des Kugelschreibers.

Sonntag, 26. November 2006 – Siebenuhrdreiundfünfzig, elfkommasieben. Bedeckt. Schwere Wolken. Gestern mit der S-Bahn von Dellbrück zum Kölner Hauptbahnhof, kurzer Blick auf den Dom. Mit mir im Abteil eine Gruppe Frankfurter Kriminalpolizisten, die am Abend zuvor durch die Kölner Kneipen gezogen sind. Sie erzählen von zwei Frauen, die im Lokal «ihre dicken Titten gezeigt und gegenseitig dran genuckelt» haben. Es hat ihnen gefallen, den Polizisten. «Fährt jemand mit ins PP?» – «Nee, ich fahr gleich durch nach Hanau.» Wo sie offensichtlich gern wohnen.

Inzwischen ist nach Kim Raffo ein zweites Opfer der Morde von Atlantic City – die in der Presse bereits «Black Horse Killings» genannt werden – identifiziert worden: es ist die 23-jährige Tracy Ann Roberts. Janette Brown, eine Bekannte der beiden Frauen, wird in der «Press of Atlantic City» zitiert: «I think I know exactly who did it but I'm scared to say because he's still out there.»

Eine 22-jährige Frau, ihr 40-jähriger Komplize und ein weiterer 53 Jahre alter Mann sind festgenommen worden, weil sie junge Frauen in ein Haus in Garlstedt (Landkreis Osterholz) gelockt und dort geknebelt und gefesselt haben. Eine der Frauen war rund drei Wochen lang in einen Käfig gesperrt und während dieser Zeit immer wieder von den zahlenden «Kunden» der Verdächtigen vergewaltigt worden.

Tot ist der bayerische Bombenbauer Johann Lang.

Dienstag, 28. November 2006 – sechsuhrnullnull, achtkommaein Grad. Dunkel.

«In der heiligen Zeit ist der Teufel nicht weit.» Jörgs Oma.

In «Kulturzeit» singt Ray LaMontagne ein paar seiner depressiven Songs. Dazu ein guter Spruch: «Keine Frage, diesem Mann geht es schlecht. Aber solange er so schön davon singt, wird es niemanden geben, der ihm helfen will.»

Erinnert sich noch jemand daran, wie in diesem Sommer in fast allen Blättern des Landes der «entspannte Patriotismus» der Deutschen gefeiert wurde? Hier fünf Meldungen vom Wochenende: In Lahr überfielen Skinheads einen 35-jährigen Deutschen tunesischer Abstammung. In Quedlinburg wurde ein 20-Jähriger von einer Gruppe Neonazis zusammengeschlagen. Ebenfalls in Quedlinburg wurde eine junge Frau von Nazis attackiert. Drei Jugendliche wurden in Magdeburg von Rechtsradikalen angegriffen und verletzt. In Halberstadt wurde ein Spätaussiedler von Rechtsextremen mit einem Baseballschläger verprügelt.

«Contagious shooting» nennt man es in Polizeikreisen, wenn ein Polizist zu schießen beginnt und daraufhin seine Kollegen, ohne die Lage selbst zu überblicken, aber als seien sie angesteckt, ebenfalls das Feuer eröffnen. Fünfzig Mal innerhalb nur einer Minute hat eine Gruppe Polizisten am Samstag im New Yorker Stadtteil Queens auf drei unbewaffnete schwarze Männer geschossen. Sean Bell, der wenige Stunden später heiraten wollte und mit seinen beiden Freunden den Junggesellenabschied gefeiert hatte, verblutete auf dem Weg in die Klinik. Die beiden anderen Männer wurden schwer verletzt. Sie wurden mit Handschellen an ihre Krankenbetten gefesselt. Bislang ist völlig unklar, was ihnen vorgeworfen wird.

Tot: Enid Blyton, Fritz von Unruh, Fernand Braudel.

Mittwoch, 29. November 2006 – Vieruhracht, achtkommasechs Grad. Dunkel. Bin ich eigentlich verrückt? Es ist 4.08 Uhr, ich bin vor zwei Stunden aufgewacht und treibe mich schon wieder auf den Internetseiten des FBI und der amerikanischen Zeitungen herum. Nebenbei immer mit «Google Earth» die Schauplätze abscannen, mit Wiki ein wenig Hintergrundmaterial sammeln und mit Leo die fehlenden Worte übersetzen. «Dad cops plea in girl's death». – Das versteh ich trotzdem nicht.

Das dritte Opfer der «Black Horse Killings» von Atlantic County ist identifiziert: Es handelt sich um die 42-jährige Barbara Breidor.

Nachtrag 4.48 Uhr: Gerade kommt die Meldung, dass auch die vierte Frau identifiziert wurde: Es ist Molly Jean Dilts (20). Das Tattoo auf ihrem Bauch hieß also nicht «Yolly» sondern «Molly». Sie hatte sich am 7. Oktober zum letzten Mal bei ihrer Familie in der Nähe von Pittsburgh gemeldet. Der Zustand ihrer Leiche lässt darauf schließen, dass sie bereits seit Ende Oktober tot ist.

Angela Merkel auf dem CDU-Parteitag: «Wir sind die Partei von Arbeitnehmern und Arbeitgebern. Schichtendenken bzw. Klassendenken ist und bleibt uns fremd. Das wird es auch in Zukunft nicht geben dürfen. Sonst sind wir keine Volkspartei mehr, liebe Freunde. Das ist die Wahrheit.» Der einbeinige Bettler vor dem Karstadt und Josef Ackermann – alles dieselbe Soße. Hauptsache Volk, Hauptsache deutsch. Das Protokoll vermerkt: «Beifall.»

Tot sind: Puccini, Zeppo Marx, Cary Grant und George Harrison.

Donnerstag, 30. November 2006 – Zwölfuhrsechsundzwanzig, neunkommaein Grad. Bedeckt. Es gibt Sätze, bei denen ich vor Wut gegen die Wand treten möchte. Zum Beispiel: «Das Faszinierende an den italienischen Märkten ist die Vielfalt der Farben und Gerüche.» Oder: «Guter Jazz muss für mich so ein relaxtes Grooven haben.» Oder: «Die Ausleuchtung des Wohnbereichs ist meist eine heikle Sache.» Oder: «Mit dem Hörspiel als Form kann man eigentlich unheimlich viel machen.» Es gibt Links, die selbst ich nicht anklicke. Zum Beispiel: «Lebendigen Igeln die Pfoten abgeschnitten.» Oder: «Mutter steckt Baby in die Mikrowelle.» Oder noch schlimmer: «Berlusconi kann Klinik wieder verlassen.» Es gibt Aufschriften, bei denen man ins

Träumen kommt. Zum Beispiel auf der Plane eines Anhängers: «Anhänger-Oase – Vermietung, Verkauf, Reparatur von Anhängern aller Art.» – Wie hat man sich eine Welt vorzustellen, für die jemand das Wort «Anhänger-Oase» erfindet? Eine öde, leere Wüste, alles lechzt, hungert, dürstet nach Anhängern, aber nirgends ist einer zu sehen. Da, endlich, in der Ferne, gerade noch, dass wir den Ort vor Einbruch der Dunkelheit mit unseren erschöpften Automobilen erreichen …

Lange Totenliste: Oscar Wilde, Fernando Pessoa, Béla Kun, Ernst Lubitsch, Wilhelm Furtwängler, Helmut Horten, Alfred Herrhausen, Hilde Spiel, Ulrich Wildgruber. Und der freundliche Sänger Hans Hartz, den ich oft in seinen Sandalen durch den Aldi-Markt auf der Berger Straße habe schlurfen sehen.

Freitag, 1. Dezember 2006 – Neunuhrneununddreißig, siebenkommavier. Bedeckt.

Gestern: Morgens zum Hessischen Rundfunk. Kurzes Interview mit Daniela Baumeister zur Winter-CD. Dann Tengelmann. Dann öde. Dann immer wieder Klaus Paier gehört. Dann hin und her mit Herl wegen der Grafikdatei mit dem CD-Cover. Immer dieser Apple-Nerv. Dann Hubschrauber über der Stadt. Dann Anruf Christiane, dass sie im Stau steckt: Uefa-Cup und Demonstration, alles dicht, kein Wunder. Dann Anruf Atilla, dass er noch beim Zahnarzt hockt. Dann Anruf Jörg, dass er im Stau steckt.

Mit Atilla und Jörg ins «Da Franco», ein kleines italienisches Restaurant in der Saalburgstraße, ganz unprätentiös. Angenehme Stimmung: lässig, viele Abschweifungen, bisschen verzappelt, trotzdem eine gute Spannung. – Stille Hoffnung, dass man mit solchen Freunden nie ganz vor die Hunde gehen kann. Wir verabreden, irgendwann im Januar oder Februar ins Studio zu gehen, um «Ein kleiner Abend Glück» aufzunehmen. Ab und zu meldet sich Atis Mobiltelefon, Stefan Müller drängelt; die beiden wollen noch gemeinsam mit Charlotte an dem Johnny-Cash-Song fummeln. Bin völlig verblüfft, mit welch sorgender Aufmerksamkeit Jörg die «Geisterbahn» liest. Ob ich mir eigentlich bewusst sei, was ich da mache. Ob mir klar sei, wie nah meine Formulierung von den «ewigen Japanern» am «ewigen Juden» sei … Ich wundere mich, dass ein paar hundert Leute jeden Tag lesen, was ich hier schreibe, ohne mich im Gästebuch zu beschimpfen. «Die trauen sich nicht», sagt Jörg. – Ich schüchtere also die Leser ein? – «Ja.» – O Mann.

Ati sagt, ich soll mir einen Apple kaufen. Google hat ein rotes Schleifchen. Ja, stimmt, heute ist Welt-Aids-Tag.

Heute vor zwei Jahren starb eine der windigsten Gestalten des an windigen Gestalten nicht gerade armen europäischen Adels: Bernhard Leopold Friedrich Eberhard Julius Kurt Karl Gottfried Peter Prinz zur Lippe-Biesterfeld, besser bekannt als Prinz

Bernhard der Niederlande: Direktionssekretär der I.G. Farben, Mitglied der NSDAP, Mitglied der SA, Mitglied der SS, später Verbindungen zur Mafia, verwickelt in den Lockheed-Skandal, verwickelt in den illegalen Elfenbeinhandel …

Sonntag, 3. Dezember 2006 – Sechzehnuhrneun. Dreizehnkommazwei Grad. Schnelle Wolken.

«Seit ich mein Grab sah, will ich nichts als leben.» Kleist (Der Prinz von Homburg). «Auch die Toten werden vor dem Feind, wenn er siegt, nicht sicher sein.» Walter Benjamin (Geschichtsphilosophische Thesen).

Apple gekauft.

Im Fall der Schießerei des New York Police Department im Stadtteil Queens versucht die Polizei nun offenbar die Opfer zu Verdächtigen zu machen. Sie dringt in Wohnungen junger Schwarzer ein, verhaftet sie unter Vorwänden und befragt sie dann nach ihren Beziehungen zu dem erschossenen Sean Bell und seinen beiden schwerverletzten Freunden. Angeblich befinde man sich auf der Suche nach einem vierten Mann, der den Schauplatz der Schießerei fluchtartig verlassen habe. «If you don't tell us what we want to hear, you know, you can get five years.» Das soll einer der Polizisten zu der 26-jährigen LaToya Smith gesagt haben, als man ihre Wohnungstür eingetreten und sie samt ihrer Familie auf die Wache geschleppt hatte.

Gestern am Nachmittag zwei Stunden durch die dunkle Wetterau. Der roten Sonne entgegen. Schwarze Vögel überall.

Am Abend auf BR-alpha den ersten Teil der alten «Schatzinsel»-Verfilmung. Kein anderer Film hat meine Kinderphantasien so auf Trab gehalten. P.: «Und das hast du mit elf Jahren schon geschaut? Das ist doch viel zu spannend.» – Wieso, Harry Potter ist doch viel gruseliger. – «Nein, da sieht man ja, dass das am Computer gemacht wurde. Hier denkt man, es ist alles echt.»

Tot ist heute Robert Louis Stevenson.

Montag, 4. Dezember 2006 – Dreiuhrzweiunddreißig, achtkommasieben. Wolken, Sterne, fetter Mond. Schostakowitschs Elfte.

Eine Woche nachdem er von der Polizei erschossen worden war, ist Sean Bell auf dem Nassau Knolls Cemetery auf Long Island beerdigt worden. Seine Braut kollabierte am Grab. Trini Wright, eine der Tänzerinnen des «Kalua» Strip-Club, wo Bell mit zwei Freunden seinen Junggesellenabschied gefeiert hatte, schickte einen Kranz. Die Trauernden sangen am Grab: «And when the battle's over / We shall wear a crown!»

Was macht eigentlich Natascha Kampusch? Sie wehrt sich gegen das erste Buch («Girl in the Cellar – The Natascha Kampusch Story»), das über sie erschienen ist. Es enthalte nur Lügen, sie habe nie mit den Autoren gesprochen. Der englische Journalist Allan Hall, einer der beiden Verfasser, kam aufgrund seiner Recherchen über den Entführungsfall zu dem Schluss: «Die österreichische Polizei würde nicht einmal eine Bierflasche in einer Brauerei finden.»

Todestag von Adolph Kolping, Georg von Rauch, Hannah Arendt, Benjamin Britten, Frank Zappa.

Donnerstag, 7. Dezember 2006 – Neunuhrneununddreißig, siebenkommavier Grad.

Blauer Himmel, weiß gescheckt. Warten auf den Apfel. Im Aldi-Markt auf der Berger. Der Geschäftsführer ist ein großer, junger Typ. Gewitzt, immer gut gelaunt, dunkelhaarig, vielleicht türkischstämmig. Er schiebt einen Hubwagen mit Waren durch die engen Gänge. Eine junge Frau kommt auf ihn zu: «Darf ich Sie kurz was fragen?» – Er schaut sie an, lächelt und sagt: «Ja, ich will!» – Die Frau, nur kurz irritiert, erwidert: «Dann muss ich mir jetzt nur noch eine gute Frage für Ihre Antwort einfallen lassen.»

Mit Jürgen in die Stalburg. Vor uns an der Kasse Eva Demski: «Es ist eine Schande, dass wir in derselben Stadt wohnen, uns aber nie sehen.» – Das stimmt, es ist eine Ewigkeit her. Und sie wird überhaupt nicht älter. Herl führt durch das Programm, verschmitzt, charmant, mit schüchterner Souveränität. Einmal beugt sich ein Mann zu mir rüber und sagt: «Dann will ich mich mal kurz vorstellen: Pit Knorr.» Der Pianist Thorsten Larbig spricht mich an, erzählt, dass wir quasi Nachbarn gewesen seien. Wieso quasi? Weil er als Student in der Savignystraße im Vorderhaus gewohnt hat, als ich im Hinterhaus als Lektor gearbeitet habe. Er sei auf einigen unserer Sommerfeste gewesen. Später an der Theke Schnaps trinken mit Herl. Plaudern mit Frank Wolff. Er wird jetzt von Jutta Tempelmann vertreten. Gute Koalitionen sind das. Endlich kommt Demski dazu. Wir reden über Lesereisen usw. Sie sagt, sie rufe in Eisenach an, um mir eine Lesung auf der Wartburg zu vermitteln. Das wäre wirklich scharf. Gegen Mitternacht stehen wir wieder vor der Tür. Ein guter Ort, die Stalburg, macht gute Laune. Eine Burg halt. Ein Kraftwerk.

Tot sind Clara Haskil, Thornton Wilder und Nicolas Born.

Sonntag, 10. Dezember 2006 – Fünfuhrzwölf, sechskommasechs. Dunkel. Schwere Kämpfe mit dem Apfel. Ja, ja, sieht schön aus, das Gerät. Aber die Schrift auf dem Bildschirm gefällt mir gar nicht. Verwaschen, zerfranst. Kopfschmerzschrift. Lässt sich auch nicht besser einstellen. Kämpfe auch mit T-Mobile. Nach drei Stunden hat es Atilla endlich geschafft, ins Netz zu kommen. Dann noch das Textprogramm. Aber nein, weder mit «NeoOffice» noch mit «Pages» komme ich zurecht; ich brauche mein altes Word wieder. Wie öde, was für piefige Sorgen. Und draußen regnet es.

Idee für ein Filmprojekt. Arbeitstitel «C». Mal gucken, wer dafür zu gewinnen ist. Würde jedenfalls alles ermöglichen und so gut wie nichts kosten.

Überall Artikel zu dieser einmaligen Neuauflage von «Tempo». Aber schon die Reflexe darauf sind so muffig, dass man das Ding selbst gar nicht in die Hände nehmen mag. Perdu.

Tot: Alfred Nobel, Otis Redding, Jascha Heifetz.

Dienstag, 12. Dezember 2006 – Elfuhrachtunddreißig, siebenkommavier. Bedeckt. Mal irgendwas schreiben, was nur aus schönen Wörtern besteht: Apfelbaumwiese, Sommernachtstraum, Holunderblüten, Lokomotive, Frühling, tanzende Paare, warme Steine, Wasser, barfuß, Straßenmusikant, Bandoneon, Platane, Mädchen, Schlaf, Friedhof … Die schönste unter den Schönen aber ist die: Mirabelle.

Es geht auch anders – Kopfmüll, Wortmüll: «Einfache Automatisierung mit dem Automator: Sie können Aktionen hierher bewegen oder hinzufügen, um ihren Arbeitsablauf zu erstellen.» Solche Sätze müssten von der Autokorrektur eigentlich automatisch gelöscht werden.

Tot sind: Yasujiro Ozu, Clifton Chenier, Gyula Trebitsch.

Mittwoch, 13. Dezember 2006 – Fünfuhrzweiunddreißig, fünfkommavier. Im Traum begegnet mir der große Verleger B. Er erzählt, dass er jetzt, da er in Rente sei, endlich einmal etwas ganz anderes habe machen wollen, etwas, das nichts, aber auch gar nichts mit seinem Beruf zu tun habe. Etwas, wobei er in Bewegung bleibe, viel an der Luft sei und von den Eitelkeiten seiner einstigen Branche so weit wie möglich entfernt. Er trage jetzt, sagt er, Werbezettel für eine Supermarktkette aus. Und schaut mich dabei an, lachend und so zufrieden, wie ich ihn nie zuvor gesehen habe.

Um 15.40 Uhr Blick auf den Kalender. O Gott, vor zwanzig Minuten hätte ich bereits bei dieser Benefizaktion auf dem Römerberg sein sollen. Schnell aufs Rad und in die Stadt. Friedberger runter, Bürgersteige, rote Ampeln, Einbahnstraßen, Fußgängerzone, alles egal, einfach drüber und durch. Nach zehn Minuten bin ich da. Nützt bloß nichts, da ich nicht weiß, wohin. Also in die «Tourist-Information», nachfragen, telefonieren, wieder nachfragen. Dann holt mich ein Karussell-Besitzer ab. Aber ich wollte doch Würstchen braten ... Na, nun kommen Sie erst mal mit. Das Karussell steht direkt an der Paulskirche. Bisschen blöde Ecke hier, sagt der Mann. Dann drückt er mir einen Stapel Plastikchips in die Hand. Fünf Minuten geht gar nichts, niemand will Karussell fahren. Stattdessen kommen Journalistinnen, die fotografieren und Fragen stellen. So wird das hier nie was. Also spreche ich die Leute an: «Wollen Sie Karussell fahren für einen guten Zweck?» Misstrauische Blicke: Was kostn das? Sindse och keen Betrücher? – Immerhin, nach einer Stunde gut neunzig Euro kassiert. Aber am meisten beeindruckt hat mich der Besitzer, so gelassen, freundlich und so stolz auf sein schönes Merry-Go-Round.

Tot sind Samuel Johnson, Friedrich Hebbel, Kandinsky, Grandma Moses.

Donnerstag, 14. Dezember 2006 – Neunuhrdreiundfünfzig, sechskommasechs Grad. Grau. Sonne im Kopf. Wie gern ich mich beschenken lasse. Heute zum Beispiel eine Spieluhr mit einer Melodie aus der «Zauberflöte». Chris Markers «Sans soleil» auf DVD. Die Violinsonaten von Bartók und Schostakowitsch mit Oistrach und Richter. Und die größte Überraschung: der alte Vierteiler mit der «Schatzinsel». Das Blödeste, was an einem solchen Tag passieren kann: dass Tchibo eine Mail schickt und gratuliert. Wo haben die das Datum her?

Atillas Seite wird immer besser. Die Einträge kriegen Drive, werden federnd, dynamisch, selbstironisch. Selbst in nur einer Zeile gelingen ihm kleine, sprachliche Pointen. Man hat den Eindruck, er lebt jeden Tag 48 Stunden.

Zeitunglesen geht eigentlich schon nicht mehr richtig. Wie lesen, ohne zu klicken, zu scrollen, zu tippen?

Gibt auch Tote: Carl Philipp Emanuel Bach, Friedrich Dürrenmatt, Johannes Fürst von Thurn und Taxis.

Freitag, 15. Dezember 2006 – Sechsuhrzwei, dreikommasieben Grad. Dunkel. Kann mich nicht erinnern, je einen Tag erlebt zu haben, der zugleich so schön und so traurig war wie der gestrige.

Heute vor 116 Jahren haben Polizisten des Standing-Rock-Reservats in North Dakota den Stammeshäuptling Tatanka Iyotanka, genannt «Sitting Bull», erschossen und anschließend seine Leiche verstümmelt.

Sonntag, 17. Dezember 2006 – Zehnuhrvierzig, vierkommadrei. Gestern Abend auf der Autobahn dieser unablässige Regen. Jetzt alles blau-weiß und sonnig.

«Sans soleil» geschaut. Der Text – zu theoretisch, zu abstrakt. Verplappert die schönen Bilder. Das machen wir besser. Wenn wir überhaupt irgendwas machen. Und ... was gibts Neues? – Nichts. Zum Glück.

Du bist aber heute chic! – «Ach, das ist nur äußerlich.»

Himmel und Hölle: Simón Bolivar, Kaspar Hauser, Leopold II., Edwin Erich Dwinger, Günther Anders.

Montag, 18. Dezember 2006 – Dreizehnuhrvierzehn, fünfkommasechs. Bedeckt. Gestern kalte Tour, flach. Hinter dem Preungesheimer Gefängnis eine große Siedlung mit Mietwohnungen. Alles vermüllt, verkommen. Überall Scherben, Kippen, leere Fastfoodpackungen. Kommt hier die Straßenreinigung nie vorbei? Lungern überall so Typen rum. Klappern mit den Autoschlüsseln, setzen sich in den Wagen, fahren ein paar Meter, steigen wieder aus. Ständig eine Hand am Sack, die andere am Handy. Dunkelhäutige Familien auf den Parkplätzen. Es wird eingepackt, ausgepackt, große Plastiktüten, prall gefüllt, Möbel, Kartons, auf den Dachgepäckträger, in den Wagen, ins Haus, gibt immer was zu tun. Dann weht plötzlich eine dicke Marihuanawolke herüber. Schnell weg hier, bevor man noch Appetit bekommt.

Später in Petterweil stehen drei Wagen mit Warnblinkern auf der Straße, die Motoren ausgeschaltet. Davor hocken Leute. Irgendwas ist passiert. Aber es ist alles ganz still. Da liegt etwas auf der Fahrbahn, ein Körper, ein Hund, ein Schäferhund, reglos. Ich schaue rasch weg, aber hab ja schon alles gesehen. Jemand hat seine Hand auf den Hals des Tieres gelegt. Ich sehe den Kopf, die Schnauze, die Zähne gebleckt. Die merkwürdige Ruhe macht alles noch trauriger. Dann ein Hinweisschild ins Feld: «Geist – Außenliegend 4.»

Vorgestern auf der Autobahn vor uns ein LKW mit der Aufschrift: «Toten Transport Norwegen.»

Gerade die Nachricht, dass die Polizei heute Morgen gegen 7.20 Uhr Ortszeit in Trimley / Suffolk den mutmaßlichen Mörder der fünf Prostituierten von Ipswich festgenommen hat. Schnell auf die Seite des «Guardian». Der Mann heißt Tom Stephens, ist 37 Jahre alt und arbeitet in einem Supermarkt. Die Straße, in der sein Wohnhaus liegt: Jubilee Close. Am Wochenende sei ein Interview mit dem mutmaßlichen Mörder im «Sunday Mirror» erschienen. Also auf deren Seite. Dort ist er abgebildet. Schütteres Haar, Vollbart. «Ich bin ein Freund all dieser Mädchen, ich habe kein Alibi.» Als seine Ehe vor achtzehn Monaten geschieden wurde, habe er angefangen, zu den

Prostituierten zu gehen. Die Polizei habe ihn bereits vier Mal vernommen. Aber seine Aufgabe sei es gewesen, die Mädchen zu schützen.

Heute vor sieben Jahren starb der als linksliberal geltende Literaturwissenschaftler und zeitweilige Rektor der Universität Aachen Hans Schwerte. Es hat ihn nie gegeben. In Wirklichkeit hieß der Mann Hans E. Schneider, war Haupsturmführer und «Abteilungsleiter im Persönlichen Stab des Reichsführers SS» Heinrich Himmler. Gegen Ende des Krieges löschte er mit Hilfe des Sicherheitsdienstes seine Identität aus. Seine Frau ließ ihren Mann für tot erklären und heiratete Hans Schwerte, wie sich Schneider nun nannte. Anfang der neunziger Jahre flog der Schwindel nach hartnäckigen Recherchen einiger Studierender und des niederländischen Fernsehens auf. Schneider: «Ich habe mich doch selbst entnazifiziert.»

Dienstag, 19. Dezember 2006 – Zwölfuhrachtundfünfzig, siebenkommanull. Bedeckt. Heute Morgen gegen 5.00 Uhr Ortszeit wurde in Ipswich ein 48-jähriger Mann verhaftet, der nun ebenfalls im Verdacht steht, die fünf Prostituierten ermordet zu haben.

In der Uhrenabteilung des Kaufhauses ein Paar, offenkundig Russen. Sie hält auf dem Arm einen kleinen Hund, so einen wuscheligen mit langem Fell, wohl einen Yorkshire Terrier. Die beiden führen dem Tier Spieluhren vor. Je nachdem, wie es auf eine Melodie reagiert, entscheiden sie, ob die Uhr in die engere Auswahl kommt oder gleich zurückwandert ins Regal.

Tote: Emily Brontë, Alois Alzheimer (begraben auf dem Frankfurter Hauptfriedhof) und Marcello Mastroianni.

Mittwoch, 20. Dezember 2006 – Vierzehnuhrzehn, sechskommaneun. Grau. Heute vor 38 Jahren wurde in Vallejo, nördlich von San Francisco, der 17-jährige David Faraday durch einen Kopfschuss getötet. Seine Freundin Betty Lou Jensen, die bei ihm war, versuchte wegzulaufen, wurde aber von fünf Schüssen in den Rücken niedergestreckt. Die beiden gelten als die ersten Opfer des sogenannten Zodiac-Killers, dessen Identität bis heute nicht geklärt wurde. Eine Verfilmung der Fälle durch David Fincher ist angekündigt.

Tot sind außerdem: John Steinbeck, Max Brod, Günter Eich und Arthur Rubinstein, dessen fast 1400 Seiten umfassende Autobiographie ich doch tatsächlich einmal durchgelesen habe.

Donnerstag, 21. Dezember 2006 – Vierzehnuhreins, achtkommasieben. Bedeckt, aber hell. Mal zu sammeln anfangen, was in den «C»-Film soll:

Rolltreppe, Rollband – Blicke
Auf einer Mauer balancierendes Mädchen
Fenstermenschen
Einsamer Strand, Frau, lungernde Männer. Überhaupt: lungern!
Zoo
Großwäscherei
Großküche
Rückseite der Welt: vom Zug aus gesehen, Rückseite Restaurant, Personaleingang, Hotel
Telefonseelsorge
Schilder, Aufschriften: «Reifen-Platt», «Geist – Außenliegend», Ärzte: «Mutsch & Dutsch», «Wir stellen ein: niemanden», «Nagelstudio»
Straßenhändler – Herdreiniger
Schaukel
Perfektionist – Amateur
Musiker
Stadion oder Rennbahn
Gräber, Friedhöfe
Strand, Schwimmbad

Brautmoden
Kirche
Exhibitionismus / Voyeurismus
Scherzartikel
Katzen
Tanz: Ballett, Tanzschule, Laufsteg, Dorfball, Bauchtanz, Striptease
Aus dem fahrenden Auto in eine fahrende Straßenbahn
Verkleidung, Camouflage
Rummel, Jahrmarkt, Zirkus
Banker mit Ente am Stab (vorher im Spielzeuggeschäft)
Kontraste
Abschiedsbriefe, Texte?
Psalm 23
Dorf, Ernte, Kühe, Sperlinge
Die Skyline
Bahnhof
Mit dem Rad, Fahrräder
Fluss, Schiffe, Kähne, Weite

Heute vor einundsiebzig Jahren starb Kurt Tucholsky in einem Krankenhaus in Göteburg an den Folgen einer Überdosis Schlaftabletten. Der letzte Brief, den er geschrieben hat, war an Arnold Zweig gerichtet. Dort schreibt Tucholsky über Deutschland: «Ich habe mit diesem Land, dessen Sprache ich so wenig wie möglich spreche, nichts mehr zu schaffen. Möge es verrecken … ich bin damit fertig.»

Freitag, 22. Dezember 2006 – Siebenuhrfünf, vierkommanull. Dunkel, aber hinter den Fenstern im Haus gegenüber glimmen schwache Lichter.

Tom Stephens, am Montag von der Polizei in Suffolk festgenommen, ist seit heute Nacht wieder frei. Stattdessen wurde ein Verfahren eröffnet gegen den 48-jährigen Gabelstaplerfahrer Stephen Wright, der am Dienstag in seiner Wohnung mitten im Rotlichtviertel von Ipswich gefasst worden war. Die Polizei hat zahlreiche DNA-Spuren an den Tatorten gefunden, die auf ihn verweisen. Fast sehe es so aus, sagte ein Polizeisprecher, als ob Wright habe gefasst werden wollen. So ist es am Ende einer solchen Mordserie ja fast immer.

Aber was war das jetzt mit Tom Stephens, der ja durch seine Interviews eine Verhaftung nahezu erzwungen hat? Wichtigtuerei? Oder ein mit ihm abgesprochenes gezieltes Täuschungsmanöver der Polizei? Schließlich war er fünf Jahre lang Hilfspolizist. Stephens, so heißt es, habe noch kurz vor den Morden mit acht Prostituierten eine Party gefeiert – darunter alle fünf Mordopfer.

Obwohl eigentlich erst für den Januar angekündigt, sind die Taschenbücher der «Braut im Schnee» schon gekommen. Nach Oberursel, um bei Bollinger sechzig Exemplare zu signieren. Kaufe Merciers «Nachtzug nach Lissabon». Zu Hause gleich den Anfang gelesen. Erinnert ein wenig an «Erklärt Pereira» und an «Der Mann der Friseuse».

Am 22. Dezember 1942 wurden in Plötzensee die Mitglieder der von den Nazis so genannten «Roten Kapelle» ermordet: Hans Coppi, Harro Schulze-Boysen, Libertas Schulze-Boysen, Arvid Harnack, Elisabeth Schumacher, Kurt Schumacher.

Samstag, 23. Dezember 2006 – Vieruhrsechsunddreißig, fünfkommasechs Grad. Dunkel. Gegenüber im Haus ein einziger Lichtpunkt. Dann schalte ich meine Lampe aus, und im selben Augenblick ist auch dieser Punkt verschwunden. Alles schwarz.

Frau Bollinger hat den neuen Grisham schicken lassen: «The Innocent Man». Würde am liebsten gleich anfangen zu lesen. Geht aber nicht. Grausam hässlicher Umschlag. Fange schließlich doch an.

Abends in den Fernsehnachrichten: Einem japanischen Forscherteam ist es erstmals gelungen, einen Riesentintenfisch zu fangen und zu filmen. Gierig schaut man sich die Bilder an. Dann aber: «Kurz nach dem Fang erlag das Tier seinen Verletzungen.» Forscher? Killer! Wenn sie seiner habhaft werden könnten, sie würden den Herrgott an den Haken nehmen und verrecken lassen, bloß, um ihn kurz vor eine Kamera zu zerren.

Am gleichen Tag, wenn auch nicht im selben Jahr, starben der niederländische Flugzeugkonstrukteur Anton Fokker und sein russischer Kollege Andrej Nikolajewitsch Tupolew.

Sonntag, 24. Dezember 2006 – Sechsuhrachtundfünfzig, zweikommaeins. Es dämmert. «In den kommenden Tagen auf den Bergen viel Sonne.»

Gestern mit Jürgen zuerst in die Gerbermühlstraße zu Turtlerent, kleinen Transporter mieten. Dann nach Wachenheim in der Pfalz, um die erstandenen Sitzgelegenheiten zu holen. Lustige Fahrt. Das Reden bei der Arbeit ist eigentlich immer entspannter, als wenn man sich trifft, um nichts anderes zu tun, als zu reden. Dann Martin-Luther-Straße, dann Niedereschbach, dann …

Weiter für den Film:

Schminken
Wettbewerbe, Proben: Tanzwettbewerb, Jojo-Wettbewerb, Musikwettbewerb (Kronberg?), Tierkonkurrenz, Hunde, Dressur!!!, Quatschwettbewerb
Zeitung lesen
Baden, waschen
Brücken, Züge
Grimassen schneiden
Strohhut
Reihen: Karten, Fenster, Gräber, Bilder, Autos, Bäume, Gläser mit Embryonen, aufgespießte Schmetterlinge
Spiegel
Krankenschwester
Nie daran denken, ob und wem es – außer uns – gefallen wird!

Abends Godard: «Die Außenseiterbande» und «Eine verheiratete Frau». Beide aus dem Jahr 1964, beide zum ersten Mal. Ganz unterschiedlich, fast gegensätzlich. Aber beide unglaublich sexy. Und eigentlich hat man sofort Lust, alles von Godard zu schauen. Außer dieses blöde Selbstporträt, das ich vor zwei Tagen gesehen habe. Das brauch ich nicht noch mal.

Tot sind Vasco da Gama, Thackeray, Rudi Dutschke, Karl Dönitz, Louis Aragon.

Dienstag, 26. Dezember 2006 – Fünfuhrsiebenundfünfzig, dreikommadrei. Alles dunkel. Gestern, am Morgen, ein Gang über die Wasserkuppe. Die Sonne scheint. Der Himmel ist blau. An windgeschützten Stellen ist es sogar warm. Weiter Blick über die Rhön. In den Tälern hängt Nebel. Im Andenkenladen: Kruzifixe, Patronen, Plastikpanzer, Totenköpfe, Trachtenhüte aus Filz. Über die mit schwarzen Maulwurfshügeln übersäte Wiese stolpern wir zu dem blöden Riesenadler, dem «Urbild aller nationalsozialistischen Adler». Am 30. August 1923 waren 100 000 Menschen zur Einweihung dieses Denkmals für die toten Jagdflieger des Ersten Weltkriegs gekommen. Unter den Ehrengästen: Tirpitz, Ludendorff, Luckner, Freifrau von Richthofen. Auf der Vorderseite prangt eine Bronzetafel: «Wir toten Flieger blieben Sieger durch uns allein. Volk, flieg du wieder und du wirst Sieger durch dich allein.»

Nach dem Zweiten Weltkrieg hielt man eine Restaurierung der Figur für notwendig. Man montierte sie ab und brachte sie nach Fulda, wo die Firma Pfeifer 68 Durchschüsse feststellte. Der Adler war zur Zielscheibe der alliierten Soldaten geworden. An jedem zweiten Sonntag im August findet an dieser Stelle eine Gedenkveranstaltung statt.

Monolog aus dem Off: Es gibt Menschen, die führen ein Wegwerfleben: alles im Vorbeigehen, unverbindlich, im Stehen, zwischen Tür und Angel. Sie entfachen ein Feuer, aber wenn es groß genug ist, dass sie sich daran wärmen könnten, suchen sie das Weite. Sie verlieben sich leidenschaftlich und halten es nicht aus, wenn die Leidenschaft erwidert wird. Sie besuchen eine Party, aber sind eigentlich schon wieder weg. Sie hassen und lieben, aber meinen es dann doch nicht so. Sie nennen jemanden Freund und haben seinen Namen bei nächster Gelegenheit vergessen. Sie beziehen alles auf sich, sie schauen dich mit großen Schauspieleraugen an, lächeln, demonstrieren Präsenz, zeigen, dass sie ganz bei dir sind. Aber im nächsten Moment erlöschen sie vollständig. Zurück bleiben zwei kleine Häufchen Asche.

Und?

Was und?

Nix. Soll ich dir ein Glas Wasser bringen?

M. war jemand, der die Schwächen von anderen, selbst die seiner Freunde, niemals bedauern konnte. Für ihn waren sie immer nur eine Gelegenheit, sich triumphierend seiner eigenen Stärken zu vergewissern. Das war es wohl, was ihn auf Dauer unerträglich machte.

Abends: «Schießen Sie auf den Pianisten».

Tote: Heinrich Schliemann, Karl Hubbuch, Howard Hawks.

Mittwoch, 27. Dezember 2006 – Dreizehnuhrsechsundzwanzig, einskommafünf. Trübe, bedeckt. Bisschen Schnee. Mittags im Städel: «Gärten». Gleich an der Kasse Streit. Dann ein paar Liebermänner. Ein schöner, lichter Beckmann. Nach Jahren auch mal wieder bei den alten Meistern. Vergesse immer wieder, wie reich die Sammlung ist. Draußen stahlblauer Himmel.

Dann zu Hause in der dicken Truffaut-Biographie den Streit zwischen Godard und Truffaut nachgelesen. Im Mai 1973, nachdem er «La Nuit Américaine» gesehen hat, schreibt Godard einen Brief an Truffaut, in dem er ihn wüst beschimpft und zugleich um Geld bittet. Ekelhaft. Bin ganz auf Truffauts Seite. Schon damals wirkt Godard ideologisch vernagelt, hochmütig, maoistisch. Truffaut schreibt eine lange, verbitterte Replik.

Abends: «Gosford Park». Darüber eingeschlafen.

Tot sind: Max Beckmann, Hal Ashby, Hans Blickensdörfer.

Donnerstag, 28. Dezember 2006 – Vieruhrdreiundvierzig, einskommafünf. Seit einer Stunde wach. So merkwürdig hell draußen.

In Texas hat ein neunjähriger Junge ein zweijähriges Mädchen erstochen.

Der Film:

Callcenter

Witze erzählen

Mädchen mit Zahnspange

Beim Friseur / Hundefriseur

Menschen erklären etwas

Veronika Fischer – Schlager / Schlagerwettbewerb – Tino???

Im Hintergrund berühmte Zeitungsbilder / Schlagzeilen

Jemand übt immer wieder den gleichen fremdsprachigen Satz

Auf dem Balkon / auf dem Dach

Seltsame Geräte werden erklärt (Sextoys?)

Peinlichkeiten / peinlichstes Erlebnis

Plakate / Plakatwände / Schaufenster

Dessousabteilung / Umkleidekabinen / Mann wartet / peinlich

Wasserkuppe, Andenkenladen. Bronzeadler / Wellensittiche

Am Heiligabend in der Kirche. Wir sitzen neben einer Glasvitrine, in der Kerzen ausgestellt sind: «Diese Kerzen wurden von unseren Behinderten im Tagesstrukturierungsbereich gefertigt.» Tagesstrukturierungsbereich? Kein Wunder, dass das Korrekturprogramm sich wehrt.

Freitag, 29. Dezember 2006 – Vieruhrneunzehn, dreikommasieben. Schon wieder so eine helle Nacht. Drüben in drei Wohnungen Lichter.

Im Traum komme ich nach vielen Jahren zurück in dieses kleine Dorf. Alle, die schon tot sind, leben noch. Aber ihre Kinder, die bei meinem letzten Besuch noch nicht geboren waren, sind nun schon fast erwachsen. Und singen die Lieder von Boney M.

Gestern im Königsteiner Kurbad. Starre eine Weile wie gebannt an die verspiegelte Decke des Schwimmbeckens. Unbedingt aufnehmen! Vielleicht auch draußen die Uhr in den Dampfschwaden. Die Ruine. Seltsame Gesichter. Beschlagene dicke Brillen. Rüschige weiße Badekappen. Erst nur das leere Becken im Spiegel. Dann durchquert eine Frau brustschwimmend das Bild. Kurz darauf aus der anderen Richtung; jetzt auf dem Rücken. Wieder das leere Becken. Dann ein Kind, wie vor ihr fliehend, mit hastigen Bewegungen. Diese bewusstlos wohligen Laute der Badegäste in dem

warmen Außenbecken, dieser glasige Blick, wenn alles auf körperliche Annehmlichkeiten konzentriert ist.

Dreitausend kommen um, als die deutsche Luftwaffe am 29. Dezember 1940 London bombardiert.

Samstag, 30. Dezember 2006 – Fünfuhrvierundvierzig, zweikommaein Grad. Alles finster. Aufgewacht, als Saddam Hussein gehängt wurde. Um 4.00 Uhr MEZ.

Im Traum erhalte ich eine Trauerkarte von K., der mitteilt, dass seine Frau gestorben ist. Ich lese den Text und lasse die Hand sinken. Aber statt der Karte ist es nun die tote Frau selbst, die mir entgleitet und auf den Boden rutscht.

Ein offenes Fenster von außen, aber die Gardine ist vorgezogen. Dann wird der Vorhang geöffnet. Ein Mann schaut heraus, sieht erschrocken, dass er beobachtet wird, zieht sich rasch wieder zurück und lugt einen Augenblick später noch einmal hervor.

Tot sind Rasputin, Sonny Liston und Heiner Müller.

Sonntag, 31. Dezember 2006 – Sechsuhrsiebenundvierzig, neunkommasechs. Sehr windig. Fernsehnachrichten: Man hat das Gefühl, dass die Redakteure Mühe haben, nicht die ganze Hinrichtung Saddam Husseins zu zeigen.

Ch.: «Ich bin wirklich froh, in einem Land zu leben, das immerhin so zivilisiert ist, dass es die Todesstrafe abgeschafft hat.»

Gestern die Piazzolla-DVD. Was für ein unangenehmer, grundeitler Egomane dieser Mann war! Es gab wohl Leute, die ihn – unglücklich – geliebt haben; aber gemocht, so scheint es, hat ihn niemand. Trotzdem: Bei fast jedem seiner Stücke gehe ich in die Knie.

Niemand ist so verlogen wie künftige Schwiegersöhne und Schwiegertöchter.

«Kannst du nicht wenigstens an Silvester mal was Nettes schreiben?»

Tot ist Gustave Courbet.

ZWEITAUSENDSIEBEN

It’s a jungle out there

Randy Newman

Dienstag, 2. Januar 2007 – Siebenuhrzwölf, vierkommafünf Grad. Regen. Na, sooo neu fühlt sich das neue Jahr nun auch wieder nicht an.

Gestern zweistündige Ausfahrt durch die Wetterau und den Randtaunus. Sehr windig, sehr regnerisch. Umgestürzte Plakatwände, Bäume, Toilettenhäuschen, Müllcontainer. Überall auf den Straßen liegen Äste, Scherben, aufgeplatzte Feuerwerkskörper und dieser braune Brei aus aufgeweichter Pappe. Manchmal dramatisch schöne Momente, wenn die Sonne durch die schnell ziehenden Wolken stößt und dann unverhofft die Skyline zu leuchten beginnt.

«Ricardo, nein. Ricardo, du bleibst hier.» Aber Ricardo kümmert sich einen Kehricht um das, was Frauchen beim Neujahrsnachmittagsspaziergang gern hätte. Ricardo startet, kommt schief, aber eilig auf mich zugehechelt, springt an mir hoch, wedelt mit dem Schwanz, knurrt, bellt, leckt mich an den Stellen, spürt meine stumme Panik, wird immer dreister. Frauchen bleibt einfach stehen, wo sie stand, und schüttelt den Kopf. Ricardo ist ein fetter, kleiner Spitz mit einer fetten, roten Zunge. Ricardo macht weiter. Dann endlich: «Der tut nichts. Der ist noch jung. Der ist nur sehr aufdringlich. Der muss noch viel lernen.» Das sagt sie mir jetzt, da ich bereits gestorben bin vor Angst.

Schon kursiert im Internet ein Video, das die Hinrichtung Saddams vollständig zeigt. Was würde da eigentlich ein Bilderverbot noch helfen?

«Die Stadt und die Liebe»: Eine Frau, kaum bekleidet, schüttelt die Betten am Fenster aus, schaut herunter, lächelt. Die vermoosten Stämme der Bäume an der Berger Buswendestelle im glühenden Spätnachmittagslicht. Heftiger Wind, Regen. Ein Schaukasten des Naturschutzbundes: Der Kleiber – Vogel des Jahres 2006.

Tot ist die Wagner-Sängerin Therese Malten (deren Wohnhaus in Dresden heute eine schöne Pension ist), die viele Jahre mit der Philosophin und Pessimistin Helene von Druskowitz zusammenlebte, welche allen Frauen riet, ein homosexuelles Leben zu führen, um so «das Aussterben des menschlichen Geschlechts» voranzutreiben.

Mittwoch, 3. Januar 2007 – Siebenuhrzwanzig, sechskommaein Grad. Auf «Spiegel online» ein Bericht über den erfolgreichen Dildohersteller Fun Factory. Ich will auf die Internetseite … geht nicht, total überlastet.

Gestern endlich Michael Hanekes «Caché» gesehen. Eine unglaublich spannende Geschichte, dramaturgisch gut gebaut und von den besten französischen Schauspielern umgesetzt. Aber wie habe ich diesen Film gehasst. Wie obszön und terroristisch Hanekes Ansatz ist. So schockartig wie der Regisseur den Zuschauer mit seinen Gewaltszenen konfrontiert, wird der Film selbst zum Gewaltakt. Und die Geschichte ließ sich nur deshalb mit so vielen Rätseln anreichern, weil Haneke sich um deren Lösung herumdrückt. Er nutzt alle Attraktionen eines Thrillers, verweigert aber die Erklärung und behauptet dann im Interview, das habe ihn ja gar nicht interessiert. Und das politische Tabu – die Ermordung von zweihundert Algeriern durch die Pariser Polizei im Oktober 1961 – setzt er lediglich als Spekulationsobjekt ein, um seine Story moralisch aufzupumpen. Feigheit und Lüge sind zwei zentrale Themen des Films. Aber «Caché» ist leider selbst: feige und verlogen.

Tot ist der niederländische Bierbrauer Alfred Heineken, dessen Nachname mich in Paris einmal zur Verzweiflung gebracht hat, als ich partout nicht verstanden habe, welche Biersorte mir die Kellnerin anbieten wollte: Önnekö.

Freitag, 5. Januar 2007 – Zehnuhrvierundzwanzig, achtkommazwei. Bedeckt. Im brandenburgischen Falkenhagen befindet sich in der Ernst-Thälmann-Straße das «Bestattungshaus Möse». Da gibt es nichts zu lachen. Komisch wird es erst, wenn man den Werbeslogan des Unternehmens liest: «Wir bürgen mit unserem Namen.»

Christoph Schlingensief wird gern als unverbesserlicher Provokateur, als *enfant terrible* und als ewiger Krawallmacher bezeichnet. Dieser Christoph Schlingensief plane, so wird jetzt vermeldet, einen aufsehenerregenden mehrtägigen Talkshow-Marathon in der Berliner Akademie der Künste. Mitwirken werden: der Aktionskünstler Hermann Nitsch, der Maler Markus Lüpertz, Fernsehpfarrer Jürgen Fliege, der Chorleiter Gotthilf Fischer, die Schauspielerin Katja Riemann und der sogenannte Plakatkünstler Klaus Staeck, der zugleich Präsident jener Akademie ist. Eine Gästeliste, als habe sie der Medienberater der Deutschen Bischofskonferenz zusammengestellt.

Fast täglich lese ich aus dem Augenwinkel Nachrichten über Britney Spears. Heute zum Beispiel, dass sie mit Paris Hilton befreundet sei, dass sie die letzten Wochen viele Nächte lang gefeiert, dass sie zu wenig geschlafen und zu viel Alkohol getrunken habe und dass ihre Eltern ernsthaft besorgt seien. Das alles lese ich. Aber, offen gestanden, weiß ich nicht mal so genau, wer diese Britney Spears eigentlich ist.

Abends die ORF-Dokumentation über und mit Natascha Kampusch.

Vor sechs Jahren sind am selben Tag gestorben: Bernhard Wicki und Diether Krebs.

Samstag, 6. Januar 2007 – Sechsuhrfünfzehn, neunkommanull. Dämmert es schon, oder ist das noch der Mond?

Manchmal erinnere ich mich an etwas, das nie geschehen ist.

Beim Aufräumen des Kellers einen dicken Plastikbeutel voller alter Audiokassetten gefunden. Bevor ich ihn in den Müll werfe, fische ich mir eine heraus – Joe Cockers «Sheffield Steel» von 1982 – lege sie ein und merke, dass ich nach über zwanzig Jahren noch fast alle Texte auswendig kann.

Plötzlich der ebenso deutliche wie seltsame Wunsch, an die Lahn zu fahren.

Todestag von Tina Modotti.

Montag, 8. Januar 2007 – Zweiuhrneunzehn, sechskommaneun Grad. Mit Herzrasen aufgewacht. Rundum in den Häusern gehen nach und nach die letzten Lichter aus.

Gestern zwei Stunden durch die Wetterau. Klare Sicht, schwere Wolken, dazwischen blauer Himmel. Fast österlich warm. In Obererlenbach gibt es einen Holzweg und ein Auto der Firma Egon Vögler. In Petterweil erst die Schwengelgasse, dann Am Dicken Turm und dann die Pfarrer-Fick-Straße. Nein, stimmt gar nicht, der Mann hieß Flick. Und der Schinkenweg ist nur ein Schlinkenweg. Aber ich bin heute auf seltsame Aufschriften programmiert. Und freue mich, wieder an diesem Schild vorbeizukommen: «Geist – Außenliegend 4».

Zu Hause dann die ersten anderthalb Stunden der Langfassung von «La Belle Noiseuse» geschaut. Aber ich kann Piccoli noch immer nicht leiden und finde die Béart noch immer nicht so attraktiv, wie der Rest der Welt es offensichtlich tut. Einer dieser französischen Filme, die alle Informationen in das gesprochene Wort verlegen.

Gene Hackman in Arthur Penns «Night Moves» (1975): «Ich hab mal einen Film von Rohmer gesehen. Das war, als würde man der Farbe beim Trocknen zuschauen.»

Später auf Video ein Interview mit David Lynch, der seinen neuen Film mit einer Sony-Digicam aufgenommen hat. Beim Gespräch flattert er unentwegt mit den Fingern seiner erhobenen Rechten. Und im Ärmel seines Jacketts ist ein riesiges Loch.

Dann ins Bett und noch ein wenig in Grishams «Innocent Man». Und wieder nach vier Seiten drüber eingeschlafen.

Geburtstag haben heute: José Ferrer, Elvis Presley, Shirley Bassey, David Bowie.

Dienstag, 9. Januar 2007 – Einuhrneunundvierzig, zehnkommaein Grad. Wird jeden Morgen früher. Treffen mit Melanie Ruprecht am Goetheturm. Sie schreibt über die «Braut im Schnee». Mist, der Turm ist geschlossen. Fahren wir also zum alten Oberräder Bahnhof. Mist, da kommt so ein Springerstiefeltyp mit Kampfköter. Fahren wir also in die Schwanheimer Dünen. Mist, muss es denn gerade jetzt wieder anfangen zu regnen. Und nun? Ins Lesecafé? Mist, schon zu spät.

Am 27. September 2002 wurde Jakob von Metzler von dem Jurastudenten Magnus Gäfgen entführt und ermordet. Der inzwischen rechtskräftig verurteilte Mörder bemüht sich seit einiger Zeit, mit Hilfe seines Anwalts eine Stiftung für jugendliche Gewaltopfer ins Leben zu rufen. Für die Sendung «Kulturzeit» ein Anlass, in einem großen Beitrag über den Fall zu berichten, ohne etwas Neues mitteilen zu können. Da man möglichst spektakuläre Bilder zeigen will, von dem Mord selbst aber keine hat, stellt man die Tat nach. Ausgiebig wird eine lebensgroße Puppe gezeigt, der mit schwarzem Klebeband der Mund verschlossen wird, um so den Erstickungstod des Opfers zu illustrieren. «Schon die Simulation mit einer Puppe ist kaum auszuhalten», sagt der Kommentator. So ähnlich haben auch die «Schulmädchenreports» funktioniert: «Ist das nicht abscheulich, die Mädchen sind ja nackt. Sollen wir's euch noch mal zeigen?»

Im kalifornischen San Diego steht dieser Tage eine 33-jährige Frau vor Gericht. Sie soll ihren Mann mit Arsen getötet haben, weil sie seine Lebensversicherung dafür verwenden wollte, sich neue Brustimplantate machen zu lassen: «Woman Accused of Killing Husband for Boob Job.»

Heute wäre Rio Reiser sechsundfünfzig Jahre alt geworden.

Mittwoch, 10. Januar 2007 – Vierzehnuhrachtunddreißig. Ist nicht wahr, oder? Dreizehnkommadrei Grad. Gestern den ganzen Tag in Hermann Langbeins Auschwitz-Buch und auf den Shoa- und Deathcamp-Seiten. Auch wenn ich mit zusammengekniffenen Augen lese, weil ich ja nur nach bestimmten Informationen suche, stoße ich immer wieder auf Berichte so ungeheuerlicher Einzelheiten, dass ich minutenlang wie erstarrt am Schreibtisch sitze.

Beim Versuch, einen Kinderwagen zu stehlen, ist in Hamburg ein 23-jähriger Mann festgenommen worden. Den Polizisten gegenüber gab er spontan zu, dass er sich spezialisiert habe auf hochwertige Kinderwagen – nur solche würden von seinem Hehler abgenommen – und dass er sich damit seinen Lebensunterhalt verdiene.

Todestag des Malers Robert Sterl. Nie gehört. Gilt neben Liebermann, Slevogt und Corinth als einer der Hauptvertreter des deutschen Impressionismus.

Donnerstag, 11. Januar 2007 – Achtuhrsechsundvierzig, sechskommafünf. «Papa!» – Ja? – «Ich hab die ganze Nacht schlecht geträumt.» – Na, bestimmt nicht die ganze Nacht – «Doch. Und den Rest der Zeit war ich wach.»

Gestern Lauf in den Abend. Schwerfällig. Unterwegs Lutz auf dem Bianchi. Der

Lohrberg ist leer und dunkel. Unten glitzert die Stadt. Sieht dramatisch amerikanisch aus. Hinter dem Bornheimer Friedhof schwirren die Fledermäuse.

Im sächsischen Glauchau hat ein Mann versucht, mit einer Armbrust eine Bank zu überfallen. Allerdings war die Armbrust nicht geladen. Der Mann, selbst Kunde der Bank, hatte in der Vergangenheit mehrmals versucht, dort alte Reichsmarkscheine wechseln zu lassen. Auch bei dem versuchten Überfall trug er einen ganzen Sack dieser Scheine bei sich.

Todestag von Heinz Renner, der 1949 den ersten Ordnungsruf im Deutschen Bundestag erhielt. Der Kommunist Renner war Mitglied des Parlamentarischen Rates, Oberbürgermeister von Essen, Sozialminister und Verkehrsminister in Nordrhein-Westfalen.

Samstag, 13. Januar 2007 – Fünfuhrfünfzehn, elfkommaacht. Der Wind hat nachgelassen. Von Jochen eine Mail, dass wir uns unbedingt «Brinkmanns Zorn» von Harald Bergmann anschauen sollen. Ich klickere mich so durch die Informationen, gerate an ein Foto der Mühle in Longkamp. Und will sofort dorthin.

Kurz hintereinander zwei tolle SZ-Feuilletons: Am Mittwoch die Seite über Norrington. Und nun der Text über die Umerziehungsmaßnahmen der Amerikaner kurz nach dem Krieg. Als sie Chaplins «The Great Dictator» in den Berliner Kinos eingesetzt haben, um zu testen, wie das deutsche Publikum darauf reagiert.

Dort auch die Information: An keiner anderen Stelle in den ersten Aufführungen der «Dreigroschenoper» nach 1945 hat das Publikum mit solch johlender Zustimmung reagiert wie bei dem Satz: «Erst kommt das Fressen, dann kommt die Moral.» – Was ja auch heißen kann, dass der Spruch schon immer etwas großmäulig-wohlfeil war.

Immer wieder die Iggy-Pop-Stücke aus dem Soundtrack von «Arizona Dream».

Nicht ganz klar, warum mir C. kommentarlos ihre neue Mail-Adresse schickt. Noch weniger, dass sie mir auch noch die von Mario Adorf weitergibt.

Joyce ist tot.

Montag. 15. Januar 2007 – Neunuhrdreißig, zweikommaacht Grad. Es gibt Männer, die auf eine spezielle Art behindert sind: Für sie gibt es nur Machtausübung oder Unterwerfung. Gleichzeitig unterstellen sie all ihren Geschlechtsgenossen, die Welt ebenfalls auf diese beiden Kategorien zu reduzieren. Sich vorzustellen, dass jemand anders tickt als sie selbst, dafür fehlt ihnen die Phantasie. – Wie gestern, als mir in der Günthersburgallee dieses Pärchen entgegenkam. Er drehte den Kopf zu mir und taxierte mich mit einem schnellen, aber geradezu brachialen Blick. Dann begriff ich, dass ihn nur interessierte, wie ich auf seine Frau reagiere. Für ihn ist jeder andere Mann ein Konkurrent (muss also getötet werden) oder ein Schlappschwanz (kann also zur Seite geschoben werden).

Wirklich, es gibt Blicke, die grenzen an Körperverletzung.

Franz Fühmann und Martin Luther King haben Geburtstag. Sind aber tot.

Dienstag, 16. Januar 2007 – Zehnuhrzweiunddreißig, vierkommaneun. Bedeckt. Aus der Nachbarschaft: Nachdem sie ihre Mutter längere Zeit nicht erreicht hatte, machte sich eine Frankfurterin gestern Abend auf den Weg in die Nordendstraße 57, um nach dem Rechten zu sehen. Dort fand sie die Leiche des 78-jährigen Lebensgefährten der Mutter. Als die alarmierte Polizei kurz darauf das Haus durchsuchte, wurde im Keller auch die 83-jährige Mutter tot aufgefunden. Beide Leichen wiesen Kopfverletzungen auf. Sowohl der Kellerraum als auch die Wohnung waren von außen verschlossen.

Kate Moss hat Geburtstag.

Mittwoch, 17. Januar 2007 – Fünfuhrneun, sechskommasieben. Da draußen knattert seit zehn Minuten ein Moped durch die Dunkelheit. Fährt, hält an, fährt weiter, kommt zurück … verschwindet. Nee, da ist es wieder. Vielleicht ein Sperrmüllplünderer, der zwischendurch seine Beute in Sicherheit bringt.

Die Arbeit nimmt zu; die Wahrnehmung lässt nach.

Gestern Morgen kurz am Tatort in der Nordendstraße. Aber es ist schon nichts mehr zu sehen. Nur ein paar schwarz gekleidete Reporter lungern mit ihren Riesenobjektiven im Eingang herum. Inzwischen gibt es Hinweise, dass die Tat bereits einige Tage vor ihrer Entdeckung begangen wurde.

Gerate auf die Seite von Radio «Neue Hoffnung», wo Bruder Friedrich Vogel einen Vortrag hält mit dem Titel: «Christsein, echt scharf!»

«Let's do it», das sollen die letzten Worte des Raubmörders Gary Gilmore gewesen sein, bevor das Todesurteil am 17. Januar 1977 vollstreckt wurde. Gilmore hatte sich für den Tod durch Erschießen entschieden, da ihm dies die Möglichkeit gebe, in Anmut und Würde zu sterben: «with grace and dignity».

Donnerstag, 18. Januar 2007 – Vieruhrsiebenundvierzig, zehnkommavier. Es regnet. Und angesagt ist schwerer Sturm … Fünfuhrvier: Da ist wieder das Moped.

Es wird angenommen, dass der hochverschuldete 33-jährige Enkel der Rentnerin den Doppelmord in der Nordendstraße begangen hat. Er wurde am Dienstagnach-

mittag festgenommen. Vermutlich hat er die beiden alten Leute bereits am 9. Januar erschlagen. An diesem Tag hat er mit der EC-Karte seiner Großmutter 1500 Euro abgehoben und ist dabei von der Überwachungskamera gefilmt worden. In der Wohnung der Frau lag eine aufgeschlagene Zeitung mit demselben Datum.

Todestag hat der bayerische Dichter, Maler und Heimatforscher mit dem schönen Namen Luitpold Schuhwerk.

Freitag, 19. Januar 2007 – Achtuhrachtundzwanzig, zehnkommavier. Regen. Der Sturm ist weg. Nachdem wir ein halbes Jahr nichts voneinander gehört haben, ruft Cyril gestern Mittag vom Fahrrad aus an. Ausgerechnet während sein Namensvetter Kyrill über Europa fegt. Oh, sagt C., ich muss mal kurz rechts ranfahren; hier stürzen gerade Äste auf die Straße. Um vier ist er da. Er erzählt aus Moskau, wo er am Puschkin-Institut war und für seinen Film über Michail Chodorkowskij recherchiert hat; wir backen Waffeln, reden über Frankfurt und Berlin, über die gemeinsamen Bekannten und über das, was wir ganz bestimmt vielleicht sicher alles zusammen machen werden.

Irgendwann gehe ich kurz in die Küche und höre aus dem Wohnzimmer plötzlich einen Riesenkrach. Der Sturm «Kyrill» hat die innere Abdeckung des Rollladens aus der Verankerung gedrückt und genau dorthin stürzen lassen, wo ich bis vor zwei Minuten saß. Nix passiert.

Eine Nonne, vor einem H&M-Plakat, die ihren Lieblingswitz erzählt. Überhaupt: Witze erzählen. Jemand, der immer wieder ansetzt, aber immer wieder die Pointe vergisst oder zu früh erzählt …

Heute hätte Kenneth Lee Boyd Geburtstag. Er wurde am 2. Dezember 2005 als eintausendster Mensch nach Wiedereinführung der Todesstrafe in den USA hingerichtet.

Montag, 22. Januar 2007 – Achtuhrneun, vierkommanull. Bedeckt. Heute beginnt die öffentliche Hauptverhandlung gegen Robert Pickton. 350 Journalisten sind akkreditiert. Ab sofort schaue ich nur noch Kanadisches Fernsehen. Was ist eigentlich mit der «Zeit»? Die haben nie auf mein Angebot reagiert, eine große Darstellung des Falles zu schreiben. Auch gut.

Am Samstag «Brinkmanns Zorn» im Malsehn. Eigentlich dachte ich, mit Rolf Dieter Brinkmann nun wirklich durch zu sein. Aber das Stakkato seiner Texte verfängt sofort wieder. Eine Literatur, die sich um Literatur nicht schert. Der Film zeigt, wie weit wir von dieser schönen Rohheit entfernt sind. Wie gut sie tut, wie nötig sie mal wieder wäre. Alles beiseiteräumen und wieder anfangen zu registrieren. Sagen, was ist. Dass mal wieder jemand die Brocken einsammelt. Ohne auf den Betrieb, auf das Feuilleton, auf die Jurys, auf die Kritiker, auf die Preise zu schielen. Grässlich allerdings die Jünger, die Epigonen, die Fans, die mit dem Brinkmann-Duktus durch die Welt laufen.

Vor zwölf Jahren starben am selben Tag Telly Savalas und Jean-Louis Barrault.

Dienstag, 23. Januar 2007 – Neunuhrdreiundzwanzig, minus einskommadrei. Der Winter. Zweiter Tag des Pickton-Prozesses. Versuche alles mitzukriegen, was die kanadischen Sender bringen. Auf dem Monitor ist ein kleiner Wecker eingeblendet, auf dem ich ablesen kann, wie viel Uhr es gerade in Vancouver ist. Stöpsle ständig hin und her zwischen dem Windows-Notebook und dem Apple. Jeder Sender füttert einen anderen Player. Dann ruckeln und stoppen die Streams. Das viel zu kleine Bild hält an, zerfällt in Pixel, der Ton läuft weiter – oder auch nicht. Trotzdem, alles, was ich zu sehen und zu hören bekomme, brennt sich sofort ein. Ständig warnen die Sender ihre Zuschauer mit Inserts: «Disturbing Content», «Horrific Details». Pickton sitzt im Gerichtssaal in einem Käfig aus kugelsicherem Glas. Anklageerhebung. Er habe die Frauen «getötet, geschlachtet und entsorgt». Zwei gespaltene Frauenköpfe in einer Gefriertruhe. Hände. Teile von Füßen. Ein Kieferknochen mit Zähnen im Schweinetrog. Ein Gewehr mit einem aufgeschraubten Dildo … Gleich zu Beginn veröffentlicht die Anklage eine Sensation: Einem in die Untersuchungshaft eingeschleusten Undercover-Polizisten habe Robert Willie Pickton 49 Morde gestanden. Dabei hatte er noch im Dezember auf «nicht schuldig» plädiert. Es soll ein elfstündiges Video dieses Gesprächs geben. Einen Mord hätte er gern noch begehen wollen, habe er gesagt. Aber er sei am Ende zu schlampig geworden: «too sloppy». Bin ich ein Bad-News-Junkie?

Chr. kommt vom Arzt. Der hat ihr einen kleinen Zeitungsausschnitt mitgegeben: die Leserbriefe zu dem FR-Interview. Christian Platen aus Nauheim schimpft, ich sei bloß neidisch, sei bloß deshalb gegen die Großkonzerne und Banken, weil es bei mir nur zum Schriftsteller gereicht habe.

Pierre Bourdieu ist tot.

Mittwoch, 24. Januar 2007 – Fünfuhrsiebenundzwanzig, minus zweikommavier. Dunkel. In Vancouver ist es kurz vor halb neun abends (neun Grad, bewölkt). Der Prozesstag ist längst zu Ende. Als Erstes die Nachrichten auf «Global TV». Den Geschworenen und den Angehörigen der Opfer hat man das Video der Vernehmung von Pickton vorgespielt, das kurz nach seiner Festnahme vor knapp fünf Jahren aufgenommen wurde. Auf die Frage, was er dazu sage, dass gegen ihn im Zusammenhang mit dem Verschwinden von fünfzig Prostituierten ermittelt werde, antwortete der Schweinefarmer: «Hogwash! … I'm just a working guy … I'm just a pig man.» Später allerdings: «I'm a bad dude.» Gerate auf eine Seite (Orato.com), wo eine ehemalige Prostituierte von einem Besuch auf der Farm berichtet. Sie sei dort von Pickton und seiner Freundin erwartet worden. Es hätten Berge von Kokain auf dem Tisch des Wohnwagens gelegen. Sie glaube nicht, dass Pickton die Frauen willentlich umgebracht habe. Sie glaube, dass sie an den Drogen gestorben seien, die er ihnen gegeben habe – und dass er die Leichen dann habe beseitigen müssen. Auf derselben Seite berichten zwei andere Prostituierte als akkreditierte Prozessbeobachterinnen. Eine der beiden, Trisha Baptie, ist sich ebenfalls unsicher über den Umfang von Picktons Schuld. Die Vertreter der Anklage müssten sie erst überzeugen … Auf den anderen Sendern auch nicht mehr.

Todestag von Ted Bundy.

Donnerstag, 25. Januar 2007 – Elfuhrdrei, nullkommasechs Grad. Sonne, blau. Dritter Tag des Pickton-Prozesses. Die Nachrichten werden spärlicher. Ein Großteil der internationalen Presse ist bereits abgereist.

Das Gewehr, sagt Pickton, habe er gebraucht, um Wildschweine zu jagen. Den Dildo, sagt Pickton, habe er am Gewehrlauf als Schalldämpfer angebracht.

Ein Bekannter Robert Picktons, Andy Bellwood, hat der Polizei gegenüber im Februar 2002 über ein Gespräch mit dem Beschuldigten berichtet. Darin habe Pickton gesagt, er töte Frauen von hinten, lasse sie ausbluten und verfüttere sie an seine Schweine. Ein anderer Bekannter, Scott Chubb, gab zu Protokoll, Pickton habe ihm die Methode erläutert, wie man am besten eine drogensüchtige Prostituierte loswerde. Man müsse ihr Scheibenwischerflüssigkeit in die Venen injizieren, dann halte man ihren Tod für die Folge einer Überdosis Heroin.

Der israelische Präsident Moshe Katsav bestreitet die Vorwürfe, er habe eine Mitarbeiterin vergewaltigt und andere sexuell belästigt. Er werde sich gegen diese Anschuldigungen mit aller Kraft wehren, sagte er, und «koste es einen Weltkrieg».

Todestag des ungarischen Gitarristen Attila Zoller.

Freitag, 26. Januar 2007 – Vieruhrsiebenundzwanzig, minus vierkommazwei. Dunkel. Sterne. Robert Pickton lacht, als man ihm vorhält, seine Freundin Lynn Ellingsen habe ausgesagt, sie habe gesehen, wie Pickton eine Frauenleiche, die an einem Haken hing, gehäutet habe. Inspector Adam äußert gegenüber Pickton, die Polizei habe mit Prostituierten gesprochen, die auf seiner Farm gewesen seien. Pickton habe die Frauen beim Sex nicht einmal angesehen.

Todestag von Géricault.

Montag, 29. Januar 2007 – Sechsuhreinundzwanzig, fünfkommaneun. Hört sich an, als ob es regnet. Was hört sich so an? Das Schlurren der Autoreifen …

Es gibt so eine Sorte junger Väter, wenn die in der Öffentlichkeit mit ihren Kindern spricht, spricht sie immer zur Welt. Alles, was diese Männer tun, tun sie demonstrativ. Als müssten sie ihrer Umgebung unentwegt zeigen, welch gute Väter sie doch sind. «Guck mal, Lennart, das musst du dir unbedingt ansehen …» Es hat geklappt: Alle, außer dem kleinen Lennart, drehen die Köpfe.

Meldungen, die man liebt: In Kuala Lumpur verspeist ein sieben Meter langer Riesenpython elf Wachhunde.

Oder diese hier: Die Supermarktkette Lidl konnte von den 300000 Eintrittskarten für die Comeback-Tournee des Schlagersängers Heino nur weniger als 10 000 Stück verkaufen.

In der SZ ein Interview mit der Kinderpflegerin Alexandra Reisch-Zimmerling aus dem oberbayerischen Trostberg, die im Herbst 1979 für zwei Monate als Haushaltshilfe auf Picktons Schweinefarm in Port Coquitlam gearbeitet hat. Am liebsten würde ich sofort nach Bayern fahren, um mit der Frau zu reden und sie zu bitten, sich an jede Sekunde dieser acht Wochen zu erinnern.

Am Niddaufer ist ein schwerverletzter Radfahrer gefunden worden. Man hat ihn ins Krankenhaus gebracht und erst dort festgestellt, dass er ein Projektil im Kopf hat. Kurze Zeit später war der junge Mann tot. Seine Identität ist noch ungeklärt. Mehr als fünfzig Polizisten haben die Umgebung abgesucht.

Todestag von Janet Frame.

Dienstag, 30. Januar 2007 – Fünfuhrsechsundvierzig, Sechskommasechs Grad. Dunkel. Ein Irrsinn besonderer Art ist die T-Net-Box, ein virtueller Anrufbeantworter, den ich nie bestellt habe, der nun aber statt meiner ans Telefon geht – selbst wenn ich es nicht will. Ich bin zu Hause, das Telefon klingelt, ich gehe ran, aber nein, die T-Net-Box ist schneller. Kurz darauf klingelt es wieder. Ich hechte wieder zum Ap-pa-rat, nehme ab, melde mich, höre dann aber nur die freundliche Automatenstimme: «Guten Tag! Es liegen neue Nachrichten für Sie vor ...» Eine Viertelstunde lang suche ich im Netz nach einer Bedienungsanleitung für das Ding. Als ich sie endlich gefunden habe, versuche ich, über eine lange Menüführung diesen Dienst abzuschalten. Aber als ich glaube, alles geschafft zu haben, werde ich aufgefordert, zur Bestätigung meine Geheimnummer einzugeben. Doch ich habe keine Geheimnummer, denn ich habe diesen Service ja nie bestellt. Also noch mal das Ganze ... Aber nein, ich lande immer wieder an derselben Stelle. Schließlich gebe ich entnervt auf und versuche über eine Hotline Hilfe zu bekommen. Eine weitere Viertelstunde hänge ich in der Warteschleife – von Anfang an mit der immer selben sedierenden Melodie und dem Versprechen ruhiggestellt, der nächste freie Mitarbeiter sei für mich da. Endlich meldet sich Herr Kausch. «Herr Kausch, ich will diesen Scheiß loswerden.» – «Okay, wird gemacht.» – «Und ab wann? Wann hört das auf?» – «Ab sofort. Ich gebe Ihre Löschung ein, dann bekommen Sie ab sofort keine Nachrichten der T-Net-Box mehr.» – «Prima, danke!» – Ich lege auf, bin erschöpft, aber zufrieden. Zehn Minuten später läutet das Telefon. Ich nehme ab: «Guten Tag! Es liegen neue Nachrichten für Sie vor ...»

Heute hat Gene Hackman Geburtstag.

Donnerstag, 1. Februar 2007 – Sechsuhrneunundzwanzig, sieben Komma fünf Grad. Es dämmert. Im Sommer, im Roussillon, sah ich zwischen den Dörfern Passa und Fourques in den Weinbergen einen Vogel, den ich nie zuvor gesehen hatte: bunt, mit spitzem Schnabel, dem Eisvogel nicht unähnlich. Jetzt, in einem Artikel über den Klimawandel, begegnet er mir auf einem Foto wieder: Es ist der Bienenfresser, der die steigenden Temperaturen im Norden nutzt und nun, obwohl im Mittelmeerraum heimisch, bereits in größerer Zahl am Kaiserstuhl gesichtet wurde.

An den Ermittlungen im Fall Pickton waren zeitweise 270 Mitarbeiter beteiligt. Es wurden fast 300 000 Kubikmeter Erde auf der Schweinefarm umgegraben, durchgesiebt und untersucht. Es wurden 400 000 DNA-Proben sichergestellt. Im Prozess wurde gestern der Chefermittler der Taskforce, Inspector Don Adam von der Verteidigung «gegrillt».

Todestag des «Stalingrad-Generals» Friedrich Wilhelm Ernst Paulus, der in Breitenau bei Kassel geboren wurde. Wikipedia: «Paulus starb am späten Nachmittag des 1. Februar 1957 in seiner Dresdner Villa. Er wurde mit militärischen Ehren auf dem Friedhof von Dresden-Tolkewitz beigesetzt.» Dresden lag damals in der Deutschen Demokratischen Republik.

Freitag, 2. Februar 2007 – Siebenuhrsiebenundzwanzig, achtkommaeins. Regen ist erst für den Nachmittag angesagt. Sobald es hell ist, werde ich fahren.

Gestern wieder eine Stunde Rolle. Dabei die erste CD von Rolf Dieter Brinkmanns Tonbandprotokollen «Wörter Sex Schnitt». Interessant die Zurückweisung alles Stilisierten, das Misstrauen gegen Sprache überhaupt, auch gegen die eigene. Manchmal sehr zart. Manchmal plump und dumm wie ein RAF-Kommuniqué.

Der Vorstandsvorsitzende Karl-Heinz Rummenigge über den Rausschmiss von Felix Magath als Trainer des 1. FC Bayern München: «Da war Notwendigkeit vonnöten, da haben wir uns zu dem Entscheid entschieden.» Begnadet.

Abends fische ich aus dem Briefkasten John Hiatts «Slug Line», die ich nur bestellt habe wegen «Madonna Road» – dem besten weißen Reggae, den ich bisher gehört habe.

Es sind 0 Besucher online. Dann redet wenigstens keiner dazwischen.

Tot sind heute viele: zum Beispiel Martin Schongauer und Max Schmeling.

Samstag, 3. Februar 2007 – Fünfuhrsechsundfünfzig, fünfkommazwei. Dunkel. Gestern zwei Stunden durch die Wetterau. Temperatur gut, Luftfeuchtigkeit gut, Wind gut. Nur mir fehlt es an allem: an Kraft, an Ausdauer, an Lungenvolumen.

Sitz so rum, guck so ins Netz, geh so einkaufen, fahr so Fahrrad, schreib so Sachen, les so Zeitung, koch so Risotto, ess so was, trink so was, guck so Fernsehen, gähn so lang, schlaf so kurz, wach so auf.

Tot: John Cassavetes, Bohumil Hrabal.

Sonntag, 4. Februar 2007 – Sechsuhrfünfundvierzig, achtkommaeins. Drüben schon Licht. Michael Wolpert – hieß der wirklich so, der Mörder von sechs Joggerinnen in Neu-Isenburg? Sohn von Professor Wolpert? Finde nichts über ihn heraus. Also Tour durch die Stadt. Ein Tag wie Frühling. Fürstenberger Straße durch, rechts in die kleine August-Siebert-Straße. Zwei Frauen fotografieren sich: «Das sieht ja süß aus.» – «Sag ich doch.»

Dann Kettenhofweg 124 a. Hier wurde 1994 Gabor Bartos erschlagen, der einbeinige Betreiber des Bordells, das sich in der Gründerzeitvilla befand. Seine Frau und vier russische Prostituierte wurden mit einem Kabel erdrosselt. 1996 verurteilt: der Russlanddeutsche Eugen Berwald, der für seine Tat auf die «Mass Murderers' Hit List» kommt. Jörg Schröder erzählt, Bartos sei im Besitz eines Jaguars gewesen, der vorher einmal ihm gehört habe.

Dann quer durch Westend und Bahnhofsviertel nach Sachsenhausen, Untermainbrücke, Tatort das Restaurantboot Sultans Imbiss. Noch mal überprüfen, ob man vom Haus aus wirklich die Sitzbank unten am Mainufer sehen kann. Doch, geht.

Überall Polizei in der Stadt. Wer spielt denn? Eintracht gegen Mainz. Ach so.

Abends Fellinis «Roma».

Todestag von Alex Harvey.

Montag, 5. Februar 2007 – Sechsuhrsechsunddreißig, einskommaneun. Gestern um zehn fährt Atilla mit dem blauen Basso vor. Kurz darauf Jörg mit dem seinen. Endlich wieder. Raus über Vilbel Richtung Taunus. Vor uns sechs Rehe, die im gestreckten Galopp die Straßenseite wechseln. Seltsames Kratzen der Hufe über den Asphalt. Hoch zum Bundeswehrdepot, runter nach Wehrheim, dann Pfaffenwiesbach, Kransberg. Dort steiler Aufstieg zum Schloss, das zum «Führerhauptquartier Adlerhorst» gehörte. Albert Speer hat es umgebaut und später dann selbst als Kriegsgefangener hier gesessen, bis er zum Prozess nach Nürnberg überstellt wurde. «Dustbin» haben die Amerikaner das Schloss damals genannt, als sie die Reste des Reiches hier zusammenkehrten. Jetzt ranzen uns grinsend zwei Typen an: Privatbesitz! Dann eine braune Dogge und was Blondes. Weiter nach Ziegenberg. Unten der Gasthof Möckel. Damals Dreh- und Angelpunkt der Bauaktivitäten. Das ganze Gebiet zwischen Usingen und Bad Nauheim war gesperrt. Oben das Schloss, für Millionen Reichsmark mit Bunkern versehen und umgebaut, dann hat es Hitler nicht beziehen wollen. Heute ist es ein Wohnhaus mit teuren Eigentumswohnungen. Kurz dahinter ein seltsames Militärareal. Teils verfallen, verlassen, aber nicht ganz. Verriegelte Tore: Fotografieren verboten, betreten verboten, von der Schusswaffe wird Gebrauch gemacht. Dann Wiesental, vollkommen abgelegen. Hier hat Hitler seine letzten vier Wochen außerhalb Berlins verbracht. Die Häuser und Bunker wurden 1945 gesprengt. Auf den Trümmern entstand die sogenannte Siedlung Obernberg – von Flüchtlingen aus dem Osten erbaut. Das Gasthaus «Adlerhorst», von dem Hedi Fett aus Münster in ihrem Buch noch berichtet, scheint es nicht mehr zu geben.

Todestag von Violeta Parra.

Dienstag, 6. Februar 2007 – Sechsuhrsieben, vierkommasechs Grad. Dunkel. Über was man alles informiert wird: Hitlers Schäferhund «Blondi» kam im Dezember 1944 mit ins «Führerhauptquartier Adlerhorst» nach Wiesental. Er hatte «ein eigenes Häuschen und lag auf Schlaraffiamatratzen».

In welchen Supermarkt ich auch komme, es liegen noch immer die nicht verkauften Exemplare der Tempo-Sondernummer in den Zeitschriftenregalen.

Zwei junge Männer. Beide schauen auf den Hintern der jungen Frau, die vor ihnen geht. Der eine: «Den hätt ich gern als Bildschirmschoner.»

In Sittensen wurden drei Männer und drei Frauen in einem China-Restaurant erschossen. Ein weiterer Mann schwebt in Lebensgefahr. Ein zweijähriges Kind war offensichtlich Zeuge der Tat.

Gestorben ist vor einem Jahr die katholische Haushälterin Karin Struck.

Mittwoch, 7. Februar 2007 – Vieruhrneunzehn, dreikommavier. Um drei Uhr aufgewacht. Merkwürdig hell draußen. Eine Stunde Kunstmarkt … nee, nix.

Gestern mit Specht, Braun und Brunow zum «Mongolen» am Baseler Platz. Lange über Boehlich und seinen Nachlass. Er habe alles, jede Zeile aufgehoben. Braun und Reichert wollen nun doch ein Band mit Boehlichs Schriften herausgeben.

Heute vor zwei Jahren wurde die 23-jährige Elektroinstallateurin Hatun Aynur

Sürücü an einer Bushaltestelle in Berlin-Tempelhof durch mehrere Kopfschüsse getötet. Gegen ihre drei Brüder wurde Anklage wegen gemeinschaftlichen Mordes erhoben. Ihr jüngster Bruder gestand die Tat. Die beiden Älteren wurden freigesprochen.

Donnerstag, 8. Februar 2007 – Sechsuhrzwölf, dreikommaacht Grad. Langes, schon etwas älteres Interview mit Jan Philipp Reemtsma. Alles, was er sagt, ist so klar gedacht und formuliert und wirkt zugleich so gerecht. Immer denkt er den anderen und das andere mit. Erinnert stark an Boehlich. Trotzdem spürt man bei beiden – wie bei vielen Atheisten, Agnostikern – einen Unterstrom von Kälte.

Gerade wurde die Abschrift des Gesprächs veröffentlicht, das Pickton mit seinem vermeintlichen Mithäftling, einem Undercover-Ermittler, kurz nach seiner Verhaftung geführt hatte und das von einer Kamera aufgezeichnet wurde. Das Geständnis Picktons, 49 Frauen umgebracht zu haben, ist deutlich. Mehrmals fragt er seinen «Cellmate», ob der wisse, welche Opferzahl Weltrekord sei.

Der Tatbestand der Freiheitsberaubung ist erfüllt, wenn der Entzug der Bewegungsfreiheit länger als ein Vaterunser dauert.

Am 8. Februar 1944 starb während eines Bombenangriffs der Schriftsteller Alfons Paquet im Keller seines Hauses am Frankfurter Schaumainkai 17 an einem Herzinfarkt. Begraben wurde er auf dem Frankfurter Hauptfriedhof (Gewann A 276 a). Im Frankfurter Telefonbuch gibt es zwei Einträge: «Jean Paquet» und «S. Paquet».

Freitag, 9. Februar 2007 – Dreiuhrneunundfünfzig, vierkommasieben. He, du, Martinshorn! Was gibts denn schon zu lärmen, um diese Zeit? Anna Nicole Smith ist doch bereits gestern gestorben.

Mit B. hin und her telefoniert, welche Waffe die richtige wäre – für den Roman. Ein Gewehr, nein, zu sehr Klischee! Revolver, nein, zu exotisch. Pistole, ja, aber nicht so ein Standardpolizeiding. Also was? Doch nicht etwa die Desert Eagle Mark VII, mit dem 6-Zoll-Lauf, Kaliber .44 Magnum von Israel Military Industries?

Warum gibt jemand die Wortkombination «Ballack Penis» in die Suchmaschine ein? Und wie landet der dann auf dieser Seite?

Man gebe mir Nachricht, wenn in der deutschsprachigen (allein das ist schon ein Euphemismus) «Vanity Fair» mal ein Text erscheinen sollte, der auch nur halb so gut ist wie dieser Fairriss von Andrea Diener: shiny happy people holding goats.

Tot sind Karl Valentin, Bill Haley, Fritz Graßhoff, der eine Zeitlang als der meistrezitierte deutsche Autor galt.

Montag, 12. Februar 2007 – Siebenuhrzweiunddreißig, achtkommadrei. Dämmerig, trüb.

Morgens zwei Stunden Rolle. Dann eine Stunde durch den Regen. Was für ein Himmel über der Stadt. Dunkelgraue, schwarze Wolken, Durchstoß der Sonne. Und schließlich ein Regenbogen von Bergen bis Vilbel, so breit, so rund, so leuchtend, dass man sich wünscht, nie zuvor einen anderen gesehen zu haben. Damit dieser hier für immer mit dem Wort «Regenbogen» verbunden bleibt. Und mir steht das Wasser im dem Schuhen.

Am 12. Februar 1993 wurde der knapp dreijährige James Bulger im englischen Merseyside von zwei zehnjährigen Jungen ermordet. John Venables und Robert Thompson, die an diesem Tag die Schule schwänzten, entführten James Bulger aus einem Kaufhaus, wo der Junge sich mit seiner Mutter aufhielt. Sie traten den Kleinen, schütteten ihm Farbe ins Gesicht, schlugen ihn mit einer Eisenstange, steckten ihm Batterien in den Mund, legten ihn auf auf die Gleise einer Bahnstrecke, beschwerten seinen Kopf mit Schutt und verließen ihn. Als ein Güterzug ihn überrollte, war er bereits tot.

Dienstag, 13. Februar 2007 – Dreiuhrachtunddreißig, siebenkommasieben. Windig. Um halb zwei durch die schlagenden Flügel des Küchenfensters aufgewacht. Noch anderthalb Stunden gelegen, ohne wieder einschlafen zu können. Also an den Schreibtisch.

Als Hitlers Tross beim Vorrücken der Alliierten im Januar 1945 den «Adlerhorst» im Taunus verließ, um sich auf die letzte Reise in den Berliner Bunker zu begeben, sagte Hitlers persönlicher Adjutant Otto Günsche: «Berlin ist sehr praktisch als Hauptquartier. Man kann dort sehr bald mit der S-Bahn von der Ostfront zur Westront fahren.»

Lektüren: Jörg Schröder, «Siegfried»; Reemtsma, «Im Keller».

Tote: Hans-Jürgen Krahl, Hans Globke, Otto Niebergall, Arno Breker.

Mittwoch, 14. Februar 2007 – Siebenuhrzweiunddreißig, sechskommavier. Über dem Dach des gegenüberliegenden Hauses ist der Himmel grau, aber in den Fenstern spiegelt sich rot der Sonnenaufgang im Osten.

Reemtsma berichtet, dass er eigentlich vorhatte, gemeinsam mit seiner Frau ein Buch über die Entführung zu schreiben. Dann stellte sich jedoch heraus, dass beide das Ereignis vollkommen gegensätzlich erlebt hatten. Dem Entführten war die Intimität mit den Verbrechern aufgezwungen worden; seiner Frau war durch die unentwegte Gegenwart der Polizei jede Intimität genommen worden.

Es war Braun, der neulich erwähnte, dass es im Nachlass von Boehlich eine große Polemik gegen Thomas Mann gebe. Merken! Nachfragen!

Tot ist Maurice Dewaele, belgischer Radrennfahrer, Sieger der Tour de France von 1929.

Donnerstag, 15. Februar 2007 – Fünfuhrvierzig, siebenkommafünf. Dunkel. Aber schon Vögel. Und sonst? Ah, der Mopedfahrer ist wieder da.

Gestern stundenlang an einem Irrweg geschrieben, gegrübelt, gelöscht, neu angesetzt, na ja.

Abends Burga. Selbst die Namensgeberin sitzt an einem der Tische, alterslos. Michael empfiehlt eine Führung durchs Kransberger Schloss. Atilla empfiehlt die Freitagsküche. Und Stefan empfiehlt «Audacity».

Immer wenn unten auf der Straße die Schüler vorbeigehen, schiebt der Typ aus dem Haus gegenüber die Gardine beiseite und glotzt runter. Noch nie habe ich ihn anders als im Unterhemd gesehen. Noch nie auf der Straße.

Heute vor einundvierzig Jahren starb im Kampf mit der kolumbianischen Armee der Priester und Guerillero Camilo Torres Restrepo.

Samstag, 17. Februar 2007 – Vieruhrsechsunddreißig, fünfkommaeins. Dunkel, still. Im Posteingang folgende Nachricht: «Liebe Pressekolleginnen und -kollegen, Anna Nicole Smith ist tot – doch ihre Schönheit ist unsterblich. Die als Cyndi Lauper geborene Texanerin fesselte uns alle nicht nur mit ihrer weiblichen Erotik, sondern auch mit all den Skandalen, die sich um sie und ihr Leben rankten. Ihr früher Tod und der medienwirksame Verfall von einer der sexiest Frauen der 90er hin zum drogen- und skandalumwitterten It-Girl werden sie für viele unvergessen machen. Mit der am 28.02.2007 erscheinenden DVD ‹Playboy – The Best of Anna Nicole Smith› wenden wir uns noch einmal den schönen Seiten der Monroe-der-90er zu. Ein erotisches Erlebnis, das Sie Ihren Lesern nicht vorenthalten sollten. Rezensionsmuster, Verlosungen und Kooperationen sind wie immer gerne möglich. Bei Rückfragen stehe ich Ihnen natürlich jederzeit gerne zur Verfügung.»

Unschlagbar: «die als Cyndi Lauper geborene Texanerin».

Tot ist: César Marcelak, der als Pole geborene französische Radrennfahrer. Obwohl, was weiß man schon? Innerhalb von fünf Minuten habe ich im Netz drei unterschiedliche Angaben über Marcelaks Geburtsort gefunden: Mülheim, Mehlen, Flours. Keiner dieser Orte liegt in Polen. Von wegen Weisheit des Kollektivs!

Dienstag, 20. Februar 2007 – Fünfuhrsieben, sechskommavier. Dunkel. Dennoch liegt ein ungewöhnlich heller Schimmer in der Luft. Und die Vögel machen auch schon ihre Sachen.

Traum. Zwei Perserkatzen, die einen alten Retriever attackieren. Immer wieder greifen sie ihn an, versetzen ihm Hiebe. Als seine Kraft nachlässt, zerfetzen sie ihn förmlich mit ihren Krallen. Das alles begleitet vom Fauchen und Schreien der beiden Angreiferinnen und dem schwächer werdenden, fast menschlichen Stöhnen des Hundes.

Morgens beim Hessischen Rundfunk mit der netten Imke Turner. Gespräch über Dürrenmatts «Versprechen» für die Sendung «Mikado». Bereits wieder auf dem Weg zum Ausgang fragt mich die Moderatorin, ob ich denn die Beethoven-Sinfonien unter

Leibowitz kenne. Schon die Frage genügt, für den Rest des Tages die Stimmung zu heben.

Am Ende seines Buches schreibt Reemtsma, dass ihm in seiner Gefangenschaft «das Konzept des Individuums … zu einer gänzlich obsoleten Vorstellung» geworden sei.

Zweiter Todestag des viel zu lauten Hunter S. Thompson, von dem man jetzt bitte auch mal hundert Jahre schweigen möge. Wie von all den anderen Mythos- und Kult-Nasen.

Mittwoch, 21. Februar 2007 – Sechsuhracht, zweikommaacht. Dunkel. Im Supermarkt wieder diese Frau, die schon auf den ersten Blick ein wenig irre wirkt – oder sagen wir: fahrig, unwirsch. Vielleicht Mitte vierzig, schlank, halblange, brünette Haare. Alternativer Nordend-Adel. Ihr Gesicht ist vollständig von einer weißen Creme bedeckt – keine Schminke, wirklich Creme –, wahrscheinlich Penaten. Auf dem Kopf eine Art Südwester – aus glänzendem, türkisfarbenem Lack. Klar, dass sie sich die Blicke aller anwesenden Frankfurter Krähen einfängt.

Lade mir Rainald Goetz' Blog auf die «Lesezeichen-Leiste» und benenne ihn gleich mal um. Damit auf meinem Bildschirm bloß nirgends die Worte «Vanity Fair» auftauchen.

Im Pickton-Prozess wurde am Montag eine Polizistin vernommen, die von Februar 2002 bis November 2003 an der Durchsuchung der Schweinefarm beteiligt war. Sie brach in Tränen aus, als sie sich erinnerte, in welchem Zustand sie einige der Tiere vorfanden, als sie mit ihren Ermittlungen begannen.

Am 21. Februar 1980 ist Alfred Andersch gestorben. Im Sommer desselben Jahres sind wir zu viert mit Petras Audi 50 von Locarno aus in das enge Valle Onsernone gefahren und haben dann am Ortseingang von Berzona Anderschs frisches Grab mit dem kleinen Holzkreuz besucht.

Donnerstag, 22. Februar 2007 – Vieruhrfünfzig, sechskommaeins. Seit kurz vor vier wach. Auf «Spiegel online» ein Bericht, dass es in den USA unter Jugendlichen aus der Mittelschicht zum Sport geworden sei, Obdachlose anzugreifen, zu schlagen, zu treten, zu quälen. Von den 122 Opfern im Jahr 2006 kamen zwanzig ums Leben. Fast schon selbstverständlich, dass viele der Übergriffe von den Tätern gefilmt und fotografiert wurden.

In Paris reagierte man irritiert auf die Ankündigung Wladimir Putins, dass Jacques

Chirac Ende März zum Staatsbesuch nach Moskau kommen werde. Es gebe zwar eine Einladung, aber noch keine Antwort. Wie spricht man in Frankreich eigentlich «Putin» aus?

Todestag von Jean-Baptiste Camille Corot.

Freitag, 23. Februar 2007 – Fünfuhrfünfzehn, achtkommazwei. Guten Morgen.

Wenn irgendwo in der Stadt eine kleine Fläche frei ist, werden sofort diese kleinen, hässlichen, struppigen Sträucher gepflanzt, an denen dann diese kleinen, hässlichen, leuchtend orangefarbenen Beeren wachsen. Und wenn dann ein Wind kommt, fängt sich in den Sträuchern der ganze Müll, der so durch die Straßen weht – die zerfetzten Werbeprospekte, die leeren Pappbecher, die Fastfoodpackungen und Papierservietten. Dann stiefeln die orangefarbenen Müllmänner zwischen den orangefarbenen Beeren umher und sammeln das alles mit ihren langen Zangen ein.

Anruf eines Journalisten. Was ich von der Überfremdung der deutschen Sprache halte. Anders gesagt, die Reinheit des Deutschen, ob mir dazu etwas einfalle. Dann diktiert er mir seinen Namen: «Schmidt – hinten mit DeTe, wie Damentoilette.»

Todestag von Friedrich Ludwig Weidig, Pfarrer und Revolutionär aus Oberkleen im Taunus. Hat in Butzbach gepredigt und unterrichtet. Wurde nach Ober-Gleen im Vogelsberg strafversetzt. Maßgeblich beteiligt am «Hessischen Landboten». Am 23. Februar 1837 begeht er im Arresthaus von Darmstadt Selbstmord.

Mittwoch 28. Februar 2007 – Vieruhrdreiunddreißig, neunkommasechs. Seit kurz nach zwei wach. Am Montag um sieben Uhr Anruf von V: Nachts gegen drei Uhr ist es passiert. Um Viertel vor elf, dass ich kommen soll. Um elf auf der Autobahn. Alles andere dieser Tage: nicht für die Welt.

Todestag von Pat Garrett, der 1908 vom Pächter seiner Farm erschossen wurde.

Montag, 12. März 2007 – Zwölfuhrneunzehn, zehnkommafünf Grad. Sonne. Nach zwei Wochen zurück im Reich der Lebenden. Und plötzlich ist Frühling. Wie zum Trost. Wie zum Hohn.

Vor zwei Jahren ist Lisa Fittko gestorben. Und vor einer Woche Mama.

Dienstag, 13. März 2007 – Fünfuhrsechsundfünfzig. Und jetzt schon siebenkommadrei Grad. Noch dunkel, aber die Vögel … Es ist, als hätten diese zwei Wochen Monate gedauert. Als sei man der Welt abhanden gekommen. Wenn man erzählt, was passiert ist: hilflose Ausweichbewegungen, Schweigen, bei manchen sogar panische Flucht. Bei den wenigsten: Zuwendung.

Nachdem am Wochenende dieses riesige Figaro-Paket von Piwitt gekommen ist, gestern Abend auch noch die wunderbare Christine Schäfer als Cherubino unter Harnoncourt. Umwerfend ihr «Voi che sapete». Ein stumpfer Bock, wer da nicht vergeht.

Elfter Todestag von Krzysztof Kieślowski. Vor sechsundvierzig Jahren starb Ruth Fischer (beerdigt auf dem Friedhof Montparnasse).

Donnerstag, 15. März 2007 – Sechsuhrvier, sechskommasechs. Erstes Dämmerlicht. Der Mangel an Geschmack im akademischen Mittelstand ist enorm. Stattdessen gibt man sich stylish. Der gerade angesagte Stil hat den guten Geschmack ersetzt. Eigentlich eine Sklavenhaltung – dass man lieber den Agenten des Zeitgeists folgt, als mit einer Hose von C&A erwischt zu werden.

Todestag von Johann Christian Günther («Der Winter soll mein Frühling sein»).

Sonntag, 18. März 2007 – Vieruhrsiebenundfünfzig, neunkommavier. Dunkel, windig. Treffe E. auf dem Bürgersteig. Einmal in der Woche gehe sie auf den Friedhof, um alles mit ihrer Mutter zu besprechen. Je länger diese tot sei, desto enger werde ihre Bindung zueinander. Auch fülle sie an den Geburts- und Todestagen im Gedenken an die Verstorbene immer einen Lottoschein aus. Diesmal sei ein Dreier dabei herausgekommen. Immerhin genug, um neue Stiefmütterchen fürs Grab zu kaufen.

† Freiligrath.

Montag, 19. März 2007 – Fünfuhrsieben, dreikommazwei Grad. Dunkel. Dass M.s Tod die bessere Lösung war – alle sagen es und alle haben recht. Ein Trost ist es nicht.

An einer Haustür in der neuerbauten Reihenhaussiedlung das Schild: «Hier toben Lea und Max.» Das ist er wohl, der Terror der «Generation Ikea».

Heute vor elf Jahren wurde die Ehe von Winnie und Nelson Mandela geschieden.

Dienstag, 20. März 2007 – Fünfuhrzweiundzwanzig, einkommasieben Grad. Seit anderthalb Stunden wach. Immer wieder das Bild dieser alten Frau mit den kurzen, grauen Haaren, wie sie da in ihrem verschlissenen Jogginganzug so verloren an den Briefkästen steht und uns aus verweinten Augen anschaut: «Jetzt hab ich niemanden mehr», sagt sie.

Heute vor einhundert Jahren sank vor der niederländischen Küste das Dampfschiff «Berlin». 129 Passagiere ertranken.

Donnerstag, 22. März 2007 – Neunuhrfünf, vierkommanull. Grau, trüb, nass.

«Mutter eines toten Säuglings im Plastiksack festgenommen». Kann sich die Polizei keine Handschellen mehr leisten?

Gestern kam das neue «Konkret». Darin kaum ein Text, der nicht wenigstens lesenswert, kaum ein Gedanke, der nicht wenigstens bedenkenswert wäre.

In Goetz' Blog der Satz: «Den Kindern wurde das Faktum des Todes der Tante Ingrid mitgeteilt». Ein Zitat? Oder Beamtenprosa?

Todestag: Harry Fisher, Mitglied der amerikanischen Abraham-Lincoln-Brigade im spanischen Bürgerkrieg. Hans Kohlhase, Vorbild von Kleists Michael Kohlhaas. Goethe.

Samstag, 24. März 2007 – Siebenuhrfünfunddreißig, fünfkommafünf. Alles nass. Im Baum der Elster gefällts, sie duscht und putzt sich ausgiebig.

Am Mittwoch in Rainald Goetz' Klage-Blog ein wütend treffsicherer Ausfall gegen Matussek. Und schon möchte ich mit Goetz am liebsten eine Partei gründen. Geht aber nicht. Nicht mit ihm, nicht mit mir.

Bayerns Innenminister Beckstein: «Der Linksextremismus ist noch immer eine ernstzunehmende Gefahr.» Ach, wär das schön.

Es ist ja nicht so, dass man dauernd heult. Aber alles ist unterlegt mit dieser ziehenden Trauer. Selbst wenn man mit Freunden plaudert, selbst wenn man lacht. Sofort wieder dieses Wanken, das Loch, dieses minutenlange Starren. Asche.

Tot: Friedrich Hecker. Oder doch nicht? «Wenn die Leute fragen, lebt der Hecker noch? Sollt ihr ihnen sagen, Ja, er lebet noch. Er hängt an keinem Baume, er hängt an keinem Strick. Er hängt nur an dem Traume der deutschen Republik.»

Sonntag, 25. März 2007 – Siebenuhrzwanzig, sechskommavier. Gestern kleine Tour. In Petterweil Rast auf einer Bank an der Friedhofshecke mit Blick auf die Rückseite des alten Dorfes und auf diese kleine verstruppte Senke, wo sich sechs Elstern im nassen Gras vergnügen. Eigentlich seltsam, dass diese Vögel, denen man nachsagt, sie seien intelligent wie Schimpansen, den Menschen so verhasst sind. Die stockdoofen Tauben hingegen gelten als Symbole des Friedens. Ist der Frieden doof?

Am 25. März 1955 starb in Dießen am Ammersee der Schriftsteller, Fotograf, Seemann und Bauer Heinrich Hauser. Ich stöbere so ein bisschen rum und entdecke einen der wenigen grundlegenden Texte, die es über den Vergessenen gibt. Geschrieben hat ihn: Rolf-Bernhard Essig. Dann öffne ich die Mails und finde auch noch eine lange Mail von ihm.

Mittwoch, 28. März 2007 – Zehnuhreins, neunkommaacht. Frisch, blau, schön.

Zwölf Tonnen schwerer Kran in Brunsbüttel gestohlen.

Ein vierundzwanzigjähriger Amerikaner stiehlt 42 Kilogramm Damenunterwäsche.

Unbekannte Diebe stehlen im mittelfränkischen Unterheckenhofen 350 Karfreitagskarpfen.

Ladendiebin in Herne versteckt 130 Schachteln Zigaretten in ihrer Jogginghose.

Gestern mit Herl im «Horizont». Über todestrunkene Wagnerklänge, trauernde Kinder, teure Küchen, trinkende Freunde, transusiges Kneipenpersonal ... Guter Feigenschnaps.

Todestag von Friedrich Stoltze. «Un es will merr net in mein Kopp enei: wie kann nor e Mensch net von Frankfort sei!»

Samstag, 31. März 2007 – Sechsuhrsiebenundzwanzig, achtkommadrei Grad. Noch dunkel. Draußen Amsel-Song-Contest.

Nach einem Vierteljahr mal wieder in der Stadt – Kleinmarkthalle, Sportarena, Zeil. Die schiere Menge an Menschen bringt mich aus der Fassung. Bin ich denn wirklich schon so weit draußen? Und als mich bei Zweitausendeins an der Kasse eine Frau anspricht – freundlich, zurückhaltend, charmant –, reagiere ich zwar höflich, innerlich aber hilflos, fast panisch.

Gegen die sogenannten Gutmenschen kann auf Dauer auch nur mit großer Hingabe polemisieren, wer noch keinen wirklich schlechten Menschen kennengelernt hat. Oder selbst einer ist.

Todestag des Adrian Dietrich Lothar von Trotha, der im August 1904 als Kommandeur der Kaiserlichen Schutztruppe in Deutsch-Südwestafrika Zehntausende Herero in der Omaheke-Wüste verdursten ließ. Die Stadt Bonn schenkte ihm ein Ehrengrab.

Dienstag, 3. April 2007 – Sechsuhrvierzig, elfkommaeins. Dämmerung. «Bild»: «Deutschland feiert Henry Maske und lacht über Thomas Gottschalk.» – Was ja nur heißen kann, dass ich nicht Deutschland bin.

Im Hof einer Moschee im westtürkischen Mugla war eine herrenlose Tasche gefunden und daraufhin die Polizei benachrichtigt worden. Sicherheitshalber beschloss man, die Tasche zu sprengen. Erst als der Zünder bereits angebracht war, hörten die Polizisten das Weinen eines Babys. Das Krankenhauspersonal, in dem das sechs Tage alte Mädchen jetzt gepflegt wird, taufte das Findelkind auf den Namen «Ravza» – Paradiesgarten.

Der ehemalige baden-württembergische Ministerpräsident Hans Filbinger ist gestorben. Und mit ihm einer der Letzten, die durch ihre Person dokumentieren, dass es eine politische Stunde null nie gegeben hat. Damit die Kontinuitäten aber auch künftig gewahrt bleiben und klar ist, welche Maßstäbe im Lande gelten, gibt es solche wie Günther Oettinger, der dem Juristen der Nazis nachruft, er sei ein «Landesvater im besten Sinne» gewesen.

Kurt Weill ist auch tot.

Mittwoch, 4. April 2007 – Neunuhrvierzig, siebenkommadrei. Grau. Gestern um halb sieben Treffen mit Chr. vor dem «Va Piano» am Goetheplatz. Gott, ist der Laden voll. Am Eingang sitzt eine Frau hinter einer Kassenfestung und verteilt Plastikkärtchen. Sie ist freundlich, aber von dieser glatten, teilnahmslosen, amerikanischen Arschlochfreundlichkeit, die dich im Zweifelsfall mit einem Lächeln den Securityleuten übergibt und die sich inzwischen überall im Dienstleistungsgewerbe breitgemacht hat. Ja, verstehe, so sind sie hier alle. – Und jetzt? – Jetzt musst du dich anstellen. – Wo? – Kommt drauf an, was du willst. Pasta oder Pizza. – Ich will aber lieber Döner. – Gibt's hier nicht. – Okay, also Pasta, auf keinen Fall will ich heute Pizza. Aber ich steh und steh vor der Pasta-Theke, und die Schlange wird und wird nicht kürzer. Also? Also nehm ich doch Pizza. – Welche soll's denn sein? – Was weiß ich, geben Sie mir halt die Salsiccie. Jetzt wird der Betrag in meinem Plastikkärtchen gespeichert, und ich bekomme eine Art Tellermine, ein kleines Ufo mit ganz vielen kleinen, roten Lämpchen, die irgendwann leuchten werden, wenn die Pizza irgendwann mal fertig ist. Nächste Theke: Zwei kleine gemischte Salate, bitte. – Mit Balsamico-Dressing oder mit Rucola-Senf-Dressing? – Balsamico, bitte. Und dann spritzt die Dame aus einer großen Plastikflasche diese Flüssigkeit auf die zarten Salatblättchen und auf die sowieso schon zermatschten Cherry-Tomaten und hört gar nicht mehr auf zu spritzen, bis alles schwimmt in dieser viel zu süßen Suppe. – Ihr Kärtchen, bitte. – Ach so, ja. Dann setzt man sich an einen Tresen, der viel zu hoch ist, auf einen Barhocker, der viel zu weich gepolstert ist, sodass einem schon nach kurzer Zeit der Rücken wehtut, und dann wartet man und wartet und wartet – bis irgendwann endlich dieses Scheiß-Ufo leuchtet und man sich wieder durchdrängeln muss, um seine Pizza zu holen, die viel zu hart gebacken ist, sodass man sie mit diesem stumpfen Messer gar nicht schneiden kann, sondern sie stattdessen zerreißen muss. Ach, verflucht. – Komm, ich bin satt, gehen wir! – Ja. Aber erst noch in die Schlange stellen und warten, dass man zahlen darf bei der Kassenlächlerin. Draußen. Durchatmen.

Heute vor siebzig Jahren wurde der Berliner Kommunist und Widerstandskämpfer Heinrich Thieslauk von den Nazis ermordet.

Donnerstag, 5. April 2007 – Fünfuhrachtundfünfzig, fünfkommaeins. Dunkel. Das Rätsel ist gelöst. Der Mopedfahrer, dessen Motor ich jeden Morgen höre, ist der Zeitungsausträger.

Im «Homicide Report» der «Los Angeles Times» wird laufend über die Morde in der Stadt berichtet. Um die Vielzahl der Fälle übersichtlicher zu machen, wird jedes Mordopfer auf einem Stadtplan mit einem sogenannten Reiterchen versehen. Braun sind die Fälle aus dem März 2007 markiert, schwarz die Fälle aus den Monaten Januar und Februar. Klickt man eines der Reiterchen an, so erfährt man den Namen des Opfers und die Umstände seines Todes.

Abends Ozons «Swimmingpool». Warum muss man einen ansonsten so fein ausbalancierten Film durch so viel keimfreie Nacktheit und schließlich noch durch einen Mord aus dem Gleichgewicht bringen? Freilich, bei Almodovar würden diese Einwände nicht gelten.

Drei Tote gab es am 5. April 1986 beim Anschlag auf die Diskothek «La Belle» in Berlin-Friedenau.

Samstag, 14. April 2007 – Siebenuhrsechsunddreißig, fünfzehnkommavier. Hell. Die Magnolie steht im frischen Grün der neuen Blätter. Die Blüten sind – bis auf ein paar wenige – abgeschüttelt.

Am Abend Altmans «Last Radio Show». So gelassen in der Nähe des Todes. Am längsten in Erinnerung bleiben wird wohl das Duett mit den schlechten Witzen. Und das Motto des Detektivs, der ausgerechnet «Noir» heißt: «Immer schön am Rand bleiben und die Augen offen halten!» Und der unglaubliche Garrison Keillor.

Später dann zu Hause noch am «heute-Journal» und am Kriminaldauerdienst hängengeblieben. Was für ein Kontrast. Bei Altman eine respektvolle Hinwendung zu den Figuren und hier … dieses Hineinkriechen, dieses Bloßstellen, diese Tchibo- und Duschgel-Ästhetik, aufgemotzt mit Wackelkamera. Andererseits: die Außenaufnahmen sind oft so ungewöhnlich, dass man aufmerkt … Bestimmt besser als das meiste …

Und wer ist tot? Hermann Etzel – nie gehört. Deutscher Politiker, Jurist, Mitglied der Bayernpartei. Von den Nazis zwangspensioniert, Gründer der Bamberger Symphoniker, Mitherausgeber der «Blätter für Deutsche und Internationale Politik». Wollte die Todesstrafe wieder einführen.

Sonntag, 15. April 2007 – Sechsuhrachtundfünfzig, fünfzehnkommazwei Grad. Hell. Nicht vergessen: diesen deutschen Morgen am Karfreitag. Alles sah nach Caspar David Friedrich aus. Hinter uns der Mond, vor uns die aufgehende Sonne. Im Lahntal der Nebel, die Kirchtürme und Zinnen, die daraus auftauchen, und einmal, auf einem kleinen Hügel, ein mächtiges Gipfelkreuz, das dann doch ein Strommast ist. Und an den Rändern der Autobahn im Zwielicht lange nicht zu erkennen, ob das helle Glitzern in den Büschen nun Raureif ist oder ob es die Blüten des Weißdorns sind.

Nicht, dass eine 17-Jährige in Minnesota ihr Neugeborenes getötet hat, ist die Meldung, sondern dass sie es mit 135 Messerstichen tat. Und dass ein Gerichtsmediziner die Wunden zählte.

Am 15. April starben: Robert Musil, Jean-Paul Sartre, Jean Genet, Greta Garbo, Joey Ramone.

Mittwoch, 18. April 2007 – Sechsuhrzehn, neunkommasieben. Dämmerig. Bergtraining in Bergen. Komme dreimal mit Mühe die Röhrborngasse hoch. Das war's dann aber schon. Muss noch werden.

An der Ampel neben mir ein junger Mann, ebenfalls auf dem Rad, kopfschüttelnd. In der Nähe eine Gruppe Schülerinnen. Ich frage den Mann, was los ist. «Ach, die Mädscher! Die mache misch ganz dorschenanner.»

Den ganzen Tag Nachrichten über den Amoklauf von Blacksburg: Spiegel online,

CNN, Foxnews … Spektakulär ist nur die Zahl der Opfer. Ansonsten dasselbe Muster wie immer. Ein Langweiler gibt sich den letzten Kick.

Todestag von Christian Hofmann von Hofmannswaldau: «Der schultern warmer schnee wird werden kalter sand».

Donnerstag, 19. April 2007 – Vieruhrfünf, achtkommafünf. Dunkel. «Man darf die Mehrheit nicht mit der Wahrheit verwechseln», soll Jean Cocteau gesagt haben.

Gestern in der «Frankfurter Rundschau» ein Interview von Peter mit dem Medienwissenschaftler Joseph Vogl zum Phänomen «Amok» – der einzige Text, der nicht in das immer gleiche haltlose Gestammel einstimmt. Ansonsten: auf CNN, Foxnews etc. nur ein Schwall von Tränen, verwackelten Bildern, falschen Tönen, falschen Fragen, Spekulationen. Die Fernsehsender sind schnell, sonst sind sie: nichts.

Sehr geehrte Christine Adelhardt, ARD-Auslandskorrespondentin in Washington! Der Schütze von Blacksburg hatte möglicherweise psychische Probleme; «psychologische Probleme» – auch wenn Sie es noch so oft wiederholen – hatte er nicht.

Tot ist seit hundertdreiundachtzig Jahren George Gordon Noel Byron, VI. Baron Byron of Rochdale, genannt: Lord.

Sonntag, 22. April 2007 – Fünfuhrachtundzwanzig, neunkommanull. Dunkel. Hinter dem Gefängnis in Preungesheim, wieder mal im Ruderal. Zwischen den alten Mietskasernen und einem Neubaugebiet ein asphaltierter Weg, für Autos unpassierbar gemacht, mithin für wertlos erachtet. Ein kleines Müllparadies. An den Rändern Brombeerhecken, Brennnesseln, Holunder. Falter schaukeln, Blüten fallen schräg, schwarzrote Käfer auf dem Boden, der mit Abfällen bedeckt ist. Leuchtend weiße Eimer mit Farbresten, Plastiksäcke, aus denen alte Tapetenreste quellen, Scherben, Hundescheiße. Auch benutzte Präservative, hier, wo man allenfalls im Stehen vögeln kann. Dann ein Feldhase von rechts, macht halt, lauert, kippt auf die Hinterläufe, stellt die Ohren auf, lauscht.

Eine halbe Stunde später in der Wetterau: Petterweil, Stadt Karben. Wie oft bin ich schon an diesem Stein vorbeigekommen, der in dem lichten Hain gegenüber dem Friedhof steht. Ein Kriegerdenkmal, dachte ich, was sonst? Nun bleibe ich zum ersten Mal stehen und lese: «Hier sprach zum Volke Robert Blum.» Geboren 1807 in Köln, Revolutionär, Demokrat, Mitglied der Nationalversammlung von 1848, in Wien von den Kaiserlichen zum Tode verurteilt und erschossen. Zu Hause erfahre ich, dass dieses Dorf sich etwas zugutehält auf seine widerständige Tradition: Nest der Aufständischen schon in den Bauernkriegen, Schwerpunkt der Hexenverfolgungen, in Vormärz und 48er Revolution Heimstatt und Zuflucht der Demokraten.

Titel eines Gedichts von Celan: «Bahndämme, Wegränder, Ödplätze, Schutt».

Vor fünf Jahren starb Linda Lovelace.

Montag, 23. April 2007 – Siebenuhrachtunddreißig, zwölfkommasechs. Hell. Wird wieder warm. Gestern bei Beltz am Grab. Dann bei Heinz-Herbert Karry vorbeigekommen. Dann an einem Grabstein, unter dem gemeinsam die Familien Kalbfleisch und Bauch liegen.

Fünf Mal die Röhrborngasse hoch. Ein Dicker in Jogginghose und Schlabber-T-Shirt steht auf seinem Balkon. Als ich zum dritten Mal vorbeikomme, schüttelt er noch den Kopf. Beim vierten Mal schimpft er: «So ein Idiot, bei dieser Hitze ...» Beim fünften Mal ist er verschwunden.

Abends in der Kemenate auf Burg Eppstein. Das Wetter, diese Landschaft, die Mauern, die Leute ... Allein das Wort «Kemenate» zu schreiben ... Darf ja auch mal irgendwas rundum schön sein.

Zweiunddreißigster Todestag von Rolf Dieter Brinkmann.

Dienstag, 24. April 2007 – Siebenuhrneunundzwanzig, achtzehn Grad. Bedeckt.

«Words are things», hat Lord Byron geschrieben. In nächster Zeit mal ausprobieren, diesen Gedanken.

Mag ja sein, dass es Geisteskranke unter allen Umständen gab, gibt und geben wird. Die Frage ist nur, was die Umstände aus ihnen machen. Hätte in einer weniger individualfixierten, waffenverrückten, aufstiegsorientierten Gesellschaft als der amerikanischen – sagen wir auf Sardinien im 19. Jahrhundert – aus Cho Seung Hui, dem Amokläufer von Blacksburg, der 32 Menschen erschossen hat, nicht auch ein harmlos-bestusster Ziegenhirt werden können?

Am 24. April 1966 starb Josef Dietrich Fleischer, Polizist und Befehlshaber der Leibstandarte Adolf Hitlers, fanatischer Nazi bis zu seinem Tod. An seiner Beerdigung auf dem Neuen Friedhof Ludwigsburg nahmen 7000 Menschen teil.

Mittwoch, 25. April 2007 – Vieruhrsiebenundvierzig, siebzehnkommanull. Dunkel. Aber wahrscheinlich ist es um vieruhrsiebenundvierzig immer dunkel.

Dieser RAF-Hype – wer muss da eigentlich was mit wem ausmachen? Es bleibt der Verdacht, es gehe allein darum, dass das Bürgertum seine aus dem Tritt geratenen Sprösslinge heimholen will – um endlich Frieden mit sich zu schließen. So wäre ein Gnadenerlass eben auch ein Akt der Selbstgerechtigkeit. Und damit ein zweiter Sieg. Aber nein, ich will das alles nicht bedenken; es geht mich nichts an – wie es die Linke auch damals nur insofern etwas anging, als jede Aktion der RAF immer der Gegenseite genutzt hat. Die Entdifferenzierung war gelungen; die Bevölkerung hat nicht mehr unterschieden: «Es war doch einer von euch, der dahinten auf dem Motorrad gesessen hat», sagte ein Onkel nach dem Attentat auf Buback.

Ginger Rogers ist tot.

Donnerstag, 26. April 2007 – Vieruhrsechsundfünfzig, sechzehnkommaacht.

ADAC-Motorwelt: «Die neue Lust am Cabrio.»
Welt online: «Die neue Lust am Geldausgeben.»
amazon.de: «Die neue Lust der Frauen.»
stern.de: «Die neue Lust am Frivolen.»
men's health: «Neue Lust am alten Job.»
zeit.de: «Die neue Lust aufs Krankenhaus.»
Maggi Kochstudio: «Die neue Lust am Kochen!»
Gartentechnik.de: «Die neue Lust an Schrebergärten.»
abendblatt.de: «Die neue Lust auf Familie.»
St. Maria-Frieden: «Neue Lust am Essen für Patienten mit Schluckbeschwerden.»
viviano.de: «Hormonpflaster für neue Lust.»
ONEtoOne: «Die neue Lust am Alten.»
tidenet.de: «Die neue Lust am Altern.»
hitflip.de: «Die neue Lust am Jüngerwerden.»
hr-online: «Die neue Lust am Hören.»
hr-online: «Die neue Lust am Zuhören.»
lernzeit.de: «Die neue Lust am Trivialen.»
Gudrun Markmann: «Die neue Lust am Führen.»
graswurzel.net: «Die neue Lust an der Fahne.»
Focus.de: «Die neue Lust am Nationalstolz.»
Cregg: «Die neue Lust am Ei.»
sexspielzeug-finden.de: «Die neue Lust an der Angst.»
rtl.de: «Die neue Lust am Ekligen.»
faz.net: «Die neue Lust an schmutzigen Worten.»
Zukunftsinstitut: «Die neue Lust am deutschen Wort.»

bimbel.de: «Die neue Lust am Bein.»
Fahrzeugbau Heinz Böse: «Die neue Lust am Laster.»
VW Crafter: «Die neue Lust auf Last.»
elektro-herbert: «Die neue Lust am warmen Wasser.»
homesolute: «Die neue Lust am Lümmeln.»
Jusos Heilbronn: «Die neue Lust der Jusos.»
Sven Papcke: «Die neue Lust auf Ungleichheit.»
Friseur Erichsen: «Die neue Lust auf Luxus.»
anders-besser-leben.de: «Die neue Lust an der Askese.»
Herder Verlag: «Die neue Lust, für Gott zu streiten.»
lust-auf-genuss.de: «Die neue Lust auf Sauerkraut.»
swissmom: «Die neue Lust in der Schwangerschaft.»
gulli:board: «Die neue Lust am Saugen.»
Geisterbahn: Die neue Lust auf Lustlosigkeit.
Tot ist Hubert Selby.

Montag, 30. April 2007 – Vieruhrachtundvierzig, elfkommasechs. Nervöses Rumgezackere in den Kunstangeboten. Orlik, Pechstein, eine wirklich schöne Liebermann-Lithographie. Mehrmals auf dem Sprung, dann wieder Rückzieher. Wo soll man das alles hinhängen? – Muss ja gar nicht alles hängen. – Nee, muss man aber auch nicht alles haben. – Aber eine Schönheit ziehen lassen …

Dann doch: Eine kleine Gouache von Kurt Lauber. Fünfziger Jahre. Zwei weibliche Akte am Strand. Expressionismus in die Abstraktion getrieben. Kurz vor Auktionsende bietet noch ein Amerikaner mit.

Tot ist Édouard Manet, den ich, wenn ich nur einen nennen dürfte, nennen würde. Damit es mal gesagt ist.

Mittwoch, 2. Mai 2007 – Fünfuhrvierundzwanzig, zehnkommanull Grad. Einsetzende Dämmerung. Gestern gegen drei Uhr aufgewacht, um kurz nach sieben runter. Rad ins Auto, auf Atilla warten. Im Radio Beethovens Streichquartett nach der Klaviersonate op. 14 Nr. 1. Zum Main-Taunus-Zentrum. Startunterlagen abholen. Vor dem Kinopolis Aufstellung zum Gruppenfoto. Christian, Gerolf, Hilmar sind da. Yvi auf den Stufen, lacht in der Sonne.

In die Blöcke. Unglaublich, wie viele wild entschlossene Fahrer hier rumstehen. Startschuss um 9.18 Uhr. Ati bolzt los, als wären wir bereits im Schlusssprint. Schon auf der Flachstrecke bis Eppstein merke ich, dass ich das Tempo nicht halten kann. Der Schulberg geht leidlich. Oben hinter der Spitzkehre, wo voriges Jahr ein Fahrer aus der Kurve getragen wurde und gegen eine Hauswand geprallt ist, sind jetzt Strohballen aufgestapelt. Aber direkt dahinter liegt schon wieder einer vor dem Garagentor. Sieht nicht gut aus.

Kurz hinter Eppstein blockiert Atillas Tretkurbel. Und der schwarze Pick-up, auf den vorher alle geschimpft haben, kommt jetzt gerade recht. Während der Mechaniker schraubt, textet mich ein Zuschauer voll: dass sein Sohn ja Triathlon mache, dass das Wetter heute ja ideal sei, dass es doch ein Wahnsinn sei: so viele Arten von Ventilen – er habe schon geglaubt, seine Luftpumpe sei kaputt … Logorrhoe.

Schaden behoben. Weiter. Aber schon kurz danach ist Atilla abgezogen und ich allein. Mit all den anderen. Ein paar Mal höre ich meinen Namen und das Wort «Ritzel», ohne jemanden zu erkennen. Oben auf dem Ruppertshainer dann Alex und Tobias, winkend, anfeuernd, fotografierend. Dann kommt die lange, flache Bolzerei nach Frankfurt. Gegen den Wind. Und ich hab' keine Gruppe. Zieht alles an mir vorbei. Oder ist zu langsam, sodass ich weiter springe. Bei Kilometer 75 bin ich kurz davor, aufzugeben. Stopfe alles rein, was in den Taschen ist: Riegel, Banane, Gummibärchen. Und fahre weiter. Am Henninger-Turm ziehen die Juniorinnen links locker an uns vorbei. Großer Hasenpfad – winke Hauptkommissar Robert Marthaler zu, der mit Tereza am Fenster steht. Aber außer mir kann die beiden niemand sehen. Auf den letzten zwanzig Kilometern suche und finde ich den Windschatten einer leidlich schnellen Gruppe. Lustlos ins Ziel gerollt. Mit einem Schnitt von knapp unter 32 km/h. Der in der offiziellen Wertung wegen Atis Panne noch mal kräftig nach unten korrigiert werden wird. Und schlecht ist mir auch.

Im Auto zurück. Auf der Hamburger Allee tapert uns Jürgen entgegen, finsteren Blickes. Kein Wunder, er kommt ja vom Römerberg. Bis gleich im «Albatros»! Dort in den Garten … Aber das ist ja ein richtiges Kleinod. Wenn der bei uns im Viertel wäre, würde ich doch noch zum Kaffeehaus-Literaten werden.

Dann an die Strecke zu den Profis: Schloßstraße, Ecke Adalbert. Eine Gruppe von zehn Ausreißern kommt, Sinkewitz dabei. Drei Minuten später das Peleton, angeführt von Jens Voigt, der irgendwas flucht. Weg sind sie. Und wir rasch in Tobis Wohnung vor den Fernseher. Sinkewitz kommt durch, fährt durchs Ziel, merkt aber nicht, dass er bereits die letzte Runde hinter sich und gewonnen hat. Dann erscheint Marcel Wüst auf dem Schirm; ein Aufschrei geht durchs Zimmer: «Wie sieht denn der aus?» – Wie Costa Cordalis. – «Purer Sex», sagt Alex. Ja, aber es ist dieser Ballermannfriseusensex. Und Sinkewitz mit seiner Fistelstimme hört sich an wie Willy aus der Biene-Maja-Serie: «Komm, Maja, lass uns über die Klatschmohnwiese fliegen!»

Schon lustig, dass Joseph McCarthy und J. Edgar Hoover denselben Todestag haben.

Freitag, 4. Mai 2007 – Elfuhrfünfzehn, achtzehnkommafünf. Blau. Sonne. Chr. entdeckt in Richard Feynmans Briefen einen Satz von Niels Bohr: «Drück dich nie klarer aus, als du denkst.» Dazu Robert Musil: «Stil ist für mich die exakte Herausarbeitung eines Gedankens. Ich meine den Gedanken, auch in der schönsten Form, die mir erreichbar ist.» Und die Einstein zugeschriebene Äußerung: «Man soll alles so einfach machen wie möglich, aber nicht einfacher!»

Tot ist Gino Bartali, zweifacher Gewinner der Tour de France, dreifacher Gewinner des Giro d'Italia.

Samstag, 5. Mai 2007 – Sechzehnuhrfünfundvierzig, dreiundzwanzigkommasechs Grad. Bewölkt, regenschwer. Gestern Mittag mit Ati in der Freitagsküche. Dabei immer Scharlottes scharmante Schürzen vor dem Bauch: mit den anderen gekocht, gelacht, getrunken, gegessen. Wenn alles immer so wäre, würde ich nie mehr etwas anderes tun wollen. Angefüllt – in jeder Beziehung – um Mitternacht nach Hause, eine Flasche weichen Grappa unterm Arm.

Merken für den Film:

Krähe, wundersames Tier.

Rabe auf einem Leichenwagen.

Ameisen.

«Etwas Besseres als den Tod finden wir überall.»

Ankunft Hecker auf dem Frankfurter Hauptbahnhof.

Heute hat mal jemand Geburtstag: Jean-Pierre Léaud.

Montag, 7. Mai 2007 – Fünfuhrvier, siebzehnkommafünf. Dunkel. Zwitschern. Göring bei seiner Festnahme am 7. Mai 1945 zu den amerikanischen Soldaten: «Wenigstens zwölf Jahre anständig gelebt.»

Gestern beim Aufstehen plötzlich das Gefühl, es hänge alles Glück davon ab, dass ich noch heute Iosselianis «Günstlinge des Mondes» sehen kann. Schaue in den ersten Band des alten Pariser Telefonbuchs, das ich mal an der Metrostation Belleville mitgenommen habe. Na klar, hier ist er doch verzeichnet, der Regisseur. Mit Adresse und Telefonnummer: 13, rue Feaubourg Montmartre, 701758. Wenn ich jetzt anriefe, könnte er eine DVD zur Gare de l'Est bringen, und ich könnte sie hier am Hauptbahnhof abholen. Aber nein, natürlich rufe ich nicht an. Sondern steige in den Keller und grabe ihn um. Nichts. Ist nicht da, die VHS-Kassette. Bestimmt vor Jahren verliehen und nicht zurückbekommen.

Fahr ich halt in die Wetterau. Fünfzig Kilometer. Forciert.

Hast du 'ne Ahnung, wo «Die Günstlinge des Mondes» sind? – Fünf Minuten später: Ja, hier sind sie doch, waren ganz hinten im Regal; aber komm bloß jetzt nicht auf die Idee, dich vor den Fernseher zu setzen bei dem Wetter, wir fahren jetzt mit den Rädern raus. – Aber ich bin doch heute schon ... Na gut, in die Nidda-Auen. Ins Gras. Auf den Rücken. Unter eine Buche. Schön. Verklebt hinterher vom Harz. Zurück mit einem Schlenker über den Campus. Einmal um den Poelzig-Bau. Nach Hause. Grüner Spargel mit Riesengarnelen.

Wo hab ich denn jetzt die Kassette hingelegt? Das kann doch nicht wahr sein, oder? Erneute Suche, halbe Stunde. Dann: Hier liegt sie, mitten auf dem Tisch, unter den anderen. Na bitte. Das Glück meines heutigen Lebens ist gerettet. Der Film läuft, und ich schlafe fast umgehend ein.

Tot ist Willi Brundert, 1935 in die Sozialistische Jugend eingetreten, Widerstand gegen die Nazis. Nach dem Krieg Professor in Halle, als westlicher Agent inhaftiert, nach der Haftentlassung in die BRD geflohen. Oberbürgermeister von Frankfurt geworden.

Dienstag, 8. Mai 2007 – Sechsuhrzwei, zwölfkommaneun. Himmel: macchiato.

Gestern, 12.45 Uhr: Das Mailprogramm gibt mit einem leisen Plopp das Eintreffen einer neuen Nachricht bekannt. Eilmeldung der «Tagesschau»-Redaktion: «Der Bundespräsident hat entschieden, von einem Gnadenerweis für Herrn Christian Klar abzusehen.» Seltsam, ich bin regelrecht geschockt.

Todestag von Gustave Flaubert. Könnte eigentlich mal wieder die «Éducation sentimentale» lesen. Zum zehnten, zwölften Mal? «Endlich fuhr das Schiff ab; und die beiden Ufer mit ihren Speichern, Holzplätzen und Fabriken glitten vorüber wie zwei breite, sich abrollende Bänder. Ein junger Mann von achtzehn Jahren, mit langem Haar, verweilte, ein Album unter dem Arm, reglos beim Steuerrad. Durch den Nebel hindurch betrachtete er die Kirchtürme und Bauwerke, deren Namen er nicht kannte.»

Mittwoch, 9. Mai 2007 – Dreiuhrachtunddreißig, vierzehnkommazwei. Seit fast anderthalb Stunden wach. Stürmisch, nass draußen. Schöne Formulierung: durchziehende Regengebiete.

Warum geht mir gerade alles Perfekte, Gestylte, Durchgearbeitete so auf die Nerven? Stattdessen werde ich sofort wach, wenn etwas improvisiert ist – scheinbar nebenbei entstanden, amateurhaft, aus dem Handgelenk.

Tot ist der luxemburgische Radrennfahrer Francois Faber, der 1909 als erster Nichtfranzose und mit 91 Kilogramm als schwerster Fahrer aller Zeiten die Tour de France gewann. Er starb 27-jährig an der Front in Clarency.

Sonntag, 13. Mai 2007 – Fünfuhrfünfundfünfzig, zwölfkommavier, bedeckt, hell, frisch. Auf dem Rad. Sturm, Regen, Wolken, Sonne. Aprilwetter. Kurz im Chinesischen Pavillon des Bethmannparks untergeschlüpft. Hinter mir ein lautes Platschen. Drehe mich rasch um zu dem Teich, wo nun zum zweiten Mal für eine Sekunde ein unglaublich fetter Karpfen aus dem Wasser steigt, nach irgendwas schlappt und platschend zurückfällt.

Eine Frau mittleren Alters – Gummistiefel, Barbour-Jacke – will den greisen Retriever, mit dem sie gerade einen langsamen Spaziergang hinter sich gebracht hat, dazu bewegen, in den Kofferraum ihres Kombis zu klettern. Als das Tier keine Anstalten macht, der Einladung zu folgen, schüttelt sie lachend den Kopf, seufzt resigniert und hebt den schweren Hundekörper ins Wageninnere.

Hauptfriedhof: Unter einem gemeinsamen Grabstein die Familien Fuchs und Wolf. Und auf einem Urnengrab der fast unglaubliche Name: Rosa Puff.

Schnell eine große rosafarbene Blüte geklaut und auf das Grab von Beltz gelegt.

Heute vor fünfzehn Jahren stürzte sich die Schriftstellerin Gisela Elsner aus dem Fenster einer Münchner Klinik. Gespenstisch der Besuch in ihrer Wohnung in der Giselastraße 4 in Schwabing, wo sie mir als Erstes die Fenster des gegenüberliegenden Hauses zeigte, hinter denen sich angeblich BND und CIA postiert hatten, um sie Tag und Nacht zu überwachen, wie sie behauptete.

Montag, 14. Mai 2007 – Zehnuhrvier, achtzehnkommanull. Bedeckt. Allein.

«Focus online» meldet, während einer Großrazzia bei militanten G8-Gegnern habe die Polizei in Berlin Zubehör für Brandsätze mit Zeitzündern – wie «Wecker, Drähte, Uhren und größere China-Böller» – sichergestellt. In meinem Haushalt würden sich darüber hinaus finden lassen: Feuerzeuge, Grillanzünder, Terpentin, Waschbenzin, explosive Reinigungssprays, hochprozentiger Alkohol, Stricke, Klebebänder, Fleischklopfer, Scheren, Äxte, Sägen, Hämmer, Messer, Bücher ...

Gestern einsame siebzig Kilometer. Schwach. Tote Igel. Viele Rennradrentner. Nix passiert.

Heute vor zwanzig Jahren starb an den Folgen der Alzheimer'schen Krankheit Margarita Carmen Cansino, genannt Rita Hayworth, eine, wie es heißt, im Privaten äußerst zurückhaltende Frau.

Dienstag, 15. Mai 2007 – Neunuhrneunzehn, dreizehnkommaeins. Bedeckt. Gefühlte Rückkehr des Winters. Gestern zum ersten Mal: «Beckmann». Dort ist Boris Becker zu Gast. Jede seiner Gesten, seine Mimik, sein Lachen, sein Zähneblecken, sein Augenzwinkern – all das strahlt eine solche Verkommenheit aus ... Danach wie ein entgegengesetzter Lebensentwurf die alte Ruth Westheimer. 1928 in Frankfurt geboren, Eltern in Auschwitz ermordet, sie selbst überlebte in der Schweiz, wurde in Palästina zur Scharfschützin ausgebildet, studierte Psychologie an der Sorbonne, ging dann 1956 in die USA und wurde dort in den achtziger Jahren «Dr. Ruth», eine der bekanntesten Sexualtherapeutinnen. Beherzt, vital und lebensklug, mit einem Gesicht, von dem man nicht genug bekommen kann.

Am 15. Mai 1381 wird der fränkische Raubritter Eppelein von Gailingen «aufs Rad geflochten und enthauptet».

Mittwoch, 16. Mai 2007 – Siebenuhrvierundfünfzig, elfkommavier Grad. Regen. Dass unser Erziehungssystem so verändert werden müsse, dass wir – gemeint ist: Deutschland – wieder eine international konkurrenzfähige Elite aufzubieten hätten, sagt R., der sich gewiss zur Elite des Landes zählt, in einem Ton, als wäre es das Selbstverständlichste. Und ich: verstehe gar nichts. Weiß nicht, wofür eine Elite gut sein soll. «Wo was groß ist, ist es drum herum meist klein», singt Degenhardt.

Am 16. Mai 2005 starb Rosa Winter, die als Einzige ihrer Sintifamilie den Holocaust überlebt hatte.

Montag, 21. Mai 2007 – Dreiuhrfünfundfünfzig, neunzehnkommadrei Grad. Dunkel. Seit anderthalb Stunden wach.

Freitag. Unser Hotel liegt in der für den Autoverkehr gesperrten alten Oberstadt von Marburg. Direkt am Markt. Casa di Dingsbums. Italienisches Fachwerk? Bloß, wie hinkommen? Erster Anlauf: Nee, hier ist gesperrt, da quellen schon die Japaner aus der Idiotengasse, fotografieren Spiderman, irgendwelche Comicbärchen. Dafür reisen die so weit. Zweiter Anlauf: Sackgasse. Dritter Anlauf: Endlich, ein Polizeiauto mit einem Polizistenpärchen drin. – Nee, hier sind Sie am Schloss, hier geht's nicht weiter. Aber so genau wissen wir das auch nicht, wir kommen nämlich aus Gießen … Vierter Anlauf: Komm, einfach rein in die Fußgängerzone! Steinweg, Neustadt, Wettergasse hoch. Gemaule, Proteste, dicke Familien, Franzosen, Touristen, evangelische Birkenstockdamen, blinde Stockklapperer. Dass wir nicht gelyncht werden, ist alles. Da isses. Casa di Dingsbums. – Sie haben Zimmer G. Das ist ganz oben. Aber es ist unser schönstes. – Na dann. Römischer Muff an den Wänden. Matratze zu weich. Aber der Ausblick: Rathaus, Schloss, alte Steine überall. Erst mal bisschen rumlaufen, dann hinunter in die Neustadt. Elisabethkirche. Schöne, gotische Trauer.

Am Morgen dann dieser Gang durch die wirkliche alte Oberstadt, da, wo es keine Geschäfte und keine Touristen gibt, sondern nur Mittelalter und Häuser und Mauern mit kleinen blaurotgrünen Gärten …

Nach Goßfelden. Im Otto-Ubbelohde-Haus soll eine Ausstellungseröffnung sein. Liegt außerhalb des Ortes, wunderschön, in einem Garten … Aber es ist niemand da, nicht der ehrenamtliche Museumswärter, den es hier geben soll, auch nicht die Großnichte des Malers, die hier wohnen soll. Weiter durch den Kellerwald, über Gemünden, Dodenhausen, Haddenberg, Fischbach kurz ins Schneewittchendorf Bergfreiheit, zurück über Arnsfeld – irgendwo, zwischendurch ein regelrechter Brüder-Grimm-Schock: ein Tal, ein Bach, eine alte Mühle, eine Wiese mit Butterblumen übersät, darauf vier tollende junge Ziegen – Hundsdorf … bis zum Edersee und quer über die Langen Berge nach Baunatal. Wieder Garten, Pflanzen, Blumen, Bäume.

Ans Grab.

Jetzt, um fünfuhrzehn, ist es schon fast hell.

Am 21. Mai 1942 wurden Arthur Emmerlich, Kurt Steffelbauer, Johann Gloger und Alfred Grünberg in Plötzensee hingerichtet.

Dienstag, 22. Mai 2007 – Fünfuhrvierzig und – ist nicht wahr, oder? – zwanzigkommasieben Grad. Hell. Blau mit Wölkchen.

Bei kleinen Missgeschicken zu Hause jetzt immer der Reflex: Na, das hat ja bald ein Ende. Als würde ich nach unserem Umzug keinen Kaffee mehr verschütten. Als würden keine Krümel mehr runterfallen und die Handtücher nicht mehr nass. Es ist die unbedachte Vorstellung, es werde sich wirklich alles ändern.

Am 22. Mai 1980 starb im Alter von achtundneunzig Jahren die Schweizer Adelige Louise Elisabeth de Meuron, von der der Ausspruch stammt: «Im Himmel sind wir alle gleich, aber hier auf Erden herrscht Ordnung.»

Mittwoch, 23. Mai 2007 – Fünfuhrachtundzwanzig, neunzehnkommasieben. Fast hell. Regenschwere Wolken.

Gestern um 7.58 Uhr mit dem ICE nach Hamburg wegen Filmplänen. Ganze Fahrt gearbeitet, nichts gesehen, nichts gehört. Ins «Jena Paradies» am Baumwall. Frau Bleckmann von Rowohlt, Frau Freyer von der Neuen Deutschen Filmgesellschaft und Christian Görlitz. Görlitz schmeißt das Ganze. Eine Mimik wie Degenhardt. Nach fünf Minuten hat er mich. Bin selten in der Branche einem so wachen, klugen Menschen begegnet. Er entwirft ein Marthaler-Psychogramm, das ich am liebsten mitgeschnitten hätte. Riesenhunger. Wie, hier gibts Froschschenkel? Darf man das denn wieder? Frau Freyer erzählt, dass sie dabei immer an den Cartoon von Tomi Ungerer denken muss, wo die amputierten Frösche in Rollstühlen aus der Küche des Restaurants kommen. Das Lokal leert sich. Wir sind allein. Dann sehe ich aus dem Augenwinkel, wie sich jemand reinschiebt. Schildkappe, schulterlange graublonde Haare, Hakenhase. Otto Waalkes. Huscht so durch, drückt sich in eine Bank in die Ecke vorm Klo, macht sich klein. Und verschwindet irgendwann wieder. Verstecken kann der sich wirklich nirgends.

Rückfahrt 16.05 Uhr. Handyterror im Abteil. Ein Henning versucht eine Barbara, eine Henriette und einen John anzurufen. Dreimal erzählt er einer Mailbox, worum es geht: zwei Audits in Leipzig mit der Mitteldeutschen Sparkasse ... Wenig später rufen nacheinander Barbara, Henriette und John zurück. Bald habe ich die Geschichte zum sechsten Mal gehört. Aber seine Frau muss Henning auch noch anrufen, um ihr zu sagen, dass der Zug Verspätung hat, dass er morgen nach Düsseldorf müsse, dort klugerweise übernachten solle und danach gleich weiter nach Leipzig, wo er zwei Audits ... Mensch, Henning, geh mal wieder Matsche spielen!

Am 23. Mai 1945 nahm sich das Leben der Generaladmiral Hans-Georg von Friedeburg, Mitunterzeichner der Kapitualationsurkunde im sowjetischen Hauptquartier in Karlshorst und Vater Ludwig von Friedeburgs.

Pfingstmontag, 28. Mai 2007 – Zwölfuhrdreiundfünfzig, dreizehnkommadrei. Nass. Heute Morgen mit dem Team von «Hauptsache Kultur» am Haus der Jugend zum Start der Internationalen 3-Etappen-Rundfahrt der Radjunioren. Thema Doping, was sonst. Das alles liegt wie Asche über der Veranstaltung. Schon jetzt findet der Sport unter Abwesenheit der Öffentlichkeit statt.

Und wieder hat der Tod sein schwarzes Maul geöffnet. Nachdem sie ihm Ende April ein neues Herz transplantiert haben, ist Stefan am Donnerstag in Berlin gestorben. Es hört nicht mehr auf.

Heute vor vierhundert Jahren starb der böhmische Adelige mit Namen Georg Popel von Lobkowicz.

Mittwoch, 30. Mai 2007 – Neunuhrachtundzwanzig, zehnkommaein Grad. Sonne. Gut geschlafen. Gefunden im Ebay-Forum «Kunst & Antiquitäten», geschrieben von porzellan_fein, gestern um 15.52 Uhr:

«du miese, perverse und feige ratte, dich kenne ich und dich werde ich verfolgen, bis man dir das genick bricht, und wenn das d i e nicht schaffen, dann komme ich dahin ... und werde dich mit einem gebrauchten tennisschläger erledigen, genau dich. kannst schon mit dem zittern anfangen, du debiles perversling, ich kann nicht nur weinen, ich kann auch zuschlagen, und zwar gewaltig, irre dich nicht, so sicher bist du in deinem rattenloch nicht, monster, satan.»

Voltaire ist tot.

Donnerstag, 31. Mai 2007 – Fünfuhrneunundfünfzig, vierzehnkommasechs. Bedeckt. Hell. Ein Coup wäre es gewesen, wenn die Polizei den zwölf Millionen Euro teuren Zaun um den G-8-Konferenzort in Heiligendamm von Christo hätte bauen lassen und ihn so zum temporären Kunstwerk hätte erklären können.

In der FR ein Gespräch von Arning mit Petra Roth. Dass die Oberbürgermeisterin weiß, wer Helga Matura war, ist immerhin eine Überraschung.

Tot ist die Künstlerin Hannah Höch.

Freitag, 1. Juni 2007 – Vieruhrvierundfünfzig, vierzehnkommaneun. Dämmerig, Vögel. Den ganzen Tag geht mir wieder die Helga-Matura-Geschichte durch den Kopf. Aber ich hab nichts über den Fall, außer die paar Seiten in Kupers «Hamlet» und die beiden Reportagen im «Stern« von 1966. Im Netz gibt es nichts, außer diesem Bild, das Gerhard Richter gemalt hat: Die Matura mit ihrem Verlobten – Rainer Gutherz hieß der. Wahrscheinlich nach einem Foto gemalt. Und was ist mit Kuper? Ich frage Jörg Schröder und Barbara Kalender: Lebt der Kuper noch? Wo? Kurz darauf kommt eine Mail. Ja, der lebt immer noch in Frankfurt. Nicht weit von mir. Und dann finde ich auch seinen «Hamlet» und lese darin, bis ich einschlafe.

Vierundzwanzigster Todestag von Anna Seghers.

Dienstag, 5. Juni 2007 – Sechsuhrsiebenundzwanzig, achtzehnkommanull Grad. Die «Kulturzeit»-Sendung aus Heiligendamm – ein Eiertanz der Anstaltsinsassen. Wie man so gründlich den Zugang zu diesem Thema verpatzen kann. Die falschen Fragen, die falschen Bilder, der falsche Ton. Immer vor Ort und immer daneben.

Quote of the day von Renate C.: «Als Krimiautor müsstest du mal 'ne Weile zu mir in die Allerheiligenstraße ziehen. Wenn ich an all die Selbstmorde in meinem Haus denke … Ist halt 'ne unheimlich lebendige Gegend.»

Tot ist William Sydney Porter, Verkäufer, Cowboy, Bankangestellter, Apothekengehilfe, Gefängnisinsasse und unter dem Namen O. Henry als Schriftsteller bekannt.

Freitag, 8. Juni 2007 – Achtuhrfünfzehn, zweiundzwanzigkommasieben. Windstill. Blau. Durch die Stadt. Sachsenhausen, Großer Hasenpfad, Südbahnhof, Mainufer, Schauspielhaus. Abends eine versonnene Stunde im Park, auf der Wiese, auf dem Rücken, unter einer Platane, mit Wein. Tauben, Hubschrauber, ein Tai-Chi-Mädchen. Bis es dunkel wird.

Schon wieder so ein Anruf: «Sagen Sie, sind Sie der, der unter Pseudonym ... Entschuldigen Sie die indiskrete Frage, aber gab es für den Anwalt ein Vorbild ... welchen Garten haben Sie denn da gemeint ... und das Hotel, gibt es das wirklich ... in derselben Bibliothek hab ich fünf Jahre lang gearbeitet ... warum wohnen Sie denn nicht in Sachsenhausen ... werden Tereza und Marthaler irgendwann mal heiraten ... wissen Sie eigentlich, dass jemand mit genau demselben Namen in unserer Straße ... macht es Ihnen was aus, wenn ich Ihre Nummer einer Freundin weitergebe; die hat nämlich alle Ihrer Bücher ... Danke für das nette Gespräch.» Guter Vorsatz: Ich will nicht mehr freundlich sein. Und endlich eine Geheimnummer beantragen.

Ernst Busch ist tot. Günter Amendt hat Geburtstag.

Dienstag, 12. Juni 2007 – Fünfuhrsiebenundvierzig, einundzwanzigkommazwei. Himmel regenschwer.

Isst du noch oder kotzt du schon? «IKEA bittet alle Kunden, die Gläser mit mariniertem Hering gekauft haben, die das Etikett IKEA FOOD tragen und mit dem Mindesthaltbarkeitsdatum 13.02.2008 oder früher versehen sind, diese in ihr IKEA Einrichtungshaus zurückzubringen. Sie bekommen den Kaufpreis erstattet.»

Nachricht: Den Deutschen geht es endlich wieder besser. Wem also geht es dann jetzt schlechter? Ich will nicht, dass es mir besser geht. Ich will, dass es denen, denen es schlechter geht als mir, besser geht. Das würde mich beruhigen.

In der «Welt» ein Text über literarische Gruppen. Geschrieben hat ihn Burkhard Spinnen, der immer und überall mitreden, aber am Ende nie etwas gesagt haben will. Wenn man ihm wohlgesinnt ist, darf man ihn eine brillante Null nennen.

Dazu passend ein Wort von Karl Kraus, der heute Todestag hat: «Ein Feuilleton schreiben heißt auf einer Glatze Locken drehen.»

Mittwoch, 13. Juni 2007 – Sechsuhrnullnull, siebzehnkommaacht. Grau. Wolken. Regenschwer.

«I am convinced there is only one way to eliminate these grave evils, namely through the establishment of a socialist economy, accompanied by an educational system which would be oriented towards social goals. In such an economy, the means of production are owned by society itself and are utilized in a planned fashion.» Albert Einstein.

Am 13. Juni 1913 starb in Aix-les-Bains der Schriftsteller, Journalist und Politiker Henri Rochefort, der heute vor allem wegen der Porträts bekannt ist, die Édouard

Manet und Gustave Courbet von ihm gemalt haben. Rochefort spielte eine aktive Rolle in der Pariser Commune, wurde nach Neukaledonien deportiert, konnte fliehen, entwickelte sich später zum Nationalisten und Antisemiten und war einer der entschiedensten Gegner von Alfred Dreyfus.

Samstag, 16. Juni 2007 – Fünfuhrneunundfünfzig, fünfzehnkommasechs. Schön. Frisch.

Schwäbische Sparsamkeit: Der Besitzer einer Erdbeerplantage aus Donau-Ries ist untergetaucht. Er soll mehr als hundert rumänische Schwarzarbeiter als Erntehelfer eingesetzt und ihnen zum Teil Stundenlöhne von 1,20 Euro gezahlt haben. Aufgeflogen ist der Fall, weil einige der illegal Beschäftigten aus Hunger bei Anwohnern um Essen gebettelt hatten.

Die tägliche Arbeitszeit nähert sich der Sechzehnstundengrenze. Die Verwahrlosung nimmt zu.

Todestag von Nicholas Ray.

Mittwoch, 20. Juni 2007 – Neunuhreinunddreißig, fünfundzwanzigkommdrei Grad. Blau mit Wölkchen. Heute Morgen schon vor Sonnenaufgang wieder am Schreibtisch, um mich auf die abendliche Veranstaltung zum Thema «Arbeiten als Künstler» vorzubereiten. Es ist halb fünf, und ich lese, gezwungenermaßen, in Paul Lafargues «Recht auf Faulheit» – vollkommen absurd.

«Dumm sein und Arbeit haben, das ist Glück.» Gottfried Benn.

«Wir leben in einem Zeitalter der Überarbeitung und der Unterbildung, in einem Zeitalter, in dem die Menschen so fleißig sind, dass sie verdummen.» Oscar Wilde.

Am 20. Juni 1945 stirbt in seinem Exil in Beverly Hills der Schriftsteller Bruno Frank.

Freitag, 22. Juni 2007 – Fünfuhrdreißig, sechzehnkommaeins. Halb und halb. Am Mittwoch im Autoradio ein Doppelkopf mit dem Psychiater Klaus Dörner. Er erzählt, dass die Euthanasie von der Elite der deutschen Ärzteschaft gegen den anfänglichen Widerstand führender Nazis durchgesetzt worden sei. Man habe – in der Tradition der Aufklärung – das Recht auf selbstbestimmtes Sterben auch für jene gewährleisten wollen, die nicht mehr hätten selbst bestimmen können. Und auch Auschwitz sieht Dörner nicht als Zivilisationsbruch, sondern als einen Höhepunkt der Moderne. Dort seien die Prinzipien Industrialisierung und maximale Produktivität auf das Töten angewandt worden.

Über die documenta. Fridericianum. Wenige Besucher. Leere Wände. Das Gleiche wie vor dreißig Jahren. Oder? Nein, diesmal ist alles anders, wie immer. Videomuff. Fotocollagen. Teppiche aus aller Welt. Behauptungen, Beliebigkeiten, Bluff. Dazwischen ein Hauch von Wirklichkeit. Der Zeitgeist fordert eine «neue Politisierung» der Kunst, also bedient man den Bedarf mit leeren Gesten. Politisch? Mein Gott, politisch waren auch die Nazis. Wenn der Mut nicht weiter reicht, als bloß bis «irgendwie politisch» ... Viele ratlose Gesichter, die plötzlich zum Leben erwachen, als das Unwetter mit Donner und Blitz über Kassel hereinbricht, Hagel auf den documenta-Pavillon trommelt, das Dach an vielen Stellen undicht wird, schließlich einknickt. Und der Himmel zeigt, was er von der Schau hält. Eimer, Gerenne, Besen, Tücher, hilft nix.

Bettenhausen. Roma-Lager. Schrottplätze. Noch schnell im Supermarkt eine Ananas für Papa. Richtung Salzmann, alte Textilfabrik. Schimmel, mit Rucksack und Kamera, steht schon da, lächelt mir entgegen. Hast immer noch denselben Gang, sagt er und zeigt, wie ich gehe – breit, rollend. Schöne, versonnene halbe Stunde auf dem Mäuerchen der Tankstelle mit Radeberger und Clausthaler.

Tot ist Susette Gontard.

Montag, 25. Juni 2007 – Vieruhrzweiundvierzig. Fast noch dunkel. Neunzehnkommazwei. Rasch in die Galeere!

Eine Hütte im Wald, verwahrlost. Im Eingang liegen zwei schlafende Knaben. Weil ich ihren Anblick nicht ertrage, bedecke ich sie mit Laub – als seien sie schon tot. Und weiß sofort, dass ich etwas Unrechtes tue. Dann nähert sich ein Motorengeräusch. Ich beeile mich, unter meinen Wagen zu kriechen. Aber es steigt schon jemand aus einem dunklen VW Golf, und ich höre Annika meinen Namen rufen. Mit Herzklopfen aufgewacht.

Dabei ist E. T. A. Hoffmann doch tot. Oder?

Mittwoch, 27. Juni 2007 – Fünfuhreins, zwölfkommavier. Dämmerung, Vögel, Wolken. Siebenschläfer.

«Schuh-City – Wir liefern euch ne heisse Sohle für ganz wenig Kohle. Angesagte Herren innen Leder-Sneaker. Starten Sie athletisch und top-modern in die nächste Session. Worauf blickt die attraktive Damenwelt nach Händen und Hintern als nächstes beim Mann? Natürlich auf die Schuhe. Und wenn Sie dann an Ihren Füßen diese topmodischen Herren-Sneaker tragend dann klappt's auch mit der Nachbarin, mit der Chefsekretärin oder mit den heißesten Strandnixen und Discoqueens. Was auch in Ihrem Kleiderschrank hängen mag – Franzenjeans, 3/4-Hose, lässige Business-Anzüge oder trendige Stoffhosen – das alles können Sie rausziehen und zu Costa kombinieren. Vor allem in der angesagten Farbe schwarz.»

Am 27. Juni 2001 starb nach einer misslungenen Herztransplantation der Napola-Schüler, Designer, Hofbäcker, ehemalige Ehemann von Daphne Wagner und Erika Pluhar, Freund von Oskar Werner, Qualtinger, Hundertwasser ... und sechsfache Mörder Udo Proksch.

Sonntag, 1. Juli 2007 – Sechsuhrzweiundfünfzig, sechzehnkommasechs.

Die Deutsche Presseagentur meldet: «Das Bundesarchiv in Berlin hat die NSDAP-Mitgliedschaft der Schriftsteller Siegfried Lenz und Martin Walser sowie des Kabarettisten Dieter Hildebrandt bestätigt. Bei Recherchen über die so genannte Flakhelfer-Generation seien entsprechende Unterlagen aufgetaucht, sagte der zuständige Abteilungsleiter des Bundesarchivs, Hans-Dieter Kreikamp, der dpa. Indirekt zweifelte er Hildebrandts und Walsers Darstellung im Magazin ‹Focus› an, wonach sie nie einen Mitgliedsantrag unterschrieben hätten.»

Wenn sie doch einfach nur den Mund gehalten hätten, anstatt uns erziehen zu wollen. Oder ihn jetzt endlich halten würden.

Little Joe ist tot.

Donnerstag, 5. Juli 2007 – Fünfuhrsiebenundzwanzig, dreizehnkommaacht. Hell. Frisch. Wolkig. Seit anderthalb Stunden Kopfmüll.

Die «New York Times» meldet Leichenfund in Bedford Stuyvesant. Über Scamming auf dem New Yorker Wohnungsmarkt gelesen. Geguckt, ob sich auf dem Lampenmarkt was getan hat. Was ist eigentlich mit Pickton? Mail an Christian.

Belgierin entdeckt in der Kühltruhe ihres Gastgebers zwei Leichen. – Gähnen dient der Gehirnkühlung. – Warum Frauen schneller frieren als Männer. – Der Krankenschwesternmord in Bayreuth: Wenn schon der Anwalt eines Angeklagten lebenslange Sicherungsverwahrung fordert. «Hier hat die Verwerflichkeit ihren Höhepunkt gefunden.» – Ebay-Suchanfragen. Neue Angebote Ihrer bevorzugten Verkäufer. – Papierkorb leeren. – Billige DVDs bei amazon. – Nee, nix dabei. – Überall poppt Bruce Willis auf. – Schon wieder ein angebliches Pechstein-Bild in der Versteigerung, und immer fallen ein paar Bieter drauf rein. Könntest dich mal wieder rasieren. Und Friseur? Ja, Friseur! Doch mal in den Radsport geschielt: Petacchi nicht bei der Tour. Klöden fühlt sich erpresst …

Heute vor einem Jahr starb an einem Herzanfall der Betrüger, Verschwörer und Freund von George W. Bush: Kenneth Lay.

Freitag, 6. Juli 2007 – Fünfuhrdreizehn, dreizehnkommaacht. Regen? Glaub schon.

Tot ist die elfjährige Bauerntochter Maria Goretti aus Agro Pontino. Am 5. Juli 1902 hatte der 18-jährige Sohn des Gutsbesitzers, Alessandro Serenelli, das Mädchen zu vergewaltigen versucht. Weil Maria sich wehrte, stach er mit einem Messer auf sie ein. Trotz einer Notoperation starb sie einen Tag später. Sterbend verzieh sie ihrem Mörder und wünschte sich, ihn im Himmel bei sich zu haben. Serenelli wurde nach siebenundzwanzig Jahren Haft entlassen und trat in das Kapuzinerkloster von Macerata ein, wo er 1970 starb. Maria Goretti wurde heiliggesprochen.

Montag, 9. Juli 2007 – Fünfuhrsiebzehn, achtzehnkommaneun. Fast hell. Wolken. Ende letzter Woche in «Kulturzeit» die schwedische Band Johnossi mit dem Song «Man Must Dance» gehört. Seitdem kreist die Melodie im Kopf wie ein Sommergewitter im Tal.

Markus Lüpertz: «Ich bin der größte Künstler, den ich kenne.» – Und immer wieder gibt es Redaktionen, die einen solchen Satz verbreiten helfen.

Petra Roth am Samstag auf der Kundgebung am Frankfurter Römerberg: «Diese Stadt ist die Stadt der Zivilcourage, des engagierten Bürgers, der das Maul auch aufmacht, der auch handelt», und nun kommt der schönste Nachsatz, seit es engagierte Bürger gibt: «immer im Rahmen der Gesetzgebung.»

Tot ist Wilhelm Kohlhoff.

Mittwoch, 11. Juli 2007 – Fünfuhrfünfundvierzig, dreizehnkommazwei Grad. Regenwolken, schwarzblau. Gestern Morgen im Fritz-Bauer-Institut. Schon eigenartig, dass das Institut zur Erforschung von Geschichte und Wirkung des Holocaust jetzt in der ehemaligen Zentrale der IG-Farben untergebracht ist. Verirre mich in den Gängen, gerate in die falschen Querbauten, muss wieder runter und wieder hoch, immer mit diesen Paternostern.

Werner Renz, Leiter der Abteilung Dokumentation, empfängt mich, führt mich rum, erzählt, zeigt Fotos. Er ist freundlich, unglaublich kenntnisreich, konzentriert, ohne Eifer und trotzdem tief beteiligt. Am Ende gibt er mir Kopien mit von den Luftaufnahmen, welche die amerikanischen Aufklärungsflugzeuge 1944 über Auschwitz gemacht haben. Fotos, die erst Jahrzehnte später überhaupt ausgewertet wurden.

Am Abend dann wieder stundenlang in den Tonbandabschriften des Auschwitz-Prozesses gelesen und lange der Stimme Hermann Langbeins zugehört. Dabei geht mir jenes Foto nicht aus dem Kopf, das mir Werner Renz am Morgen gezeigt hat. Eine Mutter, von der Rampe in Birkenau kommend, geht mit ihren Kindern über die Lagerstraße in Richtung Krematorium, nicht wissend, was ihr Ziel ist.

Heute vor drei Jahren nahm sich Lothar Baier in Montreal das Leben.

Donnerstag, 12. Juli 2007 – Achtuhrvierunddreißig, sechzehnkommanull. Regen. Am 3. Februar 1998 fand in Los Angeles ein Sicherheitsmann hinter einem leerstehenden Geschäft die halbnackte Leiche der 38-jährigen Paula Vance. Die Frau war missbraucht und anschließend umgebracht worden. Obwohl das Verbrechen von einer Überwachungskamera gefilmt worden war, konnten die Bilder wegen ihrer schlechten Qualität nichts zur Identifizierung des Täters beitragen. Der Fall blieb ungeklärt. Im Jahr 2001 begann die sogenannte «Cold Case Unit» des Los Angeles Police Department, sich erneut mit dem Mord an Paula Vance zu beschäftigen. Die am Tatort gefundenen DNA-Spuren wurden ausgewertet und die Resultate in das «Combined DNA Index System» CODIS eingegeben. Am 8. September 2003 erzielte das System einen Treffer. Der heute vierzigjährige Chester Turner wurde des Mordes an Paula Vance und weiteren neun Frauen überführt. Er ist vorgestern zum Tode verurteilt worden.

Vierzigster Todestag des Malers Otto Nagel.

Montag, 16. Juli 2007 – Sechsuhrachtundvierzig, vierundzwanzigkommazwei Grad. Sonne, paar Wölkchen. Vorgestern endlich wieder eine sonnige Runde durch die Wetterau. Nicht auf die Geschwindigkeit geachtet, also am Ende zufrieden und so erschöpft, als hätte ich nie zuvor auf dem Rad gesessen. Oben auf dem Hühnerberg gibt es rechts direkt neben der Straße einen Parkplatz. Darauf steht ein weißer Kleintransporter mit Anhänger. Auf der Ladefläche liegen ein Mann in Shorts und eine Frau im türkisfarbenen Bikini auf dem Rücken und sonnen sich.

Gestern Finchers «Zodiac». Gut gemacht, tolle Schauspieler. Aber am Ende eben doch Leerlauf. Wenn man weiß, dass ein Kriminalfall nicht gelöst wurde, taugt er nur bedingt als Vorlage für einen Film. Jedenfalls für einen Thriller, von dem man verlangen darf, dass er die Gesetze der Dramaturgie befolgt.

Hinterher mit A. und Chr. Heineken und Mojito trinken auf dem Platz zwischen Holzgraben und Bleidenstraße, vor dem ehemaligen «Wienerwald». Muskulär aufgerüstete, tätowierte Herren, hochgeschnürte, gestöckelte Dämchen in einer warmen Sommernacht. Vor der uralten Leuchtschrift des uralten Schmuckgeschäfts kreuzen Cabrios, dumpf röhren die Porschemotoren und rufen: «Guck mal!» Überhaupt ruft hier alles: «Guck mal!» Jemand fährt mit einem Fahrrad vor, das aussieht wie ein Chopper. Alle gucken. Ein dünnes Dämchen wirft sich in die Titten und führt ihren Pit Bull vorüber. Alle gucken. Tauchte plötzlich die Nitribitt auf, sie würde hier nicht auffallen. War ja auch ihr Revier.

Zweiter Todestag von Dieter Wellershoff. Nein, stimmt gar nicht – Dieter Wellershoff lebt.

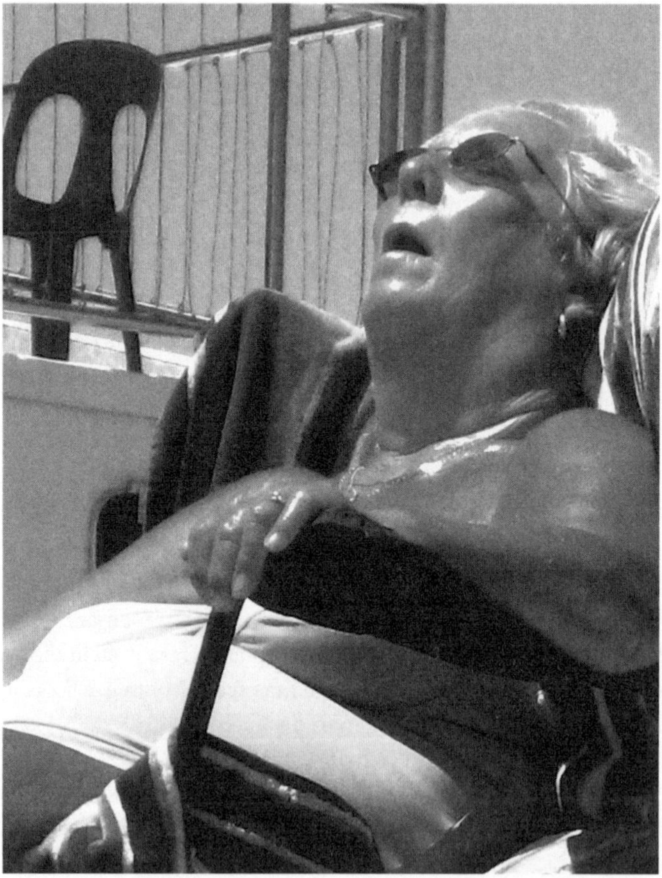

Mittwoch, 18. Juli 2007 – Siebenuhracht, einundzwanzigkommafünf. Wirklich blau. Ein kleines Wölkchen über der Martin-Luther-Straße 39. Was war denn da nun los, gestern auf dem Alleenring? Vollsperrung in Richtung Osten, zwanzig, dreißig Einsatzfahrzeuge, Feuerwehren, Notärzte, Polizei. Zwei Männer auf dem Dach, aber sonst nichts zu sehen. Und im Netz ist selbst fünfzehn Stunden später keine Nachricht über den Vorfall zu finden.

«Unmenschlichste Bedingungen» – für diesen Superlativ bedurfte es auch erst der «Kulturzeit». Aber wirklich amüsant war der Rumpelstilzchen-Auftritt von Rolf Hochhuth. Und die völlige Hilflosigkeit der Moderatorin, mit jemandem umzugehen, der nicht bereit ist, die Smalltalk-Gepflogenheiten zu akzeptieren. Von wem stammte noch der Spruch: «Da ging Herrn Hochhuth der Hut hoch»?

Elfter Todestag von Donny the Punk.

Freitag, 20. Juli 2007 – Dreiuhrsieben, neunzehnkommaacht. Dunkel, aber nicht ruhig. Aufgewacht, auf die Uhr geschaut. Zweiuhrdreiundvierzig. Los, leg dich wieder hin. Da fällt dir doch eh noch nichts ein um diese Zeit. Ja, wirklich, schlafen wär mal wieder schön.

Dass der Fernsehsender Sat1 seine Nachrichtensparte eingestellt hat, wäre mir nicht aufgefallen und hätte mich nicht gestört. Genauso wenig wäre es mir allerdings aufgefallen und hätte mich gestört, wenn der Sender seinen Betrieb ganz aufgegeben hätte. Und dass er ausgerechnet jetzt die Live-Übertragung der Tour de France übernimmt, macht ihn etwa so attraktiv, als würde er künftig die Endausscheidungen im Schlammcatchen zeigen.

Todestag von Ernest Mandel.

Dienstag, 24. Juli 2007 – Dreiuhrsiebenundvierzig, sechzehnkommaacht, paar Wolken, viele Sterne. Es ist vollkommen still. Nur dieses sanfte, ferne Rauschen von was weiß ich was. Aber im Haus gegenüber sieht man in einem der Zimmer im zweiten Stock alle zwei Sekunden einen nicht sehr hellen Lichtblitz. Schlafen kann man dabei sicher nicht. Was soll das also? Soll es Einbrechern sagen: Hier ist niemand zu Hause?

Auch lustig, wenn jemand von sich behauptet: «Ich bin der bescheidenste Mensch der Welt.»

Gestern Abend vor Hitchcocks «Saboteur» eingeschlafen. Das ist mir dann doch zu sehr Agitprop-Kino, unglaubwürdige Twists, Heiligenfiguren, die jeder Wahrscheinlichkeit spotten, Bekenntnis-Dialoge, Brecht'sche Lehrstückästhetik im Dienste des wehrhaften, amerikanischen Patriotismus.

Peter Sellers ist tot.

Sonntag, 29. Juli 2007 – Vierzehnuhrsechsundfünfzig, achtzehnkommadrei Grad. Windig, wolkig, regnerisch. Gestern kleine Runde; schwere, schwarze Wolken. Auf dem Heimweg ein Abstecher nach Seckbach, um dort den Friedhof zu suchen. Die erste Frau, die ich nach dem Weg frage, wohnt noch nicht lange hier. Die zweite Frau, deutlich älter, beschimpft mich fast: Sie stehen doch davor! – Ja, aber das ist doch nur der alte Kirchhof der Marienkirche, das sind ja alles uralte Gräber. – Dann weiß ich's auch nicht; ich bin nicht von hier. – Der Nächste, ein alter Mann, weiß es endlich: Die Seckbacher Toten werden auf dem Bornheimer Friedhof beerdigt. Also müsste dort auch Horst Schumann liegen, jener Arzt, der maßgeblich am Euthanasieprogramm der Nazis beteiligt war und der als KZ-Arzt in Auschwitz Sterilisationsversuche mit Röntgenstrahlen durchgeführt hat. Da er als nicht verhandlungsfähig galt, wurde er 1972 aus der Untersuchungshaft in Butzbach entlassen und lebte bis zum 5. Mai 1983 in Seckbach. Stolpere noch eine halbe Stunde in den bunten Radklamotten über den Bornheimer Friedhof, ohne das Grab zu finden.

Todestag von Cass Elliot, Sängerin, Mitglied von The Mamas and the Papas.

Mittwoch, 1. August 2007 – Fünfuhrzwanzig, zwölfkommaacht. Wieder in der Jacke am Schreibtisch. Dämmerung. Der Roman verschlingt alles. Alle Zeit, alle Kraft, jede Wahrnehmung. Was er sich nicht einverleiben kann, exisitiert nicht. Es ist wieder dieses asoziale, fast exterritoriale Vegetieren.

Auf «ha Galil» ein großer Artikel über Nicolas Sarkozy und seine jüdischen Wurzeln. Die Seite ist wirklich so ziemlich das Beste, was man im Netz finden kann.

Und was ist mit «Chuzpe»? Ist das eingestellt? Letzter Eintrag im Oktober 2006. Gibt es nirgendwo Ersatz?

Lektüre: Joachim Fest, «Hitler».

Heute vor zehn Jahren starb Swjatoslaw Richter.

Freitag, 3. August 2007 – Siebenuhrfünf, siebzehnkommaneun. Wird wohl gut.

Provokation und Opportunismus schließen einander keineswegs aus, oft bedingen sie einander sogar: siehe Christoph Schlingensief, siehe Wolf Biermann.

In der SZ ein Beitrag über einen neuen hessischen Millionen-Skandal, in den neben einer Werbeagentur auch wieder Mitglieder der «Tankstelle» verwickelt zu sein scheinen. Als «Tankstelle» wird eine Gruppe von führenden CDU-Politikern bezeichnet, die Anfang der achtziger Jahre auf der Autobahnraststätte Wetterau gegründet wurde: Roland Koch, Volker Hoff, Volker Bouffier, Karlheinz Weimar, Jürgen Banzer, Franz Josef Jung und Karin Wolff. In dem Artikel auch der angeblich alte, mir aber neue Scherz: «Sag meiner Mutter nicht, dass ich in der Werbung arbeite – sie denkt, ich sei Pianist im Puff.»

Das Bürgertum – eine andere Bezugsgröße gibt es derzeit nicht.

Heute vor zwanzig Jahren starb der Regisseur Heinz Dunkhase («Dinner for One»).

Samstag, 4. August 2007 – Sechsuhrneunundzwanzig. Fünfzehnkommanull Grad. Hell, hübsch. Der Showdown steht bevor, aber der Ort noch nicht fest. Also wo? Alte Oper? Lutherkirche? Saturn Hansa? Asia-Laden auf der Kaiserstraße? Ein Park? Ein Spielplatz? Unverhofft fällt mir ein Twist für die Auflösung ein. Sitze eine Stunde lang reglos am Schreibtisch und überlege, ob und wie es gehen könnte. Es geht! Ein unglaublicher Glücksschub. Aber es ist wie immer: Es war bereits angelegt. Nur hätte ich es fast übersehen.

Schade, dass es kaum noch Schwarzweißfotos in den Zeitungen gibt.

Tot ist Claude Frizzel Bloodgood, der seine Schwiegermutter erdrosselte und gerne Schach spielte.

Montag, 6. August 2007 – Vieruhrfünfzig, neunzehnkommadrei Grad. Dunkles Rauschen. Sterne. Halbmond.

Am Samstag kurze Recherche in der Stadt. Im Westhafen, hinter dem Hochhaus, das man den «Gerippten» nennt: teure Wohnungen, toter Chic, verschmockte Restaurants: «Frankfurter Botschaft», «Lebensart». Aber dann, ein bisschen weiter Richtung E-Werk und Eisenbahnbrücke, sofort wieder das struppige Paradies, der wuchernde Verrott. Selten so eins gewesen mit der Stadt wie an diesem frischen Morgen.

Hanau Hauptbahnhof an einem heißen Sommersonntagnachmittag. Da möchte man nicht tot überm Zaun hängen.

Am Abend auf Arte Martha Argerich und das Leipziger Gewandhausorchester unter Riccardo Chailly mit Schumanns Klavierkonzert. Argerich enthält sich jeder Exaltiertheit, keine Löwennummer, keine Virtuosenmätzchen. Nur schwebend-souveräne

Schönheit. Und dann als Zugabe dieses kleine, selige Stückchen … «Von fremden Ländern und Menschen» aus den «Kinderszenen». Wie konnte ich leben, ohne das zu kennen?

Auf «Google Maps» ist Korea ein unerforschtes Land. Es gibt keine Dörfer, Städte oder Straßen. Eine weiße Karte mit ein paar Wasserläufen, mehr nicht. Alles auf Anfang.

Vor zehn Jahren starb Jürgen Kuczynski.

Donnerstag, 9. August 2007 – Dreiuhrfünfzig, fünfzehnkommadrei Grad. Dunkel. Regnet gerade mal nicht. Doch, regnet. Schon wieder seit anderthalb Stunden wach.

Weiter in Fests Hitler-Buch. Es war mir nicht klar, dass es erst Hitler war, der den Nationalismus – vormals Stolz der mächtigen Eliten – zur Volksbewegung, zur Sache der kleinen Leute gemacht hat. Hitler, jedenfalls behauptet Fest das, hat «Vaterland» und «Straße» zusammengebracht und damit dem Bürgertum die Furcht vor seiner pöbelhaften Bewegung genommen. Dem Internationalismus der Linken, der immer auch gegen die latente Angst vor dem Fremden anstreiten muss, hat er die Nation als simpelste Identitätsstiftung entgegengesetzt. Egal, an welchem Socken man lutscht: «Hauptsache deutsch».

«Fast unser ganzes Unglück entspringt dem, daß wir nicht in unserm Zimmer bleiben können», schreibt Pascal. Mein momentanes Unglück besteht darin, nicht aus meinem Zimmer hinauszukommen.

Sharon Tate ist tot.

Freitag, 10. August 2007 – Achtuhrdreißig, sechzehnkommazwei Grad. Trübe, aber trocken. Noch. Auf dem Titelblatt der neuen «Zeit» das Foto einer jungen Frau; Dickmund, Kuhauge, das blonde Haar nach hinten hochgesteckt, ein paar Strähnen kalkuliert gelöst. Sie guckt ein wenig doof aus der spärlichen Wäsche. In der rechten Hand, um deren Gelenk sich ein schwarz-rot-goldenes Schweißband ringt, hält sie: eine rote Fahne. Dazu der Text: «Deutschland rückt nach links – Eine große Zeit-Umfrage belegt: Bis weit ins konservative Milieu hinein sind klassisch linke Positionen inzwischen mehrheitsfähig.» Ich hab's der Taube vor meinem Fenster erzählt. Da hat die Taube sehr gelacht.

Gestorben ist heute vor dreißig Jahren in Paraguay Eduard Roschmann alias Federico Wegener alias der «Schlächter von Riga».

Donnerstag, 16. August 2007 – Dreiuhrsiebenundfünfzig, einundzwanzigkommaneun. Muss man viel trinken, auch nachts. Regnet. Jetzt Martinshörner. Jemand singt was mit Oléoléolé in der Dunkelheit. Wind.

Immerhin davon kann man noch träumen, wenn einem die Welt sonst nicht mehr viel zu sagen hat: dass die letzten, über die Erde verstreuten Exemplare einer selten gewordenen Ameisenart nächtliche Funksprüche austauschen, um den Widerstand zu organisieren gegen ... na, gegen wen? Den Ameisenbär?

Tot ist Hans Helmcke, Bordellbesitzer, Investor. Gab die Ermordung einer Architektin in Auftrag, wurde von einem Konkurrenten mit der eigenen Krawatte erdrosselt.

Montag, 20. August 2007 – Fünfuhrfünfundfünfzig, sechzehnkommazwei Grad. Fünfzig Deutsche hetzen bei einem Altstadtfest acht Inder durch das sächsische Mügeln. Die Inder flüchten in eine Pizzeria, deren Fenster von den Deutschen eingeworfen und deren Tür eingetreten wird. Landespolizeipräsident Bernd Merbitz: «Ein fremdenfeindliches Motiv wird nicht ausgeschlossen.» Mithin sei unklar, ob die zahlreichen Schaulustigen zustimmend applaudiert «oder einfach nicht eingegriffen hätten», sagt Reinhard Böttcher, der Leiter des Direktionsbüros bei der Polizei Westsachsen.

Rio Reiser ist seit elf Jahren tot.

Freitag, 24. August 2007 – Fünfuhrneunundfünfzig, sechzehnkommasechs Grad. Gerade erst dämmerig. Das MoschMosch ist eine japanische Nudelbar im Frankfurter Bahnhofsviertel. Besonders um die Mittagszeit ist es ein beliebter Treffpunkt für Banker, Werber und das umliegende akademische Kleingewerbe. Die Gerichte sind wohlschmeckend, der Service freundlich. Damit man sich die Krawatte nicht bekleckert, bekommt man ein riesiges Papierlätzchen ausgehändigt, was nicht nur zur sogenannten Businesskleidung einigermaßen albern aussieht. Übertroffen wird diese praktische Geschmacklosigkeit allerdings von Damenslips, die am Tresen zum Verkauf stehen und den Aufdruck tragen: MuschiMuschi.

In der Fußgängerzone auf dem Boden sitzt ein bärtiger Mann, offensichtlich arm, offensichtlich nicht gesund. Neben sich eine Plastikschale für die erhoffte kleine Zuwendung, und auf dem Schoß einen schlafenden Hund, der von Herrchens grindigen Händen zärtlich gekrault wird. Ein Paar kommt vorüber, bleibt stehen. Er zu ihr: «Nun guck den armen Hund an. Man sollte glatt das Tierheim anrufen.»

Dritten Todestag hat Irmgard Düren, wie es heißt «Moderatorin des ehemaligen Fernsehens der DDR». Warum nicht: ehemalige Moderatorin des ehemaligen Fernsehens der ehemaligen DDR?

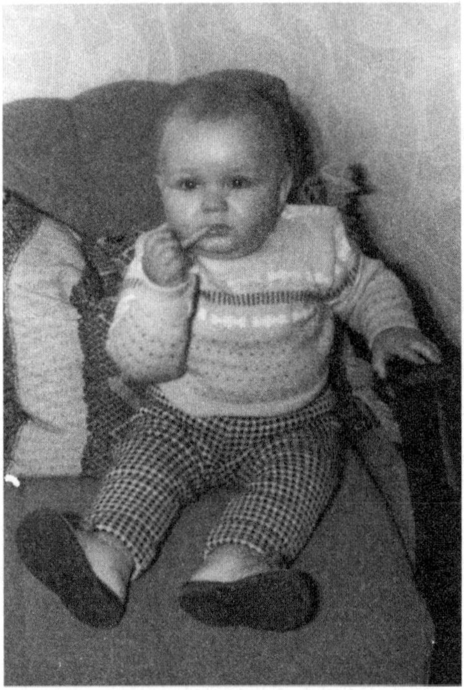

Freitag, 7. September 2007 – Achtuhrsechsundfünfzig, fünfzehnkommaein Grad. Bedeckt. Trübe. Habe mich gestern in einem beispiellosen Autodafé des größten Teils meiner Vergangenheit entledigt, dabei Fotos, Briefe, Zeichnungen, Dokumente, Notizen, Tagebücher aus mehr als fünfunddreißig Jahren vernichtet. Der Rest dieses Lebens passt in einen Schuhkarton. Große Erleichterung. Mal sehen, wie lange dieser Glücksrausch der Destruktion anhält.

In Sachsen hat die NPD bei Umfragen bereits die SPD überholt.

Toter des Tages: Paul Zech.

Sonntag, 9. September 2007 – Sechsuhrzwölf, fünfzehnkommaeins. Dunkel. Kühl.

Wie hast du geschlafen?

Wie ein rohes Ei. Und du?

Wie ein zweischneidiges Schwert.

Im Frankfurter Westend ist am Freitagabend ein 42-jähriger Rabbiner von einem arabisch sprechenden Mann durch einen Messerstich in den Bauch schwer verletzt worden. Das Opfer befand sich in Begleitung zweier Männer, der Täter in Begleitung zweier Frauen.

Tot ist Henri Toulouse-Lautrec.

Montag, 1. Oktober 2007 – Zehnuhrfünfunddreißig. Temperatur? Keine Ahnung. Gut warm. Was für ein Gewisper Tausender Stimmen beim Ein- und Auspacken der Bücher. Freunde, entwichene Freunde, verstoßene Freunde, vergessene Freunde, Dahingegangene, Dorthingegangene.

Wer ist tot?

Donnerstag, 4. Oktober 2007 – Elfuhreinundzwanzig, achtzehnkommanull. Regnerisch. Von Charlotte das schöne Zitat: «Mitten im Leben sind wir vom Tod umfangen.» Und im Netz auch die Quelle: Notker I. von Sankt Gallen: «Media vita in morte sumus.» Und die Luther-Variante: «Mitten wyr ym Leben sind / mit dem tod vmbfangen.»

Vor einem Jahr starb während der Buchmesse auf dem Sofa der Reicherts: Oskar Pastior.

Freitag, 5. Oktober 2007 – Neunuhrachtzehn, fünfzehnkommadrei. Die Autobahn lärmt. Aus der Serie «Das darf doch nicht wahr sein»: Mein neuer Schreibtisch sieht schon wieder aus wie mein alter.

Meldung: «Der Vatikan will mehr Anstand in Italiens Fußball bringen.» Ausgerechnet.

Jacques Offenbach, der heute vor hundertsiebenundzwanzig Jahren starb, wusste bei seinem Tod noch nicht, dass er die kleine Operette «Das Geheimnis einer Sommernacht» komponiert hat und dass diese eine wichtige Rolle in dem Roman «Partitur des Todes» spielen würde.

Dienstag, 9. Oktober 2007 – Zweiuhrachtunddreißig, neunkommasieben Grad. Schön frisch. Seit zwei Stunden wach. Autogenes Training, Baldrian, Bier, hilft alles nichts. Nackenschmerzen, Nachtgespenster. Und die Lektüre macht's auch nicht besser: Fred Wander «Das gute Leben». Tagelang jetzt dieser Kampf mit Netz und Telefon. Ablenkungsmanöver. Dauernd Schübe von Schwermut, Trauer. Wie am Sonntag auf dieser Bank vor dem Petterweiler Friedhof – für Minuten vollkommen haltlos. Bin so rausgerutscht, so weg und noch nicht wieder da. Verdattele mich, vergesse alles. Was ist, zum Beispiel, dieser Termin am Donnerstag? «Langen» steht im Kalender. Was ist in Langen? Hab ich eine Lesung? In den Mails kann ich nicht suchen; ist alles im Orkus gelandet. Im Verlag weiß niemand was; und im Netz finde ich nichts.

Tot ist Walter Warlimont, General der Artillerie im Wehrmachtsführungsstab, 1948 als Kriegsverbrecher zu lebenslanger Haft verurteilt, 1954 entlassen, 1976 gestorben am Tegernsee. Ein deutscher Drecksack.

Freitag, 12. Oktober 2007 – Siebenuhrvierundvierzig, siebenkommasechs. Bedeckt. Vor dem Bamberger Landgericht wird gegen den Angeklagten Alfred G. wegen versuchter Vergewaltigung und sexuellen Missbrauchs von Kindern verhandelt. Ob sie wirklich so unschuldig gewesen sei als Kind, fragt der Verteidiger die inzwischen erwachsene Zeugin Heidi Marks, um deren Glaubwürdigkeit zu erschüttern. Ihm, so fährt der Anwalt fort, habe man berichtet: «Die hat es ganz schamlos getrieben.» Die Zeugin dreht sich zu ihm um und fragt: «Mit vier Jahren?»

Tot ist Agnes Bernauer. Die Geliebte (oder Ehefrau) des bayerischen Thronfolgers Albrecht III. wurde in dessen Abwesenheit der Zauberei angeklagt und am 12. Oktober 1435 bei Straubing in der Donau ertränkt. «Der Kuß / den ich empfing / der bringt mich umb das Leben / Denn das du mich geliebt / ist meine gröste Schuldt.» Christian Hofmann von Hofmannswaldau.

Montag, 15. Oktober 2007 – Achtuhrsiebenundvierzig, achtkommavier. Wieder sonnig. Gute Nachricht: Die Buchmesse ist zu Ende.

Tot: Mata Hari.

Sonntag, 21. Oktober 2007 – Siebenuhreinundvierzig, vierkommaneun Grad. Dämmert gerade erst. Gestern gemächlicher Ritt mit Jörg und Lutz über die Hohe Straße nach Hanau und am Main zurück. Blauer Himmel, kalte Luft, schwarze Vögel, klare Köpfe, dicker Wirsing. So geht das kleine Glück.

Während in Port Coquitlam (British Columbia, Canada) seit einem dreiviertel Jahr gegen den Schweinefarmer Robert Pickton verhandelt wird, der im Verdacht steht, 49 Frauen umgebracht zu haben, hat die Polizei im nur wenige Meilen entfernt liegenden Surrey sechs zum Teil verweste Leichen in einem Apartment entdeckt. Über die Identität der Toten und die Umstände ihres Todes wurde noch nichts mitgeteilt.

«Das gute Leben» von Fred Wander gelesen. Ganz kunstlos, ohne jeden Formwillen, oft redundant, plapperhaft, viele Zeitsprünge. Und dennoch: Wie viel mehr Welt umfasst dieses Buch als die meisten Romane: von Buchenwald, über die DDR-Boheme bis zu den nackten Aussteigern in der Provence.

Tot sind Jack Kerouac und François Truffaut.

Mittwoch, 24. Oktober 2007 – Zwölfuhrdreiunddreißig, achtkommaeins. Bedeckt.

35 Prozent der Deutschen erledigen ihre Bankgeschäfte online.

Jeder dritte Deutsche steht links.

Ein Drittel der Deutschen ist glücklich.

Fast die Hälfte der Deutschen weiß nur wenig über gesunde Ernährung.

Jeder dritte erwachsene Deutsche leidet unter Arthritis.
Rund zwanzig Prozent der Deutschen möchten die Mauer wiederhaben.
Jeder dritte Deutsche findet, dass die Juden auf der Welt zu viel Einfluss haben.
40 Prozent aller Deutschen finden, dass der Nationalsozialismus auch positive Seiten hatte.
78 Prozent der Deutschen kennen den Wortlaut des Vaterunsers.
Nur acht Prozent der Deutschen halten sich an die neuen Rechtschreibregeln.
Neun Prozent der Deutschen sind rechtsextrem.
Achtzig Prozent der Deutschen haben ein Handy.
44 Prozent der Deutschen treffen beim Sex keine Vorsichtsmaßnahmen.
Zwei Drittel der über 45-jährigen Deutschen sind infarktgefährdet.
Über die Hälfte aller Deutschen kauft inzwischen im Internet ein.
Drei Viertel aller Deutschen sind über den Klimawandel besorgt.
Nur 0,4 Prozent aller Deutschen wollen ein iPhone.
Drei Viertel der Deutschen haben keine Ahnung, was es mit Pfingsten auf sich hat.
93 Prozent aller Deutschen kennen Harry Potter.
70 Prozent aller Deutschen machen Dienst nach Vorschrift.
34 Prozent der deutschen Angestellten halten den eigenen Chef für eine Fehlbesetzung.
Rund zehn Prozent aller deutschen HIV-Infizierten haben sich im Urlaub angesteckt.
Zwei Drittel der Deutschen wollen mehr Sex.
Jeder zweite Deutsche hat schon DSL.
Mehr als jeder fünfte Deutsche ist für die Wiedereinführung der Todesstrafe.
22 Prozent der Deutschen haben 2007 noch kein Buch gelesen. Oder geben es zu.
40 Prozent der Deutschen glauben an Außerirdische.
99 Prozent aller Deutschen kennen Heino.
Hundert Prozent der Deutschen sind Deutsche.
Hundert Prozent aller Deutschen werden sterben.

Am 24. Oktober 1996 starb in Berlin Arthur Axmann, «Reichsjugendführer», lebte nach dem Krieg einige Zeit unter dem Decknamen Erich Siewert in Mecklenburg-Vorpommern, in den siebziger Jahren plante er auf Gran Canaria ein Freizeitzentrum und schrieb schließlich seine Memoiren, die unter dem Titel «Das kann doch nicht das Ende sein» erschienen.

Freitag, 26. Oktober 2007 – Sechsuhrsechsundzwanzig, siebenkommaneun. Dunkel. Im Frankfurter Zoo haben Unbekannte in der Nacht zum Dienstag vier Flamingos getötet. Drei der über dreißig Jahre alten Tiere wurden geköpft.

Vor einem Moskauer Gericht ist der 33-jährige Alexander Pitschuschkin schuldig gesprochen worden, 48 Morde begangen zu haben. Er alkoholisierte seine zumeist männlichen Opfer und warf sie dann in einen Abwasserschacht in einem Park am Stadtrand von Moskau. In einem Verhör, das vom russischen Fernsehen ausgestrahlt wurde, bekannte er: «Für mich ist ein Leben ohne Mord wie für euch ein Leben ohne Nahrung.» Er habe sich als Vater seiner Opfer gefühlt, weil er ihnen «die Tür zu einer anderen Welt» aufgestoßen habe.

In Australien ist eine Bardame zur Zahlung von 1000 australischen Dollar verurteilt worden, weil sie zum Vergnügen der Kundschaft Bierdosen zwischen ihren nackten Brüsten zerdrückt und Löffel auf ihren Brustwarzen balanciert hat.

Und was hält das Kindermädchen von alldem? – «Nobody ever knew what Mary Poppins felt about it, for Mary Poppins never told anybody anything.»

Tot ist Carlo Collodi, Autor des «Pinocchio».

Dienstag, 30. Oktober 2007 – Fünfuhrachtunddreißig, neunkommaeins. Dunkel, ist ja Winterzeit. Am Wochenende in der Hohen Rhön, Wildensachsen, Fladungen, Tann. Dort dann, an diesem Ende der Welt, im Ortsteil Wendershausen ein unverhoffter Schatz. Wir biegen auf einen großen Bauernhof ein, klingeln. Herr K. empfängt uns an der Tür. Er ist 77 Jahre alt, war erfolgreicher Versicherungsvertreter, Nebenerwerbslandwirt, Bauherr, glückloser Hotelier, der in einem FDGB-Heim das erste Kunsthotel Deutschlands einrichten wollte. Die Welt hat es nicht gewollt. Nun lagern hier in seinem Heim in fünf Räumen Tausende Bilder: Ölgemälde, Zeichnungen, Grafiken: Friedrich Kunitzer, Otto Müller-Eibenstock, Georg Muche, Fritz Eisel – ein ganzer Nebenarm des «expressiven Realismus» der «verschollenen Generation» ist vorhanden. Was für ein Fest.

Tot ist Georges Brassens.

Samstag, 3. November 2007 – Siebenuhrfünfzehn, zehnkommadrei. Fast schon hell, bedeckt. Den ganzen Nachmittag mit Atilla über einem Songtext gesessen. Wie befriedigend eine solche Arbeit ist. Suchen, finden, verwerfen, ausprobieren, abwägen, neu ansetzen. Und irgendwann das Ergebnis: Ja, so muss es sein, so ist es rund! Geht gar nicht anders. Und auf den Gesichtern breites Grinsen.

200 000 deutsche Kunden hat der Energiekonzern Vattenfall allein in diesem Sommer verloren. Dennoch hat das Unternehmen seine Gewinne in Deutschland um sieben Prozent steigern können. Eine große Rolle habe dabei die von der Regierung beschlossene Senkung der Unternehmenssteuern gespielt, erklärte Firmenchef Josefsson. Die hätten dem schwedischen Konzern seit Jahresanfang zusätzlich 315 Millonen Euro beschert.

Tot ist Karl Borromäus, Papst, Heiliger, Inquisitor, der die Protestantenverfolgung bis in die Schweizer Berge trug.

Mittwoch, 7. November 2007 – Fünfuhrsechsundzwanzig, siebenkommanull. Dunkel. Gestern: den ganzen Tag im Bett. Heute: geht schon wieder.

Im Traum ein wüster Streit. Ich sage Dinge, die so dumm und böswillig sind, dass ich aufwache vor Schreck über mich selbst. Und lange brauche, bis ich erkenne, dass es ein Traum war. Dabei weiß ich nicht einmal, mit wem ich da so bis aufs Äußerste gehadert habe.

Gestern in der SZ: «Viele Erben sollen weniger Steuern zahlen – Große Entlastung bei Firmenübernahmen». Heute nun werden von derselben Zeitung die Ergebnisse einer Studie publiziert, wonach zehn Prozent der Deutschen über fast zwei Drittel des gesamten Volksvermögens verfügen; die arme Hälfte besitzt fast nichts. Selbst der Chefökonom des DGB zeigt sich überrascht von dem drastischen Ungleichgewicht und der immer größer werdenden Kluft zwischen Arm und Reich.

Heute vor drei Jahren wurde während der Blockade eines Castortransportes der junge französische Atomkraftgegner Sébastien Briat bei Avricourt vom Zug überrollt.

Donnerstag, 8. November 2007 – Fünfuhrsechsundfünfzig, achtkommasechs. Dunkel. Immer noch taumelig. Gestern nichts, den ganzen Tag. Und jetzt diese Mailflut …

Wie wenig es mir behagt, mich der Welt mit den Kategorien der Psychoanalyse zu nähern. Sie kommt mir egozentrisch vor, eitel, auch indiskret. Als wäre sie nicht – wie so viele andere Lehren – nur Modell, noch dazu ein überaus schlichtes. Überhaupt … Erklärungen … Dann schon lieber Phänomen auf Phänomen häufen, Verwirrung stiften, sich selbst ins Wort fallen!

Todestag von Nicolas Frantz. Der luxemburgische Radrennfahrer trug während der Tour de France 1928 vom ersten bis zum letzten Tag das Gelbe Trikot. Hundert Kilometer vor dem Ziel brach der Rahmen seines Rades, er verlor 28 Minuten, kam aber auf einem von einer Zuschauerin geliehenen Damenrad als Sieger ins Ziel.

Montag, 12. November 2007 – Zehnuhrfünfzehn, sechskommanull. Sonnig, wolkig, schnupfig. Da blättere ich arglos in dem kostenlosen Anzeigenjournal auf der Suche nach einem Satz gebrauchter Winterreifen und stoße auf diese Annonce: «Alt, behaart, Hängetitten! Elfie (68), aus Mühlheim, sucht Bumskontakte. Alter spielt keine Rolle. Tel. 0173- … (Bornheimer Wochenblatt, Nr. 45, 8. November 2007).

Hübsches Wort: «pseudo-skurril».

Heute vor dreißig Jahren erhängte sich Ingrid Schubert in ihrer Zelle in München-Stadelheim.

Donnerstag, 15. November 2007 – Zwölfuhrvierundfünfzig, dreikommavier Grad. Himmel: bisschen blau, bisschen grau, bisschen weiß. Auf der Suche nach den Ermittlungsakten des Falles der 1966 ermordeten Prostituierten Helga Matura teilt mir die freundliche Pressesprecherin der Frankfurter Staatsanwaltschaft heute mit, dass nicht einmal ein entsprechendes Aktenzeichen aufzufinden sei. Möglicherweise befänden sich die Unterlagen aber im Hessischen Hauptstaatsarchiv in Wiesbaden. Eigentlich gut, so wird die Suche nach den Akten selbst schon wieder zu einer Geschichte …

Von den vier Polizisten, die am Dienstag in Bedford Stuyvesant, New York City, einen unbewaffneten, geistig behinderten, achtzehnjährigen schwarzen Jungen mit zwanzig Schüssen getötet haben, hat bisher keiner auf einen Menschen geschossen. Allerdings sind von den Männern im Laufe ihrer Amtszeit mehrere Hunde getötet worden, heißt es heute in der New York Times, allesamt Pitbulls.

Lektüre: Michael Connellys «Echo Park». Der beste Roman des besten Autors von Kriminalromanen seit langem. Gebt mir ein Glas Wasser!

Am 15. November 1976 starb Jean Gabin.

Samstag, 17. November 2007 – Sechsuhrvierundfünfzig, zweikommafünf Grad. Dunkel.

Meldung 1: «Dramatische Entwicklung – Seit 2005 hat sich die Zahl der armen Kinder in Deutschland auf 2,5 Millionen verdoppelt.»

Meldung 2: «Bayerns Justizministerin will jugendliche Straftäter schneller ins Gefängnis stecken.»

Meldung 3: «Bayerns Innenminister Joachim Herrmann fordert drastisch höhere Strafen für jugendliche Gewalttäter.»

Meldung 4: «Koalition stoppt Kindergeld-Erhöhung.»

Wenn die Sonne so über den Dächern aufgeht ... Wenn die Wolkenränder so unverschämt flammen ... Wenn die Kinder auf dem Schulweg schon lachen ... Wenn der Raureif die Wiesen so überzuckert ... Wenn die Äste im Herbstfeuer knacken ... Wenn der Atem vor allen Mündern gefriert ... Wenn in den Kirchen die alten Lieder erklingen ... Wenn auf den Straßen die Räder verstummen ... Wenn der Wind so aufhört zu wehen ... Und wenn der Rauch direkt in den Himmel aufsteigt.

Ein Kind zum anderen: «Nee, heute machen wir's mal anders. Du meinst wohl, du bist hier immer der Chefkönig.»

Tot ist Heitor Villa-Lobos.

Mittwoch, 21. November 2007 – Zwölfuhrdreiundvierzig, sechskommadrei. Bedeckt. Lärm. Gestern um kurz vor zehn ins Parkhaus, dann quer über Fahrbahn und Schienen auf die andere Straßenseite. Konrad-Adenauer-Straße 20, Sitz der Staatsanwaltschaft. «Zeigen Sie bitte Ihren Dienstausweis!» Hab keinen. Tasche unter den Scanner, Schlüssel, Kleingeld etc. in eine Plastikschale. Dann unter dem Detektor durch. Dritter Stock. Langes Gespräch mit Frau Möller-Scheu. Freundlich, zugänglich. Runter ins Archiv. Beton. Kellergänge. Grob gestrichen. Gott, ist das riesig. Mausartige Archivare. Lange gehen wir eine alte Mordakte durch. Dann in die Asservatenkammer. «Was hier so riecht, ist Rauschgift. Wir haben gerade eine große Ladung hereinbekommen.» Alles mehrfach gesichert. Gitter, Schlösser, Schleusen. Auf Kellerregalen lagern die versiegelten Müllsäcke mit den Asservaten, unter anderem der Sonnenschirmständer, mit dem das kleine, fünf Jahre nach seiner Bergung noch immer unbekannte Mädchen – das «Indermädchen» – im Main versenkt wurde. Was für Geschichten hier liegen ...

Abends in den Osthafen, Hagenstraße 2, Winterquartier der «Caritas» für Wohnsitzlose. Dort Lesung.

Tot ist Seine Durchlaucht Siegfried Casimir Friedrich, der IV. Fürst zu Castell-Rüdenhausen: «Die Mitarbeiterinnen und Mitarbeiter der Castell'schen Betriebe verlieren mit ihm einen großherzigen, väterlichen Chef und Dienstherrn». Ein so entspanntes Verhältnis von Herr- und Knechtschaft, zweihundertachtzehn Jahre nach dem Sturm auf die Bastille ... Und dafür sind die Guillotinen heißgelaufen?

Donnerstag, 22. November 2007 – Achtuhrzehn, fünfkommaacht. Bedeckt.

Shorten Your Penis! – Im Senegal sind zwei Männer von der Polizei festgenommen worden, die im Verdacht stehen, die Penisse von elf anderen Männern durch einen bösen Zauber zum Schrumpfen gebracht zu haben.

Meldung auf «Spiegel online»: «Generalstreik in Frankreich – Saboteure legen vier TGV-Trassen lahm. Es waren genau aufeinander abgestimmte Aktionen. Saboteure haben in der Nacht in Frankreich die Highspeed-Trassen für den TGV lahmgelegt. Verletzt wurde niemand. Die Staatsbahn vermutet, dass radikale Gewerkschaftler für die Taten verantwortlich sind.» – «Radikale Gewerkschaftler» – wie das klingt, hier, in Deutschland …

Tot ist Maria Casarès, Schauspielerin und langjährige Geliebte von Albert Camus.

Freitag, 23. November 2007 – Sechsuhrdreiunddreißig, sechskommaacht Grad. Dunkel. Still. Um halb vier erschrocken aufgewacht. Sofort beginnt das Herz zu rasen. Höre Schritte im Treppenhaus. Es ist P. «Unten hat jemand eine Lampe angemacht», sagt sie. Ich tappe ins Erdgeschoss. Nein, es ist nur die Straßenlaterne, deren Licht durch die Haustür in den Flur fällt. Kein Schlaf mehr, stattdessen Kopfmühle ...

Laut einer Umfrage der Illustrierten «Stern» sind mehr als 80 Prozent der CDU-Mitglieder der Meinung, dass die deutschen Führungskräfte zu viel Geld verdienen. Und bei vielen Entscheidungen, so sagt der Vorsitzende der CDU/CSU-Mittelstandsvereinigung, würde sich die Regierung der Großen Koalition allein an den Interessen der Konzerne und ihrer Führungskräfte orientieren. Wenn die Politiker sich entscheiden müssten, «ob sie mit einem mittelständischen Unternehmer oder mit einem Top-Manager von Bayer, Daimler & Co. zu Mittag essen, entscheiden sie sich immer für den Top-Manager.»

Todestag von Philippe Noiret und Louis Malle. Noiret spielte Zazies Onkel in Malles «Zazie dans le Métro».

Samstag, 24. November 2007 – Achtuhrzehn, einskommasieben. Hell. Wird wohl sonnig. «Sozialhilfeempfänger ... sehen ihren Lebenssinn darin, Kohlehydrate oder Alkohol in sich hinein zu stopfen, vor dem Fernseher zu sitzen und das Gleiche den eigenen Kindern angedeihen zu lassen. Die wachsen dann verdickt und verdummt auf.» – Wer hat's gesagt? Angela Merkel? Guido Westerwelle? Erwin Huber? Joseph Goebbels? Nein, es war Oswald Metzger, zurzeit noch Landtagsabgeordneter der Grünen in Baden-Württemberg.

Grünen-Mitglied Robert Zion will nicht, dass die Grünen als Öko-FDP enden. Mithin warnt er seine Partei davor, das zu werden, was sie seit zwei Jahrzehnten bereits ist.

Von einem wunderschönen stoffwechselreichen Grünkohlessen bei L. und S. heimkehrend, eine Nachricht vom Hessischen Hauptstaatsarchiv: Die Akte Matura liegt bereit!

Heute vor vierundvierzig Jahren wurde Lee Harvey Oswald von dem Nachtclubbesitzer Jack Ruby erschossen.

Mittwoch, 28. November 2007 – Fünfuhrachtunddreißig, minus einskommadrei. Dunkel. Um vier Uhr aufgewacht und sofort die Fotos der Toten vor Augen. Ein bisschen in Connellys «Lost Light» gelesen.

Gestern um halb acht mit Bus und U-Bahn zum Hauptbahnhof. Bin zu früh, also nehm ich eine andere als die geplante S-Bahn nach Wiesbaden. Aber was für ein Schleif! Der Zug bleibt auf der Strecke stehen, dann fährt er noch über Mainz, hält an jeder Milchkanne. Deutlich nach neun in der Landeshauptstadt. Zu Fuß in die Mosbacher Straße 55, Hessisches Hauptstaatsarchiv. Als ich mich an der Pforte melde, liegt schon eine Nachricht von B. bereit, dass ich ihn im Landeskriminalamt anrufen soll. Wir verabreden uns zum Mittagessen. Dann in den Lesesaal. Kommen Sie, sagt der nette Herr Pult, gehen wir kurz raus, dann müssen wir nicht flüstern. Er hat schon alles bereitgelegt und ermahnt mich noch einmal, mit den Dokumenten, die ich gleich zu Gesicht bekommen werde, verantwortungsvoll umzugehen: «Wir prüfen sehr genau, wen wir hier Einsicht nehmen lassen. Dennoch: Denken Sie daran, auch eine ermordete Prostituierte hat das Recht, in Frieden zu ruhen.»

An meinem Platz steht ein Rollwagen mit neun Kartons voller Ermittlungsakten. Ich zittere fast vor Aufregung und lese mich von der ersten Seite an fest. Um 12.45 Uhr zum ersten Mal wieder ein Blick auf die Uhr. Verdammt, ich muss ja los. Zu Fuß Richtung LKA. B. wartet schon, in die Kantine, eine Stunde haben wir und brauchen jede Minute. Eilig zurück ins Archiv, weiter mit Vernehmungen, Zeugenaussagen, Obduktionsbericht, Vermerken der Ermittler, ersten Spuren, Telefonprotokollen etc. Eine halbe Stunde bevor der Lesesaal schließt, habe ich gerade mal die erste Akte des ersten Kartons durchgearbeitet. Einen Tag hab ich dafür gebraucht. Und schau mir ganz zum Schluss noch die Tatortfotos an … Wie schrecklich verloren sie daliegt, diese kleine Frau mit dem gebrochenen Blick. Sie hatte immer Angst, sagen ihre Freunde.

Heute hat Randy Newman Geburtstag.

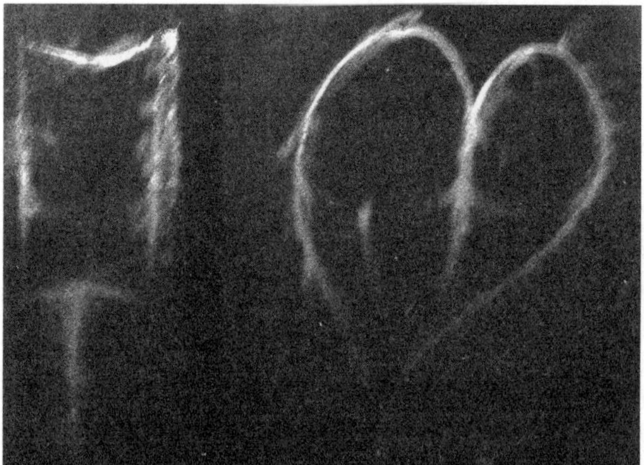

Montag, 3. Dezember 2007 – Fünfuhrdreiundfünfzig, siebenkommazwei Grad. Dunkel. Was für eine Nacht! An Schlaf ist nicht zu denken. Sturm und Regen. Das Wasser trommelt auf Plastikplanen, Gartenstühle, Aluminiumfensterbänke. In der unbewohnten Hausreihe gegenüber schlagen die von den Arbeitern offen gelassenen Terrassentüren. Auf dem Flachdach die Silhouette eines Mannes. Ein Polizeihubschrauber richtet seine Scheinwerfer in eine dunkle Baugrube. Etwas bewegt sich dort unten im Schlamm. Der Teufel ist ein schöner, junger Mann.

Tot ist Robert Louis Stevenson.

Dienstag, 4. Dezember 2007 – Fünfuhreinundvierzig, fünfkommavier Grad. Seit einer Stunde wach, aber gut geschlafen. Dunkel. Kein Regen.

Gestern wieder im Archiv. In den ersten Tagen nach dem Mord sind die Aktivitäten der Kriminalpolizei förmlich explodiert. Die Ermittler haben alle befragt, deren sie habhaft werden konnten. Haben vernommen, verhört, telefoniert, Klinken geputzt und sich die Absätze schief gelaufen. Schließlich haben sie sich konzentriert auf die Suche nach einem mysteriösen «Fritzchen» und nach einem Mann, den in der Mordnacht einige gesehen haben wollen, den aber niemand kannte. Phantombild, Fahndungsaufruf, Belohnung ... Alles erfolglos. Dann kommen die Verrückten und Wichtigtuer: falsche Geständnisse, Anschuldigungen. Ein Gefangener berichtet, dass er gehört habe, wie ein Zellennachbar im Schlaf den Namen des Opfers ... Ein durchreisender Vertreter hat angeblich ein Foto der Ermordeten herumgezeigt ... Und ... bitte, schreibt ein Oberamtmann i.R., man solle sich doch den Schlagersänger Abi Ofarim einmal genauer anschauen, der sei doch ein «Weibertyp», ein «flotter Hirsch», aufbrausend, leicht erregbar, wie man höre, und seine Ähnlichkeit mit dem Phantombild frappierend ... Schließlich spürt man förmlich wie die Spannkraft der Ermittler nachlässt, wie ihnen nichts mehr einfällt, wie sie weiter im Nebel stochern. Und dann kommen die ersten Anzeichen der Kapitulation: Die Frage des Instituts der Rechtsmedizin, ob man die Organproben des Opfers jetzt vernichten dürfe, wird mit Ja beschieden, eine Alibifeststellung wird verschoben, weil man zwei neue Kapitalverbrechen zu bearbeiten habe, eine Dienstreise zur Vernehmung eines Inhaftierten wird abgelehnt ...

Wieder auf der Straße, sitzen in einem Baum vor der Villa gegenüber zwei wunderschöne grüne Papageien und naschen von einem Meisenknödel. Dann flattert der eine auf, stürzt sich in die Tiefe und fliegt schreiend einen Meter an meinem Kopf vorüber.

Tote: der Psychiater Karl Bonhoeffer, Hannah Arendt, Benjamin Britten, Frank Zappa.

Donnerstag, 6. Dezember 2007 – Fünfuhrachtzehn, siebenkommaneun. Dunkel. Um halb vier aufgewacht, ins Netz geschaut und als Erstes diese beiden Meldungen gefunden: «Neun Tote bei Amoklauf in Omaha», «Mutter im Kreis Plön tötete offenbar fünf Kinder».

Es ist wohl so, wie Fräulein «anobella» schreibt: Die Wiesbadener Papageien hört man immer, aber sehen kann man sie nur im Winter, wenn die Bäume kahl sind und sich die grünen Halsbandsittiche nicht im Blattwerk verstecken können. Sie gehören zu einer Population, die vermutlich auf ein ausgewildertes Pärchen aus dem Kölner Zoo zurückgeht, dann rheinaufwärts gezogen ist, jetzt ihren Hauptsitz im Biebricher Schlosspark hat und derweil auf tausend Exemplare geschätzt wird.

Matthias «Dich-mach-ich-fertig» Matussek hat einen Freund. Was an sich schon eine Meldung wert ist. Dieser Freund heißt Franz Josef Wagner, arbeitet für «Bild» und scheint bereits am 28. November 2007 geahnt zu haben, dass er den nunmehr entlassenen Ressortleiter des «Spiegels» auf den Mond loben muss, um ihn sich noch eine Weile als Nachfolger vom Leib zu halten: «Matussek ist der für mich amtierende deutsche Meister des modernen Erzählens … Er ist der Erzähler des digitalen Universums. Unser erster Lacher im Weltall.» – «Der für mich amtierende» – so wird es wohl kommen.

Tot ist Gian Maria Volonté.

Sonntag, 9. Dezember 2006 – Fünfuhracht, fünfkommaneun Grad. Seit gut einer Stunde wach. Dunkel. Regnet nicht, aber der Boden ist feucht. Windig.

Die drei späten John-Heartfield-Montagen sind für knapp 900 Euro verkauft worden.

Gestern durch Preungesheim und Seckbach auf Schauplatzsuche für die Eröffnungsszene. Immer an den struppigen Rändern entlang. Abends dann lange mit C. über den neuen Fall. Noch kein Durchbruch. Hauptsache, es wird nicht zu einfach. Aber man steht immer vor demselben Dilemma: Die wahrscheinlichen Lösungen sind meist langweilig. Die interessanten Lösungen sind unwahrscheinlich.

Die Geisterbahn muss wieder lässiger werden, schneller, mehr Nebensachen zulassen.

Vor zwei Jahren ist Helmut Sakowski gestorben. Vor dreißig Jahren habe ich mit großer Aufregung die mehrteilige Verfilmung seines Romans «Daniel Druskat» im DDR-Fernsehen geschaut. Mit dabei: Manfred Krug, Hilmar Thate, Angelica Domröse, Angelika Waller …

Montag, 10. Dezember 2007 – Siebenuhrzweiundfünfzig, sechskommasieben Grad. Grau. Dämmerig. Auf der Homburger Landstraße Richtung Bonames. Rundum schwere, dunkle Wolken, der Asphalt ist nass, aber über mir der Himmel blau. Der Taunus teils im Nebel, teils ausgeleuchtet. Ein ausgefranster Regenbogen. Die Felder in Braun, Ocker, Grün – wie von Eugen Bracht gemalt. Sprießende Wintergerste, gelbes Gras, geneigt vom Regen. Moos. Manchmal flammt ein letzter Apfel rot vor der schrundigen Rinde seines Baums. Die feuchten Feldwege: silbrig glitzernde Striche. Kurz vor Burgholzhausen ist die Straße fast trocken. Runter nach Petterweil. Rechts die Straußenvögel in ihrem Gehege legen nur die Köpfe schief, als ich sie aus Übermut anschreie. Zurück dann schwerer Wind. Und gute Laune.

Vor elf Stunden ist Robert Willie Pickton nach einjähriger Hauptverhandlung schuldig gesprochen worden, sechs Frauen auf seiner Schweinefarm in Port Coquitlam nahe Vancouver getötet und an die Tiere verfüttert zu haben: «There where gasps and screams in the courtroom as the jury foreman announced ‹Not guilty› on the first count of first-degree murder of Sereena Abotsway. But the foreman then announced the jury found Pickton guilty of second-degree murder, which is a lesser included offence. The jury foreman announced ‹guilty of second-degree murder› also for the killings of five other women: Georgina Papin, Marnie Frey, Brenda Wolfe, Mona Wilson and Andrea Joesbury.» Das Strafmaß wird heute im Laufe des Tages bekannt gegeben. Pickton ist angeklagt, weitere zwanzig Frauen ermordet zu haben. Ein nächster Prozess gegen ihn soll im Januar 2008 beginnen.

Heute vor einem Jahr starb Augusto Pinochet.

Freitag, 14. Dezember 2007 – Achtuhrsechsunddreißig, oje, nur einskommavier Grad. Grau. Seit zwei Uhr wach, Connellys «The Last Coyote». Um halb sieben Geschenke. Wie schön.

Montag und Dienstag wieder im Archiv. Mittwoch den ganzen Tag Aktenexzerpte in den Rechner getippt. Donnerstag weiter mit den Abschriften. Dann Weihnachtseinkäufe. Und – ohne Absicht – ein neues Jackett und neue Lowas. Gegen drei ins Café des Kunstvereins, Hochzeit von Maria und Jörg, lauter glückliche Gesichter. Lutz, wie immer, fotografierend. Harald zeigt mir stolz sein iPhone. Schnell noch in die Gutleutstraße. Aber das Haus, in dem die Matura gewohnt hat, steht nicht mehr. Hatte ich das nicht vor zwanzig Jahren schon mal festgestellt, als ich Kupers «Hamlet» las?

In der «Zeit» eine Besprechung von Erenz über die bei Suhrkamp erschienenen Feuilletons von Kuhlbrodt. Unbedingt dran denken, das Buch zu besorgen.

Geburtstag haben Agnes Fink, Jane Birkin, Tamara Danz, John Lurie, Eva Mattes, Andreas Mand, Wolf Haas. Und ich.

Dienstag, 18. Dezember 2007 – Vieruhrzweiunddreißig, minusdreikommazwei. Dunkelfrisch. Wenn alle Wünsche so schnell ... Es klingelt, Charlotte und Atilla stehen vor der Tür: Herzlichenglückwunschnachträglich. – Ja danke, was ist denn da drin? – Gar nicht so schwer zu erraten. – Mhm, ein Buch, ein Buch, sieht aus wie ein Buch. Nee, das gibts nicht, der Kuhlbrodt ... Und Jürgen mit einer ganzen Tüte voll, nee, ich sag nicht, was ... Echt schön, aber leider nur ein Mal im Jahr.

Gestern Morgen auf der Fahrt nach Wiesbaden auf HR 2 eine Lesung. Ich horche auf, ganz gut, denke ich. Dann: Nee, jetzt übertreibt er aber mit dieser ländlich-wichtigtuerischen-kritischen Volkston-Tour. Aber es geht immer so weiter mit dieser Leier, und, o Gott, ich schalte gleich ab, nein, so manieriert, als würde jemand versuchen, gleichzeitig Fassbinder, Sybille Berg, Bobrowski und Derrick zu parodieren. Und dann, es ist zu Ende: «Sie hörten den soundsovielten Teil aus Peter Kurzecks Lesung seines Romans ...» Wie, das war der gute Kurzeck? Schäme mich fast. Aber so ist das mit den Blind Dates ...

Heute vor einem Jahr erhängte sich im Keller der «Ritze» auf St. Pauli der ehemalige Boxer und sogenannte Bordellkönig Stefan Hentschel. Und die ewige Wondratschek-Fauser-Fraktion entblödet sich nicht, selbst so einen noch zum Idol aufzublasen.

Donnerstag, 20. Dezember 2007 – Sechsuhracht, minusvierkommasechs. Dunkel. Da denkt man an nichts Böses und nichts Gutes, nur so, dass man halt seinen Job macht und einem Journalisten einen Eindruck verschaffen und dabei auf schon mal gehörte Fragen schon mal gegebene Antworten geben muss, und dann ... kommt alles ganz anders. Man begegnet einem besonnen-vergrübelten Menschen, der so diskret insistiert und alles ein wenig genauer wissen will, als man es selbst bislang wusste. Und schon wird ein kalter, blauer, sonniger Frankfurter Tag noch ein wenig sonniger und blauer. Und man geht klüger, glücklicher und ein bisschen vergrübelter nach Hause. Und freut sich unterwegs schon auf die Lektüre von Handkes «Gestern unterwegs», auch wenn man sie am Ende doch noch ein wenig aufschieben wird, vielleicht bis zu diesem gottgeilen Sommer, der uns gewiss im kommenden Jahr erwartet, lieber Holger Heimann. «Die Sterne», sagt Rio Reiser, «stehen glänzend günstig!»

John Steinbeck ist tot.

Freitag, 21. Dezember 2007 – Neunuhrzwei, minuseinskommaneun. Kalter Hauch. Erstaunlich: Auch die Suchanfrage «teppichklopfer hosen runter hintern bloß» führt auf diese Internetseite.

Gestern Morgen mit Harald Schröder Fotos fürs «Börsenblatt». Wir treffen uns vor dem Eingang von Alnatura in der Burgstraße, fluchen über die Kälte, sind trotzdem gut gelaunt. Rüber in den Innenhof des Wertheim'schen Vereinsheims. Ein paar Aufnahmen mit einem Sombrero, den wir neben einem Müllcontainer entdecken. Vor dem Eingang des Günthersburgparks dann in einer vereisten Telefonzelle, hinter einem Gitterfenster im Park, zwischen den kahlen Stämmen von drei hohen Kiefern ... Dann, schon wieder auf dem Rückweg, ist Schröder ganz beglückt, als wir neben dem alten Musikgeschäft einen verstruppten Hinterhof mit grünen Plastikplanen entdecken. Zwei Bauarbeiter lugen von ihrem Gerüst herunter.

Abends mit Braun und Herl im «Reuters». Karlheinz, wieselig und vital wie immer, hat zahllose Theaterpläne, und gleich entsteht auch die Idee, dass Michael ... wird nicht verraten ... Als das teure Essen kommt, schauen Herl und ich uns an. Das soll die große Portion Hirsch-Ravioli sein? Wie sieht denn dann die kleine aus? Tom Koenigs kommt rein; ich frage, wieso der nicht in Afghanistan ist, aber ist ja auch kein Wunder, weil es gar nicht Tom Koenigs, sondern Rupert von Plottnitz ist. Ach so. Lauschig, so ein ziellos verplapperter Abend, wo es um das Volkstheater, Antibiotika, das Rauchverbot, die Nitribitt und schwangere Katzen geht. Durch die kalte Nacht mit dem Rad nach Hause. Schwer ins Bett.

Am 21. Dezember 1998 starb vierundneunzigjährig in Aachen der ehemalige KZ-Arzt Ernst Günther Schenck.

Sonntag, 30. Dezember 2007 – Siebenuhrsiebenundvierzig, vierkommanull. Seit fünf Uhr wach. Halsschmerzen.

«Ein Fremder ist immer von außerhalb.» Friedrich Stoltze.

«Die Republikaner begrüßen den Tabubruch des hessischen Ministerpräsidenten. Herr Koch spricht aus, wovor die Republikaner seit Jahren gewarnt haben und dafür als ausländerfeindlich stigmatisiert wurden», so der Vorsitzende des Landesverbandes der Partei in Hessen, Haymo Hoch.

«Die Republikaner würden Herrn Koch im Landtag gerne dabei unterstützen, seinen Worten auch Taten folgen zu lassen und Druck machen, damit praktische Konsequenzen gezogen werden.»

Im DuMont Buchverlag wird am 21. April 2008 ein Band erscheinen mit dem Titel: «Nationalsozialismus – Ein Schnellkurs.» – Nazi werden, leicht gemacht?

In einem biographischen Text über Osama bin Laden die Information, dass er von einem Jugendfreund als «still, schüchtern, fast mädchenhaft» beschrieben wurde. Und dass er gerne «Fury» und «Bonanza» gesehen habe. Wie ich.

Heute vor sechzig Jahren starb der niederländische Kunstfälscher Han van Meegeren.

ZWEITAUSENDACHT

Sind Neurosen eigentlich Teil der Persönlichkeit? Oder sind es Deformationen der Persönlichkeit? Oder sind es sogar, wenn man dem Namen trauen möchte, Blüten der Persönlichkeit?

Atilla Korap

Mittwoch 2. Januar 2008 – Vieruhrneununddreißig, minus einskommaneun. Leere Straßen. Welt im Nebel. Immer wieder Taxis und Polizeiwagen. Wenig Leute, paar Hundebesitzer. Der Asphalt nass, überall auf den Wegen leere Sektflaschen, Scherben, der rote Schmier der geplatzten Feuerwerkskörper ... Schwere Vögel, nasse Wiesen, Bettzeug in den Fenstern, an den Bäumen leuchtet das Moos.

Vor siebenundsechzig Jahren starb unter bis heute ungeklärten Umständen im Gefängnis von Lörrach der Kölner Radrennfahrer Albert Richter, Sprintweltmeister der Amateure von 1932. Er hatte am 31. Dezember 1939 seine Sachen gepackt, um samt Rad und Skiern in die Schweiz zu reisen. Mit sich führte er 12700 Reichsmark, die in den Reifen seines Rennrads eingenäht waren. Er schuldete das Geld seinem jüdischen Freund Alfred Schweizer, der ihm dringend von diesem Schmuggel abriet. An der Grenze wurde Richter kontrolliert, man schnitt – wohl aufgrund einer Denunziation – seine Reifen auf und fand das Geld. Als ihn sein Bruder zwei Tage später im Gefängnis von Lörrach besuchen wollte, führte man ihn in den Totenkeller, wo die Leiche Richters mit durchlöcherter und blutverschmierter Kleidung lag. Offizielle Todesursache: Selbstmord durch Erhängen. Albert Richters Grab befindet sich auf Feld E 8 des Kölner Melaten-Friedhofs.

Freitag, 4. Januar 2008 – Siebzehnuhrachtundzwanzig, einskommadrei Grad. War ein sonniger Tag. Schon dunkel.

Was sagt es, wenn uns eine Ausstellung der Werke von Lucas Cranach d.Ä. im Frankfurter Städel damit angepriesen wird, dass man den Künstler als «Erotiker», als «Pornografen», als «Ersten Pin-Up Maler der Kunstgeschichte» vorstellt? Was ja übersetzt heißt: Cranach ist deshalb gut und genießbar, nicht, weil er Künstler war, sondern im Gegenteil, weil er den trivialsten Bedürfnissen Futter gegeben hat.

Lektüre: Reich-Ranicki «Mein Leben» und Michael Connelly «The Overlook».

Er war Zauberer in einem Wanderzirkus, Hotelpage, Vertreter, Schaufensterdekorateur, Stepptänzer, Maler, Fernsehunterhalter. Und ist heute vor achtundzwanzig Jahren gestorben: Peter Frankenfeld.

Donnerstag. 10. Januar 2008 – Siebenuhrsiebenundvierzig, vierkommasieben Grad. Erste Dämmerung. Das Jahr hat in Hochgeschwindigkeit begonnen ... mit dem schnellen ICE nach Paris, dort drei Tage Frühling: Place Nadaud, Belleville, Montparnasse, Musée d'Orsay, Barbès, Montmartre ...

Dann mit Atilla zwei Tage ins Studio nach Heubach, um endlich «Ein kleiner

Abend Glück» aufzunehmen. Gleichzeitig ist die Maschine für «Partitur des Todes» angelaufen, und ich ducke mich weg unter den in Abwesenheit eingegangenen Anrufen, Mails und Briefen, stelle mich tot … Gibt so Zeiten.

Und gibt ja auch die anderen, wenn sich wieder alles verlaufen hat und um einen herum nur Schweigen herrscht.

Todestag hat Georg Forster.

Samstag, 12. Januar 2008 – Sechsuhrfünfundzwanzig, siebenkommafünf Grad. Um halb vier aufgewacht. Was ist denn das für 'n Wind da draußen? Kopfschmerzen, Cappuccino, Aspirin, wieder ins Bett.

Gestern in der Grillparzerstraße erste Redaktionssitzung von «Nullsechsneun».

Hoffentlich wird das lässig, hoffentlich lassen die mich machen. Und hoffentlich werden da keine Rücksichten genommen … Wenn ich schon «Gernhardt» höre … – «Wieso, haben Sie etwa was gegen Gernhardt?» – Hilfe, nein. Aber die Welt wird es ja wohl noch aushalten, wenn es einen gibt, der nicht gleich vor Ehrfurcht in die Knie geht … Aber lustig, wie da so Namen in den Raum geworfen werden, wie dann die Gesichter gescannt, die Reaktionen gecheckt werden … «Hat jemand was gegen Bodo Kirchhoff? Wollen wir Eva Demski fragen? Und wie heißt noch mal die Krimiautorin mit der Perücke?»

«Die Werke der Malerei nämlich stehen da, als wären sie lebendig; fragst du sie aber etwas, so schweigen sie in aller Majestät.» Platon.

Der dicke Band mit den Dix-Porträts ist gekommen. Und Simenons «Maigret bei den Flamen».

Heute vor dreißig Jahren starb Henri-Georges Clouzot.

Montag, 14. Januar 2008 – Fünfuhreinundfünfzig, nullkommaneun. Dunkel. Um zwölf Uhr mittags darf man ja wohl selbst sonntags mal zum Hörer greifen … Rufe P. an und frage, ob er Lust habe, für die erste Nummer einen Text über Suhrkamp zu schreiben. – Nee, lieber nicht, sei eh schon alles gesagt, immer dieselbe Leier, das Haus S. verliere zunehmend an Bedeutung, nicht gerade dramatisch, aber langsam, schleichend, sei halt nicht mehr so sexy, werde irgendwann einfach ein ganz normaler Verlag wie zig andere auch. – Okay, sage ich, dann schreib doch einen offenen Brief an die Verlegerin: «Der kurze Brief zum langen Abschied». – Ja, nee, hin und her. Nee! – Also, was stattdessen? Vielleicht irgendeine Geschichte über die FAZ als Meinungsmaschine? – Ja, schon besser. Aber nach dem Genom-Coup habe eigentlich keine von Frank Schirrmachers Kampagnen mehr wirklich gezündet, jetzt fliege der halt nach L.A., um Tom Cruise zu treffen, gähn. – Gut, sage ich, also schreibst du: «Frankie goes to Hollywood». – Ja, lustig, nee, gab's wahrscheinlich auch schon. – Tja, na dann. Wird sowieso zu viel geschrieben …

Heute vor drei Jahren wurde Rudolph Moshammer ermordet. Sein Hund Daisy hat ihn um ein Jahr, neun Monate und zehn Tage überlebt.

Dienstag, 15. Januar 2008 – Zehnuhrvierundvierzig, plötzlich wieder achtkommafünf Grad. Wolken mit Blau. «Kulturzeit»: Wenn ich «Vielfältigkeit» höre, bekomme ich regelmäßig Nervenzucken. Warum nicht einfach: Vielfalt?

Der Dachdecker Ernst Neger ist tot.

Freitag, 18. Januar 2008 – Fünfuhrdreiundvierzig, siebenkommafünf. Man könnte glatt ins Schwitzen … «The ending is the most important part of the story. And this one is very good. This one is perfect», sagt Johnny Depp als Mort Rainey in «The Secret Window».

Von Michi Herl kommt eine Mail mit dem Aufruf «Bürgerinnen und Bürger gegen Roland Koch». Freilich, wer möchte da nicht dabei sein.

Nichts gegen religiöse Menschen – solange sie nicht versuchen, die Leute vom Denken und vom Sex abzuhalten. Und solange sie mich nicht missionieren wollen.

Am 18. Januar 1863 wurde Mangas Coloradas, Häuptling der Bedonkohe-Apachen, ermordet. Man hatte ihn unter dem Vorwand, Friedensverhandlungen mit ihm führen zu wollen, in das Fort McLean gelockt, ihn gefangen genommen, die Füße mit heißen Bajonetten versengt, ihn erschossen, skalpiert, enthauptet und seinen Rumpf in einem Graben verscharrt. Es hieß, er sei auf der Flucht getötet worden.

Montag 21. Januar 2008 – Vieruhrzweiundzwanzig, zehnkommanull. Gestern Mittag auf dem Römerberg. Alles abgesperrt, vergittert. Hunderte Polizisten, die die

Ankunft von hundertzwanzig «Republikanern» absichern sollen. Nur wenige Gegendemonstranten, darunter auffällig viele verwirrte Menschen. Immerhin ist auch Rupert von Plottnitz mit einer Trillerpfeife dabei. Und Micha Brumlik. Aber was will eigentlich dieser freche Polizei-«Communicator», der von seinen eigenen Kollegen zur Mäßigung aufgefordert werden muss? Der Mann ist die ideale Fehlbesetzung. Und ständig werden wir von der Polizei gefilmt und fotografiert.

Am Abend das sogenannte Fernsehduell zwischen Koch und Ypsilanti. Grauenhaft. Beide ungemein primitiv. Und Koch, wie immer, wenn er in der Defensive ist, sieht aus wie ein geprügelter Schüler.

Materialkunde auf «Spiegel online»: «Wenn es darauf ankommt, wünscht sich jeder Flugreisende Piloten mit Nerven aus Stahl. Genau aus diesem Holz scheinen die Piloten des notgelandeten Flugzeugs von Heathrow geschnitzt zu sein ...»

Tot ist Franz Jung. Beerdigt auf dem Friedhof Stuttgart-Degerloch.

Dienstag, 22. Januar 2008 – Fünfuhreinundzwanzig, achtkommadrei. Beim Einschlafen und Aufwachen das Geräusch des Regens. Gestern Morgen um drei Uhr aufgewacht und den ganzen Tag getaumelt. Nichts geht. Immerhin zwei Bilder aufgehängt. Bisschen telefoniert. Und dauernd das lauernde Gefühl, dass noch irgendeine schlechte Nachricht kommt. Stattdessen kommt eine gute.

Und diese: Auf einer Baustelle der Kasseler Universität sind gestern zwanzig menschliche Skelette gefunden worden.

Tot ist Karl Ludwig Nessler, der Erfinder der Dauerwelle.

Mittwoch, 23. Januar 2008 – Vieruhrneunundfünfzig, minus einskommadrei. Mit den Kursen stürzen auch die Temperaturen. In Frankfurt-Preungesheim ist vorgestern am späten Nachmittag in der Straße «Am Lausberg» ein Mann in ein Reihenhaus eingedrungen, hat eine 49-jährige Frau und deren 21-jährige Tochter gefesselt und beide mehrere Stunden in getrennten Räumen festgehalten. Nach 22 Uhr gelang es der Tochter, sich zu befreien und über ein Dachfenster in das benachbarte Haus zu flüchten. Die sofort benachrichtigte Polizei konnte den 34-jährigen Täter noch am Tatort festnehmen. Der eintreffende Notarzt stellte den Tod der Mutter fest. Weil der Ehemann des Opfers noch nicht zu Hause war, suchte die Polizei dessen Lebensmittelgeschäft in Offenbach auf und fand dort seine Leiche. Alle Beteiligten stammten aus Afghanistan.

Seltsames Gefühl, dieser Börsencrash. Aber auch Genugtuung, dass die Seifenblasen platzen, dass der ganze Banken-Spekulations-Aktien-Irrsinn sich endlich als solcher offenbart. Und gleichzeitig die bange Ahnung, dass die Gewinner des Ganzen wieder die Falschen sein werden. Und die Verlierer dieselben wie immer.

Heute vor einem Jahr starb in Warschau Ryszard Kapuściński.

Samstag, 26. Januar 2008 – Siebenuhrdrei, vierkommaeins. Dunkel. K. ruft an, macht mich aufmerksam auf einen Eintrag in Ludger Menkes Krimiblog, dort sei verwiesen auf das Tagebuch von Anne Chaplet, die schon wieder über mich … Muss man mir das alles apportieren?

Gestern Morgen ins Gallus. Dunkel. Dauernd aus dem Wagen raus geknipst. Eine Stunde lang Live-Sendung bei Radio MainFM. Wie laut der Moderator lacht, als ich sage, dass das Schreiben eine ziemlich einsame, also asoziale Angelegenheit sei. So, als sei es ihm peinlich, dass nun dieses Wort über den Sender gegangen ist.

Was noch gefehlt hat: Lesben und Schwule für Roland Koch. Es ist wirklich auf niemanden mehr Verlass. Und diese hier kommen mir vor wie jene Indianer, die sich in ein Uncle-Sam-Kostüm haben stecken lassen und zur Gaudi ihrer Peiniger am Nasenring über die amerikanischen Jahrmärkte geführt wurden.

Abends Pasolinis «Große Vögel, kleine Vögel». Soll eine Parabel gegen den Dogmatismus sein, ist aber selbst ungemein schematisch. Auch albern und eigentlich nicht mehr wirklich zu verstehen. Der gesungene Vorspann allerdings … und der Tanz der heranwachsenden Jungen, ganz am Anfang: hinreißend.

Sollte man überhaupt mal machen: Eine Liste der schönsten Tanzszenen. Godards «Außenseiterbande», Tarantinos «Pulp Fiction», Almodovars «Sprich mit ihr» …

Tot ist Julius Patzak.

Montag, 28. Januar 2008 – Neunuhrdreißig, siebenkommavier Grad. Bedeckt. Gestern Morgen gleich aufs Rad. Mache einen Schlenker durch Preungesheim und finde nach langem Suchen das Reihenhaus, in dem vorige Woche der Mord geschehen ist – Am Lausberg 8. Das rotweiße Band der Polizeiabsperrung hängt noch. Die Rollläden sind heruntergelassen. Paar Jogger traben vorbei, Hunde werden ausgeführt, die nahe Autobahn lärmt …

Nachmittags ins Wahllokal, dann zur Finissage der Leipziger Maler ins Giersch. Gleich in den dritten Stock, wo die Sachen von Triegel hängen. Erster Impuls: So geht's nicht! So gestrig klassizistisch, so bloß virtuos, so ganz und gar unberührt von jeder Moderne … Auch Mattheuers naiv-plakative, schwermütig-bunte Luftballon-Träumereien wollen mir nichts mehr sagen. Und Tübke? Wunderschön sein hochmütiges Selbstporträt. Aber sonst – diese Rückwendungen, diese Fluchten in den Manierismus ... dieses Kleinklein in den großen Würfen. Langeweile.

Abends schwer vor dem Fernseher. Die Politiker marschieren auf mit Gesichtern, die von der Niederlage oder vom Triumph versehrt sind. Beides gleichermaßen unschön anzuschauen.

Um Punkt 22 Uhr Max Hüntens «Große Winterlandschaft» ersteigert.

Tot ist Arnold Hauser.

Mittwoch, 30. Januar 2008 – Sechsuhreinundzwanzig, einskommaacht. Kommt mir wärmer vor. Trauriger Brief von E., von dem ich seit vielen Jahren nichts gehört hatte und der nun schreibt, dass er keine Arbeit habe und nur 400 Euro im Monat zum Leben. Seine Tochter wolle in den USA ein Geschäft aufbauen, und nun hoffe er, dass sie ihn nachholen werde ...

Montag, 4. Februar 2008 – Fünfuhrfünfundfünfzig, nullkommaein Grad. Dunkel. Seit vier Uhr wach. Auf Lesereise. Mittwoch: Mit dem ICE nach Kassel. Weiter nach Lüneburg, mit dem Taxi in ein Hotel, das «Seminaris» heißt – muss man sich auch erst mal einfallen lassen, einen solchen Namen. Wieder Taxi, in die Innenstadt, Buchhandlung Perl, kein Mikrofon. Aber im Vertrag steht doch ... Na, Sie werden sehen, dass Sie kein Mikro brauchen ... Hotel, Bett, müde.

Donnerstag: Immer noch Lüneburg, stolpere durch die kalte Stadt, tatsächlich gibt es ein paar Cafés, und ich bekomme einen doppelten Espresso macchiato. Zum Bahnhof. Zwei Polizisten zerren einen kleinen, bärtigen Mann von seinem Platz in der Bahnhofshalle, wo er mit gesenktem Kopf vielleicht gedöst, vielleicht geschlafen hat, und bugsieren ihn rüde ins Freie.

Ich (unbeholfen): Die Ärmsten müssen auch noch frieren.

Polizist Forsch: Ja, uns geht's wirklich schlecht.

Polizist Feige grinst und schweigt.

Ich (unbeholfen): Nein, ich meine ...

Polizist Forsch: Ich weiß, was Sie meinen. Aber was geht Sie das an?

Ich: Hätten Sie den Mann nicht einfach sitzen lassen können?

Polizist Forsch: Der belästigt Leute wie Sie ...

Ich: Tut er nicht!

Polizist Forsch: Der säuft und uriniert und zeigt den Leuten sein Geschlechtsteil.

Ich: Hat er gar nicht!

Polizist Forsch: Wollen Sie ihn adoptieren? Geben Sie mir Ihre Personalien, dann können Sie ihn mitnehmen. Wir packen Ihnen den Mann auch ein …

Ich: Darüber können Sie nicht verfügen.

Polizist Forsch: Ich will nicht über Sie verfügen, aber er scheint Ihnen ja ans Herz gewachsen zu sein …

Ich: Ich meine, Sie können nicht über *ihn* verfügen.

Polizist Forsch (winkt ab): Auf geht's!

Polizist Feige grinst und schweigt. Folgt dann seinem Kollegen.

Hannover: Ins Hotel Maritim am Friedrichswall. Wie, es ist kein Zimmer für mich gebucht? Nur ruhig, alles kein Problem. Bitte sehr, Nummer 905, neunter Stock. Danke. Fernsehen. Sturmartige Böen. Hochwasser. Schlingensief operiert. «Rote Rosen» wird fortgesetzt. Noch keine neue Regierung in Hessen. Abends in die Buchhandlung Leuenhagen & Paris. Nett, voll, guter spanischer Wein.

Freitag: Drehe eine Runde um den Maschteich, fotografiere ein paar Bäume, bis ich merke, dass heute nicht die Bäume schön sind, sondern die Schatten, die sie werfen. Ins Landesmuseum, wo es einen Raum gibt voller dicker, schwellender Corinths, und zum ersten Mal fällt mir auf, wie viel Lucian Freud hier gelernt hat. Danach habe ich schon gar keine rechte Lust mehr auf die anämischen Niedlichkeiten von Modersohn und Modersohn-Becker, die sämtlich so bäurisch-einfältig, so sturmfest und erdverwachsen sind … Aber nein, auch hier gibt es ein paar Schätze, wie das frühe Porträt gleich am Eingang, ein paar fahle Landschaften, die nichts feiern oder zeigen wollen, sondern einfach da sind …

Dann ins Sprengel-Museum, das überhaupt das schönste Ausstellungshaus ist, das ich kenne, offen, licht, freundlich. Und die Sammlung ist das reine Glück, ein kompletter Überblick über alle Facetten der Moderne des beginnenden zwanzigsten Jahrhunderts. Wenn die Welt so wäre wie dieses Museum … Eigentlich möchte ich gar nicht wieder gehen, weil ich weiß, wenn ich erst draußen bin, hab ich sofort den Wunsch, eine neue Runde zu drehen. Stattdessen in den Zug, Regionalbahn nach Alfeld an der Leine. Der Weg zum Hotel Elbe nimmt kein Ende, und als ich endlich ankomme, ist alles verschlossen, ich klingele, klopfe, sehe schließlich den Zettel: Herr Altenburg, geben Sie bitte den Code ein.

Die Lesung findet nicht, wie angekündigt, im Gymnasium statt, sondern in den Fagus-Werken. Wieder kein Mikrofon! Aber im Vertrag steht doch … Dann erst erfahre ich, wo ich hier bin: an der Geburtsstätte des Bauhauses. Denn die Fagus-Werke waren der erste größere Auftrag, den Walter Gropius 1911 als nicht mal dreißigjähriger Architekt ausgeführt hat. Zutiefst versöhnt.

Samstag: Zurück mit dem IC. Als wir die Stadtgrenze von Frankfurt erreichen, fange ich an, den Messeturm zu fotografieren.

Sonntag: Spaziergang durch den verschneiten Taunus. Später erschöpft in die Kissen. Was schon lange nicht mehr passiert ist: Gleich zwei gute Texte im «Spiegel» – der eine von Salomon Korn über Martin Walser, der andere von Malte Herwig über Enzensberger.

Tot ist mal wieder Alex Harvey.

Donnerstag, 7. Februar 2008 – Achtuhreinundzwanzig, zweikommaeins. Raureif überall. Und strahlend die Sonne. Aber was ist nur los? So jung noch das Jahr, so früh noch am Tag, so sonnig schon der Himmel … und ich höre Strauss' «Vier letzte Lieder», möchte vergehen vor Schmerz … und … statt nun dem ein Ende zu machen, höre ich sie ein ums andere Mal, und immer wieder das allerletzte: «Wie sind wir wandermüde – ist dies etwa der Tod?» Und dann auch noch die hinfälligste aller Hinfälligkeiten: «Addio del passato» aus Verdis «La Traviata».

Heute vor drei Jahren wurde die 23-jährige Hatun Sürücü in der Tempelhofer Oberlandstraße mit drei Kopfschüssen getötet.

Mittwoch, 6. Februar 2008 – Elfuhrfünfundvierzig, zehnkommaneun. Sonnig, wolkig, stürmisch, alles. Unter den Brücken die Mücken …

«Herr Kommissar, wissen Sie, dass man hier sehr viel von Ihnen gesprochen hat?»

«Wie schön.»

«Ich wollte sagen, dass man schlecht von Ihnen gesprochen hat. Man hat Ihr Verhalten als …»

«Ein Bier, Garçon! Schön kalt!» (Aus: Simenons «Maigret bei den Flamen»)

Wieso gibt es für solche Dialoge eigentlich keinen Nobelpreis?

Heute vor neunundachtzig Jahren starb Gustav Klimt, dessen Bilder ich noch immer nicht ertrage.

Montag, 11. Februar 2008 – Siebenuhrachtundfünfzig, zweikommafünf. Schon hell. Was gefehlt hat, merken wir erst jetzt, bei der ersten gemeinsamen Ausfahrt des Jahres. Schlendernd durch die sonnige, frische Wetterau, gelegentlich kleine Attacken, zielloses Geplauder, gemeinsames Schweigen – unpeinlich, schwerer Atem, die ersten Krokusse, nasse Greifer über kahlen Apfelbäumen, ein Rudel Rehe, das von dem unsichtbaren Mund zwischen Himmel und Acker verschluckt wird, der grüne Flaum auf den Feldern. Und … am Ende das erste Speiseeis in Bergen … eh man noch unterzuckert …

Lektüre: Marie Luise Scherer «Der Akkordeonspieler». Anbetungswürdig.

Tot ist Sergej Eisenstein.

Dienstag, 12. Februar 2008 – Fünfuhrachtundfünfzig, vierkommasechs Grad. Dunkel. Mehr noch als in der avancierten Literatur scheint die Beurteilung eines Kriminalromans eine Frage persönlicher Vorlieben, des Temperaments, des Geschmacks und nicht zuletzt des Zeitgeists zu sein. Objektivierbar ist – schaut man sich die Kritiken oder auch nur die Reflexe der Leser an – offenbar fast nichts. Ob jemand David Peace mag oder Kathy Reichs, ob Mankell oder Fred Vargas, Håkan Nesser oder Elizabeth George, ob Ellroy, Rankin, Connelly, Robinson oder Disher, die Kriterien der Rezensenten entsprechen immer ganz individuellen Vorlieben für einen bestimmten Duktus, vor allem aber auch für einen bestimmten Ermittlertypus. Und sind zumeist – was nicht zu beklagen, aber festzustellen ist: außerliterarisch. Dabei zeigt sich, dass die professionellen Kritiker von Spannungsliteratur dazu neigen, einen Kriminalroman dann für gelungen zu halten, je «dunkler», «verlorener», «härter», «schneller», «korrupter», «verkommener», «sezierender», «schärfer», «auswegloser» er oder seine Geschichte oder sein Personal genannt werden können. Und je «ungewöhnlicher», «irritierender», «disparater», «innovativer», «zeitgemäßer», «moderner» seine Erzählweise. Was wohl auch daran liegt, dass die Ungeduld beim Lesen mit dem Grad der Übersättigung steigt. Wer «Tag und Nacht auf Crime» ist, muss die Dosis vielleicht gelegentlich erhöhen. Dabei wird – seit nunmehr Jahrzehnten unhinterfragt – immer wieder zustimmend Bezug genommen auf die Romane der amerikanischen *hardboiled*-Schule und der *série noire*. So, als sei deren Ausdrucksarsenal nicht längst seiner Erfahrungsgrundlagen beraubt und deshalb zur Attitüde erstarrt. So, als müsse ausgerechnet der Kriminalroman der literarischen Avantgarde von vorgestern nacheifern, als müsse ausgerechnet dieser die Trümmer noch zermahlen, in die jene die narrativen Gebäude des neunzehnten Jahrhunderts aus guten Gründen gelegt hat. Aber verglichen mit den Arbeiten von Dujardin, Joyce, Kafka, Proust, Ba-

bel, Beckett und Céline oder gar mit den Arbeiten des literarischen Dadaismus und des *nouveau roman* gehören selbst die vermeintlich «modernsten» Kriminalromane zutiefst der Vormoderne an. Und können womöglich gar nicht anders. Denn würden sie die Gesetze der aristotelischen Dramaturgie aufgeben, würden sie zugleich ihre eigenen Maßgaben suspendieren und damit sich selbst. Seine Qualität bezieht das Genre aus der Variation, nicht aus der Innovation: «Die Charaktere werden selten gewechselt, und Motive für den Mord gibt es nur ganz wenige. Weder in die Kreierung neuer Charaktere noch in die Aufstöberung neuer Motive für die Tat investiert der gute Kriminalromanschreiber viel Talent oder Nachdenken. Es kommt nicht darauf an. Wer, zur Kenntnis nehmend, daß ein Zehntel aller Morde in einem Pfarrhof passieren, ausruft: ‹Immer dasselbe!›, der hat den Kriminalroman nicht verstanden. Er könnte ebensogut im Theater schon beim Aufgehen des Vorhangs ausrufen: ‹Immer dasselbe!›» – Geschrieben hat diese Sätze Bertolt Brecht, der erklärte Antiaristoteliker unter den Autoren des letzten Jahrhunderts.

Heute vor dreiundfünfzig Jahren starb Julius Bab in Roslyn Heights.

Mittwoch, 13. Februar 2008 – Siebenuhreinundvierzig, minus nullkommavier. Im Nebel. Lektüre: Christian Steigers Buch «Rosemarie Nitribitt – Autopsie eines deutschen Skandals», durchgängig auf Hochglanzpapier gedruckt, was aber den Gesamteindruck des Bandes ins Gegenteil verkehrt: Er wirkt dadurch eher reißerisch. Auch die Fotos von Nitribitts Leiche, die Nacktaufnahmen sind grenzwertig. Trotzdem erstaunlich, dass damit nach fünfzig Jahren zum ersten Mal eine Recherche zu dem Fall in Buchform vorliegt. Auch wenn vieles im Dunkeln bleibt – ein Sittenbild der Nachkriegszeit wird sichtbar. Und ich bin verblüfft, dass es viel mehr Parallelen zum Fall Matura gibt, als ich bislang angenommen hatte.

Und jetzt noch eine ziemlich sensationelle Entdeckung: Der Schweinfurter Unternehmersohn Ernst-Wilhelm Sachs ist schon im Jahr 1957 beim Fall Nitribitt ins Visier der Ermittler geraten. Und auch in den Akten zum Mordfall Matura taucht er neun Jahre später wieder auf. Nicht nur, dass er einer der Kunden der M. war. Er war in der Mordnacht in Frankfurt – keine zweihundert Meter von der Wohnung des Mordopfers entfernt im Hotel Intercontinental. Die Nachlässigkeit, mit der die Polizei offensichtlich in beiden Fällen seine Alibis behandelt hat, ist frappierend. Und mit beiden Mordfällen war der kürzlich verstorbene Frankfurter Polizeidirektor Albert Kalk an verantwortlicher Stelle befasst. Und der hat – wenigstens im Fall Nitribitt – nachweislich gelogen, wenn er öffentlich immer wieder deren Bekanntschaft mit der bundesdeutschen Prominenz bestritten hat.

Zuruf: Künftig ein bisschen weniger um Krimi-Kram kümmern!

Tot ist: Arno Breker. Sehe gerade, dass es in Nörvenich ein Breker-Museum gibt. Werde ich mir anschauen, wenn ich in Kerpen bin.

Samstag, 16. Februar 2008 – Siebenuhreinunddreißig, minus fünfkommanull. Gestern Morgen, noch matt von der Lesung am Vorabend, klingeln Arning und der Fotograf Alex Kraus. Interview für die «Frankfurter Rundschau». Paar Aufnahmen auf der Dachterrasse. Wie man so guckt, was man so stammelt …

Dann aufs Rad, aufs weiße, an den Main. Windig, eisig, sonnig. Auf der Höhe von Rumpenheim, hinter dem heruntergekommenen Campingplatz und der Hunderennbahn rechts ins Feld zum Schultheißweiher. Ja, sehr schön. Ein guter Schauplatz. Hier kann das Skelett gefunden werden. Als ich das Naturschutzgebiet verlasse, sehe ich rechter Hand auch noch diesen uralten, ummauerten Friedhof. Und später, im Regionalatlas, findet sich dafür die Bezeichnung: «Jüdische Begräbnisstätte».

Rasch nach Hause und die Abschrift des Interviews überarbeiten. Peter H. ruft an, erzählt, dass heute etwas in der «Basler Zeitung» komme. Und dass er für «Zeit online» noch ein paar O-Töne brauche …

Abends dann Lesung in Seligenstadt. Und ich am Ende: völlig am Ende.

Tot ist Helen Vita. Eines ihrer Alben hieß: «Ich hasse die farblose Feinheit».

Dienstag, 19. Februar 2008 – Achtuhrundsieben, minus nullkommasieben. Schon wieder Sonne. Hell. Eine Zeitlang musste ein Werk, wollte es gemocht werden, als «subversiv» gelten, wenig später war das «radikal Subjektive» gefragt, dann wurde «das Erhabene» wiederentdeckt, immer mal wieder Konjunktur hat «der Grenzgänger», bei schlichteren Gemütern auch «die spitze Feder», und nun also …

Frank Thilliez: Die Kammer der toten Kinder (Juli 2007)
Dan Simmons: Kinder der Nacht (September 2007)
John Saul: Kind der Hölle (Oktober 2007)
Sabine Alt: Kinder des Wassers (November 2007)
Elisabeth Herrmann: Das Kindermächden (November 2007)
Piernicola Silvis: Der Kindermörder (November 2007)
Sabine Thiesler: Hexenkind (November 2007)
Sebastian Fitzek: Das Kind (Januar 2008)
Tom Rob Smith: Kind 44 (Januar 2008)
Sam Hayes: Blutskinder (Februar 2008)

Anne Holt: Das einzige Kind (Februar 2008)
Donna Leon: Lasset die Kinder zu mir kommen (Juni 2008)
Vor sechs Jahren starb Charles Trenet.

Samstag, 23. Februar 2008 – Sechsuhrfünfunddreißig, achkommanull Grad. Dunkel. Mittwoch im ICE nach Dresden. Deutschland hat 82 Millionen Einwohner. Davon gefühlte Schwaben: 81,9 Millionen. Und ich bin ständig von ihnen umzingelt. Mir gegenüber ein Paar, beide Ende fünfzig, aufgeräumt, gesetzt, gewitzt, die Rechtschaffenheit dringt aus jeder Pore, und durch die praktischen Regenjacken aus heimischer Produktion scheinen sie gewappnet zu sein gegen alle Widrigkeiten dieser Welt. Das Stolpern eines Mitreisenden im Mittelgang, das unbeholfene Englisch des Zugführers, die zu enge Jeans einer jungen Frau kommentieren sie mit einem kurzen gemeinsamen Keckern, bevor sie gleich wieder verstummen, sich unschuldig anschauen und auf den nächsten Anlass lauern. Gesagt haben, freilich, will man nichts …

Rechts neben mir: noch ein Paar, noch zwei Schwaben. Groß, schlank, blass, tot. Frisiert und in grobe Wolle gekleidet wie mormonische Pioniere. Und tatsächlich: Sie lesen sich gegenseitig leise aus einem dicken Buch vor, das den Titel trägt: «Jesus ist der Weg!» Abends nach einer schönen Lesung im Kommissariat zwei Entdeckungen im Gasthaus «Bautzner Tor»: auf dem Teller die Kamenzer Wurst und an der Wand ein überraschender Lenin. Und nicht zu vergessen, die Geschichte von dem versehrten, am Tourette-Syndrom leidenden Mann, der morgens in die Bäckerei kommt und seinem Überdruck Luft macht, indem er unvermittelt ausruft: «Hitlerfickendreibrötchen.» Und das auf Sächsisch.

An der Wand des Lokals die Mitteilung: «Geschätzte Gäste! Aufgrund des neuen Raucherschutzgesetzes wird ab dem 1. Februar das Rauchen in allen Räumen verboten sein, in denen Speisen und Getränke verabreicht werden. Aus diesem Grund bitten wir Sie um Verständnis, dass ab der nächsten Woche keine Speisen und Getränke mehr ausgegeben werden!»

Donnerstag: Berlin. Von Spandau aus nach Dahlem. Drei Kilometer von der nächstgelegenen U-Bahn-Station zu Fuß durch dieses nicht enden wollende Villenviertel, wo es keine Menschen auf den stillen Straßen gibt und keine Namen an den Briefkästen, sondern nur Hausnummern und ab und zu die schmiedeeisernen Initialen des Hausherrn. Dann in einer kleinen Sackgasse das Brücke-Museum. Aber ach, es gibt nur eine Sonderausstellung mit dem umwerfenden Titel: «Ekstase, Rhythmus, Stille», wo nichts anderes gezeigt wird als gefühlte fünfhundert kreuzbrave Eruptionen von Karl Schmidt-Rottluff, die ich sämtlich eingehend studiere und geistig durchdringe, wofür ich insgesamt fünf Minuten brauche, bevor ich wieder drei Kilometer zurücklaufe durch diese Heimstatt asozialen Reichtums, von der ich nun denke, dass dieses Museum hier wirklich sehr gut aufgehoben und versteckt ist. Dann aber nach Charlottenburg, wo direkt gegenüber vom Schloss die Sammlung Berggruen Bilder von Matisse und Picasso und Klee zeigt, was ein so großes Glück ist, das ich es keinesfalls mit dieser Welt teilen möchte …

Zurück in Spandau, hinterm Bahnhof vor dem «Arcaden» genannten Einkaufszentrum: Eine Frau, vielleicht Mitte fünfzig, gewandet wie eine in die Jahre gekommene Hippiedame, an einer Selbstgedrehten nuckelnd, fragt mich nach dem Weg. Ich bedaure, will mich bereits wieder abwenden, als sie ihren Blick schon in meinen verhakt hat. Wo ich denn sonst herkomme, wenn nicht aus Spandau? – Frankfurt, sage ich. – Na, da sei sie doch in der Nähe fast mal adoptiert worden, in Niederhöchstadt, Jahrzehnte her freilich, weshalb man ihr den Dialekt nicht mehr anhöre, inzwischen allerdings – sie mache gerade ihre dritte Analyse – dringe sie langsam so tief in ihr Unterbewusstes vor, dass das Südhessische gelegentlich wieder zutage komme: «Dann babbel isch wiedä.» Sagt's, lächelt mich an und zieht ihrer Wege.

Abends in St. Marien. Ein Paar aus Berlin-Adlershof; die beiden erzählen, dass ihnen noch Anfang der Achtziger die benachbarte alte Anna Seghers immer mal wieder über den Weg gelaufen sei. Dann ins Alte Zollhaus mit den Kissners. Kaninchen und Williams und irgendwann schwermüde zurück ins öde Ibis.

Gerade sehe ich: Heute vor einem Jahr ist Heinz Berggruen gestorben.

Dienstag, 26. Februar 2008 – Neunuhrvierzig, zwölfkommanull. Bedeckt. Was für eine Nacht. Gegen halb drei aufgewacht, schweißgebadet, mit rasendem Herzen. Flatternde Träume. Ein Tier huscht über den Weg, vielleicht ein Dachs. Eine Pizza explodiert in der Mikrowelle. Jemand wartet. Jemand fällt. Ich lüge. Alte Geschichten.

Fernandel ist tot.

Donnerstag, 28. Februar 2008 – Siebenuhrdreiundfünfzig, fünfkommaein Grad. Wolken. Michi Herl schickt den schönen Nachruf von Florian Illies auf Heinz Berggruen. Stefan, den ich auf den Gängen des Hessischen Rundfunks treffe, empfiehlt mir «Hauptweg und Nebenwege», Erinnerungen eines Kunstsammlers. Und Jürgen bringt die Sonntags-FAZ mit, darin eine berückende Reportage von Nils Minkmar über seine Begegnung mit dem alten französischen Historiker Marc Ferro, der das Bundesverdienstkreuz ablehnen musste. Und ein gewohnt debiles Interview von An-

dré Müller mit der Geigerin Julia Fischer. Es geht um alles, um Ruhm, Schönheit, Jugend, Nacktheit, Geld … Nur um eines geht es nicht: um Musik.

Heute vor einhundert Jahren wurde Pat Garrett erschossen.

Freitag, 29. Februar 2008 – Siebenuhrfünfunddreißig, siebenkommasieben. Regnet's schon wieder? Hatz durch den Tag – und trotzdem wieder nichts geschafft. Telefon, Telefon, Telefon – verdammt, was gibt es bloß immer zu reden? Und alle beschweren sich, dass ich nie zu erreichen sei …

Die Sache mit den drei toten Georgiern weiterverfolgen …

Heute hat Cheb Khaled Geburtstag.

Donnerstag, 6. März 2008 – Achtuhrneun, nullkommafünf. Schlieriger Himmel. Vor ein paar Tagen die freundliche Dame am Eingang des Veranstaltungsraums: «Guten Tag, ich bin Ihre persönliche Betreuerin, wir hatten bereits Kontakt …» – Allerdings, das hatten wir. So oft hat sie mich angerufen, mir gemailt, mich zu Reaktionen und Entscheidungen gezwungen, welchen Tisch, welches Wasser, welche Beleuchtung, welche Schnittchen ich wünschte, dass ich längst den Eindruck hatte, sie sei es, die von mir betreut werden wolle …

Gestern mit Jürgen zur Eröffnung der Tagebuch-Ausstellung im «Museum für Kommunikation». Immer, wenn ich Eva Demski sehe, werde ich ruhiger, freundlicher, konzentrierter. – Sie: «Hier laufen ja nur Nervenbündel rum.» – Stimmt schon, alle sind ein bisschen fahrig, aufgekratzt, wie auf Koks. Aber eigentlich eine gute Stimmung: Gespanntheit, High, Erwartung, nahende Befriedigung. Während wir vortragen, habe ich wieder den Eindruck: Das geht nicht, das funktioniert nicht, das erreicht niemanden. Ich kann die «Geisterbahn» schreiben, man kann sie lesen, aber daraus in einer öffentlichen Veranstaltung vorlesen – nee! Natürlich sagt einem das hinterher keiner, alle lächeln, sind freundlich … Dann durch die Ausstellung. Großes Glücksgefühl. Endlich ist das da! Endlich hat man es mal an einem Platz versammelt! Tausend wispernde Stimmen. Trotzdem auch gespenstisch – wie schnell das alles akademisiert, historisiert und musealisiert wird. Auf den Begriff gebracht, erstarrt. Und sofort der Impuls, Platz zu schaffen, Bewegung zu erzeugen, das ganze Haus auf der Stelle niederzubrennen! Und von vorn zu beginnen …

Heute vor einem Jahr starb Baudrillard.

Samstag, 8. März 2008 – Siebenuhrdreißig, sechskommasechs. Nass. Nach Butzbach ins Gefängnis, Sicherheitsstufe eins. «Sie sind der Herr Altenburg», sagt der Mann an der Hauptpforte in seiner Panzerglaskabine, bevor ich mich noch vorgestellt habe. – «Woher wissen Sie?» – Er grinst: «Wir wissen so etwas.» Dann kommt mir eine Schublade entgegen, in die ich Personalausweis, Schlüssel und die Ixus legen muss. In der Sicherheitsschleuse werde ich abgescannt. Sascha Feuchert sitzt schon verloren in dem öden Warteraum. Wahrscheinlich wirkt hier jeder sofort wie ein Sünder. Rote Plastikstühle. Quäkender Lautsprecher irgendwo oben an der Wand. Über den Hof in die «Kathedrale des Verbrechens», wie Götz sagt, der uns abholt. Im Büro habe er ein Päckchen für mich. Heute Morgen sei ein Taxi vor seiner Haustür vorgefahren, Uwe L. sei ausgestiegen und habe ihm einen Umschlag für mich überreicht. Jetzt fummele ich an dem Päckchen herum, habe es schließlich geöffnet, schaue hinein – mein Herz macht einen Freudensprung – und ziehe hervor: eine Magnumtüte mit Schulkreide-Lakritz, über die ich mich sofort hermache. Gespräch mit Götz, ein Schwall interessanter Geschichten, und ich möchte fragen, saugen, fragen. Kurzer Blick in die Kirche und in die Bibliothek. Dann in den Zellentrakt, Häftlinge auf den Gängen, vierschrötig, lungernd, lauernd, in die Zelle von Herrn Fuchs, zurück, dann Lesung vor zwanzig Häftlingen, hinterher Gespräch, alles sehr konzentriert, direkt, selbstironisch, manchmal bitter – und so unverstellt, wie ich es noch kaum je erlebt habe. Vorherrschender Eindruck: die Schließgeräusche, das Schlagen der Metalltüren, der Hall in den Gängen des Zellentraktes, die verstohlenen Blicke, das Lauern. Dann Restaurant «Seoul», bisschen durch die dunkle Butzbacher Innenstadt, tote Amsel fotografiert und das Heim des «Butzbacher Rauchervereins». Lesung in der Buchhandlung Bindernagel. Alles prima, nur die Lautsprecheranlage fällt dauernd aus, und ich muss ohne Mikrofon vor hundertdreißig Leuten lesen. Auf der Heimfahrt immer wieder Griff auf den dunklen Beifahrersitz, wo die Tüte mit Lakritz …

Gestern noch mal kurz Butzbach. Gebe an der Gefängnispforte einen Karton Bücher für die Bibliothek ab. Dann weiter nach Alsfeld. Lesung im Amtsgericht. Wieder kein Mikrofon. Wieder hundertdreißig Leute. Völlig perforiert auf die Autobahn, nach Hause.

Tot ist Joe DiMaggio.

Dienstag, 11. März 2008 – Achtuhrfünfundfünfzig, achtkommasechs. Windig, wolkig. Gestern Alte Oper. Schütteres Abonenntenpublikum. Man kennt sich, scherzt, gern hessisch. Das Dänische Nationalorchester unter Thomas Dausgaard. Gott, ist dieser Mann riesig. Largo como un dia sin pan. Unwillkürlich fällt mir das Wort Knäckebrot-Gardiner ein. Ja, albern. Irgendwas von Nielsen, mhm. Dann Elgars Cellokonzert in e-Moll mit Truls Mørk. Ich schlafe ein, wache wieder auf. Angeblich Kriegsmusik. Verstehe ich nicht. Pause, zwei Bier. Dann die Vierte von Brahms. Schon hübsch. Zugaben. Tiefgarage. Nach Hause. Todmüde.

In Goetz' Blog die Beschreibung einer Szene wie aus einem Balzac-Roman: Joschka Fischer betritt die Eingangshalle der Berliner Akademie der Künste, niemand begrüßt, keiner beachtet ihn, was den ehemaligen Außenminister zunächst irritiert, dann mehr und mehr aufbringt, schließlich hysterisch werden lässt. «Joschka Fischer ist noch nicht einmal in der Lage, einen ganz normalen öffentlichen Veranstaltungsraum wie ein normaler Mensch zu betreten, sich da zu orientieren und situationsadäquate Schlussfolgerungen für das eigene Auftreten daraus zu ziehen.»

Das anhaltende Bedürfnis, mal irgendwas Schnelles, Direktes, Kurzschlüssiges zu schreiben. Das Keyboard an die Nerven anschließen. Ohne zu überlegen. Raus damit. 120 Seiten … ungefiltert, rücksichtslos …

Lektüre: Roger Willemsens alte Reportage über seine Begegnung mit dem japanischen Mörder Issei Sagawa, der im Juni 1981 in Paris die holländische Studentin Renée Hartevelt mit einem Gewehr erschossen, dann vier Tage mit seinem Opfer in einem Zimmer verbracht und Teile des Leichnams verspeist hat.

Catherine Pozzis Tagebücher sind gekommen.

Hansjörg Martin ist tot. Seit neun Jahren. Außerdem: Friedrich Wilhelm Murnau, Heinrich Mann, Slobodan Milošević.

Freitag, 14. März 2008 – Sechsuhracht, siebenkommaeins. Seit kurz vor drei wach und gleich das Geräusch des Regens … Dienstag: Mannheim, Tiefgarage Cinemaxx, Holiday Inn. Kober heißt jetzt Thalia. Die bislang am schlechtesten besuchte Lesung. Aber als ich schon angefangen habe und kurz hochschaue, sitzen dort Alex und Alex, die einander nicht kennen … und ich bin grinsend erleichtert, weil ich nun nicht übergangslos ins Elend des Hotelzimmers muss. Vor dem Einschlafen ein wenig in Pozzis Tagebüchern: «Ich schreibe, um nicht zu sterben vor Einsamkeit.»

Mittwoch: Morgens in die Kunsthalle. Leer. Aber kaum betrete ich einen Raum, steht hinter mir schon wieder so ein blauer Museumswächter, kaut verstohlen auf seinem Frühstücksbrot und verfolgt mich, bis ich seinen Zuständigkeitsbereich verlasse … Cartier-Bressons frühe Fotografien. Langweilige 50er-Jahre-Abstrakte. Verhungerte Skulpturen. So was von tot. Suche den großen Manet. Hängt ja alles durcheinander hier. Soll wohl was bedeuten. Schnell in den Altbau, wo Gustav Friedrich Hartlaub noch gegenwärtig zu sein scheint, der 1925 hier die erste Ausstellung mit dem Titel «Neue Sachlichkeit» eröffnete, die dann der ganzen Richtung ihren schönen Namen gab.

Hans Meyboden: Blumen vor grauer Wand; Liebermann: Selbstbildnis (1918); Slevogt: Parforcereiterin (1906); Grosz: Max Hermann-Neiße (1925); Kirchner: Gelbes Engelufer (1912); Beckmann: Herbert Tannenbaum geht nach Amerika (1947); Corinth: Nach dem Bade (1910); Corinth: Stilleben mit Schinken (1917); Dix: Die Irrsinnige.

Was soll ich machen? Um 15 Uhr bin ich in Walldorf, durch das der Wind geht, über dem die Wolken ziehen. Hauptstraße, Bahnhofstraße, City-Grill, Boutiquen, Wellness-Studios, putzig, paar Trinker, paar türkische Jungs. Die hübsche Wand eines Abrisshauses wird geknipst. Rund um das Städtchen ist alles SAP. Gespenstisch. Auf 14 000 Einwohner kommen noch mal so viele SAP-Mitarbeiter. Die Lesung beginnt um 20 Uhr; ich bin fünf Stunden zu früh. Was soll man machen in Walldorf? Fünf Stunden lang? Ich gehe in ein Café, bin der einzige Gast. Der Wirt, ein kräftiger, junger Italiener, schaut finster. Natürlich kann ich einen doppelten Espresso macchiato bekommen, dafür ist er schließlich da. Er ist schroff, gelangweilt, schlecht gelaunt, weil sein Laden nicht läuft. Zwei dicke Einheimische kommen, setzen sich an den Tresen, unterhalten sich mit dem Wirt. Dieser wahnsinnige Dialekt hier. Ich verstehe nichts … so ist es besser.

Abends Lesung in der Stadtbibliothek. Anschließend allein ins Ristorante «Riviera», Kalbssteak, wieder italienische Rotzer, gutes Essen, schlechter Wein, zu teuer. Hotel.

Donnerstag: Signierstunde im Frankfurter Kaufhof. Man hat eine Art Thron aufgebaut, der flankiert wird von zwei jungen Securitymännern … Mit drei Tüten voller Rotwein nach Hause. Nachruf eines der beiden Gorillas: «Kannst du schön schlucken, hä.»

Warum scheue ich mich, einfach hinzuschreiben «Karl Marx ist tot»? Weil es so fett klingen würde, oder? Aber tot ist er doch.

Montag, 17. März 2008 – Fünfuhrachtundfünfzig, fünfkommavier Grad. Wind, Regen. Es klingelt an der Tür. Ein dicker Mann streckt mir einen kleinen Karton entgegen. Die erste Nummer von «Nullsechsneun» ist gekommen. Bin ganz zappelig, so schön ist das Heft geworden. Nur das Papier sollte etwas dicker sein und weniger glänzen. Abends Billy Wilders «Apartment». Gegen Ende doch wieder eingeschlafen.

Häme ist eigentlich immer Ausdruck einer Sklavenhaltung. Häme ist das kleine, giftige Glück der Zu-kurz-Gekommenen. Sehr verbreitet.

Heute vor achtzehn Jahren stürzte sich die Schauspielerin Germaine Lefebvre, die sich «Capucine» nannte, aus ihrer Wohnung im achten Stock eines Hochhauses in Lausanne.

Donnerstag, 20. März 2008 – Siebenuhrzehn, dreikommaeins. Hübscher Himmel. Geräusche am Morgen: draußen Vögel. Die Heizung springt an. Das Surren auf dem Asphalt der nahen Autobahn. Ein Martinshorn. Der Wecker piepst. Ein Rollladen wird hochgezogen. Hupen. Eine Autotür wird zugeschlagen. Der Motor wird angelassen. Ein Baufahrzeug fährt vorüber. Die Sittiche werden wach. Irgendwas knackt. Ein Kind ruft. Es klingelt. Kinderstimmen. Quietschende Fahrradbremsen. Leises Lachen. Die Haustür wird geschlossen. Der Wasserhahn aufgedreht. Die Toilettenspülung. Der Rettungshubschrauber startet. Noch ein Martinshorn. Ein Flugzeug. Der Müllwagen kommt. Das Rumpeln der Tonnen. Radio. Die Dusche. Gähnen. Kleiderrascheln. Die Espressomaschine. Der Gasherd zischt. Kaffeetassen. Bestecke klappern. Das Telefon. Der Rechner fährt hoch. Schritte. Na dann, bis heute Abend. Wieder die Haustür. Kurze Stille. Bis später.

Tot ist der furchtbare Arzt Alfred Ploetz, Erfinder des Begriffs «Rassenhygiene».

Ostermontag, 24. März 2008 – Vierzehnuhrsiebenundzwanzig, dreikommavier. Schnee. Gerade durchgefroren von einer kleinen Tour zurück.

Donnerstag über Kassel nach Ziallerns. Wind, Regen. Abends zeigt Jens in der Werkstatt seine Sammlung selbstgemachter Messer. Freitags: Wind, Regen. Nachmittags Tour nach Wittmund. Samstags mit dem Wagen nach Emden. Unterwegs Matratzenoutlets, Autoteile Unger, Sexläden, Landpuffs, Imbissstuben, Muffbuden. In die Kunsthalle, Sonderausstellung «Garten Eden». Drei schöne Liebermanns. Zwei Abstrakte: Cecily Brown «Canopy» und Piero Dorazio «I Gardini di Pogo». In der Stadt lauter russische Matrosen. Schulkreide, das Pfund für vier Euro. Bei C&A gibts auch keine gescheiten T-Shirts, alles Ramsch. – Hätt ich dir gleich sagen können.

Abends Osterfeuer, windig, kalt. Sonntags blauer Himmel, um halb acht wieder kleine Tour, keine Autos, keine Menschen, nur paar Reiher, Hasen, Fasane und über allem kreisend: die dicken Greifer. Das Wasser in den Schloten ist gefroren. Frühstück, ins Auto, retour über Oldenburg, Osnabrück. Kurz vor Bielefeld Landhotel «Quellental». «Seit sechshundert Jahren in Familienbesitz», sagt der Kellner. Er selbst: «Seit dreißig Jahren hier zu Diensten.» Weiter. Rundum Schnee.

Heute vor einhundertvier Jahren starb in Paris Emma Herwegh.

Dienstag, 25. März 2008 – Sechsuhrsechsundfünfzig, nullkommasechs. Weiße Welt. Von Professor Martin Lücker ein Brief, ob ich Lust hätte, in der Veranstaltungsreihe «Mein Lieblingsstück» in der Alten Oper aufzutreten. Das heißt, ich darf mir ein Werk wünschen, welches dann von den Musikern einstudiert und später vor Publikum aufgeführt wird. Dazu ein öffentliches Gespräch ... Nichts lieber als das!

Und dann auch noch von Christof eine Mail, ob ich nicht Spaß und Zeit hätte, eine Kolumne zu schreiben mit dem Titel «Die Platte, die mein Leben verändert hat».

Die Sonnenblumen von Hünten gestern sind mir entwischt. Mal sehen, ob ich heute Abend mutiger bin.

Lektüre: Miles Corwin «Homicide Special – A Year with the LAPD's Elite Detective Unit».

Novalis ist tot.

Mittwoch, 26. März 2008 – Neunuhrvierundzwanzig, zweikommaacht. Weiß. Müde. Gestern Morgen in die Baumschule nach Bruchköbel, große Vogelkirsche gekauft. Dann endlich in die Schirn zu den Impressionistinnen. Viel Süßlichkeit, Betulichkeit, Unfertiges. Näher an Monet und Renoir als an Degas und Manet. Vieles, was in kein Museum dieser Welt gehört. Aber auch hinreißende Einzelstücke, die Wäscheleinen von Berthe Morisot, die kleinen Blumenvasen von Marie Bracquemond. Und die Entdeckung: Eva Gonzales. Von ihr leider eine allzu kleine Auswahl, aber immerhin das schöne Logenbild, das es mit den besten Manets aufnehmen kann. Und das Erwachende Mädchen – ach ...

Abends auf Arte Steven Sebrings «Dream of Life» über die supersympathische Hippiehexe Patti Smith. Die Schlichtheit ihrer Texte ist oft kaum zu unterbieten – oder muss es heißen: zu überbieten? Was sie so von sich gibt: Baudelaire-Rimbaud-Kerouac-Ginsberg-Muff. Aber wenn sie anfängt, zu schlendern, zu stolzieren, zu stolpern, zu tanzen, gar zu singen, gehe ich sofort in die Knie. Aus jedem noch so doofen Reim macht sie – ja, jetzt muss es mal raus: große Kunst. Und gerade habe ich das Gefühl, in Kürze tot umzufallen, wenn ich nicht herausbekomme, was das für ein Reggae war, den sie im Abspann gesungen hat.

Die Toten sind mir heute mal egal.

Donnerstag, 27. März 2008 – Zehnuhrfünfzig, achtkommacht. Grau.

Heute vor sechs Jahren ist Matthias Beltz gestorben. Und fehlt und fehlt und fehlt.

Mittwoch, 2. April 2008 – Fünfuhrneunundzwanzig. Achtkommanull. Noch dunkel. Flackernde Träume. Gestern Tisch und Bänke nach draußen geräumt.

Inzwischen, sagt M., habe er oft Lust, den Rest seines Lebens einfach zu verdämmern, da man ja wisse, dass es sowieso irgendwann zu Ende gehe ... sich dem Vergehen einfach hingeben, sagt er. Womöglich mit Wollust. Manchmal allerdings, sagt M., stehe er so sehr im Saft, glaube er, so sehr von innen heraus zu leuchten, dass er sich schon wundern müsse, dass die Leute nicht rundum auf den Bürgersteigen stehen blieben, um ihm zu huldigen, wenn er so langsam über die Straßen der Stadt radele, das Gesicht milde lächelnd der warmen Frühlingssonne zugewandt.

Tot ist der Marquis de Mirabeau. Wie das schon klingt ...

Donnerstag, 10. April 2008 – Elfuhrdreizehn, sechskommaneun. Himmel zu. Seltsam gestern. Während des ganzen Tages kein Telefon, keine Mails, nichts, niemand. Wäre ich nicht kurz in den Supermarkt gefahren, hätte ich nicht dem Kassierer ein Hallo gesagt und ihm zwei Minuten später einen schönen Tag gewünscht, wären die Stimmbänder bis zum Abend kalt geblieben. So wird das Alter ...

Bis zum Abend, als das Haus sich füllte und Jürgen endlich mal wieder da war.

Langes Interview von André Müller mit Arno Breker gelesen. Dasselbe Muster wie bei Ernst Jünger, Leni Riefenstahl – dieselbe trotzige Verweigerung jeder Distanzierung.

Und jetzt auch noch das hier entdeckt: «Helnwein visits Arno Breker, Hitler's favorite artist, in his studio in Düsseldorf, and photographs him holding a picture of Joseph Beuys.» Und Warhol hat auch ...

Am 10. April 1919 wurde Emiliano Zapata in einen Hinterhalt gelockt und von Kugeln durchsiebt. Außerdem tot: Hugo Stinnes, Stuart Sutcliffe, Peter Brückner und Günter Guillaume.

Mittwoch, 16. April 2008 – Zehnuhrzweiunddreißig, achtkommaeins. Grau. Und jetzt, nach den Wahlen in Italien, was sollen wir tun? Keine Pizza mehr essen? Die «Isoletta» boykottieren? Nie mehr zu «Eis-Christina» gehen? Und das Erste, was man hört von Berlusconi, nach seinem neuerlichen Wahlsieg: «Harter Kurs gegen illegale Einwanderer.»

Gestern Abend in «Kulturzeit» ein Beitrag von Theo Roos über Schiller. Wie immer, wenn dieser Mann am Werk ist: verwischte Bilder, Gewaber, sphärisches Geschwätz, frei von jeder Substanz. Und eine Stimme, so verblasen, so tranig, dass die

Baldrian getrost in der Schachtel bleiben können. Christiane: «Zwei Sätze von diesem Typ, und ich schalte innerlich ab.»

Lektüre so nebenbei: «Die Kameliendame» von dem jüngeren Dumas. Wahrhaftig kein Meisterwerk in Bau, Dramaturgie, Stil. Und dennoch: er hat mich sofort am Wickel, sodass ich lese, lese, lese. Und dem unausweichlichen Lauf der Dinge entgegenbange.

Am 16. April 1947 wurde Rudolf Höß vor seiner ehemaligen Residenz in Auschwitz gehängt.

Donnerstag, 17. April 2008 – Dreizehnuhrachtundzwanzig, zehnkommaneun Grad. Wolken. Die Autobahn brüllt. Heute Nacht «Die Kameliendame» zu Ende gelesen. Fast alles falsch, was ich gestern darüber geschrieben habe. Der Roman hat eben doch eine kluge Dramaturgie. Und dass er vom Ende her erzählt ist, vom Tod der Heldin, wir also von Anfang an wissen, wie es ausgeht, und trotzdem bei der Stange bleiben, zeigt, wie traumwandlerisch Dumas dieses rührende Stück inszeniert hat. Weil wir den Ausgang kennen, konzentrieren wir uns ganz auf den Gang. Und wenn es auszuhalten wäre, würde ich jetzt gleich «La Traviata» anschauen …

Am 17. April 1944 wurde Max Josef Metzger, Katholik, Pazifist und Priester, im Zuchthaus von Brandenburg-Görden ermordet.

Dienstag, 22. April 2008 – Vieruhrvierundzwanzig, elfkommafünf. Die Autobahn brüllt immer noch. Gestern im Polizeipräsidium, krakeelender Auftritt eines fein gewandeten Herrn an der kugelsicheren Eingangskabine: «Ihr Verhalten ist eine Unverschämtheit, Sie sind nicht einmal in der Lage zu grüßen … Können Sie mir jetzt die Information geben, die ich brauche, Sie müssen nur kurz anrufen … Das gibts nicht, auch dazu ist sie nicht in der Lage … Geben Sie mir bitte Ihren Namen, gnädige Frau … Haben Sie verstanden, was ich Ihnen gesagt habe? Sie werden doch Ihren Namen wissen!» Der Mann schaut sich hilfesuchend um. Vom Nachbarschalter aus nickt ihm jemand zu: «Ja, habe ich selbe Erfahrung gemacht mit die Dame … Hat mich rumgeschickt durch ganze Stadt … unmeegliche Frau.»

Tot ist Linda Lovelace, Autorin des Buches «Ordeal».

Donnerstag, 24. April 2008 – Vieruhrzweiundvierzig, neunkommaneun. Ist der Virus wieder weg? Na, noch nicht ganz.

Lektüre: Nach «Verblendung» der zweite Stieg Larsson, «Verdammnis». Das Buch hat 750 Seiten, von denen man, wie es sich anlässt, getrost die Hälfte hätte streichen können. Die Sprache ist holperig und redundant, was nicht nur an der Übersetzung liegen kann. Auch nach 160 Seiten habe ich noch immer keine Vorstellung, worum es überhaupt gehen soll. Die Spannung hält sich in Grenzen. Die Figur der Lisbeth Salander wird immer schillernder und damit nicht eben glaubwürdiger. Wenn sie bei Ikea ihre neue Wohnung einrichtet, erfahren wir über Seiten hinweg, wie die Möbelstücke heißen, für die sie sich entschieden hat ... Aber warum komme ich kaum los von diesem Buch? Warum freue ich mich schon jetzt auf den nächsten, noch dickeren, leider letzten Band der Trilogie?

Von Guntram eine Nachricht, von der ich nicht gedacht hätte, dass sie die hörende Welt noch einmal erreichen würde: In Kürze erscheint ein neues Album von Franz Josef Degenhardt! «Dreizehnbogen». Das wird ein tagelanges Fest.

Am 24. April 1945, als die sowjetischen Truppen bereits die Stadtgrenze von Berlin erreicht hatten, wurde der Jurist Hans Koch von einem Sonderkommando des Reichssicherheitshauptamtes ermordet.

Samstag, 26. April 2008 – Tot sind Birgit Dettke, Peter Wolf, Hans-Joachim Schwertfeger, Helmut Schwarzer, Hans Lippe, Monika Burkhardt, Gabriele Klement, Susann Hartung, Ronny Möckel, Ivonne-Sophia Fulsche-Baer, Heidemarie Sicker, Carla Pott, Heidrun Baumbach, Anneliese Schwertner, Rosemarie Hajna, Andreas Gorski. Erschossen von Robert Steinhäuser, der sich anschließend, am 26. April 2002, selbst das Leben nahm.

Montag, 28. April 2008 – Achtuhreinundvierzig, dreiundzwanzigkommaeins. Soll aber wieder schlechter werden.

Die CDU lehnt eine Begrenzung der Managergehälter ab. Parteivize Christian Wulff, staatlich bezahlter Diener seiner privaten Herren, meldet sich pflichtgemäß zu Wort: «Der Staat soll sich nicht in alles einmischen.» – Aber hatten nicht eben noch die Manager nach «mehr Staat» gerufen, als es darum ging, die Milliardenverluste, die sie selbst zu verantworten hatten, mit Steuergeldern auszugleichen?

Im österreichischen Amstetten wurde ein 73-jähriger Rentner verhaftet. Er soll seine heute 42-jährige Tochter am 28. August 1984 in den Keller gelockt, betäubt, mit Handschellen gefesselt, seitdem gefangen gehalten und über Jahre sexuell missbraucht haben. Insgesamt sechs Kinder entstammen den Vergewaltigungen.

Am 28. April 1721 starb im Gefängnis am Fieber die englische Piratin und Freibeuterin Mary Read.

Freitag, 23. Mai 2008 – Fünfuhrunddrei, zehnkommadrei Grad. Dämmerig, bewölkt. Am Mittwoch in Götzenhain. Erst als ich dort ankomme, erinnere ich mich, dass es dieselbe Kneipe ist, in der ich vor zwanzig Jahren immer mal war: der «Hofgarten». Gehört den Habernolls, die ich jetzt direkt gegenüber in ihrer alten, umgebauten Hofreite besuche. Christian Habernoll erzählt, dass er nicht nur die Matura gekannt habe. Seine Mutter sei Malerin gewesen, habe sich aber am Frankfurter Schauspielhaus etwas hinzuverdient. Sie sei gelegentlich zum Tennisspielen ins Frankfurter Luftbad e.V. in der Friedlebenstraße in Eschersheim gegangen, wo er, der kleine Christian, als Balljunge arbeitete. Dort habe es eine Liegewiese gegeben, wo man sich nackt habe sonnen können – Männer und Frauen getrennt. Eine Kundin des Vereins sei auch Rosemarie Nitribitt gewesen. Tiere allerdings hätten dort nicht mit hineingedurft, weshalb die Nitribitt ihn öfter gebeten habe, ihren Pudel auszuführen.

Tot ist Heinrich Himmler. Am 23. Mai 1945 zerbiss er in einem Verhörzimmer der britischen Militärpolizei in der Uelzener Straße 31 in Lüneburg eine eingeschmuggelte Kapsel mit Zyankali.

Donnerstag, 29. Mai 2008 – Neunuhrundsieben, vierundzwanzigkommafünf Grad. Bedeckt. Laut. Gestern Abend unter dicken Gewitterwolken in schwülster Schwüle auf dem Rad in die Stadt – im schwarzen Jackett und mit schwarzen Lederschühchen. Um den Hals das schwere Abus-Kettenschloss, das eigentlich für Motorräder bestimmt ist, das ich aber, nachdem man mir das zweite teure Rad gestohlen hat … In die Neue Mainzer Straße, wo im Kundenzentrum der Frankfurter Sparkasse das Stadtgespräch der «Rundschau» stattfindet: «Frankfurt 2030 – Leitbilder für eine Metropole im Aufbruch». Worauf hab ich mich nur eingelassen? Schon, dass man mit diesen blöden Headsets verkabelt wird … wirkt wie RTL in den frühen Neunzigern … Dr. Michael Denkel, Stadtplaner des Büros «Speer & Partner», sitzt neben mir und spricht. Ich brauche eine Weile, bis ich begreife, dass er alles, was er da von sich gibt, völlig ernst meint. «Global City … Global Player … High Potentials … Green City …» Sein Unternehmen arbeitet im Auftrag der Oberbürgermeisterin an einem Gutachten, das herausbringen soll, wie Frankfurt weiter «eine prosperierende Stadt» und damit «international wettbewerbsfähig» bleiben kann. Ein Drittel von dem, was er sagt, ist banal, das nächste Drittel Bluff und das letzte schlicht falsch – vorgetragen in einer durchweg imperialen Einschüchterungssprache. Aber einen Slogan hat man schon: «Frankfurt für alle». Allerdings stellt sich rasch heraus, dass es nicht um alle, sondern um die Vertreter jener sogenannten «kreativen Eliten» geht, die man in die Stadt locken und an sie binden will, weil sie sonst «wie scheue Rehe um den Erdball nomadisieren». Als sei die Stadt nicht jetzt schon voll mit diesen hochbezahlten, bindungslosen Krücken, die jede Gegend versauen, sich in ihren Parallelwelten verschanzen und mit ihrer brachialen, aber stets solventen Dummheit noch immer dafür sorgen, dass das kulturelle Niveau sich weiter in Richtung Puff und Pop bewegt.

Mein Sehnsuchtsbild eines Frankfurts der Zukunft will man wissen … Nun ja, wenn ich vier Wünsche frei hätte …

1. Dass die Innenstadt autofrei wird.
2. Dass das Euro-Symbol vor der EZB gesprengt wird.
3. Dass auf der A 661 wieder Heidschnucken weiden.
4. Dass Matthias Beltz wiederaufersteht.

Die Banken, heißt es in der Diskussion immer wieder … neben den sozialen und kulturellen Bedürfnissen der Bevölkerung müsse man in dieser Stadt unbedingt und stets die Bedürfnisse der Banken im Blick behalten. Als ich frage, wofür man Banken eigentlich braucht, will mir niemand eine Antwort geben.

Jeff Buckley ist tot.

Montag, 2. Juni 2008 – Fünfuhrdreiundfünfzig, siebzehnkommaneun. Hell. Wird schön heute. Rauscht.

«Was ist nur mit dir los? Du bist ständig dabei, die Fahrräder zu putzen …» – Ja, ich müsste eigentlich die Steuererklärung machen – «Ach so.»

Und abends geht dann die Sonne auf. Ich ersteigere den wunderschönen roten Olmo-Stahlrahmen, auf den ich mich so so so freue.

Heute vor achtunddreißig Jahren starb der Formel-1-Rennfahrer Bruce McLaren bei einem Unfall während einer Testfahrt.

Freitag, 13. Juni 2008 – Zehnuhrfünf, achtzehnkommafünf Grad, nach dem großen Regen. Schon wieder so ein Pfiffikus, so ein Bescheidwisser, so ein Holzauge-sei-wachsam-Typ, der mir übers Autodach hinweg die Welt erklärt: Lassen Sie sich das schriftlich geben, sagt er. Nee, Leute, sagt er, mit mir nicht, nicht mit mir. Ich hab das haarklein durchkalkuliert, sagt er. Da schreib ich an den Vorstand, sagt er, dann wollen wir doch mal sehen. Da müssen die sich einen anderen Dummen suchen, sagt er. In sämtlichen Tests, sagt er, da könne man ihm nichts erzählen. – Na dann, sage ich, dann will ich mal wieder …

Gestern Viertel nach vier auf die A 66. Zähflüssig. Stop and go. Alle wollen zur selben Zeit nach Hause, um das Spiel Deutschland gegen Kroatien zu sehen, nur ich muss lesen. Kurz vor Wiesbaden dann Stillstand. Um 17.15 Uhr ist die Abfahrt Erbenheim endlich erreicht. Um 17.45 Uhr soll ich in Mainz am Bootsanleger «Fort Malakoff» sein, wo das große Literaturschiff eine dreiviertel Stunde später ablegen wird. Um 18.10 Uhr habe ich den Ortseingang von Kastel erreicht. Schere kurz darauf aus der Autoschlange aus, fahre auf den Hof eines Getränkemarktes, verhandele mit einem dicken Säufer, der mir schließlich sein Handy leiht. «Stecke fest, komme später …» Wieder ins Auto, wieder in die Schlange. Aber es geht nicht weiter. Also stelle ich den Wagen an einer Tankstelle ab und renne los … durch Kastel, über die Rheinbrücke, an den grölenden Fans vorbei, nach links, Rheingoldhalle, weiter … weiter … Verschwitzt, durchnässt, aufgelöst komme ich um 18.40 Uhr an. 350 Leute, aufmerksam, gut gelaunt. Deutschland hat verloren. Schön.

Todestag von Dean Reed.

Samstag, 14. Juni 2008 – Achtuhrnull, dreiunddreißigkommasieben Grad. Sonne. Anfrage einer Agentur «Roessler PR»: «Wir würden gerne Matthias Altenburg (Jan Seghers) als Testimonial in den neuen GelbeSeiten für Frankfurt und Offenbach gewinnen, die im November 2008 erscheinen werden. Im Hotel- und Gastronomie-Guide möchten wir Ihn mit einem Foto und einem Zitat von Ihm gerne – selbstverständlich kostenfrei – nennen und veröffentlichen. Er wird dabei nicht der einzige sein, viele andere bekannte Frankfurter sind bereits dabei. Ein Beispiel, wie es aussehen könnte, finden Sie anbei – oder auch in den aktuellen GelbeSeiten, die Ihnen sicher vorliegen oder wir Ihnen auch gerne zusenden. Wir stellen uns folgendes Zitat für Ihn vor: ‹Wenn ich in meiner literarischen Verbrecherjagd eine Pause machen möchte, gehe ich gerne aus. Ob Äppelwoi-Kneipe oder Persisch hängt ganz von der Tagesverfassung ab. In Frankfurt hat man auch mal die Möglichkeit experimentierfreudig zu sein.› Falls Sie damit einverstanden sind, benötigen wir zum einen Ihre schriftliche Zustimmung (E-Mail genügt) sowie ein Foto (digital, hohe Auflösung: 300 dpi) von Ihm, das wir in diesem Rahmen verwenden düfen. Vielen Dank für Ihre Unterstützung. Mit freundlichen Grüssen / Best Regards …»

Die Antwort: «Sehr geehrte Damen und Herren, ich stelle mir vor, dass vor Ihnen eine Liste liegt mit den Namen sogenannter bekannter Frankfurter. Ich stelle mir vor, dass Sie die Erfahrung gemacht haben, dass die meisten dieser sogenannten bekannten Frankfurter bereit sind, sich vor Ihnen auf den Rücken zu legen, wenn ihr Name und ihr Gesicht einmal mehr in der Öffentlichkeit erscheinen. Dass diese sogenannten bekannten Frankfurter Ihnen offensichtlich nicht nur selbstverständlich kostenfrei zu Diensten sind, sondern darüber hinaus froh sein könnten, Sie nicht auch noch bezahlen zu müssen, lässt auf einen Grad von Dummheit und Verkommenheit schließen, der mich zu der dringenden Bitte veranlasst, mich von dieser Liste der sogenannten bekannten Frankfurter zu streichen.»

Manche Leute Stricher zu nennen, wäre eine Beleidigung für alle ehrlichen Stricher.

Tot ist Hans Poelzig.

Donnerstag, 19. Juni 2008 – Zehnuhrvierzehn, fünfundzwanzigkommanull. Wolken. Im Kreuzgang des Klosters das Henschelquartett. Was für ein unglaublich schöner Ort das hier ist. Die konzentrierten Gesichter im Publikum, das Licht, die wunderbaren Musiker. Ab und zu die Glocken der Klosterkirche, Geraschel, Hüsteln, ein Flugzeug drüberhin. Schostakowitschs siebtes Streichquartett. Sofort geht der Film im Kopf wieder los. Draußen in der Pause dann der große Hof, die Stockrosen, die Fassade der alten Mühle und der Name dieses Städtchens: Seligenstadt ... Aber wann ihn drehen, diesen Film?

Tot ist Coluche.

Samstag, 26. Juli 2008 – Zwölfuhrdreiunddreißig, einunddreißigkommazwei Grad. Stechend. Weißblau.

Wieder zurück. Und gleich ein solcher Krampf: Gestern ruft mich Jürgen an, dass ich am Abend ja wohl erst noch meine Lesung hinter mich bringen müsse, bevor wir gemeinsam den Geburtstag von S. feiern können. – Wie, welche Lesung? Ich hab heute keine Lesung!, erwidere ich. – Aber ja, sagt Jürgen, in der «Rundschau» sei es doch groß angekündigt mit Bild und Extratext: «Krimi-Leseecke in der ‹schönsten Kirche der Stadt› – Hauptkommissar Marthaler ermittelt! Matthias Altenburg (Jan Seghers) in der Alten Nikolaikirche.» – Nein, sage ich, da müsse ein Irrtum vorliegen. – Was es denn da misszuverstehen gebe, fragt Jürgen. – Einen Moment lang wird mir heiß und kalt, weil ich befürchte, tatsächlich einen Termin verschwitzt zu haben. Also rufe ich unter der angegebenen Telefonnummer der Kirchengemeinde an. Kaum habe ich meinen Namen gesagt, erklingt am anderen Ende das schuldbewusst-nervöse Kichern eines Herrn Dingsbums. – Was denn da passiert sei, will ich wissen. – Ja, man richte in der Sommerzeit hier im Gotteshaus so kleine Leseecken ein, da würden dann die Bücher eines Autors zum Schmökern für die Besucher bereitstehen. – Aber, sage ich, jetzt ist Ihre kleine Leseecke groß in der «Rundschau» angekündigt, und alle denken, ich würde am Abend dort lesen. – Tja, sagt Herr Dingsbums, den Text habe Herr Soundso formuliert, welchen man vor seinem Abflug in die Rocky Mountains noch darauf hingewiesen habe, dass seine Zeilen durchaus missverstanden werden könnten. Herr Soundso habe allerdings mit Bedacht einen solchen Lockvogeltext schreiben wollen, um ein paar mehr Leute in die Kirche zu bekommen. – Also keine Lesung?, frage ich. – Nein, keine Lesung!, sagt Herr Dingsbums.

Ich bin erleichtert, mich nicht getäuscht zu haben, bleibe freundlich, lege auf. Die Wut kriecht nur langsam heran ... Was fällt denen ein, meinen Namen zu missbrauchen, mein Publikum zu verprellen, die Presse an der Nase herumzuführen? ...

Eigentlich bodenlos! Widerlich! Schamlos! … Rocky Mountains, pah! … Komme mir benutzt und beschmutzt vor. Und solche Sachen nehmen zu, ich merke es: Dauernd zerrt irgendwer … ob ich nicht hierhin und dorthin, einfach auf ein Gläschen, ein Häppchen … man beruft sich auf alte Freundschaften … die Übernachtung werde auch bezahlt … Man will mich abkochen … hier ein Foto, da ein kleiner Text, nur ein paar Worte, schnelles Statement, ein kleines Zitat, man lege schließlich Wert auf mein Urteil … von wegen … Aber bald werde ich dichtmachen, kein Telefon mehr, keine Mails, keine Post, nicht mehr an die Tür gehen, wenn es klingelt, Rollläden runter … nirgends mehr hingehen … Stattdessen untertauchen, ich weiß nicht, wohin, nach Paris vielleicht oder irgendwo in den Spessart, irgend so ein billiges, heruntergekommenes Landschlösschen, Wasser aus dem Brunnen, kein Namensschild an dem zerfallenen Törchen, nur das MacBook dabei, sonst nichts …

Am Abend dann, auf der Geburtstagsfeier von S., sitzt schräg gegenüber eine Frau; wir kennen uns vom Sehen. Sie habe, sagt sie, gerade einen Anruf ihrer Schwester erhalten, die von Hanau nach Frankfurt gefahren sei, um eine Lesung mit mir in der Alten Nikolaikirche zu besuchen und die nun, da sie gehört habe, ich würde stattdessen hier feiern, doch ziemlich erbost sei – wie die anderen, die dort jetzt vor der Tür …

Todestag hat die Schriftstellerin Jutta Hecker. Zuletzt von ihr erschienen: «Altenburg: Die Geschichte eines Hauses».

Mittwoch, 6. August 2008 – Zwölfuhrzweiunddreißig, siebenundzwanzigkommanull, weiß-blau der Himmel. Vor den Ferien schickte Alexander Fest den dicken Bildband «Kafkas Welt». Franz Kafka ist am 3. Juni 1924 bei Klosterneuburg gestorben, man rechnet also nicht damit, ein Buch über den Holocaust zu lesen. Und doch begegnen einem bei der Lektüre unentwegt die Biographien der Opfer: Paul Kisch, ein Freund Kafkas, in Auschwitz ermordet; Dr. Heinrich Kral, Hausarzt der Familie, in Theresienstadt umgekommen; Paul Kornfeld, Kumpan aus dem Café Arco, im Januar 1942 im KZ Lodz umgekommen; Josef Pollak, Kafkas Schwager, 1941 nach Lodz deportiert, wo er und seine Frau umkamen; Grete Bloch, Freundin Kafkas, aus Italien deportiert, ermordet; Justine Nalos, Vermieterin Kafkas, im April 1942 nach Theresienstadt deportiert; Marie Wernerová, Haushälterin der Familie, 1942 nach Risa verschleppt, dort umgekommen; Julie Wohryzek, Geliebte Kafkas, im April 1944 nach Auschwitz deportiert und ermordet …

Heute vor einem Jahr starb 86-jährig und als freier Mann Heinz Barth, einer der Schlächter von Oradour-sur-Glane.

Mittwoch, 13. August 2008 – Siebenuhrdreiundfünfzig, zweiundzwanzigkommadrei. Wieder sonnig, aber was für ein Wind. Gestern Morgen im Funkhaus, um das «Sonntagsgespräch» mit Uli Sonnenschein aufzunehmen. Ob je ein Name so gut zu seinem Träger gepasst hat? Und als ich zurückfahre, höre ich seine Stimme im Autoradio.

Bei Céline dieser wunderbare Satz: «Meine Seele stand offen wie ein Hosenstall.» Überhaupt Céline – wie er mich wieder beim Wickel hat. Dass mir das Gros der anderen wie eine Meute Zirkuspudel vorkommt.

Nachmittags Anruf aus dem Verlag: Herzlichen Glückwunsch, Sie haben den Burgdorfer Krimipreis gewonnen. Der zweite Preis innerhalb einer Woche ... Das heißt? Es kann nur bergab gehen.

Tot ist Pierre Bertaux, französischer Germanist, führendes Mitglied der Résistance, später Direkter der Sureté, ein Posten, den er verlor, weil er vor Gericht bezeugte, sich auf das Ehrenwort eines Juwelendiebes verlassen zu können.

Dienstag, 19. August 2008 – Siebenuhrsechzehn, neunzehnkommazwei Grad. Bedeckt, frisch. Seit kurz vor vier wach. In der ihrer Berufsgruppe eigenen Sprache macht sich die Juristin Juli Zeh im «Spiegel» ein paar staatstragende Gedanken über die Auslandseinsätze der Bundeswehr. Gesagt haben, freilich, will auch sie am Ende wie immer: nichts. An gleicher Stelle war vor einer Woche noch die ruppig-kluge Ruth Klüger zu lesen. Aber die ist ja auch alt und so mutig wie kaum jemand sonst in dieser Branche der großmäuligen Leisetreter.

Im nordhessischen Bad Sooden-Allendorf haben vier unbekannte junge Männer in der Nacht zum Montag gegen 1.20 Uhr ein Festzelt überfallen und scheinbar wahllos mit Latten und Teleskopschlägern auf die Feiernden eingeschlagen. Fünfzehn Gäste wurden verletzt. Die Täter konnten in einem silberfarbenen Auto flüchten. Ein Motiv sei nicht erkennbar, eine heiße Spur gebe es nicht ...

Am 28. Juli ist in der zwischen Bourg-en-Bresse und Lyon gelegenen Gemeinde Lagnieu der elfjährige Valentin Cremault mit 44 Messerstichen ermordet worden. Eine Woche nach der Tat wurden der Obdachlose Stéphane Moitoiret und seine zehn Jahre ältere Lebensgefährtin Noella Hego festgenommen. Wegen der Blutspuren, die sich an seiner Kleidung fanden, gilt Moitoiret als dringend tatverdächtig. Im Verhör gab Moitoiret an, sie seien ein Königspaar aus Australien, das im göttlichen Auftrag unterwegs sei. Inzwischen hat eine zwanzigköpfige Ermittlungsgruppe der Polizei begonnen, Hunderte ungeklärte Verbrechen der letzten Jahre zu untersuchen, da man nun davon ausgeht, dass Valentin Cremault nicht das einzige Opfer der beiden ist.

Am 19. August 1936 wurde Federico García Lorca in der Nähe von Granada von spanischen Nationalisten ermordet.

Donnerstag, 21. August 2008 – Siebenuhrneunzehn, achtzehnkommazwei. Sonnig. Mit derselben Wut aufgewacht, mit der ich eingeschlafen bin. Die Dummheit mancher Menschen wird nur durch ihre Dreistigkeit übertroffen. Dass sie selbst einmal Opfer waren, scheint den dringenden Wunsch bei ihnen geweckt zu haben, nunmehr andere zu ihren Opfern zu machen.

Todestag hat der aus Kassel stammende Physiologe Adolf Fick, Entdecker des gleichnamigen …

Montag, 25. August 2008 – Elfuhreinundfünfzig, einundzwanzigkommaacht. Gut geschlafen. Wolkig. Samstags eine kleine Runde auf dem Olmo, um kurz nach zwei Jürgen abholen, auf die Autobahn, Köln, Irrfahrt durchs Severinsviertel, Parken in der Alteburger Straße, zu Fuß durch den Regen in die Dreikönigenstraße. «Erinnert mich an Paris», sagt Jürgen, zum Bürgerhaus Stollwerck, schöner Backsteinbau, trinken, essen, dann taucht Gernot auf, dann Peter, das Theater ist im fünften Stock, schweres Gewusel, alle ein bisschen nervös, aufgedreht, Guntram Freytag kommt mit seinen Musikern, Tonprobe, Lichtprobe, gehe noch mal runter, laufe Peter und Tanja in die Arme, Gott, wie schön, wenn man alle wiedersieht, ziellos plaudern kann, schnuppern, fragen, wie's denn den anderen so geht. Dann die Veranstaltung, alles gut, gegen 23 Uhr mit den Autos nach Mülheim in die Münsterer Straße, weiter am großen Küchentisch, halb zwei ins Bett, verdrücke im Halbschlaf noch eine halbe Tüte Sallos' Schulkreide. Gegen sieben Uhr aufstehen, Espresso, Peter kommt runter, zeigt stolz seinen kleinen Flitzer, einen Mazda MX5, dunkelgrün metallic. Mit offenem Verdeck nach Dünnwald zum Brötchenholen, bisschen snobbish das Ganze, aber lustig.

Tot ist Wolfgang Langhoff. Fast noch ein Kind, habe ich in den frühen Siebzigern seinen autobiographischen Bericht «Die Moorsoldaten» gelesen und war über Wochen verstört.

Sonntag, 31. August 2008 – Vieruhrundsieben, vierzehnkommasechs Grad. Dunkel, laut. Seit halb drei wach. Wenig Lust, Tagebuch zu schreiben. Warum? Weil mir der Alltag zu mickrig ist? Weil sich alles wiederholt? Weil sich keine Gedanken zu den Ereignissen einstellen wollen? Und wenn ich wirklich sage, worüber ich im Moment nachdenke? Ob ich den Rahmen des Pinarello lackieren oder pulverbeschichten lasse, in welcher Farbe, mit welchen Decals …

Als arm gilt, wer von weniger als 1,25 Dollar am Tag leben muss. Das sind 1,4 Millarden Menschen, und damit ein Viertel der Weltbevölkerung.

Für die Fotos ihrer neugeborenen Zwillinge haben Brad Pitt und Angelina Jolie den Rekordpreis von vierzehn Millionen Dollar erhalten.

«Der Duft eines Pfannkuchens bindet stärker an das Leben als alle philosophischen Argumente.» Ein Satz von Lichtenberg, den mir Rolf-Bernhard gerade geschickt hat.

Tot sind Tamara Bunke und Lady Di.

Dienstag, 9. September 2008 – Vieruhrvierunddreißig, zehnkommaacht. Schon wieder seit gut einer Stunde wach. Gestern Morgen um kurz vor acht zum Nibelungenplatz und vor dem Lädchen auf Geppetto gewartet. Mit den Mountainbikes quer durch die Stadt, Ginnheim, Römerstadt, Niederursel, Oberursel. Und dann der Aufstieg auf den Altkönig. Der Berg hängt in den Wolken, unten glitzert die Ebene in der Sonne. Schwer deutsch-romantisch, wagnerisch, grimm'sch. Auf dieser Anhöhe hat sich vor bald zehn Jahren Uwe Gruhle in den Schnee gesetzt, hat sich die Schuhe ausgezogen, Schnaps getrunken, Schlaftabletten genommen und auf das Ende gewartet. – Und was machen wir hier? Geppetto hat auf einer seiner Touren die toten Wurzeln zweier Eichen entdeckt, die wir nun unbedingt auf den Gepäckträgern nach unten transportieren müssen, wobei uns die jungen Mütter auf den Bürgersteigen mit geblähten Nüstern ansehen, als hätten wir … Was? Als hätten wir tote Wurzeln auf den Gepäckträgern.

Man könnte ins Grübeln kommen über die beiden Meldungen, heute Morgen auf dem Titelblatt der «Süddeutschen Zeitung»:

«Überraschende Zustimmung für den designierten SPD-Chef – Wirtschaft setzt auf Müntefering».

«Weltweiter Kurssprung an den Börsen – Anleger reagieren erleichtert auf die Verstaatlichung der US-Hypothekenbanken».

Tot ist Jacques Lacan. Gesagt haben soll er diesen schönen Satz: «Das Ich ist die Geisteskrankheit der westlichen Welt.»

Montag, 15. September 2008 – Elfuhrachtzehn, zehnkommaacht. Bedeckt. Seit drei Uhr wach. Da waren es knapp über fünf Grad. Zum ersten Mal Heizung.

Hochzeitsvorbereitungen auf dem Lande – Aber was ist los, der Wagen muckt, stottert, zieht nicht. Motorhaube auf, zwei Zündkabel sind zerrissen. Nein, zerbissen, sagt der Mechaniker, der eine Stunde später kommt, vom Marder, das erleben wir hier jeden Tag, hundertzwanzig Euro. Man solle, rät er, zur Abwehr ein Büschel Rosshaar in einen Damenstrumpf packen und das Ganze auf den Motorblock legen. Für Bayreuth ist es zu spät, also nach Hof, der Kältepunkt der Republik, bisschen durch die Stadt, durch die Sonne. Die Männer sind tätowiert, haben Ringe in den Ohren, ziemlich prollig, viele leere Häuser, leere Läden. An einer Pizzeria eine Gedenktafel: «Hier wohnte seit 1925 Ewald Klein, geb. 24.2.1899 in Marxgrün, gest. 25.5.1942 in Dachau als Opfer seiner politischen Überzeugung.» An diesem kurzen Text stimmen wohl nur die Daten. Wenn so verschämt von «politischer Überzeugung» gesprochen wird, kann es sich bei Ewald Klein nur um einen Kommunisten gehandelt haben. Und sicher ist er nicht das Opfer seiner Überzeugung geworden, sondern der Nazis. Und gestorben wird er wohl kaum sein; er ist gewiss, sonst gäbe es diese Tafel nicht, in Dachau ermordet worden. «Selbst schuld», sagt die Tafel. Erinnerungsvermeidungsgedenken, wie sonst soll man das nennen. Dann die Hochzeit in der Baptistenkirche. Ein Auftrieb junger Menschen, wieder viele Ringe in den Männerohren, Westen, Bärte, lange Haare, gern zottelig. Seltsam, eine ganz und gar geschlossene Kultur. Ein junger Mann, Laienprediger, redet lange, sagt häufig «ich» und sonst nichts, lächelt dafür oft und feucht. Unheimlich, fast hochmütig, kommt mir diese Heilsgewissheit vor. Und fast schon diabolisch die zur Schau getragene Harmlosigkeit. «Und jetzt seid ganz arch gesechnet!» Himmel, hilf!

Wieder auf die Autobahn, und nun doch noch schnell den Abstecher nach Bayreuth, einmal das Festspielhaus umrundet, fotografiert, die Wagnerbüste im Park. Außer uns ist niemand da, noch nicht einmal ein paar Japaner, aber dann kommt ein tätowiertes Paar und führt an der Leine: tatsächlich einen deutschen Schäferhund. Bloß weg hier …

Und zur Begrüßung in Frankfurt noch von der Autobahn aus die Lichter des Riesenrades auf der Dippemess.

Vor fünf Jahren starb in Paris Sergio Ortega. Venceremos!

Donnerstag, 18. September 2008 – Elfuhrvier, elfkommanull. Bedeckt. M.: «Langsam beginne ich, mich an die eigene Niedertracht zu gewöhnen.»

Maschinenwelt: C. erzählt, dass bei den gerade zu Ende gegangenen Paralympics ein Läufer, dessen eines Bein amputiert wurde, dagegen protestiert habe, in der gleichen Klasse starten zu müssen wie ein doppelseitig amputierter Konkurrent: Dieser sei mit seinen beiden Prothesen klar im Vorteil.

Die Parteigänger der Wahrheit können irren, können lügen und zu Verbrechern werden. Die Wahrheit selbst ist nicht zu diskreditieren.

Jimi Hendrix ist tot.

Montag, 22. September 2008 – Fünfuhrfünfunddreißig, neunkommasechs Grad. Dunkel. Noch ein Film von Christopher Nupen: «Who was Jacqueline du Pré?» Die Cellistin war hinreißend, spontan, fröhlich und – wie man hört – auf ihrem Instrument genial. Niemand, der etwas anderes sagte. Dass sie offensichtlich auch so umwerfend arglos war, lässt die Männer, die sie umkreisten – Pinchas Zukerman, Itzhak Perlman, Zubin Mehta und allen voran Daniel Barenboim –, wie Vampire wirken. Nicht anders als uns, die wir mit offenem Mund und flackerndem Blick noch gebannt auf ihr Filmbild starren. Und ausgesaugt hatte die Welt sie am Ende ja auch wirklich, als sie 1987, nach vierzehn Jahren Krankheit, an multipler Sklerose starb.

Cédric Klapischs «So ist Paris» spielt zum Teil in der Nähe der Place Nadaud, derselbe Blick auf die Stadt, den wir von unserem Hotel haben. Was für ein wunderbar ernster, komischer, unangestrengter Film. Die Figuren begegnen sich, tun dies oder das miteinander – oder eben auch nicht – und gehen wieder ihrer Wege. Nichts wird erklärt, nichts muss begründet werden. So ist das Leben. Lässig. Traurig. Schön. Sollte es in Deutschland einen Produzenten geben, der hier gern einmal einen ähnlichen Film drehen möchte – er soll sich melden, das Drehbuch dafür gibt es schon: Es heißt «Tage und Nächte».

Heute vor einem Jahr ist Marcel Marceau gestorben.

Donnerstag, 25. September 2008 – Elfuhrsechzehn, dreizehnkommadrei. Bedeckt. Die Autobahn macht ihre Sachen.

Tot ist die afghanische Lehrerin und Frauenrechtlerin Safia Hama Dschan. Heute vor zwei Jahren wurde sie in Kandahar mit vier Schüssen in den Kopf getötet. Augenzeugen haben berichtet, dass drei Minuten lang ununterbrochen auf das Auto der Frau geschossen wurde. Die beiden Täter, die auf ihr Opfer gewartet hatten, konnten auf einem Motorrad entkommen.

Dienstag, 30. September 2008 – Siebenuhrachtundzwanzig, siebenkommaacht. Schlierig der Himmel, rötlich. Nicht vergessen werden soll auch die herzzerreißend komische Szene aus Klapischs Paris-Film – als der alternde Geschichtsprofessor vor seiner Studentin zu Wilson Pickett's «Land of a Thousand Dances» tanzt (auch merken: Die Tanzszene aus «Der Mann der Friseuse»).

Ein paar Fragen habe sie da schon noch, sagt die Dame nach der Lesung. Erst als hinter ihr die Schlange jener, die einen Namenszug des Autors wünschen, zu lang wird, entschuldigt sie sich: «Ich will hier nicht die ganzen Leute aufhalten.» – «Wollen Sie eben doch, Frau Wichtig!», sagt ein paar Meter weiter ein Mann, der ebenfalls um eine Signatur ansteht. Um ihn herum erstaunte Blicke. Er bleibt gelassen: «Glauben Sie mir, ich weiß, was ich sage, ich war mit dieser Dame lang genug verheiratet.»

Lektüre: Peter Robinsons «Blood at the Root».

Heute vor zweiundvierzig Jahren starb 34-jährig die Schauspielerin Sabine Thalbach.

Freitag, 3. Oktober 2008 – Sechsuhrvierzehn, sechskommafünf Grad. Gestern im Autoradio auf HR 2 der «Doppelkopf» mit Oswald Kolle aus Anlass seines achtzigsten Geburtstages. Er erzählt von der großen Liebe zu seiner ersten Frau, bei der Anfang der siebziger Jahre Krebs diagnostiziert wurde. Plötzlich schluckt er, seine Stimme bricht; die Moderatorin kommt ihm zu Hilfe: «Das scheint Sie immer noch sehr zu berühren ... Sie haben sich Daliah Lavis Lied ‹Willst du mit mir gehn?› gewünscht.» – «Ja», sagt Kolle, «lassen Sie's laufen, dann kann ich in der Zeit ein bisschen weinen.»

Lauthals singe ich den alten Schlager mit. Und an der Ampel sehe ich, wie im Auto neben mir der Fahrer diegleichen Mundbewegungen macht. Er schaut zu mir rüber, wir lachen. Und trällern für einen Moment gemeinsam mit Daliah Lavi ihr Lied ...

Viele Tote: Franz von Assisi, Captain Jack, Arnold Bax, Woody Guthrie, Ina Seidel, Arnold Bode, Kurt Kusenberg, Jean Anouilh, Franz Josef Strauß, Heinz Rühmann, Janet Leigh.

Dienstag, 7. Oktober 2008 – Zwölfuhrsiebenunddreißig, siebzehnkommasieben. Wolken. Sonne. Von Schierstein kommend, kurz hinter dem Niederwallufer Friedhof dieses wunderschöne weiße, moderne Haus auf der rechten Seite. Hausnummer 95. Aber wie heißt die Straße? Wahrscheinlich ist es die Hauptstraße 95. Und wer hat es gebaut?

Am Sonntag kleine Runde mit dem Mountainbike. Am Heiligenstock auf der nassen, gelben Wiese an die hundert Kinder, die ihre bunten Drachen steigen lassen. Raben, Stare, braune Erde. Über den Dächern verweht der Rauch ...

Bestellt: Ann Rules «Green River, Running Red», Harold Schlechters «Deranged», Robert Graysmiths «Zodiac». Alles True Crime.

Edgar Allan Poe ist tot.

Dienstag, 14. Oktober 2008 – Fünfuhrzweiundfünfzig, dreizehnkommaein Grad. Dunkel. Wach seit vier. Der junge Radrennfahrer Linus Gerdemann: «Das Image des Radprofis ist auf dem Niveau von Bankern.» Will sagen: Schlimmer könnte es nicht sein.

Am 14. Oktober 1941 starb Arthur Hollitscher verarmt in einem Quartier der Genfer Heilsarmee. Die Grabrede hielt Robert Musil, der Hollitscher nicht mal um ein Jahr überlebte.

Montag, 20. Oktober 2008 – Fünfuhrsiebenundfünfzig, zweikommaein Grad. Dunkel.

Blick auf den Kalender. Gott, was für eine Woche kommt da auf mich zu …

Am Wochenende mit Silke und Jürgen Richtung Elsass. Die Herbstsonne, die Färbung der Blätter, der Dunst über dem Pfälzerwald, der Schwung der vorgelagerten Weinberge – erst jetzt merken wir, wie lange wir nicht mehr hier waren und wie sehr uns die Landschaft gefehlt hat. Riesige Schwärme von Staren stürzen durch den Himmel. An einer Metzgerei die Aufschrift: Saumagenparadies.

Heute vor zehn Jahren ist Franz Tumler gestorben. Wie gründlich man ihn schon vergessen hat …

Freitag, 24. Oktober 2008 – Fünfzehnuhrvierunddreißig, elfkommaneun. Sonnig blau. Nachfolgendes steht haargenau so auf dem Seifenbehälter meiner Tochter: neu bebe young care feel good shower cream just happy entspannend cremig mit vanilla relaxant à la vanilla für spürbar weiche gute-laune-haut. Man stelle sich einmal vor, wie sie in der Werbeabteilung der deutschen Niederlassung von Johnson & Johnson gesessen und tagelang über diesem Text gebrütet haben, bis einer der Spezialisten aufgesprungen ist und gerufen hat: «Ja, ich hab's, das isses!»

Am Dienstag mit Lothar im Schwanensaal des Römers. Lesung vor 150 Professoren. Mein Tischnachbar, ein Gynäkologe: «Irgendwas hab ich falsch gemacht. Jedenfalls bin ich nie so wohlhabend wie mein ehemaliger Chef geworden, der einige Mietshäuser aus seinen Patientinnen geschabt hat.»

Julika Griem erzählt von der Verleihung des Börne-Preises an Alice Schwarzer, einer Auszeichnung, die unter anderem von der Commerzbank unterstützt wird. Ein Vertreter des Geldinstituts habe die anwesenden Frauen aufgefordert, die Damentoilette in einem der oberen Stockwerke des Bankhauses aufzusuchen, weil man von dort aus «symbolisch auf die Stadt hinabpinkeln» könne. Ohne Worte.

Auch so ein Wort, das mal zentral war und das mir nichts mehr bedeutet: Lebensgefühl. Wie doof man doch war. Wie stumpf man doch wird ...

Tot ist Hermann Langbein.

Mittwoch, 19. November 2008 – Zehnuhracht, achtkommaeins. Trübe. Angeschlagen. Auf HR 2 wird eine Geschichte vorgelesen. Keine Ahnung, was das ist. Hört sich grauenhaft an. Man möchte den Erzähler ständig anfeuern: Los jetzt, wir haben's kapiert, mach weiter, ergeh dich doch nicht dauernd in diesen grauenhaft redundanten Monologen! Und dann der Moderator: Sie hörten die soundsovielte Folge aus Ingo Schulzes Roman «Adam und Evelyn». – Mensch, Ingo.

Auf dem Rollentrainer zu sitzen, auf der Stelle zu treten und nicht voranzukommen ist eine der ödesten Angelegenheiten des Universums. Es sei denn, man setzt den Kopfhörer auf und schiebt die richtige Scheibe in den Spieler. Es mag snobistisch klingen, war aber ein Genuss: Gestern hörte ich eine Stunde lang die Rede Theodor W. Adornos von 1960: «Was bedeutet Aufarbeitung der Vergangenheit?» Es war, als lebte man in einem Irrenhaus ohne Tageslicht und plötzlich zieht einer die Gardinen beiseite, zeigt nach draußen, und endlich erkennen wir die Welt: im hellen Sonnenschein, deutlich und klar.

Franz Schubert ist seit hundertachtzig Jahren tot.

Donnerstag, 20. November 2008 – Elfuhrfünfzehn, zehnkommazwei. Alles grau. Eine ältere, fein gewandete Dame auf dem Nachbarstuhl beim Friseur.

Dame: «Das Fernsehen wollte ein Interview mit mir machen.»

Friseurin: «Waaas? Was wollten die denn wissen?»

Dame: «Ich sollte ein wenig von mir und aus meinem Leben erzählen.»

Friseurin: «Und?»

Dame: «Ich habe gesagt: Da war nicht viel.»

Friseurin: «Und?»

Dame: «Sonst nichts.»

Friseurin: «Das war alles?»

Dame: «Ja. Sonst gab es nichts zu sagen. Da war eben nicht viel.»

Theodor W. Adorno nach seiner Rückkehr aus dem kalifornischen Exil: «Das amerikanische Bewußtsein: Schreckbild einer Welt ohne Erinnerung.»

Toter des Tages: Robert Altman.

Montag, 24. November 2008 – Fünfzehnuhrzwanzig, fünfkommanull. Bedeckt. Muss ganz neu anfangen mit der «Partitur des Todes». Gott, was für ein langer Irrweg … Und plötzlich katapultiert mich die Geschichte zurück an die ligurische Küste, in das Dörfchen Pietrabruna – wie lange habe ich an den Ort und seinen Namen nicht mehr gedacht? Zwanzig, fünfundzwanzig Jahre? Und dann ist beides wieder da. Ohne Anlass, wie luftgeboren.

Im letzten Magazin der «Süddeutschen Zeitung» ein Porträt des CSU-Politikers Erwin Huber, der nach den großen Verlusten seiner Partei bei den Landtagswahlen im September 2008 als Parteivorsitzender zurücktrat. «Ich wundere mich», soll Huber demnach gesagt haben, «dass ich mit diesem Charakterkostüm so weit gekommen bin.» – Wenn das stimmt, wenn er das wirklich gesagt hat …

Tot ist Lee Harvey Oswald.

Donnerstag, 27. November 2008 – Sechzehnuhrsiebenundzwanzig, vierkommaeins. Grau, fast schon wieder dunkel. Heute Nacht stand M. am Bügelbrett genau vor jenem Altar, den P. nach ihrem Tod für sie gebaut hatte: darauf das Foto von ihr, die Bibelsprüche und ihre Halskette. Noch im Schlaf – aber schon schluchzend – schaue ich sie fragend an. Sie – milde lächelnd – schüttelt den Kopf.

Ich wachte auf, und noch immer … strömt' meine Tränenflut.

Der Mitarbeiter des Radiosenders hätte gern ein «Rezessionsexemplar». Himmel ja, dann soll er sich mal umschauen in der Welt … Freilich, Fehler dürfen gemacht werden; jedem kann es passieren, dass er ein Fremdwort falsch verwendet. Aber müssen denn immer ausgerechnet jene, die sich für befugt halten, so gar nichts wissen? Und will man ihnen dann wirklich auch noch zu Diensten sein, indem man *on Air* auf ihre dusseligen Fragen antwortet?

Mark Medlock, dem man einen Lidschlag lang erlaubt hatte, sich einzubilden, etwas anderes zu sein, als er ist, muss möglicherweise ins Gefängnis. Ist ein angemessenerer Ort vorstellbar für diesen Galgenstrick?

Dumas fils ist tot.

Freitag, 5. Dezember 2008 – Zwölfuhrsiebenundvierzig, siebenkommasieben. Bedeckt. Werde nicht wach heute. Angeschlagen.

Vorgestern haben wir Renate Chotjewitz zu Grabe getragen. Sie ist, wie es heißt, einfach vom Rad gefallen und war tot. Was für eine unglaublich klägliche Veranstaltung das war an diesem nassen, verschneeregneten Tag in der kalten, monumentalen Trauerhalle mit ihrem Jugendstil-Tand. Eine verhärmte Pfarrerin – und sie war noch die Beste – hat ein paar dürre Worte gesprochen. Als gemeinsames Lied sollte die deutsche Fassung des alten Pete-Seeger-Songs gesungen werden: «Sag mir, wo die Blumen sind», was der Mehrzahl der Anwesenden so peinlich gewesen zu sein scheint, dass nur ein jämmerliches Brummen zu hören war. Nur ein alter, dicker Jude, der neben mir saß, mühte sich redlich. Rührend war das. Irgendeine wackere Literaturvereinstante haspelte noch ein paar wirre, unverständliche Worte, dann war das Ganze schon wieder vorbei. Die Söhne, einander offenbar entfremdet, wussten sich nicht zu verhalten, lagen sich am Sarg für ein paar Sekunden steif in den Armen, bevor sie das Weite suchten. Und der ewig dröhnende Pit, ihr Exmann, um den doch all ihr Schmerz bis zum Schluss kreiste, war nur in Form eines fetten Kranzes anwesend. Aussetzen wollte er sich dem wohl nicht, sich lumpen lassen freilich auch nicht. Eine Trauerfeier, so verhuscht-verzweifelt wie dieses ganze Leben. Eine dreiviertel Stunde später saß ich wieder zu Hause im Warmen.

Abends dann in trauter Runde in der «Wallnuss», Sachsenhausen, Wallstraße. David hat zum Gänse-Essen eingeladen. Bin immer erstaunt, was er alles weiß und kennt. Ob er mich, fragt er ganz ohne Arg, auf einen Fehler in der «Partitur des Todes» hinweisen dürfe. Aber klar, gerne. Der junge Türke, der auf seinem Boot an der Untermainbrücke angeschossen wird und über Bord geht, habe nie und nimmer auf die Insel getrieben werden können, denn die liege flussaufwärts, mithin ... Das freilich ist ein so dicker Fehler, dass ich zum ersten Mal laut lachen muss an diesem traurigen Tag.

Mozart ist tot.

Montag, 8. Dezember 2008 – Vierzehnuhrsieben, vierkommasieben Grad. Grau. «Fernsehen braucht bewegte Bilder» – wenn sich dieser Leitsatz aus den deutschen Anstalten mit einer gehörigen Portion Dummheit paart, dann entsteht so etwas wie der Schostakowitsch-Film, der am Samstag auf 3sat lief. Weil man offensichtlich nicht genügend bewegte Bilder hatte, musste man sich solche fabrizieren. Also ließ man den eitlen Armin Müller-Stahl ein ums andere Mal betroffen in die Kamera glotzen, schnitzte sich Schostakowitsch und Stalin (ohne Witz) als Marionettenfiguren, ließ diese steif und bedeutungsschwer durchs Bild hampeln und führte den hundertsten Aufguss jenes Rührstücks auf, das den Titel trägt: «Das Genie und die Bestie». Heraus kam: nichts! – Was für ein Menschenbild, was für ein Geschichtsbild, was für eine Kapitulation vor allem, was den Namen Kulturjournalismus verdient gehabt hätte.

Todestag hat Otto Kühne, der im Zentralmassiv eine Gruppe von 2700 Kämpfern der Résistance leitete und maßgeblich an der Befreiung der Departements Gard, Ardèche und Lozère beteiligt war.

Dienstag, 9. Dezember 2008 – Sechzehnuhrsieben, dreikommazwei. Schon fast wieder dunkel. Irgendwas läuft verquer in dieser deutschen Krimiszene – es herrscht so ein mokanter Ton, eine dauernde Bereitschaft zuzuschnappen, ein alles grundierendes hämisch-kompetitives Verhalten, oft verhohlen, verborgen hinter einer flachen Ironie, eine lauernde Verteidigungsstellung, gepaart mit dieser reflexhaften Erdmännchenhaltung ... Als müsste man immer und immer beweisen, dass man sich nicht mit einem Kulturgut minderer Güte beschäftige. Es wird gezackert und gegiftet, ohne dass man den Eindruck hätte, es ginge auch nur ein Mal darum, zu einer neuen Erkenntnis zu gelangen, stattdessen immer nur: Positionierung. – Na ja, gurrt ungerührt die Taube auf dem Geländer der Dachterrasse, na ja ...

Aber wäre es nicht interessant, die Frage zu beantworten, warum man plötzlich umgeben ist von intelligenten Menschen, die allesamt den Büchern Stieg Larssons erlegen sind – mithin einem Erzähler, der so offensichtlich alle Fehler macht, die ein Autor nicht machen sollte, ein Autor, dessen Bücher wohl nie lektoriert wurden, der die Grundregeln der Spannungsdramaturgie, der Glaubwürdigkeit, des Realismus über hunderte Seiten missachtet und der dennoch im Handumdrehen weltweit eine Gemeinde von Millionen Lesern gefunden hat? Freilich, sollte ich der Einzige sein, den die Antwort interessiert, wird ein entspanntes Gespräch darüber auf absehbare Zeit wohl nur als Monolog denkbar sein.

Tot ist Viktor Agartz.

Samstag, 13. Dezember 2008 – Achtuhreinundzwanzig, nullkommasechs Grad. Bedeckt. Gestern in der «Heute»-Sendung die Nachricht, dass die New Yorker Polizei den ehemaligen Chef der Technologiebörse Nasdaq festgenommen hat, der im Verdacht steht, 50 Milliarden Dollar verzockt zu haben. Fünfzig Milliarden Dollar! Und die Meldung dauerte höchstens eine halbe Minute.

Die Erfahrung hat Recht, bevor sie von der Erkenntnis Recht bekommt: Tacitus, heißt es, aß vor dem Zubettgehen gern eine Schüssel Salat, weil er danach besonders gut schlafen konnte. Heute weiß man, dass im grünen Salat ein opiumähnlicher Stoff enthalten ist, der die Nerven beruhigt.

Tot ist Friedrich Hebbel, dessen Gedicht «Winterlandschaft» mich jedes Mal erschauern lässt, wenn wir es in «Ein kleiner Abend Glück» vortragen.

Mittwoch, 17. Dezember 2008 – Vierzehnuhrsieben, zweikommanull. Grau. Am Grab eines Massenmörders: Bei den Recherchen zur «Partitur» war ich auf den Namen Horst Schumann gestoßen. Vor ein paar Tagen hatte ich das städtische Grünflächenamt um Auskunft über die Lage von Schumanns Grab gebeten. Heute Morgen kam die Antwort: Er wurde auf dem Bornheimer Friedhof beerdigt, keine sechshundert Meter Luftlinie von unserem Haus entfernt. Schumann, 1906 in Halle als Sohn eines Arztes geboren, trat 1930 in die NSDAP ein. Nach seinem Medizinstudium war er Gutachter des Erbgesundheitsgerichtes in Halle und wirkte an Zwangssterilisierungen nach dem «Gesetz zur Verhütung erbkranken Nachwuchses» mit. Anfang 1940 leitete er die Vergasung von 1239 körperlich und geistig Behinderten in der Tötungsanstalt Grafeneck, wurde dann nach Sonnenstein/Pirna versetzt, wo er für den Mord an 13720 Patienten und über tausend Häftlingen verantwortlich war. Er selektierte in Auschwitz, Buchenwald, Flossenbürg, Groß-Rosen, Mauthausen, Neuengamme und Niederhagen. In Auschwitz führte er Versuche zur «kostengünstigen und zeitsparenden» Massensterilisation mittels Röntgenstrahlen durch. Kaum eines seiner Opfer überlebte. Nach dem Krieg war er Sportarzt in Diensten der Stadt Gladbeck und eröffnete dort 1949 mithilfe eines «Flüchtlingskredits» eine eigene Praxis. Als er 1951 enttarnt wurde, gelang ihm aufgrund der zögerlichen Ermittlungen die Flucht. Er arbeitete drei Jahre als Schiffsarzt und gelangte von Japan über Ägypten in den Sudan. Als man 1959 seine Spur wiederfand, setzte er sich nach Ghana ab, stand dort unter dem persönlichen Schutz des Staatspräsidenten Kwame Nkrumah und konnte erst nach dessen Sturz 1966 festgenommen werden. Am 17. November 1966 wurde er in Butzbach in Untersuchungshaft genommen. Im September 1970 begann vor dem Landgericht Frankfurt der Prozess, der aber 1971 eingestellt wurde, weil zahlreiche seiner Kollegen dem Angeklagten in zweifelhaften Gutachten bescheinigt hatten, dass er wegen seines hohen Blutdrucks verhandlungsunfähig sei. Schumann wurde aus der Haft entlassen. Er starb 1983 in Frankfurt-Seckbach. Obwohl ihm sein akademischer Grad bereits 1961 aberkannt worden war, steht auf seinem Grab: Dr. med. Horst Schumann.

Heute vor sechzehn Jahren starb der österreichische Schriftsteller und Philosoph Günther Anders («Die Antiquiertheit des Menschen»).

Sonntag, 21. Dezember 2008 – Fünfuhrachtundzwanzig, sechskommanull. Peter «Hamlet» Kuper ist tot. Dieser Tage rief Werner Ost an und erzählte, dass Kuper bereits vor drei Wochen gestorben sei. Christian scheint es auch nicht gewusst zu haben … Am Krebs, in einem Darmstädter Krankenhaus, mit 71 Jahren … Von einem seiner Freunde gebeten, sich mit mir über seine Beziehung zu Helga Matura zu unterhalten – in den Ermittlungsakten nach ihrer Ermordung wurde er immerhin als Spur Nummer 1 geführt –, soll er gesagt haben: «Wenn über eine olle Sache mal endlich Gras jewachsen ist, kommt sicher so 'n Kamel jeloofen, das alles wieder runterfrisst.»

Seit Tagen, seit dem Attentat auf den Passauer Polizeidirektor Mannichl, bin ich immer wieder auf den Seiten und in den Foren der autonomen Nazis unterwegs, wo man schneller als durch die Agenturen darüber informiert wird, was die Polizei gerade tut. Die Mischung aus dreister Offenheit und verschlagener Vorsicht, mit der diese Leute ihre Gesinnung hier dartun, bringt einen eigenen, ganz und gar diabolischen Ton hervor. Der Vorsitzende der rechtsextremen DVU wird beispielsweise als «Bücherjude» bezeichnet.

Gestern mit Elsa und Jörg auf dem Ruppertshainer Berg, Blaufichten schlagen. Seltsame Stimmung hier oben in den wolkenverhangenen Wäldern des Taunus, nass, neblig, schrundige Schneereste, das Wasser tropft von den Nadeln der Bäume, alles braun, grün, grau, schwarz.

Abends dann bei Atilla letzte Fummeleien an den Aufnahmen und am Booklet von «Ein kleiner Abend Glück». Und jetzt? Sind wir glücklich? Fertig? Scheint so, oder?

Und ... wie weiter? Suchen wir uns ein neues Glück?

Lion Feuchtwanger ist seit fünfzig Jahren tot.

Freitag, 26. Dezember 2008 – Sechsuhrvierundvierzig, minus zweikommaeins. Dunkel. Gestern Schlenker mit dem Wagen über Steinwand, Kleinsassen nach Danzwiesen an der Milseburg, dabei die dreißig Jahre alte Tonkassette mit einem Farantouri-Konzert und den Brecht-Liedern von Sylvia Anders wieder gehört – seit dreißig Jahren zum ersten Mal.

Die Deutsche Polizeigewerkschaft fordert nach dem Attentat auf den Passauer Polizeichef von Bund und Ländern fünfhundert Kriminalbeamte, die sich mit der Jagd auf Exremisten im Internet beschäftigen – denn die bestehenden Staatsschutzbeamten in den Polizeibehörden könnten «nicht auch noch im Internet ermitteln». Aber wo denn dann?, fragt man sich. Was tun die Mitarbeiter des Verfassungsschutzes und der Staatsschutzabteilungen denn überhaupt, wenn nicht dort ermitteln, wo die Kommunikation der Welt inzwischen stattfindet? Der Verfassungsschutz geht von zweihundert gewaltbereiten sogenannten «Autonomen Nationalisten» aus. Es gibt sechzehn Landesämter für Verfassungsschutz mit Tausenden Mitarbeitern, es gibt das Bundesamt für Verfassungsschutz mit 2500 Mitarbeitern. Und es gibt die Staatsschutzabteilungen der Kriminalpolizei. Da wird man doch ein paar Leute abstellen können, die in der Lage sind, die Handvoll Foren im Netz zu überwachen, in denen die rechte Klientel ihre Gesinnung verbreitet und zu Straftaten aufruft. Ein kursorischer Blick über die Leserkommentare des rechtsradikalen Störtebeker-Netzes bringt so viele justiziable Äußerungen zutage, dass es weiterer Ermittlungen gar nicht bedürfte, um hier strafverfolgend einzugreifen.

Todestag des großen Hubbuch. Und immer noch nicht in Schloss Gochsheim im Kraichtal gewesen, um dort mal seine Sachen anzuschauen.

Montag, 29. Dezember 2008 – Dreizehnuhrvierzehn, nullkommadrei Grad. Heute Morgen waren es minus sechskommafünf. Jetzt sonnig. Gut geschlafen.

Abends «Place de la République» aus der amerikanischen DVD-Edition «The Documentaries of Louis Malle». Was für ein Film! Von der ersten Minute an ein Vergnügen. Malle hat sich ein paar Tage lang mit einem kleinen Team an die Place de la République gestellt, Leute gefilmt und sie reden lassen. Über ihre Herkunft, ihr Glück und Unglück, ihre Krankheiten und Hoffnungen. Sie lachen, grübeln, zögern, kokettieren, entziehen sich und kommen wieder zurück, um doch noch etwas zu sagen. Eine Comédie Humaine in 95 Minuten, für die man die Spielfilmproduktion eines ganzen Jahrzehnts getrost auf der Rolle lassen kann.

Damit es nicht verlorengeht: Zwei Rindersteaks in sehr kleine Streifen schneiden, scharf anbraten. Kurz bevor das Fleisch gar ist, zerdrückten Knoblauch dazu. Beiseitestellen. Zwei rote Zwiebeln halbieren und in feine Halbringe schneiden, eine Handvoll Zuckerschoten in Streifen schneiden, zwei bis drei Lauchzwiebeln in Streifen schneiden, einen oder zwei Chicorée entstrunken und in Streifen schneiden, von einer frischen roten oder grünen Chilischote sehr feine Ringe schneiden (Menge nach Belieben). Alles mit dem Fleisch vermischen und würzen mit: Fischsauce, Grapefruitsaft, Limettensaft, Teriyaki und eventuell einem milden Chutney oder Orangenmarmelade. Nochmals vermischen, kalt stellen, durchziehen lassen. Vor dem Servieren eine Handvoll Sprossen zum Salat geben und unterheben. Auf vier Teller verteilen und jede Portion mit ein paar leicht zerstoßenen Cashews und etwas zerkleinerter Minze bestreuen.

Dazu vielleicht einen Faugères Extremus des Jahrgangs 2005 von Les vignerons les crus Faugères?

Heute vor zwölf Jahren starb Daniel Mayer, eines der führenden Mitglieder der Résistance.

Dienstag, 30. Dezember 2008 – Zehnuhrvierunddreißig, minus vierkommaeins. Sonnig. Heinrich Pommerenke, der am längsten einsitzende deutsche Häftling, ist im Gefängniskrankenhaus der Festung Hohenasperg nach neunundvierzig Jahren Haft gestorben. Der frühere baden-württembergische Justizminister Thomas Schäuble hatte seine Entlassung verhindert. In Hornberg, wo Pommerenke im Hotel «Bären» als Tellerwäscher arbeitete, hatte der mehrfache Mörder vor seiner Verhaftung im Jahr 1959 mit den Schäuble-Brüdern Fußball gespielt.

In Südchina ist ein Fahrradfahrer ums Leben gekommen, weil er von einem Mann erschlagen wurde, der sich aus dem 35. Stockwerk eines Hochhauses gestürzt hat, wo er zuvor zwölf Stunden auf dem Balkon gestanden hatte.

Todestag von Sonny Liston und Heiner Müller.

AVIS DE RECHERCHE
Estelle, 9 ans
disparue le 9 Janvier 2003
à Guermantes (77)
Taille : 1m35
Yeux verts
Cheveux longs châtains
Pour signaler toute information à son sujet,
contactez le commissariat de Lagny sur Marne
au :
01 64 12 68 68 ou le 17

ZWEITAUSENDNEUN

Outside of society,

they're waitin' for me.

Patti Smith

Dienstag, 6. Januar 2009 – Sechsuhrundacht, minus achtkommanull. Dunkel. Weiß das Land.

«Meine Seele ist so wund, daß mir, ich möchte fast sagen, wenn ich die Nase aus dem Fenster stecke, das Tageslicht wehe tut, das mir darauf schimmert ...» Schon gut, der Frühling wird's richten. Schließlich kann sich Obama nicht um alles kümmern.

Über ein paar Dinge ist ein vernünftiges Gespräch mit mir nicht zu führen:

1. Selbst für möglicherweise berechtigte Kritik an der israelischen Regierung fühle ich mich nicht zuständig.

2. Obwohl kein Pazifist mehr, gibt es kein Argument, das mich davon überzeugen kann, Auslandseinsätze der Bundeswehr seien akzeptabel. Allein die Existenz eines deutschen Heeres, ja, eines unabhängigen deutschen Staates ist mir nicht geheuer.

3. Dass der Kapitalismus eine historische Errungenschaft ist, habe ich begriffen. Dass er das letzte Wort haben soll, wird mir niemand einsichtig machen können.

Ein paar Minuten «Talk talk talk» auf Pro Sieben geschaut. Mordgelüste.

Tot ist der dänische Maler Richard Mortensen – es gab schlechtere.

Montag, 12. Januar 2009 – Zehnuhreinundzwanzig, minus neunkommasechs. Hell bewölkt. Am Freitag mit Jürgen und Jürgen auf die Autobahn. Was für ein Geschenk. Fünf Stunden später sind wir kurz vor Paris, aber irgendwo ein Unfall, Stau. Noch mal neunzig Minuten und wir haben die Place Nadaud erreicht. Kurz ins Hotel, dann ins Getümmel, Métro Place de la République, wir tapern die Rue du Temple runter, Durchblicke aufs Centre Pompidou.

Auf einer Kreuzung im Marais eine junge Frau – Handschuhe, dicke Mütze, Verkehrsweste, Stopp-Kelle. Aber wieso steht die hier? Um den spärlichen Verkehr zu regeln? Die Ampeln, die sie nicht beachtet, funktionieren doch. Irritiert schaue ich sie an, weiß nicht, ob ich die Straße nun überqueren darf oder nicht. Sie senkt den Blick unter meinem, fixiert mich kurz darauf trotzig und fuchtelt entschlossen, aber uneindeutig mit ihrer Kelle. Erst jetzt merke ich: Sie ist verrückt. Sie steht hier mit ihrer Schülerlotsenausrüstung, um sich an der Welt zu reiben. Mal weicht sie ängstlich zurück, dann wieder greift sie lächelnd an. Wie wir alle. Wie wir alle?

Place des Vosges, Bastille, dann nach Belleville, zuerst ins La Veilleuse, dann ins Röllchen. Und überall im Viertel diese jungen arabischen Frauen mit ihren Palästinensertüchern.

Am Samstag in den Südwesten nach Meudon. In der alten Villa, Route des Gardes 25, hat bis zu seinem Tod im Jahr 1961 Louis-Ferdinand Destouches gewohnt, der sich den Künstlernamen Céline gab. Und wirklich, am Briefkasten steht noch im-

mer, fast achtundvierzig Jahre nach seinem Tod, dieser Name: Destouches. Ein junger Postbote weist uns den Weg. Weiter, bergauf, Richtung Bahnhof. Drüben, hinter der Mauer, sehen wir die Gräber. Vor ein paar Jahren waren wir schon einmal hier und sind vergeblich die Reihen abgeschritten. Aber der Angestellte auf dem städtischen Friedhof ahnt bereits, wen wir suchen: «Destouches? Da drüben, das elfte Grab.» Da stehen wir nun und kratzen das Eis vom Stein des alten Stinkers.

Ein paar Kilometer weiter östlich, in Bagneux, ein anderer Friedhof. Hier liegen die beiden Frankfurter Juden und Kommunisten Ettie und Peter Gingold. Aber der Friedhof ist wegen Schnee- und Eisglätte geschlossen, und der junge Wärter lässt sich nicht erweichen.

Auf dem Weg zurück quer durch die Stadt. Das gesamte Viertel hinter der neuen Oper ist gesperrt und von Polizisten umstellt. Schon wieder eine propalästinensische Demonstration.

Am 12. Januar 1945 wurde Arthur Hoffmann in Dresden von den Nationalsozialisten ermordet.

Mittwoch, 14. Januar 2009 – Fünfuhrachtunddreißig, minus achtkommasechs. Dunkel. Wach seit halb fünf.

Meldung 1: Wie erst jetzt bekannt wird, sollen Beamte des Frankfurter SEK nach ihrer Weihnachtsfeier kurz vor Heiligabend im Bahnhofsviertel eine Massenschlägerei mit den Türstehern eines Bordells angezettelt haben.

Meldung 2: Anders als bisher dargestellt, hat der 34-jährige Berliner Zivilbeamte, der am Silvesterabend einen unbewaffneten 24-jährigen Autofahrer getötet hat, auf diesen sofort und aus nächster Nähe geschossen. Von den acht Schüssen, die der Polizist abgegeben hat, war bereits der erste tödlich.

Meldung 3: Wie in vielen anderen Städten fand auch in Duisburg am Wochenende eine Demonstration gegen den israelischen Einsatz im Gaza-Streifen statt. Ein Student hängte aus Solidarität «mit der einzigen Demokratie der Region» je eine Israel-Flagge vor sein Wohnzimmerfenster und an seinen Balkon. Als die Demonstranten das Haus passierten, wurden Gegenstände geworfen und antisemitische Parolen gerufen. Die Polizei, anstatt dies zu unterbinden, trat die Wohnungstür des Studenten ein und entfernte die Fahnen. Die Demonstranten bedankten sich mit Jubel und Beifall.

Am 14. Januar 1941 starb im KZ Dachau der Kabarettist, Schauspieler und Conférencier Fritz Grünbaum.

Dienstag, 10. Februar 2009 – Fünfuhreinundfünfzig, zweikommazwei Grad. Hat wieder geschneit. Neblig.

– Und? Immer noch Schmerzen?

– Ja.

– Na, dann ist ja alles gut.

Wie immer, wenn ich dem Tagebuch längere Zeit untreu gewesen bin, habe ich Skrupel, einfach nur aufzuschreiben, was gestern so passiert ist.

Neuer Wirtschaftsminister wird Karl-Theodor Maria Nikolaus Johann Jacob Philipp Franz Joseph Sylvester Freiherr von und zu Guttenberg, ein Stiefenkel Joachim von Ribbentropps. Ein 37-jähriger Typ, der schon mimisch mit den Stiefeln und der Peitsche knallt. Mein Gott, warum sind die bürgerlichen Regierungen nicht in der Lage ihre Ministerien mit entspannten, kultivierten, lässigen Bürgern zu besetzen? Verheiratet ist der Mann mit Stephanie Gräfin von Bismarck-Schönhausen, die während ihres Studiums in einer Wohnung an den Champs-Élysées wohnte und zu einem Debütantinnenball in einer Barockrobe von Lacroix erschien. Aus diesem Anlass von der Zeitschrift «Gala» zum Thema Geld befragt, antwortete sie: «In dieser Beziehung sind meine Eltern sehr streng. Sie halten mich kurz, und ich lebe wie jede andere Studentin auch.»

Lektüre: Simon Becketts «Chemie des Todes».

Am 10. Februar 1794 nahm sich der Priester Jacques Roux das Leben.

Freitag, 20. Februar 2009 – Fünfuhrdreizehn, nullkommadrei Grad, seit halb vier wach. Welt: verschneit. Selbst: verrotzt.

Gestern mit Rainer zur «Odeon Film» im Wald über Wiesbaden. Riesiges Gelände. Der Pförtner kommt aus seinem Häuschen.

«Wo wollen Sie hin?»

«Zu Herrn Fichtner von der Odeon Film!»

»Wie heißt der? Fichtler?»

»Fichtner, Haus H.»

»Ach so, ja. Bei uns haben die Häuser Buchstaben. Das hier drüben mit dem A, das ist zum Beispiel Haus A. Fahren Sie einfach die Straße weiter, bis Sie ein großes H sehen. Das ist dann das Haus H.»

»Ach so. Vielen Dank!»

Bekenntnisse aus den Feuchtgebieten des Netzes: «Ich mag es, wenn er seine stoppelige Wange sanft über meine Muschikatze reibt.» – Warum, fragt man sich, nicht gleich: Muschikatzenpussymöse?

Das deutsche «Vanity Fair» ist eingestellt worden. Mir kommt es vor, als hätte ich das bereits vor zwei Jahren gewusst.

Und heute vor vier Jahren schoss sich Hunter S. Thompson eine Kugel in den Kopf.

Sonntag, 1. März 2009 – Siebenuhrsiebzehn, fünfkommasieben. Fast schon hell. Gerate irgendwie an Astrid Prolls Erzählungen über die Ärztin Dorothea Ridder, dann an Goettles Gespräch mit ihr und immer weiter in diese alten RAF-Geschichten. Ein Interview mit Margrit Schiller, eins mit Monika Berberich, zwei mit Irmgard Möller. Später dann Carolin Emckes Buch «Stumme Gewalt» über den Mord an ihrem Patenonkel Alfred Herrhausen. Ziemlich gut. Und das deutliche Gefühl, wenn dieser Dialog zwischen ihr und den RAF-Leuten nicht zustande kommt, wird die Geschichte stehen bleiben. Das muss gelöst werden.

Mittags mit dem Pinarello nach Sachsenhausen. Habe für einen Euro eine Video-2000-Kassette von «Der Kommissar und sein Lockvogel» ersteigert, die nun digitalisiert werden muss. Dann hoch zum Südfriedhof und ein Schlenker über den Lerchesberg. Ein Drittel der Häuser sind zu Festungen ausgebaut. Unglaublich abweisend. Runter in die Stresemannallee und vorbei an der ehemaligen Wohnung des Mörders Magnus Gäfgen: Teplitz-Schönauer-Straße 42. Dann eine Runde durch das Viertel, wo C. den größten Teil ihrer Kindheit verbracht hat – wirklich schön, diese fast vergessene Ernst-May-Siedlung. Unter der Eisenbahnbrücke durch und gleich rechts in die Richard-Strauss-Allee. Wieder sehe ich von fern die große Villa Mumm, die merkwürdigerweise kaum mehr jemand in Frankfurt kennt. Sie war das Wohnhaus von diesem «Champagner-Baron», dann von 1933 bis 1945 Hauptquartier der Frankfurter Gestapo (samt Bunker und Arrestzellen), 45 von den Amerikanern beschlagnahmt, dann 1949, als Frankfurt Bundeshauptstadt werden wollte, sollte sie der Sitz des Bundespräsidenten sein, dann zog die Organisation Gehlen ein.

Einmal quer durch die Stadt, vorbei am neuen Polizeipräsidium, am Hessischen Rundfunk. In den Kühhornshofweg, wo Helga Matura eine Zeitlang Haus Nummer 12 bewohnt hat. Und ein paar Meter weiter, im Garagenhof des Hauses Hofeckstraße 2–4, sind am 1. Juni 1972 Andreas Baader, Jan-Carl Raspe und Holger Meins nach einem Schusswechsel mit der Polizei festgenommen worden. Damals war ich auf Sylt, im Landschulheim, kaufte mir in dem kleinen Lädchen einen Schokokaramellriegel und sah die grauenhaften Fotos von der Festnahme auf der Titelseite von «Bild».

Tot ist Gabriele d'Annunzio.

Mittwoch, 4. März 2009 – Siebenuhreinundvierzig, zweikommasieben. Hell, alles mit Reif überzogen. Wird schön, oder? Gestern in «Kulturzeit» eine kritische Auseinandersetzung mit dem Buch von Tilman Jens über seinen dementen Vater. Ernst Grandits interviewt zu diesem Thema die wunderbare, fast 92-jährige Margarete Mitscherlich, die allerdings über Was-auch-Immer hätte sprechen können – ihrem Charme und ihrer Weisheit wäre man sowieso erlegen.

Keine zweitausend Meter von hier sitzt Birgit Hogefeld in der Justizvollzugsanstalt Preungesheim. Habe in den letzten zwei Tagen die 320 Seiten der Berichte über den Prozess gegen sie aus den Jahren 1994 bis 1996 gelesen – samt ihrer Erklärungen vor Gericht. Wenn mir noch vor kurzem jemand erzählt hätte, auf welche Weise dieses Verfahren von Seiten des Senats und der Bundesanwaltschaft geführt wurde, ich hätte ihn für einen Spinner mit Neigung zu Verschwörungstheorien gehalten. Wie ignorant, diese Geschichten über all die Jahre nicht zur Kenntnis nehmen zu wollen, stattdessen jede Beschäftigung damit verärgert von mir zu weisen. Jetzt werde ich nicht umhin kommen, jedesmal an Hogefeld zu denken, wenn ich mit dem Rad am Gefängnis vorbeifahre. Und ihr einen stummen Gruß zu entsenden.

Am 4. März 1944 wurde Louis «Lepke» Buchalter in Sing-Sing hingerichtet.

Montag, 9. März 2009 – Siebenuhrachtundzwanzig, dreikommavier Grad. Wolkig, windig. Gestern Abend «Rififi». Eigentlich nicht mehr wirklich interessant. Dadurch, dass man diesen Film hundert Mal kopiert hat, wurde das Original ungenießbar.

Seit vier Uhr wach und weiter in Austs RAF-Schmonzette. Jetzt sehe ich gerade, dass es auch von dem BKA-Mann, der damals den Kontakt zu den Angehörigen der untergetauchten RAF-Leute gesucht hat, ein Buch gibt: Alfred Klaus «Sie nannten mich Familienbulle». Aber muss ich das jetzt wirklich auch noch lesen? Doch, muss ich!

«Ich frage mich sowieso, wie du ausgerechnet jetzt auf diese ganzen alten RAF-Geschichten kommst.» Tja, ich mich auch.

Tot ist wieder Leopold von Sacher-Masoch.

Freitag, 13. März 2009 – Neunuhrachtzehn, elf Grad. Geht doch. Seltsam leutselig und eitel: die Erinnerungen des BKA-Mannes Alfred Klaus an seine Zeit als Sonderermittler der «SoKo Baader-Meinhof». Und gänzlich unerträglich die privaten Geschichten über seine scheiternde Ehe, seine unglückliche Liebe zu einer linksliberalen Ärztin …

Die Zahl der Schaulustigen, die sich geduldig vor dem Musée d'Art Moderne de la Ville de Paris in die Warteschlange einreihten, war selbst für Pariser Kunst- und Kulturereignisse ungewöhnlich. Anlass dieses Andrangs war die Er[illegible] der ersten Retrospektive in Fran[illegible], die der Arbeit des 67-jährigen amerikanischen Fotografen Larry Clark gewidmet ist, der dem Pariser Publikum kein Unbekannter ist. Seine Filme „Kids“, „Bully“ oder „Ken Park“ liefen hier bereits und sind jetzt auch wieder in der Cinémathèque française zu sehen.

Die jetzt unter dem Titel „Kiss The Past Hello“ präsentierte umfassende Ausstellung provozierte jedoch schon vor ihrer Eröffnung heftige Kontroversen. Der Grund: Die Pariser Stadtverwaltung, die Träger des Musée d'Art Moderne ist, hat verfügt, den Besuch der Ausstellung Jugendlichen unter 18 Jahren zu verbieten. Eine solche Einschränkung stellt bei Kunstausstellungen in Frankreich einen Präzedenzfall dar. Die Stadt sah sich gleichwohl aus juristischen Gründen zu diesem ungewöhnlichen Schritt genötigt, der von Kritikern prompt als Zensur und Prüderie verdammt wurde.

Gegen diesen Vorwurf verwahrte sich die Stadt Paris mit Hinweis auf das im März 2007 verschärfte Gesetz, d[illegible] fen[illegible] [illegible]graphie unter Strafe stellt. Diese [illegible]gumentation wird von Juristen bestritten, [illegible] für deren Besuch Eintrittsgeld erhoben wird, zu sehen sind.

Dass die Stadt Paris mit dieser Zensurmaßnahme überreagiert hat, macht der Besuch der Ausstellung deutlich. Keine der hier gezeigten Fotografien von Larry Clark rechtfertigt den Vorwurf der Pornographie oder der Pädophilie. Sicherlich [illegible] Anstoß nehmen will, der findet Anlässe, sich zu entrüsten, denn das fotografische Lebenswerk von Larry Clark umkreist seit Jahrzehnten nur ein Thema: Die verletzten und gegen mancherlei Zwänge rebellierenden amerikanischen Jugendlichen. Dieses Werk aus übertriebener Rücksichtnahme ausgerechnet um jene Aufnahmen zu amputieren, die Gewalt, Drogenkonsum oder den Umgang der Jugendlichen mit der Sexualität dokumentieren, hieße, es mutwillig zu zerstören.

Im Übrigen sind auch diese Aufnahmen von Larry Clark alles andere als pornographisch oder voyeuristisch. Sie zeugen vielmehr von einer großen Empathie für diese Jugendlichen, die unschwer verrät, wie viel Mühe der Fotograf darauf verwandt hat, das Vertrauen seiner Protagonisten zu erlangen. Larry Clark selbst kommentierte [illegible] der Stadt [illegible] die Jugend[illegible] auf [illegible] sagte er: „Diese Fotografien wenden sich ja an sie. Den 16- oder 17-Jährigen den Besuch dieser Ausstellung zu verbieten, ist lächer-

Der Ton der RAF-Leute, wie er einem aus manchen der sogenannten Infos (Briefe, die sich die Gefangenen untereinander schickten) und ihren Verlautbarungen entgegenschlägt, ist auf eine Weise unbescheiden, grobschlächtig, dumpf und brachial, dass man ihn nicht anders nennen kann als: nazi.

Im Archiv des «Tagesspiegels» ein Interview mit Theodor Prinzing aus dem Jahr 2007. Prinzing war bis zu seiner Abberufung der Vorsitzende Richter des Stammheimer Prozesses gegen Baader, Ensslin, Meinhof und Raspe. Prinzing über Andreas Baader: «Er war ein außerordentlich führungsstarker Mann. Er war natürlich auch ein Faulpelz und Desperado, aber er hatte in seiner Rigorosität auch etwas Sympathisches. Ich hatte auch immer das Gefühl, Baader stelle sich mir gegenüber nur pflichtgemäß so grob an, im Grunde genommen respektiere er mich. Ich hätte wohl außerdienstlich mit ihm auskommen können. Wenn er vor dem Krieg geboren worden wäre, dann wäre er ein ganz brauchbarer Soldat geworden.» Prinzing, auf die Frage, ob er ein mulmiges Gefühl gehabt habe, als der einstige RAF-Verteidiger Otto Schily später Innenminister wurde: «Keineswegs. Es wurde ja rasch klar, dass keiner von der CDU es hätte besser machen können.»

Tot ist die Frankfurter Sozialdemokratin Johanna Tesch, gestorben im KZ Ravensbrück, wohl an den Folgen der Unterernährung.

Montag, 16. März 2009 – Fünfuhreinundfünfzig, sechskommaacht. Unruhige Nacht. Mond hinter Wolken. Samstag in der Rhön, St. Peter, die Grabeskirche der heiligen Lioba in Petersberg angeschaut. Auf dem Plateau vor dem Eingang ein großes Schild, dass das Sonnenbaden und das Trinken von Alkohol nicht erwünscht seien. Das Fotografieren ist es auch nicht, aber darauf macht mich erst die freundlich-runde Nonne aufmerksam, die ein paar Besucher vor die unsichtbaren Fresken führt und ihnen erzählt, was sie sehen würden, wenn sie etwas sehen würden.

Gestern Saisoneröffnung in Niederdorfelden – gemeinsame Ausfahrt der «Lokomotive Rotes Ritzel» und des «Sonntagsgrupetto». Meine Güte, sind wir viele! Nidderau, Florstadt, Gais Nidda, Bad Salzhausen, Unter Lais, Calbach, Rommelhausen, Bruchköbel ... Tote Frösche auf den Straßen, die Farben noch immer gedeckt, der Himmel grau und schwer. Aber hält sich. Hundertzehn Kilometer. Und die Rippe gibt Ruh! Später, im Liegen, arbeitet die Beinmuskulatur noch lange.

Durch mit den Erinnerungen von Alfred Klaus. Wie der sich spreizt. Manchmal hat das Ganze etwas schleichend Denunziatorisches. Sympathisch allerdings, mit welcher Renitenz er bis kurz vor seinem Tod seine Frontstellung gegen Helmut Schmidt und Horst Herold im Herbst 1977 verteidigt. Klaus hatte für einen Austausch der Gefangenen plädiert und warf dem damaligen Bundeskanzler vor, er habe sich in seinen Entscheidungen von einer dummen soldatischen Sturheit leiten lassen, die sowohl Hanns Martin Schleyer als auch die RAF-Leute das Leben gekostet und jenes der «Landshut»-Passagiere fahrlässig aufs Spiel gesetzt habe.

Abends die DVD mit dem Gespräch, das Günter Gaus 1967 mit Rudi Dutschke geführt hat. Dutschke: sehr evangelisch, freundlicher Fanatismus, klug, aber fürchterlich abstrakt, der Pullover unterirdisch.

Tot ist Creszentia Mühsam.

Mittwoch, 18. März 2009 – Neunuhracht, siebenkommaneun. Im Wechsel: Sonne und Wolken. Die «Süddeutsche Zeitung» veröffentlicht heute im Feuilleton ein großformatiges Foto, darauf zu sehen vor dem nächtlichen Times Square mit seinen bunten Flickerreklamen: Wirtschaftsminister Karl-Theodor zu Guttenberg. Leicht von unten aufgenommen, die weißen Zähne gebleckt, brutal lächelnd, die Haare zurückgegelt, die Arme in imperialer Geste ausgestreckt, weißes Hemd unterm grauen, fein gestreiften Sakko, breiter, gelber Binder, Streberbrille. Eine Type, die an jenen Horsti Schmandhoff erinnert, über den es in Degenhardts Lied heißt: «Im passenden Kostüm der Zeit / stets aus dem Ei gepellt / hat er mit knappen Gesten / eure Träume dargestellt.» Und man glaubt zu ahnen, dass diese Selbstinszenierung als schneidiger Schlawiner sich irgendwann gegen ihn wenden wird.

Wie einer dieser verdrückt-abgefeimten Ganoven aus einem Roman von Charles Dickens sah hingegen Innenminister Schäuble gestern aus, als er auf einer Pressekonferenz bekanntgeben musste, dass jeder siebte Jugendliche in Deutschland «sehr ausländerfeindlich» sei und knapp fünf Prozent der befragten Jungen einer rechten Gruppe oder Kameradschaft angehörten. Man sah dem Minister an, dass er wusste, dass diese Entwicklung auch auf seinem politischen Mist gewachsen ist, und dass er das um jeden Preis verhehlen wollte. Fürwahr ein Galgenstrick.

Die spanische Ausgabe von «Ein allzu schönes Mädchen» ist gekommen: «Una chica demasiado bonita». Habe selten ein hässlicheres Cover gesehen.

Lektüre: Willi Winklers «Die Geschichte der RAF». Um Längen besser als Aust.

Tot ist Ferdinand Freiligrath.

Sonntag, 22. März 2009 – Elfuhrzwölf, fünfkommaneun. Grau. Von Suhrkamp-Verlegerin Ulla Berkéwicz ein Text im «Spiegel». Liest sich wie manche von den Kassibern, die sich die Gefangenen der RAF in ihren Zellen haben zukommen lassen. Man versteht nicht recht, was die Autorin sagen will, spürt aber den bitter-heiligen Ernst, der sie umtreibt. Viel ist von «Kampf» und «Krieg» und «Front» und «Schlacht» die Rede, auch von «Sumpf» und «Morast». Es ist die Sprache der autistischen Großstadtguerilla: «In den digitalen Werkstätten der Metropolen von New York bis Moskau entstehen Arbeitsweisen und in deren Gefolge Kämpfe über die Art, wie die Dramaturgie und das Theater, das Lektorat und das Buch, die Orchesterprobe und die Aufführung der Zukunft beschaffen sein werden.» – Wie hätte man so etwas in Frankfurt genannt – «Jargon der Uneigentlichkeit»? Sollte das die Qualität der Texte sein, die wir künftig aus dem Hause Suhrkamp zu erwarten haben, wird die Verlegerin noch ein paar mehr Mitarbeiterinnen und Mitarbeiter loswerden als nur jene, die sie jetzt durch den Umzug des Verlages von Frankfurt nach Berlin zu verlieren hofft.

Harry Fisher, amerikanischer Bürgerrechtler, Gewerkschafter und Interbrigadist ist tot. Goethe auch.

Dienstag, 24. März 2009 – Neunuhrvierundvierzig, sechskommazwei. Wolkigwindig. Im Netz finde ich das vollständige Gespräch, das Nike Breyer mit dem Grafikdesigner Holm von Czettritz geführt hat, der unter anderem für Johnnie Walker, Philips und Kühne-Essig gearbeitet hat. Czettritz erzählt die fast unglaubliche Geschichte, dass eines Tages Andreas Baader zu ihm gekommen sei, um das Logo der RAF überarbeiten zu lassen: «Weil ich dazu aber keine Lust hatte und ich das irgendwie so naiv fand, habe ich ihm damals gesagt: ‹In seiner Rustikalität hat das eine Originalität, die würde ich nicht verändern. Das muss diesen rauen Ursprungscharakter behalten. Das sag ich dir als Markenartikler.›»

In der «Frankfurter Allgemeinen Sonntagszeitung» ein Lamento von Maxim Biller, das leider keine Philippika geworden ist. Wie so oft bei ihm: alles richtig, alles falsch, zu viel Text. So neutralisieren sich seine Rundumschläge jedes Mal selbst. Sie berauben sich der Wirkung, weil sie auf diese allzu deutlich aus sind. Immerhin: Billers Renitenz ist eine schützenswerte Eigenschaft im gesamtdeutschen Duckmäuserland.

Durchs geöffnete Fenster die leise, eindringliche Stimme einer Frau. Ich verstehe nichts; aber es ist der gleiche Ton, in dem meine Mutter mit uns Kindern gebetet hat.

Am 24. März 1999 starb hochbetagt und unbelehrt in Tübingen-Bebenhausen die ehemalige Reichsfrauenführerin Gertrud Scholtz-Klink.

Freitag, 27. März 2009 – Elfuhrelf, zwölfkommafünf. Es will doch nicht etwa die Sonne … Gestern ein wahrlich wonniger Abend mit Demski und Herl im Smokotop vom Gasthaus «Zur Stalburg». Wir reden, tatsächlich, über Politik. Mein Gott, wie lang ist das her? Aber ich darf nicht darüber schreiben. Nicht über das Rosenbeet und die Betonplatte, nicht über das Ölpapier und den qualmenden Kamin, nicht über die Rinaldo Rinaldinis und schon gar nicht über Rotwein in Wassergläsern.

Eva erzählt, dass sie ein Buch geschrieben habe über die Sachen damals … Aber klar, sagt C. heute Morgen, das haben wir doch. Geht zum Regal und zieht es hervor …

Tot sind Gagarin, Ian Dury, Billy Wilder. Und Matthias Beltz.

Montag, 30. März 2009 – Fünfuhrfünfzig, zweikommasieben. Sommerzeit, dunkel. Auf dem Titelblatt der «Süddeutschen Zeitung» vom Wochenende ein Bericht über einen Bettler in Göttingen. Weil der arbeitslose Mann mit seinen Bezügen nach Hartz IV nicht auskam, setzte er sich in die Innenstadt und ließ sich von den Passanten etwas Kleingeld in eine Blechdose werfen. Ein Mitarbeiter des Sozialamts, der den Mann kannte, beobachtete dies und schrieb ihm einen offiziellen Brief: «In den letzten Tagen habe ich Sie mehrfach gesehen, wie Sie vor dem Rewe-Supermarkt (...) gebettelt haben. Zuletzt lagen am 3.1.2009 in der Mittagszeit circa sechs Euro und heute gegen 13 Uhr etwa 140 Euro in einer Blechdose. (...) Ich beabsichtige daher, (...) einen Betrag von 120 Euro als Einkommen durch Betteln anzurechnen.» Die nicht mehr so genannte Sozialhilfe des Bettlers solle nunmehr auf 231 Euro monatlich gekürzt werden. Rechts neben diesem Artikel die Meldung, dass die neun Vorstandsmitglieder der Dresdner Bank trotz hoher Verluste ihres Instituts im Jahr 2008 insgesamt 58 Millionen Euro bezogen hätten. Und links daneben der Hinweis auf einen Artikel im Inneren der Zeitung: «In Freising bei München hat eine Luxus-Hotelkette eröffnet – für Hunde.»

Tot ist Rudolf Walter Leonhardt, über den ich vielleicht nächstes Jahr am 30. März etwas mehr erzählen werde.

Samstag, 4. April 2009 – Fünfuhrdreiundfünfzig, elfkommasechs Grad. Um halb vier aufgewacht. Und seitdem schon wieder im Stillen gehadert.

Was für Tage – die Sonne, die Knospen, die laue Luft, das Grün, die ersten Hummeln, die Vögel, ein Goldfasan am Wegrand. Fast möchte man noch einmal leichthin seinen Frieden machen mit der Welt ... aber dann ist es, als hätte – in Gestalt eines Freundes – das Böse selbst seinen Auftritt.

Am 4. April 1945 starb im Alter von achtunddreißig Jahren der französische Widerstandskämpfer Jean Burger im KZ Dora. Am 4. April 2003 starb im Alter von dreiundneunzig Jahren der Befehlshaber der Sicherheitspolizei und des SD in Paris Helmut Knochen. Er war verantwortlich für die Deportation von 200 000 Franzosen in verschiedene Konzentrationslager.

Dienstag, 7. April 2009 – Vieruhrachtundvierzig, schon zehnkommavier Grad. Laut die Autobahn. Am Sonntag um zwei Uhr aufgewacht und nicht wieder eingeschlafen. Um kurz nach acht Richtung Eppertshausen. Dann 110 Kilometer durch Rodgau und Odenwald mit dem Pinarello.

Abends bei A. und S. zum Essen. «Wir alle haben doch geglaubt, es gehe immer so weiter», sagt S. «Aber wir können so nicht weitermachen. Wir müssen neu über unsere Werte nachdenken.» Es dauert eine ganze Weile, bis ich merke, dass er über die Krise spricht und mit «wir» das Bürgertum meint, die Banker, das Management, mithin, wie er sagt: «die Stützen der Gesellschaft». Früher habe als fester Grundsatz gegolten, dass der Chef das Zwölffache oder maximal das Zwanzigfache seines Portiers verdienen dürfe, um noch erhobenen Hauptes und unbehelligt durch seine Firma gehen zu können. Aber heute, die Raffkes, die Absahner, das Hundert-, ach was, das Tausendfache, das könne ja nicht gut gehen: «Wir müssen einen neues Maß finden», sagt er. Schon interessant: Es geht wirklich ein leises Zittern durch diese Stützen.

Gestern Garten: Pfirsichbäumchen, gemeine Wegwarte. Himbeeren entgrasen, Unkraut raus, Nacktschnecken einsammeln …

Tot ist Suzanne Valadon.

Karfreitag, 10. April 2009 – Vieruhrachtundfünfzig, elfkommaacht Grad. Eine Woche lang hat er Atilla und mich aufgejagt mit immer neuen Attacken und Unterstellungen. Und plötzlich ist Schluss. Jemand kann sich so sehr ins Unrecht setzen, dass man noch ein paarmal ungläubig den Kopf schüttelt, schließlich die Schultern zuckt und denkt: Egal. Egal, was jetzt noch kommt, es geht mich nichts mehr an. Immerhin, jetzt weiß ich, was das Wort «heillos» bedeutet. Mehr noch: Es ist, als hätte man dem Teufel in die Seele geschaut, um sich nun schaudernd abzuwenden. «Was er berührt, versteinert. Unter seinen Blicken erstirbt die Welt.»

Von Eva ein wunderbares Bändchen der Friedenauer Presse. Darin enthalten: Rosa Luxemburgs Büffel-Brief (der für Karl Kraus «zum Allerschönsten» gehörte und der ihn in seiner «Fackel» abdruckte), der Leserbrief einer Ida von Lill-Rastern von Lilienbach, Kraus' Replik auf diesen Brief und schließlich Celans Gedicht «Coagula» vom Anfang der sechziger Jahre, das sich direkt auf Luxemburgs Text bezieht: «Auch deine Wunde, Rosa. Und das Hörnerlicht deiner rumänischen Büffel an Sternes Statt …»

Die Sängerin Little Eva («Loco-Motion») ist tot.

Donnerstag, 16. April 2009 – Zwölfuhrfünfunddreißig, einundzwanzigkommasechs. Der Himmel: bedeckt. Ich: wacklig. Gestern lange mit Degenhardt telefoniert. Er bedankt sich für «Ein kleiner Abend Glück» und dafür, dass wir ihm die CD gewidmet haben. Wegen seines kranken Herzens könne er keine langen Gänge mehr machen. Und schlimmer werde es, statt besser … Nein, der Tellkamp habe ihm nicht gefallen, schreibe wie Thomas Mann, allerdings ohne Ironie, dabei hätte ihn, den Degenhardt, die niedergehende akademische Bourgeoisie in der niedergehenden DDR schon interessiert, aber so gehe es nun wirklich nicht. Stattdessen legt er mir den kleinen Roman «Tod eines Trüffelschweins» von Thomas Weiss ans Herz. Ein bisschen über die Franzosen und die Deutschen, über die Gegangenen und die paar Gebliebenen. Und dass er «das Dogmatische nie gemocht» habe. – Eine Linke, die nicht lernt, von diesem Mann zu lernen, ist nicht der Mühe wert.

Lektüre: die wunderbare Fritz-Bauer-Biographie von Irmtrud Wojak, eine Sozialgeschichte vom 19. Jahrhundert bis in die späten Sechziger. Plötzlich bekommt man wieder eine Ahnung davon, dass es einmal eine starke Gruppe von Sozialdemokraten gab, die sich mit Stolz und Selbstverständlichkeit als Sozialisten, als Marxisten bezeichnet hat. Kann es denn wirklich sein, dass in Frankfurt kein Platz, keine Straße, keine Schule nach Fritz Bauer benannt ist? Dabei auch auf Fritz Tarnow gestoßen …

Goya ist tot.

Dienstag, 21. April 2009 – Fünfuhrachtundfünfzig, neunkommaacht. Peubleu der Himmel.

Wenn die Weigerung, sich auf ein Tandem zu setzen, ein Gradmesser für Asozialität ist, dann bin ich so was von heftig asozial …

Meldung 1 – Der Linksextremismus ist nach Ansicht des Staatssekretärs im Bundesinnenministerium, August Hanning, in jüngster Zeit gefährlicher geworden. «Wir sind in Deutschland zu tolerant gegenüber Gewalt. Wir dürfen nicht dulden, dass Meinungsverschiedenheiten mit Gewalt ausgetragen werden», sagte Hanning.

Meldung 2 – Andere Länder, andere Sitten: Fast jeder zweite Franzose findet es akzeptabel, wenn von Entlassung bedrohte Arbeitnehmer ihre Chefs aus Protest als «Geisel» nehmen. Nur sieben Prozent der Franzosen verurteilen nach einer Umfrage des Instituts Ifop für das Magazin «Paris Match» Geiselnahmen von Chefs. Aber 30 Prozent unterstützen sie ohne Vorbehalt, und weitere 63 Prozent äußern Verständnis.

«Alle rechtsstaatlichen Errungenschaften beruhen auf revolutionärer Gewalt», so Otto Schily, ehemaliger RAF-Anwalt, ehemaliger Bundesinnenminister.

Am 21. April 2004 starb an Herzversagen in einem Altersheim in Castel Gandolfo der SS-Sturmbannführer Karl Hass, der die Principessa Mafalda in einen Hinterhalt gelockt hatte (woraufhin sie nach Buchenwald deportiert wurde), der gemeinsam mit Erich Priebke an dem Massaker in den Adreatinischen Höhlen beteiligt war und der 1969 in Viscontis Film «Die Verdammten» mitgespielt hat.

Samstag, 25. April 2009 – Siebenuhrachtzehn, vierzehnkommafünf. Wird gut.

Vor dem Essen: «Mhmm, riecht's hier aber gut!»

Nach der Mahlzeit: «Puh, hier riecht's nach Essen!»

Am Dienstag mit Demski und Herl bei Branko. Danach von Eva eine Mail: «Ein wunderbarer Ort. Wenn irgendwann die Ordnungswüteriche nach ihm greifen, werden wir uns dort anketten, ja?»

Am 25. April 1956 starb in Hödingen der Typograph Paul Renner, Erfinder der Futura.

Mittwoch, 29. April 2009 – Vieruhrneunundfünfzig, siebenkommaeins. Ziemlich laut schon da draußen. Gestern ist die neue Dylan gekommen, gleich mehrmals gehört: leicht, aber nicht unbeschwert. Bisschen zu viel «You-and-Me». Aber es gibt viel zu entdecken. Nicht zuversichtlich, aber gelassener als früher: gnädiger, freundlicher.

Als Blogger muss man geduldig sein wie ein katholischer Pfarrer. Egal, wie viele Leute vorbeischauen, die Kirchentüren werden offen gehalten, es wird weiter gepredigt.

In einem Brief aus dem Jahr 1946 an seinen Jugendfreund Kurt Schumacher schreibt Fritz Bauer über Willy Brandt: «Es gibt Genossen, die ihn für einen ‹Windhund› halten, weil er manchmal smart ist wie ein Amerikaner. Daran ist etwas richtiges, er ist in der Emigration ein an den Westen, insbesondere Amerika assimilierter Journalist geworden.» – Im selben Jahr bewarb sich Willy Brandt bei der DANA, der Deutschen Allgemeinen Nachrichtenagentur in der amerikanischen Zone, wurde aber von dem verantwortlichen amerikanischen Captain als zu «rechts», zu kritisch gegenüber den Sowjets abgewiesen. – Das erfährt man aus Irmtrud Wojaks Fritz-Bauer-Biographie, wo sich auch das Zitat von Georg-August Zinn findet, des langjährigen hessischen Ministerpräsidenten, der noch 1959 sagte: Hessen werde «ein sozialistisches Bollwerk gegen alle restaurativen Bestrebungen bleiben».

Am 29. April 1815 starb in einem Wiener Bordell Hölderlins Freund Isaac von Sinclair.

Montag, 11. Mai 2009 – Sechsuhracht, dreizehnkommafünf. Bedeckt. Wach schon wieder seit vier. Gestern Morgen nach Hanau-Kesselstadt in die kleine Reinhardskirche. Hundert Meter davor begegnet mir Sascha, der noch eine Runde mit dem Hund dreht. Dann Tanja, Alissa. Peter liest zum ersten Mal aus seinem Roman «Die Ängstlichen», der im September erscheinen wird. Und gleich hier nebenan in diesem verwinkelten Fachwerkviertel, in der Ankergasse, spielt das Buch. Es scheint, als sei P., nun, da das alles lange genug her ist, da er weit genug weg lebt, ganz bei sich und seiner Geschichte angekommen. Am meisten rührt mich eine kleine ländliche Impression: Licht, Geruch, Luft, Kühe, Grün. Ich ahne: Die Wahrheit sagen, gerecht und zugleich gnädig bleiben – das war wohl eine der Schwierigkeiten bei der Arbeit an diesem Buch.

Nachmittags mit Ati nach Offenbach in den «Bücherturm» – «Ein kleiner Abend Glück». Ich sehe und spüre so viele wohlgesinnte (oder heißt es: wohlgesonnene?) Blicke, dass eigentlich nichts schiefgehen kann. Geradezu taumelig gut klappt das Programm dann auch, nachdem letzte Woche bei der Probe noch so vieles gehakt hat. Plaudern, CDs signieren …

Durch mit Irmtrud Wojaks «Fritz Bauer» – Man darf wohl sagen, dass es ohne den hessischen Generalstaatsanwalt keine maßgebliche juristische Aufarbeitung der NS-Verbrechen von Seiten der deutschen Gerichtsbarkeit gegeben hätte. Die Studentenbewegung wäre anders verlaufen, die geistige Geschichte der Bundesrepublik wäre anders verlaufen, hätte es diesen Mann nicht gegeben. Dass er unentwegten Schmähungen,

Beleidigungen, Morddrohungen ausgesetzt war, versteht sich fast von selbst. CDU und FDP haben ihn, den remigrierten Juden, mit öffentlichen und nicht öffentlichen Kampagnen attackiert und aus seinem Amt zu drängen versucht. Und dann dieser grauenhaft einsame Tod in der Badewanne …

Philipp Müller ist tot.

Sonntag, 17. Mai 2009 – Vieruhrdreiundfünfzig, neunkommanull. Im Osten beginnt der Tag mit rotvioletten Schlieren am Himmel. Seit kurz nach vier wach, aber gut …

Ich befinde mich in diesem Tagebuch an Orten, an denen ich mich nicht befinde, begegne Menschen, denen ich nicht begegne, tue Dinge, die ich nicht tue. Das Ich, das hier schreibt, bin nicht ich. Dieses Tagebuch ist ein Roman. In Romanen wird die Wahrheit erfunden und sind die Erfindungen wahr.

Heute ist Todestag von Johann Michael Bach. Und Johnny Guitar Watson. Lange nicht mehr gehört …

Montag, 25. Mai 2009 – Sechsuhrzwanzig, achtzehnkommasieben. Wach seit fünf. Wird heiß heute. «Ich werde nicht älter, ich werde besser!» – Es muss schon der Verzweiflung nah sein, wer ein T-Shirt mit solch einer Aufschrift trägt.

Mit dem Wagen nach Bensheim. Uff, was für ein Prollkaff. Wir wollen noch eine Kleinigkeit essen, aber überall nur diese Schnellfressen mit Monoblockstühlen davor … Im grauenhaft hässlichen Parktheater dann das Quatuor Ebène mit Haydn, Debussy und Schubert. Inmitten der abonnierten Honoratioren.

Sonntag gut siebzig Kilometer. Flach, Erdbeeren, Spargel. Spargel, Erdbeeren, flach. Es ist so langweilig, dass man sich wünscht, ein Flugzeug würde in die Felder stürzen … Schon gegen Mittag zurück an den Schreibtisch. Dann mit Bernd ins Musikzimmer. Erstes Herantasten an das Liebesprogramm. Als er mir dann das Elslein-Lied vorspielt und ich die Villon-Ballade darüber spreche, ist so ein erster magischer Moment erreicht. Und damit klar: Es wird gelingen. Und viel Arbeit sein.

Tot ist Sonny Boy Williams.

Donnerstag, 28. Mai 2009 – Fünfuhrsechsundzwanzig, zwölfkommaacht. Windig, bedeckt. Eben, um kurz nach fünf, die Terrassentür geöffnet, raus in die Dämmerung gegangen, kleine Runde durch den Garten gedreht, rundum sind noch alle Rollläden unten, allein in der Welt, leise die Stadt, paar Vögel undsoweiter, einfach auf die

Stockrosen geschaut, zehn Minuten lang an nichts gedacht, nur stumpfsinnig gestarrt. Und dabei glücklich gewesen.

Tot ist Georg Popel von Lobkowicz … Der hieß halt so.

Pfingstmontag, 1. Juni 2009 – Siebenuhreinundzwanzig, fünfzehnkommadrei. So gemischt der Himmel. Freitagabend im Berger Kino. Dünn besetzt. Wieder so ein Film, den man am liebsten selbst geschrieben hätte. Kommt natürlich aus Frankreich, weil man hier so etwas Schönes, Einfaches nie machen würde. «Le premier jour du reste de ta vie» von Rémi Bezançon. Und zwei Tage später ist es, wie C. sagt, als habe man ein paar Leute kennengelernt und interessiere sich nun doch ziemlich für sie. Stimmt, die Gesichter gehen einem nicht mehr aus dem Kopf, und immer wieder sinnt man diesen kleinen Geschichten nach. Die Figuren haben sich ins Herz gesenkt und werden dort bleiben. So müsste wohl «Tage und Nächte» aussehen, wenn er denn je gedreht würde.

Sonntag 213 Kilometer durch die Rhön, wir absolvieren dabei 3500 Höhenmeter, Auge und Magen werden ständig aufs Feinste und bis zum Überdruss verwöhnt, wir haben Spaß, können keinen Meter mehr weiter, würden am liebsten absteigen, aussteigen, aufgeben und fahren selbstverständlich weiter und weiter und weiter. Am Ende: Wundes Glück. Triumphale Hinfälligkeit.

Todestag von Anna Seghers.

Freitag, 5. Juni 2009 – Fünfuhrsechs, neunkommazwei. Wolkig, frisch. Soll regnen. Seit halb vier wach und gleich weiter in Peters neuem Roman «Die Ängstlichen». Es verstärkt sich der Eindruck, dass ihm etwas ganz Besonderes gelungen ist. Das sind die Geschichten, die ich schon immer von ihm lesen wollte und die niemand sonst erzählen kann.

Das Telefon klingelt. Ich habe den Hörer noch nicht abgenommen, zapple aber schon vor Ungeduld, das Gespräch wieder zu beenden.

Auch die Frau von der Versicherung, meine neue Kundenberaterin: Kaum hat sie die ersten Höflichkeitsfloskeln hinter sich gebracht, schon packt sie die Keule aus: «Das sollten wir mal in einem persönlichen Gespräch …» – Ja, sage ich, gern, aber frühestens im Herbst, im Moment habe ich keine Minute Zeit. – Eine Information, die sie zum Anlass nimmt, die Plauderei mit mir auf der Stelle einzufordern: «Gell, Sie sitzen an einem neuen Buch. Sie müssen bald abgeben, gell. Darf man denn schon erfahren …?» – Zwanghaft bemüht, nicht als die Karikatur des hochmütigen Künstlers zu erscheinen, gebe ich freundlich Auskunft. Gesprächszeit: 12 Minuten, 34 Sekunden. Scheiße.

Heute vor neunzig Jahren haben sie Eugen Leviné im Gefängnis München-Stadelheim erschossen: «Wir Kommunisten sind alle Tote auf Urlaub.»

Mittwoch, 10. Juni 2009 – Dreiuhrachtundvierzig, zwölfkommaneun. Dunkel. Seit drei an Bord. Immer dieses ungläubige, fast beleidigte Staunen, wenn ich abends die Online-Nachrichten angeschaut habe, und fünf, sechs Stunden später, nach dem Aufstehen, dort immer noch dieselben Schlagzeilen lese. Nix passiert?

Jetzt, um vieruhrneunzehn, dämmert es bereits heftig. Samt Vögeln undsoweiter …

Florian Geyer ist tot. Fassbinder auch. Jahrestag des Massakers von Lidice. Jahrestag des Massakers von Oradour-Sur-Glane. Jahrestag des Massakers von Distomo.

Dienstag, 16. Juni 2009 – Fünfuhrzwölf, zwölfkommazwei. Nahezu hell. Um halb drei aufgewacht. Wie so oft die nächtliche Frage: Cappuccino oder Baldrian? Und wie so oft entscheide ich mich für den Kaffee. Weiter in Grishams «The Pelican Brief».

Am Samstag in «Orfeos Erben» die Preisverleihung an Hans-Christian Schmid und Bernd Lange für das Drehbuch von «Sturm». Dann der Film. Bin voller positiver Vorurteile, aber am Ende enttäuscht. Läuft alles wie am Schnürchen, eine Dramaturgie wie ein gut geöltes Uhrwerk. Gut gemacht, aber so glatt, dass meine Aufmerksamkeit ständig abrutscht. Anamaria Marinca allerdings ist eine Entdeckung – hat was von der jungen Jean Seberg. Und Philipp kennt sie bereits, hat in London mit ihr Kaffee getrunken.

Todestag hat Ruedi Walter, der 1990 in Philipps «Bingo» mitgespielt hat.

Freitag, 26. Juni 2009 – Dreiuhrsechsundfünfzig, fünfzehnkommavier Grad. Seit kurz nach drei an Deck. Nervenzittrig zwar, aber was soll's. Michael Jackson ist tot. Gleich «Thriller» auf «Youtube» angeschaut.

Gestern – auf meiner Morgenrunde – sehe ich in Niedererlenbach eine Frau am Straßenrand in der Sonne stehen. Es ist O. Sie ist vollkommen überrascht, lacht, wir freuen und umarmen uns. Drei Minuten später fährt U. mit einem weißen Sportwagen vor. Auch er geradezu perplex, was denn ich hier und um diese Zeit? Die zwei wollen für drei Tage nach Prag, sind gerade dabei, in den Wagen zu steigen. Kurz darauf halte ich noch einmal, nun schon am Ortsrand von Massenheim, und winke den beiden Vorüberfahrenden in ihrem schicken Mercedes hinterher.

Von F. der Hinweis auf Moritz Hunzingers Stadthaus in der Wielandstraße 3. Daraufhin ein bisschen über Hunzinger im Netz recherchiert. Eine Figur wie aus einem Roman von Zola oder Maupassant. Sollte ich eigentlich kennenlernen.

Heute vor sechsundfünfzig Jahren starb in Uetersen der Rosenzüchter Mathias Tantau.

Dienstag, 7. Juli 2009 – Vieruhrneun, sechzehnkommanull. Alles still und dunkel. Wach seit halb drei. «Irgendwie musst du doch einen Restkontakt zur Welt aufrechterhalten.» – Muss ich?

«Ich wünsche mir Unterstützung für die Truppe. Ob Krieg ist oder nicht, sollen andere entscheiden», sagt einer der vier Soldaten, die für ihren Einsatz in Afghanistan gestern mit den ersten «Ehrenkreuzen der Bundeswehr für Tapferkeit» ausgezeichnet wurden. Was ja heißt: Ob ich ein Verfassungsfeind bin oder nicht, ist mir egal.

Gestern nach über zehn Jahren mal wieder mit P. telefoniert. Er klagt, dass er nichts mehr zu tun habe, dass man ihm seine Drehbücher und Hörspiele nicht mehr abkaufe. Dann erzählt er von einem «Fernsehspiel»-Redakteur – «eigentlich ein kluger Mann» –, dem er ein Exposé über die Nürnberger Kriegsverbrecherprozesse angeboten habe. In diesem Zusammenhang habe er den Namen Julius Streicher genannt. «Wer ist Julius Streicher?», habe der Redakteur gefragt.

Heute vor siebenundsiebzig Jahren übernahm Kurt Stöpel als erster deutscher Radrennfahrer bei der Tour de France das Gelbe Trikot.

Tot ist Oskar Dirlewanger.

Montag, 13. Juli 2009 – Dreizehnuhreins, sechsundzwanzigkommazwei. Weißblau, sonnig. Soll nicht lange so bleiben.

Im westfranzösischen Chatellerault drohen die 366 Beschäftigten des Automobilzulieferers New Fabris mit der Sprengung ihres Werkes, sollte nicht jeder von ihnen eine Abfindung in Höhe von 30000 Euro bei Schließung der Fabrik erhalten. Es gibt einfach Länder, in die man momentan lieber fährt als nach Italien.

Gestern Roger Norrington mit dem Stuttgarter Radiosinfonieorchester in Bad Kissingen. Beethovens 4. Klavierkonzert. Mindblowing – vor allem der zweite Satz. Das alles mit einer so konzentrierten Nonchalance, dass ich glatt vergesse, im Konzertsessel zu schlafen.

Und heute vor nun auch schon wieder fünf Jahren ist der andere der beiden nennenswerten Dirigenten gestorben: Carlos Kleiber.

Mittwoch, 22. Juli 2009 – Dreiuhrneunzehn, zwanzigkommavier Grad. Hier drin sogar über dreiundzwanzig. Wach seit halb drei. Schön ruhig. Gestern eine unglaublich gute Ausgabe der «Kulturzeit». Zuerst ein Film über Pinedo, einen Künstler, der das Schicksal der afrikanischen Boat-People dokumentiert. Dann ein Beitrag über feiernde Banker in Frankfurt von Achim Reinhardt und Thomas Reutter. Dieser kleine Film würde in einer Umgebung, die halbwegs bei Groschen ist, zu anhaltenden Straßenschlachten führen.

Was ist denn, geht's schon los? Draußen krachen Schüsse, Leuchtspurgeschosse am Himmel, dumpfes Grollen. Moment, ich zieh mir nur rasch was über. Oder zieht jetzt, um vieruhrvierundzwanzig, ein Gewitter auf? – Verstehe, wieder kein Aufstand. Donnert bloß. Blitzt bloß. Regnet bloß. Legt euch wieder hin!

Claude Sautet ist tot.

Freitag, 24. Juli 2009 – Vieruhrdreiundfünfzig, sechzehnkommasieben. Draußen fleißige Vögel.

Die 366 französischen Arbeiter aus Chatelleraut bekommen jeder eine Abfindung in Höhe von 30000 bis 50000 Euro. Dabei heißt es doch immer, es dürfe dem Druck der Straße nicht nachgegeben werden. Die Wahrheit ist: Es wird nur dem Druck der Straße nachgegeben.

Ich wusste gar nicht, dass Edgar Hilsenrath noch lebt. Stoße im Netz auf seinen Namen und dadurch auf einen Artikel von Marko Martin, der den Alten vor zwei Jahren in seiner Friedenauer Wohnung besucht hat: «Mein Freund Edgar» – eine gehudelte, ranschmeißerische Niedertracht ist dieser Text. Was die Gegner nicht schaffen, schaffen solche Verehrer.

Im Flugzeug erzählt Hilsenraths Lesche einer Buchhändlerin sein Leben und beendet seinen Bericht mit den Worten: «Ich könnte noch stundenlang vom Holocaust erzählen.»

In der SZ rezensiert Ulrich Baron die Neuausgabe von Sándor Márais Tagebüchern. Und plötzlich steht mir Baron wieder vor Augen, wie er, den Bauch vorgestreckt, den Kopf in den Nacken gelegt und sich gelegentlich über die vollen Lippen leckend, vor vielen Jahren in diesem ältlichen Jackett durch Klagenfurt stolzierte. Damals arbeitete er noch beim «Rheinischen Merkur», weshalb Peter und ich ihn immer

den «rheinischen Baron» nannten. Wäre doch nett, ihn mal wieder zu treffen. Rhein zufällig, versteht sich.

Dass ich mir rasch mal ein dreigängiges Menü einfallen lassen dürfe, schreibt die freundliche Veranstalterin. Grübelgrübelgrübel … Nee, so schnell geht's dann doch nicht, will ja komponiert und geistig abgeschmeckt sein … Bitte, hier ist es:

1. Chèvre chaud mit Kopfsalat
2. Poulet de Bresse mit Steinpilzen und Safran-Estragon-Sahne
3. Mocca-Parfait mit Mascarpone-Soße

Todestag der französischen Schauspielerin Arletty. Wegen ihrer Affäre mit einem deutschen Luftwaffenoffizier wurde sie am Ende des Krieges für kurze Zeit als Kollaborateurin inhaftiert. Arletty hatte eine Erklärung für ihr Verhalten: «Mon coeur est français mais mon cul est international!» – Mein Herz schlägt französisch, aber mein Arsch ist international.

Mittwoch, 29. Juli 2009 – Fünfuhrsechsunddreißig, zwölfkommaacht. Schöne rotblaue Schlieren am Himmel. Was mache ich hier überhaupt? Statt zu schlafen oder zu arbeiten, beschäftige ich mich seit einer Stunde mit Kehlmanns Salzburger Rede über das Regie-Theater und den reflexhaften Erwiderungen, die sie provoziert hat. Finde bei Kehlmann sonderbar verdruckste, greisenhafte Formeln: ein «Dasein, das uns gegeben ist». Seine Haltung versteckt er hinter ausländischen Gästen, «die deutschsprachige Lande besuchen». Brrrr.

Gestern zwei Anrufe von B., dass ich ihm schon mal ein paar Scheinchen vorbeibringen soll – als Anzahlung, damit er einkaufen kann. Er, im slowenischen Teil der Steiermark geboren, von dort abgehauen, weil er nicht zum Militär wollte («Tote hab ich im Krieg genug gesehen» – Wie alt bist du? – «Staunst du! Jahrgang 39, mein Lieber»), hat lange in Düsseldorf gelebt und nach eigenem Bekunden für die dortige Unterwelt gekocht, ist irgendwann nach Colorado gegangen und hat ein Lokal im Stil einer steirischen Blockhütte eröffnet. Er zeigt mir ein Album mit Privatfotos: B. vor einem Büffet; B. und eine deutsche Folkloretruppe; B. mit anderen Köchen. Und immer wieder: B. und seine Gäste – manche, wie es sich gehört, zur Halbprominenz zählend. Ein Rennfahrer, ein Basketballspieler, ein Schriftsteller. – «Ein Schriftsteller?», frage ich. – «Ja», sagt er. «Der hier! Soll sogar berühmt sein.» B. zeigt auf eine verdrückte Figur, die an einem Tisch zwischen den anderen Gästen sitzt. Ich schaue zweimal hin, dann erkenne ich: Es ist Truman Capote! – «Mensch, du hast Truman Capote bedient.» – B: «Keine Ahnung. Du kennst den? Ach, du Sau!»

Leo Kofler ist tot. Wird Zeit, ihm zuzuhören.

Freitag, 4. September 2009 – Sechsuhrfünfzig, dreizehnkommasieben. Soll wieder wärmer werden. Am völlig vermoosten Grab von Beltz gewesen. Es sollte auch hier, wie in der Anfangsszene von Almodovars «Volver» zu sehen, den schönen Brauch geben, dass die Witwen an einem bestimmten Tag des Jahres auf den Friedhof gehen, um die Grabsteine ihrer verstorbenen Männer zu schrubben.

Aus einem Interview, das «Konkret» 1994 mit Ignatz Bubis, dem damaligen Vorsitzenden des Zentralrats der Juden in Deutschland, führte:

«Konkret»: Sie haben gesagt, die Regierung stelle Ihnen drei Leibwächter, weil sie Angst davor hat, was das Ausland sagen würde, wenn Ihnen etwas passiert.

Bubis: Unterschätzen Sie nicht den Export, auf den Deutschland angewiesen ist und um den es fürchten würde.

Todestag von Simenon und von dem guten Richard Hey.

Samstag, 12. September 2009 – Dreiuhrsechsundvierzig, dreizehnkommaeins. Wach seit zehn vor drei. Schon jetzt schreit die Autobahn. Aber die Mauer wird gebaut. Stand schon in der Zeitung.

«Sehr geehrter Dr. Altenburg, ich bin Jahrgang 1959 und Bankkaufmann von Beruf. Seit vielen Jahren beschäftige ich mich mit Mahatma Gandhi. Interessant finde ich seine sieben Sünden der Gesellschaft! ... Es interessiert mich, sehr geehrter Herr Dr. Altenburg, ob Sie sich mit Mahatma Gandhi beschäftigt haben. Wenn ich unsere heutige Gesellschaft ansehe, so wäre es doch ein Ausweg, sich an die sieben Punkte zu halten. Es wäre jeder einzelnen Gruppe doch nicht zu viel abverlangt ...» Undsoweiter.

Fast täglich, wenn ich auf der Homburger Landstraße einkaufe, sehe ich in der Nähe des Supermarktes diese große junge Frau. – Groß? Jung? – Na ja, sie ist sicher über einen Meter neunzig, kaum älter als dreißig Jahre. Ich weiß nicht, was sie hat, sie kann kaum laufen. Bewegt sich schaukelnd ein paar Meter, dann bleibt sie wieder stehen. Jeder Schritt scheint ihr unendliche Mühe zu bereiten. Sie hat einen starken Bartwuchs. Und, was ist mit ihr? Alle schauen sie verstohlen an. Sie schaut niemanden an. Aber neulich habe ich gesehen, wie sie in der Scheibe eines Autos ihr Spiegelbild betrachtet hat. Sie sieht aus, als müsse sie alle Last der Welt tragen. Sie hat ein so fürchterlich trauriges, ein so schrecklich verlorenes Gesicht. – Und? – Nichts und. Keine Pointe. Nur das.

Erster Todestag von David Foster Wallace. Sein dickes Ding liegt hinter mir ... unberührt ...

Dienstag, 15. September 2009 – Siebenuhrdreiundfünfzig, elfkommadrei. Zum ersten Mal Heizung. Himmel grau. Liegt es an der eigenen Müdigkeit, dass mir die anderen so übermäßig munter vorkommen? Herl, der mir frisch geschoren und geduscht vor der Stalburg begegnet und leuchtet vor Stolz auf sein neues, altes Theater. Braun, der schon drinnen am Tisch sitzt, der ein Jahr voller Stente und Ballonkatheter hinter sich hat und nun, wieder auf den Beinen, strotzt vor Tatendrang. Und Jamal, der von Frankfurt aus den Osten Berlins nicht einfach scheu erkundet, sondern forsch in Besitz nimmt («Bei mir um die Ecke ...»).

Auf dem Scapin durchs Umland fahrend, fällt mir ein Plakat der «Linken» auf: «Reichtum für alle». Als wäre diese Losung in ihrer gedankenlosen Anspielung auf Ludwig Erhards «Wohlstand für alle» nicht schon dusselig genug, folgt ein paar Meter weiter ein anderes Plakat derselben Partei: «Reichtum besteuern». – Freilich, so stellt man sich selbst ein Bein. Und auf der anderen Straßenseite, überlebensgroß: Oskar

Lafontaine und das Wort «Gerechtigkeit». – Ja, was denn nun? Als wüssten sie nicht selbst, dass es in einer gerechten Welt vielleicht ein Auskommen, keinesfalls aber «Reichtum für alle» geben würde.

Heute vor fünfundsechzig Jahren wurde die jüdische Widerstandskämpferin Mala Zimetbaum in Auschwitz ermordet. Ein Tod, wie man ihn sich selbst an diesem Ort grausamer kaum vorstellen kann.

Montag, 21. September 2009 – Vieruhrdreiundvierzig, sechzehnkommafünf. Wach seit vier, wie gewünscht. Dunkel. Gestern Morgen auf Einladung des Blindenbundes das Konzert im HR-Sendesaal mit Andrei Gavrilov. Eine Auswahl der «Nocturnes» von Chopin und Prokofjews Klaviersonate Nr. 8 B-Dur op. 84. Macht großen Spaß. Lustig, dass Gavrilov nach jedem «Nocturne» einen Applaus herausfordert. Überhaupt ist er gestisch und mimisch sehr geschickt. Chargiert nicht, aber will doch dauernd Reflex, Kontakt. Nur zwischendurch, als er uns irgendwas über Totalitarismus erzählen will, wird es krude. Aber muss ja nicht reden können, wer so spielen kann …

Nachmittags dann – wie schon vorgestern – auf Schauplatzsuche. Selbst die Handlungsorte der kleinen Szenen muss ich gesehen haben, um sie schreiben zu können.

Im Mainbogen am Schultheisweiher – plötzlich rumpelt ein großer Reisebus über den engen, für Autos gesperrten Weg und macht bei den letzten Badegästen, die hier am Strand liegen, schon als solcher Sensation. Dann: Zehn Bräute klettern heraus, steigen mit ihren Brautkleidern und in Gummistiefeln zu den Schwänen ins Wasser … und werden fotografiert. Was auch sonst?

Krabbés «Das goldene Ei» wieder gelesen. Unglaublich gut geschrieben. Aber was für eine himmelschreiend ärgerliche Geschichte. Wirklich verabscheuungswürdig!

Am 21. September 1904 starb Chief Joseph, Häuptling der Nez Percé, wie es heißt «an gebrochenem Herzen».

Montag, 28. September 2009 – Elfuhrneunundzwanzig, achtzehnkommafünf Grad – immerhin. Bedeckt. Samstag am Vormittag zum Flughafen. Die Lufthansa-Maschine nach Budapest trägt den Namen «Bamberg». Frau G. und ihr Fahrer holen mich ab. Kurz ins Corvin-Hotel, kurz zu Fuß ins Goethe-Institut, dann eine Stunde frei, über die Donau und an den Heilwasserbrunnen vor das alte Hotel Gellert gehockt, dann zurück, Essen mit Håkan Nesser (Schweden), Leena Letholainen

(Finnland), Indrek Hargla (Estland), Gretelise Holm (Dänemark) und Mariusz Czubaj (Polen), dann Podiumsdiskussion, dann Lesung, dann Interview mit einer über die Zustände in ihrem Land depressiv gewordenen Hörfunkjournalistin, dann viel zu lauter Jazz und ein finnischer Student, der mir auf Englisch ins Ohr brüllt, dann rasch ins Hotel, dann von einem fürchterlichen, endlosen Albtraum aufgewacht, wieder eingeschlafen, wieder aufgewacht durch das ferne Schreien einer Frau und die bellende Stimme eines Mannes, dann aufgestanden, dann diese acht Westfälinnen im Frühstücksraum, die unentwegt über die Preise ihrer kürzlich erstandenen Schmuckstücke und über ihre Verdauung reden, ohne zu wissen, dass ich sie verstehe, was ihnen gewiss egal gewesen wäre, dann wieder zum Flughafen und unterwegs überall die Schilder westlicher Geschäftsketten: Saturn Hansa, Media Markt, Rossmann, dm, Lidl, dann hundertfünfzig Japaner, die vor mir am Lufthansa-Schalter anstehen und wie ich auf ihr Check-In warten … dann eine kurze, schnelle, glückliche Runde auf dem Scapin … dann Bundestagswahlen. Aber darüber kein Wort!

Todestag von Harpo Marx.

Mittwoch, 14.Oktober 2009 – Sechsuhrfünfzig. Siebzehn Grad? Nee, kann ja nicht sein. Einskommasieben. Wach seit halb fünf. Der Countdown läuft. Noch siebzehn Tage bis zur Manuskriptabgabe. Gottlob kommt ab und zu von einem der schlecht behandelten Freunde eine letzte Anfeuerung.

Vor lauter Arbeit von Sinnen. Kurzer Sprung in die Geisterbahn. Aber was ist eigentlich gewesen? Am Sonntag dieser kurzentschlossene Trip in die Rhön – dort aufs Mountainbike, wieder Kleinsassen, Danzwiesen, Milseburg, Milseburgtunnel. Aber schon vermischt sich die Erinnerung daran mit der Räuberpistole, die ich in den letzten beiden Tagen und Nächten darüber geschrieben habe.

Das Interview mit Sebastian Deisler – letzte Woche in der «Zeit» – nicht zu vergessen. Auf die Frage, welches sein schönstes Spiel gewesen sei, gibt er die denkbar unkämpferischste Antwort: «Ein Sieg gegen Stuttgart, damals bei Hertha. Ich habe kein Tor geschossen, das brauchte ich nicht zum Glück. Das Spiel lief wie von alleine. Ich war eins mit ihm. Es kam zu mir.»

Dass er sagt: «das brauchte ich nicht zum Glück» statt «das brauchte ich zum Glück nicht».

Keiner tot? Doch: Arthur Holitscher, den Thomas Mann, wie es heißt, observiert und dann zum Vorbild seines Detlev Spinell gemacht hat.

Montag, 23. November 2009 – Fünfuhrachtzehn, achtkommaneun. Dunkel. Der Boden unter den Straßenlampen ein wenig feucht. Um kurz vor vier wach geworden vom Getröpfel auf die Fensterbank und vom heftigen Sturm. Mal ein scheues Haupt in die Welt strecken, bereit, es sofort wieder einzuziehen.

Weiß gar nicht mehr recht, wie das hier geht, wie es sich anfühlt, dieses kurze, rasche Hinlangen …

Mail-Stau auf dem Rechner. Alles nach hinten geschoben. Wie auch die Verabredungen, Verpflichtungen, Versprechungen. Langsam abarbeiten.

Das Schönste in den letzten Wochen: nicht ans Telefon zu gehen und kein schlechtes Gewissen dabei zu haben.

Immer noch ganz aufgebracht von diesem dreisten Typ, der mich am Freitag nötigen wollte, in seinem «Polenta-Club» zu lesen. Überhaupt kam ich mir vor, wie am

Nasenring vorgeführt. Schön dann aber, mit Ute, Christian und Christiane so verschwörerisch in der Küche zu stehen, zu wispern, zu lachen … Diebisch!

Im Prospekt eines Weinhändlers lese ich über einen Winzer: «DER Shootig Star in Spanien, mit den höchstbewertesten Weinen aus Südspanien!» – Wert, werter, am Allerwertesten!

Mäandernde Lektüren: Maupassant, Capote, Walsers «Ein fliehendes Pferd», Tschechow, Carson McCullers, Tabucchi.

Louis Malle ist tot. Angenehm, an ihn zu denken. Und André Malraux. Und Wieland Herzfelde. Und Philippe Noiret.

Samstag, 28. November 2009 – Achtuhrundsieben, siebenkommafünf Grad. Blau, rot, grau der Himmel.

Über die neue Familienministerin heißt es: «Bereits mit vierzehn Jahren trat sie in die Junge Union ein, als glühender Helmut-Kohl-Fan.» – Wahrhaftig, Kindheiten gibt es … Schicksale …

Die Lügen in der Schwarzgeld-Affäre, die für verrückt erklärten Steuerprüfer, der Rausschmiss des ZDF-Chefredakteurs. Vielleicht wird man dem hessischen Ministerpräsidenten Roland Koch und der ihn umgebenden Bande einmal dafür zu danken haben, dass sie es waren, die das Fass zum Überlaufen brachten. Aber stimmt schon, was gerade irgendwo zu lesen war: Nicht Koch ist das Problem, sondern jene, die zu feige sind, sich ihm in den Weg zu stellen.

Poppo von Paderborn ist tot. Und Enid Blyton.

Samstag, 19. Dezember 2009 – Siebenuhrachtundvierzig, minus zwölfkommasieben. Dämmert. Die Dächer weißlich. Gestern einfach mal so im Schnee am Friedhof vorbei zur U-Bahn. Einfach mal so in die Stadt gefahren und ins Alte Café Schneider gegangen. Einfach so mit Martin Lücker getroffen und zwei Stunden so pausenlos schön geplaudert, wie ich es sonst mit kaum jemandem kann. Dann bei Rossmann ein neue Ladung Brillen gekauft. Dann Geld gezogen. Dann Gurke gekauft, dann wieder in die U-Bahn, dann wieder zwischen den nun dunklen Gärten und dem Friedhof nach Hause …

Einfach. So. Einfach.

Abends schwer müde, aber ein bisschen Schauen geht noch, oder? Die DVD mit Beethovens Vierter und Siebter. Das «Concertgebouw» unter Carlos Kleiber. Ein siebzigminütiger Glücksschub. Jeder ist zu beneiden, dem das noch bevorsteht.

Heute Nachmittag noch Mal Probe mit Atilla und um 20 Uhr dann Auftritt im Frankfurter Autorentheater in der Brotfabrik: «Ein kleiner Abend Glück».

Mastroianni ist tot.

Mittwoch, 23. Dezember 2009 – Elfuhrvierundvierzig. Fünfkommazwei. Fleckig, matschig, bedeckt. Sonntag nach Nordhessen und abends im Schnee zurück. Auf der A 7 in den Kasseler Bergen brauchen wir für zehn Kilometer vier Stunden. Montagabend: «Kennwort Kino – Fünf deutsche Schauspieler im Porträt.» Hier tobt sich grinsend die eitle Dummheit des Berufsstandes aus. Am gruseligsten August Diehl. Mit wie viel ungewohnter Freiheit er bei Tarantino einen Nazi habe spielen dürfen ...

Gestern Morgen nach Königstein, zwei Stunden bunte Wonne im Kurbad. Mittags ins Städel – die Botticelli-Ausstellung. Schöner als erhofft. Und während wir durch den Barock-Saal stromern, wird dort Sylvia von Metzler gerade von «Deutschlandradio Kultur» interviewt. Abends durch Schneematsch und Regen zu Jörg, wo wir mit Nudeln und Wein in seinen Geburtstag rutschen. Nach Mitternacht glücklich zurück.

Schönes Wort von Jürgen: entschwoben.

Alban Berg ist tot.

Montag, 28. Dezember 2009 – Vierzehnuhrsechzehn, sechskommanull. So gemischt der Himmel ... mit was Blau dabei.

Lustig, wie Patti Smith mit ihrer Crew auf dem Dorotheenstädtischen Friedhof in Berlin am Grab von Bertolt Brecht herumturnt. Ist aber nur im Bonus-Material von «Dream of Life» zu sehen. Ewig suche ich nach dem wunderschönen Reggae-Stück aus dem Abspann. Heißt offensichtlich «Ps-alm»; die Lyrics bestehen aus Psalmen. Aber das Stück scheint es tatsächlich nur in diesem Film zu geben.

Die Autobiographie eines Menschen, der Bescheidenheit behauptet. Ihr Titel: «Zum Beispiel Ich».

Carlos Kleiber auf die Frage, ob er nicht Lust habe, mal ein Jugendorchester zu dirigieren: «Ich will einen Rolls-Royce fahren und kein Auto konstruieren.»

Am 28. Dezember 1925 nahm sich Sergej Jessenin im Leningrader Hotel «Angleterre» das Leben.

Hand und Wort? Nein lass – wozu noch reden?
Gräm dich nicht und werd mir nicht so fahl.
Sterben – nun ich weiß, das hat es schon gegeben;
doch: auch Leben gabs ja schon einmal.

Dienstag, 29. Dezember 2009 – Zwölfuhrzwei, dreikommaacht. Grau. Schmerzen in Nacken und Arm. Seit Wochen.

Gestern auf 3sat eine halbstündige Einführung in den «Fidelio». Bleibe dran, um etwas zu lernen. Und tatsächlich: Ich lerne, dass mir auf diesem Sender ein stammelnder Zausel namens Freya Klier die Welt und die Kunst auf dem Niveau eines Einzellers erklären darf, dass Beethoven seine Oper geschrieben hat, um die DDR zu Fall zu bringen, und dass der Komponist, weil er alle Zwänge hasste, sich gern nackisch gemacht hat – was mir prompt auch visuell zugemutet wird. Man fragt sich, warum der Macher dieses Films, der so kulturfern, so bar jeden Geschmacks und jeder historischen Kenntnis ist, sich ausgerechnet mit diesem Stoff blamieren wollte. Und wie gedankenlos die Redaktion sein muss, die einen solchen Scheißdreck sendet. Gebt mir ein Glas Wasser!

Auf der «Internet Movie Database» mal geschaut, was unter dem Namen des Regisseurs sonst noch zu finden ist: «Sie und er im Rausch der Wollust», «Wilder Sex junger Mädchen», «Summer of Love – Freie Liebe», «Sex 'n' Pop – Spice up your Life».

Tot ist Jacques-Louis David.

Mittwoch, 30. Dezember 2009 – Zwölfuhrzwanzig, neunkommafünf. Neblig, grau, feucht. Will zum ersten Mal ins Gesichtsbuch schauen und werde solcherart begrüßt: «Facebook ermöglicht es dir, mit den Menschen in deinem Leben in Verbindung zu treten und Inhalte mit diesen zu teilen.» – Och nö, dann doch lieber nicht.

Seit über dreißig Jahren versuche ich Theodor Fontane zu lesen. Dass es mir nie gelungen ist, empfinde ich als persönlichen Defekt. Heute Morgen nun, nachdem die dicke Kleiber-Biographie beendet ist, mit der Lektüre von «Effi Briest» begonnen und sofort gezappelt vor Begeisterung. Schaue nach, wann Fontane geboren ist … heute auf den Tag vor hundertneunzig Jahren.

Todestag von Waldemar Mueller, Hermann Paul Müller und Heiner Müller.

ZWEITAUSENDZEHN

Undsoweiter undsoweiter

immer weiter.

Rio Reiser

Mittwoch, 13. Januar 2010 – Neunuhrzwei, minus dreikommasieben. Immer noch alles weiß. Am Montag vor einer Woche in Florenz gelandet. Dass ich vom Autoverleiher statt eines Fiat einen Citroën erhalte, nehme ich als gutes Zeichen. Im Schneesturm nach Siena. Hotel Il Chiostro del Carmine, ein Kloster aus dem 14. Jahrhundert. Es regnet jeden Tag. Liege auf dem Bett. Lese «Effi Briest». Schaue Fernsehen. Schlafe viel. Die Voltaren von M. sind meine Rettung. Samstag im Regen zurück. Bekomme einen der beiden Flüge, die nicht gestrichen wurden.

In Belgien ist der Lehrer Ronald Janssen aus Loksbergen (Provinz Limburg) festgenommen worden. Er steht im Verdacht, ein Serienmörder zu sein.

Lektüre: Connellys «Scarecrow» und Nürnbergers «Fontanes Welt».

Todestag von Joyce.

Donnerstag, 21. Januar 2010 – Sechsuhrdrei, dreikommazwei Grad. Dunkel. Mit starken Schmerzen aufgewacht.

Istanbul ist eine Stadt, «die sich täglich neu erfindet», und der Winter «hat uns fest im Griff». Zwei Formulierungen, die man beim ersten Hören oder Lesen womöglich pfiffig, immerhin chic finden mag. Werden sie aber – wie diese beiden in den vergangenen Wochen – in jeder zweiten Kultur- und Nachrichtensendung wiederholt, sollte es sich für einen Journalisten, der noch einen Rest Berufsehre im Leib hat, von selbst verbieten, sie noch ein weiteres Mal zu verwenden. Wenn es sie denn zusammen überhaupt geben sollte, den Journalisten und die Ehre …

Der freundliche Arzt mit Blick auf das Patientenblatt: «Na, da haben Sie aber einige Romane geschrieben, seit Sie das letzte Mal hier waren.»

Blutdruck okay, Lungenfunktion okay. Aber ich habe eine schwere Blockade. Nein, nein, nicht im Kopf, sondern in der Schulter …

Gestorben ist im Alter von einhundertzwei Jahren der Träger des Bundesverdienstkreuzes am Bande Walter Jonigkeit. Seine Angehörigen rufen ihm in der «Süddeutschen Zeitung» nach, was sie von ihm hielten: «Er war ein Falter, recht sorglos für sein Alter / Er schaute nicht nach hinten / Oft nippte er mal hier, mal dort / nun war er satt, nun flog er fort …»

Sonntag, 7. Februar 2010 – Siebenuhrneunundfünfzig, zweikommadrei. Der Himmel gefleckt mit was Blau drin. Und vor dem Haus im schrundigen Matsch reckt sich das erste frische Grün.

Vor drei Wochen das erste Mal beim Arzt gewesen und immer noch keine haltbare

Diagnose. Wahrscheinlich: Abriss einer Schultersehne. Das ganze Procedere ist absurd. Die Kernspintomographie von Freitag auf Dienstag verschoben – weiter abwarten. Und dann um einen neuen Termin beim Orthopäden betteln.

Über allem Gezeter nicht zu vergessen: Die schöne Moholy-Nagy-Ausstellung in der Schirn, die ich auch wieder verpasst hätte, wenn mich Schimmel nicht verführt hätte.

Mit den beiden Boehnckes zur Vorpremiere der «Akte Rosenherz» in die Sektkellerei Bardong nach Geisenheim. Über zweihundert Leute. Hinterher noch lange gesessen, gegessen, getrunken. Spät. Schwer. Heim.

«Wer verrückt ist, gehört zu uns», habe seine Mutter immer gesagt, erzählt Nemec am Telefon.

Beim Aufräumen das Interview mit Sophie Rois gefunden, die einen hübschen Satz von Pollesch zitiert: «Draußen tobt der Konsens, während ich hier drinnen versuche, Tradition und Anarchie gleichermaßen aufrechtzuerhalten.»

Aus Stefan Zweigs «Schachnovelle»: «Mit derselben selbstverständlichen Geste, mit der unsereiner in einer Buchhandlung einen angebotenen schlechten Detektivroman weglegt, ohne ihn auch nur anzublättern, trat er von unserem Tische fort und verließ den Smoking Room.»

Aus Michael Connellys «Nine Dragons»: «There were no surprises left when it came to motivation for murder.» Obwohl die Schlichtheit, mit der Connelly diesen wirklich spannenden Roman auflöst, schon überraschend ist. Und enttäuschend.

Heute vor einunddreißig Jahren starb Josef Mengele beim Baden.

Montag, 8. Februar 2010 – Dreizehnuhrachtunddreißig, minus zweikommanull. Bedeckt.

«Dein Gott und mein Gott sind das gleiche», sagte Kerbalaj. «Alle haben nur einen Gott, nur die Menschen sind verschieden. Welche sind Russen, welche Türken oder welche sind englisch – es gibt viele Menschen, aber nur einen Gott.» – «Gut. Wenn sich alle Völker vor dem einen Gott verneigen, warum seht ihr Muselmanen dann in den Christen seit Jahrhunderten euern Feind?» – «Warum bist du so böse?», sagte Kerbalaj und umfasste mit beiden Händen den Bauch. «Du bist Pope, ich Muselmane, du sagst – ich will essen, ich gebe dir ... Nur der Reiche unterscheidet, welcher Gott deiner ist, welcher meiner ist. Dem Armen ist es gleich. Iß, bitte.» (Aus: Anton Tschechow, «Ein Duell»)

Todestag von Max Liebermann.

Dienstag, 9. Februar 2010 – Siebenuhrvierundfünfzig, minus vierkommaeins. Grau. Nun, da Helene Hegemann entzaubert ist und Willi Winkler in der SZ das Nötige dazu gesagt hat, fragt man sich doch, wie es zu diesem Schub medialen Irrsinns hat kommen können. Es scheint, als wären jene, die noch vor Jahren die «Verschwörung der Idioten» in den Feuilletons beklagten, selbst zu den erfolgreichsten Verschwörern geworden, und nun auch zu düpierten Idioten.

Gestern im Kammerspiel Racines «Phädra» in der Inszenierung von Reese. Fast schon ein Erweckungserlebnis. Richtiges Theater mit richtigen Schauspielern, die in richtigen Kostümen richtige Texte sprechen. Freilich, so könnte, so dürfte man heute nicht mehr schreiben. Und doch berührt mich das vor dreihundertdreißig Jahren so Geschriebene mehr als die meisten Texte heutiger Autoren.

Heute vor zehn Jahren starb in seiner Hamburger Wohnung der Maler Hans Platschek bei einem Schwelbrand, der durch seine brennende Havanna-Zigarre ausgelöst worden war.

Samstag, 20. Februar 2010 – Achtuhrdreiundfünfzig, zweikommasieben. Nach drei sonnigen Tagen wieder grau.

Dank des Beruhigungsmittels, das mir vor der Narkose verabreicht wird, sehe ich eine Karawane junger Kamele im Abendlicht durch die Wüste trotten. Und später, nach der OP beim Aufwachen und noch für Stunden: die Vision eines riesigen gebratenen Kalbskoteletts.

Abends dann auf dem Gang der Station randaliert, bis mir die Nachtschwester erst eine Ration starker Schlaftropfen verpasst und endlich doch die Fesseln abnimmt … Vom Krankenbett aus mit Ch. telefoniert: «Ich muss hier raus, ich gehe sowieso schon allen auf die Nerven.» – Der Pfleger, der es mithört, von weitem: «Stimmt!»

Drei bis fünf Monate soll es dauern, bis die Schulter wieder voll bewegungsfähig ist. Wenn es wenigstens jemanden gäbe, den ich dafür schlagen könnte …

«Die mussten weg – Feierabend», sagte der 72-jährige Rentner aus dem Landkreis Viersen in seinem Geständnis. Er hatte zwei Anwälte und einen Immobiliengutachter erschossen, weil sie – wie er meinte – den Verkauf des Hauses seiner Tochter verzögert hatten.

Gestern Dreh mit Simone Jung und dem Team des Hessischen Rundfunks. Konzentriert, lässig, lustig. Und im Archiv in Wiesbaden wieder die Akten zum Fall Helga Matura. Lese mich sofort aufs Neue fest und komme in denselben Rausch wie vor zwei Jahren. Und der freundliche Herr Pult bietet an, auch mal bei einer weniger spezifischen Suche nach neuen alten Fällen zu helfen.

Gelesen: Piwitts traumhaftes Geschichtenbuch «Heimat, schöne Fremde», Walsers «Mein Jenseits», von Schirachs «Verbrechen».

John Dowland ist tot.

Dienstag, 23. Februar 2010 – Siebenuhrachtunddreißig, achtkommadrei. Regen.

Am Samstag gegen 19.30 Uhr in der Alten Oper. Aber, Mist, dieses Konzert beginnt bereits um 19 Uhr. Und: «Kein verspäteter Einlass.» Also verpassen wir «Sacre du printemps», bekommen aber nach der Pause Bruckners Dritte. Die Wiener Philharmoniker und Lorin Maazel. Fast schon erschreckend, wie gut dieses Orchester ist.

Endlich Kupers Grab auf dem Hauptfriedhof gefunden. Ein aufgeschlagenes Buch aus Marmor, darauf sein Spitzname: «Hamlet», ein Foto und ein buntes Blechschild mit dem Heck eines rosafarbenen Cadillac und der Unterschrift: «Standard of the World».

Fontanes «Unterm Birnbaum» – keine sehr reiche Geschichte, das Milieu zu eng gewählt, die Figuren zu beschränkt, der volkstümliche Ton schwer erträglich. Aber zwei schöne Sätze im sechzehnten Kapitel, die klingen wie ein Bibelzitat, ohne eines zu sein: «Wir wandelten in Finsternis, bis wir das Licht sahen. Aber die Finsternis blieb, und es fiel ein Schatten auf unseren Weg.»

Lektüre: Fontanes «Unwiederbringlich».

Stan Laurel ist tot.

Dienstag, 2. März 2010 – Sechzehnuhrachtzehn, neunkommadrei Grad. Sonnig.

Was mich noch interessiert:

Die Sonne.

Wie es wäre, einen Tag in der Haut des hessischen Ministerpräsidenten Roland Koch zu stecken, seine Kleidung zu tragen, mit seinen Augen zu sehen, mit seinem Kopf zu denken, seine Gefühle zu fühlen. Und seine Sätze zu sagen.

Die Ermittlungsakten der Entführung und Ermordung von Jakub Fiszman.

Der Richter, der sich in der Nacht von Sonntag auf Montag im Treppenhaus des Nürnberger Gerichts erhängt hat.

Die Geiselnahme von zwei Siemens-Führungskräften durch Mitarbeiter des Werks in der Nähe von Lyon.

Heute vor einhundertsiebzig Jahren starb in Frankfurt Samuel Thomas von Soemmering, Anatom und Freund Georg Forsters. Ausgerechnet sein Grab habe ich am Sonntag nicht fotografiert.

Mittwoch, 17. März 2010 – Sechzehnuhreins, vierzehnkommadrei Grad. Die Tür zur Dachterrasse offen. Fast schon Frühling.

Zufällig auf dem Hauptfriedhof das Grab eines Horst Slesina entdeckt. Zu Hause den Namen in die Suchmaschine eingegeben und auf ein Buch gestoßen, dessen Titel genauso lautet wie die Aufschrift auf dem Grabstein des Autors: «Die Fährte des Löwen». Das Buch bestellt, erhalten und gelesen und dabei einem deutschen Saftsack ganz eigener Güte begegnet. Als einer der führenden Werbeleute hat er für Mercedes Benz gearbeitet («Ihr guter Stern auf allen Straßen»), für die Zigarettenindustrie («Aus gutem Grund ist Juno rund»), für Brauereien («Prost Henninger – das schmeckt») und für die CDU. Dass er zuvor einer der eifrigsten Hörfunk-Propagandisten der Nazis gewesen ist, erfüllt ihn noch 1993, als seine Erinnerungen unbeanstandet im Universitas Verlag erscheinen, mit Stolz: «Die Menschen sollten nur noch als Masse gelten, und die Diktatur des Proletariats sollte die Wahnideen des Marxismus dem Staat und den Menschen aufzwingen, bis alles in hoffnungslos grauem Dahinvegetieren endete. Den offenen Kampf dagegen nahmen die nationalsozialistischen Sturmbataillone auf ... Ihre geistigen Führer legten ein Programm vor, das für die Würde und Individualität des Menschen stand, für die Verteidigung der abendländischen Kultur, für eine humane Wirtschaft und das Bekenntnis für das Recht des deutschen Volkes auf einen ihm gemäßen Rang unter den Völkern.»

Nachdem Ulrich Maurer von der Linken das sogenannte Parteiensponsoring kritisiert hat, wirft sich der CDU-Abgeordnete Ingo Wellenreuther für seine Herren ins Zeug: «Es ist unerträglich, dass Sie wieder einmal bei den Bürgerinnen und Bürgern in Deutschland bewusst den Eindruck erwecken, man könne in unserem Land politische Entscheidungen kaufen.» Als ob es dazu einer Opposition bedurft hätte. Als handele es sich um einen: Eindruck.

Seltsame Angewohnheit, die mir erst jetzt auffällt: dass ich bei den meisten Zeitungsartikeln zuerst Titel und Untertitel lese, dann den letzten Absatz, irgendwo in der Mitte noch einmal schnuppere, um erst dann zum Anfang zu springen.

Luchino Visconti ist tot.

Donnerstag, 18. März 2010 – Elfuhrvier, vierzehnkommavier. Sonne. Schwindelig vor Erschöpfung. So sind die Tage dieser Tage: Sechsuhrfünfzehn – der Wecker fällt mir allmorgendlich wie ein Stein auf den Kopf. Aufstehen. Espresso. Computer anschalten. Mails anschauen. Schnell wieder wegschauen. Duschen. Espresso. Auf den Bewegungsstuhl. Rasch zur U-Bahn. Physiotherapie. Kurz was einkaufen. Zur U-Bahn. Nach Hause. Schlüssel ins Schloss. Das Telefon klingelt. Ignorieren. Klingelt aber gleich wieder. Palaverpalaver. Anfragen, Verkaufszahlen, Interviews, Veranstalter, Vertragsverhandlungen. Mails, Mails, Mails. Telefon, Telefon, Telefon. Am Spätnachmittag schnell was zu essen machen. Und rasch noch mal auf den Bewegungsstuhl. Umziehen. Ins Auto. Auf die Straße. Bibliotheken, Bürgerhäuser, Buchhandlungen. Lesen, lesen, lesen. Vorher Lächeln, Palaver. Hinterher Lächeln, Palaver. Signieren. Lächeln, Palaver. Ins Auto. Auf die Straße. Nach Hause. Nach Mitternacht. Ins Bett. Stein auf den Kopf.

Die Zahl der Enttäuschten in meiner Umgebung wächst. Das Ausmaß der Pikiertheit nimmt zu. Kaum eine Lesung, nach der nicht ein Bekannter auf mich zukommt und mich mit vorwurfsvollen Augen anschaut. IHN habe ich jedenfalls NICHT sofort im Publikum erkannt. SEINE Mail habe ich jedenfalls NICHT beantwortet. Für IHN habe ich jedenfalls NICHT genügend Zeit. «Und ich dachte mal, wir seien Freunde …»

Und? Nichts und! So ist es.

Mahnend zitiert Martin einen Spruch, der bei Sarahs Mutter «in eingebrannter Schrift auf Holz» im Flur hing:

Sollen die Raben dich nicht umschrein,
musst du nicht wollen
Hahn auf dem Kirchturm sein.

Wie wichtig, wie lebensnotwendig KOMMUNIKATION sei, hat man unserer Generation eingebläut. KOMMUNIKATION – das Wort wurde intoniert mit einer Inbrunst, als handele es sich um Sauerstoff. Oder frisches Wasser. Wie wichtig, wie lebensnotwendig die Vermeidung von Kommunikation sein kann, hat man uns nicht gelehrt.

Tot ist Henri Jardy, genannt Cornet, der zum Sieger der Tour de France 1904 erklärt wurde, als man den vier Erstplatzierten nachweisen konnte, dass sie eine Abkürzung genommen hatten.

Montag, 29. März 2010 – Sechzehnuhrsiebenunddreißig, siebzehn Grad. Graublau der Himmel. Nass der Boden. Gestern wieder über den Friedhof gestromert. Mit der Ixus Beute nach Hause gebracht.

Wieder in Butzbach im Gefängnis gelesen. Und wieder ein so konzentriertes, freundliches, nein: höfliches Publikum gehabt. Und hinterher der Impuls, dort rasch wieder hinzuwollen, dann aber: um zuzuhören.

Und jetzt bin ich klaftertief in Götz Eisenbergs Amok-Buch versunken. Unglaublich, vor welch großem literarischem und geistesgeschichtlichem Hintergrund er seine

Fälle erzählt. Seine Hinwendung zu den Opfern und Tätern, seine Vorsicht vor Verallgemeinerungen, seine Dialektik und sein sozialgeschichtliches Wissen lassen den Band zu einer der gründlichsten und klügsten Diagnosen werden, die ich seit langem gelesen habe.

Weil ich im April mit ihm im Studio von «Fröhlich lesen» sitzen werde, bringt die Post Josef Wilflings Buch «Abgründe». Darin schreibt der ehemalige Leiter der Münchner Mordkommission: «Ich weiß nicht mehr, wie oft ich an einem Tatort stand und mich gefragt habe, wie so etwas möglich ist ... Wie können Menschen so erbarmungs- und gefühllos, so brutal und kaltblütig sein ...» Wenn ich dieser Tage lese, dass ein ostdeutscher Rentner demnächst von 600 Euro im Monat leben muss, während Josef Ackermann im selben Zeitraum 1 000 000 Euro erhält, fallen mir schon ein paar Antworten auf die Frage des Kriminalisten ein.

Carl Orff ist tot. (Habe ich schon mal gesagt, wie sehr ich seine «Carmina Burana» verabscheue?)

Samstag, 3. April 2010 – Zwölfuhrdrei, vierzehnkommaacht. Sehr wolkig. Um zweiuhrdreißig aufgewacht und nicht wieder eingeschlafen – geht das wieder los ...

Am Mittwoch auf die Autobahn. Mannheim, Kunsthalle. Ist aber nicht viel zu sehen. Wird gerade saniert. Sonderausstellung: «Fremde Heimat» – Blümchentapeten, Nierentische, Fernsehkommode. Ein paar schlechte Fotos von Staeck, die was bedeuten sollen. Das meiste schwankt so zwischen Kabarett und Dekor. Und auch der abstrakte Muff der klassischen Moderne ist arg gealtert in den letzten zehn, zwanzig Jahren. Wie beliebig, wie gefällig das inzwischen alles wirkt. Das Beste eigentlich Anselm Kiefers schwerer Betonbrocken mit dem rostigen Stahl: das Gegenteil von abstrakt: völlig konkret. Concrete.

Dann Ladenburg. Sehr hübsch. Hübschhübschhübsch. Man ist in zehn Minuten durch: «Goldener Löwe», «Goldener Hirsch», Güldener Stern», «Güldene Rose» – alles Gold hier. Wir übernachten in der «Goldenen Krone» und essen in der «Backmulde». Gleich die sündhaft teure Vorspeise (überbackene Entenlebercreme) hat einen heftigen Stich, sodass es mich nachhaltig schaudert. Meine Reklamation ruft bei der bemühten Kellnerin allerdings nicht mehr als ein überfordertes Schweigen hervor.

Am nächsten Tag das Hebel-Grab in Schwetzingen fotografiert. In dieser Stadt findet man Spargelhändler, Raumausstatter, Thai-Massagen an jeder Ecke, aber versuchen Sie mal, in Schwetzingen eine Tageszeitung zu bekommen. Oder auch nur jemanden zu finden, der weiß, wo man eine bekommt. Dafür gibt es in der Fußgängerzone den besten Döner zwischen Antalya und den Rocky Mountains: «Vitaminküche». Und, nicht zu vergessen, gegenüber von Sankt Pankratius, Guido Messers Bronze der applaudierenden Männer.

Weiter nach Lorsch. Beim Versuch etwas besonders Schönes zu schaffen, ist, ganz in der Nähe des Klosters, Dank professioneller Raumausstattung, einer der hässlichsten Orte der Welt entstanden: das Eiscafé Dolomiti am Marktplatz. Unbedingt sehenswert.

Die Straußenwirtschaft «Zu den drei Steubern», gleich um die Ecke vom Kino, hat geschlossen – wie an allen Samstagen, Sonntagen und Feiertagen. Muss man sich auch erst mal leisten können als Wirt.

In Götz Eisenbergs Buch dieser wunderbare Satz: «Sehen sich zwei Menschen jenseits der Kindheit länger als zehn Sekunden an, werden sie sich entweder lieben oder schlagen.»

Im März zum ersten Mal mehr als fünfzehntausend Besucher in der Geisterbahn.

Jesse James ist tot.

Montag, 5. April 2010 – Zehnuhrvierzig, vierzehnkommafünf Grad. Österlich, aprillig. Von ferne Kirchenglocken.

Fast durch mit Jussi Adler-Olsens «Erbarmen», aber jetzt, da die Zusammenhänge klar werden, will ich nicht mehr: Eine Bestie steckt dahinter, ein Monster. – Nee, Leute, ohne mich ... Kaum anders gestern Abend der «Tatort», der halb noch unter der Redaktion der berüchtigten Doris Heinze entstanden ist. Nach gefühlten vier Stunden Langeweile wird klar: Eine Bestie steckt dahinter, ein Monster ...

In Trenton, der Hauptstadt des US-Bundesstaates New Jersey, hat eine 15-Jährige während einer Party ihre sieben Jahre alte Stiefschwester an sieben männliche Gäste verkauft, die das Kind allesamt vergewaltigten und ihm dann drohten, es umzubringen, wenn es zur Polizei gehe.

Danton ist tot.

Mittwoch, 21. April 2010 – Zehnuhrsieben, vierzehnkommasieben Grad. Grau. Frisch. Schulter? Geht so. Am Wochenende mit allen im Altmühltal. Wetter, Stimmung, Landschaft, Essen: gut. Nur ich: mürrisch, unter Schmerzen. Und dauernd die lauernde Furcht, dass die Sehne wieder gerissen sein könnte.

Diese Woche sieben Lesungen.

Uwe Tellkamp über den Maler Neo Rauch: «Ich hörte den Namen eher, als ich seines Trägers Bilder kannte.»

Und doch noch ein Sonnenstrahl: Der neue Film von Resnais scheint angelaufen zu sein: «Vorsicht Sehnsucht!» Das wird ein Fest!

Mark Twain ist tot. Tatsächlich, Shane MacGowan lebt immer noch.

Freitag, 23. April 2010 – Vierzehnuhrfünfzig, siebzehnkommafünf. Sonnig. Himmel? Schön blau. – Schulter? Viel besser.

Selten ein so leeres Gesicht gesehen wie das von Familienministerin Kristina Schröder. Als ob man eine Badezimmerfliese anschaut.

Stadtteil Bornheim. In der U-Bahn-Station ein Plakat, das den Frankfurter Stadtverordneten Michael Paris (SPD) und dahinter Marilyn Monroe zeigt. Darunter die Zeile: «Happy Birthday, Mr. Paris». Freilich ist es der Jubilar selbst, der sich hier gratuliert. Eine Partei, die solche Figuren groß werden lässt, hat es nicht verdient, über die Fünfprozenthürde zu kommen.

Rolf Dieter Brinkmann ist seit fünfunddreißig Jahren tot.

Donnerstag, 29. April 2010 – Fünfzehnuhrdreiundvierzig, achtundzwanzigkommazwei Grad. Blau-weißer Himmel. Der Lesereisende kriecht auf dem Zahnfleisch.

Todestag von Adam Seide. Und gerade erfahre ich, dass Eberhard Dähne gestorben ist.

Mittwoch, 12. Mai 2010 – Achtuhrzweiundzwanzig, elfkommavier. Der Himmel suppig. So langsam weicht die Erschöpfung der Entspannung. Warum es nicht mal deutlich sagen: Es geht mir so gut wie seit einem Jahr nicht mehr. Was ist da schon eine Bronchitis? Kann nicht lang dauern …

Das letzte Mal zum Orthopäden. Eine Stunde warten. Perfekt, sagt der Mediziner, um mich gleich darauf zu ermahnen … Zwei Stunden unterwegs für einen zweiminütigen Arztbesuch.

Ch. erzählt, dass Svjatoslav Richter abgeordnet war, um auf den Feierlichkeiten zu Stalins Beerdigung Klavier zu spielen. Auf dem Weg dorthin saß er allein in einem Flugzeug voller Trauerkränze.

Otto Nagel ist tot.

Mittwoch, 19. Mai 2010 – Dreizehnuhrachtundfünfzig, vierzehnkommafünf. Regnet schon den ganzen Vormittag. Bei einem Streifzug über den Hauptfriedhof ganz in der Nähe von Kupers Asche das Grab eines Jürgen Lothar Manfred Jakoby entdeckt. Das Bild auf dem Stein legt die Frage nahe, um was für einen Galgenstrick es sich hier wohl gehandelt haben mag. Zu Hause den Namen in die Suchmaschine eingegeben: Aki, der Indianer, wie er genannt wurde, war ein Frankfurter Bordellbesitzer. Und gleich noch eine ganze Galerie mit Fotos gefunden, auf denen er im Kreise seiner Lieben zu sehen ist.

Gestern auf den Parkfriedhof Heiligenstock zur Beerdigung von Eberhard Dähne. Draußen auf dem Parkplatz eine Limousine mit Fahrer, Wiesbadener Nummernschild. Und da ist auch noch eine aus Erfurt. Die Trauerhalle ist voll. Überall werden Köpfe gereckt. Manche der Gäste sehe ich seit zwanzig Jahren zum ersten Mal wieder. Ellen Weber sitzt ganz in der Nähe. Ottel Wagner ist da. Und Bodo Ramelow – womit die Erfurter Karosse erklärt wäre. Georg Fülberth hält die Trauerrede. Sachlich, klug, unpathetisch, sehr freundschaftlich. Während des diesjährigen Ostermarsches habe sich der Todkranke auf dem Römerberg von seinen Genossen verabschiedet. Danach sei er, der geduldige, bescheidene Eberhard Dähne noch ein letztes Mal zum Arzt gegangen, habe über die Maßen lange auf dem Gang sitzen müssen, bis er schließlich aufgestanden sei und gedroht habe, wenn man ihn nicht sofort ins Sprechzimmer rufe, die Internationale zu singen. «Das hat geholfen», habe er erzählt. Damit endet Fülberths Rede. Und tatsächlich, jetzt machen die Trauergäste Dähnes Drohung wahr und singen dieses Lied. Und seltsamerweise wirkt es nicht peinlich. Gemeinsam geht man noch zum anonymen Urnengrab. Und zerstreut sich wieder.

Fünfter Todestag von Batya Gur, deren Kriminalromane ich schon längst mal gelesen haben wollte.

Montag, 31. Mai 2010 – Elfuhrfünfunddreißig, fünfzehnkommadrei. Himmel grau. Man hört, es soll noch mal schöner werden. Im Laufe des Jahres.

Was mich gerade langweilt:

1. Alle Artikel über das iPad und Steve Jobs.
2. ALLE Äußerungen von, über und gegen Christoph Schlingensief.
3. Lena Dingsbums.
4. Die bevorstehende Fußballweltmeisterschaft.

Hannah Höch ist tot.

Montag, 7. Juni 2010 – Zwölfuhrdrei, fünfundzwanzigkommavier Grad. Bedeckt. Seit gut einer Woche: dritter Schmerzensschub in der Schulter.

Eine Mail von Google-Alerts weist mich auf folgenden Eintrag im Archivalia-Blog zu «Die Akte Rosenherz» hin:

«Herr Seghers, die Mutter von Helga Matura wohnte bis vor kurzem in 50825 Köln, Iltisstraße 122. Ich weiß nicht, ob sie ins Heim gekommen oder gestorben ist. Meine Mutter wohnte mit ihr auf einer Etage in einem altengerechten Wohnhaus. Lt. meiner Mutter fuhr sie 1 x monatlich nach Aachen ins Spielkasino und kam mit dem Taxi wieder nach Hause. Wo hatte sie ihr Geld her? Ihr wurde auch schon mal nachgesetzt, und sie sollte überfallen werden. Das wäre doch ein interessanter Ansatzpunkt gewesen.»

Amokläufe finden fast nie in den sogenannten Metropolen des Verbrechens, sondern nahezu immer in kleinstädtisch-aufgeräumten Milieus statt. Und die Täter entstammen fast nie dem als aggressiv geltenden Subproletariat, sondern nahezu immer dem auf Unauffälligkeit erpichten (Klein-)Bürgertum. Dazu zwei interessante Details, den Amoklauf von Derrick Bird aus Whitehaven betreffend, der letzte Woche in der nordenglischen Grafschaft Cumbria zwölf Menschen erschossen hat, bevor er sich selbst das Leben nahm:

1. Die Presse berichtet, dass der Täter bei seiner dreistündigen Amokfahrt durch die Küstenregion immer die Vorfahrt beachtet und an jeder roten Ampel gehalten habe.

2. Wikipedia weiß zu berichten, dass die rechtwinklige Anlage der Kleinstadt Whitehaven als architektonisches Vorbild für die Planung von Manhattan gedient habe.

Auch hier war der Täter also wieder ein unauffälliger Provinzbewohner aus einer wohlgeordneten Umgebung, ein verhinderter Anpasser, oder – wie Götz Eisenberg es nennt –: ein devianter Konformist.

Lektüre: Mihail Sebastians Tagebücher 1935–1944. «Voller Entsetzen, aber nicht verzweifelt».

Todestag von Ida Kerkovius.

Mittwoch, 9. Juni 2010 – Zwölfuhrneunundzwanzig, zweiunddreißigkommafünf. Schlierig der Himmel. Heute Morgen auf den Seiten der Deutschen Kommunistischen Partei und der Partei «Die Linke» unterwegs. Mein Gott, was sich dort für ein kaum verhohlener Antisemitismus und Hass auf Israel Luft macht. Und damit einhergehend: was für eine selbstvergessene Dummheit. Als könnten sie nicht lesen, als stünden ihnen nicht alle Informationen über Zusammensetzung und Absichten der sogenannten

Hilfskomitees zur Verfügung. Dazu noch der bodenlose, wirre Moralismus von Henning Mankell …

Todestag von Johanna Kirchner.

Mittwoch, 16. Juni 2010 – Bloomsday. Vierzehnuhrsechsundzwanzig, zwanzigkommasieben. Bleu. Und die Schulter? Viel besser!

Nur, damit es ihnen nicht vergessen wird: Inge Höger, Annette Groth und Norman Paech, Bundestagsabgeordnete der Fraktion «Die Linke», haben am 30. Mai 2010 gemeinsam mit bewaffneten Islamisten versucht, die Blockade des Gaza-Streifens zu durchbrechen, und sind daran von israelischen Soldaten gehindert worden. Unversehrt und unbestraft zurück in Deutschland, stellten die drei Politiker Anzeige beim Generalbundesanwalt und entblödeten sich nicht, in diesem Dokument davon zu sprechen, dass sie von den Israelis deportiert worden seien. Ihre Partei, anstatt sich umgehend von diesen Gesinnungsdeppen zu distanzieren, feierte sie als Helden und stellte den Text der Anzeige als pdf-Datei auf die Internetseite der Bundestagsfraktion.

Gerade lese ich, dass Jürgen Weber heute vor drei Jahren gestorben ist.

Montag, 21. Juni 2010 – Dreizehnuhrvierundvierzig, siebzehnkommavier. Wolkig, frisch. Gestern kurz auf dem Parkfriedhof Heiligenstock und das «anonyme» Grab von Eberhard Dähne gesucht. Nur ein Fleckchen Dreck ist zu sehen. Wird irgendwann von Gras überwachsen sein.

Dann Burgfestspiele in Bad Vilbel. Vor vierhundert Leuten aus «Die Akte Rosenherz» gelesen. Eine vital aussehende ältere Dame kommt freundlich lächelnd auf mich zu: «Ich kenne einen der Ermittler, der am Mordfall Matura mitgearbeitet hat. Es ist mein Mann … Leider hat er Alzheimer.» Kurz darauf beim Signieren ein älterer Herr: «Ich habe die Matura gekannt. Allerdings nur in Einzelteilen.» Ich schaue ihn fragend an. «Ich war Gerichtsmediziner, und die Obduktion ihrer Leiche im Januar 1966 war einer meiner ersten Fälle.»

Wie muss man eigentlich jemanden nennen, der ungestraft eine solche Scheiße schreibt wie im Berliner «Tagesspiegel»: «Im Überschwang ihrer Gefühle sagte die ZDF-Moderatorin Katrin Müller-Hohenstein in der Halbzeitpause des Spiels Deutschland gegen Australien: ‹Für Miroslav Klose muss das doch ein innerer Reichsparteitag sein, jetzt mal ganz im Ernst, dass der heute hier trifft.› Natürlich brandete sofort ein Sturm der Entrüstung auf, das ZDF wurde aufgefordert, sich von dem Spruch und dem Nationalsozialismus zu distanzieren. Aber weit gravierender als der sprachliche Lapsus ist doch wohl, dass dieses Klose-Tor, um in der ZDF-Sprache zu bleiben, Deutschlands inneres Auschwitz gewesen sein könnte. Weil dieses Tor den schwachen Klose rehabilitiert, muss er weiter aufgestellt werden, was Deutschland am Ende den Titel kosten wird.»

John Lee Hooker ist tot.

Donnerstag, 24. Juni 2010 – Sechzehnuhrachtundzwanzig, fünfundzwanzigkommasieben. Sehr blau. Wer wissen will, welch grauen, feuchten Strumpf das Land sich mit einem Bundespräsidenten Joachim Gauck einhandeln würde, mag einfach die Rede des Kandidaten vom 22. Juni 2010 auf dessen Homepage nachlesen. Weiß Gott, das ist das Pathos der Leere. Gedankenfreiheit scheint diesem Mann zu bedeuten: frei von jedem Gedanken. Und dafür wirft sich die Hälfte der deutschen Intelligenz ins Zeug.

Am Wegrand: Drei große Krähen hacken nach dem Kadaver einer toten Ratte. Vier unglaublich bunte Buntfinken tummeln sich auf einer Wiese. Ein junger Fuchs – orientierungslos oder tollwütig – springt nervös vor dem sich nähernden Radfahrer auf der Hohen Straße hin und her.

Am 24. Juni 1943 starb im mexikanischen Exil der Schriftsteller Otto Rühle. Seine Frau Alice Rühle-Gerstel beging am selben Tag Selbstmord. Am 20. März 1915 hatten Otto Rühle und Karl Liebknecht als einzige Abgeordnete des deutschen Reichstages gegen die Bewilligung der Kriegskredite gestimmt.

Montag, 12. Juli 2010 – Zehnuhreinundfünfzig, vierunddreißigkommasieben. Die Welt sagt: War das heißeste Wochenende des Jahres.

Letzte Woche schöner, produktiver Nachmittag mit Grusche auf der Terrasse. Wir plotten die Ausgangssituation des nächsten Marthaler-Romans, und alles scheint rund. Dann aber, gestern, treffe ich bei den Habernolls den ehemaligen Staatssekretär A. Nach einer Stunde wird klar: Meine geplante Konstruktion funktioniert nicht, das ganze Gefüge rutscht mir weg, weil der Planfeststellungsbeschluss zum Ausbau des Frankfurter Flughafens bereits drei Monate vor den Wahlen im Januar 2008 ergangen war und von keiner neuen Regierung mehr hätte rückgängig gemacht werden können – jedenfalls nicht, ohne dass diese die Landesfinanzen wegen der folgenden Schadensersatzforderungen ruiniert hätte.

In Los Angeles wurde letzte Woche der sogenannte «Grim-Sleeper» Lonnie Franklin festgenommen. Er soll zwischen 1985 und 2007 mindestens zehn Menschen, zumeist schwarze Prostituierte, ermordet haben. Man war ihm auf die Spur gekommen, weil man festgestellt hatte, dass die DNA seines inhaftierten Sohnes große Ähnlichkeit mit der bei den Opfern gefundenen Täter-DNA aufwies. Nun ist in den USA eine Debatte um die Verwertung von *familial DNA* entbrannt.

Heute vor fünfundsiebzig Jahren starb Alfred Dreyfus in Paris. Er ist auf dem Friedhof Montparnasse beerdigt.

Dienstag, 13. Juli 2010 – Vierzehnuhrsechsundfünfzig, dreißigkommanull. Wölkchen. Feucht. Ich kann ja dieses Wetter leiden.

Gestern in einer Viertelstunde den langweiligsten «Spiegel» seit Menschengedenken durchgeblättert. Das Sommerloch gähnt.

Wie mich das selbstgerechte, konservative Bürgertum gerade anödet. Und weit und breit keine Bewegung zu sehen, die mal frech und klug die Verhältnisse zum Tanzen brächte – keine Linke, keine Boheme, nichts. Nur ein paar muckerhafte Clowns. Und die wenigen kaltgestellten Solitäre – Avantgarde ohne Hinterland. So muss es sich Anfang des 19. Jahrhunderts angefühlt haben, sagen wir nach dem Wiener Kongress.

Jean-Paul Marat ist tot.

Dienstag, 17. August 2010 – Elfuhrsechsunddreißig, sechzehnkommaneun. Wach seit fünf. Regen, Wolken.

Französische Notizen – Im Hotel, ziemlich heruntergekommen, eine Vakuum-Toilettenspülung von «Electrolux», die einen solchen Lärm verursacht, ein so lautes saugendes Geräusch ... Aber ein wunderschöner alter, riesiger Speisesaal und erstaunlich gutes Essen. Dann, in der Bretagne, eine Woche am schönsten Ort der Welt, am Rande eines Dorfes, eine Lichtung am Bach, Trauerweiden, zehn Kilometer nördlich von Lanvollon. Fahrt nach Treguir – die Kathedrale, das Grab von St. Yves, der brasilianische Priester am Eingang, die plaudernden Kirchenbesucher. Die Islandfischer – «Mur des desparus» in Ploubazlanec. Die Ortsnamen klingen hier zum Teil, als sei man in Vietnam. Die Landschaft vollständig anders als gedacht: alles noch im satten Grün – jetzt, Ende Juli – Täler, Höhenzüge, Ausblicke, mehr Allgäu als schroffe, karstig-flache Heide. Ein versunkenes Hochgebirge. Plage Bonaparte – dort sind die von den Deutschen abgeschossenen Piloten der alliierten Kampfflugzeuge von der Bevölkerung versteckt und nach England verfrachtet worden. Verirre mich zwischen den Höfen, zwei freundliche, ältere Herren, der eine bietet mir an, mit seinem Wagen vor mir herzufahren. Menschenleer die Orte, das Vespapärchen, die Hunde hinter den Gattern, ab und zu ein Bauer, ein sabbernder Mann, der dich anstarrt. Nur die Alten und Versehrten bleiben da. Überall an den Häusern die Schilder: «À vendre». Es fehlt vollständig das Erotische, das Bukolische des Mittelmeers. Hier herrschen das Kruzifix und der Friesennerz. Toter Baum, von Efeu überwuchert, simuliert Leben. Die winzigen Frösche am Leff. Tausende. Regnet es schon wieder? Nein, das sind die Wasserläufer. Wenn sie sich bewegen, sieht es aus, als würden Tropfen ins Wasser fallen. «You drink Whisky with me», fordert mich der Mann aus seinem SUV heraus auf, den ich angehalten habe, um nach dem Weg zu fragen. Vierzehnachtzehn, dieser Krieg hat überall im Land so tiefe Spuren hinterlassen, dass sie noch heute sichtbar sind. Die Hunde werfen sich gegen die Gatter. Mitten im Nichts: Ein Ehrenmal, davor langstielige Rosen, Kränze. Gedacht wird der Ortsgruppe des Maquis von Plésidy. Roscoff: Am Hafen, viele Touristen, aber wieder: gutes Essen. Auf dem Vorspeisenteller: Pétonche (Queen scalopps)?

Als wir morgens abfahren wollen: Der Autofahrer auf dem Parkplatz des Hotels, hinter dem Steuer sitzend und mit einem weichen rosafarbenen Staubwedel ausdauernd die Armaturen seines Wagens entstaubend. Das Wunder: Die Frau an seiner Seite stirbt nicht vor Lachen.

Das grauenhafte Denkmal für die Frauen von Pont l'Abbé. Nur Demut, Trauer, Depression. Die Knechtung durch die Kirche hat offensichtlich jedes andere Selbstbild unmöglich gemacht. Überall diese Hohlwege, warum? Die Plastikplanen über den bepflanzten Böschungen – warum?

Connellys «Brass Verdict» – grauenhaftes Buch, schlechte Dramaturgie, schwache Charakterzeichnungen. Aber eine schöne Formulierung: «To sell burnt matches».

Süleyman: Er war schmal, braun und gelenkig. Manchmal schlief er mit Männern, öfter mit Frauen und manchmal monatelang mit gar niemandem. Er verlangte nicht danach, aber wenn ihm jemand Geld geben wollte, nahm er es an. Ein Otter. Ein Wesen zwischen Wasser und Land. Er hatte keine Vorlieben, was ihn umso mehr befähigte, auf die seiner Partnerinnen einzugehen. Er mochte es, andere zufrieden zu machen oder wenigstens ruhig. Alle wollten mit ihm schlafen, aber keine wäre auch nur auf die Idee gekommen, deshalb ihren Mann zu verlassen. Er schaut Fashion-TV.

Nantes. Wie angenehm, nach all der bretonisch-katholischen Enge, hier ein wenig urbanen Geist zu spüren. Die Bombardierung. Das Edikt. Sklavenhandel. Gemäldesammlung. Jules-Verne-Museum. Die Viertel. Die Modegeschäfte … Sonia Rykiel. Und dann kommen wir doch tatsächlich am Nespresso-Magazin vorbei! Hôtel de la Gare – Diese verlogene Alte, die ihre Louisdors zählt. Ihr Mann, kaum das Kinn zum Gruß hebend. Die freundlich-verhuschten Zimmermädchen, die sich unter der Knute der Hexe zu ducken scheinen. Der schmierige, wieselige Kellner – alles wie aus einem Balzac-Roman.

Weiter nach Chinon. Côtes du Rhone Village, Croix des Alliances, Super U / Col de Serre (Carrefour), Beziers / Croix des Sablons, Haut Medoc / Carpaccio «Monsieur»: marinierte Champignons, roter Pfeffer, Parmesan, wenig Pflücksalat, Schnittlauch, Dressing (evtl. mit Redoro, Limette, Schuss Armagnac). Im Nivernais: Käse (Accolay): Chambertin, L'Éclat / Amuse Gueule (Accolay): Kalter Lachs mit Estragon, leichte Mayonnaise / Geflügelgelee mit Estragon.

Journalistin hat im Hotel unter falschem Namen eingecheckt (Name einer Freundin, mit der sie immer verwechselt wurde und deren Ausweis sie sich geben lässt). Süleyman hat eine Saison als Schleusenwärter am Canal Nivernais gearbeitet: «Die Geliebte des Schleusenwärters».

In Souille, einem winzigen Weiler, durch den wir mit den Rädern kommen, haben die Deutschen am 9. und 10. Juli 1944 acht Männer des örtlichen Maquis erschossen.

Rauf nach Vezelay. Schon der Aufstieg zu Kathedrale lässt einen fast kriechen. Aber gut. Viele Pilger. Eine junge Nonne, andächtig vor dem heiligen Franziskus. Junge Musiker, die proben. Alles hell, keine bunten Fenster.

Psalm 5: Ihre Kehle ist ein offenes Grab, aalglatt ist ihre Zunge.

Ins Elsass: KZ Struthof, Natzweiler – größer, als ich dachte. Viele französische Besucher.

Das Reh auf der Uferstraße in der Bretagne. Der Fuchs in der Nähe eines Bauernhofes im Burgund (dieser lässige, federnde Gang der Füchse). Wie schön die

Charollais-Rinder sind, die zu Hunderten auf den Weiden liegen. Und dann in diesem elsässischen Dorf ein Pfau auf der Straße.

Todestag von da Ponte.

Dienstag, 24. August 2010 – Fünfuhrfünfundzwanzig, achtzehnkommavier. Scheißregen. Trotz Baldrian seit halb drei wach. Widerwillig ins Alte Café Schneider. Ich warte und warte. Vergeblich. Blättere die «Vogue» durch, dann die Tageszeitungen. Alles voll mit Schlingensief. Dass er ein Provokateur gewesen sei, der von allen geliebt werden wollte, hört und liest man allerorten. Freilich, danach sahen seine Provokationen aus. Die erlösungshungrigen Feuilletonisten lagen ihm zu Füßen; in ihm fand das handzahme Muckertum seine Projektionsfläche. Und jetzt heißt es, dass so einer eigentlich gar nicht sterben dürfe, jedenfalls nicht wirklich.

In Manila stürmt die Polizei einen Bus, in dem ein ehemaliger Kollege fünfzehn Geiseln gefangen hält. Auf ntv und N24 wird live übertragen. So kann man die Stümperei der Spezialkräfte in Echtzeit miterleben. Und dazu noch das haltlose Gequatsche der deutschen Fernsehleute. Sie wissen nicht mehr, sehen nicht mehr, hören nicht mehr als die Zuschauer, dürfen aber keinesfalls schweigen.

Abends im Fernsehen – wieder alles voll mit Schlingensief.

Ich: Ich kann es nicht mehr sehen.

Sie: Ist ja bald vorbei. Vorerst jedenfalls.

Ich: Wie? Vorerst? Mach mir keine Angst!

Erst jetzt sehe ich, dass während unseres Urlaubs Luis Corvalán und Willem Breuker gestorben sind. Und Brigitte Schwaiger – ihre Leiche wurde in einem Nebenarm der Donau gefunden.

Dienstag, 31. August 2010 – Sechsuhrvier, neunkommasechs. Fast noch dunkel. Im Osten so ein rötlicher Streifen am Himmel. Ganz hübsch.

Gestern Abend in voller Länge und mit offenem Mund die Übertragung von Roland Kochs Abschiedsfeier auf Schloss Biebrich geschaut. Fackeln, Märsche, Uniformen. Ein Strolch vom Kasseler Heeresmusikkorps singt Lieder von Udo Jürgens, der ebenfalls im Publikum sitzt, und – wie man hört – seit Jahren mit den Kochs befreundet ist. Schauderhaft wirkt das alles, gespenstisch und unglaublich halbseiden. Was für ein Signal – und das Hessenfernsehen entblödet sich nicht, diesen Mummenschanz zu übertragen. Als Zeugin dafür, was für ein guter Kerl der Verabschiedete sei, lässt man Ann Kathrin Linsenhoff ins Mikrofon stammeln ... Sklavenjournalismus.

Nun, um sechsuhrachtunddreißig, ist es bereits hell.
Lady Di ist tot.

Montag, 6. September 2010 – Achtuhrachtundvierzig, achtzehnkommasieben Grad. Geschlafen? Very well! Wenn das Wetter doch das ganze Jahr so wäre.

Wie jeden Morgen dieser Tage noch in der Dämmerung auf Schneckenjagd gegangen.

Nachdem sich Thilo Sarrazin zur Stimme der dröhnenden Mehrheit gemacht hat, springt ihm sein Volks- und Parteigenosse Klaus von Dohnanyi in der «Süddeutschen Zeitung» zur Seite: «Der öffentliche Reflex erinnert an die beschämende Behandlung von Martin Walser, als sich 1998 nach seiner Rede zwar die Paulskirche zu Ovationen erhob, doch dieselbe, die Zivilcourage ständig beweihräuchernde Gesellschaft, war nicht mehr zu hören, als Ignatz Bubis, Vorsitzender des Zentralrats der Juden, gegen den Schriftsteller seinen Bannfluch ‹geistiger Brandstifter› ausgestoßen hatte.» – «Deutschland, die verfolgende Unschuld.» (Karl Kraus)

Von seiner Partei, der SPD, wo er seit vierzig Jahren Mitglied sei, sagt der nette Herr K., erwarte er nichts Gutes mehr. Zumal nicht mehr jetzt, da sich in der Online-Community Wer-kennt-wen eine Gruppe Sozialdemokraten aus seiner Heimat zusammen gefunden habe, die öffentlich verkünde: «Wenn Sarrazin gehen muss, gehen wir!»

Heute vor achtunddreißig Jahren wurden auf dem Flughafen Fürstenfeldbruck neun israelische Sportler von ihren palästinensischen Geiselnehmern ermordet.

Donnerstag, 9. September 2010 – Zehnuhrsieben, fünfzehnkommadrei. Suppe. Jetzt ist Schluss mit dem Gemetzel, jetzt wird Schneckenkorn gekauft. – «Dann nimm aber Ferramol von Neudorff!» – Mach ich! – «Hat von Öko-Test ein ‹sehr gut› bekommen. Da verhungern die Schnecken ökologisch einwandfrei!»

Toulouse-Lautrec ist tot.

Mittwoch, 15. September 2010 – Zehnuhrneununddreißig, neunzehnkommanull. Böser, böser Regen!

Die IG Metall warnt das Verteidigungsministerium vor Rüstungskürzungen. Es stünden Zigtausende Arbeitsplätze auf dem Spiel. Warum fordern die Gewerkschaften eigentlich nicht gleich den totalen Krieg?

Gestern muntere Runde im Literaturhaus. Die Frage, die offenblieb: Ist ein vormodernes Erzählen nach der Moderne noch möglich? Scheint jedenfalls so.

Und? Die Nacktschnecken? – In Frieden verschieden!

Tot ist auch: Wolfgang Abendroth.

Montag, 20. September 2010 – Sechsuhrzwölf, achtkommaneun. Finster. Seit kurz nach vier wach. Stechmücke.

Da ist er wieder, der schwarze Winterhund, der in den nächsten Monaten in meinem Hinterkopf scharren wird. – «Jetzt schon? Ist doch erst September.» – Ja, aber ich spür ihn; er ist schon da.

Letzte Woche diese seltsam berührende, schlafwandelnde Leierkasten-Version von «Am Grunde der Moldau» auf «Youtube» entdeckt. Es singt ein Mädchen namens Jaida. Geht mir nicht mehr aus dem Sinn, dieses aufgeklärte Lullaby.

Wenn die Pharmaindustrie und die privaten Krankenkassen über den Gesundheitsminister sagen, Philipp Rösler mache «einen guten Job», dann heißt das: Er tut so, als würde er sie attackieren, während er gleichzeitig zäh ihre Interessen vertritt, dies aber öffentlich genauso lächelnd wie ausdauernd dementiert. So geschehen gestern in «Berlin direkt». Dass der ZDF-Mann Thomas Walde im Interview keine Sekunde locker ließ, war immerhin eine angenehme Überraschung.

Max Slevogt ist tot.

Donnerstag, 23. September 2010 – Sechsuhrzweiundfünfzig, neunkommaneun. Über der Autobahn: rötlich der Himmel. Wacklig, fiebrig ich.

Plötzlich steht mir Franz Christoph vor Augen, an den ich lange nicht mehr gedacht habe. «Ich bin der Krüppel, der den Bundespräsidenten zwei Mal geschlagen hat», so hat er sich vorgestellt, damals, Ende der achtziger Jahre im «Café Rowohlt», wie das «Laumer» in der Bockenheimer Landstraße während der Buchmesse immer hieß. Aber erst mal hat er seine Krücke auf unseren Tisch geknallt, weil ihm irgendwas nicht passte, was einer von uns erzählt hat. Wie er sich dann nachts schimpfend, lachend, weinend und volltrunken die Treppen in der Martin-Luther-Straße bis in unsere Wohnung hochgeschleppt hat, dort nicht mehr aufhören wollte zu schimpfen, zu lachen, zu trinken, zu weinen … Eine Zumutung war dieser Mann, ein Brüllaffe. Und ein unglaublich guter Typ. Er kam aus der Oberpfalz, aus Furth im Wald. Wo auch Sissi Perlinger herkommt. Ob die beiden einander kannten? Tot ist er seit vierzehn Jahren.

Heute vor siebenunddreißig Jahren starb Pablo Neruda. Sieben Tage nachdem Victor Jara und elf Tage nachdem Salvador Allende umgebracht wurde.

Montag, 27. September 2010 – Zehnuhrachtundvierzig, siebzehnkommafünf. Bedeckt. Dead like a rock. Aber auch so geschlafen.

Die Dame dort im roten Kostüm mit den goldenen Knöpfen, rote Stewardessenpumps mit goldenen Schnallen und eine Frisur, bei der ich unwillkürlich das Wort «onduliert» denken muss, ohne genau zu wissen, was das eigentlich heißt. In der Hand hält sie ein Glas mit bestem Rieslingsekt und hat doch tatsächlich den kleinen Finger abgespreizt. Wir werden so aufeinander zugespült, müssen also irgendwas miteinander machen, wenigstens: reden. Binnen fünf Minuten habe ich ihre Geschichte am Hals: gelernte Apothekerin, dann zwei Kinder, inzwischen erwachsen, jetzt ein Cockerspaniel, der Cocky heiße, derweil aber so dement sei, dass er oft die Vorderpfote hebe, wenn er pinkeln müsse. Ihr Mann – ja, dort drüben der schmale, blasse Herr –, Jurist in irgendeinem Landesministerium. Als sei es ein Naturgesetz, kommen wir wenig später auf Sarrazin zu sprechen. Wo der recht habe, müsse man ihm auch recht geben, sagt sie. Sie und ihr Mann nämlich, müsse ich wissen, hätten zahlreiche jüdische Freunde, Geschäftsleute, Künstler, viele Musiker darunter, auch international bekannte. «Und … glauben Sie mir, ich erkenne den Juden am Aussehen.» Ich nun, statt angemessen zu reagieren oder mich wenigstens wortlos abzuwenden, bin zu verdutzt, wohl auch zu feige und hebe lediglich die Brauen. «Und dann», sagt sie, «die Überfremdung ist doch ein Fakt, oder?» Zugeben allerdings müsse sie, dass die Ausländer die deutsche Gastronomie in den letzten vierzig Jahren massiv bereichert hätten. Ihr Mann und sie – zum Beispiel – würden immer in der Frankfurter Kleinmarkthalle einkaufen. Herrlich, die exotischen Düfte dort und wie üppig das alles drapiert sei. Dabei schaut sich mich so treuherzig an, dass ich nur nicken kann. «Tja», sagt sie, «Gewürze präsentieren, das kann der Orientale.»

Hans Grimm («Volk ohne Raum») ist tot.

Donnerstag, 30. September 2010 – Siebenuhreinundfünfzig, achtkommaneun. Grau. Dienstag im Sprühregen Richtung U-Bahn, Lutz fährt mit dem Rad an mir vorüber, ohne mich zu erkennen. Dann kommt mir ein Schwarzer entgegen, offensichtlich betrunken; schon von weitem hört man ihn krakeelen. Als ich an ihm vorbeigehe, lächelt er, hebt die Arme und macht mit beiden Händen das Victory-Zeichen: «Yes, we can!», ruft er.

Im Flugzeug ein wenig in Connellys «Angels Flight» gelesen, ein wenig gedämmert. Mit dem Taxi von Schwechat in die Wiener Innenstadt. Der Fahrer schenkt mir eine Führung: die Gasometer, die Donau-Auen, der Prater, das Hundertwasser-Haus, der Ring, die Staatsoper. Ob er ein gebürtiger Wiener sei, frage ich, so gut wie er sich auskenne. «In Wien kommt jeder von irgendwo», sagt er. Er sei in den Siebzigern aus Jugoslawien zugereist: «Aber ja, ich bin ein Wiener; ich liebe diese Stadt.»

Das «Triest» in der Wiedner Hauptstraße. Draußen Regen, Sturm. Die Hotel-Depression setzt sofort ein. Lege mich aufs Bett. Fernseher an. Vier Folgen von «The Simpsons». Und trinke eine halbe Flasche ekligen, völlig überteuerten Zweigelt, der auf der Minibar gestanden hat und deshalb viel zu warm ist.

Zu Fuß in der Dunkelheit über den Ring. Hofburg, Kunsthistorisches Museum, Volksgarten, Parlament. Einen riesigen, fettigen Käsekrainer mit Senf und Ketchup im Gehen. Spontane Übelkeit. Burgtheater, Universität, nach links in die Schottengasse, die kurz darauf zur Währinger Straße wird. Votivkirche. Um 20 Uhr vor dem «Café Weimar». Ich gehe rein. Drei stämmige, kleine Männer und eine stämmige, kleine Frau stehen im Eingang. Sie haben keinen Platz mehr bekommen, bitten aber um Autogramme in ihre kleinen, stämmigen Sedez-Bücher. Die Kellner grantelnd, allerdings völlig uncharmant: «Dafür werden sie bezahlt», wird mir erklärt. Der St. Laurent ist gut. Während ich lese, immer wieder Tonprobleme, Störungen, das Mikrofon eines Aufnahmegeräts wird auf mein Pult gestellt, ein Techniker baut eine riesige Fernsehkamera vor mir auf, die Kellner wuseln durch die Reihen. Dann zu Fuß in die Innenstadt, Stephansdom, Domgasse, «Café Fidelio» im Mozart-Haus, aber plötzlich weiß ich nicht mehr, was ich dort eigentlich soll, mache kehrt und trabe durch die Nacht zurück ins Hotel.

Am nächsten Morgen blanker Himmel. Sitze in der Sonne und trinke einen doppelten Espresso macchiato. Dann in die Albertina. Was für eine Offenbarung, trotz des allzu schlichten Titels: «Picasso – Frieden und Freiheit». Viele der ausgestellten Bilder habe ich nicht mal als Reproduktionen gekannt. Am schönsten eine kleinformatige Variante auf Manets «Frühstück im Freien» von 1960. Ausgerechnet dieses Werk ist nicht im Katalog abgebildet. Aber: eine der besten Ausstellungen, die ich je gesehen habe.

Simone Signoret ist tot.

Samstag, 2. Oktober 2010 – Siebenuhrfünfundfünfzig, elfkommazwei. Alles grau, Regen. Gestern Abend in Rödelheim. Sehr nett, sehr munter. «Grüße von Mirko», werden mir ausgerichtet, womit freilich Branko gemeint ist. Er wünscht sich ein signiertes Exemplar der «Akte Rosenherz», das er heute Nachmittag bekommen wird. Dann kommt eine Dame auf mich zu, die erzählt, dass sie mit der Matura befreundet gewesen sei, sogar in den späten fünfziger Jahren engeren Umgang mit ihr gehabt habe als in den Sechzigern.

Das Literaturhaus München hatte eingeladen zu einer Diskussion. Auf dem Podium saßen der Chefredakteur der Zeitung «Handelsblatt», Gabor Steingart, der Münchner Soziologieprofessor Armin Nassehi und Thilo Sarrazin. Die Nachfrage war so groß, dass man in die größere Reithalle umziehen musste. Erschienen war, wie Peter Fahrenholz gestern in der SZ schrieb: «das gediegene Münchner Bürgertum». Der Abend sei zum Eklat geraten, und es sei vielleicht von Anfang an eine Illusion gewesen, dass «eine Diskussion in der Sache mit Thilo Sarrazin möglich ist». Aha, dachte ich, hat sich also das Münchner Bürgertum auf seine Resttugenden besonnen und im Namen von Vernunft und Toleranz dem Brandstifter Einhalt geboten. Das Gegenteil war der Fall: Sarrazins Mitdiskutanten wurden beim geringsten Einwand vom Publikum niedergebuht. «In der Münchner Reithalle herrschte ein Hauch von Sportpalast. Gut gekleidete Grauköpfe ereiferten sich nicht nur, sie geiferten.» – Scheint so, als würde das gediegene Bürgertum den Schulterschluss mit dem rassistischen Pöbel suchen. Scheint so, als würde sich demnächst einiges klären.

Etwas Wahres sei schon dran, an den Thesen von Thilo Sarrazin – das hört man jetzt oft auch von Leuten, denen man ansonsten nichts ansieht. Es war wohl Brecht, der ihnen Antwort gegeben hat: «Immer mischt mit Wahrheit der Lügner die schmutzige Rede.»

Oswald Kolle ist tot, hätte aber heute Geburtstag gehabt.

Sonntag, 3. Oktober 2010 – Neunuhrneunundvierzig, schon siebzehnkommaneun Grad – allerdings hat der Fühler des Thermometers bis eben in der Sonne gelegen. Doch, doch: Wird schön heute. Gegen halb sechs aufgewacht durch den Lärm eines Helikopters, der irgendwo in der Nähe des Hauses in der Luft steht – ein Geräusch, das immer bedrohlich wirkt. Ist auf der nahen Autobahn ein Unfall passiert? Wird ein vermisstes Kind in den Gärten gesucht? Ist ein Häftling aus dem Preungesheimer Gefängnis entsprungen? – Erinnerung an die Großdemonstrationen, als die Polizei die Stimmung anheizte, indem sie mit ihren Hubschraubern immer wieder dicht über die Menge flog.

Gestern Nachmittag ein letztes Mal bei Branko. Man merkt ihm an, dass etwas zu Ende geht. Er nötigt mich zu trinken. «Muss ja alles noch weg!» Einmal im Monat, erzählt er, wolle er jetzt noch kochen, da solle ich dabei sein: in Bad Homburg, im Keller von Gottfried Mücke, dem Honorargeneralkonsul der Malediven. Als ich erfahre, dass der Mann Chef der Bauplanung auf dem Flughafen gewesen ist, werde ich hellhörig.

Was ich nicht wusste: Brankos Eltern – aus dem slowenischen Teil der Steiermark stammend wie er selbst – wurden während des Krieges als Zwangsarbeiter nach Deutschland verschleppt.

Todestag von Woody Guthrie.

Montag, 4. Oktober 2010 – Elfuhrneunundfünfzig, sechzehnkommafünf. Sonnig. Paar Schlieren. Tatsächlich war es ein gesuchter 27-jähriger Gewalttäter aus den Niederlanden, den die Frankfurter Polizei gestern am frühen Morgen unter anderem per Hubschrauber quer durch die Stadt verfolgt und mich dadurch geweckt hat. Schurke, der!

Der Herbst hat die Gärten schon geflämmt. An den Straßenrändern parken Autos. Die Besitzer sammeln Birnen und Äpfel. In Petterweil spektakeln die Gänse auf der Wiese hinter dem Schloss. Und die Schafe antworten ihnen: «Wir sind auch da!»

Weiter im dritten Band von Ernst Jüngers «Siebzig verweht».

Todestag dreier Sängerinnen: Susy Leiva, Janis Joplin und Mercedes Sosa.

Freitag, 8. Oktober 2010 – Sechzehnuhrsechs, neunzehnkommaneun Grad. Der Himmel? So was von blendend blau! Doch ich, statt aufs Rad zu können, muss auf die Autobahn. Lesen, lesen, lesen. Wie lang denn noch? Wie oft denn noch?

Der «Protestforscher» Dieter Rucht – auch ein schöner Beruf.

Es gibt Menschen, die buchstäblich ALLES kultivieren. Man merkt es, wenn man bei ihnen eingeladen ist. Man sollte sich hüten, auch nur einen ihrer häuslichen Gegenstände zu loben, da es noch zum kleinsten eine Geschichte gibt, die man sich andernfalls samt aller Anhänge zuzieht. Dieses beinerne Löffelchen dort stammt aus einer Sammlung des ehemaligen Kolonialverwalters, der wiederum mit dem Großvater der Ehefrau … Jenes tönerne Schälchen, das Geschenk eines Ureinwohners von Borneo, was insofern bemerkenswert … Die Logorrhoe gehört fast immer dazu.

Heute vor fünf Jahren starben bei einem Erdbeben in Kaschmir 80000 Menschen.

Montag, 11. Oktober 2010 – Siebenuhrvierundfünfzig, fünfkommadrei. Klar, blau. Der Himmel gestreift. Ein betrunkener, struppiger Mann kommt mir auf seinem Fahrrad entgegen: «Die Deutschen sind genauso scheiße wie die Kanaken», ruft er. Was soll man nun dazu sagen?

Am Freitag in Limburg. Stelle den Wagen in ein Parkhaus. Suche den Europaplatz, den ich daheim auf Google Maps nicht gefunden habe – aber auch hier scheint den Namen niemand zu kennen. Schließlich teilt mir eine ängstliche Dame mit, dass wir uns genau auf diesem Platz befinden. Während sie davoneilt, schaut sie sich noch mehrmals verstohlen nach mir um, als könne ich Böses im Schilde führen und heimlich versuchen, ihr zu folgen.

Der «Lesedom» ist ein großes Zelt, gut gefüllt und alles nett (Nett? – «Nett ist auch mein Hamster!»). Anschließend lässt sich eine ältere Frau mit grauem verzauseltem Haar ausgedruckte Lexikonartikel signieren, wofür sie sich entschuldigt: Um sich ein Buch zu kaufen, fehle ihr das Geld. Ich erstehe ein Exemplar und gebe es ihr. Sie – die erzählt, dass sie Antiquarin gewesen sei – ist so überrascht, dass sie drei Mal zurückkommt und sich immer wieder etwas anderes hineinschreiben lässt. Sie besteht darauf, dass man erkennen müsse, dass es sich um ein Geschenk von mir handelt: «Sonst glauben die mir das nie.» – Wer auch immer «die» sind.

Später, auf dem Rückweg vom Restaurant, komme ich an einer Tafel der Vogelschutzwarte vorbei und lese den Text über die im Raum Limburg wohl häufig vorkommenden Saatkrähen. Daneben ein kirchlicher Schaukasten mit einem Zitat des Bernard de Clairvaux. Sinngemäß: «Lasst uns mindern, was uns trennt / Lasst uns mehren, was uns eint / Lasst uns bewahren, was uns unterscheidet.» Erstaunlich – für einen Prediger der Kreuzzüge.

Auffällig, wie erbost man hier allseits über den Bischof ist, der als Nachfolger von Kamphaus seit knapp drei Jahren das Bistum in Besitz hat. Eine seiner ersten Amtshandlungen, mit denen er Furore machte: Er relegierte einen Dekan, der ein homosexuelles Paar getraut hatte. Jetzt, heißt es, setze er sich «dort oben» auch noch «einen Palast» mit eigener Kapelle hin.

Auf der Suche nach meinem Wagen irre ich durch die nächtliche Stadt, bin zuerst im falschen Parkhaus, schließlich im richtigen, dort aber im falschen Stockwerk. Im Autoradio auf HR 2 Kultur die letzten Minuten der «Langen Nacht der Bücher» und noch ein paar Takte einer Musik, die mich sofort aufhorchen lässt. Es spielen «Mi loco Tango». Wahrscheinlich irgendwas von Piazzolla.

Heute vor zwei Jahren verunglückte Jörg Haider in seinem VW Phaeton. Wie kann man aber auch einem Automobil den Namen von Helios' Sohn geben, der doch selbst im Sonnenwagen des Vaters in den Tod stürzte?

Mittwoch, 13. Oktober 2010 – Vieruhrvierundfünfzig, dreikommadrei. Unruhige Nacht. Stürmisch. Regnet es? Oder knackt nur das Aluminium der Fensterbank in der Kälte? Wach seit kurz nach zwei.

Gestern Vormittag Besuch von Sylvia Schwab. Was für ein Unterschied, ob man «interviewt» wird oder ob es zum Gespräch kommt. Das eine strengt an und geht daneben. Das andere macht Freude, trifft und gibt Anschub.

Wie oft in den letzten Jahren hat man eigentlich Meldungen wie jene gestern auf «Spiegel online» lesen müssen: «Superreiche werden wieder reicher»? – Aber weit und breit keine ernst zu nehmende Linke in Sicht.

Weiter im Jünger. Tausende Seiten seiner Tagebücher habe ich derweil gelesen. Zwischen all den gespreizten, gezierten, schwer erträglichen Passagen immer wieder Schätze. Aber es bleibt ein stetes Unbehagen bei der Lektüre. Kaum ein Satz, mit dem Jünger nicht auch an seinem Selbstbild arbeiten würde. Gewichte werden verschoben, Spuren verwischt, neue gelegt. Bei aller selbsterklärter Noblesse – oft schimmert eine Bereitschaft zur Denunziation durch die Zeilen. So gelassen er wirken wollte und auf viele auch gewirkt hat, der Mann war: geladen!

Gegengift: der wütende Schuft Céline. Oder besser noch: Heinrich Heine.

Warum erfreut sich der hochmütige Gestus der «Désinvolture» so großer Beliebtheit unter den deutschen Feuilletonisten? Vielleicht, weil sie selbst auf einen Wink ihrer Verleger und Chefredakteure hin «spuren» müssen.

Man fragt sich, ob Leute wie Sarrazin, Seehofer oder Roland Koch wirklich nicht eine einzige durchschnittliche türkische Familie in ihrem Freundeskreis haben. Wohl kaum – andernfalls müssten sie merken, welche Fassungslosigkeit sie mit ihren Äußerungen dort auslösen. Mehr noch: Ihre kalkulierten Dummheiten würden sich von selbst verbieten. Was für ein schwarzes Gähnen …

István Eörsi ist tot, den, sobald er im Verlag auftauchte, N. immer nur «kleines, dickes István» nannte.

Donnerstag, 14. Oktober 2010 – Zehnuhrsechsundfünfzig, vierkommazwei. Ein Schleier über dem Himmel. Oder: unter dem Himmel?

Oft stelle ich mir die Erde als ein Lebewesen vor. Nicht als Gaia, sondern eher als ein großes, ruhendes Tier. Wenn ich den Spaten in die Erde steche, wundere ich mich, dass das Tier nicht wenigstens zuckt. Warum schreit die Rose nicht, wenn ich sie abschneide?

Gesine Lötzsch, Bundesvorsitzende der «Linken», hat die Verantwortlichen für die schlechten Umfragewerte ihrer Partei gefunden – es sind die Medien: «Es sollte

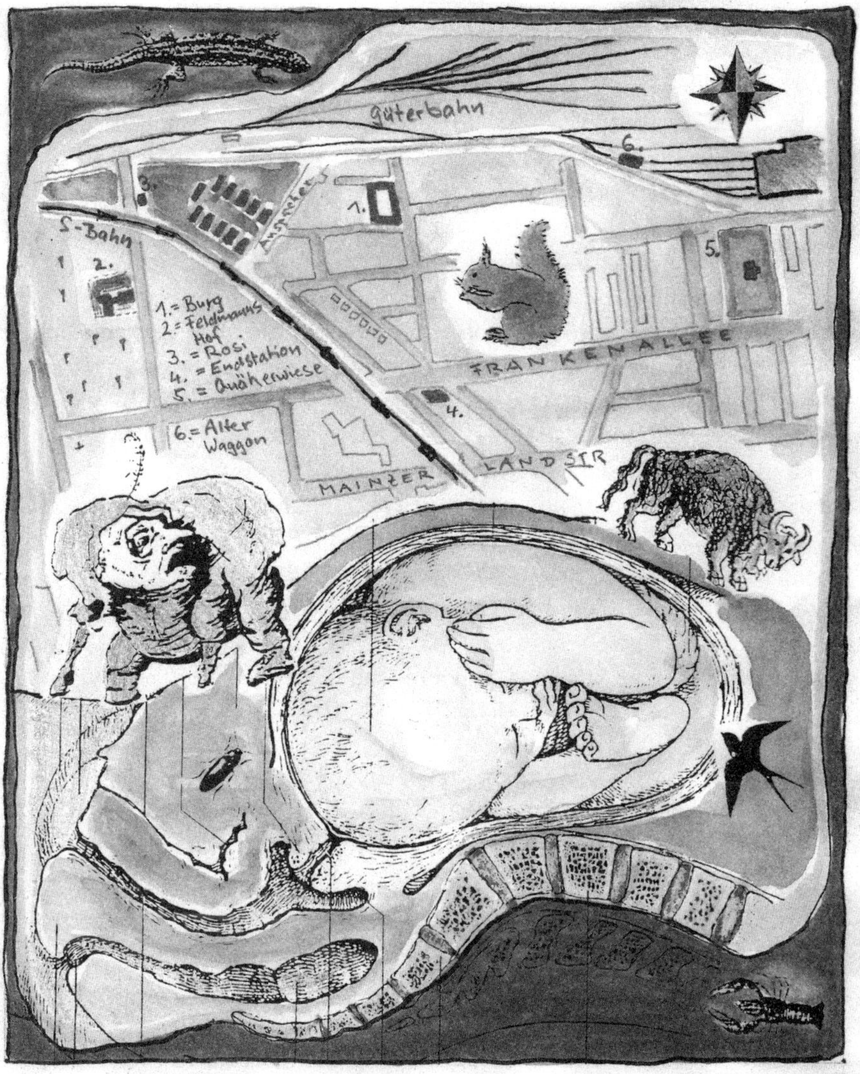

darüber nachgedacht werden, Parteien entsprechend ihrer Wählerbasis in den Medien gewichtet darzustellen.» Es sollte darüber nachgedacht werden, dieser Dame mal den Puls zu fühlen.

Niemand tot?

Freitag, 15. Oktober 2010 – Neunuhrzehn, elfkommadrei. Grau. Nachts unterwegs in Frankreich.

Was ich gar nicht mag: Unangemeldete Besuche. Das Läuten des Telefons. Kumpanei.

Im Erdgeschoss des Eckhauses, das jahrzehntelang einen Sex-Shop beherbergte, hat sich jetzt die Verkaufsstelle einer Bäckerei etabliert. Plakate an den Schaufenstern verkünden das Sonderangebot dieser Tage: «Schneckenparade». Der Genius loci wirkt weiter.

«Kinderschänder» – das Wort ist in den Sprachgebrauch eingegangen als handele es sich um eine Berufsbezeichnung. In Belgien ist jetzt der Rechtsanwalt Victor H. zu einer Gefängnisstrafe verurteilt worden, weil er im Besitz Tausender kinderpornographischer Bilder war. Victor H. galt als Symbolfigur im Kampf gegen Kindesmissbrauch. Er hatte vor Gericht die Eltern zweier Opfer von Marc Dutroux vertreten. Als die Vorwürfe gegen den Anwalt im vorigen Jahr bekannt geworden waren, hatte sein Sohn ihn mit einem Messer angegriffen und dabei schwer verletzt.

Der Wunsch ist noch flüchtig, meldet sich aber deutlicher: aus der Geisterbahn ein Buch zu machen. Dabei weiß ich gar nicht, ob es im Verlag jemanden gibt, der mein Jahrmarktsgefährt auch nur gelegentlich besteigt.

Tot ist P. C. Ettighofer, dessen «Gespenster am Toten Mann» ich mir jetzt endlich bestellen werde. Er hat seit Kriegsende in Niederkastenholz gelebt, einem Stadtteil von Euskirchen, wo eine Straße nach ihm benannt ist.

Samstag, 16. Oktober 2010 – Sechsuhrzweiundfünfzig, sechskommazwei. Dunkel. Regen. Gestern Mittag kam mit der Post Lancelot von Nasos «Waffenstillstand», den ich mir sofort ansah. Schon nach den ersten Minuten war ich froh, dass er auch die «Braut» verfilmen wird. Der Look, das Tempo, die Bilder – wenn es in diese Richtung ginge …

Später der Anruf einer Frau, die im Auftrag der Produktionsfirma nach Schauplätzen sucht. Während sie mit mir spricht, steht sie vor dem alten Bahnhof von Oberrad. «Nee», sagt sie, «da muss ich wohl was anderes finden, die wollen ein Gebäude mit der Skyline im Hintergrund.» – Aber ohne dieses Haus gäbe es den Roman nicht, der Geist dieses Ortes war das Samenkorn für die gesamte Geschichte. Das kann man doch nicht beliebig austauschen, solche Entscheidungen zielen doch auf die Substanz …

Abends im «Atelier Frankfurt» in der Hohenstaufenstraße – eine Veranstaltung der «Grünen». «Reclaim your City» – Gott, ja. Man redet mit großer Geschmeidigkeit und, wie mir scheint, gezielt aneinander vorbei. Wie jedes Mal, wenn ich in Berührung mit Berufspolitikern komme, bemerke ich ein heftiges, gegenseitiges Fremdeln. Statt sich auszutauschen, wird deklamiert. So schon vor Jahren, als ich Gregor Gysi bei einer Talkshow in Dresden begegnete. Ist seitdem nicht besser geworden, egal, wer mir gegenüberstand.

Später noch ein versonnener Augenblick, als ich allein, mit einem Glas Rotwein in der Hand, hinter dem Haus in der Dunkelheit neben diesem halbverfallenen Schuppen stehe und über die Großbaustelle auf das Messegelände schaue.

Heute vor vierundsechzig Jahren wurden in Nürnberg zehn der Hauptkriegsverbrecher gehängt. Ihre Leichname wurden im Krematorium des Münchner Ostfriedhofs verbrannt, die Asche in den Conwentzbach gestreut, einen Seitenarm der Isar.

Mittwoch, 20. Oktober 2010 – Sechsuhrvierzig, nullkommazwei. Dunkel. Wach seit kurz vor halb vier.

Aus einer Mail von Götz: «Thomas Hettche führte ein Gespräch mit dem Verleger Ernst Jüngers, Michael Klett, und berichtet darüber in der FAZ. Klett erzählt davon, dass Ernst Jüngers Hemd immer dann blutig war, wenn etwas Schlimmes geschah. ‹Er trug stets eine Nadel unter dem Revers und wenn eine Schmerzwallung in ihm hochkam, hat er sich diese Nadel in den Unterarm gestochen, durch das Jackett hindurch, um sich vom psychischen Schmerz durch einen physischen abzulenken.› Da war Ernst Jünger seiner Zeit weit voraus. Heute ist diese Art der Schmerzzufügung zu einem Volkssport geworden.»

Samstag in der Schirn. Wie keck Courbet war, wie modern, wie entscheidend er Cézanne, Manet, aber auch Gaugin vorbereitet hat – man kann es nur an den Originalen ablesen. Vor zwanzig Jahren haben mich die Porträts am stärksten beeindruckt, jetzt sind es die Winterbilder, die Strandbilder, die Wellen ... Eine kleine Sensation: das «Selbstbildnis als Pfeife». Ein paar der Hauptwerke fehlen: das große Atelierbild, das «Begräbnis von Ornans», der immer wieder skandalöse «Ursprung der Welt». Dafür sind ein paar Scheußlichkeiten zu sehen.

Eben, in Jüngers Tagebuch, stoße ich unter dem Datum vom 3. Juli 1987 auf eine ausführliche Notiz zu Courbet.

Franz Tumler ist tot.

Donnerstag, 21. Oktober 2010 – Elfuhrzwei, siebenkommanull. Blau und weiß. Gegen fünf Uhr aufgewacht und sofort nachgerechnet, wie viele Stunden es waren. Siebeneinhalb – geht in Ordnung.

Dass man als Souverän zeitlebens andere gegen sich aufbringt, versteht sich. Dass man solche dann nicht geringschätzen darf, sollte sich ebenso verstehen. Dieses gehört zu jenem.

Tot sind Kerouac und Truffaut.

Freitag, 22. Oktober 2010 – Neunuhrsiebenundzwanzig, fünfkommadrei. Aber um sechs, als ich aufgewacht bin, zum ersten Mal unter null. Beim Blick aus dem Fenster: Das Morgenrot setzt den Himmel in Brand.

Aus Florida wird berichtet, dass ein großer Barrakuda aus dem Wasser gesprungen sei und eine Kajakfahrerin durch einen Biss in die Brust schwer verletzt habe.

Gestern Lesung in der «Avetorstubb», einer Tagesstätte für Wohnsitzlose in einem der klassizistischen Häuser am Affentorplatz. Was für ein Wärmestrom von einem solchen Ort ausgeht …

Die Schreibweise «Avetorstubb» verweist auf die Etymologie, denn das mittelalterliche Stadttor hatte nichts mit Affen zu tun. Möglicherweise rührt der Name daher, dass Karl der Große hier auf seiner Flucht vor den Sachsen das Ave Maria angestimmt hat.

M.: «Du gönnst dir doch wirklich nicht viel.» – Aber: Was versage ich mir denn?

Auf die Liste: Alfred Kantorowitz und Richard Scheringer.

Tot ist Lino Ventura.

Sonntag, 24. Oktober 2010 – Fünfzehnuhrnull, zehnkommazwei. Der Himmel blau mit Cumuli in allen Abstufungen von watteweiß bis stahlgrau. Ein schöner Sonntagmittag. Wie schon gestern, auch heute kurz auf dem Olmo unterwegs. In den Parks und auf den Spazierwegen immer wieder einzelne, in sich gekehrte Männer oder Frauen. Man sieht ihnen auf Anhieb an, dass sie Verlassene sind.

Mit Ansage: «Scharen von Obdachlosen und Armut überall: Sozialexperten fürchten eine dramatische Veränderung der britischen Gesellschaft. Grund ist die radikale Sparpolitik der Regierung. Allein in London könnten 200 000 Menschen auf der Straße landen.» («Spiegel online»)

In einem 1995 für die «Süddeutsche Zeitung» geführten Gespräch mit Elisabeth Endres begründet Stephan Hermlin seine Wertschätzung für Ernst Jünger damit, dass der es als deutscher Offizier im besetzten Paris abgelehnt habe, «einem bestimmten Mann die Hand zu geben. Dieser Mann war ein Monster. Er war ein französischer Schriftsteller namens Céline».

Drei Hauptwörter für die nächsten Jahre: Partisan. Unterholz. Wagenburg.

Hermann Langbein ist seit fünfzehn Jahren tot.

Mittwoch, 27. Oktober 2010 – Zehnuhrsechsundzwanzig, siebenkommaacht. Der Himmel grau. Der Mann verschnupft. Gestern neuer Besucherrekord in der Geisterbahn.

Ein wenig beschämend: In Hamm, nach der Lesung im Keller von «Pohls Mühle», höre ich zum ersten Mal von der Schlacht bei Pelkum im März 1920.

Später bringt mich eine schüchterne, erschreckend dünne Hotelangestellte vom Hauptgebäude der «Alten Mark» ins Gästehaus. Wir passieren die Pankratiuskirche. «Die ist aber sicher alt», sage ich, um etwas zu sagen. – «Sehr alt», sagt das Mädchen. «Bestimmt achtzehnhundert oder neunzehnhundert.» Am nächsten Morgen erfahre ich, dass die ältesten Teile bereits um das Jahr 1100 erbaut wurden.

Eine neue Geste, ist sie erst mal in Mode, hat sich auch bald bis zum Überdruss verbraucht. So, wenn jemand in Schulterhöhe mit den Zeige- und Mittelfingern beider Hände synchron die «Anführungszeichen» simuliert. Sagt derjenige dann noch: «in Tüttelchen», bin ich innerlich kurz davor …

Der bislang klügste und lässigste Kommentar zur sogenannten Integrationsdebatte ist das Gespräch mit Feridun im «Spiegel»: Mit ein paar Sätzen löst er den faulen Zauber, zeigt, wie man – ohne zu beschönigen – entspannt in der Welt sein kann, und blamiert nebenbei Sarrazin und dessen Adepten.

Gestern Abend erschöpft aus Rodenbach zurück. Ein Glas Jolimont auf den Tisch gestellt, auf die Couch gesunken und den Fernseher eingeschaltet. Das Wort «Absacker» war selten wörtlicher zu nehmen. Eine Dokumentation über Johnny Cash. Fast unglaublich, wie haltlos dieser Mann war. Und zugleich: wie produktiv. Aber gerade seine Haltlosigkeit weckt das Interesse. Jedenfalls bei mir, der ich gerade Jüngers vierten Band von «Siebzig verweht» gelesen habe. Dort ist alles Haltung. Und Haltung alles. Und das ist dann vielleicht doch zu wenig.

Todestag von Ernst Wimmer: «Wären wir außerstande zu ertragen, was wir unerträglich nennen, hätten wir eine andere Geschichte.»

Freitag, 29. Oktober 2010 – Zehnuhrzweiundfünfzig, sechskommavier. Gleich nach dem Aufwachen ein wenig in der Insel-Auswahl aus Harry Graf Kesslers Tagebüchern geblättert. O Gott, ich fürchte, es wird mich süchtig machen. Das heißt, ich werde wohl doch die Gesamtausgabe brauchen – aber neuntausend Seiten in neun Bänden, jeder Band um sechzig Euro …

Dienstag: Komme am Abend in Niederrodenbach an und parke den Wagen in der Nähe der Kirche. Schon beim Aussteigen höre ich aus der Dunkelheit ein leises Geräusch, das mich, weil ich seine Ursache nicht kenne, sofort beunruhigt: ein Schaben, Schnauben, Kratzen, Fiepen – ganz unregelmäßig. Es scheint vom Kirchhof zu kommen. Als ich nach zwei Stunden dieselbe Stelle passiere, habe ich das Geräusch und meine Irritation vergessen. Aber da ist es wieder. Und wieder reagiert mein Herz. Ein Igel? Ein Igelpaar?

Ur-Sache – ein schönes Wort. Schön ungenau.

Mittwoch: Unterwegs durch den herbstlichen Hunsrück. Schon fast an der Mosel, in einem Tal nahe dem Ort Naurath, das «Landhaus St. Urban». Das preiswerteste Menü kostet über hundert Euro. Dann Trier. Lesung im siebten Stock der «Krankenanstalt Mutterhaus der Borromäerinnen». Im Publikum zwei Schwestern in Ordenstracht – mit Gesichtern, so wach und freundlich, dass man die Augen bis ans Ende seiner Tage darauf ausruhen möchte. Anschließend in den «Handelshof»; selten ein so schäbiges Hotelzimmer bewohnt. Dabei stört mich weniger, dass es kärglich ausgestattet ist (kein Telefon, keine Minibar, am schlimmsten: keine Leselampe neben dem Bett), sondern die Gedanken- und Geschmacklosigkeit, mit der man es eingerichtet hat. Was bleibt mir, als mich aufs Bett zu legen und fernzusehen: «Hart aber fair». Es geht um den Adel. Jutta Ditfurth, mit der ich bange, schlägt sich wacker. Aber unsereins kann bei solch einem Spiel nichts gewinnen; das hätte sie wissen müssen. Ich denke wirklich: unsereins. Das alles keine zweihundert Meter Luftlinie von Karl Marx' Geburtshaus entfernt.

Tot ist Albert Dulk.

Montag, 1. November 2010 – Elfuhrvier, zwölfkommavier. Grau. Ein Bild im Halbschlaf: Auf einer Wiese außerhalb der Stadt eine riesige, fensterlose Halle. Neben der Tür ein Schild: «Hier ist alles erlaubt.» Männer und Frauen streben dem Eingang zu. Was tun sie in dem Gebäude? Kopulieren sie? Bringen sie einander um? Ist die Halle ein Swinger-Club oder ein Konzentrationslager? Dass ich rechtzeitig aufwache, bewahrt mich vor einer Antwort.

Gestern ein kleiner, hübscher Ritt durch den sonnigen Herbst. Und geradezu kindlich-kindisch freuen wir uns über Jörgs sündhaft teures, aber gut verarbeitetes Rapha-Trikot mit seinen raffinierten Details. «So schnöselt man sich durchs Leben.»

Immer wieder bezeichnet Gremliza die Bildzeitung als «das größte Drecksblatt der Welt». Aber die Wirkung wird durch häufige Wiederholung nicht stärker, sondern schwächer. Es scheint, als sei die Rechtmäßigkeit dieser Formulierung teuer erstritten und solle sich nun rentieren.

Ezra Pound ist tot.

Dienstag, 2. November 2010 – Fünfzehnuhrsiebenundfünfzig, elfkommasieben Grad. Ungemütlich. Abends in Franz Kellers «Adlerwirtschaft» in Hattenheim. Der Kellner mag uns gar nicht, reagiert zunehmend ungeduldig und ruft schließlich sogar den Maître zu Hilfe. Margarete zitiert einen Satz Else Lasker-Schülers – «Liebe ist der holde Baum der Weihnacht» –, den ihr, wie sie sagt, niemand erklären könne. Wir sind dazu ebenfalls außerstande, kommen aber nach langem Grübeln zu dem Ergebnis, dass die Dichterin womöglich betrunken war. Und erfinden, befeuert vom roten Hermitage, ähnliche Sätze: «Tränen sind der Champagner der Sehnsucht» etc.

Das öffentlich geführte Tagebuch ist eine Lüge. Es ködert die Leser mit der Erwartung, Intimes, wenigstens Privates zu erfahren. Aber jeder niedergeschriebene Satz ist eine Verstellung. Eine Verstellung, die vielleicht auf Annäherung, gar auf die Wahrheit aus ist. Aber die Wahrheit ist nie privat. Dass ich die Geisterbahn einen Roman nenne, ist keinesfalls der Versuch, das Journal zu nobilitieren – eher im Gegenteil. Das Tagebuch als letzte Möglichkeit des Romans.

Vor den jetzt veröffentlichten Raddatz-Tagebüchern schaudere ich doch erheblich zurück – allein aufgrund der in den Zeitungen veröffentlichten Zitate.

Figur: die nächtliche Besucherin.

Pasolini ist tot.

Mittwoch, 3. November 2010 – Achtuhrzwei, zehnkommaneun. Grau, ein wenig Wind. Die Wiese mit Blättern bedeckt. Hugo hat seinen zweiten Geburtstag.

Jüngers Tagebuchaufzeichnungen – soweit veröffentlicht – enden am 15. Dezember 1995. Noch der letzte Satz ist Pose: «Die Handschrift ist noch präsentabel – ‹ein alter Krieger zittert nicht›.» Auch nach annähernd viertausend Seiten: Das Unbehagen, die Vorbehalte bleiben. Er war ein Wegbereiter; es gibt allzu viele Sätze, die man ihm nicht verzeihen mag. Es wäre besser gewesen, er selbst hätte sie sich nicht verziehen. Stattdessen laviert er bis zuletzt. Ein verstellter Mann, noch mit über hundert

Jahren. Fremd bleibt er auch deshalb, weil ihm jeder Sinn für Musik und bildende Kunst abgeht. Alle Bemerkungen hierzu bleiben der Strukturanalyse oder dem Anekdotischen verhaftet. Dass ich dennoch auf ihn zurückkommen werde, ist abzusehen. Andere haben andere Lücken.

Am Morgen mit der Lektüre von Brigitte Reimanns Tagebüchern begonnen. Erster Eindruck: munter, flatterhaft, verplappert.

Todestag von Léon Bloy, auf den sich Jünger immer wieder bezieht.

Freitag, 5. November 2010 – Dreizehnuhrzweiunddreißig, vierzehnkommaacht. Der Himmel: graues Frottee. Vorgestern im ICE nach Hamburg. Wieder im schönsten Hotel zwischen Lappland und Apulien untergebracht, dem «Wedina» in der Gurlittstraße. Wieder die dreistöckige Suite Nummer 322. Hier mag man überall hinschauen, alles klar, funktional, schön – vielleicht ein Ort für den nächsten Marthaler. An der Rezeption steht Val McDermid.

Ein wenig durch St. Georg undsoweiter. Altes Terrain aus unglücklichen Tagen. Mit dem Shuttle zur Kulturfabrik «Kampnagel», wo ich das letzte Mal vor vielen Jahren war, als ich für «Konkret» die Reportage über die vierundzwanzigstündige Ulysses-Lesung schrieb. Jetzt schon beim Reinkommen: Wolfgang Schorlau, dem ich schnell meinen Namen ins Ohr flüstere, damit er mich wieder erkennt. Dreifach freundlicher Geleitschutz des Verlages. Und Isolde ist da. Dann Lesung, von Volker Albers moderiert. Das Publikum ein wenig müde, vielleicht aber auch einfach hanseatisch. Zu viel Wein. Gegen Mitternacht ins Taxi; ein munterer Afghane aus Kabul bringt mich ins Hotel. «Nee, nee, ich bin kein Türke.»

Am nächsten Morgen: Weckruf um acht. Stein auf den schweren Schädel. Als ich beim Frühstück das erste Mal die Augen von der Kaffeetasse hebe: Ursula Krechel. Kurzer, befangener Smalltalk. Als ich sie das zweite Mal hebe: Elke Schmitter, die mich aber nicht erkennt oder nicht mehr erkennen will. Flüstere ihr nichts ins Ohr. Wieder Val McDermid, breit, sehr «skottisch» in Schlabberhose und Schlabbersweatshirt. Erzählt, dass sie gleich weiterfährt nach Olpe, wo sie im «Kochs» untergebracht sei.

Piwitt taucht auf, und als wir gemeinsam auf die Straße treten, steht dort Luc Jochimsem. «Hat mich mal interviewt», sagt Piwitt, «erkennt mich aber nicht wieder. Oder will mich nicht mehr erkennen.» Auch ihr wird nichts ins Ohr geflüstert. Stattdessen wackeln wir zu «Balzacs Coffee» in die Lange Reihe, plaudern alle und alles durch, dann Bahnhof. Piwitt will nach Lübeck, wo ein Freund seinen Film über Jimi Hendrix auf Fehmarn zeigt.

Im Zug: «Matthias!» Der wendet sich um und sieht: Eldad. Die Rückfahrt ist gerettet. Zumal der Grundgute auch noch seine beiden Müsliriegel mit mir teilt. «Christlich», wie man sagt: Ich bekomme anderthalb, er einen halben Riegel.

Horowitz ist tot.

Sonntag, 7. November 2010 – Siebenuhrvier, achtkommasieben. Nieselt. Dämmert. Wolken. Wach seit vier. Am Freitagnachmittag fährt Lothar in dem kleinen roten Fiat vor. Kommt rein, schaut sich um, schaut raus in den Garten und sagt: «Hier könnte ich nicht leben.» Wieder in die Pfalz, diesmal nach Freinsheim. Vor dem Hotel stehen bereits Kathrin und Miro; wir gehen rüber in die Zehntscheune des Von-Busch-Hofs. Soundcheck (klingt immer noch so angeberhaft breit dieses Wort). Im Turmzimmer ein Kürbissüppchen, aber ich könnte ein halbes Wildschwein ... Lesung: Miro in Hochform; das Publikum begeistert. Lothar lässt uns auf der Bühne schön ins Plaudern kommen. Signieren. Später setzt Miro sich an den Flügel und singt: Rio Reiser. Witze. Kathrin schenkt mir gottlob den Rest ihres Kalbsbratens. Sie erzählt von dem großen Porträt-Film, den sie dreht: über den verunglückten Gitarristen des Quadro Nuevo. Wir sitzen lange.

Reimann, als noch sehr junge Autorin, zitiert einen Kollegen: «Ich möchte an keinem anderen Beruf zugrunde gehen.»

Tot sind die fünf- bis siebentausend Passagiere des sowjetischen Hospitalschiffs Armanija, das am 7. November 1941 von einer deutschen Heinkel auf dem Schwarzen Meer bombardiert und versenkt wurde.

Montag, 8. November 2010 – Fünfzehnuhrsechsundvierzig, siebenkommavier. Oben blau, darunter paar leuchtende Wolken. Morgen beginnen die Dreharbeiten zur «Braut im Schnee».

Seltsam hilf- und ahnungsloser Text von Martin Walser über Ernst Jünger in der «Süddeutschen». Exkulpierend, versteht sich.

In derselben Ausgabe von Helmut Böttiger eine überfällige Polemik gegen den Fetisch des «großen Lesepublikums», dem von der Literaturkritik derweil fast ausnahmslos gehuldigt wird. Und – nebenbei – auch gegen Tellkamps «Turm»: «Er ist wie eine etwas verschmierte, gräuliche Kopie von Thomas Mann, aber ohne Ironie. Dass es in Deutschland, vom ausgelöschten jüdischen Bildungsbürgertum einmal abgesehen, nie eine entsprechend liberale, aufgeklärte Schicht gab, holt uns jetzt als Farce hinterrücks ein.» – Dazu noch ein wunderbares Proust-Zitat, nach dessen Herkunft ich jetzt wahrscheinlich tagelang suchen werde … Aber nein, hier ist es ja schon, ich hatte die Zeilen dick unterstrichen: «Ich versicherte mich dieser Tatsache gerade durch den trügerischen Charakter der angeblich realistischen Kunst, die nicht so verlogen wäre, wenn wir nicht im Leben die Gewohnheit angenommen hätten, dem, was wir fühlen, einen Ausdruck zu geben, der sich zwar gewaltig davon entfernt, den wir aber nach kurzer Zeit für die Wirklichkeit halten». (Auf der Suche nach der verlorenen Zeit, Band 7 der alten Taschenbuchausgabe: Die wiedergefundene Zeit, S. 277)

Brigitte Reimann berichtet in ihrem Tagebuch, wie die Stasi sich an sie und ihre Kollegen herangemacht hat. Es gruselt einen noch immer. Was für ein Pack! Und mit Vorliebe, so scheint es, haben sie die Besten drangsaliert, die Freien, Mutigen, Wachen, Klugen, die nichts so sehr wollten wie eine Gesellschaft, in der «die freie Entwicklung eines jeden Bedingung ist für die freie Entwicklung aller.» Wahrscheinlich hätten die sogar Rosa Luxemburg nach Bautzen verfrachtet.

Apropos Luxemburg: Am 8. November 1985 starb im Alter von sechsundachtzig Jahren der luxemburgische Rennradprofi Nicolas Frantz – Sieger der Tour de France in den Jahren 1927 und 1928 und der einzige Fahrer, der das Gelbe Trikot bei einer Tour von der ersten bis zur letzten Etappe getragen hat.

Dienstag, 9. November 2010 – Neunuhrzweiundvierzig, sechskommaneun. Feucht. Wenn das Haus sehr dunkel ist, sind die Schatten weiß. Manchmal steht so ein weißer Schatten nachts im Flur und schaut durch die halb geöffnete Schlafzimmertür auf mein Bett. Manchmal sitzt er auch neben mir auf einem Stuhl. Ein Engel? Gewiss, aber weder schützend noch bedrohlich. Sondern einfach: anwesend.

Von Jörg der Hinweis auf ein neues Produkt, das dem Trend zur anonymen Bestattung zuwiderläuft: der sprechende Grabstein. Ein Chip mit Informationen über den

Verstorbenen (oder mit einer zu Lebzeiten aufgenommenen Nachricht) wird in den Grabstein eingelassen. Friedhofsbesucher empfangen, wenn sie in die Nähe kommen, ein Funksignal auf ihrem Smartphone und können die Informationen abrufen. – Wieder ein Grund, kein Mobiltelefon zu kaufen. Denn das Gewisper aus dem Totenreich ist sowieso bei keinem Gang über den Friedhof zu überhören.

Stieg Larsson ist tot.

Samstag, 13. November 2010 – Neunuhrsiebenundzwanzig, vierzehnkommavier. Draußen macht der Sturm weiter. Gestern Abend wieder vor «Kommissarin Lund» eingeschlafen. Liegt nicht an ihr. Aber wie mich die Reimann gefangen hat ... ich lese gerade die Tagebücher aus dem Jahr 62. Fast ein halbes Jahrhundert Abstand, und trotzdem kommt es mir vor, als ginge mich das mehr an als das meiste, was hier und gerade geschieht.

Frage mich, ob es auch bei mir – wie ich es von Kollegen höre – etwas gibt, das ich eigentlich gern schreiben würde? Nein, mir fällt nichts ein als dies hier: Die Geisterbahn ist das Eigentliche. Der Kriminalroman ist die Wagenburg.

Sich öffentlich irren. Etwas behaupten, einfach so hinhauen, dann bereuen, revidieren, neu bedenken, wieder darauf zurückkommen, neuer Vorstoß, neuer Rückzug. Schön. Demokratisch. Ja, doch, ich liebe die Demokratie. Und jetzt noch mehr, da manche bereits davon reden, sie könne bald zu Ende gehen. Wie Piwitt letzte Woche in Hamburg, wie Sloterdijk am Montag im «Spiegel».

Dagegen Ernst Jünger, 1925: «Ich hasse die Demokratie wie die Pest.»

Vittorio de Sica ist tot.

Montag, 15. November 2010 – Sechsuhrdrei, zehnkommasechs. Warum sagt man eigentlich: stockdunkel? Gestern dieser – scheinbar stundenlange – Albtraum: Drei Männer kommen als Hilfesuchende ins Haus, dann halten sie mich gefangen, bedrängen, demütigen, bedrohen mich und beginnen schließlich, mich zu quälen. Noch schlafend weiß ich, dass ich nur entkommen kann, wenn es mir gelingt aufzuwachen.

Aufs Mountainbike und an den Main. Was für ein Tag, blau, warm, das Licht, die Blätter, die tollenden Hunde in den Feldern, die Raben, die sich gegen den Wind stemmen, der Weiher, die Schwäne, die Sonne auf den Handrücken, die Schatten, die Rufe der Ruderer, ein Drachen ... allein!

Abends zum Konzert in die Epiphaniaskirche, wo Charlotte im Chor singt: Ives, Mendelssohn Bartholdy, Brahms, Hindemith. Gleich am Eingang treffen wir Charlottes nette Eltern samt Atilla. Wir suchen unsere Plätze, finden sie nicht gleich, ein Musiker blafft mich an: «Hier stehen Instrumente, mein Herr!» Fünf, sechs Leute nicken mir zu. Gesichter, die ich kennen sollte, aber nicht zuordnen kann. Ich lächle, sage irgendwas Unverfängliches, fühle mich wie auf Glatteis, entziehe mich. Nach dem wunderschönen Psalm 115 suchen wir eilig das Weite. Nicht mehr sprechen müssen, bitte …

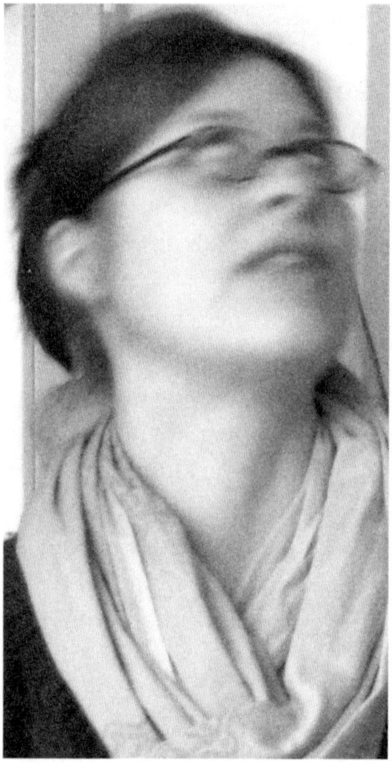

Das Weite suchen – schöner Ausdruck. Vielleicht ein altes Forsthaus, Landhaus, Bauernhaus, Schulhaus im Vogelsberg, Westerwald, Spessart, in der Pfalz, der Rhön, im Odenwald … ein Tagesritt bis zur Straße … kein Telefon, keine Mails …

Wie leicht man für ein wenig wunderlich, wenn nicht gar für verrückt gehalten wird. Und wie rasch darüber ein augenzwinkerndes Einverständnis hergestellt ist: «Na ja, ein Künstler halt.» Diese pausbäckige Rechtschaffenheit rundum. O ja, sie wissen, was normal ist. Ich offenbar nicht.

Nachdem ich zehn Minuten vor dem «Tatort» gesessen habe, ruft C. von der Küche herüber: «Was ist los? Du schimpfst ja gar nicht. Ist doch nicht etwa gut.»

Tot ist die schreckliche Myra Hindley.

Mittwoch, 17. November 2010 – Achtuhrachtundzwanzig, vierkommaacht. Suppenhimmel. Wie gut wir leben. Gestern Mittag mit dem kleinen Schwarzen in die Münchner Straße – neben dem Oeder Weg eine der buntesten, schönsten Straßen Frankfurts. Christian fährt mit seinem alten Peugeot-Rad vor. Ins «Merkez», zum besten Bulgur der Stadt.

Als ich nach Hause komme, liegt «Der kommende Aufstand» im Briefkasten. Mache mich sofort drüber her. Sehr fremd, sehr radikal. Auf Seite 21 der Satz: «Es wurde Zeit, dass das *Fick die Polizei!* das *Ja, Herr Wachtmeister!* ablöst.» Neugierig wie auf kaum eine andere Lektüre der letzten Jahre.

Die Schülerin K., fünfzehn Jahre alt, ist ein glückliches Mädchen – sportlich, musikalisch und hineingeboren in eine kultivierte, wohlhabende Familie. Ihr fehlt es, wie man sagt, an nichts. Die Welt steht ihr, wie man sagt, offen. Nun seien ihre schulischen Leistungen, sagen die Lehrer, so gut, dass man dringend rate, sie auf ein Eliteinternat zu schicken. Aber wem wäre damit gedient, dass man sie trennt von ihren Freundinnen, ihren Mitschülern, ihren Vereinen, ihren Eltern und Schwestern? Ihr? Der Welt? Was, wenn K. darüber krank und unglücklich würde? Und welchen Wahnsinn haben Pädagogen internalisiert, dass sie eine solche Empfehlung aussprechen?

Auch so ein Satz: «Wegen der toten Juden streue ich mir keine Asche mehr aufs Haupt.» Und, dein Großvater, auch beim SD gewesen?

Doch ein unglaublich guter Titel: «Erkundungen für die Präzisierung des Gefühls für einen Aufstand».

Rodin ist tot.

Freitag, 19. November 2010 – Elfuhrnullnull, achtkommadrei. Trüb. Ist es der graue Himmel, der nahende Winter? Oder woran liegt es, dass mir im Moment alles so verstellt, so falsch vorkommt: die Gesichter, die Schlagzeilen, der Ton der Journalisten, der Politiker, das Fernsehen sowieso, die zur Schau gestellten Gefühle, die Bilder, die Worte, die Mimik, die Gesten, die Fragen, die Antworten, das Land, unser Leben? Alles falsch. Es gibt unendlich viele Leute, ach was, es sind die allerallermeisten, die gar nichts wollen. Nichts, außer ein noch größeres Auto, noch länger Urlaub, noch mehr Geld, noch schönere Badezimmerfliesen, noch bessere Noten für die Kinder. Also: nichts! Erträglich wird es nur, wenn man selbst für das andere sorgt. Für die kleinen Glücksschübe: Die Auftritte mit Atilla und heute der Eintrag darüber in seinem Tagebuch. Als Jürgen und ich am Mittwoch wie Statler und Waldorf auf der Couch saßen und die Aufnahmen der alten Argerich-Konzerte schauten. Gestern das Frühstück mit Rolf-Bernhard und die kurze Arbeit am Drehbuch. Als Jörg am Nachmittag überraschend vor der Tür stand und von der Käseverkäuferin auf dem Markt in Ljubljana erzählte. Abends die Proben für das Liebesprogramm und schon vorher die sorgenden, wohlgesinnten Gesichter von Konrad, Judy, Robert. Das Aufwachen neben C. heute Morgen und dann die kranke P., die nach so langer Zeit einmal wieder zu uns ins Bett kroch. Die Vorfreude auf die Uraufführung heute Abend …

«Na, so wenig ist das doch gar nicht.» – Ja, stimmt. – «Also: hab dich mal nicht so!» – Ich wollte es nur gesagt haben. – «Ach so!»

O Gott, und heute ist auch noch Franz Schubert tot.

Sonntag, 21. November 2010 – Siebenuhrdreißig, vierkommaeins. Dämmert. Wach seit fünf. C. im Flugzeug nach Berlin.

Fast eineinhalb Jahre haben wir darauf hingearbeitet, haben Musikstücke ausgewählt, die passenden Texte gesucht, haben gefummelt, umgestoßen und wieder neu gebaut. Dann geprobt, geprobt, geprobt. Alles läuft auf diesen einen Abend zu. Da steht man dann rum, ein paar Freunde sind da, ein paar fremde Gesichter, neunzig, hundert Leute, lächelnd, skeptisch, wohlgesinnt, man redet noch ein bisschen, tut so, als gäbe es noch was zu klären, kriegt aber eigentlich nichts mehr mit, alles neblig – Gemurmel, die Lampen, Gläserklirren, jemand lacht zu laut – ah, das war man wohl selbst.

Dann Stille. Die Instrumente werden gestimmt. Das Mikrofon eingeschaltet. Letztes Raunen, letztes Hüsteln. Wir im Licht. Das Publikum im Halbdunkel: die schwarze Bestie. Man ist konzentriert, hellwach und schwebt eine Handbreit über dem Boden, wie im Rausch, besoffen vor Anspannung. Es kommt über einen wie eine Welle. Man versucht, die Bestie an den Haken zu kriegen, versucht, den Leuten ein Leuchten in die Augen zu zaubern, ihnen ein paar Tränen abzuringen. Zwei Stunden lang spuckt man Feuer und hofft, dass ein Funke überspringt. Am Ende: Applaus, Zugabe, Applaus. Dann ist man Asche.

Dann wieder lächeln, bisschen reden, Schulterklopfen, anstoßen. Man deutet die Blicke, den Tonfall, schaut so aus dem Augenwinkel, wirft sich ein bisschen in die Brust, duckt sich ein bisschen weg. – Schön, dass ihr da wart. – Schön war's. – War's das? – Man weiß ja, wo es gut ging und wo man gepatzt hat. Man ist aufs Ganze gegangen, und plötzlich ist es gar nicht so wichtig, ob man's erreicht hat. Aber wollen muss man es schon, jedes Mal, das Ganze, oder? Am besten nicht drüber reden! Oder doch: Warum tut man das alles? Warum wird man es immer wieder tun? Vielleicht deshalb. – Und weil Charlotte sonst nie diesen hübschen Satz gelächelt hätte: «Ich glaube, ich bin ganz schön abgeklärt.»

Tot sind Henry Purcell, Angelo Soliman, Johannes Bückler (der Schinderhannes), Heinrich von Kleist und Henriette Vogel.

Montag, 22. November 2010 – Fünfzehnuhrfünfunddreißig, vierkommasieben. Nasser Dunst. Auf der Rückfahrt kurzer Stopp an der Eder bei Grifte. Genau hier bin ich vor über dreißig Jahren an einem sonnigen Vormittag mit Axel in sein Kanu gestiegen. Wir hatten während der Abiturarbeiten die Schule geschwänzt und kamen uns nun, über den schmalen Flusslauf paddelnd, vor wie Huckleberry Finn und Tom Sawyer auf dem Mississippi. Für eine Ameise ist der Strand die Wüste. Jetzt ein kalter, grauer, schmutziger Morgen. Blick über das neblige Tal. Die großen stählernen Maste der Überlandleitungen überragen alles. Wie riesige Harpunen, die im Rücken eines Buckelwals stecken. Unten im Feld lagern Schwäne. Wie zauberhaft diese Landschaft ist. Und wie versehrt. Kommt mir vor, als sei ich langsam reif für Stifters «Nachsommer».

Gestern Nachmittag sind im niedersächsischen Bodenfelde an einem Bachlauf nur wenige Meter voneinander entfernt die Leichen eines dreizehnjährigen Jungen und eines vierzehnjährigen Mädchens gefunden worden. Rasch wird bekannt, dass es sich um ein Gewaltverbrechen handelt. Beide Opfer seien, wie es heißt, grausam zugerichtet gewesen. Heute Mittag *Livestream* der Pressekonferenz. Hinter den beiden Vertretern von Polizei und Staatsanwaltschaft sitzt ein Wachtmeister und nestelt minutenlang hochkonzentriert an seiner Krawattennadel.

Todestag von Jack London.

Dienstag, 23. November 2010 – Neunuhrachtunddreißig, fünfkommaacht. Unruhige Nacht. Vom Kritiker Tobias Gohlis um ein paar meiner Maximen gebeten, schlage ich diese beiden vor:

1. Never explain, never complain.

2. Man muss nicht nackt über die Straße laufen, man muss dem König widersprechen!

Subjektivismus – wahrscheinlich einer der idiotischsten Vorwürfe, die man der Kunst machen konnte. Rembrandt hat das meiste über die Welt erfahren, indem er sich unentwegt selbst porträtierte.

Zwölfuhrzweiundzwanzig: Gerade kommt von Stefan eine Mail mit dem Link auf einen Artikel in der heutigen «taz», der nahelegt, es handle sich bei dem «Aufstand» um ein rechtes Manifest in der Nachfolge von Carl Schmitt und Martin Heidegger.

Auch möglich. Damit wäre immerhin erklärt, warum die deutschen Feuilletons ins Ventilieren geraten sind.

Am 23. November 1944 wurde die Rüstungsarbeiterin Erna Wazinski in Braunschweig als «Volksschädling» hingerichtet. Adam Seide hat einen Roman über den Fall geschrieben.

Donnerstag, 25. November 2010 – Zehnuhrsiebenundfünfzig, fünfkommanull. Soll bald schneien. Geht jetzt seit März so: lesen, lesen, lesen – Sonntag in Nordhessen, gestern Groß-Umstadt, heute Friedrichsdorf, morgen Neu-Anspach, dann Karben, Kronberg, Hünfeld …

Das Außergewöhnliche dieses Doppelmordes besteht in den Umständen: Den bisherigen Ermittlungen zufolge hat der 26-jährige Jan O. aus Uslar am Montag vergangener Woche die 14-jährige Nina in ein Wäldchen hinter dem Friedhof von Bodenfelde gelockt und sie dort getötet, indem er sie würgte und auf sie einstach – einfach so; die beiden kannten einander nicht. Am Samstag derselben Woche hat er gegen 19.15 Uhr auf einem Parkplatz am Bodenfelder Bahnhof eine Jugendliche angesprochen und dieser seine Handynummer gegeben. Keine drei Stunden später lockte er den 13-jährigen Tobias in dasselbe Wäldchen und tötete ihn auf die gleiche Weise wie fünf Tage zuvor das Mädchen, dessen Leiche zu diesem Zeitpunkt nur ein paar Meter entfernt auf dem Boden lag. Auch die zweite Tat geschah: einfach so. Tobias stand ebenfalls in keinerlei Beziehung zu seinem Mörder. Beide Opfer sind teilweise entkleidet gewesen, aber nicht sexuell missbraucht worden.

Heute nun meldet die «Hannoversche Allgemeine Zeitung», Jan O. habe am 17. November folgenden Eintrag auf «Facebook» veröffentlicht: «Gestern Mädchen geschlachtet. Jeden Tag eins bis mich erwischen.» Unter den Ermittlern kursiert die Theorie, dass der Täter möglicherweise Tobias aufgrund seiner Langhaarfrisur für ein Mädchen gehalten haben könne.

«Stern.de» über die Vorlieben der Fernsehzuschauer: «Die Deutschen mögen's blutig.»

Werbeslogan eines deutschen Energieanbieters: «Da lacht das Gas.»

Das ist ja wohl ein Paukenschlag: Der gute Arning wird Sprecher und Grundsatzreferent von Oberbürgermeisterin Petra Roth. Und ohne vorher zu fragen, ob er das darf.

Am 25. November 1970 schnitt sich Mishima den Bauch auf.

Freitag, 26. November 2010 – Zehnuhrvierzig, zweikommaacht. Es schneit. Manchmal, wenn ich mal wieder zugeben muss, kein Mobiltelefon zu besitzen, merke ich am langen Schweigen meines Gegenübers, dass dieser sich fragt, ob ich womöglich noch deutlich größere Defekte habe.

Gespräch einer öffentlichen Bibliotheksleiterin (B) mit dem Autor (A)

B: Schön, dass Sie da sind.

A: Danke für die Einladung.

B: Wir machen nur noch Krimi-Lesungen.

A: Wie bitte?

B: Wir laden nur noch Krimi-Autoren ein, da wissen wir wenigstens, dass der Laden voll wird.

A: Das finde ich aber nicht richtig.

B: Wieso denn das nicht? Sie sind doch selbst …

A: Sie haben schließlich einen Auftrag.

B: ???

A: Sie müssten doch die avancierte Literatur fördern und nicht das bedienen, was die Leute sowieso gern lesen.

B: Bei Literatur kommt aber keiner.

A: Aber muss man mit öffentlichen Geldern unterstützen, was sich von selbst verkauft?

B: Aber wir unterstützen Sie doch gar nicht, wir verdienen ja noch dran. Außerdem werden auch wir an Zahlen gemessen: Besucherzahlen, Ausleihzahlen …

A: Dann machen Sie wenigstens eine Mischkalkulation: ein Krimiautor, dann wieder zwei Lyriker. Sie müssen sich für Ihre Leidenschaften engagieren, nur so stecken Sie die Leser an!

B: Aber bei Lyrik kommt keiner. Wir können die Leute doch nicht zwingen. Im Übrigen lese ich selbst am liebsten Krimis.

Ach so. Na dann.

Ulla schickt das kleine Video von Harald Ortlieb, das filmisch wirklich gelungen ist. Aber ich: zu fett, zu lachbereit, zu blöde ironisch. Ach was, zur Hölle! Man soll gar nicht erst anfangen, sein Außenbild zu kontrollieren. Besser: einfach weitermachen. Es relativiert sich schon, es korrigiert sich schon. Sich nicht so wichtig nehmen! Weitermachen!

Brigitte Reimann am 2. Mai 1966 über die DDR: «Diese feigen Idioten … Ein widerliches Land.»

Am 26. November 2004 sprengte sich der Attentäter Johann Lang mit einer selbstgebastelten Bombe auf einer Wiese im niederbayerischen Auretzdorf in die Luft.

Samstag, 27. November 2010 – Achtuhrfünf, minus nullkommaacht. Alles weiß. Aufgewacht um fünf – nach knapp fünf Stunden Schlaf. Weiter in der Reimann.

Magenkrämpfe. Die Nerven in den Mundwinkeln und den Armbeugen zucken. Alles nur Erschöpfung. Muss aber heute schon am Mittag wieder ran ... Na und, was beschwerst du dich? ... Selbst schuld. – Immerhin ist mir gestern am Nachmittag nach langer Zeit mal wieder eine kleine Federzeichnung halbwegs gelungen: ein böser, zerzauster Engel.

Gegen Abend fahren Judy und Robert vor. Ich quetsche mich auf die Rückbank, bin froh, einmal nicht selbst fahren zu müssen, zumal bei Schnee und Dunkelheit. Robert wirkt nicht eben begeistert, dass er noch eine Abendschicht absolvieren muss, beklagt sich aber nicht, sondern bleibt charmant wie immer. Im Schneetreiben die steile Saalburgchaussee hinauf. J. sagt, sie habe nur freundliche Stimmen zu unserem Liebesprogramm gehört. Und auf meine Erwiderung, dass es an einigen Stellen aber noch ziemlich gehakt habe: «Das gehört dazu. Das ist normal bei Hausmusik.»

Wir kommen auf dem leeren Parkplatz des riesigen Freilichtmuseums an. Telefonisch erhalten wir die Anweisung, weiterzufahren bis zum Tor 3. Sieht gespenstisch aus, so ein dunkles, von Autoscheinwerfern angestrahltes elektrisches Rolltor. Dann: Die Scheibe der Beifahrertür lässt sich nicht mehr schließen. J. stößt sich am Kopf, zeigt das Blut an den Fingerspitzen und erzählt, dass die Polizei vor Jahren während einer Demonstration so auf sie eingeknüppelt habe, dass sie sieben Platzwunden auf ihrem Kopf habe nähen lassen müssen. Das alles draußen, in der Dunkelheit, in der Kälte, im Schnee. Als sie den Kollegen M. erwähnt, werde ich aus dem Stand ausfällig und nenne ihn eine Schranze, was ich sofort bereue, weil es ja auch ungehörig gegenüber J. ist, so über einen ihrer Bekannten zu sprechen. Trotzdem ist es genau das, was ich von M. halte.

Harvey Milk ist tot.

Montag, 29. November 2010 – Zehnuhrfünfundfünfzig, minus nullkommasieben. Schneit. Gestern Abend vor «Kommissarin Lund» eingeschlafen – schon wieder.

Das hier so hinzuschreiben, jeden Tag, fast jeden Tag – Datum, Uhrzeit, Außentemperatur, am Ende die Toten – ist auch ein Zupacken, ein Klammern. Dass einem nicht alles zerrinnt ... Zerrinnt freilich trotzdem.

Während der Lesungen und danach beim Publikumsgespräch: Merken die eigentlich nicht, was ihnen für ein Bündel gegenübersitzt? Nein, natürlich nicht. Ich tue ja auch alles, damit man es nicht merkt.

Gestern im «Museum Kronberger Malerkolonie». Vor und nach der Lesung stürze ich mich auf die Bilder. Nelson Kinsley. Nichts reden, nichts hören, nur schauen. Wie gut dieses Augenfutter den Nerven tut. Ein paar großartige Kleinigkeiten: Landschaften, die kaum noch als solche zu erkennen sind, knapp vor der Abstraktion. Fast immer ist das die Stufe der Malerei, die mir am meisten zusagt: Wenn das Gegenständliche sich auflöst, aber noch nicht vollends in der Beliebigkeit von Form und Farbe aufgegangen ist.

Die Reimann war ein Jesus. In achtzehn Jahren hat sie vier Mal geheiratet. Die beiden Bände ihrer Tagebücher sind wohl der wahrhaftigste, der schönste und erschütterndste Roman, den die DDR hervorgebracht hat. – Allein dieser Eintrag am 20. Juli 1970, als sie bereits sieben Jahre an ihrer «Franziska Linkerhand» schrieb: «Am Geburtstag lange Diskussion mit Lewerenz. Er kennt mich ganz gut, er sagte, das Buch sei keine Aufgabe mehr für mich, sondern bloß noch ein moralischer Halt, und ich schriebe ohne Gedanken an Veröffentlichung, eher Tagebuch als Roman. Hat mich schrecklich deprimiert, weil es im Wesentlichen stimmt.» Am selben Tag solche Formulierungen: «diese Überheblichkeit der Sanften … die mörderische Geduld.»

Und: «Wenn er gelegentlich mal in meinem Arbeitszimmer schläft, ist das ganz hübsch, aber es darf nicht zur Gewohnheit werden, denn ich muß morgens allein sein, wenn ich mich mit dem neuen Tag anfreunde oder verfeinde, und ich will kein Männergesicht zwischen mir und dem blauen oder grauen Himmel sehen.»

Am Anfang gingen mir ihre Aufzeichnungen fürchterlich auf die Nerven, diese ewigen Männergeschichten, diese jungmädchenhaften Flatterhaftigkeiten. Zum Glück, zu meinem Glück, habe ich durchgehalten. Am Ende: «Jedenfalls hasse ich Männer und Männerfleisch und Männergeruch.» Aber auch dieser Hass hat nicht lange gehalten. Das Tagebuch endet am 14. Dezember 1970, meinem zwölften Geburtstag, «schlaftrunken vor Glück und Geborgenheit». Gut zwei Jahre später war sie tot. Was dazwischen lag, will ich nicht wissen. Ich fürchte, ich würde es nicht aushalten.

George Harrison ist tot.

Dienstag, 30. November 2010 – Zwölfuhrfünf, minus einskommazwei. Weiß. «Der kommende Aufstand» – Ich wäre gern schnell mit diesem Buch fertig gewesen: Es mir zustimmend einverleibend oder es von mir weisend. Aber das gelingt nicht. Manchmal ist es so trübe wie ein religiöses Traktat, dann wieder ruft es durch seine schnellen, überraschenden Wendungen eine hübsche Schwingung hervor. Nebel und Klarsicht wechseln einander ab. Auf einigen Seiten hat es einen guten, entspannten Sound, dann wieder knallt es wie die schneidigen Kassiber der RAF. Es regt auf, und es regt an. Dafür, dass es ein konservatives Pamphlet sei, finde ich keine Belege. Trotzdem ist der Vorwurf hilfreich. Ein paar Fragen bekäme man gern beantwortet: Wie haltet ihr es mit den Juden? Sind wir uns einig gegen Rechts? Was meint ihr, wenn ihr Krieg sagt? Dennoch: Einen Teil seiner Kraft bezieht das Manifest gerade daraus, dass es nicht ganz eindeutig ist. Beweglichkeit ist eine Tugend der Partisanen. Überraschung ebenfalls. Auch muss man ja den Verfassern nicht auf allen Wegen folgen. Die schüchterne Sängerin aus dem Kirchenchor wird andere Schlüsse daraus ziehen als der einsame Kommunist, die sabotagebereite IT-Managerin andere als der junge Nazigegner in seiner Zimmermannskluft, der israelische Soldat andere als die bayerische Bäuerin. Die unsichtbaren Autoren haben uns einen Brocken hingeworfen. Das ist ja schon mal was. Jetzt kommt es darauf an, diesen Schwung zu nutzen. Den Brocken nicht zu schnell klein zu kauen.

Harry Graf Kessler ist tot.

Donnerstag, 2. Dezember 2010 – Neunuhrsiebzehn, minus sechskommafünf. Schneit.

«Was ist denn jetzt schon wieder los?»

«Wieso, was soll denn los sein?»

«Ich weiß nicht, aber du guckst wie eine Atombombe.»

Vorgestern Abend im Konrad-Zuse-Hotel in Hünfeld. Fernsehen. Wie zu erwarten, hat es Heiner Geißler mit seinem sogenannten Schlichtungsverfahren geschafft, die Gegner des Bahnhofsprojektes Stuttgart 21 zu spalten und ihren Protest zu brechen. In den «Tagesthemen» ein Gespräch mit Hannes Rockenbauch, einem der Aktivisten des Widerstands. Statt wütend zu sein und einzugestehen, dass es ein Fehler war, sich überhaupt auf dieses Verfahren eingelassen zu haben, gibt sich der junge Mann gut gelaunt und verkündet, dass man die Schlichtung schon deshalb als einen Erfolg verbuche, weil sie den S 21-Gegnern Gelegenheit gegeben habe, ihre guten Argumente einer großen Öffentlichkeit bekannt zu machen. Plötzlich grinst dieser eben noch patent wirkende junge Wilde wie jeder alerte Funktionär, der seine Niederlage zu einem Sieg umdeuten muss. Plötzlich steht er da wie ein Lügner.

Vor zwei Jahren starb Odetta.

Freitag, 3. Dezember 2010 – Neunuhrneunundfünfzig, minus fünfkommazwei. Weiß. Die Lesereise ist nach neun Monaten zu Ende. Im Wagen durch die Dunkelheit, im Schneetreiben am Frankfurter Flughafen vorbei, über mehrere Autobahnen, zwischen Sattelschlepper geklemmt und gehetzt von den Scheinwerfern der Raser. Wie falsch ein solches Leben ist!

«Schreiben Sie morgen denn in Ihrem Tagebuch auch, dass Sie heute Abend hier bei uns in Nieder-Olm waren?» Allein der Frage wegen soll es nicht unerwähnt bleiben. – Erinnerung an A., die vor Jahren ganz aufgeregt in meiner Ausgabe der Warhol-Tagebücher blätterte, um zu schauen, ob sie darin vorkommt.

Wenn der Ansturm allzu groß wird, möchte ich manchmal fragen: «Merken Sie denn nicht, dass ich gar nicht da bin?»

«Du kleines geiles Fleisch», dachte Professor Hofmann unwillkürlich. Und erschrak.

Kann man das sagen: «die Herrlichkeit dieser Schuhe»?

Stevenson ist tot.

Samstag, 4. Dezember 2010 – Dreizehnuhrfünf, minus nullkommavier. Die Sonne leckt am Schnee, doch die kalte Erde hält ihn fest. Dieser Tage hat das Bielefelder Institut für interdisziplinäre Konflikt- und Gewaltforschung die neuen Ergebnisse seiner Langzeitstudie zu den «Deutschen Zuständen» veröffentlicht. Dort wird festgestellt, dass es besonders in den höheren Einkommensgruppen einen signifikanten Anstieg abwertender und menschenfeindlicher Einstellungen gegenüber schwachen Gruppen wie den Langzeitarbeitslosen, den Obdachlosen und den Fremden gibt. Die Forscher sprechen von einer «Vereisung des sozialen Klimas» und von einer zunehmend «rohen, entkultivierten Bürgerlichkeit». Nach und nach wird das sozialstaatliche Anrecht auf Unterstützung kassiert. Die neue Formel laute: «Gnade durch Wohlhabende und Selbstverantwortung der sozial Schwachen … Der semantische Klassenkampf von oben wird ungeniert offenbart.»

Nicht vergessen werde ich den Blick von B., als sie – die Aristokraten aus dem Musical «Evita» zitierend – meinte: «Manche gehören eben vor den Tresen und andere dahinter.»

Such a shame she wandered into our enclosure?
How unfortunate this person has forced us to be blunt?
No, we wouldn't mind seeing her in Harrod's?
But behind the jewelry counter, not in front

Todestag von Adolph Kolping. Wenn das nicht passt …

Sonntag, 5. Dezember 2010 – Sechsuhrvierundfünfzig, minus einskommadrei. Wach seit kurz vor fünf. Es hat wieder geschneit, aber nur ein wenig. Dunkel. Noch ganz ruhig. Nur das Grollen der Flugzeuge in den Wolken und das Wasser in den Heizkörpern. Es ist so still, so friedlich, dass man nachher in die Kirche gehen möchte. Aber dann müsste man ja grüßen und reden.

Gestern Mittag im Wagen auf der sonnigen Friedberger Landstraße. Das Bild des Viertels hat sich sehr verändert, seit überall die rot-weißen Absperrungen stehen. Die Baustelle macht alle nervös. Es wird gehupt, und hinter den Autofenstern sieht man die Fahrer lautlos schimpfen. Wir brauchen eine Viertelstunde, um über den Ring zu kommen. Ein Polizeiwagen nähert sich von links, aus dem Lautsprecher eine energische Frauenstimme: «Halten Sie die Kreuzung frei!» Ein paar Meter weiter: Handgemachte Schuhe. Geppetto steht noch in seiner Werkstatt; ich sehe seine Silhouette. Wir sind fast vor seiner Tür und doch wie durch einen Ozean von ihm getrennt. Es ist kurz vor zwei am frühen Samstagnachmittag.

Dann im Hof der Anna-Schmidt-Schule. Ein wenig zu alt sind diese Eltern. Aber lächeln vor lauter Geld. Barbourjacken und Burberry-Schals. Die Frau, die wie ein Gespenst in der Nähe steht. Sie schaut mich immer wieder an, als gehe von mir eine Bedrohung aus. Sonst kann ich nichts aus ihrem Blick lesen. Sie macht mir eine kleine Angst. Es wird schon Wein getrunken. Ein Mädchen mit einem großen Gebiss und schönen, großen Augen. Zu große junge Männer, schön und schlank, ein wenig dumm, höflich. P. geht mit einem Jungen in die Stadt, C. fährt ins Stadion, wo sie sich das Fußballspiel gegen Mainz 05 ansehen will. «Was Frauen halt so machen», sagt Charlotte später am Telefon. Ich fahre nach Hause, um zu kochen. Es gibt Jakobsmuscheln in Safransoße mit selbstgebackenem Baguette, dann ein Rindercarpaccio, dann Risotto mit Pfifferlingen und Kalbskotelett. Als C. zurückkommt, ist sie ganz fröhlich und erfüllt von dem Spiel und der Stimmung im ausverkauften Stadion und den guten Plätzen. Und das wiederum macht mich glücklich.

Der «Tatort» mit Ulrich Tukur, der überall gelobt wurde und dessen Aufzeichnung wir anschauen, ist gründlich misslungen. Ich schlafe ein. Ich schreibe das alles auf die Rückseite eines alten Vertragsentwurfs, in dem steht, dass der Autor vom Produzenten hundertfünftausend Euro erhält. Ich bin nicht gemeint.

Ein Mann: «Im Winter ist es schwerer, einer Frau durch die Stadt zu folgen. Sie soll mich ja nicht bemerken. Sie soll ja keine Angst vor mir bekommen.»

Ich wünschte, in meiner Umgebung würde etwas Schreckliches geschehen, nein, nichts Schreckliches, sondern etwas wirklich Tragisches, das ich dann aufschreiben könnte. Will ich das wirklich? Oder will ich nur wissen, wie es ist, einen solchen Satz hinzuschreiben?

Nachrichten: das große Feuer in der Nähe von Haifa; der schwere Unfall in der Fernsehshow.

Heute vor einem Jahr ist Alfred Hrdlicka gestorben.

Montag, 6. Dezember 2010 – Dreizehnuhrdreizehn, einskommasechs. Stummer Stillstand. P: «Heute Nacht habe ich geträumt, jemand hätte unseren Rasen gestohlen.»

Auf dem Pferd durch die dunkle Stadt. Die Straßen sind leer. Hinter den Fenstern das blaue Flackern. Ein Straßenschild in Kopfhöhe: «Hirschkäferallee». Der Reiter nickt, trabt ein Stück weiter, hält an und beugt sich hinab, um in ein Wohnzimmer zu schauen. Dort sitzt ein Mann in seinem Sessel und schüttelt die Faust wütend in Richtung des Fernsehers. Ohne sich umzuwenden, scheint er nun die Anwesenheit des Reiters zu bemerken und ist umgehend beschwichtigt.

Mit großer Gewissheit verkündet N., dass «Der kommende Aufstand», den er noch nicht gelesen habe, der «heißeste Text der Saison» sei. Um sich gleich anschließend eine halbe Stunde lang von seinem Nebenmann beraten zu lassen, ob man sein Geld momentan besser in Fonds, in Gold oder in Immobilien anlegen solle.

Drei Zeichnungen gekauft: eine Lesende von Haueisen, einen Radfahrer und eine Frauenkopfstudie von Hubbuch.

Leadbelly ist tot.

Dienstag, 7. Dezember 2010 – Zehnuhrsechsundvierzig, nullkommavier. Schneit. Eine alte Frau in Hausschuhen angelt mit einem auseinandergebogenen Drahtkleiderbügel im Flaschencontainer nach Pfandware.

Gestern Abend hatte Andrea Meier, «Kulturzeit»-Moderatorin, Hosenträger an, weshalb ich mich nicht auf die Sendung konzentrieren konnte, sondern immer auf diese Hosenträger starren musste, die mal direkt auf ihrem Busen, dann wieder daneben saßen, manchmal auch asymmetrisch, und ich dachte, dass das auf Dauer doch wohl scheuern müsse und bestimmt ziemlich schmerzhaft sein. Allerdings erinnere ich mich nicht mehr an das Gefühl, denn ich habe seit meiner Kindheit keine Hosenträger mehr getragen. Aber mir fällt dabei ein, dass ich mit dem Rad oft an einer Straße vorbeikomme, die «Im Rosenträger» heißt.

Darin gleichen sich alle männlichen Provinzbewohner, dass in ihrem Leben das Auto und das Fleisch eine übergroße Rolle spielen.

Lektüre: Die Tagebücher von John Cheever.

Nicolas Born ist tot.

Mittwoch, 8. Dezember 2010 – Achtuhrelf, nullkommavier. Es taut. Die Schneebretter rutschen von den Dächern. Gestern Abend mit Jürgen nach Enkheim zur Riedschule, die wie ein geducktes, steinernes Tier vor uns in der Dunkelheit liegt. Schneeregen. Wir tapern über das leere Gelände und suchen die Bücherei. Am Eingang eine kleine Irritation, die mir sofort behagt – wie mir so oft peinliche Situationen behagen. Nein, Jürgen ist nicht der Autor. Ich heute auch nicht. Ein Taxi fährt vor, Peter steigt aus. Er ist der Autor. Und riecht gut («Azzaro Elixir – mit dem Instinkt des Verführers»). Die beiden Sonnenscheins machen den Abend hell.

Später, beim Italiener, dieser Mann mit dem dicken schwarzen Schnauzbart, der dauernd von den Weberinnen und von der Revolution spricht. Ist er Spanier? Er versucht sich festzuhaken mit seinen freundlichen, großen Augen, sodass ich schnell wegschaue. – Und wieder geht es um neue, «unglaublich gute amerikanische Serien», die ich wieder nicht anschauen werde, weil ich wieder nur vor dem Fernseher einschlafen würde.

Wir werden routinierter. Das Haar wird dünner. Aufpassen!

Ganz aufgeregt ... die kleine Hubbuch-Skizze ist gekommen. Ein echter, kleiner Hubbuch.

Kim Basinger hat Geburtstag. Und ... ja, ja, ich weiß: John Lennon ist tot. Auf dem letzten Foto, das ihn lebend zeigt, ist er gemeinsam mit seinem Mörder zu sehen.

Donnerstag, 9. Dezember 2010 – Siebenuhrdreiunddreißig, minus einskommazwei. Alles dick verschneit. Beim Einschlafen gestern hat mich nach fast dreißig Jahren das Göttinger Drama eingeholt; mit einem Flash war alles wieder da: Die Schlägerei am Nachmittag auf der Straße, der weiße Porsche, der uns den Weg abschnitt, als wir fliehen wollten, die erlösenden Rufe aus einem offenen Fenster, dass die Polizei gleich komme, wie wir uns verschanzt haben in der Wohnung in der Reinhäuser Landstraße, der Anruf, dass ihr Exmann mit einem Gewehr zu uns unterwegs sei, wie es am Abend läutet, wir nicht öffnen, sondern den Notruf wählen, dann aber doch das Poltern der Schritte im Treppenhaus hören, wie M. sich mit dem Baseballschläger hinter der Wohnungstür postiert, aber ihn nicht mehr benutzen kann, weil die Tür aus den Angeln getreten und er darunter begraben wird, wie sie die ganze Wohnung demolieren, wie einer mit dem abgeschlagenen Flaschenhals vor meinem Gesicht fuchtelt, wie ein anderer den großen Fernseher auf den Glastisch krachen lässt, wie sie dann schließlich runter und ins Freie stürmen, dort aber von der Polizei abgepasst werden. Nachts die Gegenüberstellung auf dem Revier, die Untersuchungen in der Uniklinik, die Wochen danach, als ich mich nur noch mit einer kleinen Pistole bewaffnet auf die Straße traute, als ich bei jedem Motorengeräusch zusammenzuckte und in einen Hauseingang sprang, die anschließenden Prozesse und wie einer der Täter vor Wut mit der Faust auf die Wand im Gerichtsflur eindrosch, dann vor Schmerz aufschrie und mir zurief «Wenn meine Hand gebrochen ist, bring ich dich um!» Die Flucht nach Hamburg, das ganze Unglück dort, meine Angst später, als mir einer von ihnen am Frankfurter Hauptbahnhof über den Weg lief und ich noch monatelang nicht an einen Zufall glauben wollte ...

Merke gerade, dass ich oben in dem Text mehrmals die Zeiten gewechselt habe, trotzdem kommt er mir richtig vor.

«Der Kultur- und Krimiverein des Bonner Polizeipräsidiums würde Sie gern zu einem seiner Krimiabende einladen, an denen regelmäßig rund zweihundert Personen teilnehmen (und das Landespolizeiorchester würde die Lesung mit dem Jazz-Ensemble begleiten).»

Jazz-Ensemble des Landespolizeiorchesters? Das nennt man wohl: Androhung der Höchststrafe. Dann lieber gleich in die Zelle.

Viktor Agartz ist tot.

Freitag, 10. Dezember 2010 – Neunuhrachtunddreißig, minus nullkommaneun. Vorhin ein irres, zerfleddertes Morgenrot. Es stimmt ja nicht, dass die Normalität nur Fassade ist, dass hinter jedem Lächeln eine Fratze grinst und unter jedem Boden ein Abgrund gähnt. Der Alltag hat auch etwas Freundliches, Starkes, Ungefährdetes: Morgens mit dem Wecker aufstehen, sich die Haare einschäumen, ein frisches Hemd aus dem Schrank nehmen, einen Schlager mitsingen, dem müden Kind, das zur Schule muss, noch einmal übers Haar streichen, eine Mandarine schälen, sich die Hände mit roter Speick-Seife waschen, an den Fingern riechen, den Schnee von der Windschutzscheibe kehren, einen Blick auf die Tannen am Friedhof werfen, der Nachbarin zunicken, sich die Schuhe abklopfen, bevor man in den Mazda steigt, am Gefängnis vorbei in den Supermarkt fahren, ein Päckchen fettarmen Philadelphia-Frischkäse und ein Kürbiskernbrötchen kaufen, zu Hause den Briefkasten öffnen, den schwarz umrandeten Umschlag herausnehmen …

Gestern drei Texte in drei unterschiedlichen Zeitungen von drei Autoren gelesen, die ich kenne, die etwa in meinem Alter sind, die womöglich hätten Freunde sein können oder es sogar waren. Jeder der Texte war inakzeptabel. Aber statt mich nun abzuwenden, reagiere ich dreimal mit geradezu hysterischer Verachtung. Ob sie über ein Buch schreiben, von ihrem Schreibtisch auf die Straße schauen oder durch eine fremde Stadt laufen – statt bei ihrem Gegenstand zu bleiben, bringen sie sich mit jedem Satz selbst in Stellung. Sie schreiben nur für die *peergroup*, für Kollegen, Redakteure, Verleger. Haltung und Pose sind eins bei ihnen geworden. Jeder Text ist Teil des Gerangels im Betrieb. Sie wollen souverän, wollen lässig wirken, aber weil sie das um fast jeden Preis wollen, riecht man die Absicht, die Anpasserei, die Angst. – Wie erholsam, wie klug dagegen Roger Willemsens Tirade auf den Deutschen Herbst des ausgehenden Jahres im aktuellen «Zeit»-Magazin.

Jascha Heifetz ist tot.

Sonntag, 12. Dezember 2010 – Zwölfuhrmittags, vierkommaacht. Bisschen blau, bisschen grau, bisschen weiß. Durch den dunklen Freitagabend in den Osthafen. Regnet. Die Intzestraße runter, bis wir auf die Franzius stoßen. Links, spärlich beleuchtet, das schäbige Bordell «FKK Beach». Wir fahren nach rechts. Nummer 24, hier muss es sein. Auf der Mainseite, wo keine Häuser stehen, ein Bus, ein LKW, der Motor eines Stromgenerators ist zu hören. In der Finsternis Stimmen, das Knarzen von Funkgeräten. Alles ein wenig unheimlich. Ich drücke mich am Zaun entlang. Der Boden ist schlammig. Zwei schemenhafte Männer.

«Sind hier die Dreharbeiten?»

«Wer sind Sie denn?»

Der weiße Atem vor den Mündern. Verengte Augen im künstlichen Licht. Ich sage meinen Namen.

«Ach so, warten Sie, ich hole rasch den Regisseur. – Hat jemand den Lancelot gesehen? Kommen Sie, der ist wahrscheinlich schon am Set.»

Gedreht wird auf dem riesigen Firmengelände einer Betonfabrik. Türme, Halden, Förderbänder, Lagerhallen; es nieselt. Zerbröselnder Beton, schmelzende Schneeplacken, Metallgerüste, Taubenscheiße; von den rostigen Streben tropft das Regenwasser in die Pfützen. Dunkel. Scheinwerfer. Sieht alles ein bisschen wie in Ridley Scotts «Blade Runner» aus. Eine Gruppe unter einem großen Schirm, alle haben dicke Jacken an, dicke Schuhe, Kapuzen.

«Das sind die Tonleute. Die Kamera steht da oben, auf dem Turm, dreißig Meter über uns.»

Ein großer Mann, dunkel gekleidet, Strickmütze, flitzt wie aufgezogen durch die Dunkelheit. Er schaut auf seinen Handmonitor, spricht in ein Funkgerät, gibt Anweisungen. – «Das ist der Regisseur, Lancelot von Naso. Schwer zu fassen, der Mann, immer in Bewegung. Lancelot, hier ist der Autor.» Der Regisseur wirft den Kopf herum, blinzelt irritiert, als wollte er sagen: Auch das noch. Kommt kurz rüber, lächelt schmal.

«Also Sie haben uns das alles eingebrockt.» – Dann ist er wieder weg. Für einen Moment wird es hektisch: Ruhe jetzt, Ton ab, Kamera ab, Klappe! Ein alter dunkelgrüner Mercedes fährt durch den Abend, bremst, zwei Männer springen raus und kommen geduckt auf uns zu: Matthias Köberlin und Florian Panzner. «Danke, das war's!», ruft der Regisseur.

«Bei meiner Frau haben gerade die Wehen eingesetzt», sagt Panzner, der den Polizisten Toller spielt. Und dass er am Samstagnachmittag, wenn die Dreharbeiten zu Ende sind, sofort nach Berlin fahren muss.

«Als Autor haben Sie sich das bestimmt alles ganz anders vorgestellt», sagt Köberlin, der den Hauptkommissar Marthaler spielt, den ich mir wirklich ganz anders vorgestellt hatte.

«Ja, stimmt», sage ich, «aber es gefällt mir gut hier, diese Fabrik, diese Atmosphäre, der Regen, der Schlamm, dieser energetische Regisseur.» – Und besonders gefällt er mir, der Hauptdarsteller, der so ein wenig verschmitzt wirkt und verschlossen und freundlich und mürrisch und zum Glück kein bisschen wie einer dieser kapriziösen Schauspielerdarsteller. Und eine Stunde später, als wir schon durchgefroren sind und wieder über das Gelände Richtung Straße stolpern, taucht Lancelot von Naso unverhofft neben uns aus der Dunkelheit auf.

«Ich habe fast all deine Aufgaben erledigen können», sagt er und blinzelt.

Meine Aufgaben?

Kleines Grinsen. Ach so, ja. Ich hatte ihn gebeten, einen struppigen, widerständigen, schmutzigen Film zu machen, kein blödes, glattes deutsches Fernsehspiel.

«Vielleicht», sagt er, bevor er abtaucht in die Nacht, «komm ich mit dem fertigen Film einfach mal bei dir vorbei.»

Todestag von Clifton Chenier.

Donnerstag, 16. Dezember 2010 – Neunuhrneunundvierzig, minus einskommaeins. Weißer Himmel. Wach seit Viertel vor vier. Gestern Abend die Nachricht, dass Peter O. Chotjewitz gestorben ist. «Du läufst mir auch noch mal vor die Tastatur», schrieb er mir vor langer Zeit auf ein Kärtchen, als er sich in einem Text unangemessen porträtiert fand.

Benjamin vaupunkt Stuckrad-Barre: «Auch Deutsche unter den Opfern» – Der Titel ist unschlagbar. Dann lese ich rein, werde erst mal nervös und denke, das ist ja wie WikiLeaks: Alles wird so unterschiedslos ausgeplappert, und weil es bloß alles ist, wird am Ende alles egal. Aber seltsam, ich bleibe dran, lese Text um Text, und als ich bei diesem Satz angekommen bin, hat der Autor gewonnen: «Ein paar Jahre nach der ersten Begegnung mit Herlinde Koelbl geriet der Held meiner Autobiographie in gefährliche Turbulenzen.» Da ist dann das Folgende eigentlich nur noch die Petersilie auf der Kartoffel: «Und wenn ein Schlaukopf daherkommt und sagt, das sei doch Exhibitionismus, dann sage ich dem Schlaukopf: Genau, Schatz – es ist Kunst. Und die handelt von der Wirklichkeit.»

Bislang dachte ich immer: «dieser saublöde Künstlerdarsteller Jonathan Meese». – Dass ich das jetzt ein wenig weniger denke, finde ich schön.

Am 16. Dezember 1985 wurde Paul Castellano vor «Spark's Steakhouse» in Manhattan erschossen.

Freitag, 17. Dezember 2010 – Sechsuhreinunddreißig, minus zweikommavier. Kurz vor fünf aufgewacht. Weiter in den Tagebüchern von John Cheever. Dort, ganz ohne Ironie, nach einem Kirchgang: «Ich bin hocherfreut zu erfahren, dass Christus auferstanden ist.»

Erster Blick aus dem Fenster. Über Nacht hat sich vor dem Eingang eine dreißig Zentimeter hohe Schneewehe gebildet.

«Bei dir muss man ja immer damit rechnen, dass du innerlich mitschreibst, dass man sich morgen in der Geisterbahn wiederfindet.» – Ja, Leute … und was sollen wir machen? Wer schreibt, schreibt immer, sonst ist es nicht der Mühe wert. Das kann man nicht abschalten. Es wird mitgeschrieben. Das gehört seit ein paar hundert Jahren dazu, zu den Straßen, zu den Foyers, zu den Kneipen, zu den Gesprächen, zu den Salons, zur Demokratie. – Vergesst mich! Spielt einfach weiter! Vergesst, dass die

Kamera läuft, dann seid ihr besser. Außerdem: Einer ist sowieso immer da, der alles sieht und alles hört.

Ach, du meine Güte! Schlage gerade die Seiten 52 und 53 des «Zeit»-Feuilletons auf. Links eine Anzeige des Museums Küppersmühle in Duisburg, rechts eine Anzeige für die beiden Kultursendungen «ttt» und «Druckfrisch». Beide Anzeigen sind – zufällig? – nach Art der bonbonfarbenen seriellen Siebdrucke von Andy Warhol gestaltet. Wahrscheinlich will man uns damit zeigen, wie modern das Museum Küppersmühle und die Kultursendungen sind. Aber diese Siebdrucktechnik hat Andy Warhol Ende der 50er, Anfang der 60er Jahre des letzten Jahrhunderts entwickelt. Das ist – rechnen wir gemeinsam – fünfzig Jahre her! Und wenn seine Suppendosen und Monroes je etwas anderes waren, heute sind sie jedenfalls nur noch Deko, Möbelhaus, Ikea.

Kaspar Hauser ist tot.

Samstag, 18. Dezember 2010 – Sechsuhrdreiundfünfzig, minus fünfkommafünf. Hat schon wieder geschneit. Im Juli diesen Jahres hat das Los Angeles Police Department den 57-jährigen Lonnie Franklin Jr. verhaftet. Er steht im Verdacht, jener seit Jahren gesuchte Serienmörder zu sein, der in der Öffentlichkeit «The Grim Sleeper» genannt wird. Die Polizei ist sich sicher, dem Mann zehn bislang unaufgeklärte Morde an schwarzen Prostituierten nachweisen zu können. In seiner Wohnung fand man mehrere hundert Stunden privat aufgenommenes Videomaterial und rund eintausend Fotos von zumeist unbekleideten Frauen. Weil das LAPD befürchtet, dass sich unter diesen Frauen weitere Opfer des Grim Sleeper befinden könnten, hat man jetzt 180 Porträts veröffentlicht, begleitet von der Bitte um Hinweise, die zur Identifizierung der Unbekannten und zur Aufklärung ihres Schicksals führen können.

Beim Textildiscounter «Kik», erzählt N., gebe es Kinderpullover für einen Euro das Stück. Angesichts der eigenen finanziellen Lage habe sie ihre Tochter dort erst mal eingedeckt. – Wie viele Kinder andernorts für diesen Verkaufspreis sterben müssen, wird auch mal auszurechnen sein.

Vor zwei Jahren ist «Deep Throat» gestorben.

Montag, 20. Dezember 2010 – Dreizehnuhrneunundfünfzig, minus einskommafünf. So viel Schnee wie gestern Abend habe ich nie zuvor gesehen. Unter den weißen Massen blieb selbst der dunkle Weg hinter dem Friedhof hell. Und die Äste der Koniferen hingen so tief herab, dass man sich bücken musste. Über Nacht hat es getaut, seit zwei Stunden schneit es wieder.

The Grim Sleepers Case 2010

Samstag «Liebe» in der Romanfabrik. Ausverkauft. Obwohl alles andere als perfekt, war es ein guter, starker Flow. Das Publikum beweglich, bewegt, ging mit und gab Reflexe. Ein schöner Rausch, der noch den gesamten Sonntag anhielt, als wir erschöpft mit Rolf im Haus faulten, Musik hörten und dem Abend nachschmeckten. Es gibt keinen schöneren Beruf.

Die 180 Fotos der schwarzen Frauen auf der Seite der Los Angeles Times. Zweimal hab ich sie komplett durchgeklickt. Nachhaltige Irritation. Die Polizei hat die Aufnahmen beschnitten. Man weiß nicht, wann und wo sie gemacht wurden. Manche der Frauen scheinen zu schlafen, viele scheinen nackt zu sein. Man weiß nicht, ob einige von ihnen ermordet wurden, wie viele noch leben, warum sie sich von Lonnie Franklin Jr. fotografieren ließen, ob sie es freiwillig taten, ob sie dafür bezahlt wurden, ob sie Prostituierte waren oder zufällige Bekanntschaften. Was ist nun, wenn sie sich selbst auf diese Weise ausgestellt sehen, womöglich, ohne sich noch an ihr Treffen mit Franklin zu erinnern? Was, wenn sie von ihren Nachbarn und Verwandten, von ihren jetzigen Ehemännern und Kindern erkannt werden? Wie obszön diese Veröffentlichung ist, wird mir erst langsam klar. Dann der Impuls, die Gesichter unkenntlich zu machen, sie wieder zu anonymisieren.

Tot ist Léopold Senghor, der sich von Arno Breker porträtieren ließ.

Dienstag, 21. Dezember 2010 – Sechsuhrsiebzehn, minus dreikommaeins … und schneit und schneit und schneit. Heute verlieren meine Ausweise ihre Gültigkeit. Gestern dieser Tanz auf dem Amt, in dem Fotofix-Automaten. Ich warte zehn Minuten, bis mein Vorgänger hinter dem Gardinchen hervorkommt, setze mich auf das Drehhöckerchen, «Werfen Sie passendes Geld» ein, aber das Ding will mein passendes Geld nicht, dann aber doch, dann die ganze Prozedur, «Folgen Sie den Anweisungen auf dem Bildschirm!» Biometrisch! – Also: «Bitte nicht lachen!» Wieder zehn Minuten, und als ich endlich fertig bin und die Fotos ausgedruckt werden sollen: «Aus technischen Gründen können wir den Vorgang nicht beenden. Geld können wir nicht herausgeben. Rufen Sie unsere Hotline an! Merken Sie sich die Gerätenummer.» – Also doch zum Fotografen, der hat geschlossen, öffnet schließlich. «Bitte nicht lachen!» Dann die ungerechten Wartenummern, die hilflosen Gesichter, aber auch Blicke, Flüstern, Verbrüderungen. Wieder Glatteis, Supermarkt, U-Bahn. Und der Wunsch, nackt über den Strand zu laufen – auf Mauritius oder in New England.

Abends nach zwanzig Jahren mal wieder: Louis Malles «Atlantic City, USA». Hatte vergessen, wie gut dieser Film ist. Nicht nur die Geschichte und die Charaktere, jedes einzelne Bild ist gelungen. Weiter im Cheever.

Tot ist seit 1824 der Arzt James Parkinson, der unter dem Namen «Old Hubert» antimonarchistische Kampfschriften verfasste.

Mittwoch, 22. Dezember 2010 – Neunuhrelf, einskommadrei. Es taut. B. hat Medizin studiert und arbeitet seit Jahren als Abteilungsleiterin in einem großen öffentlichen Institut. Morgens, wenn sie sich auf den Weg zur Bushaltestelle macht, und abends, wenn sie von dort kommt, hört man die Absätze ihrer Schuhe über das Pflaster klackern. Ein Geräusch, das zu den zahlreichen Ereignissen gehört, die sich in unserer Siedlung Tag für Tag wiederholen. Säße man, wie James Stewart in Hitchcocks «Rear Window», die meiste Zeit am Fenster, würde man wohl bald die Eigenheiten sämtlicher Nachbarn kennen. Jedenfalls sei B. die einzige Frau, die er kenne, die ihre Schuhe schon mal in den Kühlschrank stelle, erzählt M., der mit B. verheiratet ist. Ja, berichtet B. nun selbst, es habe Phasen in ihrem Leben gegeben, wo ihr solche Dinge passiert seien. Zu Zeiten hätten Beruf und Kindererziehung sie dermaßen überfordert, dass sie einmal sogar vergessen habe, sich anzuziehen. So sei sie aus dem Haus gegangen, bekleidet nur mit Unterwäsche, Pumps und Regenschirm. Erst das ungewohnt frische Gefühl auf ihrer Haut habe sie an der nächsten Straßenecke ihren Fehler merken und umkehren lassen.

In einem Gespräch erinnert sich Daniel Cohn-Bendit an seine wechselvolle Freundschaft zu Jean Luc Godard: «Wo immer auch Godard Stellung bezieht, er übernimmt die radikalste Position.» Und: «Für ihn musste es das Radikalste sein.» – Vielleicht ist es das, was mich an diesem Filmregisseur befremdet. Radikal sein zu wollen kommt mir vollkommen lächerlich vor. Man will wach sein, klug, neugierig, entspannt, unbestechlich. Aber radikal? An den Rand gedrängt wird man von den Verhältnissen doch ohnehin, wenn man sich den Blick auf sie nicht verstellen lassen will.

Beckett ist tot.

Donnerstag, 23. Dezember 2010 – Zwölfuhrdrei, zwei Grad. Die Autobahn brüllt.

Auf zehn Euro kommt es uns nicht an. Wir wollen die Balance halten, wollen ein normales Leben führen. Gleichzeitig suchen wir nach Auswegen oder Nebenwegen oder Ablenkungen. Wir laden zu Partys ein und werden eingeladen, wir lernen Leute kennen. Sie ist dick und gilt als nett, sie lächelt. «Bist du verzweifelt?», möchte man fragen, aber man tut es nicht. Was würde mit ihrem Gesicht geschehen, wenn man es doch täte? Vielleicht würde sie sagen: «Nicht mehr als du auch. Also sollten wir besser lächeln.» – «Unsere Wohnung hat hundertdreißig Quadratmeter», sagt der Nachbar des Gastgebers. Aber an den Lärm habe er sich noch immer nicht gewöhnt. Ein anderer schaut auf seinem iPhone, wie das Spiel steht. «Unentschieden. Ab in die Verlängerung!», sagt er. Der Zeitungsbote hat eine Weihnachtskarte in den Kasten geworfen und seine Adresse draufgeschrieben. «Na, dann will er, dass du ihm ein Scheinchen schickst, was denn sonst?» – Wir unterhalten uns über Putzfrauen und Handwerker. Über das Restaurant der Villa Rothschild in Königstein. Über die Ferrari-Anstecknadel am Revers. Über Ribera del Duero und wie die spanischen Winzer ihren Ruf verspielen. Atilla schenkt mir einen Kalender mit Fotos von Hugo. «Ich hasse Foto-Kalender», sagt Harald, der Fotograf. – «Aber Hugo ist mein Patenkind», sage ich. – «Ach so», sagt Harald, «das ist in Ordnung.» Atilla erzählt von einem komischen Film: «VHS-Kahloucha», den ich am liebsten sofort anschauen würde. Ich denke daran, dass Götz am Mittag aus dem Gefängnis angerufen und erzählt hat, dass er mit den Häftlingen «Empathie» geschaut habe und dass es danach fast zu einer Schlägerei gekommen sei. Jürgen gibt dem Friseur jedes Mal einen Euro Trinkgeld. «Zehn Prozent», sagt er. – «Das Perlhuhn gestern war zu trocken, oder?» – Was können wir eigentlich wissen, wenn es uns auf zehn Euro nicht ankommt?

Gerade die Nachricht, dass man meinen Cousin B. gefunden hat, tot am Rand der Autobahn, in seinem Wagen sitzend.

Am 23. Dezember 1953 wurde Berija erschossen.

Freitag, 24. Dezember 2010 – Heiligabend, schönes Wort. Siebenuhrsiebenunddreißig, nullkommazwei. Ich versuche, mich an B. zu erinnern, was mir schwerfällt. Er konnte gut zeichnen. Als er ein kleiner Junge war, mochten ihn alle; später blieb er immer ein wenig außen vor. – «Oder hörst du auch nur diese Schleiermusik?», hat er mich gefragt, als wir fast noch Kinder waren, bevor er mir «Puppet on a String» vorspielte, was mir gut gefiel. Er hatte große Zähne und eine markante Nase. Es ist lange her, dass wir uns das letzte Mal trafen, vielleicht auf einer Beerdigung, vielleicht auf einem Geburtstagsfest. Ich glaube, er hat den Biber des «Obi»-Baumarkts erfunden. Er sammelte die Fracht verunglückter Lastwagen ein und verkaufte sie weiter. Er war vor langer Zeit verheiratet und erzählte mir später, wie hässlich und teuer seine Scheidung gewesen sei. Dann hatte er eine Freundin, von der er irgendwann verlassen wurde, wofür alle Verständnis zu haben schienen. Er war Mitinhaber eines kleinen Montageunternehmens. Manchmal kam er wohl dienstlich nach Frankfurt. «Dann können wir uns ja mal treffen», habe ich zu ihm gesagt, ohne ihn einzuladen. Ich stelle ihn mir einsam vor. Ich stelle ihn mir rauchend und trinkend in einem Hotelzimmer vor. Sein Vater ist schon vor Jahren gestorben. Seine Mutter lebt im Heim und wird sich wahrscheinlich nicht an ihn erinnern.

Vor einundzwanzig Jahren ertrank Rudi Dutschke nach einem epileptischen Anfall in seiner Badewanne.

Montag, 27. Dezember 2010 – Siebenuhrvierundfünfzig, minus dreikommadrei. Dämmert. Seit Freitag diese stärker werdenden Schmerzen in der Hüfte.

Heiligabend, Familiengottesdienst. Wir sind eine halbe Stunde zu früh, trotzdem ist die Lutherkirche schon fast zur Hälfte besetzt. Über die Bänke im vorderen Teil sind Mäntel und Jacken verteilt, um Plätze für die Angehörigen frei zu halten. Über diesen Umstand geraten vor uns zwei junge Frauen in Streit. Sie zanken ohne jede Leidenschaft, aber ausdauernd. Ihre Gesichter zeigen keinen Hohn, die Stimmen werden nicht laut, aber die Frage, ob und wie viele Plätze man frei halten darf, gibt ihnen Stoff für einen zwanzigminütigen Disput, den sie beide gleichermaßen am Laufen halten und zu genießen scheinen, wohl einfach, weil er ihnen die Zeit verkürzt.

Was ist die Familie? Vielleicht dieser sanfte Wirbel des ersten Weihnachtstags. Zur Begrüßung ein Gläschen Sekt, der Blick auf den geschmückten Baum, zerknülltes Geschenkpapier. Wollen wir den neuen Fotoapparat doch gleich mal ausprobieren – Cheeeese! Kinder, hoffentlich wird der Braten nicht trocken. Kann sich jemand erinnern, dass wir je so viel Schnee hatten? Mensch, ist die Kleine gewachsen, schon eine richtige Dame. Was macht die Schule, die Arbeit, die Eintracht? Wisst ihr noch, voriges Jahr ...? Mit dem Nachtisch warten wir noch ein bisschen! Espresso? Verdauungsschnäpschen? Ich fahr nicht mehr gern im Dunkeln. Na, dann macht euch lieber auf den Weg ... Das ist belanglos und schön, weil es belanglos ist. Und alle wollen es so, und am Abend ist es schon wieder vorbei.

Vorn wird geschwängert, geboren, eingeschult, hinten wird gehumpelt, operiert, gestorben. Wer das Pech hat, hinten zu sein, kriegt von dem, was vorn geschieht, nicht mehr allzu viel mit. Obwohl er ja nichts anderes will als: teilhaben. Obwohl es darum ja geht: Familie.

«Du hast eine schwarze Brille auf, dein Blick auf die Welt ist verschattet. Du bist einsam. Ich möchte dich trösten.» – Nimm die Finger weg! Vielleicht bin ich einsam, vielleicht brauche ich Trost, aber nicht von dir. Du bist ein Erlöster und von solchen will ich keinen Trost. Nicht von einem Priester, nicht von einem Psychiater, nicht von einem Dummkopf. – «Also, weißt du ...» – Ja, ich weiß. Euer Trost ist wohlfeil und wertlos. Lieber zahle ich für ein bisschen schnellen Sex, das wird mich wenigstens erleichtern.

Heike erzählt, dass B. gar nicht geschieden war. Seit zwanzig Jahren von seiner Frau getrennt, aber nicht geschieden. Ob er immer noch in der Viktoriastraße gewohnt habe? Ja, aber ganz allein, außer ihm habe im ganzen Haus seit Jahren niemand mehr gelebt. Nach einem Wasserrohrbruch habe sich dort der Schimmel in den Wänden festgesetzt und B. sei an Asthma erkrankt. Am Donnerstag wird er beerdigt.

Binnen kurzer Zeit zwei Dinge entdeckt, die von nun an dazugehören: Cheevers Tagebücher und Schostakowitschs Pianoquintett in g-Moll op. 57.

Max Beckmann ist tot.

Dienstag, 28. Dezember 2010 – Siebenuhrvierundvierzig, minus dreikommaacht.

Man möchte in Deckung gehen, aber es ist als Lob gemeint, wenn es im «Kultur Spiegel» über einen Schauspieler heißt, er sei ein «Exzess-Extremist»: «In Bremen schleudert er jetzt seine Sicht auf das urdeutsche Intrigen- und Rachespiel der Nibelungen raus.»

«Racheengel – Ein eiskalter Plan»: Ausgedachte Figuren, eine ausgedachte Geschichte, ausgedachte Dialoge, selbst die Häuser und die Landschaft wirken ausgedacht. Und für diesen ausgedachten Mist haben wir anderthalb Stunden unseres schönen, richtigen, echten Lebens hingegeben. Und «Bauer sucht Frau» verpasst.

Ich beschimpfe den Wettermann im Fernsehen, der uns mitteilt, dass der Winter noch keinesfalls vorüber sei. Ich beleidige ihn aufs unflätigste. «So», sage ich, als ich endlich fertig bin, «mal sehen, was jetzt passiert.» – Was soll passieren? Der Mann sitzt am längeren Hebel. Wahrscheinlich lässt er es bis in den Juni schneien.

Man glaubt es kaum, nach allem, was passiert ist, aber heute feiert die Katholische Kirche wieder den «Tag der unschuldigen Kinder».

Freitag, 31. Dezember 2010 – Sechsuhrdrei, minus dreikommazwei. Wach seit drei. Schön still ist es noch. Oder will ich nur, dass hier am Ende des Jahres die Worte stehen: «schön still»?

Wir halten nochmal kurz am Bunker an der Kaiser-Sigmund-Straße, um den Mixer aus dem Probenraum zu holen. Draußen wühlt ein rotgesichtiger, bärtiger Berber im Müllcontainer und dreht sich verstohlen nach uns um. Weil wir zu früh in Butzbach sind, machen wir noch halt am «American Fried Chicken» in der Griedeler Straße. Die Plastikgabeln schmelzen in den frisch frittierten Hähnchenteilen. Atilla trinkt schwarze Limonade. Eine dicke, schwarze Bedienung hinter dem Tresen, ein vierschrötiger Kerl an der Fritteuse. Können die es sich leisten, so unfreundlich zu sein?

Um zwölf vor dem Gefängnis eine Frau, die uns darauf hinweist, dass ein Scheinwerfer kaputt ist. Wir legen unsere Ausweise in die Metallschublade, dann öffnet sich ein Rolltor. Wir sind befangen, stehen in der Schleuse, aber der Sicherheitsmann ist ganz entspannt, will uns offensichtlich beruhigen, fragt, ob in der Gitarrentasche ein Jagdgewehr steckt ... Götz kommt, lacht und streckt seine Hände durchs Gitter. Er sagt, gleich würden drei Häftlinge kommen und uns tragen helfen. Wir dürfen in den Hof fahren. Ich freue mich, Apo und Herrn Fuchs wiederzusehen. Der freundliche Timo ist neu. Wir bauen im Kirchenraum auf, fummeln so rum, Soundcheck, Apo fragt, ob er mal an die Gitarre darf, dann singt und spielt er ein türkisches Stück, das er selbst geschrieben hat. Wir bekommen Gebäck und Kaffee serviert, hocken ein wenig, reden, hören immer wieder dieses scheppernde Geräusch der großen Schlüssel in den Schlössern und das grässliche Krachen der schwer zufallenden Metalltüren.

Als die Häftlinge auf ihren Stühlen sitzen, mache ich den idiotischen Versuch zu erklären, worum es sich bei «Ein kleiner Abend Glück» handelt. Und wie alle solche Versuche endet auch dieser in haltlosem Gestammel. Los, Alter, hör auf zu quatschen, fangt endlich an! Gut. Aber ich merke nichts, bin so verunsichert wie noch nie bei einem Auftritt, spüre nicht den geringsten Reflex, kann die Gesichter nicht deuten, verspreche mich viel zu oft und denke: Nee, an diesem Publikum geht das jetzt alles total vorbei. Doch dann, als wir fertig sind, schlägt uns eine solche Welle von Zuspruch, Freundlichkeit, Neugier, Sympathie, Dankbarkeit entgegen, wie ich es nicht ein einziges Mal zuvor erlebt habe, sodass man eigentlich nie mehr irgendwo anders auftreten möchte als vor diesen Räubern, Erpressern, Zuhältern, Gewalttätern, Drogenhändlern und Mördern, von denen keiner wie der andere ist, aber jeder auf seine Weise zu erreichen. Und denen man allen sofort bereit ist, recht zu geben, wenn sie das Wahnsystem der Gefängnisse beklagen, die man aber jeden einzeln auch fragen möchte: Was wäre aus dir geworden, was hättest du deinen Mitmenschen noch alles angetan, hätte man dich nicht erwischt und in diese Zwangsjacke gesteckt? Hier, an diesem Ort, wo all unsere Regeln außer Kraft gesetzt zu sein scheinen, stellt sich die Frage nach ihrer Gültigkeit am deutlichsten. So schwierig sei es doch gar nicht, unser Programm zu beschreiben, sagt Timo schließlich, für ihn sei es eine Seelenreise. Und genau das ist es: eine Seelenreise. Als Apo am Ende aufsteht, sich im Namen aller bedankt und sagt: «Heute gehen wir glücklich in unsere Zellen zurück», da haut mich das dermaßen um, dass ich Mühe habe ... Schluss jetzt, eh einem noch vor Rührung ...

Gestern zur Beerdigung nach Schalksmühle. Die lange, steile, enge, rutschige Straße zum Friedhof Wippekühl hinauf. So hoch liegt der Schnee hier oben, dass er die meisten Grabsteine vollständig bedeckt, eine Hügellandschaft. Den dumpfen, klampfenden Pastor verfluche ich innerlich. Aber dann sagt er, dass ihm B., der Verstorbene, als ein Tüftler beschrieben worden sei und dass Gott Tüftler gut gebrauchen könne. Und für diesen Satz hätte ich dem eitlen Zausel fast verziehen.

«Geht es Dir auch so», schrieb Ute dieser Tage, «dass Du jahrelang nicht an einen Menschen denkst und plötzlich erhältst Du die Nachricht von seinem Tod, und die Gedanken kreisen bei vielen Gelegenheiten nun um diesen, der nicht mehr bei uns ist?» – Genau so ist es. Jemand lebt und ist uns fern. Dann stirbt er und weicht nicht mehr von unserer Seite.

Nie zuvor kam mir unser Leben so amerikanisch, so kaputt vor im Heilen wie in diesem Winter. Das liegt nicht nur daran, dass unsere Siedlung auf dem Gelände einer ehemaligen US-Kaserne erbaut wurde und dass dort drüben, auf der anderen Straßenseite, das große, schwer bewachte Gebäude des amerikanischen Konsulats steht. Es liegt auch an unseren Häusern, diesen Käfigen mit den schmalen, verschneiten Gärten, den verschneiten Terrassen, den verschneiten Weber-Grills. Es liegt auch daran, dass wir – jeder auf dieselbe Weise – anders sein wollen, wie wir mit unseren Wagen in die Supermärkte fahren, wie wir unsere Kinder zum Sport, in die Tanzschulen und zum Musikunterricht bringen, wie wir uns grüßen, ohne uns kennen zu wollen. Es liegt auch daran, dass ich gerade John Cheever lese und gestern auf der Autobahn im Radio hörte, wie Alf über einen Roman von Joshua Ferris sprach. Und daran, dass wir vor ein paar Tagen Charlottes Sendung und ihre vertraute Stimme hörten, was mir vorkam, als hätten wir so einen kleinen Lokalsender aus *Small Town* eingeschaltet wie in einem alten Russ-Meyer-Film. Oft, wenn wir am Abend die Rollläden herunterlassen, stelle ich mir vor, dass wir gerade einen Engel aussperren, der hinter dem Haus steht und in unser beheiztes, beleuchtetes Wohnzimmer schaut. Oder einen alten, bärtigen Säufer, der Hilfe gebraucht hätte in dieser Nacht und dem wir nun jeden Mut genommen haben.

Courbet ist tot.

ZWEITAUSENDELF

Es wird Zeit!

Anton Tschechow

Sonntag, 2. Januar 2011 – Fünfzehnuhrzweiunddreißig, zweikommasechs. Sonnig. Fängt ja gut an.

Der Mann wird vom Regen geweckt. Er liegt auf dem Bett eines kleinen Hotels an der Côte Vermeille. Die Tür zum Balkon steht offen. Von den Möwen, die sonst um diese Zeit wie Hunde bellen, ist nichts zu hören. Der Mann ist nackt und hat eine Erektion. Er betritt den Balkon und steigt über die Feuertreppe auf das mit Teerpappe belegte Flachdach. Er hebt die Arme und streckt sich. Unten am Strand ist eine frühe Spaziergängerin unterwegs. Sie trägt ein Kopftuch und eine kurze Regenjacke. Die Schuhe hält sie in der Hand. Vor ihr her läuft ein braun-weiß gefleckter Hund, der gelegentlich stehenbleibt und den Kopf zu ihr dreht. Die Frau schaut zu dem Mann hinauf. Sie lächelt. Ihr Lächeln zeigt weder Spott noch Begehren. Sie geht weiter. Der Hund ist hinter den Strandhütten verschwunden. Das Hotel heißt «Angleterre».

Fausto Coppi ist wieder tot.

Montag, 3. Januar 2011 – Vierzehnuhrzwanzig, einskommaneun. Grau.

Es ist schon wieder passiert. Ich erfahre, dass jemand sich verletzt fühlt durch zwei Sätze, die vor mehr als einem Jahr in der Geisterbahn standen. Muss ich rücksichtsvoller werden? Oder rücksichtsloser? Ich will nicht gut dastehen durch das, was ich hier schreibe. Ich will nicht recht haben. Das ist doch das Wesen eines öffentlich geführten Tagebuchs, dass man sich aussetzt mit dem, was man denkt, auch wenn man sich irrt, auch wenn es ungerecht ist, albern, dumm oder kleinlich. Muss man erst tot sein, bis das, was man gedacht hat, ans Licht darf? Freilich: Auf die ganze Wahrheit aus sein und schon deshalb unter der halben bleiben, das ist die Gefahr.

Die Toten können mir heute mal gestohlen bleiben. Hab mit den Lebenden genug zu tun.

Mittwoch, 5. Januar 2011 – Neunuhrfünfzehn, minus vierkommasechs. Weiß die Dächer, weiß der Boden, weiß die Autos. Weiß der Himmel. Gestern gegen elf ins Bett, heute Morgen um halb neun das erste Mal auf die Uhr geschaut. Wie schön die Welt ist, wenn man geschlafen hat. Dank Baldrian-Hopfen-Dragees.

Von Gerhard Steines, der vielleicht ein, zwei Mal im Jahr von sich hören lässt, eine kurze Nachricht: «Zum letzten Geisterbahn-Eintrag mein Lieblingszitat von Karl Marx: ‹Absolute Einmütigkeit gibt es nur auf dem Friedhof.› … Und absolute Ehrlichkeit nur im Irrenhaus.» – Wenn Steines wüsste, wie genau er diesmal getroffen hat.

Vorgestern Abend ruft überraschend Helmut an. Dass er oft genug nicht einverstanden sei mit dem, was ich hier schreibe, vor allem politisch, dass ihm mein Eintrag über die Beerdigung unseres Cousins aber gefallen habe. Und dann reden wir eine Stunde, dass ich ihn gar nicht mehr loslassen will, bis endlich einer seiner ehemaligen Nachbarn kommt und unser Gespräch sanft und an der richtigen Stelle beendet. Da war es wieder, dieses grundsätzliche gegenseitige Wohlwollen, das in unserer Verwandtschaft immer galt. Kommt vielleicht daher, dass wir als Kinder in denselben Heuhaufen gelegen haben und auf den Rücken derselben Kälber geritten sind.

«Als Banker», sagt B., «dürfte ich dein Haus eigentlich gar nicht betreten.» Da ja kein Witz nur witzig gemeint ist, grübele ich immer weiter darüber nach. Warum dürfte er eigentlich mein Haus nicht betreten? Ist meine Sicht der Welt, sind meine Haltungen, bin ich ansteckend? Oder gelten für Banker die demokratischen Grundrechte nicht? Ich spüre es ja schon länger, aber in letzter Zeit stärker, das gelegentliche Misstrauen, das mich umgibt, dieses: «Man weiß nie genau, woran man mit dir ist. Man wird nicht schlau aus dir.» Marthaler war das recht. Ihm war nicht daran gelegen, dass man schlau aus ihm wurde.

Sylvie ist tot, die unwürdige Greisin.

Freitag, 7. Januar 2011 – Neunzehnuhrfünfzig, zehnkommazwei. Dunkel. Fast aller Schnee ist getaut. Morgens mit der U-Bahn zur Konstabler, dann zu Fuß in die Töngesgasse. Auf der Straße treffe ich Martin. Wir gehen gemeinsam in den kleinen Uhrenladen, dessen Inhaber – ein polnischstämmiger Jude – den schönen Namen Feiwel Szlomowicz trägt. Dann nach gegenüber ins Café Mozart. Ich lerne, dass ich Margaret Atwoods «Der Report der Magd» lesen sollte, dass man es einen «kalten Check-Out» nennt, wenn das Zimmermädchen einen toten Hotelgast findet, und dass «Emotionen die Feinde der Feinmotorik» sind. «Ich gehe noch rasch in die Kleinmarkthalle», sagt Martin zum Abschied. Gehen denn eigentlich alle dauernd in die Kleinmarkthalle? Na, jedenfalls alle, die sich ihren guten Geschmack etwas kosten lassen können. Nach Hause. Im Briefkasten: «Discovery», der Versandhauskatalog für alle, die sich ihren schlechten Geschmack etwas kosten lassen wollen:

«Lebensfrohes ‹Swinging›-Shirt – Die Swinging Sixties verdanken ihren legendären Ruf – nicht nur, aber auch – der Mode, die fröhlich gegen bürgerliche Konventionen verstieß. Wir finden, dass unser ‹Swinging›-Shirt diesen freien Geist besonders schön in die heutige Zeit rettet. Dem großen Butterfly-Motiv ist von vornherein sowieso alles Schwere fremd. Aber auch der federnd feine Stoff zeigt bei jeder Bewegung – im Clubleben oder Office – die gefühlte Leichtigkeit des Seins. Mal sehen, ob wir die umstehenden Herren nicht auch ein wenig in positive Schwingungen versetzen können.»

Von Bernd der Hinweis auf den Pachelbel-Kanon. Und dann auf «Youtube» die wahnwitzige E-Gitarren-Version eines jungen taiwanesischen Musikers namens JerryC entdeckt. Aber was heißt schon: entdeckt? Das Video wurde bereits über 82 Millionen Mal angeklickt.

Wie hinfällig ich jedes Mal werde, wenn ich Nina Simones «Ain't Got No» vom Harlem Festival 1969 höre. Und das schöne, traurige, hinreißende Gesicht dieser Frau sehe. Und eben merke ich, dass ich meinen ersten, alles auslösenden Frankreich-Urlaub keine fünf Kilometer entfernt von ihrem späteren Wohnort Carry-le-Rouet verbracht habe.

Der großartige Helmut Zenker ist tot.

Dienstag, 11. Januar 2011 – Fünfuhrsiebzehn, einskommanull. Um kurz nach vier aufgewacht. Im Tal der Nidda, außerhalb. Es ist neblig, leichter Nieselregen, menschenleer. Alles tropft. Jetzt, nachdem der Schnee geschmolzen ist, wirkt die Welt wie gewaschen. Pfützen. Gelb und braun das Gras. Braun, schwarz, bemoost das Holz. Kupferfarben das tote Laub der Buchenhecken. Rabenkrähen im schweren Sinkflug, dann hüpfend, hackend, krakeelend, ungelenk aufflatternd, möglichst irgendwas im Schnabel. «Im Abseits» heißt die Gastwirtschaft am Rande der verlassenen Sportanlage. Nicht mal die drei, vier Jungen sind heute zu hören, ihre Rufe, das harte Knallen des Leders, das Zittern der Torpfosten. Kein Spaziergänger, der Parkplatz ohne Autos. Stattdessen zwei Reiter auf großen, braunen Pferden, vielleicht Bayerisches Warmblut. Die Männer tragen wichtige Hüte, klar, auch Stiefel, schwere, dunkle Mäntel mit Schultercape. Sie sitzen fast reglos, nur diese kleinen, ausgleichenden Bewegungen, wenn das Tier sein Gewicht verlagert. Eine Frau kommt aus dem Haus, in jeder Hand ein gefülltes Weizenbierglas. Die Reiter beugen sich leicht, nehmen das Bier entgegen, prosten sich wortlos zu. Ihr stummer Ernst wirkt bedrohlich. Sie sind keine Sportler. Sie sind nicht zum Spaß hier. Sie haben einen Auftrag. Das Wort «Loge» passt zu ihnen. Oder: «Geheimpolizei». Oder sie wollen diesen Eindruck erwecken.

Dann, später, irgendwo am Rand, der Kadaver eines großen Feldhasen, schmierig schwarz das Fell, nass, verrenkt die Läufe. Man hält kurz die Luft an, um nicht die feuchtkalte Verwesung einzuatmen.

Der Innenminister lädt zum Neujahrsempfang; es spielt das Blasorchester Massenheim.

Heute vor einem Jahr starb Éric Rohmer.

Sonntag, 16. Januar 2011 – Neunuhrdrei, sechskommafünf. Bläulich, weißlich. Man hat sich darauf geeinigt, dass Schwarzweißmalerei nicht der Wirklichkeit entspreche, dass das Leben und die Menschen so unendlich widersprüchlich seien, dass man stets differenzieren und das Böse im Guten wie auch das Gute im Bösen sehen müsse. Je genauer man hinschaue, desto schillernder, auch komplizierter werde alles. Seltsam, ich mache gerade die gegenteilige Erfahrung, je öfter ich mit den sogenannten Stützen der Gesellschaft, mit politischen oder ökonomischen Entscheidungsträgern in Berührung komme.

Lagi von Ballestrem: «Ich möchte nicht an die Vergangenheit denken, da sie ihre Bedeutung verloren hat. Die Welt hat nichts aus ihr gelernt – weder die Schlächter noch die Opfer oder die Zuschauer. Unsere Zeit ist wie ein Totentanz, dessen unheimlichen Rhythmus wenige verstehen. Alle wirbeln verwirrt herum, ohne den Abgrund zu sehen.»

Abends, nach dreißig Jahren mal wieder: «Casablanca». Der blöde Kult um diesen Film hatte all seine Qualitäten für mich überdeckt. Dann noch ein wenig in Graf Kesslers Tagebüchern.

Am 16. Januar 1936 wurde Albert Fish auf dem elektrischen Stuhl in Sing-Sing hingerichtet. Wenn das Wort «pervers» eine Bedeutung hat, dann in Bezug auf diesen Mann. Er war Sadist, Masochist, Koprophag, Kannibale und ein pädophiler Serienmörder. Seine Hinrichtung feierte er: «Der größte Thrill meines Lebens.»

Dienstag, 18. Januar 2011 – Neunuhreinundzwanzig, fünfkommafünf. Der große Supermarkt liegt zwischen einem Reifenhändler und einer Tankstelle. Der Parkplatz ist kaum belegt – nicht viel los um diese Zeit, paar Arbeitslose, paar Rentner. Neben dem Eingang drei Reihen aneinandergeketteter Einkaufswagen. Davor ein Mann um die fünfzig, groß, kräftig, Turnschuhe, eine Gehhilfe. «Ich bin der Gerd», steht auf seinem Jogginganzug. Kleine Irritation, da ich nicht weiß, auf welchen Wagen der Gerd gerade zusteuert. «Was denn?», bellt er. «Ich will bloß keinen, in dem die anderen ihren Müll abgeladen haben. Warum können die nicht einfach ihre Zettel und Prospekte rausnehmen, wenn sie fertig sind mit Einkaufen? Ist doch eine Sauerei! Man fragt sich, wie es bei denen zu Hause aussieht. Wahrscheinlich genauso. Ha!» – Erst an der Kasse sehe ich, dass zu dem Gerd ein zweiter Mann gehört: schulterlanges, strähniges Haar, Knopf im Ohr, hager, der linke Mundwinkel hängt auffällig nach unten. Er ist höchstens vierzig, sieht aber aus wie ein hinfällig gewordener Indianer Joe. Indianer Joe schlurft davon und kommt zurück mit einer Packung Eier, die in den Wagen zu legen er sich aber offensichtlich nicht traut. Hinter dem Rücken von Gerd bleibt er stehen. Gerd dreht sich um und schaut auf die Eier: «Was ist das?» – Indianer Joe reagiert nicht, seine Augen bleiben tot, sein graues Gesicht ohne Regung. – «Was das ist, hab ich dich gefragt.» – «Eier», sagt Indianer Joe tonlos. – «Hab ich dir nicht gesagt, dass die Eier verseucht sind? Hab ich dir nicht gesagt, dass mir ein solcher Siff nicht ins Haus kommt?» Das sportiv-rechtschaffene Rentnerpaar vor mir beobachtet die Szene, stößt sich an und wechselt ein kurzes, einverständiges Lächeln. «Bring den Siff zurück!», schnauzt Gerd. Sein Begleiter macht keine Anstalten, dem Befehl zu folgen. Gerd hebt für einen Moment drohend seine Krücke. Weder zuckt Indianer Joe, noch blinzelt er. Erst als Gerd ihn bereits nicht mehr beachtet, dreht er sich um und trägt die Eier zurück. Das Leuchten in den Augen der Rentner erlischt.

Am 18. Januar 1977 starb in Rom im Alter von achtundzwanzig Jahren der Fußballprofi Luciano Re Cecconi. Er hatte gemeinsam mit Freunden einen Juwelierladen betreten und scherzhaft gerufen: «Dies ist ein Überfall.» – Der Besitzer des Ladens, der zuvor mehrmals beraubt worden war, erschoss den Sportler auf der Stelle.

Freitag, 21. Januar 2011 – Zehnuhrneunundzwanzig, minus achtundzwanzigkommazwei Grad, kann das sein? Ach was, das Thermometer spinnt!

«Wir sind Blog – Lesung, Musik, Salon» im Museum für Kommunikation. Wenn doch mal ein Museum gegen Kommunikation gegründet würde. Da würde ich dann zur Eröffnung gern keine Rede halten … Tine Nowak aber schafft es im Handumdrehen, den Saal mit sechzig Leuten, die sich fremd sind, in ein Wohnzimmer zu verwandeln. Alles lässig, konzentriert, ohne Hohn, ohne Polemik. Keine Erdmännchen unter den Gästen, wie sie sich sonst auf jeder Veranstaltung in Positur bringen. Auch wer wenig Ahnung von öffentlich geführten Tagebüchern hat, meldet sich zu Wort und stellt die richtigen Fragen. Und bekommt eine ernste oder witzige Antwort. Schon macht es klick, und man ist wieder ein Stück weiter. Der erste Auftritt von «Komaläufer», Atillas neuer Band. Schön, wie loyal sie miteinander umgehen, wie sie einander zugewandt sind. Und die beiden neuen Stücke rollen wahnsinnig gut. Nur die Butterblumen sollten sie weniger detachiert, wieder mehr *legato* spielen. Sagt der Schlaumeier. Trotzdem deprimiert nach Hause.

Der Mond ist untergegangen: Matthias Claudius ist tot.

Dienstag, 25. Januar 2011 – Fünfzehnuhrsiebenundfünfzig, zweikommaacht. Regnerisch. Fast schon wieder gesund. Obwohl … das viszerale Gurgeln …

Nach Jahren mal wieder in den «Blitzlichtern» von Edmond und Jules de Goncourt geschmökert und endlich auf das gescheite Nachwort von Anita Albus gestoßen. Dort schildert die Herausgeberin, dass sich die beiden Brüder wie Jäger durch die Pariser Gesellschaft bewegten, ständig auf der Suche nach Beute für ihr Journal. Zitiert wird Théophile Gautier, der annahm, dass sie heimlich Notizen machten: «Sobald man sie nicht anschaut, müssen sie wohl auf ihre Manschetten schreiben.» – Welcher Tagebuchschreiber würde es anders machen?

Ein Tag, zwei Nachrichten: 1. «Asien fürchtet Hungersnot – In Indien kosten manche Produkte dreimal so viel wie vor einem Jahr, in Bangladesch können sich die Ärmsten nicht mal mehr Milch leisten. Die UNO warnt vor einer Hungerkatastrophe – und Gewaltexzessen.» 2. «Unternehmer sind bester Laune – Die Stimmung bei deutschen Unternehmern steigt auf den besten Wert seit der Wiedervereinigung.» – Da fragt man sich, warum die Hungernden nicht einfach die gute Laune der deutschen Unternehmer teilen.

Todestag von Ruth Berghaus.

Donnerstag, 27. Januar 2011 – Sechzehnuhrzweiunddreißig, nullkommadrei. Der Himmel: graublauer Stahl. Zu Gast bei B., der ausschließlich Kunst des frühen zwanzigsten Jahrhunderts sammelt, aber schon einige Male auf betrügerische Galeristen hereingefallen ist, entdecke ich an der Wohnzimmerwand ein großformatiges Bild, das bei meinem letzten Besuch noch nicht dort hing. Es zeigt eine ekstatisch verrenkte Frauengestalt vor einer städtischen Landschaft mit Leuchtreklamen. «Neu?», frage ich. – B. schaut mich erbleichend an: «Das will ich nicht hoffen!»

Vor einem Jahr starb Salinger, vor zwei Jahren Updike.

Montag, 31. Januar 2011 – Achtuhrnullnull, minus siebenkommaneun. Neblig. Kleine Sonntagsfahrt. In die Kälte, in die Sonne, an den Main. Dort ein älteres, durch und durch rechtschaffenes Ehepaar. Man kommt ins Plaudern. Über das Hochwasser, die neuerliche Kälte, das Verhältnis der Offenbacher zu den Frankfurtern, die Politik. «Nicht, dass Sie denken, ich wär' CDU», sagt die Frau, «aber die Geschichte muss ich Ihnen erzählen. Wir kommen hier drüben aus Bürgel. Gestern stehen wir also dort im Rewe-Markt an der Kasse. Neben uns Tarek Al-Wazir, der Landesvorsitzende der Grünen – wohnt gleich bei uns um die Ecke. In seinem Einkaufswagen liegt eine ganze Palette abgepackter Hähnchenunterschenkel ... Na ja, so weit, so gut. Aber was meinen Sie, was heute Morgen passiert? Ich schlag die Sonntags-FAZ auf, und wer guckt mir entgegen? Richtig, Tarek Al-Wazir, wie er gegen Dioxin-Eier und Massentierhaltung wettert. Ich meine, also, wie gesagt, nicht, dass Sie denken, ich wär' CDU ...»

Todestag von Alexander Ypsilantis.

Mittwoch, 2. Februar 2011 – Fünfuhrzweiundfünfzig, minus dreikommasieben. Dunkel, hat wieder geschneit. Im Januar neuer Besucherrekord in der Geisterbahn.

Montag: Alte Oper, Franz Schmidts «Das Buch mit sieben Siegeln – Aus der Offenbarung des hl. Johannes». Oratorium für Soli, Chor, Orgel und Orchester. – Nein, in diesem Himmel möchte man nicht schmoren. Nur Kampf, Tod, Feuer, Herrschaft, Zorn, Verderben, Strafe. Schwarzer Reiter, roter Drache, Feuersee. Strafe, Strafe, Strafe. Das ist christlicher Fundamentalismus. Und ich weiß wieder, warum uns die Eltern bewahrt haben vor der Lektüre dieser Bibelstellen. Die Offenbarung galt ihnen als Hervorbringung einer arg überreizten Phantasie. Die Sonne geht erst auf, als Martin hinter dem Orgelpult hervorkommt und mit den anderen Solisten seinen Blumen-

strauß entgegennimmt. Fröhlich empfängt er uns am Bühneneingang: «So», sagt er, «das haben wir jetzt im Repertoire. Und da bleibt es auch!»

Gestern lief den ganzen Tag nebenbei der Livestream von Al-Dschasira mit den Bildern der ägyptischen Revolution. Abends dann auf Arte eine Dokumentation über die Loge P2 und das System Berlusconi. Es sieht aus, als habe es zur Unterwanderung des Staates und zur Ausplünderung des Landes einen Masterplan gegeben, dessen Ausführender und Nutznießer seit 1994 Silvio Berlusconi ist. In den Interviews tritt ein tiefer Pessimismus zutage angesichts der Frage, ob die kulturellen Verheerungen der vergangenen siebzehn Jahre überhaupt noch rückgängig zu machen sind.

Sid Vicious ist tot.

Samstag, 5. Februar 2011 – Zwölfuhrdreiunddreißig, zehnkommasechs. Sonnig, wolkig, windig. Das Geflicker in der Schmidtstraße. Zwischen Ferrari-Niederlassung und Aldi-Markt. Hier soll die Frankfurter Avantgarde zu Hause sein. Sieht aber ein bisschen aus wie Avantgarde von gestern. Oder von vorgestern. Man denkt sofort: «Nachtprogramm» oder «Donaueschinger Tage» oder «Diskursanalyse». Alles schwarz. Boden schwarz, Wände schwarz, Stühle schwarz, Decke schwarz. Die Avantgarde hängt – wie so vieles andere in dieser Stadt – am Tropf der Banken. Steife-Nacken-Veranstaltung. Ohne Leben. Dieselben grauen Wesen wie seit Jahrzehnten. Kaum sonst jemand, der den Weg hierher hätte finden wollen. Es geht um Religionen. Was es alles gibt. Viele Stimmen, keine Geschichte. Polyphonie statt Dramaturgie. Ja klar. Die fehlende Substanz wird durch virtuose Details ersetzt. Wie verzagt das alles ist. Aber plätschert so weiter. Später Gespräch. Will nicht recht in Gang kommen. Gekicher, als stattdessen in irgendeiner Handtasche ein Navigationsgerät zu sprechen beginnt: «Nach zwanzig Metern rechts abbiegen!» Der junge Hosenträger vom Mousonturm sagt das Wort «Freak-Appeal». Und später nochmal: «freakig». Wahrscheinlich würde er auch vor «fluffig» nicht zurückschrecken. Zum Weglaufen.

Am 5. Februar 1945 wurde Theodor Neubauer im Zuchthaus Brandenburg enthauptet.

Dienstag 8. Februar 2011 – Siebenuhrneunundfünfzig, fünfkommanull. Grau. Kopfschmerzen. Jürgen Roth berichtet, dass er im Herbst einige Tage beim sterbenden Chotjewitz in Stuttgart war und sich dessen Lebensgeschichte hat auf Band sprechen lassen. Im Frühjahr werden die redigierten Abschriften im Verlag «Büchse der Pandora» als Buch erscheinen. Unter dem schönen Titel: «Mit Jünger ein' Joint aufm

Sofa, auf dem schon Goebbels saß.» Interessant, dass sich Chotjewitz, der wusste, dass er nichts mehr zu verlieren hatte, bei der Redaktion der Protokolle für größere Milde entschieden hat. Wirklich bewundert habe er eigentlich nur einen Kollegen: den Piwitt. Jürgen erzählt, dass er stundenlang den Rotschwänzen vor seiner alten Tischlerei in der Kriegkstraße zuschauen könne. Und empfiehlt die Tagebücher von Charles Bukowski und Peter Rühmkorf. Viel Bier.

Anna Nicole Smith ist tot.

Donnerstag, 10. Februar 2011 – Zwölfuhracht, dreikommaacht. Soupe au brouillard. Was für ein Geschlinger durch den Tag: Gleich nach dem Aufwachen in Eric Hazans «Die Erfindung von Paris» das Kapitel über das Marais gelesen. Anschließend eine Stunde auf den Trainer und dort einen Doppelkopf mit dem Filmemacher Andres Veiel gehört, der gerade einen Spielfilm über Ensslin, Vesper und Baader gedreht hat. Klingt sympathisch, Veiel, mit dem möchte man was machen. – Dann, weil Roth erzählt hat, dass ihn Irmgard Möller auf der Beerdigung von Chotjewitz versehentlich begrüßt hat, lese ich deren langes Gespräch mit Tolmein: «RAF. Das war für uns Befreiung.» Immer wieder arbeitet man sich in Sachen Stammheim an der Frage ab: War es Mord, war es Selbstmord? – Abends mit Jürgen ins Jüdische Museum, wo Wilhelm von Sternburg, der mal Chefredakteur des Hessischen Rundfunks war, seinen Anna-Seghers-Essay vorstellt. Er sagt die schönen Sätze: «Als intelligenter junger Mann in den zwanziger Jahren wäre ich aus Entsetzen über das Versagen der bürgerlichen Eliten sicher Revolutionär geworden. Ich hoffe, dass ich kein Nazi, sondern Kommunist geworden wäre.» Ruth Wagner ist auch da, die ehemalige hessische Wissenschaftsministerin, wirkt viel weniger unsympathisch als damals im Fernsehen. Eine anregende Runde. An der Decke unten im Foyer hängen mindestens zwanzig der tollen DaCosta-Lampen. – Nach Hause, noch ein paar Seiten in den Tagebüchern von Charles Bukowski. So gut, dass die Briefe auch noch bestellt werden müssen. – Was für ein Geschlinger.

Tot ist Carl Meinhof, Pastor, Rassist, Nazi.

Freitag, 11. Februar 2011 – Neunuhrsechsundfünfzig, achtkommaacht. Regen. Müde.

Was ist los? Ich werde alt, alt, alt. Ich will es nicht wahrhaben. Trotzdem merke ich es: an der Haut, den Augen, den Haaren, den Flecken. Oder wenn ich mich unverhofft in einer Schaufensterscheibe sehe. An all den Sachen, die ich versuche zu ignorieren.

Zum Beispiel an den Herzinfarkten, Schlaganfällen, den Toten in meiner Umgebung. Diese Woche also Wolfgang Deichsel. Ein wenig Hochmut zieht man noch daraus, dass man selbst noch nicht dran ist. Aber kommt schon, man rückt nach vorn, steht nicht mehr hinten an. Gut, ich bin ein Hypochonder. Wenn ich jemanden sehe, der unter einem Ausschlag leidet, beginnen meine Handrücken zu jucken, hat jemand einen Pneumothorax, werde ich kurzatmig, weil mir ein Lungenflügel zusammengefallen ist, wenn ich höre, dass es einen Hüftschnupfen gibt, fange ich an zu humpeln. Man muss ja ignorieren, aufstehen, kochen, einkaufen, plaudern. Ich höre Strawinskys Violinkonzert, schaue Nachrichten, schreibe Mails, zahle Steuern, lache am Telefon. Man gibt sich lebendig: Ihr wollt ein Buch von mir? Schön. Ich soll irgendwo auftreten? Gut. Verhandeln wir über den Preis! Aber eigentlich will ich nicht. Eigentlich will ich bezahlt werden dafür, dass ich da bin. Wenn es schon nicht ohne Bezahlung geht. Ich will nichts dafür tun, leben zu dürfen. Will überhaupt nichts tun, außer Rennrad fahren, Bilder gucken, Musik hören, essen, abnehmen, lesen, Wein trinken, Espresso trinken, schreiben. Bloß nicht enden wie Mubarak: zweiundachtzig Jahre alt und merkt nichts mehr. Gestern Abend bei seiner Rede hat die halbe Welt zugesehen und darauf gewartet, dass er sagt: Tschüs, das war's, ich habe verstanden. Aber er schwafelt von *seinem* Land, *seinen* Pflichten, *seinem* Volk, *seinen* Kindern. Greises Patriarchengerede. Warum sagt es ihm niemand? Wofür hat er seinen Geheimdienst? Jetzt wird es wieder Tote geben. Jetzt müssen sie den Präsidentenpalast umzingeln. Ist das die Lehre? Man muss nach Versailles marschieren. Die Toten gehören dazu.

Vor einundfünfzig Jahren starb Victor Klemperer.

Samstag, 12. Februar 2011 – Fünfuhrzweiundvierzig, minus zweikommafünf. Alles in Ordnung: Mubarak ist gestern doch noch zurückgetreten; ich bin wieder jung.

Es ist Viertel nach fünf, als ich aufstehe und das Fenster öffne. Ich setze mich und schaue nach draußen in die Dunkelheit. Der Lärm der Autoreifen auf dem Asphalt sagt mir, dass es geregnet hat. Jetzt fällt auch ein Tropfen auf das Blech der Fensterbank. Man hört einen Vogel singen. Ich wüsste gern, was das für einer ist. Ich habe immer wieder versucht, die Stimmen den Vögeln zuzuordnen, habe mir eine CD mit illustriertem Begleitheft gekauft, später sogar eine DVD geschenkt bekommen. Aber es ist wie mit der französischen Sprache oder mit der Groß- und Kleinschreibung; ich kann es mir nicht merken. Ich kann mir keine Regeln und keine Töne merken. Trotzdem ist es schön, ein wenig Gesang zu hören, nach dem langen Gekrächze der Raben. Heute muss ich auf die Autobahn.

Thomas Bernhard ist tot.

Sonntag, 13. Februar 2011 – Sechsuhrneunundfünfzig, dreikommaneun. Regen, das heißt: Rolle statt Straße.

Ins Krankenhaus bringt man Blumen und Früchte mit. Also schnell noch in den Supermarkt, paar Mandarinen und ein Schälchen Trauben kaufen. Und, hier, die Birnen sehen doch prächtig aus. Sie heißen «Abate Fetel», riesige Keulen. Autobahn. Obwohl ich den Weg kenne, schalte ich das Navigationsgerät ein, damit jemand mit mir spricht. «Nach siebzig Metern rechts halten! Rechts halten!», sagt die Stimme der Maschinenfrau. «Fahren Sie zweihundert Kilometer geradeaus!» Wenigstens duzt sie mich nicht, wie sie das bei Apple und Ikea tun. Im Radio die erste Sinfonie von Elgar, aber dafür ist es zu früh, einen solch dicken Sirup ertrage ich noch nicht um diese Zeit. «Das Wetter in Hessen: bewölkt, vereinzelte leichte Niederschläge, teils als Schnee, teils als Regen.» Leichte Niederschläge? Von wegen, Freundchen, die Wahrheit ist: Ab Alsfeld versinkt die Welt im Schnee – liegengebliebene Wagen, Unfälle, Staus, Räumfahrzeuge. Man kriecht, man schlurrt so dahin. Aber der Mazda kommt durch. Die Klinik in Kassel kenne ich gut, mein Bruder ist hier gestorben und meine Mutter. Papa sitzt auf der Bettkante. Wir lächeln uns an; wir freuen uns, einander zu sehen. Viel ist es nicht, was man in meinem Alter zum ersten Mal tut, aber jetzt ziehe ich zum ersten Mal meinem Vater die Socken an. Dann spitzen wir gleichzeitig die Ohren. Klackernde Schritte auf dem Stationsflur. Ein Geräusch, das nicht von den Gesundheitsschuhen der Krankenschwester stammen kann. Es stammt von richtigen, schönen Frauenstiefeln, die meiner Schwester Heike gehören, die jetzt ihren Kopf ins Zimmer streckt. Da sind wir also beisammen, wir drei. Wie gut.

Kurzer Stopp an der Raststätte, ein junger Typ kommt auf mich zu, lange Haare, Brille, große Nase. – Ob ich ihn mit nach Frankfurt nehmen kann? – Klar! Was denn in der großen Tasche sei, frage ich. – «Ein Fahrrad», sagt er. – Ein Fahrrad? – «Ja, so ein Faltrad, hab ich billig bekommen, bei ebay, siebzig Euro.» – Dann redet und redet er. Dass er fast immer trampt, dass er dadurch bei jeder Fahrt hundert Euro spart, dass er gerade von einer zweijährigen Weltreise kommt, dass er auch dort gut gespart habe, dass er heute bei der Familie seiner Frau zum Essen eingeladen sei, dass er dort vielleicht morgen noch in die Sauna dürfe … Er weiß Bescheid, er ist ein Pfiffikus, ein Schnorrer, der es sich gutgehen, der lieber die anderen zahlen lässt. Er wohnt seit fünf Jahren in Mainz, aber hat den Namen Anna Seghers nie gehört. Er ist keiner von denen, die uns retten werden.

Am 13. Februar 1999 starb bei der «Hetzjagd von Guben» auf der Flucht vor einer Gruppe Rechtsradikaler der algerische Asylbewerber Farid Guendoul. Drei der später verurteilten Täter traten 2008 für die NPD bei den Kommunalwahlen in Brandenburg an.

Dienstag, 15. Februar 2011 – Neunuhrsiebenundzwanzig, dreikommafünf. Grau, feucht. Wach seit halb vier.

Nun hab ich überwunden
Kreuz, Leiden, Angst und Not
Und hab allhier gefunden
Nichts andres als den bittren Tod
(Inschrift auf einem Grabstein bei Sankt Peter)
«No Tears for Krauts!»
(Parole der Gegner des Dresdner Bombengedenkens)

Durch mit dem Bukowski. Manchmal nervend das großmäulige Obenhin, aber viele Perlen. – Gekommen ist Hélène Berrs Pariser Tagebuch.

Tot ist der Physiker Richard Feynman, der den schönsten Liebesbrief aller Zeiten geschrieben hat – an seine Frau Arline, die zwei Jahre zuvor gestorben war.

Montag, 21. Februar 2011 – Sechsuhrachtunddreißig, minus vierkommavier. Braucht keiner mehr, diese Temperaturen. Wach seit vier. In den letzten Nächten wiederholt Albträume.

Gestern mit Habernoll im berühmten «Settobello», einer kleinen Kaschemme hinterm Hauptbahnhof in der Niddastraße. Die Kellner scheinen sich selbst zu genügen, sie kreisen in ihrem eigenen Kosmos aus Gesprächen, Telefonaten, Gesten, Blicken. Die Gäste stören da eigentlich nur, dienen aber in doppelter Hinsicht der Unterhaltung des Personals. In dem schmalen Getränkelager dürfen Stammgäste rauchen. Im Netz lese ich später ein paar geradezu wütende Kommentare von unzufriedenen Besuchern. Ich weiß nicht … mir hat's gefallen.

Denke ich an D., bringt mich das nach Tagen noch auf. Diese Frau ist eine Ganzkörperlüge. Auf die Frage, wie es ihr gehe, knipst sie ihr strahlendes Lächeln an: «Mir geht es wunderbar.» Dabei tänzelt und kokettiert sie, und jeder sieht, wie es bröckelt. Wahrscheinlich ist sie eine Betrogene. Sie will unentwegt hofiert werden, und man tut ihr den Gefallen wohl aus Mitleid.

Bei Götz ein Zitat aus Adriano Sofris Notizen über die Situation von Häftlingen: «Dieser bescheuerte Satz: ‹Die haben doch sogar Fernsehen› – die haben nur Fernsehen, wie alle Unglücklichen dieser Welt!»

Lektüre: Graf Kessler und Robert Rauschenberg.

Brigitte Reimann ist tot.

Donnerstag, 24. Februar 2011 – Sechsuhrzehn, minus nullkommaneun. Dunkel. Die Albträume sind vorüber. Niemand meißelt mir mehr den Brustkorb auf.

Verstanden habe ich die Beliebtheit Karl-Theodor zu Guttenbergs nie, schon gar nicht, dass der Mann ausgerechnet als «glaubwürdig» galt. Dennoch reagiere ich jetzt mit womöglich naivem Entsetzen. Die CDU ist eine große, das Land maßgeblich bestimmende Partei. Ahnt dort eigentlich niemand, welchen Schaden man anrichtet, wenn man die Werte, die man als die eigenen reklamiert, nicht nur verletzt, sondern gleich ganz suspendiert? Wenn man von seinen Ministern nicht einmal mehr den Anschein von Redlichkeit verlangt? Wenn man so tut, als handele es sich hier um eine akademische Petitesse? Die anhaltende oder gar steigende Popularität eines entlarvten Betrügers lässt schon nichts Gutes ahnen. Aber das nahezu einhellige Versagen der CDU in dieser Affäre wird die Republik verändern. Bürgerliche Tugenden wird man künftig in der Nähe dieser Partei nicht mehr vermuten dürfen. Und zu Bildungs- und Erziehungsfragen kein Wort mehr von ihr hören wollen. Derweil wurde bekannt, dass Guttenberg einen eigentlich vereinbarten Vortrag auf dem heute beginnenden Kongress christlicher Führungskräfte abgesagt hat. Titel der Veranstaltung: «Mit Werten in Führung gehen».

Todestag von Georg Christoph Lichtenberg: «Zum Ruhm berühmter Menschen gehört immer die Dummheit ihrer Bewunderer.» (sinngemäß)

Montag, 28. Februar 2011 – Siebenuhrvierundzwanzig, minus nullkommasechs. Gestreifter Himmel, leuchtend. Am Samstagmorgen eine Stunde Rolle, dabei das Doppelkopf-Gespräch mit Walter «der-Sohn-vom» Kohl – unter der Brachialität des Vaters ist er zum tragisch wirkenden Langweiler geworden. Dann Schäfergasse, auf Vermittlung von Christian in die Galerie Bärbel Grässlin; die Wände sind leer, weil die nächste Vernissage bevorsteht, aber was für ein wunderschönes Gebäude, helle, offene, fliegende Räume. Und die Galeristin hat eine gute Temperatur, erzählt Geschichten über Gerhard Richter, Martin Kippenberg, Bernd Lunkewitz etc. Auf der Autobahn Richtung Kassel zwei kurzweilige Stunden mit Alf und Thomas Mann. Wieder in die Klinik, wo ich erst mal umherirre. – Chirurgische Intensiv? – Da lang, nein, da lang. Sie stehen doch direkt davor. – Schläuche und Leitungen, Geblubber und Geläute, aber V. geht es besser; er lacht und plaudert und scherzt mit der Schwester.

Nach Elgershausen zu Beate und Helmut, Wildschweingulasch und Pfälzer Landwein, und alles ist so traut, als seien wir gerade erst auseinandergegangen. Morgens Kopfschuss. Blick aus dem Fenster: der alte Bahnhof im Nebel, Krähen über den

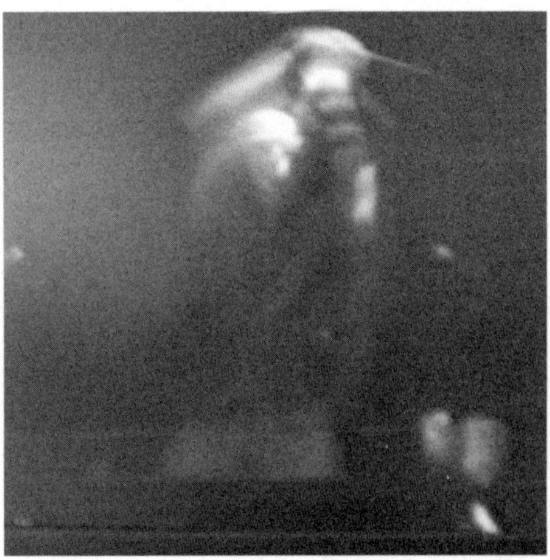

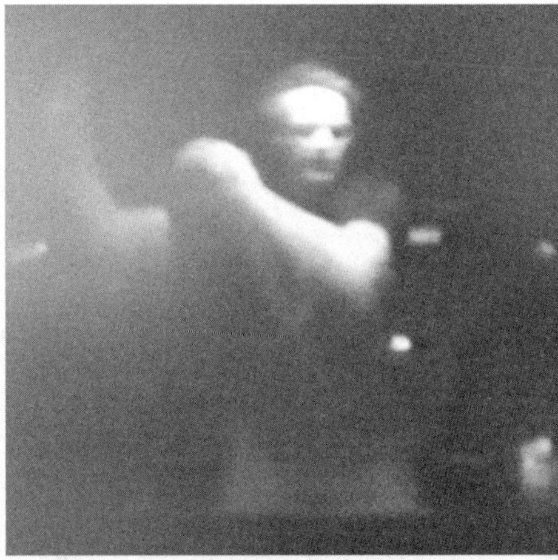

Feldern. Aron fiept in der Küche. Frühstück. Wieder Klinik, wieder Autobahn, wieder Thomas Mann.

Guttenberg und Gaddafi scheinen um Dickfelligkeit zu wetteifern, sind beide noch immer nicht zurückgetreten. Kann aber nicht mehr lang dauern. – Und die Eintracht? – Na, was denkst du? – Nee, oder? – Dann die neue Carlos-Kleiber-Dokumentation von Georg Wübbold.

Lektüre: «The Full Story of Fred and Rose West and the Gloucester House of Horrors».

Tot ist David Byron.

Mittwoch, 2. März 2011 – Achtuhreinundzwanzig, vierkommafünf. Hell. Sonne? Sonne! Aufwachlektüre: Piwitts «Notate zur Nacht» – Wenn man doch einmal so beisammen wäre.

Er sagt nicht: Ich habe gestohlen, betrogen, getäuscht. Er sagt nicht: Ich habe das Parlament und die Öffentlichkeit belogen. Er sagt nicht: Ich habe der politischen Kultur und dem Ansehen der Wissenschaft großen Schaden zugefügt, den ich mit jedem

Tag, den ich länger im Amt blieb, weiter vergrößert habe. Er sagt nicht: Ich habe mich an die Bildzeitung verkauft. Stattdessen inszeniert Guttenberg seinen Rücktritt als einen Opfergang. Er opfere sich seiner Partei und den Soldaten. Er sei das Opfer einer entfesselten medialen Öffentlichkeit. Noch sein Abgang sei demnach der Ausweis seines großen Verantwortungsbewusstseins. Der Mann ist ein Simulant seiner selbst. Hochmut als Bescheidenheit getarnt, Chuzpe als Demut. Noch im Fallen begriffen, bereitet er schon sein Comeback vor. Ich, ich, ich. Allein was für eine Gnade, dieses Salatöl ein paar Jahre etwas seltener sehen zu müssen. Und das Volk? 85 Prozent der Befragten halten den Rücktritt laut einer Umfrage von ntv für falsch. Es ist reif für seinen Berlusconi.

«So viel Scheinheiligkeit und Verlogenheit war selten in Deutschland», sagt die Kanzlerin. Da hat sie recht. Oder meint sie gar nicht ihren zurückgetretenen Verteidigungsminister? Nein, sie meint dessen Gegner. Sie ist wohl im Moment ein bisschen durcheinander.

Am 2. März 1974 wurde der DDR-Flüchtling Georg Michael Welzel in Spanien durch die Garotte hingerichtet.

Donnerstag, 3. März 2011 – Sechsuhrdreiunddreißig, minus einskommasechs. Dämmert rötlich. Es gibt einige Wörter, die der Freiherr zu Guttenberg bis an sein Ende besser nicht mehr in den Mund nehmen sollte: Aufrichtigkeit, Ehrlichkeit, Wahrheit, Redlichkeit, Vertrauen, Respekt, Verantwortung, Glaubwürdigkeit, Ehre, Schicklichkeit, Anstand, Sittlichkeit, Verlässlichkeit, Seriosität, Geradlinigkeit, Scham, Lauterkeit, Offenheit, Korrektheit, Klarheit, Loyalität, Moral.

Die Heranwachsende: «Papa, man darf jetzt seine Hemden wieder im Hosenbund tragen.» – Ach was, ich halte durch, bis sich die Mode wieder dreht.

Bei all dem Guttenquatsch nicht mitbekommen, dass Annie Girardot gestorben ist. Die große Annie Girardot. Tot ist Otto Reutter, dem Degenhardt ein wunderbares Lied gewidmet hat: «In fünfzig Jahren ist alles vorbei».

Freitag, 4. März 2011 – Zwölfuhrachtunddreißig, zweikommazwei. Kalt, sonnig. Wach seit vier. Damit man mal wieder in den Rhythmus kommt.

Eine Woche lang fast minütlich geswitcht zwischen Spiegel online, FAZ, SZ, Tagesspiegel, Bild. Und immer gedacht: Wie denn, es ist doch eure Moral, die ihr da gerade zum Teufel schickt. Muss ich sie jetzt gegen euch verteidigen? Um am Ende wieder dumm dazustehen? Aber so ist es wohl. Wenn das Bürgertum pfeift auf seine

Ansprüche, dann müssen wir sie in Schutzhaft nehmen, denn das heißt ja, dass wir wieder in vorbürgerlichen Zuständen angekommen sind.

Tot ist Néstor Almendros, Kameramann von Truffaut und Rohmer.

Montag, 7. März 2011 – Zehnuhreinundzwanzig, zweikommadrei. Sonnig.

«Und was, bitte, ist für dich ein Genosse?» – Versuchsweise vielleicht: ein Demokrat, der verstanden hat, dass eine Demokratie erst dann ihren Namen wirklich verdient, wenn sie auch eine Wirtschaftsdemokratie ist. Wenn in ihr also jene, die die Werte schaffen, auch über sie verfügen.

Unglaublich, wie viele Facetten der Fall Guttenberg hat. Die jetzt veröffentlichten Fotos und Filmdokumente, welche Angela Merkel zusammen mit Annette Schavan am vergangenen Dienstag auf der Computermesse «Cebit» in Hannover zeigen, geben der Sache einen neuen Twist. Kurz rekapituliert: Am Abend des 21. Februar gibt Guttenberg in Kelkheim bekannt, er wolle dauerhaft auf seinen Doktortitel verzichten, zwei Tage später wird ihm dieser von der Universität Bayreuth aberkannt. Die Union und Merkel geben ihm zum wiederholten Mal volle Rückendeckung für sein Amt. Am 28. Februar schert mit Bundesforschungsministerin Annette Schavan das erste Kabinettsmitglied aus: «Ich schäme mich nicht nur heimlich.» Dagegen erklärt noch am selben Tag Regierungssprecher Seibert im Namen Merkels: «Der Bundesverteidigungsminister genießt das Vertrauen der Bundeskanzlerin. Daran hat sich nichts geändert. Die Kanzlerin glaubt ihm.» Am Morgen des nächsten Tages: Merkel und Schavan auf der «Cebit» in Hannover. Fotos zeigen die beiden während ihres Messerundgangs genau in dem Moment, als die Kanzlerin eine SMS erhält. Merkel liest die Nachricht, lächelt und reicht ihr Handy an Schavan weiter. Dann schauen die beiden einander so verschmitzt an wie zwei Ordensschwestern, die gerade das erste Nacktfoto des jungen Vikars gesehen haben. Na also, geschafft!, sagt beider Gesichtsausdruck. Was zu diesem Zeitpunkt niemand außer den beiden weiß: Mit dieser SMS hat der Verteidigungsminister seinen Rücktritt erklärt. Kurze Zeit später macht Guttenberg seine Entscheidung in Berlin öffentlich. Zurück in der Hauptstadt wird Merkel vor der Presse ihr Bedauern bekunden. «Schweren Herzens» habe sie das Rücktrittsgesuch angenommen. Noch am selben Abend ruft Merkel während eines Wahlkampfauftritts in Karlsruhe: «So viel Scheinheiligkeit und Verlogenheit war selten in Deutschland.» Die Frage, wen sie damit gemeint hat, stellt sich also erneut. Vielleicht ja sich selbst.

Tot ist Martin Kippenberger, über den Christian sagt, er sei der Thomas Gottschalk der bildenden Kunst gewesen.

Freitag, 11. März 2011 – Siebenuhrdreiundvierzig, achtkommazwei. Noch trocken, aber schwere Regenwolken.

Die Programmverantwortlichen der ARD brauchen keinen Berlusconi, der ihnen sagt, was sie senden sollen. Sie kriechen ganz von selbst vor der Quote zu Kreuze und ändern ihr Programm, um eine Stunde lang die militärische Verabschiedung eines überführten Betrügers zu zeigen. Es tut einem um jede Motte leid, die in den Fackeln der Soldaten verbrennt. Derweil wird bekannt: Die Zufriedenheit der Bevölkerung mit Guttenberg ist im Vergleich zum Vormonat (also vor Bekanntwerden seines Plagiats) noch einmal um fünf Prozent gestiegen.

«Es gibt Lebenslagen, in denen auch der am wenigsten grausame Mensch so losgelöst von allem anderen ist, dass er ohne Herzklopfen das ganze Menschengeschlecht zugrunde gehen sehen könnte.» (Gustave Flaubert, «Die Erziehung des Herzens»)

Abends dann mit Tränen der Rührung Kenneth Branaghs Verfilmung von «Viel Lärm um nichts» gesehen. Shakespeare als Gegengift gegen die Welt. Es funktioniert.

Tot ist Heinrich Mann.

Montag, 14. März 2011 – Vieruhrneununddreißig, fünfkommaneun. Dunkel. Wach seit halb vier. Am Freitagmittag kommt per Overnight-Express die Verfilmung der «Braut im Schnee». Will nur mal kurz reinschauen, bleibe dann aber die vollen neunzig Minuten sitzen. Eigentlich habe ich noch nie einen Autor getroffen, der zufrieden gewesen wäre mit der Verfilmung seines Buches. Aber ich bin's.

«Sehr geehrter Herr Altenburg, vielen Dank für Ihre E-Mail. Die ARD-Programmverantwortlichen wollten mit der Übertragung des Großen Zapfenstreichs ganz allgemein dem großen öffentlichen Interesse an Karl-Theodor zu Guttenberg Rechnung tragen. Mit der Programmentscheidung ist jedoch keinesfalls eine politische oder sonst wie geartete Bewertung des Falls verbunden. Ihre Kritik wird zur Kenntnisnahme der Programmverantwortlichen protokolliert. Leider gelingt es nie, allen unterschiedlichen Interessen gerecht zu werden. Wir bitten Sie hierfür um Verständnis und danken Ihnen für Ihre engagierte Programmbegleitung. Mit freundlichen Grüßen, … , Erstes Deutsches Fernsehen, Programmdirektion, Zuschauerredaktion.»

Freitagabend in Herborn nach der Lesung noch mal Guttenberg: «Aber wir haben doch alle mal abgekupfert … Aber der Enthüller gehört doch zur äußersten Linken … Aber der Trittin hat doch auch seine Bonusmeilen …» – Zum Glück hab ich diesmal Guntram an meiner Seite.

Erinnerungen an Günter Amendt: wie er zu uns in die Schule kam, dann die gemeinsame Fernsehproduktion in Stuttgart; wie dieser langhaarige, schöne Mann kurz darauf zum Schrecken der Eltern erneut in Baunatal aufkreuzte, um sein Necessaire abzuholen und sich über den Ausdruck «Kulturbeutel» lustig machte; wie er – haltmachend auf dem Weg von Hamburg nach Zürich – bei uns in der Wohngemeinschaft hockte; später noch ein paar Treffen auf der Buchmesse ... Am Samstag ist Amendt – zusammen mit Dietmar Mues, dessen Ehefrau Sibylle und der Bildhauerin Angela Kurrer – in Eppendorf bei einem Autounfall ums Leben gekommen.

Vor vier Jahren starb Lucie Aubrac.

Donnerstag, 17. März 2011 – Elfuhreins, achtkommazwei, Suppe. Erschöpft.

Im Kondolenzbuch für Günter Amendt erzählt der Künstler Bernd Brummbär folgende Geschichte: «Im Sommer desselben Jahres (68 oder 69?) lernte ich etwas von ihm, das ich nie vergessen werde. Wir waren in der Frankfurter B-Ebene unterwegs, als eine fette, alte Frau uns hasserfüllt ansah, irgendwas Obszönes in unsere Richtung murmelte und dabei das Ende der Rolltreppe übersah. Sie fiel, und ich dachte: ‹Geschieht ihr ganz recht, dieser fetten Sau!› — als Günter ganz selbstverständlich hinzusprang, sie stützte, den Sturz verhinderte und sie wieder aufrichtete. Ich sah zu und kam mir vor wie das mistigste Miststück unter allen Miststücken! (...) Ich erwischte mich als ganz hasserfüllt und beschloss, dies dürfe nie wieder vorkommen in meinem Leben.»

Lektüre: Paul Léautauds Pariser «Kriegstagebuch». Immer wieder wird dem Autor dieser Journale seine Direktheit, sein Mut, sich bedingungslos zu exponieren, zugute gehalten. Was ich bisher lese, spricht eher für eine große Wendigkeit, für eine kecke Geschmeidigkeit – jedenfalls im Umgang mit den deutschen Besatzern.

Todestag von Luise Rinser, die Michael Kleeberg im Januar im «Spiegel» porträtierte als einen Menschen von einer «atemnehmenden Selbstbezogenheit», die nur mit der bekannten Anekdote zu beschreiben sei, bei der die große Persönlichkeit ihren Gesprächspartner mahnt: «Nun reden wir die ganze Zeit von mir, sagen Sie doch auch mal etwas. Wie fanden Sie denn meinen neuen Roman?» Zumindest habe er sie bei der ersten Begegnung – sie war gerade aus Nordkorea zurückgekehrt – so kennengelernt.

Montag, 21. März 2011 – Sechsuhrachtzehn, minus nullkommaeins. Frühlingsanfang. Der Osten ist rot.

«Maudit printemps! Reviendras-tu toujours?» («Verwünschter Frühling, kehrst du stets zurück?») Béranger.

Gestern Morgen Saisonauftakt in Niederdorfelden, seit anderthalb Jahren die erste RTF, siebzig Kilometer. Zurück mit Jörg und Ralf. Dann Kochen. Dann endlich mal wieder munteres Geschnattere mit Nägele und Arning – mein Gott, war das lang her.

«Wochenlang textest du die Geisterbahn mit dieser Guttenberg-Sache zu, aber kein Wort zu Libyen, kein Wort zur Katastrophe in Japan!» – Ist das wahr? Ja, tatsächlich, es ist wahr. Wird wohl etwas zu bedeuten haben.

Nadar ist tot.

Dienstag, 22. März 2011 – Sechsuhrsechzehn, nullkommavier. Wird langsam hell. Klarer Himmel. Und was für ein schöner, fetter Mond direkt über den Dächern. Durch mit dem Kriegstagebuch von Paul Léautaud. Ein unangenehmer Charakter – kriecherisch und hochmütig zugleich, ein renitenter Anpasser, Antidemokrat, Kriegsgegner, Tierfreund. Am 20. November 1945 notiert er: «Wo ist mein Tierbestand aus der Zeit der Mobilmachung von 1914 geblieben: 38 Katzen, 22 Hunde, 1 Ziege, 1 Gans?» – Immerhin ein interessantes Bild jener Jahre in Paris …

Guntram schickt einen Artikel der «Neuen Zürcher Zeitung», in dem erstmals nachgewiesen wird, dass die Ehefrau Joseph Roths, Friederike (Frieda, Friedl) Roth, im Rahmen des Euthanasieprogramms der Nazis am 15. Juli 1940 in der Gaskammer von Schloss Hartheim in der Nähe von Linz umgebracht wurde. Ein Jahr zuvor war Joseph Roth im Hotel Necker gestorben. Beerdigt wurde er auf dem Cimetière de Thiais. Kurz vor dessen Tod traf Walter Mehring seinen betrunkenen Kollegen in Paris am Straßenrand sitzend: «Roth, warum trinken Sie so viel? Sie ruinieren sich doch!» – «Und warum trinken Sie nicht, Mehring? Glauben Sie, dass Sie davonkommen werden? Auch Sie werden zugrunde gehen.»

Gestern Kräuter gesät: Basilikum, rotes Basilikum, Petersilie, Schnittlauch, Kerbel, Rosmarin, Estragon.

Der Interbrigadist Harry Fisher ist tot.

Freitag, 25. März 2011 – Elfuhrsechsunddreißig, fünfzehnkommafünf. Der Himmel weiß verschliert. Es ist jeden Tag dasselbe. Gegen Mittag hört man einen Dieselmotor. Er gehört zu dem gelben VW Caddy der Postbotin. Der Motor wird abgestellt, die Fahrertür geöffnet und kurz darauf wieder geschlossen. Die Frau ist so mittel. Mittelalt, mittelgroß, mitteldick. Sie grüßt nicht gern. Sie hat es eilig. Vielleicht ist sie menschenscheu. Die Klappen der Briefkästen klappern. Das Klappern kommt näher. Schließlich klappert auch die Klappe unseres Briefkastens. Ich warte, bis der Caddy sich entfernt hat, dann gehe ich raus, um den Briefkasten zu öffnen. Nur Rechnungen. Fünf Tage in der Woche. Samstags kommt eine andere Postbotin. Sie ist zu Scherzen aufgelegt. Sie fährt Fahrrad.

Die Rotschwänze sind wieder da und die ersten Hummeln. Am Main die Trauerweiden sehen gar nicht traurig aus. Das frische Grün der Blätter leuchtet an den langen Ruten. Man hört jetzt wieder mehr Kinderstimmen. Und Rad fahren kann man mit nackten Beinen.

Heute vor zweihundertundzehn Jahren ist Novalis gestorben.

Montag, 28. März 2011 – Zehnuhrvierundfünfzig, dreizehnkommavier. Neue Zeit. Nicht ganz so wolkenlos wie angekündigt.

Durchmarsch der Grünen. Na und? Demokrat bleiben und nie den alten Anarchistenspruch vergessen: «Wenn Wahlen etwas ändern würden, wären sie verboten.»

Letzte Woche brachte Erdal das Buch mit, jetzt ist es ausgelesen: «Fluchtversuche: Das Leben des Miro Sabanovic zwischen Familienterror, Bahnhof Zoo und Ausländerbehörde.» Der wuchtige Bericht eines Jungen aus einer bosnischen Roma-Familie. Erstaunlich, wie gedankenlos und nassforsch der Herausgeber die Tatsache überspielt, dass hier ein Kind hundertfach durch schwule Freier missbraucht wurde.

Und jetzt – auf Hinweis von Helmut: «Menschen, Pferde, weites Land. Kindheits- und Jugenderinnerungen» von Hans Graf von Lehndorff. Dass mich aber auch fast alles interessieren muss … Na ja, außer den exakten Wissenschaften; für die sind immer die anderen zuständig.

Virginia Woolf ist tot.

Dienstag, 29. März 2011 – Siebenuhrfünfundfünfzig, fünfkommasieben. Schon schön.

Hiermit verbiete ich Eva Demski und Michael Herl, jemals – gleichgültig, ob öffentlich oder privat – zu behaupten, ich hätte gestern, am Montag, dem 28. März 2011 gegen 22 Uhr in der Nibelungenschänke in Frankfurt am Main eine für drei Personen portionierte Nachspeisenplatte – bestehend aus Mousse au Chocolat, Karamellcreme und griechischem Honigjoghurt mit Walnüssen – allein aufgegessen. Ich verbiete es ihnen, weil es nicht stimmt, nicht stimmt, nicht stimmt. Erstens war es bereits 22.30 Uhr, zweitens habe ich sie nur fast aufgegessen, diese extrem leckere Nachspeisenplatte für drei Personen.

Am 29. März 1963 starb die Sängerin Texas Ruby Agnes Owens an einer Überdosis Mousse au Chocolat ...nein, sie war mit einer brennenden Zigarette in ihrem Wohnmobil eingeschlafen.

Freitag, 1. April 2011 – Neunuhrneunundvierzig, in der Sonne schon siebzehnkommadrei Grad. Um vier Uhr hadernd aufgewacht.

Die Goldnuss – Immer mal wieder dachte ich darüber nach, an wen mich die Grünen-Chefin Claudia Roth erinnert. Und kam nicht drauf. Bis ich merkte, dass die Frage falsch gestellt war. Richtig hätte sie lauten müssen: An *was* erinnert mich Clau-

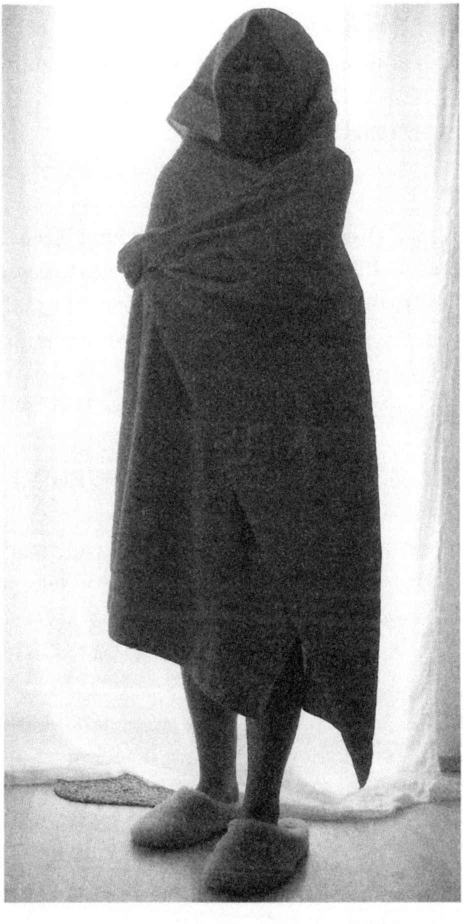

dia Roth? Nämlich an eine milchzahnbrechende Süßigkeit aus meiner Kindheit, an die «Goldnuss» der Firma Küfa aus dem lippischen Dörentrup. Fast möchte man so verwegen sein zu behaupten: Claudia Roth gleicht einer Goldnuss auf Speed.

Vernebelter Aufklärer – Kaum eine regelmäßig erscheinende Druckschrift, in der weniger sprachliche Nachlässigkeiten zu finden sind, als im Monatsmagazin «Konkret». Groß ist die Freude des Muckers, wenn er doch mal einige findet, noch dazu in nur einem Satz. Im Märzheft: «Das Paradebeispiel schlechthin für skandalöse Besitzverhältnisse im Medienbereich ist natürlich Italien.» Warum Parade? Warum schlechthin? Was ist daran natürlich? Und wie kann etwas skandalös sein, wenn es zugleich natürlich genannt wird? So etwas heißt man wohl: Nebel der Aufklärung.

Alles – Ich wusste nichts über Winfried Kretschmann, den künftigen Ministerpräsidenten von Baden-Württemberg. Als ich las, dass er sowohl von Heiner Geißler als auch von Martin Walser geschätzt wird, hatte ich den Eindruck, alles über ihn zu wissen.

Treffer – Todestag von Hans Filbinger.

Dienstag, 5. April 2011 – Dreizehnuhreins, fünfzehnkommavier. Trotzdem frisch.

Weißt du, wer der nackte Jörg ist? – «Papa, jeder, der in dieser Stadt lebt, kennt den nackten Jörg.» – Weißt du auch noch, wann du ihn zuerst gesehen hast? – «Nein.» – Du warst drei oder vier Jahre alt. Es war vor vielen Jahren irgendwann im Spätherbst. Wir fuhren im Bus am Südfriedhof vorbei, als draußen der nackte Jörg über den Bürgersteig lief. Und du hast gesagt: ‹Guck mal, Papa, da draußen der Mann! Der kriegt ja ganz kalte Füße.›

«Scham ist ein revolutionäres Gefühl.» Johannes R. Becher.

Das Wort Zeitgenosse. Will man das sein, ein Genosse seiner Zeit? Eher ja.

Tot ist Allen Ginsberg, dessen «Planet News», ein kleines gelbes Bändchen der Reihe Hanser, ich vor sechsunddreißig Jahren eine Saison lang in den Taschen meines sandfarbenen Teddy-Mantels spazieren trug.

Sonntag, 10. April 2011 – Siebenuhrdreiundvierzig. Das Außenthermometer ist defekt. In den Häusern und Gärten alles noch ruhig. Die Rotschwänze tollen im taunassen Gras.

Lustig, dass H. mich verdächtigt, ein heimliches Mobiltelefon zu besitzen, ihm aber meine Nummer nicht geben zu wollen und ihn so aus dem Kreis der Eingeweihten auszuschließen. Er hingegen, der zugibt, mit seinem iPhone nichts anderes anfangen zu können, als zu telefonieren, ist der Meinung, dass dennoch jeder ein solches besitzen sollte – allein der Schönheit wegen.

Abends «Tokyo-Ga». Wie unangenehm naiv, wie angenehm offen ist dieser Film. Kaum ein anderer Regisseur misstraut den eigenen Wahrnehmungen so stark wie Wenders.

Tot ist die Sängerin Eva Narcissus Boyd, genannt Little Eva («Loco-Motion»).

Mittwoch, 13. April 2011 – Siebenuhrdreiundfünfzig, vierkommaneun. Gemischt.

«Ich will singen wie ein Rennpferd», sagt Herbert Grönemeyer in «Kulturzeit» über seine Bedürfnisse.

«Dann heftet er Orden um Orden an verdiente Brüste der Raumfahrt», so «ZDF heute» über die Tätigkeit des russischen Präsidenten während des Gagarin-Jubiläums.

Da widerspricht man, da legt man sich an, setzt der Wirklichkeit Sprachwiderstände entgegen und der Sprache Wirklichkeitswiderstände, dann kommt die Dame von der Volkszählung, die jetzt «Zensus» heißt, überreicht den Fragebogen … und wo findet man den eigenen Beruf wieder? Unter: SONSTIGE DIENSTLEISTUNGEN.

Vor zwei Jahren starb Abel Paz.

Montag, 18. April 2011 – Zehnuhrzwanzig, siebzehnkommaacht. Wird ein Tag. Gestern um halb sechs aufgewacht, durch die Streuobstlandschaften ins Sinntal. Schöner kann das Land nicht sein als an einem Sonntagmorgen Ende April. Wieder in Schwarzenfels – auf der Burg ein blonder Riese im dicken Leinenwams, vielleicht der Herbergsvater, die Kühe brüllen, die Hähne sagen auch Guten Morgen. Auf der A 7 über Uttrichshausen hinweg (dass es wenigstens mal erwähnt sei, wenn man schon dort herstammt) nach Michelsrombach – dort Proben für das Liebesprogramm.

Und? Fällt dir auch was zu Ai Weiwei ein? – Na ja, dass ich dabei war, als während der Documenta 12 im Juni 2007 ein Unwetter über die Kasseler Karlsaue hereinbrach, den Pavillon unter Wasser setzte und Ai Weiweis Skulptur «Template» in sich zusammenfiel.

Tot ist Marie de Rabutin-Chantal, die Marquise de Sévigné.

Dienstag, 26. April 2011 – Siebenuhrdrei, sechskommaacht. Wach seit fünf. Schon jetzt sehr sonnig. Am Mittwoch zu Günter Amendts Grab auf dem Bockenheimer Friedhof. Am Donnerstag nach Paris. Hotel Relais Bergson in der Avenue Simón Bo-

livar. Der Hotelier wirkt wie eine verkniffene Karikatur seiner selbst. Im Parc des Buttes Chaumont legen wir uns ein Weilchen in die Sonne. Kurze Runde durch Belleville und zum Essen ins Röllchen. Zurück über den Boulevard de la Villette, wo lauter kurzberockte Asiatinnen stehen, die so bieder, so wenig verführerisch aussehen, dass es dauert, bis ich kapiere, was sie hier tun.

Freitagmorgen zu Manet und Berthe Morisot auf den Cimetière de Passy. Auf die Suche nach Fernandel mache ich mich gemeinsam mit einem Englisch sprechenden Franzosen, der zuversichtlich ist, dass wir das Grab finden werden: «They don't move», sagt er über die Bewohner des Friedhofs. Aber die schöne, unglückliche, tote Prinzessin Leila Pahlevi lächelt mir von ihrem Grabsteinfoto zu, als würde sie leben. Durch das monströse Palais de Chaillot runter an die Seine. Am Karussell unterm Eiffelturm warte ich eine Stunde in der Mittagssonne, während zwei Männer einen neuen Softeisautomaten aufstellen, fünf schwarze Arbeiter die Straße asphaltieren, zehn Eiffelturmverkäufer mir ihre kleinen Eiffeltürme verkaufen wollen und Tausende Touristen an mir vorüberziehen. – Karfreitagsprozession in Saint-Germain-des-Prés, ausgerechnet vor dem Café de Flore geht der Priester auf die Knie. An das «Tabou» in der Rue Dauphine erinnert nichts mehr. Dann in die Rue de Tournon, wo Joseph Roth seine letzten Jahre verbracht hat. Sorbonne, École Normale Supérieure, anschließend Jardin du Luxembourg mit Maria und den Kindern. Abends wieder Belleville: Bier aus Dosen auf der Mauer an der Metrostation.

Samstag. Eine Stunde in der Schlange vor dem Musée d'Orsay, um in die Manet-Ausstellung zu kommen. Man fragt sich, warum das Werk dieses Malers plötzlich so viele Bewunderer findet. Oder ob nicht zwei Drittel der Besucher erstaunt sein werden, dass keine Seerosen auf den Bildern zu finden sind. Schade, dass die «Nana» in diesem Himmel fehlt. – Tuilerien, Palais Royal, Passagen. Dann Rue du Faubourg Saint-Denis zum Buffet Adelia, Passage Brady und lange auf dem Platz vor dem Centre Pompidou, wo sich zwei Artisten mit den Musikern einer Brassband streiten. Essen auf dem Boulevard de Belleville: Chez Hunza. Wieder Bier auf der Mauer, diesmal mit der verrückten Madame Isabelle, die uns eine große Dose Kronenbourg entlockt.

Am nächsten Morgen, auf dem Weg zur Garage in der Avenue Secrétan, wo der Wagen abgestellt ist, kommen wir am Établissement Scolarie Lucien de Hirsch vorbei. Im Sommer 1944, kurz vor der Befreiung, sind von hier aus über hundert jüdische Schüler und ihre Lehrer mit dem letzten Zug nach Auschwitz deportiert worden.

John Heartfield ist tot.

Mittwoch, 27. April 2011 – Fünfuhreinundfünfzig, neunkommadrei Grad. Heftiges Gezwitscher.

Was man sich antut.
Wie man sich windet.
Wie man sich täuscht.
Wie man davonkommt.
Und dennoch vergeht.

So ruchlos sei es zuzeiten in den Kaschemmen des Palais Royal zugegangen, dass man den Künstlern, die dort zur Unterhaltung der Gäste auftraten, den Anblick nicht habe zumuten können, weshalb man ein «Orchestre des Aveugles» habe aufspielen lassen, ein Orchester der Blinden.

Rühmkorfs «Tabu I»: fingerschnippender Formulierungseifer, zirkuspudelhaft.

Am 27. April 1933 sprang der Reichstagsabgeordnete Albert Funk während eines Verhörs durch die Gestapo aus dem dritten Stock des Polizeipräsidiums Recklinghausen und verletzte sich so schwer, dass er noch am selben Tag starb.

ENTRÉE
DE
L'HÔTEL
HÔTEL DE LA PAIX

CHARLES DE GAULLE
ÉTOILE
POUR APPELER
LE CHEF DE STATION
RoissyBus
Paris
Opéra
Aéroport CDG
Charles de Gaulle
INCENDIE

Princess
Leila PAHLAVI
March 27, 1970
June 10, 2001
۷ فروردین ۱۳۴۹
۲۰ خرداد ۱۳۸۰
شادروان والاحضرت شاهدخت لیلا پهلوی

CAFE DE FLO

Donnerstag, 28. April 2011 – Fünfuhrvierundzwanzig, zehnkommadrei. Noch dunkel, aber schon die Vögel. Der fünffache Mord von Nantes, der die Pariser Zeitungen füllte, ist jetzt auch in den deutschen Schlagzeilen angekommen. Wird wohl der Vater gewesen sein. Aber der ist verschwunden.

In der gestrigen «Kulturzeit» ein Bericht über Armand Schulthess, einen Künstler, Enzyklopädisten und einsamen Erotomanen, der im Valle Onsernone in einem achtzehntausend Quadratmeter großen Kastanienwald hauste, den er mit seinen Obsessionen beschriftete, bevor er sich 1972 dort zu Tode stürzte. Erben und Nachbarn schafften den Nachlass des verrückten Einsiedlers auf den Müll. Geblieben sind ein paar Fotos, ein Dokumentarfilm, Max Frischs «Der Mensch erscheint im Holozän» – und

SUR LA TRACE DU TUEUR DE NANTES

On a retrouvé la voiture du père de famille à Draguignan. Révélations sur la folle cavale d'un homme au passé trouble

jene selbstgebundenen Bücher, bestehend aus ebenso obszönen wie geschmackssicheren Montagen, die jedem Vergleich standhalten. Das alles wirkt so begnadet wahnsinnig, dass ich sofort eintauchen möchte in dieses zerstörte Universum.

Schon früh in den Abend gedämmert – zunächst mit dem Pachelbel-Kanon, dann mit Schostakowitschs Quintett Op. 57. Schließlich mit Schönberg in die «Verklärte Nacht» und in den Schlaf gerutscht.

Aber vor zwei Stunden – um halb vier – schon wieder missmutig aufgewacht. Seit Montag geht das so. Zieht mich was? Drückt mich was? Quält mich was? Ja, es ist wohl die neueste Attacke auf die Geisterbahn, die mir den Schlaf raubt. Alle paar Monate gerate ich durch das Journal in einen kräftezehrenden Zwist. Und fühle mich jedes Mal dermaßen angefasst, in Frage gestellt – nicht nur in meiner Arbeit, sondern in meiner gesamten Existenzform, so sehr, dass die Nerven wie Äolsharfen wimmern. Aber was soll ich machen? Mich zensieren, mich verstellen? Ein nicht öffentliches Tagebuch führen? Das käme mir reizlos vor. Dann lieber den Betrieb hier ganz einstellen, auch wenn es ein bisschen wie Sterben wäre ... Wahrhaftig, ich steh kurz davor!

Am 28. April 1945 wurden Benito Mussolini und seine Geliebte Clara Petacci von Partisanen erschossen und anschließend an den Füßen aufgehängt.

Freitag, 29. April 2011 – Sechsuhrachtundvierzig, elfkommadrei. Rötlich. Man kann also nicht nur friedlich einschlafen, sondern auch friedlich aufwachen. So wie heute Morgen: ausgeruht, in die Dämmerung hinein und um Viertel vor sechs das erste Mal auf die Uhr geschaut. Aufs Klo gegangen. Zähne geputzt. Espresso gepresst. Und mich gefragt: Was macht eigentlich Rainald Goetz? Die Frage an das MacBook weitergegeben und ein schönes Gespräch mit Christoph Amend in einem alten «Zeit»-Magazin gefunden. – «Je weiter oben die Leute sind, je mächtiger sie sind, umso unverschämter sind die Ordinärheiten im Umgang, das ist die Erfahrung», sagt Goetz.

Flennen und wundern – Gibt es eigentlich anmaßendere Menschen als jene, bei denen sich Denkfaulheit und Sentimentalität treffen? Sie wundern sich über alles, sie nehmen alles persönlich und halten jeden für «kalt», der seine Gefühle nicht wie sie exponiert. Sie weinen vor Angst, vor Rührung, vor Erschöpfung – ein Anlass findet sich immer. Oft lächeln sie auch, um ihre Gutmütigkeit zu demonstrieren.

Ich wünschte, Petra Roth wäre jetzt hier und würde sich diesen Krach, der von der Autobahn herüberweht, mal anhören.

Todestag Isaac von Sinclairs.

Samstag, 30. April 2011 – Elfuhrzwölf, sechzehnkommazwei. Leicht gefleckt, der Himmel. Nach dem kurzen, stürmischen Regenguss gestern Abend: Was für ein klares, wunderweiches Licht! Und die schwarzvioletten Tulpen, die sich in der weißen, taillierten Vase bereits neigen, leuchten matt ein letztes Mal. Und dann von Lotte die Mail, dass ich eingeladen sei zum Patti-Smith-Konzert im Mousonturm. Sagt mal, wollt ihr mir jetzt ... auf die alten Tage ... einen kleinen Abend Glück ... Dass man am Ende wird zugeben müssen, es würde sich doch noch mal lohnen ... eh man ... vor lauter ... Rührung ... ach ...

Adolf Hitler ist tot. «Dann merk dir das jetzt aber auch mal!»

Montag, 2. Mai 2011 – Vieruhrfünfzig, achtkommasechs. Wach seit kurz vor vier. Dunkel. Laut. Vor sich selbst macht Rühmkorf in den Tagebüchern unentwegt Männchen. Frauen überzieht er mit seinem Schneckenblick. Hat man das als Schreib- und Lebenshaltung dieses Autors erkannt, genügt eine solche Formulierung, um die Lektüre abzubrechen: «Dolle Frau, und dann sogar noch die meine.»

Als ich vor Jahren in die Sprechstunde des Literaturprofessors kam, um mit ihm das Thema meiner – dann nie zu Ende geschriebenen – Arbeit zu besprechen, schaute der kleine, runde Mann, der es liebte, die langbeinigsten (oder muss es heißen: längstbeinigen?) Studentinnen ganzjährig zum Tanz in den Mai auszuführen, mich aus feuchten Augen an: «Hauptsache», sagte er, «Sie kommen mir nicht mit Max Frisch.» Gestern Abend nun wieder in Frischs Nachkriegstagebücher geschaut, mich sofort festgelesen und gedacht: Der will was, der will mehr als nur Männchen machen.

Jetzt, um fünfuhrvierundzwanzig, beginnt es im Osten zu dämmern. Der Himmel in den Farben eines frischgeschmiedeten Eisens, das gerade eben aus der Esse gezogen wird.

Vierundvierzigster Todestag von Ernst Friedich, Pazifist, Anarchist, Museumsgründer.

Dienstag, 3. Mai 2011 – Vieruhrdreiundfünfzig, fünfkommanull. Aufgewacht, auf die Uhr geschaut und ... rasch raus ... sonst wird der Tag zu kurz. Gestern den ganzen Tag rumgefummelt an paar Sätzen, die Asche sind, ohne überhaupt gebrannt zu haben.

Abends fährt Christian im offenen Jaguar vor, bringt Spargel und Schinken mit. Hat sich in Köln eine neue Kappe machen lassen. Hat in Paris im Café in der Rue de Seine den ehemaligen Staatspräsidenten Jacques Chirac kennengelernt. Hat in Fès

eine Skulptur gekauft – das Unterteil eines alten Heißwasserboilers. Fährt nach Agay, um Margarete abzuholen. Warum reden wir nicht über Bin Ladens Tod? Gibt nichts zu reden. Ist halt so. Lieber über Manet, Monet, Money.

Titelthemen: Diskutieren Sie mit! Wir fragen Deutschland: Was ist den Detmoldern bei der Alterssicherung wichtig? Sehen Sie hier alle Matussek-Folgen! Hier finden Sie Ihre Aboprämien! Ihr Hessen-Star: Stimmen Sie ab! Wer soll der nächste Stern am Schlagerhimmel sein? So denkt Deutschland. So feiert Deutschland. So teuer wohnt Deutschland. Hat sich Sarah ins DSDS-Finale geheult? Danuta, süße Polin, wartet schon auf dich. Auch Dusch- und Badeservice. Bin Ladens Seebestattung – Sein Körper glitt ins Wasser.

Shakespeare ist tot.

Mittwoch, 4. Mai 2011 – Fünfuhreinunddreißig. Dämmerung. Glaubt man's denn: minus nullkommasieben. Wenn bloß der junge Dill nicht erfroren ist!

Der Göttinger «Mescalero», April 1977: «Meine unmittelbare Reaktion, meine ‹Betroffenheit› nach dem Abschuß von Buback ist schnell geschildert: Ich konnte und wollte (und will) eine klammheimliche Freude nicht verhehlen.»

Angela Merkel, Mai 2011: «Ich freue mich darüber, dass es gelungen ist, Bin Laden zu töten.»

Ob der Ring Christlich-Demokratischer Studenten nun Strafantrag gegen Angela Merkel stellen wird, wie damals gegen den Göttinger «Mescalero»?

Das Jahr der großen Wagen? Gestern Jürgen K. mit seinem neuen Mercedes. Ziert sich ein wenig: Soll er sich schämen, oder soll er stolz sein? Schon ein bisschen stolz, oder? Aber er will keinen Espresso, will keinen Wein, will kein Clausthaler – macht mich immer ganz hilflos, wenn jemand da ist, der gar nichts will.

Wie mich mein eigener Ton manchmal nervt. Dieses simulierte Selbstgespräch, diese hilflosen Huchs und Achs – kokette Gefühlssurrogate. Es ist eben doch nicht so,

dass man ein einmal erreichtes Niveau von selbst würde halten können. Die eigene Substanz wird jeden Tag unterminiert, jeder Klick im Netz, jeder Gang durch den Supermarkt, jede Radiomoderation, jede Minute Fernsehen ist ein Angriff, der nicht ohne Folgen bleibt. In dem Moment, wo wir aufhören, uns dagegen zu wehren, werden wir sofort dümmer, gröber. Ach, ich rede wie ein Amish.

Interjektionen vermeiden!

Ossietzky ist tot.

Samstag, 7. Mai 2011 – Siebenuhrzweiunddreißig, zehnkommasechs. Schon da, die Sonne. Gut geschlafen?

A: Immerhin bis zur ersten Dämmerung, bis um fünf. Then I had to pee.

B: Du solltest länger liegen bleiben. Nimm dir ein Beispiel an mir. Ich räkle mich noch …?

A: Schon in Ordnung. Ich musste auch gucken, ob die Kräuter über Nacht gewachsen sind. Und was meine Auktionen machen. Ich brauche einen kleinen Arbeitstisch aus Holz, ein paar neue Reifen für das Olmo und eine Uhr.

B: Aber du hast dir doch erst letztes Jahr die schöne Glashütte gekauft – was brauchst du schon wieder für eine Uhr?

A: Kann ich nicht verraten, sonst schaust du sie dir an, verliebst dich in sie und schnappst sie mir weg.

B: Ist irgendwas passiert diese Woche, das wir aufschreiben müssen?

A: Lass mich überlegen. Am Mittwoch war Jürgen da; wir haben Hans-Ulrich Schlumpfs vierzig Jahre alten Film über Armand Schulthess geguckt …

B: Nicht so schnell. Da waren zu viele Namen in einem Satz.

A: Schulthess, dieser Schweizer Einsiedler … Ich hab dir von ihm erzählt. Er war zweifellos verrückt. Sein Haus war eine Müllhalde. Aber alles, was er gemacht hat, war Kunst … Seine Objekte, seine Montagen. Das war besser als Schwitters, besser als Brinkmann, besser als Warhol …

B: Mach mal halblang. Sonst noch was?

A: Am Freitag waren wir in Königstein. Auf der Rückfahrt haben wir in der Nähe vom Opel-Zoo diesen alten, leerstehenden Flachbau fotografiert. Es war schon fast dunkel. Falkensteiner Straße Nummer 1. Wäre ein guter Drehort. Vielleicht wird sich Süleyman dort verstecken.

B: Du fragst nie, wie es mir geht. Ich glaube, ich bin nur dazu da, dir Stichworte zu geben.

A: Ja, dafür liebe ich dich. Gestern gab es Kalbskotelett mit Salbei-Butter …

B: Hör auf! Du wirst wahrscheinlich als Kalbskotelett wiedergeboren. Ich finde es widerwärtig, über Fleisch zu reden …

A: Ja, ich weiß. Manchmal wäre ich auch lieber ein schmaler, vegetarischer Künstler mit Pigmentstörungen, der morgens im Village mit B. telefoniert …

B: Was liest du gerade?

A: Andy Warhols «Philosophy».

Salieri ist tot.

Dienstag, 10. Mai 2011 – Sechsuhrvierunddreißig, dreizehnkommazwei. Nach dem Aufwachen gleich eine Runde über die Ländereien. Der Dill ist hinüber, das ganze Kräuterbeet eine einzige Verheerung. Verdächte: der Nachtfrost, die Mittagssonne, zu viel Wasser, zu wenig Wasser, die Katzen, die Schnecken, mein Unvermögen.

«Ich möchte Sie zu einem fröhlichen Beisammensein am Montag, dem 9. Mai 2011 von 16.30 bis 18.30 Uhr, in die Schwanenhalle und das Römerhöfchen bitten. Dr. h.c. Petra Roth, Oberbürgermeisterin, Frankfurt am Main, im April 2011. Der Eingang zur Schwanenhalle befindet sich gegenüber der Paulskirche, Paulsplatz 3. U.A.w.g. auf beiliegender Antwortkarte bis 5. Mai 2011. Bitte wenden. Diese Einladung gilt als Einlasskarte.Wir bitten, sie bei Betreten des Römers dem Aufsichtspersonal vorzuzuzeigen. Die Karte ist gültig für eine Person und nicht übertragbar.»

Frische Jeans, frisches Hemd, Jackett, Crockett & Jones. Eigentlich ganz passabel. Auf dem schwarzen Mountainbike in die Stadt. Hoffentlich bin ich nicht gleich durchgeschwitzt. Zu spät losgefahren. Kurz nach halb am Römer. Vor dem Eingang eine Gruppe älterer Herren, alle in dunklen Anzügen, alle mit Krawatten. Sofort komme ich mir falsch vor. Impuls: Junge, kehr um! Du. Bist. Hier. Falsch. Du bist untenrum nackt. Ein Paria. Underdressed. Ich hasse es, underdressed zu sein, weil es immer so wirkt, als wolle man damit etwas ausdrücken, als wolle man provozieren. Aber ich will nicht provozieren. Das Problem ist bloß, dass ich so viele Jahre nur Jeans getragen habe, dass ich mich in jeder anderen Hose unbehaglich fühle, verkleidet – wie ein Banker, der ich nicht bin, wie ein Rechtsanwalt, der ich nicht bin, wie ein Verleger, der ich nicht bin. In diesem Leben werde ich kein Anzugträger mehr werden. Ich bin falsch hier, aber stehe schon in der Schlange. Anstehen für das Gästebuch. Ich kenne wirklich NIEMANDEN. Ich werde hier nicht fröhlich beisammen sein, sondern einsam rumstehen wie ein untenrum nackter Paria.

Dann eine kleine Erleichterung: Hinter mir kommt Joachim Unseld rein. Er hat ein mit Plastikfolie umwickeltes Paket in der Hand: Bücher, sagt er. Was sonst? Was soll ein Verleger der Oberbürgermeisterin sonst zum Geburtstag schenken? – Zum GEBURTSTAG? Ich hatte ja keine Ahnung, dass das hier die Geburtstagsfeier … Was habe ich hier verloren? Aber es ist zu spät. Da steht sie schon. Ich gratuliere ihr und sage, dass ich ja keine Ahnung hatte, dass sie heute … Sie lächelt, dann schaut sie Joachim an: «Und da haben Sie ihn einfach mitgebracht?» – Das heißt … o Gott … sie weiß nicht mal, dass sie mich eingeladen hat. Sie denkt, ich hätte mich hier REINGEWANZT. Wie grauenhaft peinlich mir das alles ist. Aber wie immer, wenn etwas wirklich peinlich ist, setzt sofort der Gegenreflex ein: Wenn es peinlich ist, ist es eigentlich lustig. Man muss einfach ein anderer werden; dann ist es, als würde man einen Woody-Allen-Film sehen. Ich bin nicht mehr ich. Ich bin nicht mehr peinlich. Ich bin der, der dem peinlichen Woody zuschaut.

Achtzig, hundert Gäste. Ein paar erkenne ich nun doch. Adel. Geld. Journalismus. Magistrat. Und Moritz Hunzinger. Jutta Ebeling hält eine Rede. Sie sagt, dass dank der Oberbürgermeisterin die Stadt Frankfurt in der «Pool Position» sei – PUHL POSISCHN. Dass wir der kürzlich verstorbenen Mutter der Oberbürgermeisterin dankbar sein müssen, weil sie ihre guten Gene an die Oberbürgermeisterin weitergegeben habe. Dass man den Geburtstag der Oberbürgermeisterin eigentlich mit allen Frankfurtern feiern müsse, aber hier heute wenigstens die wirklich wichtigen Leute versammelt seien. Denn wenn sie nicht wichtig wären, wären sie nicht hier. – Wie kann jemand von sich selbst sagen, dass er wichtig sei? Was ist wichtig daran, wichtig zu sein? Ich will nicht wichtig sein. Wichtig ist kein wichtiges Wort für mich. Aber jetzt will ich auch nicht mehr weg hier. Jetzt will ich mitschreiben. Jetzt will ich aufschreiben, dass ich einen Mann sehe, der ebenfalls eine Jeans trägt. Aber statt froh zu sein, dass wir jetzt zu zweit sind, denke ich: Was hat denn der hier zu suchen, dieser untenrum nackte Paria? Der will wohl provozieren … Ich mache mit ihm, was die anderen mit mir machen: Ich werfe einen kurzen, abschätzigen Blick auf seine Jeans, hebe leicht die Brauen, blähe kurz die Nüstern und wende mich ab. Ich lasse ihn ABPERLEN! – Aber er lässt sich nicht abperlen. Wir kennen uns doch, sagt er. Es ist der Boris von der FNP, der früher beim «Journal» war. Wir waren doch schon beim Du, sagt er. Und dass er bald mal ein Gespräch mit mir führen will, dazu aber meine Daten braucht. KONTAKTDATEN. Zehn Minuten fummelt der Boris an seinem Smartphone rum, dann hat er meine Kontaktdaten abgespeichert. GESAVED. Das da ist Frau Rottmann, sagt der Boris. Frau Rottmann hat heute ebenfalls Geburtstag. Sie empfängt ebenfalls Glückwünsche. Sie bekommt ebenfalls ein Geschenk. Sie ist das jüngste Magistratsmitglied. Sie wird, flüstert mir der Boris zu, als neue OB-Kandidatin gehandelt. Aber dann will der Boris noch eine Runde bei den wirklich wichtigen Leuten drehen.

Als ich den Arning sehe, wird alles anders. Ich bin wieder ich, und meine Jeans ist mir nicht mehr peinlich. Der nette Herr Münster vom Presseamt kommt hinzu, und wir unterhalten uns zu dritt über Politik. Über Guttenberg und die Moral und die Erziehung und die Demokratie und die Banken. Und der nette Herr Münster sagt, wie sehr man geschluckt habe in der Stadtverwaltung, damals vor zehn Jahren, als mein Text über Frankfurt in der «Zeit» erschienen sei. Aber, sage ich, das war doch eine Liebeserklärung. Das sieht der nette Herr Münster anders. Darf er ja auch. Wir leben ja in einer Demokratie. Und als ich dann von weitem das schöne, freundliche Gesicht von Eva Demski sehe und wir uns eine halbe Stunde lang freundlich anhimmeln, will ich nie mehr weg aus der Schwanenhalle und dem Römerhöfchen, sondern will meine Isomatte und meinen Schlafsack auf den Boden legen und für immer hier bleiben und mir einbilden, dies sei das Herz der Demokratie, wo ich gar nicht falsch sein kann, sondern hingehöre wie alle anderen jeanstragenden Parias dieser Welt.

Setze mich dann aber doch wieder auf mein schwarzes Mountainbike und fahre zu Feivel Szlomowicz in die Töngesgasse, um ihm meine mechanische Glashütte-Uhr zu bringen, die er sofort öffnet und durch seine riesige Kopflupe anschaut: «Alte DDR-Kunst, aber leider total verdreckt», sagt der Mann mit dem schönsten Namen Frankfurts.

Heute vor einundfünfzig Jahren ist Juri Olescha gestorben.

Mittwoch, 11. Mai 2011 – Fünfuhrsechs, fünfzehnkommanull. Draußen unglaubliches Gezwitscher, es dämmert schon, Wolken. Wach seit kurz vor vier. Albtraum: P. weint und schluchzt und weint und ist nicht zu beruhigen. Stehe auf, schaue nach, aber sie liegt ganz ruhig in ihrem Bett. Ich nun nicht mehr.

«Spiegel»: Zu den Oscar-Verleihungen erschienen Sie bauchfrei oder im Irokesen-Look. War das Provokation?

Cher: Nein, ich hatte Lust dazu. Ein Dresscode für Künstler, das ist doch Schwachsinn. (…) Künstler sollen frei sein. Wie kann jemand frei sein wollen und sich gleichzeitig vorschreiben lassen, wie er sich anzuziehen hat?

C: «Einmal macht jeder den Fehler, dich einzuladen.»

Ich will nicht dazugehören / ich will nur dabei sein.

Lex Barker ist tot.

Donnerstag, 12. Mai 2011 – Zwölfuhrachtunddreißig, achtzehnkommasieben. Der Himmel ist zu. Um halb sechs aufgewacht, sofort extreme Kopfmaschine. Nicht gut. Anderthalb Stunden mit dem Olmo über die Hohe Straße. Keiner begegnet mir. Keiner! Doch: Auf dem Hühnerberg flitzt ein Feldhase fünfzig Meter vor mir her und bricht dann nach rechts ins Unterholz aus.

Sie ist Lehrerin. Er ist Polizist. Beide stammen aus der kleinen Stadt Spangenberg im Südosten von Kassel. Sie haben sich in der Schule kennengelernt, geheiratet, ein preiswertes Grundstück gekauft und mit viel Nachbarschaftshilfe ein ansehnliches Haus gebaut, in dessen Garten sie im Sommer gern mit Freunden grillen. Sie lesen jeden Tag die «HNA», ihre nordhessische Lokalzeitung, so wissen sie immer, was in der Umgebung los ist und wo es die besten Angebote gibt. Sie fühlen sich wohl in dem Ort und waren sich immer einig, nie von hier wegziehen zu wollen, wo ihre Eltern wohnen, wo sie jeden kennen, wo das Leben bezahlbar und gemächlich ist. Die Großstadt wäre nichts für sie, auch wenn beide in Frankfurt arbeiten. Da sich ihre Arbeitszeiten nur selten decken, brauchen sie zwei Autos. Frankfurt liegt knapp hundertachtzig Kilometer von Spangenberg entfernt. Jeder von ihnen ist jeden Tag vier Stunden unterwegs. Unter seinen Kollegen bei der Frankfurter Polizei, unter den anderen Lehrern an ihrer Schule in Bockenheim gibt es viele, die es ähnlich machen. Pendler, die aus dem Odenwald, der Rhön oder vom Edersee kommen, wohin sie jeden Abend zurückfahren. Sie alle wussten, als sie ihre Berufe wählten, dass man als Polizist oder Lehrer kaum eine Chance hat, eine Stelle in der Heimat zu bekommen. Fragt man sie, warum sie sich trotzdem dafür entschieden haben, antworten sie fast einhellig: Weil es sich um sichere Berufe handelt.

So weit die Geschichte. Aber wie sie mich aufregt. Wie kann jemand, der nicht in Frankfurt lebt, Frankfurter Kinder erziehen wollen, wie kann er sich hier mit Autofahrern, Jugendlichen und Dealern anlegen? Es geht nicht, es kann nicht funktionieren. Diese Stadt hat einen anderen Sound, einen anderen Rhythmus, eine andere Sprache als Spangenberg, Lorsch oder Biedenkopf. Niemand kann etwas dafür, wo er herkommt, aber jeder kann sich entscheiden, wo er lebt. Was wollen die uns über unsere Stadt erzählen, wie wollen sie unser Leben mitbestimmen, wenn sie nicht in unserem Saft zu Hause sind? Es sind Provinzspießer, die nicht einmal wissen, wie der Großstadtspießer tickt. Sie schlendern über die Zeil, sie gehen in den Elektronikmarkt an der Konstabler, um sich einen Automatikheber für ihr Provinzdoppelgaragentor zu kaufen … und dann nichts wie weg, nach Hause, nach Spangenberg, wo man am Wochenende den Freunden am Kugelgrill wieder Geschichten aus der großen Welt erzählt. Und was ist das überhaupt für ein verkrüppelter Grund, Polizist oder Lehrer zu werden: Sicherheit? Ich will nicht, dass so ein Sicherheitsspießer meine Tochter erzieht. Ich will nicht, dass mir so ein Sicherheitskretin sagt, dass ich auf dem Radweg zu fahren habe. Ich – will's – nicht!

Kall, mei Droppe!

Ich trink heut mal nur Wasser.

Dritter Todestag von Robert Rauschenberg.

Samstag, 14. 5. 2011 – Fünfuhrneunundzwanzig, achtkommasieben. Wieder wach seit vier. Schlieriger Himmel.

Ein anderer Samstagmorgen, vielleicht irgendwo in der Provence. Vielleicht in Apt. Ein kleines Hotel am Marktplatz, das Zimmer im ersten Stock. Ich hätte gut geschlafen. Ich würde die grünen Fensterläden öffnen und die Sonne hereinlassen. Ich würde lächeln. Ich würde eine Dusche nehmen, mich anziehen und nach unten gehen. Über die Schultern hätte ich einen dünnen Pullover geworfen wie in einem alten Alain-Delon-Film. Am runden Blechtisch unter den Platanen würde ich einen Kaffee trinken und an einer Tartine knabbern. («Müssen es denn immer Platanen sein?» – Ja, es müssen Platanen sein!) Ich würde den Marktleuten zusehen, die ihre Stände aufbauen. Ich würde nicht so tun, als gehörte ich dazu. Ich würde den Mädchen nachschauen. Ich würde in der «Süddeutschen Zeitung» von gestern, die ich bei der Abfahrt noch schnell aus dem Kasten geholt hätte, eine Reportage von Renate Meinhof lesen. Mich würde kurz frösteln. Ich würde froh sein, hier zu sitzen. Ich würde den Satz denken: Im Schatten ist es noch recht frisch. Ich würde hoffen, dass heute nichts passiert.

«Junger Mann, Sie haben Ihr Brot liegenlassen!»

«Wenn Sie mich noch mal junger Mann nennen, lasse ich es morgen wieder liegen!»

«Love and sex can go together and sex and unlove can go together and love and unsex can go together.» Warhol.

Ludwig Meidner ist tot.

Dienstag, 17. Mai 2011 – Siebenuhrdreiundvierzig, dreizehnkommafünf. Bewölkt.

Gestern, die kluge Kamerafrau, die schon vielen Schuften ins Auge geblickt hat. Über Rainer Körppen sagt sie: «Absolut zu allem fähig.» Über Magnus Gäfgen: «Ein vollkommen leerer Mensch. Da war nichts: keine Reue, kein Trotz, kein Hass – nur Leere.» Über Volker Bouffier: «Zitronenhäubchen. – Aber man muss ja auch erst mal einen Friseur finden, dem es gelingt, immer denselben Gelbton ins Haar zu zaubern.»

«Everybody has a different idea of love. One girl I know said, ‹I knew he loved me when he didn't come in my mouth›.» Warhol.

Sehe gerade, dass sich Sven Körppen im November letzten Jahres das Leben genommen hat.

Donnerstag, 19. Mai 2011 – Zwölfuhrzwölf, sechsundzwanzigkommaeins. Schäfchen. Wieder dauernd auf «Youtube» Nina Simones «Ain't got no» vom Harlem Festival 1969 angeschaut. Als ginge allein von diesem Song, von diesem Gesicht, von dieser Stimme die Rettung aus. Bis gestern wurde das Video fast siebeneinhalb Millionen mal angeklickt. «Gefällt 19 197, gefällt 260 nicht.» Ich stelle mir diese 260 Gefällt-nicht-Menschen als ganz und gar Verlorene vor.

Gestern noch über Dolores Ibárruri gelesen. Von ihr stammen der Satz «Lieber stehend sterben als auf Knien leben» und die Parole der Republikaner im spanischen Bürgerkrieg: «No pasarán!» Heute nun kommt die Nachricht, dass genau diese zwei Worte auf den Transparenten der Jugendlichen stehen, die dieser Tage zu Zehntausenden in Spanien protestieren.

Gabriele Münter ist tot.

Sonntag, 22. Mai 2011 – Fünfuhrdreiundfünfzig, dreizehnkommafünf. Hell. Seit zwei Stunden wach. Götz berichtet, er habe in der Kulturgruppe des Butzbacher Gefängnisses die Fragebögen aus Max Frischs Tagebüchern vorgelesen. Schließlich sei er auch zur 22. Frage gekommen, welche lautet: «Gesetzt den Fall, Sie haben nie einen Menschen umgebracht: wie erklären Sie sich, dass es dazu nie gekommen ist?» Als keiner der Häftlinge reagierte, habe er, Götz, erwartungsvoll in die Runde geschaut. Darauf der Gefangene F.: «Was schauen Sie mich so an: Ich erfülle leider die Voraussetzungen dieser Frage nicht, sondern quäle mich seit nunmehr fünf Jahren mit der Frage rum, wie es dazu kommen konnte.»

«I mean, everybody does something for everybody else – your shoemaker does shoes for you, and you do entertainment for him – it's always an exchange, and if it weren't for the stigma we give certain jobs, the exchange would always be equal ... But there'll always be people who don't clean who think they're better than the people who do clean.» Warhol.

Charles Aznavour wird heute siebenundachtzig Jahre alt.

Samstag, 28. Mai 2011 – Zwölfuhreinundzwanzig, sechzehnkommasechs. Wolken. Wind. Gestern Literaturhaus. Fast ein wenig gespenstisch, wie gut die Stimmung ist, wenn sich die Gesellschafter des Verlags der Autoren einmal im Jahr treffen. Wie genau hier alles genommen wird. Wie haushälterisch auch mit kleinen Beträgen gerechnet wird. Wie angenehm man miteinander umgeht. Fast nur Wohlwollen, Offenheit in den Gesichtern. Kaum zum Aushalten. Eine Tankstelle für den Alltag.

Immerhin ein Satz, den vor ihm kein amerikanischer Präsident gesagt hat, immerhin ein Satz, an dem man die Politik des Westens wird messen dürfen: «Wir haben die Gelegenheit zu zeigen, dass Amerika die Würde eines Straßenhändlers in Tunesien höher schätzt als die rohe Macht eines Diktators.» Barack Obama.

Am 28. Mai 1936 starb Bertha Pappenheim in Neu-Isenburg.

Mittwoch, 1. Juni 2011 – Neunuhracht, elfkommafünf. Herbst. Abends in den Mousonturm. Charlotte und Atilla winken schon auf der Straße. Das Foyer ist überfüllt. Bier. Annette und Stefan sind auch da, beide so groß und dünn. Wir sind uns einig: So wie die anderen fünfhundert Menschen, die zu diesem Konzert wollen, sehen wir nicht aus, nicht so alt, nicht so von gestern ... Aber genau so sehen wir aus. Patti Smith hat eine Erkältung. Wie immer trägt sie Jeans, weißes Shirt, schwarzes Jackett. Sie lacht, sie hustet, sie flirtet, trinkt Tee, krächzt, lutscht Eukalyptusbonbons, entschuldigt sich wieder und wieder für ihre kränkelnde Stimme. Was für eine umwerfend charmante Hexe. Sie ist vierundsechzig Jahre alt. Sie hält eine kleine Predigt. Dass man auf die Straße gehen muss, dass man seine Stimme erheben muss. Auch wenn es vielleicht vergeblich ist. Use your voice! Und dann fügt sie an: Even such a voice. – Lustig. Eigentlich eine gute, einfache Lebensregel. Sag deine Meinung! Wirf dich in die Waagschale! Mehr geht nicht, aber das immerhin geht. USE YOUR VOICE! Sie singt: People Got the Power. Wir gehen ins «El Pacifico», das es immer noch gibt. Bier. U-Bahn. Regen. Heute erheben wir unsere Stimmen nicht mehr.

Aber wo ist der Patti-Smith-Film? «Dream of Life». Ich brauche ihn, jetzt, sofort. Aber ich finde ihn nicht, er ist nicht da. Ich bin gerichtet.

Anna Seghers ist tot. Und der Pfarrer Oberlin.

Samstag, 4. Juni 2011 – Sechsuhrfünfundvierzig, siebzehnkommafünf. Strahlend schon jetzt. Was geschieht, wenn nichts geschieht: Ein Wind kommt auf. Der Uhrzeiger rückt eine Minute weiter. Der Wind bewegt die Blätter. Der Kühlschrank springt an. Der Rettungshubschrauber startet und dreht nach Westen ab. Ein Rosenblatt fällt. Vor dem Fenster geht eine Frau mit Rucksack vorbei. Ein Handwerker sitzt in einem kleinen Lieferwagen und wickelt sein Frühstücksbrot aus. Es beginnt zu regnen. Das rote Standby-Lämpchen leuchtet. Eine Hummel sitzt auf dem Parkett vor der Terrassentür. Das Telefon klingelt. Niemand hebt ab. Es hört auf zu regnen. Ich öffne die Terrassentür und lasse die Hummel ins Freie.

Am 4. Juni 1942 starb im Ghetto von Krakau Mordechaj Gebirtig.

Mittwoch, 8. Juni 2011 – Zehnuhrneunundzwanzig, achtzehnkommanull. Nass. Die Techniken, sich unbeliebt zu machen, sind zahlreich. Ich scheine die meisten davon zu beherrschen. Es geht mit Lügen so gut wie mit Offenheit. Mit Schweigen so gut wie mit Reden. Aber was ist das für ein unterschwelliger Drang, in der eigenen Umgebung alle paar Jahre abzuräumen? Nicht im ersten, engsten Kreis, aber doch schon im zweiten, weiteren. Platz schaffen. Türen zuschlagen. Das stumme Gehocke beenden, das entsteht, wenn man sich zu lange, zu gut kennt, wenn man mit jedem Wort, mit jeder Geste berechenbar füreinander geworden ist. Die Differenz, die schon vorher da war, die vielleicht die Attraktion ausgemacht hat, wird zum Ärgernis. Man muss sie nur ein wenig deutlicher machen, um zu verstehen: Jetzt langt's! – Wäre es angenehmer, alle könnten sich ein Leben lang entspannt umkreisen wie Fische, einander mal näher, mal ferner, irgendwann wieder näher?

Vor drei Jahren ist Rühmkorf gestorben.

Samstag, 11. Juni 2011 – Achtuhrnullnull, dreizehnkommafünf. Wolkig. Vom Regen aufgewacht. Spektakel der Sittiche.

Am Nachmittag die Nachricht, dass Birgit Hogefeld nach achtzehn Jahren aus dem Gefängnis entlassen wird. Und wem entsende ich jetzt meinen stummen Gruß, wenn ich an der JVA Preungesheim vorbeikomme?

Zwanziguhrzwei: «Filmforum Höchst», Josef-Emmerich-Straße. Wir sind zu früh. Bier und Wein auf den Treppenstufen. Enge Fahrbahn, alle zweieinhalb Minuten ein Bus. Gewummer aus offenen Autofenstern. Kann man hier wohnen? Man kann einen Film schauen: «Godard trifft Truffaut – Deux de la Vague». – Interessiert nur ein paar Fünfzigjährige. Und ist ja auch schwer zu ertragen, diesem niemals lächelnden, ewig schlecht gelaunten Godard auf die Sonnenbrille zu schauen. Ein Großbürger spielt Stalinist. Es scheint ihm zu behagen, andere demütigen zu können oder wenigstens dumm aussehen zu lassen. Angeblich soll Patti Smith in Godards letztem Film («Film Socialisme», 2010) mitspielen. – Stimmt:

Lalanne: Why did you invite Alain Badiou and Patti Smith to be in your latest film, but ended up filming them so little?

Godard: Patti Smith was there, so I filmed her. I don't see why I should have filmed her for any length of time greater than I would, say, a waitress.

Lalanne: Why did you ask her to be involved?

Godard: So that there would be one good American. Someone who embodies something other than imperialism.

John Wayne ist tot.

Mittwoch, 15. Juni 2011 – Zehnuhrzweiundzwanzig, neunzehnkommazwei. Bewölkt. Neu ist das Wort Blutmond.

Peu à peu wächst der Widerwille gegen Warhol. Edie Sedgwick war eines der frühen Wahrhol-Girls, eine haltlose Schönheit aus reichem Elternhaus. Als die Spannungen mit den Factory-Leuten zunahmen, schluckte sie immer mehr Drogen. «Ob Edie wohl Selbstmord begeht?», soll Warhol gefragt haben. «Ich hoffe, sie gibt uns vorher Bescheid, damit wir es filmen können.»

Lustig die Geschichte, die Patti Smith erzählt. Sie lernte den Drummer einer Folkrockband kennen, stellte sich ihm vor und erfuhr, dass er Slim Shadow hieß. Die beiden freundeten sich an und gingen gelegentlich miteinander aus. Eines Tages lud er sie zum Hummer-Essen ins Max's ein. Jackie Curtis, eine Bekannte, die am Nebentisch saß, gab Patti Handzeichen, ihr aufs Klo zu folgen. Dort erfuhr die Sängerin, dass ihr neuer Freund nicht Slim Shadow, sondern Sam Shepard hieß.

Jocco Abendroth ist tot.

Allein diese Unverschämtheit: ich zu sagen. Ich wurde geboren. Ich lebe. Ich werde sterben. Ich wache auf und will, dass es Abend wird. Ich putze mir die Zähne. Ich schiebe die Gardine zur Seite und schaue aus dem Fenster. Nichts. Noch Nacht. Ein weißer Schatten huscht vorbei. Ich weiß nicht. Ich schalte den Wasserkocher an. Ich gähne. Ich bin nicht anders. Ich warte. Ich hole die Zeitung aus dem Kasten. Schon ziemlich frisch jetzt. Von oben Lärm. Ich lege den Kopf in den Nacken. Ein Keil Wildgänse zieht schreiend durch den bleiernen Himmel. Die sollen mal nicht so … Auf dem Dach gegenüber steht ein Mann. Ich gehe ins Haus und schließe die Tür. Ich lese, wer gestorben ist. Ich frage mich, ob ich Krebs habe. Ich melde mich zu selten. Ich denke an den Brief, in dem stand: Du meldest Dich zu selten. Ich schaue in den Spiegel und ziehe den Bauch ein. Ich schaue auf die alte Postkarte mit dem Lavendelfeld. Ich rieche an dem frisch gewaschenen Hemd und ziehe es an. Hast du schon gemerkt, das Netz ist tot. Das Telefon auch. Ja. Ich warte, bis alle aus dem Haus sind. Ich schalte den Fernseher an. Ein Wal ist gestrandet. Es laufen Pferde auf der Autobahn. Die Fliegen an den Augen des schwarzen Babys. Polizisten verprügeln eine junge Frau. Ich schalte um. Jemand lächelt. Alle lächeln. Ich setze mich an den Tisch und warte, dass der Tag vergeht. Ich schaue auf die Uhr. Ich bin anders und lege keinen Wert darauf. Das Telefon läutet. Ich nehme den Hörer nicht ab. Ich möchte nicht sterben. Ich warte. Später ziehe ich eine Jacke über und gehe in den Supermarkt. Ich nicke der Kassiererin zu. Ich bin gern freundlich. Draußen stelle ich meine Tüte vor dem Bettler ab. Ich sage nichts. Ich gehe davon und höre nicht auf sein Rufen. Ich gehe hoch auf den Lohrberg, wo niemand ist. Nur in der Ferne eine Frau mit zwei Hunden. Ich streife meine Kleidung ab. Ich lege mich auf den Rücken, den Boden, ins Gras. Ich höre den Rettungshubschrauber starten, schließe die Augen. Ich führe die Hände zum Mund und esse die Erde. Ich warte. Ich warte.

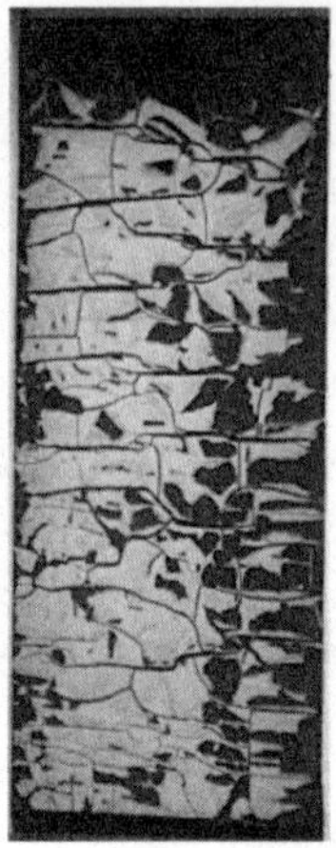

Universum

FSC
www.fsc.org
MIX
Papier aus verantwortungsvollen Quellen
FSC® C083411

Das für dieses Buch verwendete FSC®-zertifizierte Papier
Schleipen Werkdruck liefert Cordier, Deutschland.